高等學校文科教材

中國歷代文學作品選

上編　第一冊

朱東潤　主編

上海古籍出版社

本書初版於一九六二年,全書由朱東潤主編。初版上編由朱東潤負編輯總責,並與王運熙看過全稿;分任註釋工作的有下列諸同志:

先秦部分:《詩經》,章培恆;《尚書》,蔣天樞;《左傳》、《國語》,朱東潤;《戰國策》,朱東潤、章培恆、韓兆琦;先秦諸子,王欣夫、顧易生、李慶甲;屈原賦,顧易生;宋玉賦,章培恆、李慶甲;神話,丁錫根。

秦漢部分:辭賦,王運熙、顧易生;詩歌,李慶甲;《過秦論》、《論貴粟疏》、《報任少卿書》,蔣天樞;《史記》,鄭權中、顧易生;其他秦漢散文,顧易生、章培恆、韓兆琦。

三國兩晉南北朝部分:辭賦、散文,徐鵬、顧易生;詩歌,徐鵬;小說,李慶甲、梅運生。

這次再版對全書作了修訂,由主編朱東潤主持,並由陳謙豫協助主編工作。參加上編修訂的有上海復旦大學、華東師範大學、上海師範學院和上海教育學院中文系的黃立新、駱正深、鄭畏民、王培煒、丁錫根、陳懷良、施紹文、葉盼雲、駱玉明、倪長康等同志。朱東潤、王運熙、陳謙豫看過上編修訂稿的全文。

再 版 説 明

一、本書於一九六二年由中華書局上海編輯所編輯出版,一九六三年重印。爲適應目前高等院校教學的迫切需要,現予修訂再版。

二、本書供綜合性大學、師範大學、師範學院中文系作爲"中國古代文學作品選"和"中國古典文學史"課程講讀及參考之用。

三、全書劃分先秦、秦漢、三國兩晉南北朝等若干歷史時期,各時期内作品略按詩歌、辭賦、散文、小説、戲曲等體裁分别排列。共分三編,上編爲先秦、秦漢、三國兩晉南北朝,中編爲隋唐五代、宋,下編爲元、明、清、近代。

四、本書所選以各時期各種體裁的重要作家代表作品爲主,以思想性、藝術性統一爲選擇標準,同時注意作品題材的廣泛性和風格的多樣性。所選作品數量較課堂實際講授所需爲多,以供教師在講授時機動選擇和學生課外擴大閱讀之用。爲了有效地提高學生閱讀古籍的能力,選録了較多的散文。

五、本書註釋以簡明扼要爲主,前後重見的詞語典故,在不同篇中一般都各别作註,以便閲讀。

六、爲了培養讀者直接閱讀原著的能力,本書採用繁體字排印,並保留所選原著的古體字。

七、本書在編註過程中,對近人研究整理註釋的成果頗多吸收採用,不逐一標註,附此致謝。

八、這次再版,根據讀者意見對全書進行了修訂,調整了部分篇目,對解題和註釋也作了一些改動。但由於修訂者水平的限制,在內容和體例方面也還存在不少問題,我們誠懇地希望讀者給予批評指正。

目　　録

三、辭賦和古代神話

秦 漢 部 分 (一)

一、辭　　賦

二、詩　歌

先秦部分

一、詩　歌

詩　經

據阮刻《十三經註疏》本

《詩經》是我國最早的詩歌總集，也是儒家"六藝"之一。相傳爲孔子所編定。本只稱《詩》，後世才稱爲《詩經》。現存詩三百五篇，分爲《風》、《雅》、《頌》三大類，大抵皆是周初至春秋中葉五百多年間的作品。它們從各個方面表現了當時的社會生活，對於周人的建國經過、周初的經濟制度和生產情況，某些重大的政治歷史事件，都有直接或間接的反映；對於人民所遭受的痛苦、西周後期以迄春秋的政治混亂局面、統治者的殘暴和醜惡行爲，尤有深刻的揭露。句式以四言爲主。根據不同內容的需要，分別採用賦、比、興的藝術手法。語言樸素優美，韵律和諧。寫景抒情都富於藝術感染力。對後代文學有很深遠的影響。

漢代傳《詩》者有申培的魯詩、轅固生的齊詩、韓嬰的韓詩、毛萇的毛詩（毛萇詩説，爲西漢時人毛亨所授，故稱亨爲大毛公，萇爲小毛公），凡四家。魯、齊、韓三家爲今文經學，現皆亡佚，僅存《韓詩外傳》。毛詩爲古文經學，盛行於東漢以後。今所傳者即爲《毛詩》。

關　雎(周南)

【解題】　《關雎》是《詩經·國風》的第一篇，也是全書的首篇。《毛詩序》(以後簡稱《詩序》)以爲此詩是吟詠"后妃之德"，"是以《關雎》，樂得淑女以配君子"。現代研究者多不信此説，認爲是描寫戀愛的作品。

關關雎鳩，在河之洲[1]。窈窕淑女[2]，君子好逑[3]。

參差荇菜[4]，左右流之[5]。窈窕淑女，寤寐求之[6]。求之不得，寤寐思服[7]。悠哉悠哉[8]，輾轉反側[9]。

參差荇菜，左右采之。窈窕淑女，琴瑟友之[10]。參差荇菜，左右芼之[11]。窈窕淑女，鍾鼓樂之[12]。

【註釋】

[1] 關關兩句：關關，和鳴聲。雎(jū 居)鳩，鳥名，即王雎。洲，水中可居之地。這兩句是以雌雄和鳴的雎鳩形容"君子"、"淑女"的融洽。

[2] 窈窕，幽閒。淑，美善。

[3] 好逑(qiú 求)，好的配偶。逑，匹配之意。

[4] 參差，長短不齊貌。荇菜，水生植物。圓葉細莖，根生水底，葉浮在水面，可供食用。

[5] 流，求取。之，指荇菜。左右流之，時而向左、時而向右地求取荇菜。這裏是以勉力求取荇菜，隱喻"君子"努力追求"淑女"。

[6] 寤寐，不論醒着或睡着。寤，醒覺。寐，入睡。又，馬瑞辰《毛詩傳箋通釋》說："寤寐，猶夢寐。"也可通。

[7] 思服，思念。《毛傳》："服，思之也。"

[8] 悠，感思。見《爾雅·釋詁》郭璞註。哉，語詞。悠哉悠哉，猶言"想念呀，想念呀"。

[9] 輾轉反側，翻覆不能入眠。輾，古字作展。展轉，即反側。反側，猶翻覆。

[10] 琴、瑟，皆弦樂器。琴五或七弦，瑟二十五或五十弦。友，此處有親近之意。這句說，用琴瑟來親近"淑女"。

[11] 芼(mào 冒)，擇取。

[12] 鍾，當作鐘，古代典籍多通作鍾。鐘鼓樂之，用鐘鼓來使"淑女"喜樂。

卷　耳(周南)

【解題】 《詩序》说:"《卷耳》,后妃之志也。又當輔佐君子求賢審官,知臣下之勤勞,内有進賢之志,而無險詖私謁之心。朝夕思念,至於憂勤也。"但與詩的内容並不相符。故後世學者對《序》説頗多非議。朱熹《詩集傳》説此篇是后妃思念文王之作。現代研究者多以爲是女子懷念征人的詩。就篇中"僕"、"馬"、"金罍"、"兕觥"諸詞語來看,此詩所寫人物,似是貴族而非一般人民。

采采卷耳,不盈頃筐[1]。嗟我懷人,寘彼周行[2]。
陟彼崔嵬[3],我馬虺隤[4]。我姑酌彼金罍[5],維以不永懷[6]。
陟彼高岡,我馬玄黃[7]。我姑酌彼兕觥[8],維以不永傷[9]。
陟彼砠矣[10],我馬瘏矣[11],我僕痡矣[12]。云何吁矣[13]!

【註釋】

[1] 采采兩句:采采,不斷地採;采即採字。一説,采采,茂盛貌。卷耳,即苓耳。形如鼠耳,葉青白色,白華細莖,蔓生。可食,但滑而少味。盈,滿。頃筐,淺筐。這兩句説,雖不斷地採着卷耳,但仍不能採滿一淺筐;以形容其憂思之深。

[2] 寘,同"置"。周行,周的行列。行,疑指軍行。這句説,我所懷念的人,被置於周的軍隊中。一説,周行,大路;彼,指頃筐;寘彼周行,把頃筐放在大路邊。

[3] 陟,攀登。崔嵬,《毛傳》説是覆蓋着石子的土山。《爾雅》則説是覆蓋着泥土的石山。

[4] 我,婦人想像中的丈夫自我。虺(huǐ悔)隤(tuí穨),疾病的通稱。見《爾雅·釋詁》郭璞註及郝懿行《義疏》。

[5] 姑,姑且。金罍,青銅酒器,比酒尊大;是青銅器時代貴族所用的器物。又,《説文》引此句作"我乃(gū沽)酌彼金罍",則爲滿酌金罍之意。同書:"秦人以市買多得爲乃。"

[6]永,長久。懷,思念。這句寫征人藉飲酒來排除自己對家裏的懷念。

[7]玄黄,疾病的通稱。見《爾雅·釋詁》郭璞註及郝懿行《義疏》。

[8]兕(sì 四)觥(gōng 公),兕牛角製成的酒器。兕,類似犀牛的野牛,一角,青色。

[9]永傷,猶永懷。傷亦思之意。

[10]砠,《毛傳》説是覆蓋着泥土的石山。《爾雅》説是覆蓋石子的土山。

[11]瘏(tú 途),病。此處作動詞用,爲患病之意。

[12]痡(pū 鋪),病。此處作動詞用,爲患病之意。

[13]云何吁矣,多麽憂傷。云,語詞。吁,通作"盱"。盱,憂。

芣　苢(周南)

【解題】　本篇寫婦女採摘芣苢的情狀,反映她們在勞動中的歡愉之情。芣苢(fóu yǐ 浮以)即車前,古人以爲它的種子可以醫治婦人不孕。《詩序》説:"《芣苢》,后妃之美也。和平,則婦人樂有子矣。"解釋婦女採摘芣苢的動機,可供參考。但歸美后妃之説則不足據。

采采芣苢,薄言采之[1]。采采芣苢,薄言有之[2]。
采采芣苢,薄言掇之[3]。采采芣苢,薄言捋之[4]。
采采芣苢,薄言袺之[5]。采采芣苢,薄言襭之[6]。

【註釋】

[1]薄、言,皆語詞。采,採取。這句寫開始摘取芣苢。

[2]有,收藏。一説,有,獲取。

[3]掇,拾取。

[4]捋(luō 羅陰平),捋取。

[5]袺(jié 結),拉起衣衿以盛放物品。袺之,拉起衣衿,把芣苢裝進去。

[6]襭(xié 協),把衽插在衣帶中以盛放物品。襭之,把衽插在衣帶裏,把芣苢裝進去。

谷　　風(邶風)

【解題】　本篇寫婦女被丈夫遺棄後的悲痛感情,反映了當時婦女社會地位的低下。《詩序》以爲此類遺棄妻子的風俗是由統治者所造成的,所以説:"《谷風》,刺夫婦失道也。衛人化其上,淫於新昏而棄其舊室。夫婦離絶,國俗傷敗焉。"

習習谷風,以陰以雨[1]。黽勉同心[2],不宜有怒。采葑采菲,無以下體[3]。德音莫違[4],及爾同死[5]。

行道遲遲[6],中心有違[7],不遠伊邇,薄送我畿[8]。誰謂荼苦,其甘如薺[9]。宴爾新昏[10],如兄如弟。

涇以渭濁,湜湜其沚[11]。宴爾新昏,不我屑以[12]。毋逝我梁[13],毋發我笱[14]。我躬不閱,遑恤我後[15]。

就其深矣,方之舟之。就其淺矣,泳之游之[16]。何有何亡[17],黽勉求之。凡民有喪[18],匍匐救之[19]。

能不我慉[20],反以我爲讎。既阻我德[21],賈用不售[22]。昔育恐育鞫[23],及爾顛覆[24]。既生既育[25],比予于毒[26]。

我有旨蓄[27],亦以御冬[28]。宴爾新昏,以我御窮[29]。有洸有潰[30],既詒我肄[31]。不念昔者,伊余來墍[32]。

【註釋】

[1] 習習兩句:習習,和舒貌。谷風,東風,生長之風。以陰以雨,爲陰爲雨,以滋潤百物。這兩句説,天時和順則百物生長;以喻夫婦應該和美。一説,習習,風連續不斷貌;谷風,來自大谷的風,爲盛怒之風;以陰以雨,没有晴和之意;這兩句喻其夫暴怒不止。

[2] 黽(mǐn 敏)勉,猶勉勉。盡力自勉。

[3] 采葑兩句:葑,蕪菁。菲,蘿蔔。下體,根莖。《正義》説:"言采葑菲之菜者,無以下體根莖之惡,並棄其葉。以興爲室家之法,無以其妻顔

色之衰,並棄其德。"

[4]德音,善言,猶好話。莫違,不要違反。

[5]及,與。同死,猶偕老。及爾同死,與你白頭偕老;也即上文所説的"德音"。

[6]遲遲,緩慢。這句寫女子被逐而離開家庭,在路上行走很慢。

[7]中心,心中。違,通作"愇",怨恨之意。

[8]不遠兩句:伊,義同唯。邇,近。薄,語詞。畿,門限。這兩句寫女子被棄逐而離開家庭時,其夫只送到門限以内,極言男子的薄情。

[9]誰謂兩句:荼,苦菜。薺,甜味的菜。這兩句説,誰説荼是苦的?我覺得它跟薺一樣甜。言外之意,説自己的遭遇遠比荼苦。

[10]宴,安樂。昏、婚古字通。新昏,指其夫和新娶的女子。

[11]涇以渭濁兩句:涇,涇水。渭,渭水。二水皆發源於今甘肅省境内,至陝西省高陵縣合流。涇水濁而渭水清。以,猶與,給與之意。湜(shí實)湜,水清見底之貌。沚,《説文》《玉篇》《白帖》《集韻》《類篇》引此詩皆作止。沚當爲誤字。這兩句大意説,涇水雖把污泥之類的東西帶給渭水,但渭水在静止時仍然清澈見底。涇喻其夫新娶的女子,渭喻自己。意謂新人一來,丈夫對自己就更看不入眼了;但自己在實際上仍跟以前同樣的美好。

[12]不我屑以,猶言不屑和我在一起。不屑,有嫌惡輕鄙之意。以,與、和。

[13]逝,往。梁,魚梁,流水中攔魚之物。這句説,不要到我的魚梁那兒去。寫女子恐京中魚梁被新人弄壞。

[14]發,撥,撥亂。笱,竹製的捕魚器具,其口魚能入而不能出。

[15]我躬兩句:躬,身。閱,容。遑,閒暇。恤,憂念。這兩句説,我自己還不被丈夫所容,哪有餘暇憂慮我走後的事。

[16]就其深矣四句:方,泭,即筏子。此處方和舟字皆作動詞用。泳,潛水而行。游,浮行水上。此四句以渡水比喻治理家務,言一切都處理得恰如其分。

[17]有,謂富。亡,與"無"同,言貧乏。這句説,不論是富有或貧乏。

[18]民,指鄰里。喪,死亡凶禍之事。

[19] 匍匐,本義爲小兒爬行,引申義爲盡力。

[20] 能不我慉,今本《詩經》皆作"不我能慉",爲轉寫之誤。今據《説文》所引詩句校改。能,讀爲"而"。慉,喜悦之意。這句連下文意爲,不但對我無好感,反以我爲仇敵。

[21] 阻,阻難。德,善。這句大意説,你既對我的善行加以阻難。阻,《韓詩》作"詐"。意謂你既把我的德行當作是虚假的。與《毛詩》義可互通。

[22] 賈,商賈。用,因而。這句説,我的善行就像商賈賣不出的貨物一樣。意謂没有作用和意義。

[23] 育,生養,猶今言生活。恐,恐懼。鞫(jú 菊),窮困。這句説,以前生活在恐慌、窮困中。

[24] 及,假作"岌"。岌岌,危殆狀。顛覆,跌倒。

[25] 既生既育,已經有了財業、能够生活了。《鄭箋》:"生,謂財業也。"

[26] 毒,毒物。

[27] 旨蓄,味美的蓄菜。旨,美好。蓄,指蓄菜,即乾菜、鹹菜之類。

[28] 御,通作"禦",抵禦。御冬,猶言備冬、防冬。

[29] 以我御窮,用我抵禦窮苦。《正義》:"窮苦娶我,至於富貴而見棄。似冬月蓄菜,至於春夏則見遺也。"

[30] 有洸有潰,《毛傳》:"洸(guāng 光)洸,武也。潰潰,怒也。"洸潰指其夫虐待打罵之事。

[31] 詒,通作"貽"。肆,勞,勞苦。

[32] 伊,猶維。來,是。塈(jì 既),疑假作"愍"。愍即古文愛字。伊余來塈,維余是愛,只愛我一個人。

載　　馳(鄘風)

【解題】　本篇爲許穆夫人所作。許穆夫人是衛宣姜的女兒,嫁於許。公元前六六〇年(周惠王十七年),衛爲狄人所滅。宋桓公迎衛遺民渡過黄河,立衛戴公(許穆夫人之兄)於漕邑。不久戴公死,其弟文公繼立。此詩當作於文公元年(公元前六五九年)春夏間。《詩序》説:

"《載馳》,許穆夫人作也。閔其宗國顛覆,自傷不能救也。衛懿公爲狄人所滅,國人分散,露於漕邑。許穆夫人閔衛之亡,傷許之小,力不能救。思歸唁其兄,又義不得,故賦是詩也。"就詩的内容看,似許穆夫人業已動身往漕,在路上遇到許國大夫的勸阻,被迫折回。王先謙《詩三家義集疏》則以爲她已經到達漕邑。《左傳》閔公二年在記載"許穆夫人賦《載馳》"後,接着就敍述齊桓公派兵助衛和贈許穆夫人魚軒的事(杜預註:魚軒,夫人車,以魚皮爲飾),可見此詩在當時很有政治影響。

載馳載驅[1],歸唁衛侯[2]。驅馬悠悠[3],言至于漕[4]。大夫跋涉,我心則憂[5]。

既不我嘉[6],不能旋反[7]。視爾不臧[8],我思不遠[9]。既不我嘉,不能旋濟[10]。視爾不臧,我思不閟[11]。

陟彼阿丘,言采其蝱[12]。女子善懷[13],亦各有行[14]。許人尤之[15],衆稺且狂[16]。

我行其野,芃芃其麥[17]。控于大邦[18],誰因誰極[19]。大夫君子[20],無我有尤[21]。百爾所思,不如我所之[22]。

【註釋】

[1]載,猶乃。驅,驅馬,鞭馬。《説文》:"馳,大驅也。"段註:"馳亦驅也,較大而疾耳。"

[2]歸唁(yàn 彦)衛侯,回去弔唁衛侯失國。古時弔失國叫唁。

[3]悠悠,遠遠的意思。

[4]言,我。于,往。漕,衛邑,今河南省滑縣。言至于漕,我去往漕邑。

[5]大夫兩句:大夫,許國大夫。跋涉,猶言登山涉水。山行叫跋,水行叫涉。這兩句説,見許國大夫跋涉而來,知是勸阻我返衛,我心中因此而感到憂愁。

[6]嘉,嘉許。

[7]旋,還歸。反,同"返"。旋反,指返回衛國。

［ 8 ］視,通作"示",顯示。臧,通作"藏",隱藏。

［ 9 ］不遠,《毛傳》:"不能遠衛也。"以上四句大意説,你們既不嘉許我,我就不能返衛了。但我可以把我的内心毫不隱藏地顯示給你們看:我是不會撇開衛國而不去思念它的。

［10］旋濟,還渡。濟,渡水。此仍指返回衛國。

［11］我思不閟(bì 必),我對於衛的思念是不會停止的。《毛傳》:"閟,閉。"陳奐説:"閉,猶止也。"(《詩毛氏傳疏》)

［12］陟彼阿丘兩句:陟,攀登。阿丘,本義爲偏高的山丘,此處或係指衛的某一山丘。陳奐説:"阿丘所在未聞,疑衛丘名。"虻,莔(méng 萌)的假借字。莔,貝母,一種藥用植物。古人以爲可治鬱悶之疾。此兩句係隱喻,言只有到達衛地,我的鬱悶纔可消釋。

［13］善懷,多思慮。

［14］有行,指其所想的都有道理。《毛傳》:"行,道也。"

［15］尤,過失。此處作動詞用。之,指許穆夫人的思想、打算。尤之,把這種打算看成是一種錯誤。

［16］衆穉且狂,言許人既幼穉又狂妄。一説,穉,驕傲,也通。

［17］芃(péng 朋)芃,茂盛貌。

［18］控,陳訴,赴告。

［19］因,親近。極,至。這句連上句説,我要到大邦去陳訴,哪個國家跟衛親近就到哪個國家去。以上四句皆寫許穆夫人的願望,並非實事。

［20］大夫君子,指許臣。

［21］無我有尤,不要對我責備。尤,責備。

［22］之,往。所之,謂志之所之。這句連上句説,你們一百個人所考慮的,都不如我爲自己所選擇的道路。

氓(衛風)

【解題】　本篇題旨和《谷風》相似,也是寫棄婦之作。篇中叙述女子從戀愛到被棄的經過,感情悲憤。舊時註家對此詩頗多曲解,如《詩序》説:"《氓》,刺時也。宣公之時,禮義消亡。淫風大行。男女無別,遂相奔誘。華落色衰，復相棄背。或乃困而自悔，喪其妃耦。故序其事以風焉。美反正，刺淫佚也。"朱熹《詩集傳》也説："此淫婦爲人所棄，而自叙其事以道其悔恨之意也。"都以封建觀點歪曲了本篇的思想意義。《詩序》説此篇爲宣公時詩，也無確據。

氓之蚩蚩[1]，抱布貿絲[2]。匪來貿絲[3]，來即我謀[4]。送子涉淇[5]，至于頓丘[6]。匪我愆期[7]，子無良媒。將子無怒[8]，秋以爲期[9]。

乘彼垝垣[10]，以望復關[11]。不見復關，泣涕漣漣[12]。既見復關，載笑載言[13]。爾卜爾筮[14]，體無咎言[15]。以爾車來[16]，以我賄遷[17]。

桑之未落，其葉沃若[18]。于嗟鳩兮，無食桑葚[19]。于嗟女兮，無與士耽[20]。士之耽兮，猶可説也。女之耽兮，不可説也[21]。

桑之落矣，其黃而隕[22]。自我徂爾[23]，三歲食貧[24]。淇水湯湯[25]，漸車帷裳[26]。女也不爽[27]，士貳其行[28]。士也罔極[29]，二三其德[30]。

三歲爲婦，靡室勞矣[31]。夙興夜寐[32]，靡有朝矣[33]。言既遂矣，至于暴矣[34]。兄弟不知，咥其笑矣[35]。靜言思之[36]，躬自悼矣[37]。

及爾偕老，老使我怨。淇則有岸，隰則有泮[38]。總角之宴[39]，言笑晏晏[40]。信誓旦旦[41]，不思其反[42]。反是不思，亦已焉哉[43]。

【註釋】

[1] 氓(méng 萌)，民。指棄婦的丈夫。此處係追述婚前的情況。蚩(chī 癡)蚩，《毛傳》："蚩蚩者，敦厚之貌。"《韓詩》蚩亦作嗤。嗤嗤，猶言笑嘻嘻。

[2]布,布泉,貨幣。貿,買。此句猶言持錢買絲。

[3]匪,通作“非”。

[4]即,就。這句説,來就我商量婚事。

[5]淇,淇水,衛國的河流。

[6]頓丘,本爲高堆的通稱,後轉爲地名。在淇水南。淇水又曲折流經其
    西方。

[7]愆期,過期。愆,過。

[8]將(qiāng槍),願、請。

[9]秋以爲期,以秋爲期。期,謂約定的婚期。

[10]乘,登上。垝(guǐ詭)垣,已壞的牆。

[11]復關,王先謙説:“猶言重關。”(《詩三家義集疏》)爲此男子所居之地。
    一説,關,車厢。復關,指返回的車子。

[12]漣漣,淚流貌。

[13]載,猶言則。

[14]爾,你。卜,用龜甲卜卦。筮,用蓍草占卦。

[15]體,卦體,卦象。咎言,猶凶辭。《齊詩》《韓詩》體作履,解作幸。與
    《毛詩》義可互通,猶言卜筮結果,幸無凶辭。

[16]車,指迎婦的車。

[17]賄,財物。指陪嫁。

[18]沃若,沃然,肥澤貌。這句以桑葉肥澤,喻女子正在年輕美貌之時。
    一説,喻男子情意濃厚的時候。

[19]于嗟兩句:于嗟,即吁嗟,嘆詞。鳩,鳥名。《毛傳》:“鳩,鶻鳩也。食
    桑葚過,則醉而傷其性。”此以鳩鳥不可貪食桑葚,喻女子不可爲愛情
    所迷。

[20]耽(dān丹),樂,歡愛。

[21]不可説,猶不堪説。有不忍説之意。這句連上句説,女與士耽,其結
    果是不堪説、不忍説的。爲悲痛之語。一説,説讀爲“脱”,釋爲解脱;
    言女子既與男子相愛,即不可解脱。

[22]黃,謂黃黃。隕,墮,落下。這句以桑葉黃落喻女子顏色已衰。一説,
    喻男子情意已衰。

［23］徂爾,嫁往你家。徂,往。

［24］三歲,泛指多年,不是實數。歲,年。食貧,猶言過着貧苦的日子。

［25］湯湯,水盛貌。讀爲"傷傷",或如字讀。

［26］漸,漬,浸濕。帷裳,女子車上的布幔。《正義》據《鄭箋》解釋此兩句說:"言己雖知汝貧,猶尚冒此深水漸車之難而來,明己專心於汝。"一說,此指女子被休棄後渡淇水而歸的情況。

［27］爽,過失,差錯。

［28］貳,當爲"貣"的誤字。貣即"忒"的假借字。忒,差失,過錯。行,行爲。這句連上句説,女子並無過失,是男子自己的行爲有差忒。

［29］罔極,猶今言没準兒,反覆無常。罔,無。極,中。陳奂説:"無中即是二三之謂。"(《詩毛氏傳疏》)

［30］二三其德,言其行爲再三反覆。

［31］靡室勞矣,言不以操持家務爲勞苦。靡,無,不。室,指室家之事,猶今所謂家務。

［32］夙興夜寐,起早睡晚。夙,早。興,起,指起身。

［33］靡有朝矣,言不止一日。日日如此。

［34］言既遂矣兩句:言,句首語詞。遂,猶久。這兩句説,我在你家既已久了,你就對我粗暴,虐待我了。

［35］咥(xì戲),咥咥然,大笑貌。

［36］静言思之,静而思之。言,句中語詞。

［37］躬,身。悼,傷。此句猶言獨自悲傷。

［38］隰(xí習),低濕之地。泮,同"畔",邊沿。這句連上句説,淇尚有岸,隰尚有泮,而其夫卻行爲放蕩,没有拘束。

［39］總角,結髮,謂男女未成年時。宴,安樂,歡樂。此女子當在未成年時即與男子相識。

［40］晏晏,和柔貌。

［41］旦旦,即怛怛,誠懇貌。旦爲"怛"的假借字。《三家詩》作悬悬。悬即怛字。

［42］不思其反,不要設想這些誓言會被違反。此爲當時男子表示自己始終不渝之詞。

[43] 反是不思兩句: 反,指違反誓言的事。是,則。已,止,指愛情終止,婚
姻生活結束。這兩句大意說,我是沒有想到你會違反誓言,但我們的
愛情卻就這樣地完了呀!

伯　兮(衛風)

【解題】　本篇寫婦人對征夫的思念,感情深厚,描寫細膩。《詩
序》説:"《伯兮》,刺時也。言君子行役,爲王前驅,過時而不反焉。"《鄭
箋》以爲詩中所述,即衛宣公時伐鄭之事。但鄭在衛西,與"自伯之東"
一語不符,恐不足信。

伯兮朅兮[1],邦之桀兮[2]。伯也執殳[3],爲王前驅。
自伯之東[4],首如飛蓬[5]。豈無膏沐[6],誰適爲容[7]?
其雨其雨,杲杲出日[8]。願言思伯[9]。甘心首疾[10]!
焉得諼草[11],言樹之背[12]。願言思伯,使我心痗[13]!

【註釋】

[1] 伯,兄弟姐妹中年長者稱伯。此處係指其丈夫。朅(qiè 竊),武貌。

[2] 桀,通"傑"。

[3] 殳(shū 殊),梃棍之類的兵器,長丈二,無刃。

[4] 之,往。

[5] 首如飛蓬,頭上的亂髮如飛散的蓬草。蓬,一種野生植物。枯後常在
近根處折斷,遇風飛旋,故稱飛蓬。

[6] 膏沐,面膏、髮油之類。

[7] 適(dí 嫡),馬瑞辰釋爲悦(《毛詩傳箋通釋》)。容,容飾。這句説,修
飾容貌爲了取悦於誰呢?

[8] 其雨兩句: 其,維。杲(gǎo 稿)杲,日出明亮貌。《鄭箋》:"人言其雨
其雨,而杲杲然日復出。猶我言伯且來,伯且來,則復不來。"

[9] 願,讀爲"懋(yìn 胤)",張斷忍痛之意。與下文"言思伯"分讀。

言,我。

[10] 甘心首疾,猶言苦心疾首。首疾,倒文以協韻。甘與苦以相反爲義。
一説,疾,痛。這句意謂,雖頭痛也心甘情願。

[11] 焉得,安得,哪得。諼(xuān 宣)草,即萱草,古代以爲此草可以使人
忘憂,故又名忘憂草。

[12] 言樹之背,把它種到北堂去。背,指北堂,即後庭。

[13] 痗(mèi 妹),病。心痗,心痛而病。

黍　　離(王風)

【解題】　本篇是東周大夫悲悼宗周覆亡之作。《詩序》説:"《黍
離》,閔宗周也。周大夫行役,至於宗周(謂西周首都鎬京,在今陝西省
西安市西南)。過故宗廟宮室,盡爲禾黍。閔周室之顛覆,彷徨不忍
去,而作是詩也。"今人或以爲是流浪者抒寫思鄉之情的作品。

彼黍離離[1],彼稷之苗[2]。行邁靡靡[3],中心搖搖[4]。知我
者[5],謂我心憂。不知我者,謂我何求[6]。悠悠蒼天[7],此何
人哉[8]?

彼黍離離,彼稷之穗[9]。行邁靡靡,中心如醉[10]。知我者,
謂我心憂。不知我者,謂我何求。悠悠蒼天,此何人哉?

彼黍離離,彼稷之實。行邁靡靡,中心如噎[11]。知我者,謂
我心憂。不知我者,謂我何求。悠悠蒼天,此何人哉?

【註釋】

[1] 彼,猶今言那個地方,指西周宗廟宮室所在之地。黍,即大黄米。離
離,結實纍纍。

[2] 稷,郝懿行《爾雅義疏》説:"稷爲穀子,其米爲小米。"

[3] 行邁,複合詞,即行。靡靡,遲遲,指行走緩慢。

［ 4 ］中心,心中。摇摇,憂苦不安。《毛傳》:"摇摇,憂無所愬(訴)。"

［ 5 ］知我者,指知我心情者。

［ 6 ］謂我何求,謂我久留不去,何所要求。

［ 7 ］悠悠,謂遠。蒼天,猶今言青天。

［ 8 ］此何人哉,造成這種局面的到底是哪個人?

［ 9 ］穗,穗子。

［10］醉,《毛傳》:"醉於憂也。"言心中憂愁猶如醉酒一樣。

［11］噎(yē 椰),咽喉閉塞,不能喘息。

君 子 于 役(王風)

【解題】 本篇寫婦人懷念久役于外的丈夫。《詩序》説:"《君子于役》,刺平王也。君子行役無期度,大夫思其危難以風焉。"似言此詩係大夫託爲婦人憂念之辭,以刺平王。朱熹《詩集傳》則以爲是婦人自作。通觀全詩,以自作之説爲長。至是否爲平王時詩,也頗難確定。

君子于役[1],不知其期[2],曷至哉[3]?雞棲于塒[4],日之夕矣,羊牛下來[5]。君子于役,如之何勿思!

君子于役,不日不月[6],曷其有佸[7]?雞棲于桀[8],日之夕矣,羊牛下括[9]。君子于役,苟無飢渴[10]!

【註釋】

［ 1 ］于役,往外服役。

［ 2 ］期,期日。此指還期、定期。

［ 3 ］曷,何。此指何時。下同。至,到家。

［ 4 ］塒(shí 時),雞塒,鑿牆而成的雞窠。

［ 5 ］羊牛下來,《鄭箋》:"羊牛從下牧地而來。"

［ 6 ］不日不月,無日無月。極言時間之長。

［ 7 ］佸(huó 活),相會,來到。

［ 8 ］桀,《魯詩》作榤。是用竹木所編、給雞棲息的圈子,不用可以摺起,俗
　　　稱雞摺子。

［ 9 ］括,來到。與佸聲義併同。

［10］苟,誠,猶言實實。苟無飢渴,幸無飢渴,爲希求之辭。上章説"如之
　　　何勿思",此章説"苟無飢渴",都是怕他在外服役,遇到危險艱難的
　　　事故。

伐　　檀(魏風)

【解題】《詩序》説:"《伐檀》,刺貪也。在位貪鄙,無功而受禄,君
子不得進仕爾。"三家之説略同。但就詩的内容來看,本篇重點實在責
問和諷刺統治者的不勞而獲,傷"君子不得進仕"之意並不顯著。現代
研究者或據詩中"坎坎伐檀"等語,認爲是伐木的勞動人民所作。

　　坎坎伐檀兮[1],寘之河之干兮[2],河水清且漣猗[3]。不稼不
穡[4],胡取禾三百廛兮[5]？不狩不獵[6],胡瞻爾庭有縣貆兮[7]？
彼君子兮,不素餐兮[8]！

　　坎坎伐輻兮[9],寘之河之側兮,河水清且直猗[10]。不稼不
穡,胡取禾三百億兮[11]？不狩不獵,胡瞻爾庭有縣特兮[12]？彼
君子兮,不素食兮！

　　坎坎伐輪兮[13],寘之河之漘兮[14],河水清且淪猗[15]。不稼
不穡,胡取禾三百囷兮[16]？不狩不獵,胡瞻爾庭有縣鶉兮[17]？
彼君子兮,不素飧兮[18]！

【註釋】

［ 1 ］坎坎,斫木聲。檀,青檀樹,木堅緻,可作車料。

［ 2 ］寘,同"置"。干,岸。這句説,把伐下的青檀樹放置於河岸之上。

［ 3 ］漣,風行水成紋曰漣。《魯詩》作瀾。猗,語詞,《魯詩》作兮,下同。

這句説,河水清澈而有波紋。

[4] 稼,種植莊稼。穡,收穫。

[5] 胡,何,爲什麽。三百廛,猶言三百户。《毛傳》:"一夫之居曰廛。"當時諸侯大夫,有采邑三百户。取禾三百廛,言收取此三百户的穀子。

[6] 狩,冬獵。狩獵,猶俗言打獵。

[7] 瞻,視、瞧。縣,今寫作"懸"。貆(xuān 暄),豬貛,動物名。形略似豬,又似貍。這句説,爲什麽看到你庭中有掛着的豬貛?

[8] 素餐,白喫,和下文的素食、素飧同義,都用來諷刺當時統治者的不勞而獲。

[9] 輻,車輪中直木。此指伐檀木爲車輻。

[10] 直,指直的波文。這句説,河水清澈而有直的波文。

[11] 億,萬萬叫做億,古時十萬也叫做億。《鄭箋》:"三百億,禾秉之數。"禾秉,今言禾把子。

[12] 特,《毛傳》:"獸三歲曰特。"

[13] 輪,車輪。此指伐檀木爲輪。

[14] 漘(chún 脣),崖、岸。

[15] 淪,小波。

[16] 囷,倉廩小而圓的叫做囷,今人稱爲囤。

[17] 鶉(chún 純),鳥名。形體似雞雛,頭小尾秃。

[18] 飧(sūn 孫),熟食。

碩　　鼠(魏風)

【解題】　本篇揭露統治者對人民的殘酷剝削,反映人民對美好生活的嚮往。《詩序》説:"《碩鼠》,刺重斂也。國人刺其君重斂,蠶食於民,不脩其政,貪而畏人,若大鼠也。"後世研究者或從温柔敦厚的詩教説出發,認爲詩人不應以碩鼠比君,對《序》説頗多譏議,這是不對的。

碩鼠碩鼠[1],無食我黍!三歲貫女[2],莫我肯顧[3]。逝將去女[4],適彼樂土[5]。樂土樂土,爰得我所[6]。

碩鼠碩鼠，無食我麥！三歲貫女，莫我肯德[7]。逝將去女，適彼樂國。樂國樂國，爰得我直[8]。

碩鼠碩鼠，無食我苗[9]！三歲貫女，莫我肯勞[10]。逝將去女，適彼樂郊。樂郊樂郊，誰之永號[11]。

【註釋】

[1] 碩鼠，鼫鼠，一種專吃穀物的大田鼠。

[2] 三歲，多年。三，泛言多。貫，事。女，《韓詩》作"汝"，古字通。汝，你。事汝，猶今言侍候你。

[3] 莫我肯顧，不肯顧念我。

[4] 逝，語首助詞，無義。一說，逝同誓，表示堅決之意。

[5] 適，往。

[6] 爰，乃。所，處所，地方。得我所，猶言得到使我安居樂業的居所。

[7] 莫我肯德，不肯感念我的好處。德，此作動詞用，謂感德。

[8] 直，王引之說讀爲"職"。職解作所（《經義述聞》）。得我直，猶得我所。

[9] 苗，禾苗。

[10] 莫我肯勞，不肯慰勞我。《鄭箋》："不肯勞來我。"

[11] 之，猶其。永，長。號，號呼。長號，因痛苦而長聲號呼。這句說，誰還會痛苦而長號呢？

蒹　葭(秦風)

【解題】 本篇抒寫懷人之情，在藝術上達到了情景交融的境地。但其所追求的對象爲誰，迄今尚無定論。《詩序》說："《蒹葭》，刺襄公也。未能用周禮，將無以固其國焉。"《鄭箋》說同，謂詩中所追慕的"伊人"，爲"知周禮之賢人"。朱熹不信《序》說，斥爲穿鑿。今人或以爲是懷念戀人之作。

蒹葭蒼蒼[1]，白露爲霜。所謂伊人[2]，在水一方[3]。遡洄從之[4]，道阻且長[5]。遡游從之[6]，宛在水中央[7]。

蒹葭淒淒[8]，白露未晞[9]。所謂伊人，在水之湄[10]。遡洄從之，道阻且躋[11]。遡游從之，宛在水中坻[12]。

蒹葭采采[13]，白露未已[14]。所謂伊人，在水之涘[15]。遡洄從之，道阻且右[16]。遡游從之，宛在水中沚[17]。

【註釋】

[1]蒹(jiān兼)，荻，菼。葭(jiā加)，蘆，葦。蒼蒼，老青色。

[2]伊人，是人，這個人。

[3]在水一方，在大水的一方。以喻所在之遠。

[4]遡洄，逆流而上。

[5]阻，阻難。這句説，路多阻難而且漫長。

[6]遡游，順流而下。

[7]宛，宛然，宛如，好像的意思。

[8]淒淒，今本作"萋萋"。據《釋文》及阮元《校勘記》改。淒淒，蒼青色。

[9]晞，乾，謂曬乾。

[10]湄，水邊高崖。

[11]躋(jī饑)，上昇，攀登。此言道路險峻，需攀登而上。

[12]坻(chí遲)，水中高地，小渚。

[13]采采，衆多的意思，猶言形形色色。

[14]未已，未止，也是未乾的意思。

[15]涘，水邊，崖岸。

[16]右，《毛傳》解作左右的右，言"出其右"。《鄭箋》解作"迂迴"。馬瑞辰申釋鄭説："周人尚左，故以右爲迂迴。"(《毛詩傳箋通釋》)毛、鄭兩説都通。

[17]沚，小洲，意義和上章坻字相同。

無　衣(秦風)

【解題】　本篇寫士兵在戰争中的同仇敵愾之情。《詩序》說:"《無衣》,刺用兵也。秦人刺其君好攻戰,亟用兵,而不與民同欲焉。"殊與詩意不符。且據《左傳》定公四年記載,秦哀公同意楚臣申包胥的請求,決定派兵救楚時,曾賦《無衣》以示意。更可見其非"刺用兵"之作。《序》說誤。

豈曰無衣? 與子同袍[1]。王于興師[2],脩我戈矛[3],與子同仇。

豈曰無衣? 與子同澤[4]。王于興師,脩我矛戟[5],與子偕作[6]。

豈曰無衣? 與子同裳[7]。王于興師,脩我甲兵[8],與子偕行[9]。

【註釋】

[1]與子同袍,王先謙說:"子者,秦民相謂之詞。"(《詩三家義集疏》)袍,戰袍。

[2]于,解作往,或解作曰,都通。興師,出兵。

[3]戈矛,兵器名。戈,平頭戟,長六尺六寸。矛,長二丈。

[4]澤,假作"襗",褻衣。猶今言裏衣。

[5]戟,將戈、矛合成一體的兵器,能直刺,又能橫擊。

[6]作,起,起來。

[7]裳,戰裙。

[8]甲兵,謂甲胄及兵器。

[9]偕行,猶同行。《漢書・趙充國辛慶忌傳贊》引"偕"作"皆",二字古通。

月　出(陳風)

【解題】　本篇寫思慕美人之情。《詩序》說:"《月出》,刺好色也。在位不好德,而說美色焉。"朱熹則說"此亦男女相悅而相念之辭"。今人多從朱說。

月出皎兮[1],佼人僚兮[2],舒窈糾兮[3]。勞心悄兮[4]。
月出皓兮[5],佼人懰兮[6],舒慢受兮[7]。勞心慅兮[8]。
月出照兮,佼人燎兮[9],舒夭紹兮[10]。勞心慘兮[11]。

【註釋】

[1]皎,月光潔白貌。

[2]佼人,美人。佼,假作"姣",姣是美好的意思。僚,美好貌。

[3]舒,發聲字。窈糾,猶窈窕。

[4]悄,憂貌。

[5]皓(hào 皓),今本作"皓"。此從《唐石經》改正。皓本是日出發光貌,借用以形容月光。

[6]懰,好貌。

[7]慢(yǒu 黝)受,寬緩從容的樣子。

[8]慅(cǎo 草),煩憂。

[9]燎,假作"嫽"。嫽,好。

[10]夭紹,同"要紹"。言其所作姿態的美好。《文選·西京賦》薛綜註:"要紹,謂嬋娟作姿容也。"

[11]慘,讀若"懆(cǎo 草)"。《說文》:"懆,愁不安也。"

七　月(豳風)

【解題】　本篇描寫周代早期的農業生產情況,敍述"農夫"在一年中所從事的農業勞動,反映了當時的生產關係和人民的艱苦生活。全詩凡八章八十八句,是《國風》裏最長的一篇。《詩序》說:"《七月》,陳王業也。周公遭變,故陳后稷先公風化之所由,致王業之艱難也。"就詩的内容看,此篇當爲周公以前的豳(今陝西省彬縣)地詩歌,或許周公曾經陳述此詩以教戒成王。

七月流火[1],九月授衣[2]。一之日觱發[3],二之日栗烈[4]。無衣無褐,何以卒歲[5]?三之日于耜[6],四之日舉趾[7]。同我婦子,饁彼南畝[8],田畯至喜[9]。

七月流火,九月授衣。春日載陽[10],有鳴倉庚[11]。女執懿筐[12],遵彼微行[13],爰求柔桑[14]。春日遲遲[15],采蘩祁祁[16]。女心傷悲,殆及公子同歸[17]!

七月流火,八月萑葦[18]。蠶月條桑[19],取彼斧斨[20],以伐遠揚[21],猗彼女桑[22]。七月鳴鵙[23],八月載績[24]。載玄載黃[25]。我朱孔陽,爲公子裳[26]。

四月秀葽[27],五月鳴蜩[28]。八月其穫[29],十月隕蘀[30]。一之日于貉[31],取彼狐狸,爲公子裘。二之日其同[32],載纘武功[33]。言私其豵,獻豣于公[34]。

五月斯螽動股[35],六月莎雞振羽[36]。七月在野[37],八月在宇,九月在户,十月蟋蟀入我牀下。穹窒熏鼠[38],塞向墐户[39]。嗟我婦子,曰爲改歲[40],入此室處。

六月食鬱及薁[41],七月亨葵及菽[42]。八月剥棗[43],十月穫稻。爲此春酒[44],以介眉壽[45]。七月食瓜,八月斷壺[46],九月叔苴[47]。采荼薪樗[48],食我農夫[49]。

九月築場圃[50],十月納禾稼[51]。黍稷重穋[52],禾麻菽麥。嗟我農夫,我稼既同[53],上入執宫功[54]。晝爾于茅[55],宵爾索綯[56]。亟其乘屋[57],其始播百穀[58]。

二之日鑿冰沖沖[59],三之日納于凌陰[60]。四之日其蚤[61],獻羔祭韭[62]。九月肅霜,十月滌場[63]。朋酒斯饗[64],曰殺羔羊。

躋彼公堂[65]，稱彼兕觥[66]，萬壽無疆[67]。

【註釋】

[1] 七月，夏曆七月。周正建子，殷正建丑，夏正建寅。周人兼用夏曆，見
《逸周書·周月》篇。火，東方心星，大火星。流，下。流火，火星漸向
西下，是暑退將寒的時候。

[2] 授，以物與人叫授。

[3] 一之日，周曆正月，夏曆十一月。以下二之日、三之日、四之日，可順
序類推。觱(bì 必)發，風寒。

[4] 栗烈，猶言凛冽，謂寒氣逼人。

[5] 無衣兩句：褐(hè 賀)，用細獸毛或粗麻編織成的短衣。卒歲，終歲，
猶言度歲。這兩句大意説，沒有衣服，怎樣過冬。

[6] 于耜(sì 四)，修耒耜。于，爲，此處指修理。耒耜，耕具，猶今言犁耙。

[7] 舉趾，舉足而耕。

[8] 饁(yè 葉)，饋食，送飯。南畝，向陽田地。

[9] 田畯，田大夫，農官。至喜，甚喜。

[10] 載，則。陽，溫暖之意。這句説，春日則暖和。

[11] 倉庚，黃鸝，鳴禽。

[12] 懿筐，深筐，大籃子。

[13] 遵彼微行，沿着牆下小路。遵，循，沿着。微行，牆下小路。

[14] 爰，於，於是。柔桑，柔嫩的桑葉。

[15] 遲遲，舒緩。這句説，春天日長。

[16] 蘩(fán 繁)，白蒿。可飼幼蠶。祁祁，衆多。

[17] 殆，危，危則可畏，引伸爲害怕。及，與。這兩句意思説，採桑女心裏
傷悲，害怕自己被公子們擄去。

[18] 萑(huán 環)葦，蒹葭，荻蘆。這句説，八月預備荻蘆，供明年春天作曲
(飼蠶用具，如今蠶泊之類)。

[19] 蠶月，養蠶之月。條，此處作動詞用。條桑，猶言修剪桑枝。

[20] 斧斨(qiāng 槍)，斧頭柄孔圓的叫斧，方的叫斨。

[21] 遠揚,指又長又高的桑枝。

[22] 猗(yī 伊),掎。《説文》:"掎,偏引也。"偏引,斜攀的意思。女桑,嫩弱的桑枝。

[23] 鵙(jú 橘),今本作"鶪"。此從《唐石經》改。鵙,鳥名。《毛傳》以爲是伯勞。

[24] 載,開始。績,績麻。

[25] 載,猶今語又是。玄,黑色帶紅。玄、黃,都指染絲麻説。

[26] 我朱孔陽兩句:朱,紅。此處指紅色的絲織品。孔陽,很鮮明。裳,朱裳,謂豳公子的祭服。這兩句説,我以很鮮明的紅色絲織品,爲公子製祭服。

[27] 秀,不開花而結子叫秀。葽(yāo 腰),植物名。《鄭箋》説,即王萯,也即王瓜。

[28] 鳴蜩(tiáo 條),蟬鳴。蜩,蟬。

[29] 穫(huò 或),收穫。

[30] 隕蘀(tuò 拓),墜落。此指草木枝葉脱落。

[31] 于貉(hé 合),往獵野獸皮毛爲衣。《毛傳》:"于貉,謂取狐狸皮也。"貉當讀爲貊。《説文》:"貊,似狐,善睡獸。"

[32] 同,會合。

[33] 纘,繼續。武功,武事。此處指狩獵。

[34] 言私其豵兩句:言,句首助詞,無實義。私,私有。豵(zōng 宗),小獸。豣(jiān 堅),大獸。《毛傳》:"豕一歲曰豵,三歲曰豣。"公,公家。這兩句説,獵得的小獸歸私人所有,大獸獻於公家。

[35] 斯螽(zhōng 終),動物名,蝗類。動股,指發出鳴聲,相傳斯螽以兩股相切而發聲。

[36] 莎(suō 梭)雞,紡織娘。振羽,振翅膀而發聲。

[37] 在野,指蟋蟀在野。下文在宇、在户亦指蟋蟀。

[38] 穹(qióng 窮)窒(zhì 至),盡塞室中孔隙。《毛傳》:"穹,窮。窒,塞也。"熏鼠,用煙火熏燒鼠類,使其無法存身。

[39] 向,北窗。墐(jìn 覲),塗。墐户,用濕泥把門縫塗滿。

[40] 改歲,猶今言過年。

[41] 鬱(yù 郁),郁李。薁(yù 郁),嬰薁,野葡萄。

[42] 亨,同"烹"。葵,冬葵。菽,大豆。

[43] 剥,讀爲"撲",敲擊之意。

[44] 春酒,《毛傳》:"春酒,凍醪也。"陳奐説:"疑即今作白酒釀。"(《詩毛氏傳疏》)又據馬瑞辰説:冬日釀酒,經春始成,故名春酒(《毛詩傳箋通釋》)。

[45] 介,助。眉壽,豪眉。老壽的人生有長眉,故稱眉壽。這句説,以春酒助人長壽。

[46] 壺,壺蘆。

[47] 叔苴(jū 居),拾麻子。叔,拾。苴,麻子,可食。

[48] 荼(tú 途),苦菜。樗(chū 初),臭椿。薪樗,砍伐臭椿以作薪。

[49] 食(sì 飼),把食物給人吃。

[50] 築場圃,把菜圃修築爲曬禾場所。《鄭箋》:"場圃同地。自物生之時,耕治之以種菜茹。至物盡成熟,築堅以爲場。"

[51] 納,收進穀倉。禾稼,猶今言莊稼。

[52] 重穋(lù 陸),晚熟作物叫重,早熟作物叫穋。

[53] 同,聚攏。指把穀物聚攏起來。

[54] 上,通"尚",尚且。宫功,室内勞動。這句説,還要從事室内勞動。

[55] 爾,語詞。于茅,往割茅草。茅,即絲茅。

[56] 索綯(táo 陶),搓繩。

[57] 亟,同"急"。乘,登上。乘屋,登屋修繕。這句説,趕快上屋去從事修繕工作。

[58] 這句説,要開始播種了。

[59] 沖沖,鑿冰聲。

[60] 凌陰,冰室。納于凌陰,把冰放入冰室,謂藏冰備暑。

[61] 蚤,同"早",早晨。

[62] 獻羔祭韭,開冰時,用羔韭祭廟。韭,即韭菜。

[63] 九月肅霜兩句:據《毛傳》説:肅霜,結霜而萬物收縮。滌(dí 笛)場,打掃禾場,農事已畢。王國維説:"肅霜、滌場皆互爲雙聲,乃古之聯綿字,不容分别釋之。肅霜猶言肅爽,滌場猶言滌蕩。九月肅霜,謂

九月之氣清高顥白而已,至十月則萬物搖落無餘矣。"(《觀堂集林》卷一《肅霜滌場説》)

[64] 朋酒,設兩樽酒。《毛傳》:"兩樽曰朋。"

[65] 躋,登上。公堂,集會之所。《毛傳》:"公堂,學校也。"或説此指豳公(公劉)之堂,也通。

[66] 稱,舉起。兕(sì 四)觥(gōng 公),兕牛角製成的酒器。

[67] 萬壽無疆,猶言大壽無窮。《毛傳》:"疆,竟也。"無疆,無止境。萬壽,《鄭箋》説猶大壽。

東　　山(豳風)

【解題】《詩序》:"《東山》,周公東征也。周公東征,三年而歸。勞歸士。大夫美之,故作是詩也。"今人或疑爲戍卒還鄉途中思家之作,未必與周公東征有關。然就詩篇所反映的農村荒涼景象看,當時一定發生過較大規模的戰爭。且詩中有"于今三年"之語,也與《尚書大傳》所説的"周公攝政,一年救亂,二年東征,三年踐奄"相符。《詩序》對本篇時代背景的解釋,應屬可信。至詩篇的作者,《詩序》説是大夫,後世研究者或疑爲周公;今人多説是戰士自己所作。作品除叙述對家鄉的思念外,也表現了戰勝歸來的喜悦之情。

我徂東山[1],慆慆不歸[2]。我來自東,零雨其濛[3]。我東曰歸,我心西悲[4]。制彼裳衣[5],勿士行枚[6]。蜎蜎者蠋[7],烝在桑野[8]。敦彼獨宿[9],亦在車下[10]。

我徂東山,慆慆不歸。我來自東,零雨其濛。果臝之實[11],亦施于宇[12]。伊威在室[13],蠨蛸在户[14]。町疃鹿場[15],熠燿宵行[16]。不可畏也,伊可懷也[17]。

我徂東山,慆慆不歸。我來自東,零雨其濛。鸛鳴于垤[18],婦嘆于室。洒埽穹窒[19],我征聿至[20]。有敦瓜苦,烝在栗薪[21]。自我不見,于今三年[22]。

我徂東山，慆慆不歸。我來自東，零雨其濛。倉庚于飛，熠
燿其羽[23]。之子于歸[24]，皇駁其馬[25]。親結其縭[26]，九十其
儀[27]。其新孔嘉，其舊如之何[28]！

【註釋】

[1]徂(cú殂)，往。東山，在魯國東境，即今費縣蒙山。

[2]慆慆，《毛傳》："慆慆，言久也。"三家詩慆作滔，亦作悠，義并同。

[3]零雨其濛，《説文》引作"霝雨其濛"。零當作"霝"。雨落叫霝。霝雨，
落雨。濛，形容雨細的狀語。今猶言濛濛雨。

[4]我東曰歸兩句：我在東方説到西歸時，心即西向家鄉而悲。又，曰字
亦可解作語詞，無實義。

[5]制，古"製"字。裳衣，此處係指日常家居所穿的衣服。

[6]士，事。此處作動詞用。行枚，銜枚。枚形狀略似筷子。古代行軍而
欲避免敵人發覺時，即於口裏銜枚以防止喧嘩。這句説，不再作行軍
銜枚之事。意爲不再打仗。

[7]蜎蜎，蟲爬行的樣子。《毛傳》："蠋，桑蟲。"蠋當是桑蟥，或説爲
野蠶。

[8]烝，久。或解作衆多，也通。此以桑蟲久在桑野，象徵戰士長期在野
外露宿。

[9]敦，敦敦然，一團團的樣子。形容戰士獨宿車下，身體縮成一團。

[10]車下，兵車下。

[11]果蠃(luǒ裸)，即栝樓，亦名瓜蔞。皆一聲之轉。蔓生的葫蘆科植物。

[12]施(yì易)，蔓延。

[13]伊威，蟲名，即上䖵。體長約三分餘，常棲於陰濕之處。

[14]蠨(xiāo蕭)蛸(shāo梢)，長腳蜘蛛，喜蚋。

[15]町(tīng廳)，《説文》："田處曰町。"(今本誤作"田踐處"，此從段註
改正)疃(tuǎn湍上)，本又作疃。《説文》："疃，禽獸所踐處也。"這
句大意説，原來的耕地，都已印滿獸跡，成爲野鹿所來往的場
地了。

[16]熠(yì 意)燿,發光貌。《説文》:"熠,盛光也。"據《毛傳》所説,此處係指燐光。燐即鬼火。宵,夜。行,指流動。這句説,鬼火在夜間流動,其光甚盛。與上句皆極言農村的荒涼。一説,宵行即燐火。

[17]伊,此,指已經荒涼的家鄉。懷,思念。

[18]鸛(guàn 灌),水鳥名,形似鶴。垤(dié 迭),蟻封,土塊突起的蟻穴。古人以爲蟻知雨,鸛喜水。《韓詩薛君章句》説:"天將雨而蟻出壅土,鸛鳥見之長鳴而喜。"(見《文選》張華《情詩》李善註引)

[19]穹室,窮塞。此處當指堵塞壁間空隙,填補不平的地面。參看《七月》註[38]。

[20]征,指征夫。聿,語詞,無實義。

[21]有敦兩句:敦,猶言團團。此指瓜的形狀。栗薪,栗柴。栗,栗樹。《韓詩》栗作蓼。蓼薪,猶積薪。這兩句係以瓜苦象徵心苦。《毛傳》:"言我心苦,事又苦也。"

[22]自我不見兩句:大意是夫妻不見,已有三年了。

[23]熠燿,此指倉庚的羽毛在陽光下閃閃發光。

[24]之子,此女。于,往。歸,嫁。于歸,猶言出嫁。

[25]皇駁,馬毛淡黃的叫皇,淡紅的叫駁。

[26]縭,佩巾。古時女子出嫁,母親訓戒,並替她結好佩巾的帶子。

[27]九十,形容繁多。儀,指結婚的儀式、禮節。

[28]其新兩句:新,指女子新婚時。孔,很。嘉,善、美。舊,猶言久。朱熹説:"言東征之歸士,未有室家者,及時而昏姻,既甚美矣;其舊有室家者,相見而喜,當如何邪!"(《詩集傳》)

采　　薇(小雅·鹿鳴之什)

【解題】 本篇描寫戍卒在出征歸途中對同玁狁戰爭的回顧及其哀怨,表現了詩人憂時之情。《漢書·匈奴傳》説:"(周)懿王時,王室遂衰。戎狄交侵,暴虐中國。中國被其苦。詩人始作,疾而歌之曰:靡室靡家,獫允之故。豈不日戒,獫允孔棘。"其説當本於《齊詩》。《詩序》則説:"《采薇》,遣戍役也。文王之時,西有昆夷之患,北有玁狁之難。以天子之命,命將率遣戍役以守衛中國。故歌《采薇》以遣之……"殊與詩意不符。當以《漢書》之説爲是。

采薇采薇[1],薇亦作止[2]。曰歸曰歸[3],歲亦莫止[4]。靡室靡家[5],玁狁之故[6]。不遑啟居[7],玁狁之故。

采薇采薇,薇亦柔止[8]。曰歸曰歸,心亦憂止。憂心烈烈[9],載饑載渴[10]。我戍未定[11],靡使歸聘[12]。

采薇采薇,薇亦剛止[13]。曰歸曰歸,歲亦陽止[14]。王事靡盬[15],不遑啟處[16]。憂心孔疚[17],我行不來!

彼爾維何[18]?維常之華[19]。彼路斯何[20]?君子之車[21]。戎車既駕[22],四牡業業[23]。豈敢定居[24]?一月三捷[25]。

駕彼四牡,四牡騤騤[26],君子所依,小人所腓[27]。四牡翼翼[28],象弭魚服[29]。豈不日戒[30]?玁狁孔棘[31]!

昔我往矣[32],楊柳依依[33]。今我來思[34],雨雪霏霏[35]。行道遲遲[36],載渴載饑。我心傷悲,莫知我哀!

【註釋】

[1] 薇,野豌豆苗,可食。

[2] 作,生,指初生。止,語末助詞。

[3] 曰,言、説。一説爲語首助詞,無實義。

[4] 莫,即今"暮"字。

[5] 靡室靡家,無有室家生活。意指男曠女怨。

[6] 玁(xiǎn 險)狁(yǔn 允),即北狄、匈奴。字或作獫允。

[7] 不遑,不暇。啟,跪、危坐。居,安坐、安居。古人席地而坐,故有危坐、安坐的分別。無論危坐和安坐都是兩膝着席,危坐(跪)時腰部伸直,臀部同足離開;安坐時則將臀部貼在足跟上。

[8] 柔,柔嫩。"柔"比"作"更進一步生長。

[9] 烈烈,猶熾烈。

29

[10] 載饑載渴,則饑則渴;即又饑又渴。

[11] 戍,防守。定,止。

[12] 聘,問,謂問候。

[13] 剛,堅硬。

[14] 陽,十月爲陽。今猶言"十月小陽春"。

[15] 靡盬(gǔ古),王引之釋爲無止息。

[16] 啟處,猶言啟居。

[17] 孔,甚,很。疚(jiù救),病,苦痛。

[18] 爾,假作"薾"。薾,花盛貌。

[19] 常,常棣,即扶栘,植物名。

[20] 路,假作"輅",大車。斯何,猶言維何。

[21] 君子,指將帥。

[22] 戎車,兵車。

[23] 牡,雄馬。業業,壯大貌。

[24] 定居,猶言安居。

[25] 捷,接。謂接戰、交戰。一説,捷,邪出,指改道行軍。此句意謂,一月
　　　多次行軍。

[26] 騤(kuí揆)騤,雄強,威武。

[27] 腓(féi肥),庇,掩護。《鄭箋》:"腓當作芘(庇)。此言戎車者,將率之
　　　所依乘,戍役之所芘倚。"

[28] 翼翼,安閑貌。謂馬訓練有素。

[29] 弭(mǐ米),弓的一種,其兩端飾以骨角。象弭,以象牙裝飾弓端的弭。
　　　魚服,魚皮製的箭袋。

[30] 日戒,日日警惕戒備。

[31] 棘,急。孔棘,很緊急。

[32] 昔,指出征時。

[33] 依依,茂盛貌。一説,依戀貌。

[34] 思,語末助詞。

[35] 霏霏,雪大貌。

[36] 遲遲,遲緩。

黃　　鳥(小雅·鴻鴈之什)

【解題】《詩序》說:"《黃鳥》,刺宣王也。"而不言所刺何事。《毛傳》謂:"宣王之末,天下室家離散。妃匹相去,有不以禮者。"《序》可能即指此而言。朱熹則說:"民適異國,不得其所,故作此詩。"今人多從朱說。

黃鳥黃鳥[1],無集于穀[2],無啄我粟。此邦之人,不我肯穀[3]。言旋言歸[4],復我邦族[5]。

黃鳥黃鳥,無集于桑,無啄我梁[6]。此邦之人,不可與明[7]。言旋言歸,復我諸兄[8]。

黃鳥黃鳥,無集于栩[9],無啄我黍。此邦之人,不可與處[10]。言旋言歸,復我諸父[11]。

【註釋】

[1]黃鳥,黃雀。麻雀的一種。

[2]穀(gǔ谷),楮樹,葉似桑,樹皮有白斑。

[3]穀,善。不我肯穀,不肯與我相善。

[4]言,乃。旋,回還。

[5]復,返。這句大意是,返回我原來邦族。朱熹說:此章"託爲呼其黃鳥而告之曰:爾無集于穀而啄我之粟。苟此邦之人,不以善道相與,則我亦不久於此而將歸矣。"(《詩集傳》)今人或謂黃鳥指異國的統治者。

[6]梁,同"粟"。

[7]明,猶言曉,爲曉諭之意。不可與明,不可曉諭。

[8]諸兄,兄弟輩。

[9]栩(xǔ許),柞樹。

[10]處,猶言相處。

[11]諸父,伯叔父輩。

節 南 山(小雅·節南山之什)

【解題】 本篇爲周幽王大夫家父所作。詩中揭露當時的政治混亂，希望統治者自行悔改。《詩序》説:"《節南山》,家父刺幽王也。"《十月之交》篇《鄭箋》,則説是"刺師尹不平"。就詩的内容看,此篇對幽王、師尹兩人都進行了批判;而其刺師尹之處,亦即刺幽王任用小人,不親政事。當以《序》説爲是。

節彼南山[1],維石巖巖[2]。赫赫師尹[3],民具爾瞻[4]。憂心如惔[5]。不敢戲談[6]。國既卒斬,何用不監[7]！

節彼南山,有實其猗[8]。赫赫師尹,不平謂何[9]？天方薦瘥,喪亂弘多[10]。民言無嘉[11]。憯莫懲嗟[12]！

尹氏大師,維周之氐[13]。秉國之均[14]。四方是維[15]。天子是毗[16]。俾民不迷。不弔昊天[17],不宜空我師[18]。

弗躬弗親[19],庶民弗信[20]。弗問弗仕[21],勿罔君子[22]。式夷式已[23],無小人殆[24]。瑣瑣姻亞[25],則無膴仕[26]。

昊天不傭[27],降此鞠訩[28]。昊天不惠[29],降此大戾[30]。君子如屆[31],俾民心闋[32]。君子如夷[33],惡怒是違[34]。

不弔昊天,亂靡有定。式月斯生[35],俾民不寧。憂心如酲[36],誰秉國成[37]？不自爲政,卒勞百姓。

駕彼四牡,四牡項領[38]。我瞻四方,蹙蹙靡所騁[39]。

方茂爾惡[40],相爾矛矣[41]。既夷既懌,如相醻矣[42]。

昊天不平,我王不寧。不懲其心[43],覆怨其正[44]。

家父作誦[45],以究王訩[46]。式訛爾心[47],以畜萬邦[48]。

【註釋】

［ 1 ］節,山高峻貌。

［ 2 ］巖巖,《釋文》説亦作嚴嚴。嚴,古"礹"字,高巖貌。此與上句皆喻師

尹位高尊顯。

[3]赫赫，顯盛貌。師，大師，周三公之官。尹，尹氏。師尹，大師尹氏。

[4]具，即俱。瞻，視。這句說，人民都看着你。

[5]惔(tán 談)，當作"炎"。《釋文》及《正義》引《說文》作"炏"。段玉裁
說：炏當作炎，炎讀如"餤"。釋作燔。《韓詩》惔作炎。這句連上兩
句說，人民看到師尹所爲不善，憂心如焚。

[6]戲談，猶戲謔。因師尹暴虐，人民危懼，乃至不敢戲謔。

[7]國既卒斬兩句：國，諸侯之國。卒，盡、完全之意。斬，滅絕。監，監
視。這兩句大意說，諸侯之國因相互攻伐而滅絕，師尹爲天子三公之
官，爲什麽不監視諸侯，制止他們間的攻伐。

[8]實，廣大貌。猗，讀爲"阿"，即阿丘。這句說，南山阿丘，甚爲廣大。
阿丘，偏高不平的山丘，以喻師尹的不平。

[9]不平，言爲政不平。

[10]天方薦瘥兩句：方，方今。薦，重、再。瘥(cuó 錯陽平)，病，謂疫病。
薦瘥，猶言再加以疫病。弘，大。弘多，很多。這兩句大意說，而今再
加以天降疫病，喪亂很多。

[11]嘉，此處有喜慶之意。無嘉，無喜慶之語。這句說，災害頻仍，人民所
說皆爲相互弔唁之辭，而無喜慶之語。

[12]憯(cǎn 慘)，曾、乃。懲，止，謂制止災害頻仍，以致"民言無嘉"的現
象。嗟，語末助詞。這句說，乃竟無人制止這種現象。

[13]氐，通作"柢"。柢，根本。維周之氐，言爲周室根本重臣。

[14]秉國之均，《鄭箋》："持國政之平。"謂堂握國家政權而使國政均平。
秉，持。猶今所謂掌握。均，《漢書》及《文選註》引《詩》皆作鈞，義同。
均，平。

[15]維，維繫。

[16]毗(pí 琵)，厚，優厚。指天子對尹氏的待遇。

[17]不弔，猶不善。昊(hào 浩)天，即天，指周王。下同。

[18]空，窮，猶言困窮。師，謂衆民。這句說，周王不宜重用尹氏，以使衆
民困窮。

[19]躬，親。弗躬，弗親。此言周王不親政事。

〔20〕信,信從。

〔21〕仕,事,察。此言周王對政事不問不察。

〔22〕勿,語詞,無義。君子,指王。言王不問政事,在位者遂欺罔王。

〔23〕式,用。夷,平,指平正之人。已,止,謂欺罔之事停止。這句大意説,
王用平正的人,即可使欺罔之事停止。

〔24〕殆,危殆。這句説,不要使用小人,而至危殆。又《鄭箋》:"殆,近也。"
指無近小人。

〔25〕瑣瑣,計謀褊淺之貌。亞,《毛傳》:"兩壻相謂曰亞。"《都人士》篇《鄭
箋》言尹氏爲"周室婚姻之舊姓"。姻亞,當指師尹。

〔26〕膴(wǔ午),厚、大。仕,事。這句説,不要任以大事。

〔27〕傭,均平。

〔28〕鞫,窮。訩,讀如"兇"。兇,惡。鞫訩,猶言窮兇極惡。

〔29〕惠,愛。不惠,言不愛惜人。

〔30〕戾(lì利),暴虐。

〔31〕屆,極。極猶止。指停止不平之政。

〔32〕闋(què確),息。指止息心中不平。

〔33〕夷,平。指施行均平之政。

〔34〕違,去。指除去人民的惡怒。

〔35〕式,用。斯,此,指亂。生,進。式月斯生,亂以月進,猶言月月增長。

〔36〕酲(chéng呈),病酒。

〔37〕成,平。秉國成,義同秉國之均。

〔38〕項,大。項領,大領。馬長期駕在車上不行走,其頸就會腫大。

〔39〕蹙蹙,縮而不申之貌。此以馬的"靡所騁"喻賢者懷才而無所施展。

〔40〕茂,勉,此處指勉行惡事。

〔41〕相,視。相爾矛矣,看着你的矛。以上兩句大意説,大臣既都作惡,又
相互仇視,欲以武器相爭鬥。

〔42〕既夷兩句:夷,平,謂平息。懌(yì益),服,猶言平服。夷、懌,皆指仇
怨平息,相互和解。如,讀爲"而"。醻(chóu愁),報。相醻,相報復。
這兩句大意説,大臣間矛盾甚深,在和解以後,又相互報復。又,夷、
懌皆稱作悦,醻作賓主以酒相酬解,亦通。

［43］心，謂邪僻之心。

［44］正，謂正道。這句説，反而怨恨正道。

［45］家父，即本篇作者，爲周大夫。作誦，謂作詩而諷諫。

［46］究，窮、極。此處猶言徹底揭示。訩，假作“兇”。兇，惡。

［47］訛，當作“吪”。吪，化，變化、改變之意。爾，指周王。

［48］畜，畜養。

雨　無　正(小雅·節南山之什)

　　【解題】《雨無正》是侍御近臣痛感時事日非，批判君王暴虐、刑
罰不平的作品。同時也對唯求自全、不恤國事的在位者作了諷刺。
《詩序》説：“《雨無正》，大夫刺幽王也。雨，自上下者也。衆多如雨，而
非所以爲政也。”《鄭箋》則以爲是反映厲王被逐後出居於彘的情況。
後世學者或説詩中“周宗既滅”爲“宗周既滅”之誤，認爲此篇應作於西
周亡後。迄今猶無定論。

　　浩浩昊天[1]，不駿其德[2]。降喪饑饉[3]，斬伐四國[4]。旻天
疾威[5]，弗慮弗圖[6]。舍彼有罪[7]，既伏其辜[8]；若此無罪，淪胥
以鋪[9]。

　　周宗既滅[10]，靡所止戾[11]。正大夫離居[12]，莫知我勩[13]。
三事大夫[14]，莫肯夙夜[15]；邦君諸侯[16]，莫肯朝夕[17]。庶曰式
臧，覆出爲惡[18]。

　　如何昊天，辟言不信。如彼行邁，則靡所臻[19]。凡百君
子[20]，各敬爾身[21]。胡不相畏，不畏於天？

　　戎成不退[22]，飢成不遂[23]。曾我暬御[74]，憯憯日瘁[25]。凡
百君子，莫肯用訊[26]。聽言則答，譖言則退[27]。

　　哀哉不能言！匪舌是出，維躬是瘁[28]。哿矣能言！巧言如
流，俾躬處休[29]！

　　維曰于仕，孔棘且殆[30]。云不可使，得罪于天子；亦云可使，

怨及朋友[31]。

謂爾遷于王都[32]！曰予未有室家[33]。鼠思泣血[34]，無言不疾[35]。昔爾出居，誰從作爾室[36]？

【註釋】

[1]浩浩，廣大貌。昊天，天。

[2]駿，長，常。不駿其德，猶言不恒其德，不經常施德於下民。

[3]降，降下。喪，死亡。饑饉(jǐn僅)，饑荒。穀不熟叫做饑，蔬不熟叫做饉。

[4]斬伐，猶殺害。四國，四方諸侯之國。

[5]旻(mín民)天，當作昊天。疾威，暴虐，可恨可怕。《蕩》篇《毛傳》："疾，病人矣。威，罪人矣。"

[6]弗慮弗圖，不憂慮，不圖謀。

[7]舍，同"捨"。

[8]伏，隱、藏。辜，罪。

[9]淪胥以鋪，相率而病。淪，率。胥，相。鋪，通作"痡"。痡，病，受苦難。以上四句大意説，不去處分有罪的人，隱瞞他們的罪狀；無罪的人卻相率而遭受刑罰的痛苦。

[10]周宗句：《正義》説：周宗，"言周爲天下所宗"，周宗既滅，指周已不爲天下所宗。《鄭箋》則説："周宗，鎬京也。"又，《左傳》昭公十六年及《北堂書鈔·政術部》引本詩皆作"宗周既滅"，故後世學者多以爲周宗當作"宗周"。

[11]靡，無。戾(lì利)，定。止戾，猶言定居。

[12]正大夫，長官大夫。正，長。

[13]勚(yì異)，勞，謂賢勞，勞苦。

[14]三事大夫，指三公(周以大師、大傅、大保爲三公)。

[15]莫肯夙夜，不肯日夜盡心國事。

[16]邦君，封國之君。

[17]莫肯朝夕，不肯朝夕補過。一説，義同莫肯夙夜。

[18] 庶曰兩句：庶，庶幾。式，用。臧，善。式臧，用善人。覆，反。出，《鄭箋》謂"出教令"。這兩句大意説，在此"三事大夫，莫肯夙夜。邦君諸侯，莫肯朝夕"的情況下，指望王能自己改悔而用善人，誰知王反出教令而行惡事。

[19] 如何四句：如何，奈何。辟(bì 璧)言，法度之言。行邁，行路。臻(zhēn 真)，至。靡所臻，猶言無路可走。《鄭箋》："如何乎昊天，痛而愬之也。爲陳法度之言，不信之也。我之言不見信，如行而無所至也。"這四句大意説，天啊，怎麽辦呢？我陳述法度之言而不被信任，這種情況真跟人無路可走一樣呀！

[20] 凡百君子，謂衆在位者。承上文三事大夫和邦君諸侯而言。

[21] 敬，嚴肅、慎重。各敬爾身，謂各使自己嚴肅、慎重。

[22] 戎，兵。此言兵禍已成而不消退。

[23] 飢，飢荒。遂，安。不遂，指人民因飢荒而不安。

[24] 曾，則、乃。暬(xiè 謝)御，侍御，左右親近之臣。

[25] 憯憯，猶言慘慘。瘁，病，憔悴。

[26] 訊，當從《魯詩》作"誶"。誶，諫。

[27] 聽言兩句：聽言，順從的話。荅，《魯詩》作"對"。對，遂，進；進用的意思。譖言，譖毁之言。這裏是指諫諍的話。退，斥退，廢黜。這兩句説，王聽到順從的話，則進用其人；聽到諫諍之説，則廢黜其人。

[28] 哀哉三句：出，馬瑞辰説當讀爲"疵"。疵，病。躬，身。瘁，病。維躬是瘁，承上"譖言則退"説，意謂其身不能見容。此三句指賢人説。言賢人不能進言，非因其舌有病，而因其身不見容。哀哉，爲賢人這種處境而哀。

[29] 哿(gě 葛)矣三句：哿，喜。如流，如水順流而下。俾，使。休，福。這三句指小人説。言其巧言如流，而使自身得到幸福。哿矣，爲小人這種處境而喜，有諷刺之意。

[30] 維曰兩句：于仕，往仕于朝廷。于，原作予，據阮刻本《毛詩註疏》校勘記改。孔棘且殆，國事很緊急而且危殆。棘，《鄭箋》釋爲急迮。急迮，猶迫迮，謂受到各方面的壓力，無可作爲。殆，危殆。這兩句大意説，在此衰亂之世，要説到出仕，是很迫迮而危殆的。

[31] 云不可使四句：不可使，猶今言使不得。可使，使得。這四句解釋"孔棘且殆"的原因，大意說，你以爲壞事使不得，就會得罪於天子；你若以爲壞事使得，就會被朋友們埋怨你不是。

[32] 爾，指離居之正大夫。王都，鎬京。

[33] 曰予未有室家，假設爲正大夫的答話。

[34] 鼠，同"癙"。癙，病。鼠思，猶言憂思。泣，不出聲地流眼淚。泣血，悲泣至眼中流血，極言痛苦之甚。

[35] 無言不疾，沒有什麼話不遭嫉視。《毛傳》："無所言而不見疾也。"

[36] 昔爾兩句：以前你遷出王都的時候，誰跟隨你而爲你作室呢？這是對"予未有室家"的反駁。

何草不黃(小雅·魚藻之什)

【解題】 本篇寫征伐不息，人民愁怨。《詩序》說："《何草不黃》，下國刺幽王也。四夷交侵，中國背叛，用兵不息。視民如禽獸。君子憂之，故作是詩也。"朱熹則說："周室將亡，征役不息，行者苦之，故作此詩。"與《序》說有所不同，今人多從之。

何草不黃？何日不行[1]？何人不將[2]？經營四方。
何草不玄[3]？何人不矜[4]？哀我征夫，獨爲匪民[5]。
匪兕匪虎[6]，率彼曠野[7]。哀我征夫，朝夕不暇。
有芃者狐[8]，率彼幽草[9]。有棧之車[10]，行彼周道[11]。

【註釋】

[1] 何日不行，無一日不奔走於道路。

[2] 將，行。這句意謂，無人不從役。

[3] 玄，赤黑色。草枯萎而呈玄色。

[4] 矜，憐。這句說，無人不危困可憐。

[5] 匪民，非人。匪，通作非。獨爲匪民，猶言獨受此非人的待遇。

[6] 兕(sì四)，類似犀牛的野牛，一角，色青。

[7] 率，循。

[8] 有，不定指示形容詞。芃(péng 蓬)，衆草叢簇貌。這裏形容狐毛
　　　叢雜。

[9] 幽草，深草。

[10] 棧，通作"輚"。《説文》："輚，尤高也。"這裏形容車高之貌。車，指
　　　役車。

[11] 周道，大道。或説周代大路。

緜(大雅·文王之什)

【解題】　本篇叙述古公亶父(即周太王)遷居岐周的事蹟。與《生
民》、《公劉》、《皇矣》、《文王》、《大明》諸篇都是周人自述其創業過程的
史詩。據古代史籍記載，周人始祖后稷居於邰之國(在今陝西省武
功縣一帶)，其曾孫公劉遷居於豳(在今陝西省彬縣一帶)。至古公亶
父時，爲狄人所侵，又遷於周(岐山之南)。以後周人遂在這一地區逐
漸發展，建立"王業"。《詩序》説："《緜》，文王之興，本由大王也。"

緜緜瓜瓞[1]，民之初生[2]，自土沮漆[3]。古公亶父[4]，陶復
陶穴[5]，未有家室。

古公亶父，來朝走馬[6]。率西水滸[7]，至于岐下[8]。爰及姜
女[9]，聿來胥宇[10]。

周原膴膴[11]，菫荼如飴[12]。爰始爰謀[13]，爰契我龜[14]。曰
止曰時[15]，築室于兹。

迺慰迺止[16]，迺左迺右[17]。迺疆迺理[18]，迺宣迺畝[19]。自
西徂東，周爰執事[20]。

乃召司空[21]，乃召司徒[22]，俾立室家。其繩則直[23]，縮版以
載[24]，作廟翼翼[25]。

捄之陾陾[26]，度之薨薨[27]，築之登登[28]，削屢馮馮[29]。百

堵皆興^[30]，鼛鼓弗勝^[31]！

迺立皐門^[32]，皐門有伉^[33]。迺立應門^[34]，應門將將^[35]。迺立冢土^[36]，戎醜攸行^[37]。

肆不殄厥慍，亦不隕厥問^[38]。柞棫拔矣^[39]，行道兌矣^[40]。混夷駾矣，維其喙矣^[41]。

虞芮質厥成^[42]，文王蹶厥生^[43]。予曰有疏附，予曰有先後，予曰有奔奏，予曰有禦侮^[44]。

【註釋】

[1] 綿綿，不絕貌。瓞（dié 蝶），小瓜。朱熹說："瓜之近本初生者常小，其蔓不絕，至末而後大也。"此言自小瓜以至大瓜，綿綿不絕。以喻周自小至大，日益強盛。

[2] 民，謂周民。初生，初起。

[3] 土，當從《齊詩》讀爲"杜"，水名。在今陝西省麟游、武功二縣。沮爲徂之誤。徂，往。漆，水名，在今彬縣西，北入涇水。自杜至漆，即指公劉自邠遷豳之事。參見解題。

[4] 古公亶（dǎn 膽）父，即周太王，文王祖父。因其在遷岐以前爲豳公，故稱古公。古，言久。亶父，舊說或以爲古公字。

[5] 陶，窰竈。復，《三家詩》作"覆"。復、覆古通用。覆，地室。穴，土室。陶復陶穴，說復、穴形狀皆如窰竈，猶今言窨室、窰洞。

[6] 來朝，清早。走，疾趨。《韓詩》作"趣"，義同。這句說，太王避狄，趁早趕馬。

[7] 率，循，沿着。滸，水涯，此指渭水之涯。

[8] 岐下，岐山之下。岐山在今陝西省岐山縣東北。

[9] 爰，於是。及，與。姜女，太姜，太王之妃。

[10] 聿，遂。胥，相、視。宇，居，住所。胥宇，猶言相宅。謂相度地形，以便建築房屋。

[11] 周原，岐山以南的平地。周，地名。原，謂平原。膴（wǔ 武）膴，肥

美貌。

[12] 菫,當作"蓳"。蓳,蓳葵,植物名,可作菜,味苦。這句説,周原土地肥
美,雖蓳荼一類的苦菜,種出來也甜如飴糖。

[13] 爰,於是。馬瑞辰説:"始,亦謀也。始謀謂之始。"

[14] 契,讀爲"挈"。挈,刻。挈龜,刻灼龜版以卜吉凶。

[15] 止,猶居。時,善。這句説,卜兆説是可居,説是甚善。

[16] 迺,同"乃"。慰,安。止,居。慰、止,皆言安居。

[17] 左、右,皆作動詞用。這句説,使人們或居於左,或居於右。

[18] 疆,疆界,此作動詞用,謂畫定疆界。理,地理,此亦作動詞用,謂確定
土地宜種植何種作物,是否肥沃等事項。

[19] 宣,及時開墾。畝,亦作動詞用,謂耕治田畝。

[20] 自西兩句:徂,往。周,周徧。這兩句説,自周原西邊至周原東邊,人
們普遍地在工作。

[21] 司空,官名,六卿之一。掌管建築都邑之事。

[22] 司徒,官名,六卿之一。掌管徒隸勞役之事。

[23] 繩,施工用的繩尺。

[24] 縮,猶直。版,古時築牆用版築的方法,兩端用短的橫版,兩邊用長的
直版。載,通作"栽",樹立。縮版以載,説樹立築牆用的長的直版(用
馬瑞辰説)。

[25] 廟,宗廟。《毛傳》:"君子將營宮室,宗廟爲先,厩庫爲次,居室爲後。"
翼翼,恭敬貌。

[26] 捄(jū 俱),《毛傳》:"捄,虆也。"虆,盛土的籠。此作動詞用,言築牆者
掘土而盛於籠中。陾(réng 仍)陾,當從《玉篇》所引,作陑(ér 而)陑。
陑陑,衆多。

[27] 度(duó 鐸),投擲,指把土投擲於版內。薨(hōng 轟)薨,大家都很快
把土投入版內,發出薨薨的聲音。

[28] 築,謂擣土。登登,用力擣土聲。

[29] 屢,當作"婁",謂隆高。削屢,即削去其牆土隆高之處,使其平正堅
實。馮(píng 憑)馮,削婁聲。

[30] 堵,五版爲堵。興,起,猶言竪起。

[31] 鼛(gāo 高),大鼓,長一丈二尺。《周禮·鼓人》:"以鼛鼓鼓役事。"弗勝,有不能擔負之意,指不斷打着鼛鼓,使鼛鼓受不了。

[32] 皋門,宮外門,郭門。

[33] 伉,高貌。

[34] 應門,朝門,宮門。

[35] 將將,嚴整。

[36] 冢(zhǒng 腫)土,大社,祀社神的地方。

[37] 戎,大。醜,衆。戎醜,大衆。攸,所。古時王者起大事,動大衆,必先祭社神而後行動。這句説,冢土是大衆所由行動之處。

[38] 肆不兩句:陳奐説:"肆者,承上起下之詞。"因上章叙古公事,此下叙文王事,故用肆字,以爲承接,猶言自古至今。殄(tiǎn 腆),滅絶。猶言消滅乾浄。厥,其。愠(yùn 韻),愠怒,恚恨。此指對混夷的憤恨。隕,墜失,墜廢。問,聘問。小聘曰問。這兩句大意説,自太王以至文王,既不消滅其對於敵人的憤恨,但也不廢失跟他們的聘問往來之禮。

[39] 柞,栎,櫟樹。棫(yù 域),青剛樹。拔,拔除,剪除。

[40] 兑,達,通達之意。行道兑,道路開通了。

[41] 混夷兩句:混夷,古種族名,又作昆夷。駾(tuì 蜕),馬疾行貌。喙(huì 晦),困,短氣貌。這兩句説,混夷喪氣疲困地逃走了。相傳文王初立,仍禮事混夷,至四年纔興師征討。故此章始言"不隕厥問",終叙混夷奔逃之事。

[42] 虞、芮(ruì 鋭),皆國名。質,成,謂成立。成,和平,和解。這句説,虞、芮兩國之君因争田事訴於文王,而成立和解。《毛傳》:"虞、芮之君相與争田,久而不平,乃相謂曰:西伯(即文王),仁人也。盍往質焉。乃相與朝周。入其竟(境),則耕者讓畔,行者讓路。入其邑,男女異路,斑白不提挈。入其朝,士讓爲大夫,大夫讓爲卿。二國之君,感而相謂曰:我等小人,不可以履君子之庭。乃相讓,以其所争田爲閒(間)田而退。"

[43] 蹶(juě 决上),動,感動。生,性。這句説,文王感動了虞、芮之君的天性(從馬瑞辰説)。

[44] 予曰四句：予，我。此處是詩人代文王自稱。曰，語詞。疏附，團結上下。《毛傳》：“率下親上曰疏附。”先後，前後引導以輔佐之。奔奏，奔走宣傳。《毛傳》：“喻德宣譽曰奔奏。”禦侮，折衝禦侮。這四句説，文王有疏附、先後、奔奏、折衝之臣，使周縣縣興盛。

生　　民（大雅·生民之什）

【解題】　本篇叙述周始祖后稷的事蹟，是周人自述其創業歷史的詩篇之一。其中包含不少古代傳説，可與《史記·周本紀》的有關部分相參證。《詩序》説：“《生民》，尊祖也。后稷生於姜嫄，文武之功起於后稷，故推以配天焉。”

厥初生民，時維姜嫄[1]。生民如何？克禋克祀，以弗無子[2]。履帝武敏[3]，歆攸介攸止[4]。載震載夙[5]，載生載育。時維后稷。

誕彌厥月[6]，先生如達[7]。不坼不副[8]，無菑無害[9]，以赫厥靈[10]。上帝不寧[11]，不康禋祀[12]，居然生子[13]！

誕寘之隘巷[14]，牛羊腓字之[15]。誕寘之平林[16]，會伐平林[17]。誕寘之寒冰，鳥覆翼之[18]。鳥乃去矣，后稷呱矣[19]。實覃實訏[20]，厥聲載路[21]。

誕實匍匐[22]，克岐克嶷[23]，以就口食[24]。蓺之荏菽[25]，荏菽旆旆[26]，禾役穟穟[27]，麻麥幪幪[28]，瓜瓞唪唪[29]。

誕后稷之穡，有相之道[30]，茀厥豐草[31]，種之黃茂[32]。實方實苞[33]，實種實褎[34]，實發實秀[35]，實堅實好[36]，實穎實栗[37]，即有邰家室[38]。

誕降嘉種，維秬維秠[39]，維穈維芑[40]。恆之秬秠[41]，是穫是畝[42]。恆之穈芑，是任是負[43]。以歸肇祀[44]。

誕我祀如何？或舂或揄[45]，或簸或蹂[46]。釋之叟叟[47]，烝之浮浮[48]。載謀載惟[49]。取蕭祭脂[50]。取羝以軷[51]。載燔載烈[52]。以興嗣歲[53]。

卬盛于豆[54]，于豆于登[55]。其香始升，上帝居歆[56]。胡臭亶時[57]！后稷肇祀。庶無罪悔，以迄于今[58]。

【註釋】

[1] 厥初兩句：那開頭生出周人的，這就是姜嫄(yuán 原)。厥，其。初，始。時，是，此。維，爲。姜嫄，后稷母親。姜，姓。嫄，名。秦漢以來有些史籍(如《史記》等)，曾說姜嫄爲帝嚳之妃，後世學者多不信其說。

[2] 生民三句：克，能。禋(yīn 因)，《說文》：“潔祀也，一曰精意以享曰禋。”祀，《說文》：“祭無已也。”弗，《鄭箋》讀爲祓，即祓除。這三句大意說，她是怎樣生出周人的？她能誠敬地進行祭祀，以祓除無子，求得子嗣。

[3] 履，踐。帝，上帝。武，足跡。敏，拇。武敏，足跡的大拇指處。此與下句，皆言姜嫄踐踏上帝足跡而生子之經過。

[4] 歆(xīn 欣)，動，謂心有所感而體動。《鄭箋》說：“如有人道感己者也。”攸，所。介，左右，助。止，停止。這句大意說，姜嫄履帝武敏時，忽身體歆動，經左右之人幫助，歆動始止。或以爲歆字當屬上讀，解作忻，即欣喜。介，讀爲愒(qì 泣)，休息。又，陳奐疑介上攸字爲衍文。

[5] 載，則。震，讀爲“娠”，懷孕。夙，讀爲“肅”。指懷孕後私生活嚴肅。

[6] 誕(dàn 旦)，語詞，含有嘆美之意。或以爲時間介詞，猶當、方。彌，終，滿。彌厥月，滿了她的懷孕月數。

[7] 先生如達，頭胎生子好像生羊羔一樣容易。《鄭箋》：“達，羊子也。”

[8] 不坼(chè 徹)不副(pì 譬)，不坼裂，不破開。指連胞衣生下。言生育甚易。坼，裂；字原作拆，據《唐石經》改。副，分判。

[9] 菑，通作“災”。

[10] 赫，顯。謂顯示。

[11] 不，發聲詞，無義。寧，安寧。

[12] 不,發聲詞。康,安樂。

[13] 居然,猶安然。以上四句皆作者贊美之詞,並非敍述姜嫄當時的心理
活動。故與下文姜嫄抛棄后稷之事並不矛盾。

[14] 寘,置,放置。隘巷,狹巷。姜嫄因踐踏巨人足迹而生子,以爲不祥,
故棄之。

[15] 腓,避開。何楷解作厞隱,猶今言庇蔭,也通。字,愛撫,撫養。

[16] 平林,平地的林子。

[17] 會,恰遇着。這句説,恰遇着砍伐平林,所以后稷得以不死。

[18] 鳥覆翼之,有鳥張翼蓋着他。

[19] 呱(gū孤),小兒哭聲。此言呱呱哭着。

[20] 實,同"寔",即是,此。覃,長。訏(xū吁),大。長、大,都指哭的聲音。

[21] 載,猶言滿。這句説,道路上充滿了他的哭聲。

[22] 匍匐,小兒爬行。

[23] 克岐克嶷(yí宜),《毛傳》:"岐,知意也。嶷,識也。"據此,克岐克嶷,
謂能有所識別。馬瑞辰《毛詩傳箋通釋》説:"岐,當即跂之假借;嶷,
當讀如仡立之仡。"則此句意謂能舉踵,能屹立。

[24] 以就口食,猶自求口食。口食,猶今言吃食。

[25] 蓺,同"藝",栽種。荏(rèn飪)菽,戎菽,即大豆。

[26] 旆(pèi配)旆,猶尤尤。《説文》:"尤,艸木盛,尤尤然。讀若輩。"此指
大豆長得很茂盛。

[27] 禾役,禾穎,禾穗子。《三家詩》役作穎。穟穟,禾穗美好貌。

[28] 幪(méng蒙)幪,茂盛。

[29] 瓞(dié蝶),小瓜。唪(fěng諷)唪,多實。《三家詩》唪作菶,亦爲茂盛
之意。《説文》:"菶,草盛。"

[30] 相,視,觀察。《史記·周本紀》説:后稷"相土之宜,宜穀者稼穡焉"。
有相之道,即指此而言。

[31] 茀(fú弗),治,拔除。豐草,長草。

[32] 黃茂,指嘉穀。言又黃熟,又茂盛。

[33] 方,有始義,有放義,此指開始放芽。苞,包,指包葉,含苞。

[34] 種(zhòng衆),短。讀如《左傳》"余髮如此種種"之種。褎(xiù岫),

45

長,傑出。讀如《漢書》"襃然舉首"之襃。種短,襃長,對文見義。此
句意謂禾苗由短而長。

[35] 發,禾莖舒發。秀,成穗。

[36] 堅,謂莖堅。好,謂均好("方"字以下註都從馬瑞辰説)。

[37] 穎,禾末,穗芒。此指穀實繁碩,穗的末梢下墜。栗,穀粒成熟豐碩。

[38] 邰,堯封后稷於邰。古邰城在今陝西省武功縣西南二十五里。這句
説,到邰去成家立業。

[39] 秬(jù 巨),黑黍。秠(pǐ 痞),黍之一稃(米殼)二米者。

[40] 穈(méi 眉),赤苗的嘉穀。芑(qǐ 起),白苗的嘉穀。

[41] 恆,通"亙",周徧之意。

[42] 是,於是。連詞。穫,收穫。畝,指以畝計算產量。《鄭箋》:"成熟則
穫而畝計之。"

[43] 任,猶今言抱起。負,揹起。

[44] 肇(zhào 兆)祀,《毛傳》:"始歸郊祀。"肇,始。郊祀,祭天。

[45] 舂,舂米脱糠。揄(yǎo 舀),從臼舀米。《三家詩》揄作舀。

[46] 簸(bǒ 跛),揚米去皮。蹂,重擦米粒使細。

[47] 釋,淅米、淘米。叟叟,淘米聲。

[48] 烝,即今"蒸"字,謂烹蒸。浮浮,蒸氣上浮貌。

[49] 謀,計議。惟,思慮。此句謂共同計議、思考,使祭祀更爲完美。

[50] 蕭,香蒿。祭脂,牛腸間脂。古時祭祀,以香蒿、牛腸脂和黍稷合燒,
使其香氣遠聞。

[51] 羝(dǐ 底),牡羊。軷(bó 鈸),《毛傳》:"道祭也。"這句説,取牡羊來祭
路神。于省吾《詩經新證》則説軷是跋的本字,取羝以軷,是説取牡羊
撥除其皮。

[52] 燔,謂燒肉。烈,謂烤肉。《毛傳》:"傅火曰燔,貫之加於火曰烈。"

[53] 嗣歲,新歲。這句説,以使來年興盛,有好的年成。

[54] 卬(áng 昂),我。豆,木製祭器,以盛菜或醬一類的食品。

[55] 登,同"登",陶製祭器,以盛大羹。

[56] 居,《鄭箋》解作安,陳奐説是語詞。歆,享,謂享受祭祀。

[57] 胡,大。臭,指芳香的氣味。亶(dǎn 膽),誠。時,善(用馬瑞辰説)。

胡臭,猶濃烈的香氣。亶時,猶言很美好。

[58] 庶無兩句:庶,庶幾。罪悔,猶言罪過。迄,至。這兩句説,從后稷祭祀以來,庶幾没有罪過,直至今天。

噫　嘻(周頌·臣工之什)

【解題】《詩序》説:"《噫嘻》,春夏祈穀於上帝也。"後人或言是康王時詩,或以爲是成王時詩,迄今猶無定論。至是否爲春夏祈穀於上帝所用,後人也有異説。郭沫若認爲,此詩是"成王親耕之前,昭假先公先王,史官們把這事做成頌歌來助祭"(《讀了關於周頌噫嘻篇的解釋》)。詩中反映了當時的農業生產情況,具有較高的史料價值。

噫嘻成王[1],既昭假爾[2]。率時農夫[3],播厥百穀。駿發爾私[4],終三十里[5]。亦服爾耕[6],十千維耦[7]。

【註釋】

[1] 噫嘻,嘆美之聲。

[2] 昭,明,有顯示之意。假,通作"格"。格,至。昭假,謂顯示其敬誠之心以通於神。郭沫若説,昭假有招請之意。爾,指所祭對象。一説,爾,語詞。

[3] 率,率領。時,是,此。

[4] 駿,大,此處作副詞用,猶言大大地。發,開發。私,舊註説是私田,後人或疑爲耜字之訛。

[5] 終,盡,謂把此三十里完全開發。

[6] 亦,《鄭箋》:"亦,大也。"此處也作副詞用。服,《鄭箋》:"服,事也。"從事的意思。

[7] 十千,萬人。耦,耦耕,即兩人并耕。

豐　　年(周頌・臣工之什)

【解題】　本篇是秋收後報祭鬼神所用的樂歌。詩中對當時的農業生產情況也有所反映。《詩序》說:"《豐年》,秋冬報也。"

豐年多黍多稌[1]。亦有高廩[2],萬億及秭[3]。爲酒爲醴[4],烝畀祖妣[5]。以洽百禮[6]。降福孔皆[7]。

【註釋】

[1] 稌(dù 杜),稻。

[2] 廩,倉庫。

[3] 萬億及秭(zǐ 姊),極言糧食之多。《毛傳》:"數萬至萬曰億,數億至億曰秭。"

[4] 醴,醴酒。味甜,釀成甚速。

[5] 烝,進。畀(bì 閉),予、與。祖妣,先祖先妣。這句說,以醴酒進予先祖先妣。

[6] 洽,合。有匯合之意。

[7] 皆,嘉。孔皆,猶今言很好(從馬瑞辰說)。《毛傳》訓皆爲徧,也可通。

二、散　文

（一）歷　史　散　文

尚　書

《尚書》（也稱《書經》）是戰國以前流傳下來的一批古代歷史記録。其中所記大多是有關政治的一些言論和史事，有的出於當時史官的記録，有的是根據史料的追述。因它是上古之書，所以稱爲《尚書》。

無　逸

本篇根據敦煌《尚書》殘卷，及日本寫本《古文尚書》。並以《漢熹平石經》殘字、《魏三體石經》殘石參校。

【解題】《無逸》是《尚書》中的一篇。舊傳《無逸》是周公所作。從文字上看，顯然是周公的一番重要談話，當日史官把它記録下來的。相傳：周武王姬發死後，他兒子成王幼小，由武王之弟姬旦——即周公，攝行治理天下之事。等到東方平定，雒邑建成，周王朝的天下已經鞏固，這時周公把王朝的政權歸還給成王。《無逸》便是歸政時周公對成王的一番諄諄告誡。這篇文章記録得如實而生動。通篇以"無逸"的含義作爲發言的主要綱領，故即以《無逸》題篇。這樣，就開闢了戰國後理論文中"據題抒論"的道理。

周公曰：烏虖！君子，所其無逸[1]。先知稼穡之艱難，（乃逸，）則知小人之依[2]。相小人：厥父母勤勞稼穡，厥子乃弗知稼穡之艱難，乃逸，乃諺，既誔[3]。否則侮厥父母，曰，昔之人無聞知[4]。

周公曰：烏虖！我聞曰：昔在殷王中宗，嚴龔！寅畏天命[5]。自度治民。祗懼，弗敢荒寧[6]。肆中宗之享國，七十有五年[7]。其在高宗，時舊勞于外，爰暨小人[8]。作其即位，乃或亮陰，三年弗言[9]。其惟弗言，言乃雍[10]。弗敢荒寧，嘉靖殷邦[11]。至于小大，無時或怨[12]。肆高宗之享國，五十有九年[13]。其在祖甲，弗義惟王，舊爲小人[14]。作其即位，爰知小人之依，能保惠于庶民，弗敢侮鰥寡[15]。肆祖甲之享國，三十有三年。自時厥後立王[16]，生則逸。生則逸，弗聞小人之勞，惟湛樂之從[17]。自時厥後，亦罔或克壽，或十年，或七八年，或五六年，或四三年[18]。

周公曰：烏虖！厥亦惟我周太王、王季，克自抑畏[19]。文王卑服，即康功田功[20]。徽柔懿恭，懷保小民，惠鮮鰥寡[21]。自朝至于日中，昃，弗遑暇食，用咸和萬民[22]。文王弗敢盤于遊田，以庶邦惟正之共[23]。文王受命惟中身，厥享國五十年[24]。

周公曰：烏虖！繼自今（後）嗣王[25]，則其無淫于觀[26]，于逸，于遊，于田，以萬民惟正之共。無皇曰：今日湛樂[27]！乃非民攸訓，非天攸若，時人丕則有愆[28]。無若殷王受之迷亂，酗于酒德哉[29]！

周公曰：烏虖！我聞曰：古之人，猶胥訓告，胥保惠，胥教誨[30]，民無或譸張爲幻[31]。此厥弗聽，人乃訓之[32]。乃變亂先王之正刑，至于小大[33]。民否則厥心違怨，否則厥口詛祝[34]。

周公曰：烏虖！自殷王中宗，及高宗，及祖甲，及我周文王，茲四人，迪哲[35]。厥或告之曰：小人怨女詈女，則皇自敬德[36]。厥愆，曰：朕之愆[37]。允若時，弗啻弗敢含怒[38]。此厥弗聽，人乃或譸張爲幻，曰：小人怨女詈女，則信之[39]。則若時，弗永念厥辟，弗寬綽厥心，亂罰無罪，殺無辜，怨有同，是叢於厥身[40]。

周公曰：烏虖！嗣王！其監于兹[41]。

【註釋】

[1] 烏虖，後世通用“嗚呼”二字。將發言之前，鄭重其事以示意之語聲。
君子，殷周間通用爲君臨民上者之稱。所，居其位。這句是説，君子
居其位，不要貪圖安逸。

[2] 乃逸，王念孫説：“乃逸二字衍文。”故用括弧括之。小人，一般庶民。
依，隱。小人之依，小民内心的痛苦。

[3] 乃諺，既誕，《漢石經》作“乃憲既延”。諺或憲，皆是形容人態度的自
滿和自是。一説，諺，即嗲，強悍粗暴。既，作爲連續詞的“暨”字使
用。延，即“誕”的借用字，欺騙的意思。乃諺，既誕，是説一個人由於
自滿和自是，逐漸又發展到欺詐誑騙。

[4] 否則兩句：否則，即“丕則”。古人語法中的形容詞，等於今語中之“大
大地……”一説，是關聯詞，這裏是“乃至於”的意思。下文中的“丕
則”、“否則”，意同。這兩句是説，乃至於欺侮，或輕視他的父母，並且
説，從前的人太不懂什麽了（意思是説他們不知道享福）。

[5] 昔在兩句：昔在，漢人引作在昔。在昔，古人追述古事的術語。中宗，
即殷王祖乙（依卜辭）。是殷王朝第七世的賢王。《晏子春秋》説：“夫
湯、大甲、武丁、祖乙，天下之盛王也。”也以祖乙和武丁并稱。一説，
中宗，殷王太戊，湯之玄孫。龔，即恭字。嚴恭，嚴肅地對待他的王
位。寅，敬。寅畏天命，是説他能敬畏上天託付給殷王朝的大命。舊
讀“嚴恭寅畏。天命自度。治民祇懼。不敢荒寧。”爲勻整的四字句。

[6] 自度治民兩句：自度治民，《漢石經》作“自亮以民”。亮，即諒字，誠信
之意。以，用。用民就是治民。“自亮治民”，是説用誠信來約束自
己，即用誠信之道以治理人民。祇，敬。祇懼，是説他很小心地對待
一切事務。荒寧，殷周間常用語。指荒廢政事而貪圖安樂。

[7] 肆中宗兩句：肆字古書使用義甚複雜。此肆字當與“故”字同。享國，
指中宗治理國家的時間。有，古書用爲“又”字（此有字及下“五十有
九年”、“三十有三年”三“有”字，日本《尚書》古寫本皆作“ナ”，即

"又"字)。

[8] 其在高宗三句:高宗,即殷王武丁。殷王朝第十一世的賢王。他在位時是殷王朝最隆盛的時代。時字漢徐幹《中論》引作"寔"。寔即實字(古時字寔字同訓爲"是")。舊,久。寔舊勞于外,是説高宗幼年有較久一段時間在外面過勞動生活。爰,於是。暨,與。爰暨小人,是説於是他能和庶民的生活接觸。

[9] 作其即位三句:作,始。亮陰,古書或作諒陰、諒闇。前人以"亮陰"是武丁遭遇父喪,居喪守孝的意思。殷人還没有三年喪禮的事,此"亮陰"當不是詞彙,而有各别意義。漢馬融説:"亮,信。陰,默。""乃或亮陰,三年弗言",是説武丁即位之初,懷着滿腹的誠信,態度卻很沈默,三年之中都不大講話。

[10] 其惟弗言兩句:其,指武丁。言乃雍,《史記·魯世家》作"言乃讙"。讙與歡同。一説,雍,和諧,喜悦。這句是説,他説話時羣臣和悦。

[11] 嘉靖殷邦,《史記·魯世家》作"密靖殷國"。密,安。殷國,指新遷的殷都(在今河南省安陽市)。安靖殷國,就武丁打退鬼方族的侵擾而言。

[12] 至于小大兩句:小大,指政府中的上下臣僚。時,與是同義。無是或怨,對武丁這些作法都没有什麼不滿。

[13] 五十有九年,宋洪适《隸釋》載《漢熹平石經》《尚書·無逸》云:"肆高宗之享國百年。"則"五"字當是"九"字之誤改。今文《尚書》作"百年",古文《尚書》作"九十有九年"。

[14] 其在祖甲三句:祖甲,武丁之子,祖庚之弟(《僞孔傳》及王肅皆以祖甲爲湯孫太甲,誤)。鄭玄説:"祖甲,武丁子帝甲也。有兄祖庚,賢,武丁欲廢兄立弟,祖甲以此爲不義,逃於人間,故云久爲小人。"弗義惟王,就是説他認爲父親立己爲王是不合理的。舊爲小人,是説他做了很久時期的小民。

[15] 作其即位四句:祖庚死後,仍由祖甲繼爲殷王,所以説"作其即位"。侬,隱情。保惠,保護人民而施以恩惠。無妻叫鰥(guān 關),無夫叫寡。

[16] 立王,立爲國王。周人常用術語。

[17] 湛樂,放縱的享樂。湛,一作耽。

[18] 自時厥後以下幾句:自時,即自是。或,同有。克,能。罔或克壽,没有人能長壽的。四三,三四的倒用。十年遞減至三四年,泛指祖甲以後殷王在位的年數。

[19] 厥亦兩句:太王,周公曾祖父。王季,周公的祖父。抑,慎。《詩經·大雅·抑》"抑抑威儀",《毛傳》:"抑抑,慎密也。"畏,敬畏。指對事業的小心謹慎而言。

[20] 文王卑服兩句:俞樾説:卑服,就是"比服"或"庇服"。服,事。庇,是順着次序來治理它。即,成就。功,事。即康功田功,成就他安定人民和開墾土地的事業。一説,卑服,指卑賤的事。康,同"康",居屋。康功,指安居之事。

[21] 徽柔懿恭三句:徽柔懿恭,是形容人的品德。徽,善。柔,仁。懿,美。説文王内心仁厚而又有深美謙恭的態度。懷,安。段玉裁説:"鮮,于字之譌。"這是説,文王所安撫保育的下及於小民,施德惠及於無依的鰥寡。

[22] 用,以。咸,普遍。萬民,大概是指各部族人民。以上三句是説,從早晨到了中午,直到太陽偏西,還没工夫吃飯,都用以和諧萬民。

[23] 文王弗敢兩句:盤于遊田,《魏三體石經》作"盤于遊,于田"。田,字亦作畋(tián 田)。盤,樂。田,獵取禽獸。共,一作供,又作恭。以庶邦惟正之共,《國語·楚語》左史倚相引《周書》無"以庶邦"三字,這句指文王恭於政事,下文"萬民惟正之共"義同。

[24] 文王受命兩句:受命,受命繼承諸侯之位。中身,即中年。文王享年九十七歲(見《禮記》),故中年受命之後,又享國五十年。

[25] 今本自今下當脱"後"字。《酒誥》、《多士》二篇皆有"後嗣王"成語。

[26] 淫,是縱恣無節制之意。觀,楊筠如説:古借用爲"歡"字。

[27] 無皇曰句:皇,《漢熹平石經》作"兄"。古人用"兄"爲"況"字,《詩經·大雅·桑柔》"倉兄填兮",《釋文》云:"本作况。"無况曰,就是不要比方着那麽樣説。湛樂,盡情享樂。今日湛樂,意即今天且痛快地享樂一下,後不爲例。

[28] 乃非民攸訓三句:攸,所。若,順。愆,過失。丕,語助詞。這三句是

説,放肆享樂的行爲,非所以教民,非所以順天,這種人就是有過失。

[29] 無若兩句:殷王受,即殷王紂。酗(xù 緒),酒醉發怒。德,有"吉德"、"兇德"兩方面意思。酗于酒德,在酗酒的情況下做出了種種惡行。

[30] 古之人四句:古之人,"人"字當"臣"字使用,與下文"民"字相對爲文,指在位大臣。猷,一本作猶。胥,相。這四句是説,古時大臣對於他的君王,猶相訓告,相保惠,相教誨。

[31] 嚋(zhōu 州)張爲幻,嚋,一作譸,一作侜。嚋張,即侜張,誑騙的意思。幻,是人與人之間互相詐惑。

[32] 此厥兩句:此厥不聽,意即此之不聽,即不聽大臣相訓告之言。人乃訓之,他的臣就順着他的意思行事了。

[33] 乃變亂兩句:正,同"政"。刑,法。這兩句是説,就變亂先王的政、法,起先是小的,漸漸地原則性的大法也要改變了。

[34] 民否則兩句:否則,與上文"否則""丕則"同。詛祝,即詛咒。這兩句説,在王變亂政法的情況下,人民的心裏就要怨恨,口裏就要詛咒。

[35] 迪哲,明智。

[36] 厥或告之曰三句:厥,其。指上面所説殷周四賢王。或,有。皇,《漢石經》作"兄",即況字。況,有益義。況自敬德,更加敬慎自己的德行。

[37] 厥愆兩句:這兩句承上兩句意謂,聽到人民怨你罵你的時候,應更加敬慎自己的德行,有過失,應該説,是我的過失。

[38] 允若時兩句:允,誠。若,如。時,是。允若時,誠如是,真的如此。弗啻,不但。這兩句説,真的如此,人民不但不敢含怒。

[39] 此厥弗聽四句:意謂不聽以上所説,人家或者誑騙你説,人民怨你罵你,你就相信他。

[40] 則若時以下幾句:則若時,與上文"允若時"同義。辟(bì 璧),君。厥辟,其爲君之道。綽,緩。寬綽厥心,心胸寬大。無辜,無罪。同,聚合。怨有同,人民的怨恨會聚合起來。叢,集。這幾句意謂,真的如此,就不會去想想爲君之道,不能使心胸寬大,就會亂罰亂殺無罪的人,於是民怨就會聚合起來,集中在他的身上。

[41] 嗣王句:嗣王,指成王。監,同"鑒",察看,鑒戒。兹,指這番話中的道理。

秦　　誓

本篇文字根據阮刻《尚書註疏》，用敦煌《尚書》殘卷參校。

【解題】《秦誓》是《尚書》中的最後一篇。它的時代，漢人相傳的《尚書序》說："秦穆公伐鄭，晉襄公率師敗諸崤。還歸，作《秦誓》。"（事載《左傳》魯僖公三十二年、三十三年傳）照《書序》說法，此篇作於秦穆公三十三年（公元前六二七年）被俘三帥歸秦之後。但《史記·秦本紀》則說是穆公三十六年（公元前六二四年）大敗晉師，"封殽中屍，爲發喪，哭之三日，乃誓於軍"中之辭。就文中語意看，以《書序》所說爲合於實際。

《秦誓》，秦穆公誓衆之辭的簡稱。誓，是一種有約束性和有決斷意義的語言。此篇也出於史官記録。文辭扼要生動，語意懇切，含有自我儆戒之誠意。

公曰：嗟！我士，聽！無譁。予誓告女羣言之首[1]。

古人有言曰："民訖自若，是多盤。"[2] 責人，斯無難；惟受責俾如流，是惟難哉[3]！

我心之憂，日月逾邁，若弗員來[4]。惟古之謀人，則曰未就予忌。惟今之謀人，姑將以爲親[5]。雖則員然，尚猷詢兹黄髮，則罔所愆[6]。

番番良士，旅力既愆，我尚有之[7]。仡仡勇夫，射馭弗違，我尚弗欲[8]。惟截截善諞言，俾君子易辭，我皇多有之[9]？

昧昧我思之：如有一介臣，斷斷猗！無他伎[10]。其心休休焉，其如有容[11]。人之有伎，若己有之[12]；人之彦聖，其心好之，弗啻若自其口出。是能容之[13]。以保我子孫，黎民亦職有利哉[14]！人之有伎，冒疾以惡之；人之彦聖，而違之，俾弗達[15]。是不能容。以不能保我子孫，黎民亦曰殆哉[16]！

邦之杌隉，曰由一人；邦之榮懷，亦尚一人之慶[17]。

【註釋】

[1]我士四句:我士,《史記》作"士卒"。《孔傳》説:"誓其羣臣,通稱士也。"《詩・文王》"多士"、"殷士",皆指羣臣。此篇語意,主要對羣臣講話。女,同"汝"。首,本。羣言之首,許多話中最基本的方面。

[2]古人有言三句:古人有言,泛舉古人的格言。訖,盡。若,善。《爾雅・釋詁》:"若,善也。"般,今本《尚書》作盤。俞樾説:盤,當作般。《説文》:般,辟也。"敦煌寫本《秦誓》正作般。辟,邪僻。"民訖自若,是多般",是説,假如有人認爲他所做的事都是對的,自是心一天天發展起來,將做出許多邪僻的事。

[3]責人四句:難,今本作艱,敦煌寫本正文及註文均作難(古人用艱字有別種意義)。俾,使。受責俾如流,是説别人指責他的過失,他在聽到指責後,能像流水般聽從人家的話。這幾句話暗含着穆公自悔不聽老臣蹇叔的話之意。

[4]我心之憂三句:憂,指謀慮國事。日月逾邁,即光陰過往。員,一作云,旋轉。若弗員來,好像它不會轉來。這是説,自己常感到光陰迅速逝去,好像時機一錯過它就不會再來。這時秦穆公在位已三十三年(他在位三十九年死去),言外之意,他由於不想放過一次東征的機會,卻招致失敗。這裏含有追悔莫及之意。

[5]惟古之謀人四句:惎,今本作忌。《説文》引作惎,敦煌寫本《秦誓》亦作惎。惟,思。古,故。謀人,即謀臣。古之謀人,故舊之謀臣。似指蹇叔等人,曾諫穆公伐鄭。就,成。惎,志。王引之曰:"《廣雅》:惎,志也。《廣韻》:誊,志也。誊與惎同。未就予惎者,未就我之志也。"今之謀人,左右衆臣。似指杞子等曾促使伐鄭者。姑,且。這四句含有引咎自責之意。

[6]雖則員然三句:此員字用作語詞。雖則員然,雖然如此。繇(yóu由),謀。黃髮,髮白轉黃。指特别高年的老臣。罔,無。愆(qiān千),過失。則罔所愆,就會没有什麼差錯。

[7]番番良士三句:番(pó婆)番,當作皤皤,白頭貌。良士,猶賢臣。旅,借爲吕。吕,脊骨。字或作"膂"。旅力,俗説腰板的氣力。愆,您的

56

異體字,失。有,親。王念孫説:"有之,謂親之也。古者謂相親曰有。"

[8] 仡仡勇夫三句:仡(yì 義)仡,勇壯貌。勇夫,此處指有勇而無謀者。馭,駕車馭馬。違,失。射馭弗違,是説射和馭的技術都很純熟。我尚弗欲,意謂我尚不願親近他們。

[9] 惟諓諓三句:諓諓,一作諓諓,淺薄貌。諞,巧言。辭,一作怠。皇,一作況,益。這三句説,那種見解淺薄的人,長於編排一套動人的言詞以説人,使當政者輕易怠惰,我還能更加親近這種人嗎?這幾句亦有追悔自責之意。

[10] 昧昧我思之四句:昧昧,即冥冥。所慮深遠之意。之,指所思之人。介臣,即大臣。稱之曰"介臣"者,謂其確然自守,能擔當大任。斷,古文"斷"字。斷斷,專誠。猗,語聲,同兮。這句話似表現了秦穆公在思念蹇叔等舊臣。

[11] 其心休休兩句:休休,美大貌。其如有容,有很大的度量。

[12] 人之有伎兩句:是説別人有長技,好像是自己所有,愛護之而不妒嫉。

[13] 人之彦聖四句:彦,美才。其,指"一介臣"。弗啻,不但。弗啻若自其口出,是形容那份接納别人意見時的喜悦心情。他對別人所講的話,比出於他自己口中的話還要信任。是能容之,這就是他能容納衆善。

[14] 以保我兩句:保,安。黎民,衆民。職,一作尚,常。一説作主解。

[15] 人之有伎五句:冒,一作娼,妒的意思。冒疾,即妒嫉。惡(wù 務),王念孫釋爲讒毀。違,阻撓。達,一作通。俾弗達,使彦聖者的意見行不通。

[16] 殆,危。

[17] 邦之杌陧四句:邦,國。杌(wù 兀)陧(niè 臬),不安貌。一人,指大臣,也可指國君。榮,指國家强盛。懷,指人民來歸。一説,榮,樂。懷,安。慶,善。一説,賜。這四句説,君主或大臣的賢否,關係到國家的安危。

左　傳

據阮刻《十三經註疏》本

《左傳》是先秦歷史文學中的一部著名的作品。相傳這是春秋末年魯人左丘明根據孔子的《春秋》加以闡明的著作。經過宋代以來的考證，這個傳説動搖了。現代一般人都認爲這部著作是戰國初年(前五世紀)魏國史官的作品，書名原爲《左氏春秋》；後人把它配合《春秋》，作爲解經之作，稱爲《春秋左氏傳》，簡稱《左傳》。

這部著作，記録了魯隱公元年(公元前 722 年)起到魯哀公二十七年(公元前 468 年)止，共二百五十五年内周王朝及諸侯各國之間某些重大歷史事件。它比較真實地反映了當時的社會現實，諸如統治集團的内部矛盾，大小統治者荒淫殘暴的罪行和他們所造成的戰亂給人民帶來的苦難，具有一定的進步意義，但是它也包含着相信占卜等落後的成份。在寫作技巧上，《左傳》叙述戰争和複雜的事件有條不紊，繁簡適當，又善於從人物的語言、行動和其他的細節中描繪形象，突出性格，因此它的藝術價值較高，爲後人所推崇，對後代撰寫歷史著作和叙事散文有較大的影響。

曹 劌 論 戰(莊公十年)

【解題】 本篇記魯國以弱勝强的齊魯長勺之戰。這是一個不大的戰役，但是它説明了戰略防禦的原則。

十年春，齊師伐我[1]。公將戰[2]，曹劌請見[3]。其鄉人曰："肉食者謀之[4]，又何間焉[5]?"劌曰："肉食者鄙[6]，未能遠謀。"乃入見。

問何以戰[7]。公曰："衣食所安[8]，弗敢專也[9]，必以分人。"對曰："小惠未徧，民弗從也。"公曰："犧牲玉帛，弗敢加也，必以信[10]。"對曰："小信未孚[11]，神弗福也[12]。"公曰："小大之獄[13]，雖不能察[14]，必以情[15]。"對曰："忠之屬也[16]，可以一戰。戰則請從。"公與之乘[17]，戰於長勺[18]。

公將鼓之[19]。劌曰："未可。"齊人三鼓。劌曰："可矣。"齊師敗績[20]。公將馳之[21]。劌曰："未可。"下視其轍[22]，登軾而望之[23]，曰："可矣。"遂逐齊師。

既克[24]，公問其故。對曰："夫戰，勇氣也[25]，一鼓作氣[26]，再而衰[27]，三而竭。彼竭我盈[28]，故克之。夫大國難測也，懼有伏焉[29]。吾視其轍亂，望其旗靡[30]，故逐之。"

【註釋】

[1] 齊師，齊國的軍隊。我，指魯國。

[2] 公，魯莊公，魯國的君主。

[3] 曹劌(guì 貴)，魯國的一位沒有權勢的人。

[4] 肉食者，做大官的人。

[5] 間，參與。這句連上說，這是大官們商量的事，你何必參與？

[6] 肉食者鄙，做大官的人眼光短淺。

[7] 何以戰，靠什麼去作戰？

[8] 衣食所安，我所享受的衣食。安，安逸。

[9] 專，獨自享有。

[10] 犧牲玉帛三句：犧牲，祭祀時所用的牛、羊、猪。這三句說，祭祀用的牛、羊、猪、寶玉和絲綢等物，有規定的數量，不敢自行增加；在向神和祖先禱告時，必定忠誠老實。

[11] 孚(fú 扶)，信用。

[12] 福，保佑。

[13] 小大之獄，小大不等的訴訟事件。

[14] 察，徹底調查清楚。

[15] 必以情，一定要處理得合情合理。

[16] 忠之屬也，這是盡心辦事的一項。

［17］公與之乘,莊公和曹劌同坐在一輛戰車裏。

［18］長勺,魯國地名,今山東省曲阜縣東。

［19］鼓之,擂鼓進兵。

［20］敗績,大敗。

［21］馳之,驅車追趕敵人。

［22］轍(zhé 哲),車輪輾出的痕迹。這句説,曹劌下車察看齊軍戰車的
輪迹。

［23］登軾(shì 式),攀登車前的橫木。

［24］既克,已經打了勝仗。

［25］這句説,打仗是全靠戰士們的勇氣的。

［26］一鼓作氣,第一次擂鼓時,戰士們鼓足勇氣。

［27］再而衰,第二次擂鼓時,勇氣就衰落。

［28］彼竭我盈,敵人已經喪失了勇氣,我軍勇氣正充沛。

［29］懼有伏焉,怕有伏兵。

［30］旗靡,旗幟倒了下去。

齊伐楚盟于召陵(僖公四年)

【解題】 本篇叙述齊桓公和諸侯向楚國進軍的經過,刻畫了楚國
使者善於應對、義正辭嚴的特色。齊桓公伐楚是他建立霸業的一項重
要行動。

四年春,齊侯以諸侯之師侵蔡[1],蔡潰,遂伐楚[2]。楚子使
與師言曰[3]:"君處北海[4],寡人處南海,唯是風馬牛不相及
也[5]。不虞君之涉吾地也[6],何故?"管仲對曰[7]:"昔召康公命
我先君大公曰[8]:'五侯九伯[9],女實征之[10],以夾輔周室。'賜我
先君履[11],東至于海,西至于河[12],南至于穆陵[13],北至于無
棣[14]。爾貢包茅不入[15],王祭不共,無以縮酒[16],寡人是徵[17];
昭王南征而不復[18],寡人是問。"對曰:"貢之不入,寡君之罪也,
敢不共給? 昭王之不復,君其問諸水濱[19]!"

師進,次於陘[20]。

夏,楚子使屈完如師[21]。師退,次於召陵[22]。

齊侯陳諸侯之師[23],與屈完乘而觀之[24]。齊侯曰:"豈不穀是爲,先君之好是繼[25]。與不穀同好[26],如何?"對曰:"君惠徼福於敝邑之社稷[27],辱收寡君[28],寡君之願也。"齊侯曰:"以此衆戰,誰能禦之[29]? 以此攻城,何城不克?"對曰:"君若以德綏諸侯[30],誰敢不服? 君若以力,楚國方城以爲城[31],漢水以爲池,雖衆,無所用之[32]!"

屈完及諸侯盟。

【註釋】

[1] 齊侯,齊桓公。諸侯,當時參與此次戰役的有魯、宋、陳、衛、鄭、許、曹等國。蔡,國名,今河南省汝南、上蔡、新蔡等縣地。當時齊桓公向南進軍,有擴展勢力的意圖。師,軍隊。

[2] 遂伐楚,遂以諸侯的軍隊向楚進兵。

[3] 楚子,楚成王。

[4] 北海,泛指北方邊遠的地方,下句南海泛指南方邊遠的地方。寡人,楚子謙稱,猶言寡德之人。

[5] 唯,但是。是,這個。風馬牛不相及,風與放通,此指兩國相去極遠,雖馬牛放逸,也無從相及。

[6] 不虞,不料。

[7] 管仲,齊大夫。

[8] 召康公,周成王時太保召公奭(shì 式)。先君,後代君臣對本國已故的君主的稱呼。大公讀作人公,即姜尚,齊之始祖。

[9] 五侯,公、侯、伯、子、男五等諸侯。九伯,九州之長。此處統指天下的諸侯。

[10] 女,同"汝"。實,同"寔",有。女實征之,汝有對他們進行征伐之權。

[11] 履,踐。指得以征伐的範圍。

〔12〕河,黄河。

〔13〕穆陵,古地名,在楚境内。今湖北省麻城縣西北一百里有穆陵山,疑即此地。

〔14〕無棣,地名,在今山東省無棣縣北三十里。

〔15〕爾,指楚王。包,當作苞,叢生曰苞。茅,即菁茅,楚國的特産植物。包茅,是楚國向周王進貢的禮物。不入,没有進貢。

〔16〕王祭兩句:共,同"供"。縮,同"涫(xǔ 許)",濾去酒糟。苞茅是楚國的貢物,用以濾去酒糟以供祭祀。楚國不貢苞茅,無法濾去酒精,因此周王的祭祀供應不上了。

〔17〕徵,追究。

〔18〕昭王,即周昭王。復,返回。昭王晚年荒於國政,人民對他很厭惡。當他巡狩南方渡過漢水時,當地人民給他一隻壞船(據説這隻船是用膠黏的),行至中流,船身解體,昭王和他的從臣都淹死了,没有能回國。征,巡狩。

〔19〕這句説,您請到水濱去問吧。意思是楚國對於昭王的淹死,不能負責。諸,同之于二字的連用,有時可作之乎二字的連用。

〔20〕陘(xíng 刑),山名,在今河南省郾城縣南。

〔21〕屈完,楚大夫。如師,前往齊桓公的大軍。

〔22〕次,駐紮。召陵,地名,在今河南省漯河市東。

〔23〕陳,陳列。齊桓公把諸侯的軍隊擺開,向楚國示威。

〔24〕乘,共載。

〔25〕豈不穀是爲兩句:穀是糧食,可以養人,因此有善的含義。不穀,猶言不善,古代諸侯自稱的謙詞。這兩句説,難道是爲了我嗎? 只是爲了繼承先君的友好關係罷了。

〔26〕與不穀同好,你們也和我友好。

〔27〕徼(jiǎo 狡),求。這句話,您的惠臨爲楚國的社稷求福。

〔28〕辱,表敬副詞。收,綏,安撫。寡君,對自己國君的謙稱。

〔29〕禦,抵禦。

〔30〕綏,安撫。

〔31〕方城,春秋時楚國所築長城,北起今河南省方城縣北,南至今泌陽縣

東北。

[32] 雖衆兩句：齊國和諸侯的軍隊雖多，但是也沒有用處。

宮之奇諫假道(僖公五年)

【解題】 本篇指出小國必須相互支援，才能免於大國的侵略和併吞。

晉侯復假道於虞以伐虢[1]。

宮之奇諫曰[2]：“虢，虞之表也[3]。虢亡，虞必從之。晉不可啓[4]，寇不可翫[5]。一之謂甚[6]，其可再乎？諺所謂‘輔車相依，脣亡齒寒’者[7]，其虞、虢之謂也。”公曰：“晉，吾宗也[8]，豈害我哉？”對曰：“大伯、虞仲，大王之昭也[9]，大伯不從，是以不嗣[10]。虢仲、虢叔，王季之穆也[11]，爲文王卿士，勳在王室，藏於盟府[12]。將虢是滅[13]，何愛於虞！且虞能親於桓、莊乎，其愛之也[14]？桓、莊之族何罪，而以爲戮[15]，不唯偪乎[16]？親以寵偪，猶尚害之，況以國乎？”公曰：“吾享祀豐絜，神必據我[17]。”對曰：“臣聞之，鬼神非人實親，惟德是依[18]。故《周書》曰：‘皇天無親[19]，惟德是輔。’又曰：‘黍稷非馨，明德惟馨[20]。’又曰：‘民不易物，惟德繄物[21]。’如是，則非德民不和，神不享矣。神所馮依[22]，將在德矣。若晉取虞，而明德以薦馨香，神其吐之乎？”

弗聽，許晉使[23]。

宮之奇以其族行[24]，曰：“虞不臘矣[25]。在此行也，晉不更舉矣[26]。”

八月，甲午，晉侯圍上陽[27]，問於卜偃曰：“吾其濟乎[28]？”對曰：“克之。”公曰：“何時？”對曰：“童謠云：‘丙之晨，龍尾伏辰[29]，均服振振[30]，取虢之旂。鶉之賁賁[31]，天策焞焞[32]，火中成軍[33]，虢公其奔。’其九月、十月之交乎！丙子旦，日在尾，月在策,鶉火中[34],必是時也。"

　　冬十二月,丙子朔[35],晉滅虢,虢公醜奔京師[36]。師還,館於虞[37],遂襲虞,滅之。執虞公,及其大夫井伯,以媵秦穆姬[38]。而修虞祀,且歸其職貢於王[39]。故書曰:"晉人執虞公[40]。"罪虞公,言易也[41]。

【註釋】

[1] 晉,國名。晉侯,晉獻公。當時晉國都於絳,今山西省翼城縣東。虞,國名,今山西省平陸縣東北。虢,國名,今河南省陝縣東南。僖公二年晉向虞國假(借)道,進攻虢國;僖公五年再向虞國假道。

[2] 宮之奇,虞大夫。

[3] 表,外面,這裏有外屏之意。

[4] 啟,開。這句意思説,不可使晉張大其野心。

[5] 翫,忽視,因屢見而不加重視。這句説,不可忽視這支侵略別人的軍隊。

[6] 一之謂甚,一次已經是很嚴重了。

[7] 輔車兩句:輔,面頰;車,牙牀骨;兩者相互依靠。唇在外,齒在内,唇亡故齒寒。一説,"亡"爲"揭"之壞字,《戰國策·韓策》引此文作"唇揭者則齒寒",《莊子·胠篋》、《韓非子·存韓》、《吕覽·權勛》作"唇竭則齒寒"。揭,反。言唇反舉則齒無所遮蔽,故曰齒寒。

[8] 宗,同宗,晉、虞都是姬姓的諸侯國。

[9] 大伯兩句:大伯即泰伯,和虞國的始封君虞仲,都是大王之子。大王即太王。古代宗廟之制,始祖的神位居中,子在左,稱爲昭,子之子在右稱爲穆。周以太王爲始祖,其子三人泰伯、虞仲、王季都稱爲昭。

[10] 大伯不從兩句:泰伯不從太王之命,因此不能繼承王位。一説,從,隨從。言大伯不隨從在側,因此不能嗣位。

[11] 虢仲兩句:虢仲等封於虢,都是王季之子,王季爲昭,故二人爲穆。

[12] 盟府,掌管盟約之官府。

[13] 將虢是滅,同"是將滅虢",既然要滅虢國。

[14] 且虞兩句:晉獻公的愛虞,還能比他對桓叔、莊伯的後人更親近嗎?

[15] 桓、莊之族兩句:桓、莊的後人和獻公是近親,他們有什麼罪,可是都
    被殺了。

[16] 偪,近親而又給與威脅。

[17] 吾享祀豐絜兩句:絜,同"潔"。據,安。這兩句說,我的祭品豐盛清
    潔,神必然樂於接受。

[18] 鬼神兩句:實,同"寔",是的意思。這兩句說,鬼神不是隨便親近某人
    的,而是依據於有德者。

[19] 故《周書》曰兩句:見《周書‧蔡仲之命》。皇天無親,指皇天不隨便和
    某人特別親近。

[20] 又曰黍稷非馨兩句:見《周書‧君陳》。香氣遠聞的稱爲馨。黍稷還
    不算是香氣遠聞的,惟有明顯的德行纔是如此。

[21] 又曰民不易物兩句:見《周書‧旅獒(ào 敖)》,作"人不易物,惟德其
    物"。這兩句說,不同的人祭神之時,祭品相似,不必改易,惟有德者
    的祭品是神所享受的。繄物,同其物,指那件物品。

[22] 馮依,同"憑依"。

[23] 弗聽兩句:虞公不聽,許晉使假道。

[24] 以其族行,帶同全族離開虞國。

[25] 臘,歲終祭神。這句說,虞國不及歲終祭神就要亡國了。

[26] 在此行也兩句:就在這一次出動,晉國不需再行出兵了。

[27] 上陽,虢國都,今河南省陝縣東南。

[28] 濟,成功。

[29] 丙之晨兩句:丙日的早晨,日月相會,尾星(龍尾)爲日光所掩,伏而不
    見。日月相會爲辰。

[30] 均,一作袀。均服,服裝一致。振振,盛貌。

[31] 鶉,鶉火星。賁(bēn 奔)賁,飛貌。

[32] 天策,傅說星。焞(dùn 燉)焞,昏暗。

[33] 火中成軍,鶉火星在中,發動軍事。

[34] 丙子旦四句:丙子日的清晨,日在尾星的地位,月在天策星的地位,鶉

                                                                    · 65 ·

火星在當中。

[35] 冬十二月句：晉用夏曆，魯用周曆，十二月即晉之十月。丙子朔，初一日丙子，和前言九月、十月之交相應。

[36] 虢公句：虢公名醜。京師，東周都城。

[37] 師還兩句：晉軍回國途中，停留在虞國。

[38] 媵(yìng 硬)，作爲陪嫁的奴隸。秦穆姬，晉獻公女，嫁秦穆公。

[39] 而修虞祀兩句：繼續祭祀虞國的祖先，也把虞國對周王的貢物繼續進貢。

[40] 故書曰兩句：指《春秋》經文的記載。

[41] 罪虞公兩句：責備虞公，認爲這是他的疏忽。

晉公子重耳之亡(僖公二十三年、二十四年)

【解題】 本篇記載晉公子重耳出奔、流亡到回國奪取政權的經過。重耳後來稱爲晉文公，是春秋時代的一位重要人物。

晉公子重耳之及於難也[1]，晉人伐諸蒲城[2]。蒲城人欲戰，重耳不可，曰：“保君父之命而享其生禄[3]，於是乎得人；有人而校[4]，罪莫大焉。吾其奔也。”遂奔狄[5]。從者狐偃、趙衰、顛頡、魏武子、司空季子[6]。

狄人伐廧咎如[7]，獲其二女叔隗、季隗[8]，納諸公子。公子取季隗，生伯鯈[9]、叔劉；以叔隗妻趙衰[10]，生盾。將適齊，謂季隗曰：“待我二十五年，不來而後嫁。”對曰：“我二十五年矣，又如是而嫁，則就木焉[11]。請待子。”處狄十二年而行。

過衛，衛文公不禮焉[12]。出於五鹿[13]，乞食於野人，野人與之塊[14]。公子怒，欲鞭之。子犯曰：“天賜也[15]。”稽首受而載之[16]。

及齊，齊桓公妻之，有馬二十乘[17]，公子安之，從者以爲不可。將行，謀於桑下。蠶妾在其上[18]，以告姜氏。姜氏殺之，而謂公子曰：“子有四方之志[19]，其聞之者，吾殺之矣。”公子曰：“無之。”姜曰：“行也！懷與安，實敗名[20]。”公子不可。姜與子犯謀，醉而遣之[21]。醒，以戈逐子犯[22]。

及曹，曹共公聞其駢脅[23]，欲觀其裸[24]。浴，薄而觀之[25]。僖負羈之妻曰：“吾觀晉公子之從者，皆足以相國。若以相[26]，夫子必反其國[27]；反其國，必得志於諸侯。得志於諸侯，而誅無禮[28]，曹其首也。子盍蚤自貳焉[29]？”乃饋盤飧[30]，實璧焉[31]。公子受飧反璧[32]。

及宋，宋襄公贈之以馬二十乘[33]。

及鄭，鄭文公亦不禮焉[34]。叔詹諫曰[35]：“臣聞天之所啓[36]，人弗及也。晉公子有三焉[37]，天其或者將建諸[38]，君其禮焉。男女同姓，其生不蕃[39]，晉公子，姬出也，而至於今[40]，一也；離外之患，而天不靖晉國[41]，殆將啓之[42]，二也；有三士足以上人而從之[43]，三也。晉鄭同儕[44]，其過子弟[45]，固將禮焉；況天之所啓乎？”弗聽。

及楚，楚子饗之[46]，曰：“公子若反晉國，則何以報不穀？”對曰：“子女玉帛，則君有之；羽毛齒革[47]，則君地生焉。其波及晉國者[48]，君之餘也。其何以報君？”曰：“雖然[49]，何以報我？”對曰：“若以君之靈[50]，得反晉國，晉楚治兵，遇於中原，其辟君三舍[51]。若不獲命[52]，其左執鞭弭[53]，右屬櫜鞬[54]，以與君周旋。”子玉請殺之[55]。楚子曰：“晉公子廣而儉[56]，文而有禮；其從者肅而寬[57]，忠而能力。晉侯無親[58]，外內惡之。吾聞姬姓，唐叔之後其後衰者也[59]。其將由晉公子乎[60]！天將興之，誰能廢之？違天必有大咎。”乃送諸秦。

秦伯納女五人[61]，懷嬴與焉[62]。奉匜沃盥[63]，既而揮之[64]。怒曰[65]：“秦晉匹也，何以卑我？”公子懼，降服而囚[66]。他日，公享之[67]。子犯曰：“吾不如衰之文也[68]，請使衰從。”公子賦《河水》[69]，公賦《六月》[70]。趙衰曰：“重耳拜賜[71]。”公子降[72]，拜，稽首。公降一級而辭焉[73]。衰曰：“君稱所以佐天子者命重耳[74]，重耳敢不拜？”

二十四年，春，王正月[75]，秦伯納之[76]。不書，不告入也[77]。及河，子犯以璧授公子，曰：“臣負羈紲[78]，從君巡於天下，臣之罪甚多矣。臣猶知之，而況君乎？請由此亡[79]。”公子曰：“所不與舅氏同心者，有如白水[80]！”投其璧於河。

濟河，圍令狐[81]，入桑泉[82]，取臼衰[83]。

二月，甲午，晉師軍於廬柳[84]。秦伯使公子縶如晉師[85]。師退，軍于郇[86]。辛丑，狐偃及秦、晉之大夫盟于郇[87]。壬寅，公子入于晉師。丙午，入于曲沃[88]。丁未，朝于武宮[89]。戊申，使殺懷公于高梁[99]。不書，亦不告也。

呂、郤畏偪[91]，將焚公宮而弑晉侯[92]。寺人披請見[93]，公使讓之[94]，且辭焉；曰：“蒲城之役，君命一宿，女即至[95]。其後余從狄君以田渭濱[96]，女爲惠公來求殺余，命女三宿，女中宿至[97]。雖有君命，何其速也？夫袪猶在[98]，女其行乎！”對曰：“臣謂君之入也，其知之矣；若猶未也，又將及難。君命無二[99]，古之制也。除君之惡，唯力是視[100]。蒲人、狄人，余何有焉[101]？今君即位，其無蒲、狄乎[102]？齊桓公置射鉤而使管仲相[103]；君若易之，何辱命焉[104]？行者甚衆，豈唯刑臣[105]！”公見之，以難告[106]。三月，晉侯潛會秦伯于王城。己丑，晦[107]，公宮火。瑕甥、郤芮不獲公，乃如河上，秦伯誘而殺之。

晉侯逆夫人嬴氏以歸。秦伯送衛於晉三千人[108]，實紀綱之僕[109]。

初，晉侯之豎頭須[110]，守藏者也[111]；其出也，竊藏以逃，盡用以求納之[112]。及入，求見；公辭焉以沐[113]。謂僕人曰：“沐則心覆，心覆則圖反[114]，宜吾不得見也。居者爲社稷之守，行者爲羈絏之僕[115]，其亦可也，何必罪居者[116]？國君而讎匹夫，懼者甚衆矣。”僕人以告，公遽見之[117]。

狄人歸季隗于晉，而請其二子[118]。文公妻趙衰[119]，生原同、屏括、樓嬰。趙姬請逆盾與其母[120]，子餘辭。姬曰：“得寵而忘舊，何以使人？必逆之[121]！”固請，許之。來[122]，以盾爲才[123]，固請于公，以爲嫡子；而使其三子下之[124]。以叔隗爲内子[125]，而己下之。

晉侯賞從亡者[126]，介之推不言祿[127]，祿亦弗及。推曰：“獻公之子九人，唯君在矣[128]！惠、懷無親，外内棄之。天未絶晉，必將有主。主晉祀者[129]，非君而誰？天實置之[130]，而二三子以爲己力[131]，不亦誣乎？竊人之財，猶謂之盜；況貪天之功以爲己力乎？下義其罪，上賞其姦[132]，上下相蒙，難與處矣。”其母曰：“盍亦求之，以死誰懟[133]？”對曰：“尤而效之，罪又甚焉[134]！且出怨言，不食其食。”其母曰：“亦使知之，若何？”對曰：“言，身之文也[135]；身將隱，焉用文之？是求顯也[136]。”其母曰：“能如是乎？與女偕隱。”遂隱而死。晉侯求之不獲，以緜上爲之田[137]，曰：“以志吾過[138]，且旌善人[139]。”

【註釋】

[1] 及於難，指晉太子申生之難。《左傳》記僖公四年十二月，晉獻公聽從驪姬的讒言，逼迫太子申生自縊而死，其餘二子重耳、夷吾也同時出奔。

[2] 蒲城，今山西省隰縣，當時重耳的據點。當時公子重耳駐守蒲城，對於晉獻公形成威脅，因此獻公決定對他進兵。

[3] 保，倚仗。生祿，養生的祿邑，古代貴族從封地中取得生活資料。

[4] 校，同“較”，比較、對抗。

[5] 狄，古代中國北方的部族，散處在北方諸侯國之間。

[6] 狐偃,重耳的舅父,字子犯;趙衰(cuī 崔),字子餘;魏武子,名犫(chōu 抽);司空季子,一名胥臣。他們和顛頡都是日後晉國的大夫。

[7] 廧(qiáng 強)咎(gāo 高)如,狄族的別種。

[8] 隗(wěi 偉),廧咎如族的姓。

[9] 儵,音由(yóu)。

[10] 這句說,把叔隗嫁給趙衰。

[11] 就木,進入棺材。此言年老將死,不能再嫁。

[12] 衛文公,衛國的君主。

[13] 五鹿,衛地,今河南省濮陽縣東北。

[14] 塊,土塊。

[15] 天賜,土塊象徵土地,是建立國家的預兆,所以稱爲天賜。

[16] 稽首,以頭抵地,爲時甚久,古代最敬之禮。這句說,重耳向田野裏的人叩頭致謝,把土塊收下,裝在車上。

[17] 有馬二十乘,有馬八十匹。馬四匹爲一乘。

[18] 蠶妾,採桑葉養蠶的女奴隸。

[19] 四方之志,遠大的志向。

[20] 懷與安兩句:貪戀享受,安於現狀,是可以摧毀人的聲名的。

[21] 這句說,把重耳灌醉以後,打發上路。

[22] 醒,以戈逐子犯,重耳本無去志,以爲這是受了狐偃的欺騙,所以持戈追逐他。

[23] 曹共公,曹國的君主。駢(pián 便)脅(xié 協),腋下肋骨連成一片。

[24] 欲觀其裸,想看他的裸體。

[25] 薄,迫近。此言在重耳浴身時,曹共公到他身邊去看他的肋骨。這是非常無禮的行動。

[26] 若以相,如若用他們作國家的大臣。相,助,這裏引申有輔佐君主的意思。

[27] 夫(fú 扶),猶言那個。夫子,猶那個人,指重耳。

[28] 誅無禮,討伐沒有禮貌的人。

[29] 盍,何不。蚤,同"早"。貳,不同。這句說,你何不早些表示你和曹國的人有所不同呢?

[30] 乃饋盤飧(sūn孫)，於是送去一盤晚餐。

[31] 寘璧焉，在盤飧中安藏璧玉，表示敬意。春秋時代，大夫不能私自和別國人來往，所以在盤飧中藏璧，以免泄露。寘，同置。

[32] 這句説，重耳接受晚餐，表示領情，退回璧玉，表示不貪。

[33] 宋襄公，宋國的君主。

[34] 鄭文公，鄭國的君主。

[35] 叔詹，鄭大夫。

[36] 天之所啓，言重耳是上天所開導，所贊助的人。啓，開。

[37] 有三焉，有三件不同尋常的事。

[38] 諸，同"之乎"。這句説，或者上天有意樹立他吧。

[39] 男女同姓兩句：中國古代有同姓不婚的説法，認爲夫妻同姓，子孫不能蕃盛。

[40] 晉公子三句：晉公子姬姓，母親狐姬也是姬姓，但是重耳一直活到今天。

[41] 離外兩句：離，同"罹(lí)"，遭遇。"天"下原有"下"字，據《校勘記》删。

[42] 殆，庶幾。這句説，大約將要開出他的道路。

[43] 三士，據《國語》，三士指狐偃、趙衰和賈佗。此言三人都是勝過一般人的賢士，現在跟着重耳。

[44] 晉鄭同儕(chái柴)，晉、鄭是同等地位的國家。

[45] 其過子弟，那路過鄭國的子弟。

[46] 楚子，指楚成王。饗之，以酒宴款待他。

[47] 羽毛齒革，指鳥羽(翡翠、孔雀之屬)、旄牛尾、象牙、犀牛皮等。

[48] 波及，流及。

[49] 雖然，話雖如此。

[50] 以君之靈，託您的福。

[51] 辟，同"避"。舍，三十里爲一舍。這句説，如晉楚有戰爭，晉軍當撤退九十里。

[52] 命，命令。若不獲命，指若不能得到您退兵的命令。

[53] 鞭弭(mǐ米)，馬鞭和不加裝飾的弓。

［54］櫜(gāo 高)鞬(jiàn 建)，裝弓箭的口袋。

［55］子玉，楚國的令尹(丞相)成得臣。

［56］廣而儉，志廣而用儉。

［57］肅而寬，態度嚴肅而待人寬厚。

［58］晉侯，指晉惠公。無親，指惠公國內外關係都不好，不得人心。

［59］唐叔之後句：當時流行的預言，認爲姬姓諸國之中，唐叔之後的晉國是最能持久的。

［60］這句說，可能由晉公子重耳這一支繼承下去。

［61］納女五人，給五個婦女作爲配偶。

［62］懷嬴，秦穆公之女，曾嫁給晉懷公(晉惠公之子圉)。懷公自秦逃歸後，又作爲媵妾給重耳。秦，嬴姓，故稱懷嬴。

［63］奉，同"捧"。匜(yí 宜)，盛水器。沃(wò 握)，澆水。盥(guàn 貫)，洗沐。這句說，懷嬴捧着盛水器澆水給重耳洗手。

［64］既，完畢。揮，指揮手使去。這句說，重耳洗手後，揮懷嬴使去。

［65］怒曰，主語是懷嬴。

［66］降服而囚，重耳脫去上服，自己拘囚向懷嬴謝罪。

［67］公，指秦穆公。

［68］文，指言辭的文采，長於外交辭令。

［69］公子賦《河水》，春秋中期外交宴會中，指定篇名，使樂工奏樂，稱爲賦詩。重耳指定《河水》，古代註家以爲這就是《詩經》中的《沔(miǎn 免)水》。篇首"沔彼流水，朝宗於海"兩句，說滿滿的流水，歸向大海。這裏有晉國人士歸向秦國的意思。

［70］《六月》，《詩經》篇名。篇首"六月棲棲，戎車既飭"，說六月中急急遑遑，兵車已經準備好了。這是歌頌尹吉甫輔佐周宣王北伐獲勝的詩。

［71］拜賜，拜謝秦穆公賦詩表示的好意。

［72］降，下階。

［73］公降一級，下階一級，表示不敢接受。

［74］此句承上文而言。大意是說，您用尹吉甫輔佐天子的詩篇教導重耳。

［75］王，指周天子；王正月，即周曆的正月。

［76］秦伯納之，秦穆公用武力保護重耳入晉國。

72

[77] 不書兩句：此言重耳回國的事件，在《春秋》没有記載，因爲晉國没有
　　　　正式通知魯國。

[78] 羈(jī基)緤(xiè泄)，馬絡頭和繮繩。

[79] 亡，奔往外國。

[80] 所不與兩句：寫重耳指河水發誓。大意是説，如有不和舅父同心者，
　　　　請以白水爲證。

[81] 令狐，地名，今山西省臨猗縣西。

[82] 桑泉，地名，今山西省解縣西。

[83] 臼衰(cuī崔)，地名，在今山西省解縣東南。

[84] 晉師，晉懷公的軍隊，懷公派遣軍隊阻止重耳回國。廬柳，地名，在臨
　　　　猗縣境内。

[85] 公子縶(zhí執)，秦公子。這句説，秦穆公使公子縶勸説晉懷公的
　　　　軍隊。

[86] 郇(xún旬)，地名，今解縣西北有郇城。

[87] 狐偃句：狐偃、秦大夫和晉懷公的大夫在郇城訂立三角同盟。

[88] 曲沃，地名，今山西省聞喜縣東北。

[89] 武宫，重耳的祖父晉武公的神廟。

[90] 高梁，地名，今山西省臨汾縣有高梁都。

[91] 吕、郤(xì戲)，指晉惠公的舊臣吕甥、郤芮。畏偪，怕受到重耳的
　　　　迫害。

[92] 公宫，晉侯的宫廷。晉侯，即重耳，此後又稱文公。弑(shì是)，封建
　　　　社會裏以下殺上曰弑。

[93] 寺人披，寺人即閹人，名披，曾奉獻公命至蒲城、狄殺重耳。

[94] 讓，讀上聲，斥責。

[95] 君命一宿兩句：獻公命你一夜之後到達，你當天就到達了。女，同汝。

[96] 田，打獵。

[97] 命女三宿兩句：惠公命你三夜之後到達，你第二夜就到達了。

[98] 袪(qū區)，袖管。寺人披没有能把重耳殺死，砍斷了一隻袖管。這句
　　　　重耳説那隻袖管還在。

[99] 君命無二，執行君主的命令，没有二心。

[100] 唯力是視,唯有視自己能力之所及。

[101] 蒲人兩句:蒲人狄人,在蒲城和在狄的人,借指重耳。余何有焉,與我有什麼關係呢?

[102] 此句意指重耳即位之後,哪能没有在蒲城和在狄那樣的反對者呢?

[103] 齊桓公句:在齊桓公和公子糾爭位的時候,管仲奉公手糾之命,射桓公,中鉤。後管仲爲桓公所得,桓公不記前仇,用以爲相。

[104] 君若易之兩句:易,變易,謂和桓公不同。這兩句説,您若是和桓公不同,我當然走開,無須您下命令。

[105] 行者兩句:刑臣,受過刑之臣,寺人披自稱。這兩句説,假如您不寬大爲懷,那末懼罪出行的人一定很多,豈獨我呢。

[106] 以難告,把吕、郤焚宫的危害告訴重耳。

[107] 晦,月終之日。

[108] 這句説,秦穆公派去保衛的軍隊三千人。

[109] 紀綱之僕,負責整頓組織工作的下屬。

[110] 豎(shù 恕),小臣。

[111] 守藏(zàng 葬),看守庫藏。

[112] 這句説,頭須盡用庫藏以求接納晉文公回國。上文其出也的主語是文公。

[113] 這句説,重耳藉口洗頭,不見頭須。

[114] 沐則心覆兩句:洗頭時低頭向水,心即向下;心向下,那麼意圖就錯了。圖,意圖。反,即正的反面。

[115] 居者兩句:留在國内的人守着國家的社稷;隨着文公出行的人,是背着馬韁的僕役。居者,頭須自指。

[116] 這句説,何必歧視留在國内的人呢?

[117] 遽見,立即召見。

[118] 請其二子,狄人請重耳指示如何處理季隗的二子伯儵、叔劉。

[119] 這句説,重耳把自己的女兒嫁給趙衰。

[120] 趙姬句:趙姬即重耳之女,請迎還趙盾和其母叔隗。

[121] 必逆之,一定要迎還他們。

[122] 來,主語是叔隗和趙盾。

[123] 以盾爲才,這句和以下諸句的主語都是趙姬。

[124] 而使其三子下之,而使她的三個兒子居於趙盾之下。

[125] 内子,嫡妻。

[126] 從亡者,跟重耳出亡的人。

[127] 介之推,重耳的從亡之臣,姓介名推,之是語助詞。

[128] 君,指重耳,即晉文公。

[129] 主晉祀者,主持晉國祭祀的人。

[130] 置,立。

[131] 二三子,指從亡者。

[132] 下義其罪兩句:在下的從亡者把有罪的事件爲正義,在上的君主獎賞他們所作的壞事。

[133] 盍亦求之兩句:何不也去請求它;這樣苦苦以至死又埋怨誰呢? 懟(duì 對),怨恨。

[134] 尤而效之兩句;既然認作過失,而又去學習它,罪過更大了。尤,過失。這裏作動詞用。

[135] 言,身之文也句:言語是人身的文飾。

[136] 求顯,求爲人所知。

[137] 縣上,地名,在今山西省介休縣南,沁源縣西北的介山之下。爲之田,作爲他的祭田。

[138] 志,標誌。

[139] 旌,表揚。

晉楚城濮之戰(僖公二十八年)

【解題】 春秋初期,南方的楚國逐漸向北推進,使北方的諸侯受到威脅。齊桓公雖然做了諸侯領袖,也只能叫楚國參加盟約,並不能使它屈服。稍後,北方的晉國漸漸成爲強國;晉文公重耳取得政權後,勵精圖治,國勢更加強盛,因而不可避免地要和日益強大的楚國爭取對諸侯的領導權。城濮(衛國的地名,在今山東省范縣西南一帶)之戰是晉、楚爭霸的第一次大戰役。

宋人使門尹般如晉師告急[1]。公曰[2]："宋人告急，捨之則絕[3]，告楚不許[4]。我欲戰矣，齊、秦未可[5]，若之何[6]？"先軫曰[7]："使宋捨我而賂齊、秦，藉之告楚[8]；我執曹君而分曹、衛之田以賜宋人[9]，楚愛曹、衛，必不許也[10]。喜賂怒頑[11]，能無戰乎[12]？"公說[13]，執曹伯[14]，分曹、衛之田以畀宋人[15]。

楚子入居於申[16]，使申叔去穀[17]，使子玉去宋[18]，曰："無從晉師[19]。晉侯在外十九年矣，而果得晉國，險阻艱難，備嘗之矣，民之情偽[20]，盡知之矣。天假之年[21]，而除其害[22]，天之所置，其可廢乎[23]？軍志曰[24]：'允當則歸[25]。'又曰：'知難而退。'又曰：'有德不可敵[26]。'此三志者[27]，晉之謂矣[28]。"

子玉使伯棼請戰[29]，曰："非敢必有功也[30]，願以間執讒慝之口[31]。"王怒，少與之師[32]，唯西廣、東宮與若敖之六卒實從之[33]。

子玉使宛春告於晉師曰[34]："請復衛侯而封曹[35]，臣亦釋宋之圍[36]。"子犯曰[37]："子玉無禮哉！君取一，臣取二[38]。不可失矣[39]。"先軫曰："子與之[40]。定人之謂禮[41]。楚一言而定三國[42]，我一言而亡之，我則無禮，何以戰乎？不許楚言，是棄宋也，救而棄之，謂諸侯何[43]？楚有三施[44]，我有三怨[45]，怨讎已多，將何以戰[46]？不如私許復曹、衛以攜之[47]，執宛春以怒楚[48]，既戰而後圖之[49]。"公說，乃拘宛春於衛，且私許復曹、衛。曹、衛告絕於楚[50]。子玉怒，從晉師[51]，晉師退。軍吏曰[52]："以君辟臣[53]，辱也。且楚師老矣[54]，何故退？"子犯曰："師直為壯，曲為老，豈在久乎[55]？微楚之惠不及此[56]，退三舍辟之[57]，所以報也[58]。背惠食言以亢其讎[59]，我曲楚直。其衆素飽[60]，不可謂老。我退而楚還，我將何求[61]？若其不還，君退臣犯，曲在彼矣。"退三舍，楚衆欲止，子玉不可。

夏四月，戊辰，晉侯、宋公、齊國歸父、崔夭、秦小子憖次于城濮[62]。楚師背鄶而舍[63]，晉侯患之[64]。聽輿人之誦曰[65]："原田每每[66]，舍其舊而新是謀[67]。"公疑焉。子犯曰："戰也[68]！戰而捷，必得諸侯[69]。若其不捷，表裏山河[70]，必無害也。"公曰："若楚惠何[71]？"欒貞子曰[72]："漢陽諸姬[73]，楚實盡之[74]。思小惠而忘大恥，不如戰也。"晉侯夢與楚子搏[75]，楚子伏己而鹽其腦[76]，是以懼。子犯曰："吉！我得天[77]，楚伏其罪[78]，吾且柔之矣[79]。"

子玉使鬥勃請戰[80]，曰："請與君之士戲[81]，君馮軾而觀之[82]，得臣與寓目焉[83]。"晉侯使欒枝對曰："寡君聞命矣。楚君之惠，未之敢忘[84]，是以在此[85]。爲大夫退，其敢當君乎[86]？既不獲命矣[87]，敢煩大夫，謂二三子[88]，戒爾車乘[89]，敬爾君事[90]，詰朝將見[91]。"

晉車七百乘[92]，韅、靷、鞅、靽[93]。晉侯登有莘之虛以觀師[94]，曰："少長有禮[95]，其可用也。"遂伐其木以益其兵[96]。己巳[97]，晉師陳于莘北[98]。胥臣以下軍之佐當陳、蔡[99]。子玉以若敖之六卒將中軍[100]，曰："今日必無晉矣[101]。"子西將左[102]，子上將右[103]。

胥臣蒙馬以虎皮[104]，先犯陳、蔡，陳、蔡奔，楚右師潰。狐毛設二旆而退之[105]，欒枝使輿曳柴而僞遁[106]，楚師馳之[107]。原軫、郤溱以中軍公族橫擊之[108]，狐毛、狐偃以上軍夾攻子西，楚左師潰[109]。楚師敗績。子玉收其卒而止，故不敗。

晉師三日館穀[110]，及癸酉而還[111]。甲午[112]，至于衡雍[113]，作王宮于踐土[114]。

鄉役之三月[115]，鄭伯如楚致其師[116]，爲楚師既敗而懼，使子人九行成于晉[117]。晉欒枝入盟鄭伯。五月丙午[118]，晉侯及鄭伯盟于衡雍。

丁未[119]，獻楚俘于王[120]，駟介百乘[121]，徒兵千[122]。鄭伯傅王[123]，用平禮也[124]。己酉[125]，王享醴[126]，命晉侯宥[127]。王命尹氏及王子虎、内史叔興父策命晉侯爲侯伯[128]，賜之大輅之服、戎輅之服[129]、彤弓一[130]、彤矢百、玈弓矢千[131]、秬鬯一卣[132]、虎賁三百人[133]。曰："王謂叔父[134]，敬服王命[135]，以綏四國[136]，糾逖王慝[137]。"晉侯三辭[138]，從命，曰："重耳敢再拜稽首，奉揚天子之丕顯休命[139]。"受策以出，出入三覲[140]。

衛侯聞楚師敗，懼，出奔楚，遂適陳[141]。使元咺奉叔武以受盟[142]。癸亥[143]，王子虎盟諸侯于王庭[144]，要言曰[145]："皆獎王室[146]，無相害也。有渝此盟[147]，明神殛之[148]，俾隊其師[149]，無克祚國[150]，及而玄孫，無有老幼[151]。"君子謂是盟也信[152]，謂晉於是役也，能以德攻[153]。

初[154]，楚子玉自爲瓊弁玉纓[155]，未之服也[156]。先戰[157]，夢河神謂己曰[158]："畀余，余賜女孟諸之麋[159]。"弗致也[160]。大心與子西使榮黃諫[161]，弗聽。榮季曰[162]："死而利國，猶或爲之，況瓊玉乎？是糞土也，而可以濟師[163]，將何愛焉？"弗聽。出告二子曰[164]："非神敗令尹，令尹其不勤民，實自敗也[165]。"既敗，王使謂之曰："大夫若入，其若申、息之老何[166]？"子西、孫伯曰[167]："得臣將死，二臣止之曰：'君其將以爲戮[168]。'"及連穀而死[169]。晉侯聞之，而後喜可知也，曰："莫余毒也已[170]。蒍呂臣實爲令尹[171]，奉己而已，不在民矣[172]。"

【註釋】

[1]門尹般，宋國的大夫，官爲門尹，名般。如，往。這時楚已發兵，由令尹子玉圍宋。

[2]公，晉文公，名重耳。

[3]捨之則絕，扔下不管，和我們的關係就斷了。

[4]告楚，請楚國撤兵。

［ 5 ］齊、秦未可，齊、秦還不同意。這時齊、秦都在晉國一邊，但是軍事行動必須徵求二國的同意。

［ 6 ］若之何，怎麼辦？

［ 7 ］先軫(zhěn 診)，晉國的中軍主將。

［ 8 ］使宋捨我兩句：叫宋國撇開我們，去賄賂齊、秦兩國，仗他們出面請楚國撤兵。

［ 9 ］我執曹君句：這時曹、衛兩國已被晉軍擊破。

［10］楚愛曹、衛兩句：楚國捨不得曹、衛兩個友邦，一定不肯接受齊、秦兩國的調解。

［11］喜賂怒頑，齊、秦得到賄賂的好處，自然高興，同時又因楚國不願講和的頑強態度而激起憤怒。

［12］能無戰乎，還能不和楚作戰嗎？

［13］公說，晉文公感到高興。說，同"悅"。

［14］執曹伯，把曹共公扣押了。曹原來被封爲伯爵，故稱曹伯。

［15］畀(bì 閉)，給予。

［16］楚子，楚成王。北方的諸侯國稱楚的君主爲子，但楚國君主在本國卻稱王。申，今河南省南陽縣。

［17］申叔，楚國的大夫，曾奉命伐齊，佔領了齊國的穀(今山東省陽穀縣東北)，一直在那裏駐防，現在楚王命令申叔從穀撤兵。

［18］子玉，楚國對宋作戰的統帥。

［19］從，進逼。

［20］民之情僞，人事的真假。

［21］天假之年，天給予他長壽(重耳歸國時年六十六歲)。

［22］而除其害，把他的敵人都清除了。

［23］天之所置兩句：天意要扶植他，怎能推翻呢？

［24］軍志，古代的兵書。

［25］允當，公平得當。

［26］這句說，正義所在，是不能抵擋的。

［27］三志，這三句記載。

［28］晉之謂矣，晉國的情況正如上面所說。

79

[29] 伯棼(fén 焚),楚國大夫鬬越椒。請戰,請求楚王批准作戰。

[30] 這句説,不敢保證一定成功。

[31] 間執,找個機會堵住。讒慝(tè 特),播弄是非的人(以前蒍賈批評過子玉,説他一定要失敗。子玉認爲這是有意破壞他、打擊他,所以想打一勝仗,堵住那説壞話的人的嘴)。

[32] 少與之師,只給他少數的兵力。

[33] 唯西廣句:廣是楚軍部隊的名稱,西廣等於右軍。東宮,太子宮中的衛隊。若敖,楚王祖先的名號,用作特種軍隊的名稱。卒,一百名,六卒就是六百名。實,同"寔",是。意爲從子玉作戰。

[34] 宛春,楚國的大夫。

[35] 這句説,請恢復衛侯的地位和重新建立曹國。

[36] 臣,子玉自稱。

[37] 子犯,晉國的大夫、文公的母舅狐偃。

[38] 君取一兩句:做國君的人(晉文公)只得到一項利益(指釋宋之圍),做臣子的人(子玉)取得了兩項(指復衛侯而封曹)。

[39] 不可失矣,不可失去這個作戰的機會。

[40] 子與之,您還是答應他吧。

[41] 這句説,能使人民安定的就是禮。

[42] 這句説,楚國一句話使曹、衛、宋三國得到安定。

[43] 謂諸侯何,拿什麼話對諸侯解釋呢?

[44] 三施,對三國都有恩惠。

[45] 三怨,對三國都結下仇恨。

[46] 將何以戰,憑什麼來作戰呢?

[47] 這句説,不如暗中答應曹、衛恢復他們的國家以分化曹、衛和楚的關係。攜,離間。

[48] 怒楚,激怒楚國。

[49] 這句説,戰爭完畢之後,再考慮這些問題。

[50] 告絶於楚,和楚國斷絶關係。

[51] 從晉師,進逼晉師。

[52] 軍吏,軍佐。

[53] 以君辟臣,晉文公避子玉。辟,同"避"。

[54] 老,士氣衰落不振。

[55] 師直爲壯三句:軍事行動,正義所在的就氣壯,正義不在的就氣衰,哪裏在於軍隊在外的久暫呢?

[56] 微,沒有。這句説,沒有楚國的支援,我們就不會有今天(當晉文公逃亡到楚的時候,得到楚國的接待和支援)。

[57] 三舍,三個三十里(古代行軍,三十里爲一舍)。

[58] 報,報答。晉文公流亡國外過楚時,曾答應楚成王在晉楚交戰時退避三舍,以報楚王款待之德。

[59] 背惠,背棄楚國的恩惠。食言,取消自己的諾言。以亢其讎,以此抵禦敵人。亢,同"抗"。

[60] 素飽,一貫不缺糧。

[61] 我將何求,我還要求些什麼呢?

[62] 夏四月三句:戊辰,四月初三日。宋公,宋成公。國歸父、崔夭,齊國的貴族。小子憖(yìn 印),秦國的公子。這些人都是以盟軍將領的資格參加這次戰役的。次,進駐。

[63] 鄡(xī 西),城濮附近的地名。舍,宿營。

[64] 患之,爲戰事擔心。

[65] 輿人,衆人。誦,不配合樂曲的歌辭。

[66] 原田,高田。每每,茂盛。

[67] 這句説,扔開舊的,一心一意找新的。

[68] 戰也,打吧!

[69] 必得諸侯,必定能領導諸侯。

[70] 表裏山河,這是説晉國外(表)有黃河,内(裏)有太行山,形勢很好。

[71] 若楚惠何,對於楚國從前的情誼怎麼辦呢?

[72] 欒貞子,晉國將領欒枝。

[73] 漢陽諸姬,漢水北面那些姬姓的諸侯國。

[74] 楚實盡之,楚國把他們併吞完了。

[75] 搏(bó 博),交手對打。

[76] 噬(gǔ 古),吸取。這句説,楚子爬在文公的身上,吮吸文公的腦汁。

［77］我得天,我被壓在下,仰面向天,得到天的照顧。

［78］楚伏其罪,楚子臉向下,是伏罪的表示。

［79］這句説,我們將會使楚國柔服。這是子犯爲了鼓舞晉文公的信心而編造的説夢的語言。

［80］鬭勃,楚國的大夫。

［81］這句説,請和您的戰士競賽一番。

［82］馮,同"憑"。馮軾,伏着車前的橫木。

［83］得臣,即子玉。這裏是鬭勃代子玉説的話。

［84］未之敢忘,未敢忘之。

［85］是以在此,因爲報楚君之惠,退避三舍,所以留軍於此地。

［86］爲大夫退兩句:因爲想到楚君的恩惠,對你大夫尚且要退讓,怎敢與你國君主對抗呢?

［87］不獲命,不獲准予和平解決的命令。

［88］謂二三子,請你轉達你的幾位將領。

［89］戒,準備。

［90］敬爾君事,重視你們國君交付的任務。

［91］詰朝,明天早晨。

［92］七百乘,古時每輛戰車配備步兵七十五人,七百乘共有兵力五萬二千五百人。

［93］韅(xiǎn 顯)靷(yǐn 引)鞅(yǎng 養)鞣(bàn 半),指馬身的皮甲、韁繩、絡頭之類。在背的叫韅,在胸的叫靷,在腹的叫鞅,在足的叫鞣,這裏形容晉軍裝備整齊。

［94］有莘,古國名,在今山東省曹縣。虛,同"墟",舊城址。

［95］少長,下級和上級。

［96］以益其兵,以充實他的兵器。

［97］己巳,四月初四日。

［98］陳,擺開陣勢。莘北,即城濮。

［99］胥臣,晉國的下軍副帥。陳、蔡,楚國的盟邦,派有軍隊參戰。

［100］這句説,子玉帶同若敖部隊六百人主持中軍。

［101］這句説,今天一定可以消滅晉軍。

[102] 子西將左,子西即楚國的司馬鬭宜申,統率左軍。

[103] 子上將右,子上即鬭勃,統率右軍。

[104] 蒙馬以虎皮,以虎皮蒙在馬上。

[105] 狐毛,狐偃之兄,晉上軍主將。旆(pèi 配),大旗。古軍制,中軍主帥立二旆。此句意謂狐毛製造中軍主帥敗退的假象來引誘楚軍。

[106] 欒枝,晉下軍主將。使輿曳柴,讓戰車後面拖着樹枝,使塵土飛揚。

[107] 馳之,追趕晉軍。

[108] 原軫,即先軫,他和郤溱是晉中軍的主將及副將。公族,直接屬於國君的軍隊。

[109] 楚左師潰,在這次戰爭中,楚右師因爲有着陳、蔡的雜牌軍隊,因此先潰。此後晉人集中優勢兵力,用運動戰打擊楚左師,左師也潰。

[110] 館穀,住敵人的軍營,吃敵人的軍糧。

[111] 癸酉,四月初八日。

[112] 甲午,四月二十九日。

[113] 衡雍,鄭國的地名,在今河南省鄭州市東北,原陽縣西南。

[114] 踐土,鄭國的地名,在今河南省滎陽縣。晉軍在踐土作王宫,準備迎接周王,提高晉國的聲望。

[115] 鄉(xiàng 向),不久以前。這句説,這一戰役以前三個月。

[116] 鄭伯,鄭文公。致其師,把軍隊交出聽候使用。

[117] 子人九,鄭國大夫,姓子人名九。行成,求和。

[118] 五月丙午,五月十一日。

[119] 丁未,十二日。

[120] 獻楚俘于王,把楚國的俘虜獻給周襄王。

[121] 駟介百乘,四匹披甲的馬所駕的戰車,共一百輛。

[122] 徒兵,步兵。

[123] 傅王,傅,輔佐。這是説鄭伯爲周襄王擔任輔佐的職務。

[124] 用平禮,按照從前周平王接待晉文侯的禮節來接待晉文公。

[125] 己酉,十四日。

[126] 享醴(lǐ禮),正式宴會。醴,甜酒。

[127] 命晉侯宥(yòu 又),命晉侯加餐。

[128] 尹氏、王子虎,都是周王室的大臣。内史,周王室掌管策命的官。策命,用書面任命。侯伯,諸侯的領袖。

[129] 賜之大輅(lù 路)之服兩句:周天子賜給晉文公舉行大禮所乘之車,以及乘這種車的相當的服飾;還賜給他舉行軍禮所乘之車,以及乘這種車的相當的服飾。

[130] 彤(tóng 同),紅色。

[131] 旅(lú 盧),黑色。

[132] 秬(jù 巨)鬯(chàng 唱),黑黍米釀造的香酒。卣(yǒu 有),古代盛酒的器具。

[133] 虎賁(bēn 奔),周王朝的勇士。

[134] 叔父,晉侯是周王朝的同姓諸侯,按照當時習慣,不論行輩,通稱叔父。

[135] 敬服,敬重地服從。

[136] 以綏四國,安撫四方諸侯之國。

[137] 糾逖,檢舉和斥逐。王慝(tè 忒),不利於王的壞人。

[138] 三辭,辭讓了三次。這是古代在接受策命以前的慣例。

[139] 丕顯休命,偉大、光明、美好的命令。丕,大。休,美。

[140] 覲(jìn 近),進見。這是説,來去一共朝見周襄王三次。

[141] 適,往。

[142] 元咺(xuǎn 選),衛國的大夫。奉,輔佐。叔武,衛侯的兄弟,這時主持國政。

[143] 癸亥,五月二十八日。

[144] 王庭,周王居住的所在。

[145] 要(yāo 腰)言,立下誓言。

[146] 獎,同"獎",扶助。

[147] 渝,變。

[148] 明神,有靈驗的神。殛,殺死。

[149] 俾,使。隊,同"墜"。這句説,使他喪失他的羣衆。

[150] 無克,不能夠。祚國,享有國家。

[151] 及而玄孫兩句:而,同"爾"。大意説,直到你的玄孫(曾孫的兒子),不

分老幼,都要受禍。

[152] 君子,《左傳》所假設的發議論的人,説出作者的見解。是盟也信,這次盟約是有信用的。

[153] 能以德攻,能够依仗德義,進行討伐。

[154] 初,當初(追叙以前的事情)。

[155] 瓊弁(biàn下),用美玉裝飾的冠。纓,冠上垂下的繐子。

[156] 未之服也,還没有把它用上。

[157] 先戰,交戰之前。

[158] 河神,古代傳説中黄河的神。

[159] 孟諸,古代的沼澤,宋地,在今河南省商丘市附近。麋,同"湄",水邊地。這句説,我能使你打勝仗,佔領宋國的地方。

[160] 弗致,不肯交出。子玉不信夢中的語言。

[161] 大心,子玉的兒子。榮黄,楚臣。

[162] 榮季,就是榮黄。

[163] 濟師,幫助我們的軍隊。

[164] 二子,指大心、子西。

[165] 非神敗令尹三句:不是河神要令尹打敗仗,令尹對民事不盡其心力,實際上是自己找來的失敗。

[166] 大夫兩句:息,今河南省息縣。這兩句説,申、息的子弟在戰役中犧牲了,你若安然回來,對於申、息的父老,怎樣交代呢? 按當時習慣,大臣誤了國事,不需等待國家處分,就應該自殺。

[167] 孫伯,子玉的兒子大心。

[168] 得臣將死三句:子西、孫伯對楚王的使者説:子玉本來要自殺的,我們攔住他説,君主還得辦你的罪呢。

[169] 連穀,楚地名。這句大意説,子玉還想等待楚王的赦免,到達連穀,不見赦令,知道没有希望,就自殺了。

[170] 這句説,再也没有危害我的人了。

[171] 蒍(wěi委)呂臣,楚大夫,繼子玉爲楚令尹。

[172] 奉己而已兩句:只能兢兢業業保住自己不犯過失,不能爲民事着想了。

燭之武退秦師(僖公三十年)

【解題】 秦、晉圍鄭,鄭燭之武説秦退兵,使敵人內部發生分化,從而改變了鄭國的危險處境。本篇刻畫了燭之武的愛國行爲和能言善辯。

九月甲午,晉侯、秦伯圍鄭[1],以其無禮於晉[2],且貳於楚也[3]。晉軍函陵[4],秦軍氾南[5]。

佚之狐言於鄭伯曰[6]:"國危矣,若使燭之武見秦君[7],師必退。"公從之[8]。辭曰[9]:"臣之壯也,猶不如人,今老矣,無能爲也已。"公曰:"吾不能早用子;今急而求子,是寡人之過也。然鄭亡,子亦有不利焉。"許之[10]。

夜縋而出[11]。見秦伯曰:"秦、晉圍鄭,鄭既知亡矣! 若亡鄭而有益於君,敢以煩執事[12]。越國以鄙遠,君知其難也[13];焉用亡鄭以陪鄰[14]? 鄰之厚,厚之薄也[15]。若舍鄭以爲東道主[16],行李之往來,共其乏困[17],君亦無所害。且君嘗爲晉君賜矣[18];許君焦、瑕[19],朝濟而夕設版焉[20],君之所知也。夫晉何厭之有[21]? 既東封鄭,又欲肆其西封[22],若不闕秦,將焉取之[23]? 闕秦以利晉,唯君圖之[24]。"

秦伯説[25],與鄭人盟。使杞子、逢孫、揚孫戍之[26],乃還。

子犯請擊之[27]。公曰[28]:"不可。微夫人之力不及此[29]。因人之力而敝之[30],不仁;失其所與[31],不知[32];以亂易整[33],不武[34]。吾其還也。"亦去之。

【註釋】

[1] 晉侯、秦伯,晉文公、秦穆公。

[2] 無禮於晉,指重耳出亡時過鄭,鄭文公不加禮待的事。

[3] 貳於楚,懷有二心,而傾向於楚。

[4] 函陵,鄭地名,在今河南省新鄭縣北十三里。

[5] 氾(fàn 范)南,氾水之南。氾水指東氾水,在今河南省中牟縣南,但早已乾涸了。

[6] 佚(yì 逸)之狐,鄭大夫。之爲語助詞,和下文的燭之武,同樣以之字介於姓名之間。鄭伯,鄭文公。

[7] 燭之武,鄭大夫。

[8] 公,鄭文公。

[9] 辭曰,主語是燭之武。辭,推辭。

[10] 許之,主語是燭之武。

[11] 縋(zhuì 墜),用繩縛住身體,從上吊下。

[12] 執事,執行事務的人,實際指秦穆公本人。

[13] 越國以鄙遠兩句:越,超越。鄙,國家的邊境。秦在西,鄭在東,晉在其中。燭之武指出,如若秦國把離秦很遠的鄭作爲邊境,必須超越晉國。他說:"您一定會知道,這樣做是很困難的。"

[14] 焉用亡鄭以陪鄰,您何苦爲了鄰國增加地盤而把鄭滅掉呢? 陪,增益。

[15] 鄰之厚兩句:鄰國(晉)的實力雄厚了,您本身(秦)的力量就相對地削弱了。

[16] 舍,同"捨",放棄。東道主,東路上的居停主人。

[17] 行李兩句:行李,即後世的外交使節。共,同"供"。乏困,猶言不足,指旅行的人資糧方面的缺乏。

[18] 嘗爲晉君賜,曾對晉君(惠公)施給恩賜。

[19] 焦、瑕,晉惠公把晉國的焦、瑕二邑許給秦國。二城故址都在今河南省陝縣附近。

[20] 這句說,晉惠公早晨剛渡河歸國,晚上就設版築城,修建防禦工事,準備和秦對立。版是築城時所用的工具。

[21] 厭,同"饜",滿足。此言晉永遠不會滿足。

[22] 既東封鄭兩句:封,疆界。肆,擴張。此言晉既滅鄭,以鄭爲其東面的國界,那就必然要擴張西面的國界。

[23] 若不闕秦兩句:闕,損害。此言除了侵佔秦國的土地以外,還能到哪
　　　裏去取得地盤呢?

[24] 唯君圖之,唯有待您考慮這事了。

[25] 説,同"悦"。

[26] 使杞子句:杞子等三人都是秦大夫。戍之是駐軍於鄭,代鄭設防
　　　之意。

[27] 子犯,晉大夫狐偃的字。擊之,擊秦師。

[28] 公,晉文公。

[29] 微夫人句:微,無。夫(fú 扶)人,那人。這句説,我没有那人(秦穆
　　　公)的助力是到不了這樣的地位。晉文公原先流亡國外,後靠秦穆
　　　公以軍事力量支持,始能入晉爲君。

[30] 這句説,依靠那人的力量,又反過來傷害他。

[31] 失其所與,所與指同盟國。此言如對秦用兵,是喪失了盟國。

[32] 不知,不智。知,同"智"。

[33] 亂,猶言自相衝突。易,代替。整,猶言步調一致。這句説,以互相衝
　　　突代替了步調一致。

[34] 不武,没有威武。

秦晉殽之戰(僖公三十二年、三十三年)

【解題】　本篇叙述在晉文公死後,秦穆公舉兵襲鄭,晉、秦兩國作
戰於殽的經過。秦穆公不聽蹇叔的諫諍,秦師驕縱輕敵,招致失敗。

　　冬,晉文公卒。庚辰,將殯于曲沃[1];出絳[2],柩有聲如
牛[3]。卜偃使大夫拜[4],曰:"君命大事[5],將有西師過軼我[6];
擊之,必大捷焉。"

　　杞子自鄭使告于秦曰:"鄭人使我掌其北門之管[7],若潛師
以來[8],國可得也[9]。"穆公訪諸蹇叔[10]。蹇叔曰:"勞師以襲
遠[11],非所聞也[12]。師勞力竭,遠主備之,無乃不可乎? 師之所
爲,鄭必知之;勤而無所[13],必有悖心[14],且行千里,其誰不知!"

公辭焉,召孟明、西乞、白乙[15],使出師於東門之外。蹇叔哭之曰:"孟子!吾見師之出而不見其入也!"公使謂之曰:"爾何知?中壽[16],爾墓之木拱矣[17]!"

蹇叔之子與師[18]。哭而送之[19],曰:"晉人禦師必于殽[20]。殽有二陵焉[21]:其南陵,夏后皋之墓也[22];其北陵,文王之所辟風雨也[23]。必死是間[24],余收爾骨焉!"

秦師遂東[25]。

三十三年,春,秦師過周北門[26]。左右免冑而下,超乘者三百乘[27]。王孫滿尚幼[28],觀之;言于王曰:"秦師輕而無禮[29],必敗。輕則寡謀,無禮則脫[30];入險而脫,又不能謀,能無敗乎?"

及滑[31],鄭商人弦高將市于周[32],遇之。以乘韋先[33],牛十二,犒師[34]。曰:"寡君聞吾子將步師出于敝邑[35],敢犒從者。不腆敝邑[36],爲從者之淹,居則具一日之積,行則備一夕之衛[37]。"且使遽告于鄭[38]。

鄭穆公使視客館[39],則束載、厲兵、秣馬矣[40]。使皇武子辭焉[41],曰:"吾子淹久于敝邑,唯是脯、資、餼、牽竭矣[42]。爲吾子之將行也,鄭之有原圃[43],猶秦之有具囿也[44],吾子取其麋鹿,以閒敝邑[45],若何?"杞子奔齊,逢孫、揚孫奔宋。

孟明曰:"鄭有備矣,不可冀也[46]。攻之不克,圍之不繼[47],吾其還也。"滅滑而還。

晉原軫曰[48]:"秦違蹇叔,而以貪勤民[49],天奉我也[50]。奉不可失,敵不可縱。縱敵患生[51],違天不祥,必伐秦師。"欒枝曰:"未報秦施而伐其師[52],其爲死君乎[53]?"先軫曰:"秦不哀吾喪而伐吾同姓[54],秦則無禮,何施之爲[55]?吾聞之:一日縱敵,數世之患也。謀及子孫[56],可謂死君乎?"遂發命,遽興姜戎[57]。子墨衰絰[58],梁弘御戎[59],萊駒爲右[60]。

夏四月,辛巳,敗秦師于殽。獲百里孟明視、西乞術、白乙丙以歸。遂墨以葬文公。晉于是始墨[61]。

　　文嬴請三帥[62]，曰：“彼實構吾二君[63]，寡君若得而食之，不厭[64]。君何辱討焉[65]？使歸就戮于秦，以逞寡君之志[66]，若何？”公許之。

　　先軫朝，問秦囚。公曰：“夫人請之，吾舍之矣。”先軫怒曰：“武夫力而拘諸原[67]，婦人暫而免諸國[68]。墮軍實而長寇讎[69]，亡無日矣[70]。”不顧而唾[71]。

　　公使陽處父追之[72]。及諸河，則在舟中矣[73]。釋左驂，以公命贈孟明[74]。孟明稽首曰：“君之惠，不以纍臣釁鼓[75]，使歸就戮于秦；寡君之以爲戮[76]，死且不朽[77]。若從君惠而免之[78]，三年，將拜君賜[79]。”

　　秦伯素服郊次[80]，鄉師而哭曰[81]：“孤違蹇叔以辱二三子，孤之罪也。”不替孟明[82]。“孤之過也，大夫何罪？且吾不以一眚掩大德[83]。”

【註釋】

[1] 殯，埋葬。曲沃，今山西省聞喜縣，晉君祖墳所在之地。

[2] 絳，晉的國都，故城在今山西省翼城縣東。

[3] 柩(jiù 舊)，棺木。這句是說，棺木發聲像牛鳴一樣。

[4] 卜偃，晉卜筮之官，名偃。

[5] 君命大事，文公發佈大事的命令。指柩發聲。

[6] 西師，指秦師。軼(yì 邑)，超前。這句說，秦國的軍隊將要越境而過。

[7] 管，鎖鑰。秦使杞子、揚孫、逢孫等三人戍鄭，見前。

[8] 潛師以來，祕密派軍隊來鄭。

[9] 國可得也，可以取得鄭國。

[10] 訪諸蹇叔，訪問此事於蹇叔。蹇叔，秦國的老臣。

[11] 這句說，辛辛苦苦地調動軍隊去襲擊遠方的國家。

90

[12] 非所聞也,不是一向聽到的。

[13] 勤而無所,勞苦而無所得。

[14] 悖(bèi 背)心,怨恨之心。

[15] 孟明、西乞、白乙,秦國的將領百里孟明視、西乞術、白乙丙。

[16] 中壽,一般老年人的壽命。

[17] 爾墓句:拱,兩手合抱。此時蹇叔已經很老了。穆公説,倘使你只活到一般老年人的壽命,你墓地上的樹木已經合抱了。

[18] 與師,參加這次的軍隊。

[19] 哭而送之,主語是蹇叔。

[20] 禦師,伏兵狙擊秦師。殽,同"崤",山名,在河南省洛寧縣北,西北接陝縣,東接澠池縣。

[21] 二陵,殽有南北兩山(即二陵),相距三十五里,故稱二崤。其山上有峻坡,下臨絶澗,山路奇險,不能容兩車並進,故爲絶險之地。

[22] 夏后皋,夏代的君主,名皋,夏后桀的祖父。

[23] 辟,避。

[24] 必死是間,必死於二陵之間,指晉師必於此伏兵出擊。

[25] 東,東進。

[26] 周北門,周都洛邑的北門。

[27] 左右兩句:左右,戰車的御者在中,左右指御者左右兩旁的武士。胄(zhòu 宙),頭盔。而下,下車步行,表示對周王的敬禮。超乘,一躍上車。脱了頭盔而下是有禮,但是一躍上車是無禮。

[28] 王孫滿,周襄王之孫。

[29] 輕,輕狂放肆。

[30] 脱,脱略,就是粗心大意。

[31] 滑,姬姓國名,在今河南省滑縣。

[32] 將市于周,將到周地進行貿易。

[33] 以乘韋先,以四張熟牛皮作爲先行禮物。古人送禮必有先行禮物。那時每車一乘駕馬四匹,因此乘可作四字用。韋,熟牛皮。

[34] 犒(kào 靠)師,慰勞軍隊。

[35] 步師,行軍。出于敝邑,經過敝國。

[36] 不腆(tiǎn 舔),不富厚。不腆敝邑,即敝國不富厚,謙辭。

[37] 爲從者之淹三句:淹,留。居,留居鄭地。一日之積,供一日用的柴米油鹽等物。一夕之衛,一晚的保衛工作。

[38] 遽,驛車,古代每過一次驛站,即換一次馬。這句説,弦高使人用接力的快馬駕車到鄭國報信。

[39] 鄭穆公,鄭的君主。客館,招待外賓的住所。杞子、逢孫、揚孫都在此。

[40] 束載、厲兵、秣(mò 末)馬,細束行裝,磨礪兵器,餵足馬匹。

[41] 皇武子,鄭大夫。辭,辭謝戍鄭的秦大夫,要他們離開。

[42] 脯、資、餼(xì 系)、牽,乾肉、乾糧、已經宰殺的牲畜和尚未宰殺的牲畜。

[43] 原圃,鄭國的獸苑,在今河南省中牟縣西北。

[44] 具囿,秦國的獸苑,在今陝西省鳳翔縣境内。

[45] 吾子兩句:麋,似鹿而大。這兩句説,你們可以獵取麋鹿而行,給敝邑休息的機會。

[46] 不可冀也,不能希望什麼了。

[47] 攻之不克兩句:進攻不能取勝,包圍又没有增援的軍隊。

[48] 原軫,即先軫,封地在原(地名),故又稱原軫。

[49] 以貪勤民,因爲貪得而勞累了人民。

[50] 奉,給予。

[51] 縱敵患生,放走敵人就會發生後患。

[52] 施,給予恩惠。秦施,指秦資助晉文公回國事。

[53] 君,指晉文公。死君,指忘去晉文公。這句是説,不報答秦國資助的恩惠而討伐秦國的軍隊,那不是忘去文公嗎?

[54] 這句説,秦國不哀悼我國的喪事而進攻和晉同爲姬姓諸侯的鄭國和滑國。

[55] 何施之爲,還報什麼恩呢?

[56] 謀及子孫,爲後世子孫打算。

[57] 遽興姜戎,急遽發動姜戎的軍隊。姜戎是秦晉之間的一個部族,和晉國友好。

[58] 子墨衰(cuī 崔)絰(dié 迭),子指晉文公之子襄公,因文公未葬,故稱子。衰,麻衣;絰,麻的腰帶;都是白色,古代以白色爲不利,故用墨染之以免不利。

[59] 梁弘,晉大夫。御戎,駕戰車。

[60] 萊駒,晉大夫。爲右,爲車右武士。

[61] 這句説,晉國於此開始以墨色爲喪服。

[62] 文嬴,晉文公夫人,襄公嫡母,秦穆公女。請三帥,爲孟明等三人請求。

[63] 構,挑撥離間。

[64] 不厭,不能滿足。

[65] 這句説,您何必委屈自己懲罰他們呢?

[66] 逞,滿足。

[67] 這句説,武夫在戰場上奮力獲得他們。

[68] 這句説,婦人在刹那間從朝廷裏把他們放走了。

[69] 這句説,毀滅了戰爭的果實而助長了敵人的氣燄。

[70] 亡無日矣,亡國不需要多時了。

[71] 不顧而唾,不顧襄公在前,隨地吐唾,極寫先軫憤怒之狀。

[72] 陽處父,晉大夫。

[73] 則在舟中矣,主語爲孟明等,他們已經登舟離岸了。

[74] 釋左驂兩句:解下靠左邊的馬,用晉襄公的名義贈與孟明,打算待其靠岸拜謝,再行逮捕。

[75] 不以纍(léi 雷)臣釁(xìn 信)鼓,不將俘虜殺死,以其血塗鼓。纍,囚繫。纍臣,孟明自稱。

[76] 寡君,指秦穆公。之以爲戮,同以之爲戮,對纍臣們執行刑罰。

[77] 死且不朽,身雖死,這個大恩是不會腐朽的。

[78] 若從君惠,倘使尊重晉君的好意。

[79] 三年,將拜君賜,三年後將來拜答晉君的恩賞。言外之意,是説三年以後,要興兵討伐晉國。

[80] 素服郊次,著了喪服在郊外等待。

[81] 鄉師,面對軍隊。鄉,同“向”。

[82] 替,廢。不替孟明,不撤去孟明的職務。

[83] 眚(shěng 省),目病,借指一般疾病,引申則指行爲中的過失。

鄭敗宋師獲華元(宣公二年)

【解題】 本篇記載宋鄭兩國間的戰事,反映了宋師敗績的某些因素,同時提出了《左傳》作者的批判意見。

二年,春,鄭公子歸生受命于楚[1],伐宋。宋華元、樂吕御之[2]。二月,壬子,戰于大棘[3]。宋師敗績。囚華元,獲樂吕[4],及甲車四百六十乘[5]。俘二百五十人,馘百人[6]。

狂狡輅鄭人[7],鄭人入於井,倒戟而出之[8],獲狂狡[9]。

君子曰[10]:"失禮違命,宜其爲禽也[11]。戎,昭果毅以聽之謂禮[12]。殺敵爲果,致果爲毅。易之,戮也[13]。"

將戰,華元殺羊食士[14],其御羊斟不與[15]。及戰,曰:"疇昔之羊,子爲政[16];今日之事,我爲政。"與入鄭師,故敗。

君子謂羊斟非人也,以其私憾,敗國殄民[17];於是刑孰大焉[18]。《詩》所謂"人之無良"者[19],其羊斟之謂乎! 殘民以逞[20]。

宋人以兵車百乘,文馬百駟[21],以贖華元于鄭。半入,華元逃歸。立于門外,告而入[22]。見叔牂[23],曰:"子之馬然也[24]。"對曰[25]:"非馬也,其人也。"既合而來奔[26]。

宋城[27],華元爲植[28],巡功。城者謳曰:"睅其目[29],皤其腹[30];棄甲而復[31]! 于思于思[32],棄甲復來!"使其驂乘謂之曰[33]:"牛則有皮,犀、兕尚多[34],棄甲則那[35]!"役人曰:"從其有皮[36],丹漆若何[37]?"華元曰:"去之[38],夫其口衆我寡[39]。"

【註釋】

[1] 公子歸生,鄭公族,這時楚鄭聯盟,所以公子歸生受命於楚。

[2] 華元,宋執政。樂吕,宋司寇。御,同"禦",防禦。

[3] 大棘(jí吉),地名,在今河南省柘城縣西北。

[4] 獲,"擒獲"(活捉)和"斬獲"(殺死)都稱爲"獲"。此處"獲樂吕"和"囚
華元"對比,可見樂吕爲鄭人所殺。

[5] 甲車,兵車。

[6] 馘(guó國),殺而獻其左耳。

[7] 狂狡,宋大夫。輅(lù路),遇。

[8] 倒戟而出之,把戟倒過來,以戟柄授鄭人,引而出之。

[9] 獲狂狡,鄭人執着戟柄,狂狡反而被俘虜了。

[10] 君子,《左傳》作者在這個名義下提出自己的看法。

[11] 爲禽,被俘虜。禽,同"擒"。

[12] 戎,昭果毅句:戎,在作戰中。昭果毅,表現了果斷和毅力。原意指出
戰爭中應有的態度。

[13] 易之,戮也,違反了,就是自取禍敗。

[14] 食士,犒賞軍士。

[15] 這句説,他的御者羊斟不在犒賞之内。

[16] 疇昔,日前。子爲政,由你作主。

[17] 殄(tiǎn腆)民,危害人民。

[18] 刑孰大焉,什麽罪行更大於此呢?

[19] 人之無良,見《詩·鄘風·鶉之奔奔》。無良,即不良。

[20] 殘民以逞,殘害人民以求自己的滿足。

[21] 文馬百駟,馬之毛色有文采者四百匹。

[22] 告而入,説明情況而後入門。

[23] 叔牂(zāng臧),即羊斟。

[24] 這句説,這是你的馬的原因啊。華元以此安慰羊斟。

[25] 對曰,主語是羊斟。

[26] 這句説,既經對話,來奔魯國。合,答。羊斟畏罪,故出奔。

[27] 宋城,宋人整理城牆。

[28] 植,督工。

[29] 睅(hàn漢)其目,瞪着眼睛。

[30] 皤(pó 婆)其腹,腆着肚皮。

[31] 復,回來。

[32] 于思(sāi 腮)于思,鬍鬚很多之貌。

[33] 這句説,命令同車的人和他們説。上面是築城的人的歌。這是驂乘的答歌。以後是築城的人的再歌。驂(cān 參)乘,指在車右陪乘的人。

[34] 犀,犀牛。兕(sì 似),類似犀牛的野牛,一角,青色。

[35] 那(nuó 挪),怎樣。以上三句説,有牛就有皮,犀和兕也不少,丟去了一些甲又怎樣呢?

[36] 從其有皮,縱使有皮。從,同"縱"。

[37] 丹漆若何,那皮上所塗的丹砂和漆又怎麽辦呢?

[38] 去之,離開吧。

[39] 夫(fú 扶),發語詞。這句説,他們的人多口衆,我們人少口寡,説不過他們。

知罃對楚王問(成公三年)

【解題】 本篇叙述知罃戰敗被俘後,由於兩國交換俘虜,被釋放回國。楚王自以爲有恩於他,問他如何報答。知罃據理回答,説這是國家公事,並無私恩可言。要説報答,將來回國後,盡力國事,不避艱險,做一個無愧於國家的人,便是報答。這裏表現了知罃的英鋭果毅的性格。

晉人歸楚公子穀臣與連尹襄老之屍于楚以求知罃[1]。于是荀首佐中軍矣[2],故楚人許之。

王送知罃[3],曰:"子其怨我乎?"對曰:"二國治戎[4],臣不才,不勝其任,以爲俘馘[5]。執事不以釁鼓[6],使歸即戮[7],君之惠也。臣實不才,又誰敢怨[8]?"王曰:"然則德我乎[9]?"對曰:"二國圖其社稷而求紓其民[10],各懲其忿以相宥也[11],兩釋纍囚以成其好[12]。二國有好,臣不與及[13],其誰敢德[14]?"王曰:"子歸,何以報我?"對曰:"臣不任受怨,君亦不任受德[15],無怨無德,不知所報。"王曰:"雖然,必告不穀。"對曰:"以君之靈[16],纍臣得歸骨于晉[17],寡君之以爲戮[18],死且不朽[19]。若從君之惠而免之[20],以賜君之外臣首[21],首其請于寡君而以戮于宗[22],亦死且不朽。若不獲命[23],而使嗣宗職[24],次及于事[25],而帥偏師以脩封疆[26],雖遇執事[27],其弗敢違[28]。其竭力致死[29],無有二心,以盡臣禮,所以報也。"

王曰:"晉未可與爭。"重爲之禮而歸之。

【註釋】

[1]宣公十二年六月,晉、楚戰於邲(bì 必),晉軍大敗,知罃(yīng 英)被俘。知罃的父親荀首爲下軍大夫,率兵回戰,射死楚大夫連尹襄老,射傷楚公子穀臣,一并帶回去,預備以後換取知罃。歸,歸還。

[2]晉國的軍隊分爲三軍:中軍,上軍,下軍。每軍設將、佐各一人。中軍將是三軍的統帥,中軍佐是三軍的副帥。

[3]王,楚共(gōng 工)王。

[4]治戎,治兵,作戰。

[5]俘馘(guó 國),俘,俘虜;馘,截耳。古時作戰,殺敵人,把左耳朵割下來獻功;也有把俘虜割去耳朵的。這裏泛指俘虜,沒有割耳朵的意思。

[6]執事,執行事務的人。古人談話,有時不直指對方,用執事作爲代稱。釁(xìn 信)鼓,拿敵人的血來塗鼓面。不以釁鼓,就是不殺。

[7]即戮,受刑事處分。

[8]又誰敢怨,又敢怨誰?

[9]德我,感激我的恩德。

[10]圖其社稷,爲國家的利益打算。社,土神;稷,穀神:天子、諸侯所祭,因此社稷代表國家。紓(shū 舒),緩。紓其民,使老百姓鬆一口氣。這裏是說晉、楚兩國形成和好關係。

［11］懲，懊悔。忿，怨恨。宥，寬恕。這句説，各自懊悔當初的怨恨，相互寬恕。

［12］這句説，雙方釋放被拘禁的囚人，建立友好的關係。

［13］臣不與及，與我没有關係。與，讀作"預"。

［14］其誰敢德，又敢感激誰呢？

［15］臣不任受怨兩句：我擔負不了怨楚王，楚王也擔負不了對我施恩。任，擔負。

［16］靈，威信。

［17］纍臣，纍囚之臣，知罃自稱。纍，繫。

［18］之以爲戮，同以之爲戮，給予刑事處分。

［19］死且不朽，身雖死，這個大恩是不會腐朽的。

［20］這句説，假使聽從你的好意而免我於死。

［21］外臣，對別國的國君稱爲外臣。首，荀首，知罃的父親。

［22］以戮于宗，按照家法，在宗祠裏給我定罪。

［23］若不獲命，假使得不到(晉君的)同意(殺戮我)。

［24］使嗣宗職，使我繼承祖宗的職位。

［25］次及于事，輪到我擔任國家大事的時候。

［26］這句説，帶領部分軍隊保衛邊疆。

［27］執事，這裏指楚國的將帥。

［28］違，避。

［29］致死，不惜犧牲。

鄭子産相國(襄公三十一年)

【解題】 本篇記載春秋時代政治家鄭子産的政治活動和思想認識。子産的言行在當時起過很大的影響，因此流傳着關於他的許多故事。《左傳》裏面關於子産的記載頗多，這裏只是其中的一部分。

子産之從政也，擇能而使之。馮簡子能斷大事[1]；子大叔美秀而文[2]；公孫揮能知四國之爲，而辨於其大夫之族姓、班位、貴賤、能否，而又善爲辭令[3]；裨諶能謀，謀於野則獲，謀於邑則否[4]。鄭國將有諸侯之事，子產乃問四國之爲於子羽[5]，且使多爲辭令；與裨諶乘以適野，使謀可否；而告馮簡子，使斷之[6]；事成，乃授子大叔，使行之，以應對賓客。是以鮮有敗事[7]。

　　鄭人遊于鄉校，以論執政[8]。然明謂子產曰[9]："毀鄉校何如？"子產曰："何爲？夫人朝夕退而遊焉[10]，以議執政之善否。其所善者，吾則行之；其所惡者，吾則改之：是吾師也。若之何毀之？我聞忠善以損怨[11]，不聞作威以防怨。豈不遽止[12]，然猶防川[13]，大決所犯，傷人必多，吾不克救也。不如小決使道[14]，不如吾聞而藥之也[15]。"

　　然明曰："蔑也今而後知吾子之信可事也[16]！小人實不才[17]。若果行此，其鄭國實賴之[18]；豈唯二三臣？"

　　子皮欲使尹何爲邑[19]。子產曰："少[20]，未知可否。"子皮曰："愿[21]，吾愛之，不吾叛也。使夫往而學焉[22]，夫亦愈知治矣。"子產曰："不可。人之愛人，求利之也[23]。今吾子愛人則以政[24]，猶未能操刀而使割也，其傷實多[25]。子之愛人，傷之而已；其誰敢求愛於子？子於鄭國，棟也；棟折榱崩[26]，僑將厭焉[27]，敢不盡言。子有美錦，不使人學製焉[28]。大官大邑，身之所庇也[29]，而使學者製焉；其爲美錦，不亦多乎[30]？僑聞學而後入政，未聞以政學者也[31]。若果行此，必有所害。譬如田獵，射御貫，則能獲禽[32]。若未嘗登車射御，則敗績厭覆是懼[33]，何暇思獲[34]？"

　　子皮曰："善哉，虎不敏。吾聞君子務知大者、遠者，小人務知小者、近者。我，小人也：衣服附在吾身，我知而慎之；大官、大邑，所以庇身也，我遠而慢之[35]。微子之言[36]，吾不知也。他日我曰[37]：'子爲鄭國[38]，我爲吾家，以庇焉，其可也。'今而後知不

99

足。自今請雖吾家,聽子而行[39]！"子産曰："人心之不同,如其面焉;吾豈敢謂子面如吾面乎[40]？抑心所謂危[41],亦以告也。"

子皮以爲忠,故委政焉[42]。子産是以能爲鄭國[43]。

【註釋】

[1]馮簡子,鄭大夫。

[2]子大叔,鄭大夫。大讀若太。美秀而文,儀態端秀,言辭有文采。

[3]公孫揮三句:公孫揮,鄭大夫,瞭解四方諸侯的行動,熟悉各國大夫的家族姓氏、班次爵位、身份的貴賤、才能的高低,而又長於辭令。

[4]裨(pí 皮)諶(chén 臣)三句:裨諶,鄭大夫,長於計劃,關於農村的事計劃得當,關於城市的事計劃不得當。又,《淮南子·説山訓》高誘註:"裨諶,鄭大夫,謀於野則獲,謀於國則否。鄭國有難,子産載如野,與議四國之事。"可參考。

[5]子羽,即公孫揮。

[6]使斷之,使其判斷。

[7]鮮有敗事,很少把事情辦壞。

[8]鄭人兩句:鄉校,鄉間的公共場所。校是古代進行各項學習的處所,也可以聚會議事。執政,主持政治的人。

[9]然明,鄭大夫,即鬷(zōng 宗)蔑。

[10]這句説,那些人早晚到這裏休息、活動。

[11]忠善以損怨,忠誠爲善以減少怨恨。

[12]豈不遽止,(假如以作威防怨)豈不能立刻制止。

[13]然猶防川,但是猶如防止水道決口一樣。

[14]這句説,不如開出小決口,讓水從這裏流出來。

[15]吾聞而藥之,我聽了輿論,把它作爲藥石。

[16]信可事,實在可以擔當國家的大事。

[17]小人,鄉野之人,然明自謙之辭。

[18]賴,倚靠。

[19]子皮,鄭大夫,名虎,此時已退職,舉子産自代。尹何,子皮的小臣。

子皮欲使尹何擔任他私有領地的官長。

[20] 少,年輕。

[21] 愿(yuàn 院),忠誠。

[22] 夫,與彼同義。這句大意説,尹何雖然年少,可以使他在工作中學習。

[23] 人之愛人兩句:一般人愛護另一個人,總希望對被愛護者本身有利。

[24] 這句説,現在您的愛護是把政事交給他。

[25] 猶未能兩句:正同一個不會使用刀子的人,而使他割東西,那危害實在多了。

[26] 棟折榱(cuī 崔)崩,正梁斷,椽子就垮了。棟,正梁。榱,椽子。

[27] 僑,子産名。厭,同"壓"。

[28] 子有美錦兩句:您有美錦,不使不會做衣服的人在工作中學習製衣。

[29] 庇,庇護、寄託。

[30] 其爲美錦兩句:您對於美錦,不是看得比大官大邑重得多嗎?

[31] 未聞以政學者也,没有聽説過把擔任行政工作作爲學習的。

[32] 射御貫兩句:慣於射箭駕車,方能獲取禽獸。貫,同"慣"。

[33] 敗績,指車輛崩壞。厭,同"壓"。厭覆,指車輛傾覆,乘車者被壓。

[34] 何暇思獲,連上文言,駕車者唯恐車輛崩壞傾覆,哪裏有時間想到獵獲禽獸呢?

[35] 遠而慢之,疏遠而輕視它。

[36] 微子之言,没有您的言論。

[37] 他日我曰,從前我曾説過。

[38] 子爲鄭國,您擔當治理鄭國的事。爲,治理。

[39] 自今兩句:自今而後,我向您請求,雖是我的一家之事,也聽從您的主張行事吧。

[40] 這句説,我哪敢説您的面貌正和我的面貌相同呢?子産意謂自己看法不一定和子皮相同。

[41] 這句説,不過心裏認爲危險的事。

[42] 子皮以爲忠兩句:子皮認爲子産忠實,所以把鄭國的政事完全委託給他。

[43] 這句説,子産所以能把鄭國的政事治理完善。

國　語
據崇文書局覆天聖明道本

《國語》是分載周、魯、齊、晉、鄭、楚、吳、越八國史事的一部歷史著作。司馬遷曾説"左丘失明，厥有《國語》"(《報任少卿書》)，因此後人曾經認爲這和《左傳》一樣，也是左丘明的作品。現代一般人都認爲這是戰國初期的著作。

《國語》和《左傳》的記載，涉及同一個時代，有人認爲兩書出於一人之手；但是内容不但詳略互異，有時也有矛盾，所以兩書可能没有連帶的關係。《國語》文章寫得比較樸素、簡括，有時也有相當優秀的叙述。

邵公諫弭謗(周語上)

【解題】　本篇記載邵穆公勸戒厲王弭謗的主張，指出"防民之口，甚於防川"，語意周詳，很有見地。

厲王虐[1]，國人謗王。邵公告曰[2]："民不堪命矣[3]。"王怒，得衞巫[4]，使監謗者。以告，則殺之[5]。國人莫敢言，道路以目[6]。

王喜，告邵公曰："吾能弭謗矣[7]，乃不敢言！"

邵公曰："是障之也[8]。防民之口，甚於防川。川壅而潰，傷人必多[9]；民亦如之。是故爲川者決之使導[10]，爲民者宣之使言[11]。故天子聽政，使公卿至於列士獻詩[12]，瞽獻曲[13]，史獻書[14]，師箴[15]，瞍賦[16]，矇誦[17]，百工諫[18]，庶人傳語[19]。近臣盡規[20]，親戚補察[21]，瞽、史教誨[22]，耆、艾修之[23]，而後王斟酌焉[24]。是以事行而不悖[25]。民之有口，猶土之有山川也，財用於是乎出[26]；猶其原隰之有衍沃也，衣食於是乎生[27]。口之宣言也，善敗於是乎興[28]。行善而備敗[29]，其所以阜財用衣食者也[30]。夫民慮之於心而宣之於口,成而行之,胡可壅也[31]? 若壅其口,其與能幾何[32]?"

王不聽。於是國莫敢出言[33],三年乃流王於彘[34]。

【註釋】

[1]厲王,周厲王,名胡,夷王之子。公元前八七八年即位,在位三十七年,被放逐於彘。

[2]邵公,即邵穆公,名虎,周之卿士。邵,一作召。

[3]虐,指周厲王暴虐的政令。這句大意説,人民受不了厲王的虐政。

[4]衛巫,衛國的巫者。

[5]以告兩句:只要衛巫報告,厲王就把被告發的人殺掉。

[6]道路以目,人民相遇於道路,只是彼此用眼睛看看而已。意即敢怒不敢言。

[7]弭(mǐ 米)謗,消除謗言。

[8]是障之也,障,防水堤,在此作動詞用。這句意思説,這樣做不過是勉強堵住人民的口罷了。

[9]川壅而潰兩句:壅,堵塞。此言用堤來障川,則水道壅塞,一旦由壅塞而潰決泛濫,結果傷人必多。

[10]爲川者,治水的人。爲,作治解,與下文爲民者的爲同義。決,排除。導,疏通。

[11]宣之使言,治民者必宣導人民,使之盡言。宣,作"通"解,有開導之意。

[12]列士,古代一般官員都稱爲士,總言之則爲列士。獻詩,指獻進諷諫的詩。

[13]瞽獻曲,無目曰瞽。瞽,這裏指樂師。曲,樂曲。此言樂師向國王獻進樂曲。古代樂官皆由盲者充任,其所獻的樂曲,多採自民間,故能反映人民的意見。

[14]史獻書,史官獻書於王,使知往古政體,作爲借鑑。史,史官。書,史籍。

[15] 師,樂師。箴,一種寓有勸戒意義的文辭,與後世的格言相近。此言
師進箴言於王,以規諫王之得失。

[16] 瞍(sǒu 叟),盲人。無眸子曰瞍。賦,有一定音節腔調的誦讀,指賦公
卿列士所獻的詩。

[17] 矇,也是盲人,有眸子而無所見曰矇。誦,指不配合樂曲的誦讀。

[18] 百工,百官。

[19] 庶人傳語,庶人即平民。平民是沒有機會見到國王的,因此他們把對
政事的意見間接地傳達給國王知道。

[20] 近臣,王之左右。盡規,盡規諫之責。

[21] 親戚,指與國王同宗的大臣。補,彌補王之過失。察,監督王之行爲。

[22] 瞽、史教誨,樂師、史官用歌曲、傳說對王進行教誨。

[23] 耆、艾修之,六十歲的人叫作耆,五十歲的人叫作艾。耆、艾,指國內
的元老。修之,指把瞽、史的教誨加以修飾整理。

[24] 這句説,而後由國王斟酌取捨,付之實行。

[25] 事行而不悖(bèi 貝),國王的行事因此纔不至違背情理。悖,違背。

[26] 這句説,人類的財富、用度都是由山川生產出來的。

[27] 猶其原隰(xí 習)兩句:其,指土地。高爽而平坦的土地叫原,低下而
潮濕的土地叫隰,低下而平坦的土地叫衍,有河流可資灌溉的土地叫
沃。此言由於土地之有原、隰、衍、沃,人類衣食的資源纔從此而生。

[28] 口之宣言也兩句:由於人民用口發表言論,國家政事的好或壞纔能體
現出來。

[29] 這句大意説,凡是人民認爲好的就加以推行,認爲壞的就加以防範。

[30] 此句緊承上句説,這樣纔能使衣食財用大大增多。阜,增多。

[31] 成而行之兩句:這兩句意思説,人民所發表的言論,是考慮成熟之後,
自然流露出來的,怎麼能加以堵塞呢? 成,成熟。行,有自然流露
之意。

[32] 與,作"助"解,這句大意説,這有什麼幫助呢?

[33] 別本"國"下有"人"字。

[34] 這句説,過了三年,就把厲王放逐到彘(zhì 滯)去了。彘,晉地,在今
山西省霍縣境内。公元前八四二年,厲王被放逐到彘,因此邵公諫弭

謗之事當在公元前八四五年。

勾 踐 滅 吳(越語上)

【解題】 本篇敘述越王勾踐在失敗後,處心積慮,務求報仇雪恥,經過長期的奮鬥,終於達到目的的故事。讀者從中可以吸取有益的教訓。

越王勾踐棲於會稽之上[1],乃號令於三軍曰:"凡我父兄、昆弟及國子姓[2],有能助寡人謀而退吳者[3],吾與之共知越國之政[4]。"大夫種進對曰[5]:"臣聞之:賈人夏則資皮[6],冬則資絺[7],旱則資舟,水則資車,以待乏也[8]。夫雖無四方之憂[9],然謀臣與爪牙之士[10],不可不養而擇也。譬如蓑笠[11],時雨既至,必求之。今君王既棲於會稽之上,然後乃求謀臣,無乃後乎[12]?"勾踐曰:"苟得聞子大夫之言[13],何後之有?"執其手而與之謀。

遂使之行成於吳,曰:"寡君勾踐乏無所使[14],使其下臣種,不敢徹聲聞於天王[15],私於下執事曰:'寡君之師徒[16],不足以辱君矣[17];願以金玉、子女賂君之辱[18]。請勾踐女女於王[19],大夫女女於大夫,士女女於士;越國之寶器畢從[20]。寡君帥越國之衆以從君之師徒,唯君左右之[21]。'若以越國之罪爲不可赦也[22],將焚宗廟,係妻孥[23],沈金玉於江,有帶甲五千人,將以致死,乃必有偶[24],是以帶甲萬人事君也[25]。無乃即傷君王之所愛乎[26]?與其殺是人也,寧其得此國也[27],其孰利乎?"

夫差將欲聽與之成,子胥諫曰[28]:"不可!夫吳之與越也,仇讎敵戰之國也[29],三江環之,民無所移[30]。有吳則無越,有越則無吳矣,將不可改於是矣[31]!員聞之:陸人居陸,水人居水。夫上黨之國[32],我攻而勝之,吾不能居其地,不能乘其車;夫越國,吾攻而勝之,吾能居其地,吾能乘其舟。此其利也,不可失也已。

君必滅之！失此利也，雖悔之，必無及已。"

越人飾美女八人，納之太宰嚭[33]，曰："子苟赦越國之罪[34]，又有美於此者將進之。"太宰嚭諫曰："嚭聞古之伐國者，服之而已[35]；今已服矣，又何求焉？"夫差與之成而去之[36]。

勾踐説於國人曰[37]："寡人不知其力之不足也，而又與大國執讎[38]，以暴露百姓之骨於中原[39]，此則寡人之罪也。寡人請更[40]！"於是葬死者，問傷者，養生者；弔有憂，賀有喜[41]；送往者，迎來者[42]；去民之所惡，補民之不足。然後卑事夫差[43]，宦士三百人于吳[44]，其身親爲夫差前馬[45]。

勾踐之地，南至于句無[46]，北至于禦兒[47]，東至于鄞[48]，西至于姑蔑[49]，廣運百里[50]。乃致其父母昆弟而誓之，曰："寡人聞古之賢君，四方之民歸之，若水之歸下也。今寡人不能，將帥二三子夫婦以蕃[51]。"令壯者無取老婦[52]，令老者無取壯妻；女子十七不嫁，其父母有罪；丈夫二十不娶，其父母有罪。將免者以告[53]，公醫守之[54]。生丈夫[55]，二壺酒，一犬[56]；生女子，二壺酒，一豚；生三人，公與之母[57]；生二人，公與之餼[58]。當室者死[59]，三年釋其政[60]；支子死[61]，三月釋其政：必哭泣葬埋之，如其子[62]。令孤子、寡婦、疾疹[63]、貧病者納官其子[64]。其達士[65]，絜其居[66]，美其服，飽其食，而摩厲之於義[67]。四方之士來者，必廟禮之[68]。勾踐載稻與脂於舟以行，國之孺子之遊者，無不餔也[69]，無不歠也[70]，必問其名。非其身之所種則不食，非其夫人之所織則不衣。十年不收於國，民俱有三年之食。

國之父兄請曰："昔者夫差恥吾君於諸侯之國[71]；今越國亦節矣[72]，請報之。"勾踐辭曰："昔者之戰也，非二三子之罪也，寡人之罪也。如寡人者安與知恥[73]？請姑無庸戰[74]！"父兄又請曰："越四封之內[75]，親吾君也，猶父母也。子而思報父母之仇，臣而思報君之讎，其有敢不盡力者乎？請復戰！"勾踐既許之，乃致其衆而誓之曰:"寡人聞古之賢君,不患其衆之不足也,而患其志行之少恥也[76]。今夫差衣水犀之甲者[77],億有三千[78],不患其志行之少恥也,而患其衆之不足也。今寡人將助天威之[79]。吾不欲匹夫之勇也[80],欲其旅進旅退[81]。進則思賞,退則思刑[82];如此,則有常賞。進不用命,退則無恥[83];如此,則有常刑。"

果行,國人皆勸[84]。父勉其子,兄勉其弟,婦勉其夫,曰:"孰是吾君也,而可無死乎[85]?"是故敗吳於囿[86],又敗之於沒[87],又郊敗之[88]。

夫差行成,曰:"寡人之師徒,不足以辱君矣!請以金玉、子女,賂君之辱。"勾踐對曰:"昔天以越予吳,而吳不受命;今天以吳予越,越可以無聽天之命而聽君之令乎[89]?吾請達王甬、句東,吾與君爲二君乎[90]!"夫差對曰:"寡人禮先壹飯矣[91]。君若不忘周室而爲弊邑宸宇[92],亦寡人之願也。君若曰:'吾將殘汝社稷,滅汝宗廟。'寡人請死!余何面目以視於天下乎?越君其次也[93]!"遂滅吳。

【註釋】

[1] 越王勾踐句:越王勾踐和吳王闔廬作戰,闔廬傷指而死,事見《左傳》定公十四年,即公元前四九六年。闔廬臨死的時候,命其子夫差必報此仇。後三年,吳王夫差伐越,大敗越軍,遂入越。勾踐以殘軍五千人退保會(kuài 快)稽。會稽,山名,在今浙江省紹興市東南十二里。

[2] 昆弟,即兄弟。子姓,猶子民,即百姓。

[3] 退吳,使吳軍撤退。

[4] 共知越國之政,共同主持越國的政治。

[5] 大夫種,即文種,越大夫。

[6] 這句說,商人在夏天就要準備冬天的皮衣。

[7] 絺(chī 痴),細葛布,用以製夏天所穿的衣服。

[8] 待乏,準備需要。乏,本義爲缺乏,引申爲需要。

[9] 四方,即四鄰。這句説,雖然沒有鄰國的進攻。

[10] 爪牙之士,指勇敢的將士。

[11] 蓑(suō 梭)笠,蓑衣和笠帽。

[12] 無乃後乎,不是太遲嗎?

[13] 子大夫,大夫前冠以"子"字,是對大夫的尊稱。

[14] 遂使之兩句:行成,求和。乏無所使,缺乏人材出使外國。乏,明道本原作之,據別本改。

[15] 徹,達。天王,指吳王夫差,特別尊重之稱。這句和下一句大意説,不敢直接陳告於您,而私告於您手下執事之臣。

[16] 師徒,指軍隊。

[17] 這句是説,不值得屈辱您來討伐了。

[18] 賂君之辱,意謂慰勞您的辱臨。賂,以財物奉獻。

[19] 請勾踐女女於王,后一女字,去聲,用作動詞。大意説,請以勾踐之女,作爲吳王之妾。下兩句仿此。

[20] 寶器畢從,把全部寶器隨同女子獻給吳國。

[21] 左右之,左右二字,動詞。處理這件事。

[22] 這句大意説,您如不許越國求和。

[23] 係妻孥,把妻子和子女縛起。係,同"繫"。

[24] 將以致死兩句:將拚死命,必然一人可拚一人。

[25] 這句説,把雙方拚死的人計算,共一萬人。倘您准許和好,那這一萬人就可以伺候您。事,服侍。

[26] 這句大意説,如果作戰,難免損傷您所親愛的將士吧?

[27] 與其兩句:與其損傷兩國衆多的將士,何如獲得越國呢?

[28] 子胥,即伍子胥,名員,吳大臣。

[29] 這句説,互相仇視、互相敵對、互相作戰的國家。

[30] 三江環之兩句:三江,指長江、吳淞江、錢塘江。民無所移,指吳越兩國人民遷不出三江範圍之外。

[31] 有吳則無越三句:指吳、越兩國勢不兩立,這種局面是不可改變的。

別本"有越則無吳"下無"矣"字。

[32] 上黨,猶言高鄰,指中原大陸。黨,同"鄹",毗鄰。

[33] 太宰嚭(pǐ 痞),吳太宰,名嚭,夫差的親信。

[34] 這句大意説,您若准許越國求和。

[35] 服之,使它屈服。

[36] 與之成而去之,和越國成立和約而後撤兵。

[37] 説於國人,對國人解説。

[38] 執讎,結仇。

[39] 中原,原野之中。這句意思説,使百姓死於戰禍。

[40] 請更,請求改過。

[41] 弔有憂兩句:勾踐對人民有喪事者進行弔唁,有喜事者進行道賀。

[42] 送往者兩句:對人民有遠出者歡送之,有還家者歡迎之。

[43] 卑事夫差,自居於卑賤的地位,伺候夫差。

[44] 這句説,派士三百人到吳國去作爲臣僕。

[45] 前馬,儀仗隊中的乘馬開道的人。

[46] 句無,地名,今浙江省諸暨縣南五十里有勾無亭,即其地。句,同"勾"。

[47] 禦兒,地名,今浙江省崇德縣東南有語兒鄉,即其地。

[48] 鄞(yín 銀),地名,今浙江省寧波市。

[49] 姑蔑,地名,今浙江省龍游縣北。

[50] 廣運百里,《國語》韋昭註:"東西爲廣,南北爲運。"

[51] 帥,同率。這句大意説,將領導越國百姓繁殖人口。

[52] 取,同"娶"。

[53] 免,同"娩",分娩。

[54] 毉,同"醫"。別本"公"下有"令"字。

[55] 丈夫,男子。

[56] 二壺酒句:公家供給二壺酒,一犬。古時食犬。

[57] 公與之母,公家供給乳母。

[58] 公與之餼(xì 戲),公家供給食糧。

[59] 當室者,負擔家務的長子。

[60] 這句説,三年之中免除其徭役。政,指徭役。

［61］支子，其餘的兒子。

［62］必哭泣兩句：勾踐哭泣葬埋他們，和自己的兒子一樣。

［63］疾疹，患疾病的人。

［64］納官其子，大意説，把他們的兒子送到官府，加以教養。

［65］達士，知名之士。

［66］絜其居，把他的住宅打掃清潔。絜，同“潔”。

［67］摩厲，同“磨礪”，切磋討論。義，事物的道理。這句意謂，與他們討論
　　　治國的道理。

［68］四方兩句：四方之士，指自國外來越之士。廟禮，在朝廷廟堂之上接
　　　見以致敬。

［69］國之孺子兩句：孺子，小孩。遊者，流浪者。餔(pǔ浦)，食。

［70］歠(chuò輟)，飲。

［71］恥吾君於諸侯之國，恥，動詞。意思説，使吾君在諸侯之國前蒙受
　　　恥辱。

［72］這句説，今天越國也有節度了。言國家已走上軌道。一説，節，氣節。
　　　意謂現在越國也可講求氣節而雪恥了。

［73］安與知恥，哪懂得什麼叫做恥辱？

［74］姑無庸戰，姑且不用作戰。

［75］四封，四境。

［76］這句説，憂慮他們對志趣和行爲缺少恥辱心。

［77］衣水犀之甲者，穿着水犀皮做甲的武士。水犀，犀牛的一種。

［78］億有三千，十萬三千。億，現指一萬萬，古代亦指十萬。

［79］咸之，討伐，一本作滅之。

［80］匹夫之勇，一般人的血氣之勇。

［81］旅進旅退，齊步向前，齊步退後。

［82］退則思刑，退後的時候，先考慮到軍法。

［83］退則無恥，退後而不知恥。

［84］勸，互相勉勵。

［85］孰是吾君也兩句：誰的恩惠有像我們的君主那樣的，哪能不爲他拚
　　　命呢？

[86] 囿,舊註指笠澤,今太湖一帶。

[87] 没,吳地名,不詳所在。

[88] 又郊敗之,又在吳國都城的郊外,把他打敗。

[89] 這句説,越哪可以不聽上天的意旨而聽您的號令呢?

[90] 吾請達王甬、句東兩句:我請求送達您到甬、句東二地(近人徐元誥以
　　　　爲即指浙江東海中之舟山),彼此以後仍像兩個國君一樣。

[91] 寡人禮先壹飯,吳王自言年長於越王。

[92] 君若不忘句:宸宇,屋簷下。爲弊邑宸宇,是説爲吳留下一點地方,不
　　　　滅亡吳國。這句意謂,吳與周爲同姓之國,希望越王顧全周王室的面
　　　　子,給吳國一些庇護。

[93] 次,作"舍"解,指居住。這句説,請越君只管進入吳國居住吧!

戰　國　策
據士禮居覆宋本

《戰國策》，簡稱《國策》。其初又有《國事》、《短長》、《事語》、《長書》、《脩書》等名稱。作者無考。近人羅根澤以爲漢初蒯通作。此書記載戰國策士的言論和活動，贊揚備至，過分強調了他們個人在歷史上的作用。其記事上繼《春秋》，下迄楚漢之際，保存着當時許多重要史料，爲司馬遷《史記》所取材。但其中也有誇張與虛構之處，不盡與史實相符。其文氣勢縱橫，論事周密，善於運用寓言譬喻，語言生動。在西漢末年，此書文字已多訛奪，篇次也頗雜亂，由劉向校正編次，並定名爲《戰國策》。

蘇秦始將連橫(秦策一)

【解題】 本篇記載蘇秦最初主張連橫，想幫助秦國打擊六國，秦惠王不接受他的意見，他就轉而主張約從，造成六國聯合、共同抗秦的局面。表現他由於勤奮攻讀，悉心體察天下大勢，在政治上發揮了相當的作用；也刻畫了他追求名利的心理和當時炎涼的世態。

蘇秦始將連橫[1]，說秦惠王曰[2]：「大王之國，西有巴、蜀、漢中之利[3]，北有胡貉、代馬之用[4]，南有巫山、黔中之限[5]，東有肴、函之固[6]。田肥美，民殷富，戰車萬乘[7]，奮擊百萬[8]，沃野千里，蓄積饒多，地勢形便[9]，此所謂天府[10]，天下之雄國也。以大王之賢，士民之衆，車騎之用，兵法之教[11]，可以併諸侯，吞天下，稱帝而治[12]。願大王少留意，臣請奏其效[13]。」

秦王曰：「寡人聞之：毛羽不豐滿者，不可以高飛，文章不成者不可以誅罰[14]，道德不厚者不可以使民，政教不順者不可以煩大臣。今先生儼然不遠千里而庭教之[15]，願以異日[16]。」

蘇秦曰：「臣固疑大王之不能用也。昔者神農伐補遂[17]，黄帝伐涿鹿而禽蚩尤[18]，堯伐驩兜[19]，舜伐三苗[20]，禹伐共工[21]，湯伐有夏[22]，文王伐崇[23]，武王伐紂，齊桓任戰而伯天下[24]。由此觀之，惡有不戰者乎？古者使車轂擊馳[25]，言語相結，天下爲一，約從連橫[26]，兵革不藏。文士並餝[27]，諸侯亂惑，萬端俱起，不可勝理。科條既備，民多僞態[28]，書策稠濁[29]，百姓不足。上下相愁，民無所聊[30]，明言章理[31]，兵甲愈起。辯言偉服[32]，戰攻不息，繁稱文辭，天下不治。舌弊耳聾，不見成功，行義約信，天下不親。於是乃廢文任武，厚養死士，綴甲厲兵[33]，效勝於戰場。夫徒處而致利[34]，安坐而廣地，雖古五帝三王五伯，明主賢君，常欲坐而致之，其勢不能。故以戰續之，寬則兩軍相攻，迫則杖戟相橦[35]，然後可建大功。是故兵勝於外，義強於內，威立於上，民服於下。今欲併天下，凌萬乘[36]，詘敵國[37]，制海內，子元元[38]，臣諸侯[39]，非兵不可。今之嗣主，忽於至道，皆惽於教[40]，亂於治[41]，迷於言，惑於語，沈於辯，溺於辭[42]。以此論之，王固不能行也。"

說秦王書十上而說不行，黑貂之裘弊，黃金百斤盡，資用乏絕，去秦而歸，羸縢履蹻[43]，負書擔橐[44]，形容枯槁，面目犁黑[45]，狀有歸色[46]。歸至家，妻不下紝[47]，嫂不爲炊，父母不與言。蘇秦喟嘆曰："妻不以我爲夫，嫂不以我爲叔，父母不以我爲子，是皆秦之罪也。"乃夜發書，陳篋數十，得太公陰符之謀[48]，伏而誦之，簡練以爲揣摩[49]。讀書欲睡，引錐自刺其股，血流至足[50]，曰："安有說人主，不能出其金玉錦繡，取卿相之尊者乎？"朞年[51]，揣摩成，曰："此眞可以說當世之君矣。"於是乃摩燕烏集闕[52]，見說趙王於華屋之下[53]，抵掌而談[54]，趙王大悅，封爲武安君[55]。受相印[56]，革車百乘[57]、錦繡千純[58]、白璧百雙[59]、黃金萬溢以隨其後[60]，約從散橫以抑強秦[61]，故蘇秦相於趙而關不通[62]。當此之時，天下之大，萬民之衆，王侯之威，謀臣之權，皆欲決蘇秦之策[63]。不費斗糧,未煩一兵,未戰一士,未絕一絃,未折一矢,諸侯相親,賢於兄弟[64]。夫賢人在而天下服,一人用而天下從,故曰:式於政不式於勇[65];式於廊廟之内[66],不式於四境之外。當秦之隆[67],黄金萬溢爲用,轉轂連騎,炫熿於道[68],山東之國從風而服,使趙大重[69]。且夫蘇秦,特窮巷掘門桑户棬樞之士耳[70],伏軾撙銜[71],橫歷天下,廷説諸侯之王[72],杜左右之口[73],天下莫之能伉[74]。

　　將説楚王,路過洛陽,父母聞之,清宫除道[75],張樂設飲[76],郊迎三十里[77]。妻側目而視[78],傾耳而聽。嫂虵行匍伏[79],四拜自跪而謝。蘇秦曰:"嫂何前倨而後卑也[80]?"嫂曰:"以季子之位尊而多金[81]。"蘇秦曰:"嗟乎,貧窮則父母不子[82],富貴則親戚畏懼[83]。人生世上,勢位富貴,蓋可忽乎哉[84]?"

【註釋】

[1] 蘇秦句:蘇秦,戰國時洛陽人。戰國時代,合齊、楚、燕、趙、韓、魏六國以抗秦,稱爲約從;秦與齊、楚等國個別連合以打擊其他國家,稱爲連橫。蘇秦以約從得名,但是最初是主張連橫的。

[2] 説(shuì 税),勸説。惠王,秦君(公元前三三六——前三一一年在位)。

[3] 西有句:巴,今四川省東部。蜀,今四川省西部。漢中,今陝西省秦嶺以南地。時三地雖未屬秦,但交通頻繁,故言西有其利。

[4] 胡貉(hè 赫)、代馬,胡,這裏指匈奴族所居地區,其地產貉,形似狐,毛皮可以爲裘。代,今河北、山西二省北部,其地產馬。

[5] 巫山,山名,在今四川巫山縣東。黔中,地名,在今湖南省沅陵縣西。限,這裏是屏障的意思。

[6] 殽,同"崤",山名,在今河南省洛寧縣西北六十里。函,函谷關,在今河南省靈寶縣西南一里許。

[7] 戰車,兵車。

［ 8 ］奮擊,奮力作戰的武士。

［ 9 ］形便,得形勢,擅便利。

［10］天府,自然界的富饒的府庫。

［11］教,教育、學習。

［12］稱帝而治,帝的本義是神,又稱天帝,但是戰國時代,各國的最高統治
者都稱王,因此較強的國家,開始有自稱帝號,進行統一的企圖。

［13］效,成效。

［14］文章,法令。

［15］儼然,矜莊貌。庭教,在廳堂上指教。

［16］願以異日,請以後再説。

［17］神農,傳説中的遠古帝皇、農業和醫藥的發明者。補遂,未詳。一説,
古國名。

［18］涿鹿,在今河北省涿鹿縣南。蚩尤,傳説中的九黎族首領。

［19］驩(huān 歡)兜(dōu 都),堯臣名。

［20］三苗,古族名,亦稱苗、有苗,在今湖北武昌、湖南岳陽、江西九江
一帶。

［21］共工,古代部族。

［22］湯伐有夏,指湯伐夏桀事。有,語助詞,無義。

［23］崇,古國名,在今陝西省户縣東五里。

［24］伯,同"霸"。

［25］轂(gǔ 谷),車輪中的圓洞,所以空車軸者。此句極言車多而行急。

［26］約從連橫,南北爲從,因此六國相結爲約從;東西爲橫,因此秦和六國
個別結合爲連橫。此句言兩種不同的主張都提出來。

［27］文士,辯士。餙,即"飾"字,指修飾文辭,進行遊説的工作。

［28］科條兩句:規章制度既已完備,人民作僞的卻愈多。科條,規章
制度。

［29］書策稠濁,條文紀録繁重而混亂。

［30］聊,依賴。

［31］明言章理,明顯之言和彰著之理。章,同"彰",明顯。

［32］偉服,奇服。

［33］綴甲厲兵，綴，連屬，古代武士之甲，都是用金屬片連綴的。厲兵，磨厲兵器。

［34］徒處，無所事事地坐着。

［35］杖戟，拿着戟。戟，一種將戈、矛合成一體的武器。能直刺，又能横擊。橦，讀爲"衝"，衝刺。鮑彪註本橦作"撞"，義同。

［36］凌萬乘，超越擁有兵車萬乘的敵君。

［37］詘，同"屈"。

［38］子元元，以廣大人民爲子，指統一天下。元元，人民。

［39］臣諸侯，以諸侯爲臣。

［40］惛，不明。

［41］亂於治，對於治理國家的工作，頭腦混亂。

［42］沈於辯兩句：沉溺在煩瑣的辯論和言辭之中。沈，同"沉"。

［43］羸(léi 纍)，同"纍"，纏繞。縢(téng 謄)，綁腿布。蹻(jué 決)，草鞋。這句説，他裹着綁腿布，踏着草鞋。

［44］橐(tuó 駝)，囊。一本作囊。

［45］犂，通作"黧(lí 梨)"，黑色。

［46］歸，當爲"愧"字之誤。

［47］紝，今稱爲機頭。此言妻不下機，紡織如故。

［48］陳篋數十兩句：陳，擺開。篋(qiè 挈)，指書箱。太公，呂尚。陰符之謀，兵書。

［49］簡，選擇。練，煮繒使其潔白曰練，因此有熟習意。揣摩，揣量摩研以探求其真義。

［50］足，王念孫説：當從《史記集解》及《太平御覽》所引作"踵"。踵，足跟。

［51］朞年，同"期年"，滿一年。

［52］摩燕烏集闕，摩，切近也。君主所居之處，下有二臺，上有門樓者曰闕。燕烏集，闕名。

［53］華屋，華麗之屋。

［54］抵掌，擊掌。抵，當作"扺(zhǐ 紙)"。

［55］武安，地名，在今河北省武安縣。

［56］受相印,謂趙王封蘇秦爲相。

［57］革車,兵車。

［58］純,匹。

［59］璧,原誤作壁,從雅雨堂本改正。

［60］溢,通作"鎰",二十四兩。

［61］約從散橫,結合六國以抗秦,破壞個別國家和秦的關係。

［62］關不通,關指函谷關,六國通秦的要道。六國共同抗秦,因此函谷關的交通斷絶。

［63］策,策略。決蘇秦之策,爲蘇秦之策略所決定。

［64］賢於兄弟,勝於兄弟。

［65］式,用。這句説,運用政治,不運用勇力。

［66］廊廟之内,廟,君主祭祖之處,其旁爲廊。古代國家大事都在廊廟之内商討。

［67］當秦之隆,在蘇秦尊顯得意之時。

［68］轉轂連騎兩句:謂隨從車騎絡繹於途,引人注目。炫熿,同"炫煌",光耀之意。

［69］山東之國兩句:華山以東的國家,像風吹草動一樣,都倒伏下來,使趙國地位大大重要起來。

［70］掘門,同"窟門",窟門。桑户,以桑板爲門扉。棬(quān 圈)樞,把樹條圈起來作爲門樞。

［71］伏軾撙銜,伏在車前橫木之上,拉着馬的勒頭。

［72］廷説(shuì 税),在朝廷上勸説。

［73］杜,塞。

［74］亢,通"抗",匹敵。

［75］清宫除道,收拾房屋,打掃街道。

［76］張樂(yuè 岳)設飲,設置音樂,備辦酒席。

［77］郊迎三十里,邑外爲郊,出郊三十里迎接。

［78］側目而視,不敢正目而視。

［79］虵,即蛇。匍伏,爬行。

［80］倨,傲慢。

[81] 季子,嫂呼小叔爲季子。一説,季子,蘇秦的字。

[82] 父母不子,父母不以爲子。

[83] 親戚,親人,指家庭中的親屬。

[84] 蓋,同"盍",何的意義。

鄒忌諷齊威王納諫(齊策一)

【解題】 本篇通過具體事例,説明國君必須廣泛聽取人們的意見,作爲施政的依據。寫來委婉生動,頗有説服力。但結尾所記燕、趙、韓、魏朝齊之事,則是一種誇張的説法,與史實不符。

鄒忌脩八尺有餘[1],身體昳麗[2]。朝服衣冠,窺鏡,謂其妻曰:"我孰與城北徐公美?"其妻曰:"君美甚! 徐公何能及也[3]。"城北徐公,齊國之美麗者也。忌不自信,而復問其妾曰:"吾孰與徐公美?"妾曰:"徐公何能及君也!"旦日[4],客從外來,與坐談,問之客曰:"吾與徐公孰美?"客曰:"徐公不若君之美也!"

明日,徐公來。孰視之[5],自以爲不如;窺鏡而自視,又弗如遠甚。暮寢而思之,曰:"吾妻之美我者,私我也[6];妾之美我者,畏我也;客之美我者,欲有求於我也。"

於是入朝見威王[7],曰:"臣誠知不如徐公美。臣之妻私臣,臣之妾畏臣,臣之客欲有求於臣,皆以美於徐公[8]。今齊地方千里,百二十城。宮婦左右,莫不私王;朝廷之臣,莫不畏王;四境之內,莫不有求於王: 由此觀之,王之蔽甚矣[9]。"王曰:"善。"

乃下令:"羣臣吏民,能面刺寡人之過者[10],受上賞;上書諫寡人者,受中賞;能謗議於市朝[11],聞寡人之耳者,受下賞。"令初下,羣臣進諫,門庭若市。數月之後,時時而間進[12]。期年之後[13],雖欲言,無可進者。燕、趙、韓、魏聞之,皆朝於齊。此所謂戰勝於朝廷[14]。

[1] 鄒忌,齊威王相。脩,通“修”,長。

[2] 昳麗,即逸麗。昳,通作“逸”,氣度不凡之意。

[3] “及”下原有“公”字,據姚宏所引一本刪。

[4] 旦日,明日。

[5] 孰,熟的本字。孰視,仔細地看。

[6] 寢,同“寢”。私我,偏愛於我。

[7] 威王,齊威王。爲齊國有名君主。

[8] 這句說,都認爲我比徐公美。

[9] 蔽,蒙蔽。王之蔽,王所受的蒙蔽。

[10] 這句說,能當面舉出我的過失。

[11] 謗議於市朝,在公共場所議論我的過失。謗,謂言其過失。

[12] 時時而間進,隔一些時候,間或有人進諫。

[13] 期年,一周年。

[14] 戰勝於朝廷,身居朝廷而戰勝敵國。意謂政治修明,不必用軍事行動就能使敵國畏服。

馮諼客孟嘗君(齊策四)

【解題】 本篇寫馮諼幫助孟嘗君在齊國權力交替的局勢中保住了地位,表現了他的遠見和才能,也反映了當時權貴的養士之風。性格描繪頗爲突出。其事也見於《史記·孟嘗君列傳》,記載略有不同。

齊人有馮諼者[1],貧乏不能自存。使人屬孟嘗君[2],願寄食門下。孟嘗君曰:“客何好?”曰:“客無好也。”曰:“客何能?”曰:“客無能也。”孟嘗君笑而受之,曰:“諾。”

左右以君賤之也,食以草具[3]。居有頃,倚柱彈其劍,歌曰:“長鋏,歸來乎[4]!食無魚。”左右以告。孟嘗君曰:“食之,比門下之客[5]。”居有頃,復彈其鋏,歌曰:“長鋏,歸來乎!出無車。”

左右皆笑之，以告。孟嘗君曰：“爲之駕，比門下之車客[6]。”於是乘其車，揭其劍[7]，過其友，曰：“孟嘗君客我[8]！”後有頃，復彈其劍鋏，歌曰：“長鋏，歸來乎！無以爲家[9]。”左右皆惡之，以爲貪而不知足。孟嘗君問：“馮公有親乎？”對曰：“有老母。”孟嘗君使人給其食用，無使乏。於是馮諼不復歌。

後孟嘗君出記，問門下諸客[10]：“誰習計會，能爲文收責於薛者乎[11]？”馮諼署曰[12]：“能。”

孟嘗君怪之，曰：“此誰也？”左右曰：“乃歌夫‘長鋏歸來’者也！”孟嘗君笑曰：“客果有能也，吾負之[13]，未嘗見也。”請而見之。謝曰[14]：“文倦於事[15]，憒於憂[16]，而性懧愚[17]，沉於國家之事，開罪於先生[18]。先生不羞[19]，乃有意欲爲收責於薛乎？”馮諼曰：“願之。”於是約車治裝[20]，載券契而行[21]，辭曰：“責畢收，以何市而反[22]？”孟嘗君曰：“視吾家所寡有者。”

驅而之薛。使吏召諸民當償者，悉來合券[23]。券徧合，起，矯命[24]，以責賜諸民。因燒其券。民稱萬歲。

長驅到齊[25]，晨而求見。孟嘗君怪其疾也，衣冠而見之，曰：“責畢收乎？來何疾也！”曰：“收畢矣！”“以何市而反？”馮諼曰：“君云：‘視吾家所寡有者。’臣竊計：君宮中積珍寶，狗馬實外廄，美人充下陳[26]；君家所寡有者，以義耳。竊以爲君市義。”孟嘗君曰：“市義奈何？”曰：“今君有區區之薛，不拊愛子其民[27]，因而賈利之[28]。臣竊矯君命，以責賜諸民，因燒其券，民稱萬歲。乃臣所以爲君市義也。”孟嘗君不説，曰：“諾。先生休矣[29]！”

後朞年[30]，齊王謂孟嘗君曰：“寡人不敢以先王之臣爲臣！”孟嘗君就國於薛[31]。未至百里[32]，民扶老攜幼，迎君道中正日[33]。孟嘗君顧謂馮諼：“先生所爲文市義者，乃今日見之！”

馮諼曰：“狡兔有三窟，僅得免其死耳。今君有一窟，未得高枕而臥也。請爲君復鑿二窟。”孟嘗君予車五十乘，金五百斤，西遊於梁[34]。謂惠王曰:"齊放其大臣孟嘗君於諸侯[35]。諸侯先迎之者,富而兵強。"於是梁王虛上位[36],以故相爲上將軍,遣使者黃金千斤,車百乘,往聘孟嘗君。馮諼先驅,誡孟嘗君曰[37]:"千金,重幣也;百乘,顯使也。齊其聞之矣!"梁使三反[38],孟嘗君固辭不往也。

齊王聞之,君臣恐懼,遣太傅賷黃金千斤[39],文車二駟[40],服劍一[41],封書謝孟嘗君曰:"寡人不祥[42],被於宗廟之祟[43],沉於諂諛之臣[44],開罪於君。寡人不足爲也,願君顧先王之宗廟,姑反國統萬人乎[45]?"馮諼誡孟嘗君曰:"願請先王之祭器,立宗廟於薛[46]。"廟成,還報孟嘗君曰:"三窟已就,君姑高枕爲樂矣!"

孟嘗君爲相數十年,無纖介之禍者[47],馮諼之計也。

【註釋】

[1] 馮諼(xuān 暄),鮑彪註本作"馮煖",《史記》作"馮讙",音皆同。

[2] 屬,請託。孟嘗君,即田文,齊靖郭君田嬰少子,爲齊相。輕財好士,門下食客常數千人,與魏信陵君、趙平原君、楚春申君齊名,稱四公子。

[3] 食(sì 飼)以草具,給他吃粗糙的食物。草具,裝盛粗劣飲食的食具。

[4] 長鋏(jiā 夾),歸來乎,大意是説,長鋏啊,我們還是回去吧! 鋏,劍把。長鋏,猶長劍。

[5] 食之,比門下之客,供其飲食如門下食魚之客。姚宏云:一本"客"上有"魚"字。吳師道註引《列士傳》:"孟嘗君廚有三列。上客食肉,中客食魚,下客食菜。"

[6] 車客,乘車之客。

[7] 揭,高舉。揭其劍,意即高舉着他的劍。

[8] 客我,以我爲客。

[9] 無以爲家,無以贍養家庭。

[10] 後孟嘗君兩句:記,文告。這兩句説,孟嘗君出文告徵詢他的門客。

［11］誰習計會兩句：計會，即今所謂會計。責，通作“債”。薛，孟嘗君的領
　　　地，今山東省棗莊市附近。

［12］署，署己名於文告，並簽其上曰“能”。

［13］負之，虧待了他。意謂平日忽視馮諼才能。

［14］謝，以言詞致歉曰謝。

［15］倦於事，爲國事勞碌。意謂事務繁忙。

［16］憒(kuì愧)於憂，困於思慮，以致心中昏亂。意謂所思慮的事很多。
　　　憒，昏亂。憂，慮，指有關國事的思慮。

［17］懧，同“懦”，怯弱。

［18］開罪，得罪。

［19］羞，恥。不羞，不以己之簡慢爲辱。

［20］約車治裝，約期準備車子，並置辦行裝。

［21］券契，指債券，關於債務的契約。鮑彪註：“券亦契。”

［22］責畢收兩句：債完全收齊後，買些甚麼回來？

［23］合券，指驗對債券。古時債券與今合同相似，甲乙兩方各持其半，作
　　　爲憑證。日後驗對債券時，必須兩相符合。

［24］徧，全。矯命，假託孟嘗君的命令。矯，假託。

［25］長驅，驅車直前，不在中途逗留。

［26］下陳，後列。舊時被迫供玩弄的婦女地位卑賤，處於後列。

［27］拊愛，即撫愛。子其民，視其民如子。

［28］賈利之，以商賈手段，向人民謀取利息。

［29］説，同“悦”。休，息。休矣，猶今言得了，算了。

［30］王念孫説，“後朞年”下當有脱文，敍述有人向齊湣王進讒中傷孟嘗君
　　　的事。

［31］就國，回到自己的領地去。

［32］未至百里，距離薛還有一百里。

［33］正日，猶終日。指人民整天在路上迎接孟嘗君。原本無“正日”二字，
　　　據鮑彪註本增。

［34］梁，魏國都。時魏都於大梁(今河南省開封市)。

［35］放，棄。這句意思是説，齊免孟嘗君相位，正給諸侯重用他的機會。

[36]虚上位,空出最高的職位。

[37]誡,告。

[38]三反,往返三次。

[39]賫(ｊ 基),攜帶。

[40]文車,繪有文采的車。駟,一車四馬曰駟。文車二駟,套四匹馬的、繪
有文采的車子兩輛。

[41]服劍,王所自佩的劍。

[42]不祥,不善。

[43]被,遭受。宗廟之崇,祖宗神靈的禍崇。

[44]沉,沉溺。沉於諂諛之臣,謂爲讒臣所迷惑。

[45]寡人三句:大意説,我是不值得顧念的,但希望你顧念齊國先王的宗
廟,姑且回朝廷管理百姓吧。這是齊王求情的話。

[46]立宗廟於薛,孟嘗君與齊王同族,在薛建立齊國先王的宗廟,目的在
使齊王重視薛。

[47]介,通作"芥"。纖芥,細微。

趙威后問齊使(齊策四)

【解題】 本篇表現趙威后的政治思想,同時也對齊國的政治狀況
有所批判。趙威后以年成與民爲"本",而以國君爲"末",顯示了她重
視人心向背的政治遠見。

齊王使使者問趙威后[1]。書未發[2],威后問使者曰:"歲亦
無恙耶[3]？民亦無恙耶？王亦無恙耶?"使者不説,曰:"臣奉使
使威后。今不問王而先問歲與民,豈先賤而後尊貴者乎?"威后
曰:"不然。苟無歲,何以有民？苟無民,何以有君？故有問捨本
而問末者耶[4]?"

乃進而問之曰:"齊有處士曰鍾離子無恙耶[5]？是其爲人
也,有糧者亦食,無糧者亦食[6];有衣者亦衣,無衣者亦衣。是助
王養其民也。何以至今不業也[7]？葉陽子無恙耶[8]？是其爲

人,哀鰥寡、卹孤獨、振困窮[9]、補不足。是助王息其民者也[10]。何以至今不業也?北宮之女嬰兒子無恙耶[11]?徹其環瑱[12],至老不嫁,以養父母。是皆率民而出於孝情者也[13]。胡爲至今不朝也[14]?此二士弗業,一女不朝,何以王齊國、子萬民乎[15]?於陵子仲尚存乎[16]?是其爲人也,上不臣於王,下不治其家,中不索交諸侯[17]。此率民而出於無用者。何爲至今不殺乎?"

【註釋】

[1] 齊王,齊王建,襄王子。趙威后,趙惠文王妻。惠文王死時,其子孝成王尚幼,由威后執政。諸侯間互通聘使,其事曰"問"。

[2] 書,指齊王致威后書。未發,尚未啓封。

[3] 歲,指年成。無恙,無憂,即平安無事。此處指年成好。下文"民亦無恙"指人民安樂,"王亦無恙"指齊王康健。

[4] 故,通"顧",反而之意。這句説,反而有向人問事而竟捨本問末的麼?姚宏説:一本"有"下無"問"字。

[5] 鍾離子,齊處士。鍾離是此人的氏。

[6] 有糧者兩句:大意説,對於有糧食的人,鍾離子給他們東西吃;没有糧食的人,鍾離子也給他們東西吃。與下文"有衣者亦衣"兩句,都指鍾離子能撫卹貧困,使所有的人得到温飽。

[7] 不業,不使他居官,以成就功業。

[8] 葉(xié 協)陽子,齊國處士。葉陽是此人的氏。

[9] 振,救濟。

[10] 息其民,使其人民得以繁育蕃殖。息,長育、蕃殖。

[11] 北宮之女嬰兒子,北宮氏名嬰兒子的女子,齊國著名的孝女。

[12] 徹,除。環瑱,泛指女人的飾物。環,耳環、腕環之類。瑱(tiàn 掭),置於耳部的玉製裝飾品。

[13] 這句大意説,以身作則,帶動人民行孝。

[14] 朝,使其朝見。此處指獲得重視,由君主召見。

[15] 王齊國,君臨齊國。子萬民,撫愛萬民。

[16] 於陵子仲,於(wū 烏)陵,地名;子仲,人名。

[17] 索交,求交。

莊辛説楚襄王(楚策四)

【解題】 從楚懷王時開始,楚的國勢已由盛轉衰。頃襄王即位以後,在政治措施上仍未能有所改善,終至被秦兵攻破郢都,東遷於陳。本文通過莊辛對楚襄王的勸告,以生動的譬喻,説明強敵當前,必須勵精圖治;若猶一味貪圖享樂,日與倖臣爲伍,必將遭到國破身亡之禍。

莊辛謂楚襄王曰[1]:"君王左州侯,右夏侯[2],輦從鄢陵君與壽陵君[3],專淫逸侈靡,不顧國政,郢都必危矣[4]!"襄王曰:"先生老悖乎[5]?將以爲楚國祅祥乎[6]?"莊辛曰:"臣誠見其必然者也,非敢以爲國祅祥也。君王卒幸四子者不衰[7],楚國必亡矣。臣請辟於趙[8],淹留以觀之。"

莊辛去之趙。留五月。秦果舉鄢郢、巫、上蔡、陳之地[9],襄王流揜於城陽[10]。於是使人發騶[11],徵莊辛於趙。莊辛曰:"諾。"莊辛至。襄王曰:"寡人不能用先生之言。今事至於此,爲之奈何?"莊辛對曰:"臣聞鄙語曰:'見菟而顧犬[12],未爲晚也。亡羊而補牢[13],未爲遲也。'臣聞:昔湯、武以百里昌,桀、紂以天下亡。今楚國雖小,絶長續短[14],猶以數千里,豈特百里哉!王獨不見夫蜻蛉乎?六足四翼,飛翔乎天地之間。俛啄蚊虻而食之[15],仰承甘露而飲之。自以爲無患,與人無爭也。不知夫五尺童子,方將調飴膠絲[16],加己乎四仞之上[17],而下爲螻蟻食也。蜻蛉其小者也,黃雀因是以[18]。俯噣白粒[19],仰棲茂樹,鼓翅奮翼。自以無爲患,與人無爭也。不知夫公子王孫,左挾彈,右攝丸,將加己乎十仞之上,以其類爲招[20]。晝游乎茂樹,夕調乎酸鹹[21]。夫雀其小者也,黃鵠因是以。游於江海,淹乎大沼[22]。

俯啄鱔鯉[23]，仰齧陵衡[24]。奮其六翮而凌清風[25]，飄搖乎高翔。自以爲無患，與人無争也。不知夫射者，方將脩其碆盧[26]，治其繒繳[27]，將加己乎百仞之上，被礛磻[28]，引微繳[29]，折清風而抎矣[30]。故晝游乎江河，夕調乎鼎鼐[31]。夫黄鵠其小者也，蔡聖侯之事因是以[32]。南游乎高陂[33]，北陵乎巫山[34]，飲茹谿流[35]，食湘波之魚[36]。左抱幼妾，右擁嬖女，與之馳騁乎高蔡之中[37]，而不以國家爲事。不知夫子發方受命乎宣王，繫己以朱絲而見之也。蔡聖侯之事其小者也，君王之事因是以。左州侯，右夏侯，輦從鄢陵君與壽陵君[38]。飯封禄之粟[39]，而載方府之金[40]，與之馳騁乎雲夢之中[41]，而不以天下國家爲事。不知夫穰侯方受命乎秦王[42]，填黽塞之内，而投己乎黽塞之外[43]。"

襄王聞之，顔色變作[44]，身體戰慄。於是乃以執珪而授之爲陽陵君[45]。與淮北之地也[46]。

【註釋】

[1] 莊辛，楚臣，楚莊王之後，故以莊爲姓。楚襄王，即楚頃襄王，名横，懷王子。

[2] 州侯、夏侯，皆楚襄王的寵臣。

[3] 輦從，跟隨在楚王輦車之後。鄢陵君、壽陵君，亦楚王寵臣。

[4] 郢都，楚的國都，在今湖北省江陵縣。

[5] 悖，昏亂。

[6] 祅(yāo妖)祥，災禍的預兆。祅，俗本作妖。以爲祅祥，等於説預言災禍，有造謡言的意思。

[7] 卒幸，始終寵幸。

[8] 辟，同"避"。

[9] 舉，攻拔。鄢郢，楚故都，在今湖北省宜城縣。巫，楚之巫郡，今湖北省宜昌市以西沿江地區。上蔡、陳，當指楚所遷蔡人陳人新封地，其

地無考,似在郢都近旁。此頃襄王二十一年白起拔郢前夕事。

[10] 流,流亡。揜(yǎn 掩),遮蔽,這裏有藏匿之意。城陽,即成陽,在今
河南省息縣西北。

[11] 發驪,派遣騎從。驪,騎從。

[12] 見菟兩句:菟,通作"兔"。這兩句大意說,獵人雖沒有預先使獵犬搜
尋兔子,但如在看到兔子後,即發犬捕捉,也還不算太晚。

[13] 亡羊兩句:牢,養牲畜的圈。這兩句大意說,在一些羊逃走以後,即去
修補羊圈,也還不算太遲,因爲可以防止其餘的羊逃跑。

[14] 絶長續短,即截長補短,把土地拼湊在一起進行計算。

[15] 蜻蛉,即蜻蜓。俛,同"俯"。蚤,即蚊。宔,即虻。宔似蠅,飛蟲的
一種。

[16] 飴,原作鉽,從雅雨堂本改。飴,粘汁。調飴膠絲,調好粘汁,塗在絲
上,用以捕捉蜻蛉。

[17] 加己,加於其身。己,此處指蜻蛉。仞,八尺或七尺爲一仞。此句指
童子以膠絲捕捉飛翔於四仞之上的蜻蛉。

[18] 因,猶;是,如此;目,即以字,同"已"。因是以,同"猶如此已"。

[19] 嚽,通"啄"。白粒,指米。

[20] 類,王念孫說當作頸。招,射的。這句說,以黃雀之頸作爲彈射的目
的物。

[21] 夕調乎酸醎,指爲人所烹。醎,同"鹹"。原本此句下尚有"倏忽之間,
墜於公子之手"十字,從姚宏所引舊校及王念孫之說删。

[22] 淹,停留。

[23] 鱎,王念孫說當從《新序》作"鰋"。鰋,一種白額的魚。

[24] 蔆衡,同"菱荇"。荇,水草。

[25] 翮(hé 合),羽莖。六翮,即羽翼。

[26] 礛(bō 波),石鏃。原作笉,從雅雨堂本改。盧,通作"旅",黑弓。

[27] 治,整治。繒繳,繫有生絲縷的箭。繒,通作"矰"。

[28] 被,通"披"。原本"被"字誤作"彼",從雅雨堂本改。礛(hǎn 喊),銳
利。礛,同礛。這句說,帶着銳利的石鏃。

[29] 引,拖。繳,繫在箭上的生絲縷。這句說,拖着箭繳。兩句都是說爲

127

箭所中。

[30] 折,負傷而死。扷,通"隕"。從上落下叫隕。這句説,死於清風之中而墜下。

[31] 鼎,古代用以燒煮食物的器具。鼐(nài 奈),鼎之大者。

[32] 蔡聖侯,吳師道説當作蔡靈侯。即魯昭公十一年爲楚靈王誘殺於申之靈侯。如此,則下文"子發方受命乎宣王"句,"宣王"亦應作靈王。奉楚靈王之命圍蔡者,乃靈王弟公子棄疾而非楚大夫子發。

[33] 高陂,高坡。又,吳師道説:陂,池。

[34] 陵,登。

[35] 茹谿,在今四川省巫山縣北。谿,同"溪"。

[36] 湘波,疑即湘水。

[37] 高蔡,當指篇首所説上蔡,其地無考,似在楚郢都西。

[38] 輦,原作輩,從雅雨堂本改。

[39] 飯封禄之粟,吃着各封邑進奉來的糧食。

[40] 載,指楚襄王出遊的車中裝載着。其字原作"戴",從雅雨堂本改。方府之金,四方府庫所納之金。

[41] 雲夢,楚大澤,在今湖北省中部,跨長江兩岸。此時雲夢澤已大部淪陷於秦,楚襄王已不能馳騁其中。可能楚於其他地方也有加以"雲夢"之稱的,否則這是策士後來粉飾之詞。

[42] 穰侯,魏冉,秦昭王舅父,封於穰(在今河南省鄧縣東南)。秦王,秦昭王。

[43] 填黽(méng 萌)塞兩句:填,充實。投,掩捕。《詩經·小弁》:"相彼投兔",《鄭箋》:"投,掩。"黽塞,也叫作鄳阨之塞,古隘道名。《淮南子·墜形訓》:"天下九塞,楚有黽阨。"即今河南省信陽縣西南平靖關。春秋戰國時爲兵爭要地之一。這裏是説秦將陳重兵於黽塞之內,要出兵來掩捕已經逃出的頃襄王。

[44] 變作,作與變同義。

[45] 執珪,楚之最高爵位。《淮南子·道應訓》註:"執圭,楚爵。功臣賜以圭,謂之執圭,比附庸之君也。"圭即珪,瑞玉。爲陽陵君,據《新序》記載,襄王封莊辛爲成陵君,與此不同。

［46］與淮北之地句：吳師道曰："此句上有脱文。"《新序》作"乃封莊辛爲成
陵君，而用計焉，與舉淮北之地"。按此時秦未佔領楚淮北地。楚淮
水以北地區頗大，或者魏國乘楚的逃亡侵佔了一部分。《新序》"與舉
淮北之地"句，也不甚可解。

魯仲連義不帝秦(趙策三)

【解題】 趙孝成王時，秦圍韓上黨。上黨降趙。秦遂出兵攻趙，
大破趙軍於長平，阬殺趙卒四十餘萬，進圍邯鄲，形勢極其危急。後得
魏信陵君和楚春申君的救援，秦兵始解圍而去。本文所記，是此事件
中的一個重要插曲。其事亦見《史記·魯仲連鄒陽列傳》。

秦圍趙之邯鄲[1]。魏安釐王使將軍晉鄙救趙[2]。畏秦，止
於蕩陰[3]，不進。

魏王使客將軍辛垣衍間入邯鄲[4]。因平原君謂趙王曰[5]：
"秦所以急圍趙者，前與齊湣王爭強爲帝，已而復歸帝，以齊
故[6]。今齊湣王已益弱[7]。方今唯秦雄天下。此非必貪邯鄲，
其意欲求爲帝。趙誠發使尊秦昭王爲帝，秦必喜，罷兵去。"平原
君猶豫未有所決。此時，魯仲連適遊趙。會秦圍趙[8]。聞魏將
欲令趙尊秦爲帝，乃見平原君曰："事將奈何矣？"平原君曰："勝
也何敢言事？百萬之衆折於外[9]，今又內圍邯鄲而不能去[10]，魏
王使將軍辛垣衍令趙帝秦[11]，今其人在是。勝也何敢言事？"魯
連曰："始吾以君爲天下之賢公子也，吾乃今然後知君非天下之
賢公子也。梁客辛垣衍安在[12]？吾請爲君責而歸之。"平原君
曰："勝請召而見之於先生。"平原君遂見辛垣衍，曰："東國有魯
連先生[13]，其人在此。勝請爲紹介而見之於將軍。"辛垣衍曰：
"吾聞魯連先生齊國之高士也。衍，人臣也，使事有職[14]。吾不
願見魯連先生也。"平原君曰："勝已泄之矣[15]。"辛垣衍許諾。

魯連見辛垣衍而無言。辛垣衍曰："吾視居此圍城之中

者[16]，皆有求於平原君者也。今吾視先生之玉貌，非有求於平原君者，曷爲久居此圍城之中而不去也？”魯連曰：“世以鮑焦無從容而死者，皆非也[17]。今衆人不知，則爲一身[18]。彼秦者，棄禮義而上首功之國也[19]。權使其士[20]，虜使其民[21]。彼則肆然而爲帝[22]，過而遂正於天下，則連有赴東海而死矣[23]，吾不忍爲之民也。所爲見將軍者，欲以助趙也。”辛垣衍曰：“先生助之奈何？”魯連曰：“吾將使梁及燕助之，齊、楚則固助之矣。”辛垣衍曰：“燕則吾請以從矣[24]。若乃梁，則吾乃梁人也，先生惡能使梁助之耶？”魯連曰：“梁未睹秦稱帝之害故也。使梁睹秦稱帝之害，則必助趙矣。”辛垣衍曰：“秦稱帝之害將奈何？”魯仲連曰：“昔齊威王嘗爲仁義矣。率天下諸侯而朝周。周貧且微，諸侯莫朝，而齊獨朝之。居歲餘，周烈王崩。諸侯皆弔，齊後往。周怒，赴於齊曰[25]：‘天崩地坼，天子下席[26]。東藩之臣田嬰齊後至[27]，則斮之[28]。’威王勃然怒曰：‘叱嗟[29]，而母婢也[30]。’卒爲天下笑[31]。故生則朝周，死則叱之，誠不忍其求也。彼，天子，固然，其無足怪[32]！”

辛垣衍曰：“先生獨未見夫僕乎？十人而從一人者，寧力不勝，智不若耶[33]？畏之也。”魯仲連曰：“然梁之比於秦，若僕耶？”辛垣衍曰：“然。”魯仲連曰：“然吾將使秦王烹醢梁王[34]！”辛垣衍怏然不悅[35]，曰：“嘻！亦太甚矣，先生之言也！先生又惡能使秦王烹醢梁王？”魯仲連曰：“固也，待吾言之。昔者鬼侯之鄂侯、文王，紂之三公也[36]。鬼侯有子而好[37]，故入之於紂[38]，紂以爲惡，醢鬼侯。鄂侯爭之急、辨之疾[39]，故脯鄂侯[40]。文王聞之，喟然而嘆，故拘之於牖里之庫百日[41]，而欲令之死[42]。曷爲與人俱稱帝王，卒就脯醢之地也？齊閔王將之魯[43]，夷維子執策而從[44]。謂魯人曰：‘子將何以待吾君？’魯人曰：‘吾將以十太牢待子之君[45]。’維子曰：‘子安取禮而來待吾君[46]？彼吾君者，天子也。天子巡狩，諸侯辟舍[47]，納于筦鍵[48]。攝袵抱几[49]，視膳於堂下。天子已食，退而聽朝也。'魯人投其籥[50]，不果納[51]。不得入於魯。將之薛，假涂於鄒[52]。當是時，鄒君死。閔王欲入弔，夷維子謂鄒之孤曰[53]：'天子弔，主人必將倍殯柩[54]，設北面於南方，然後天子南面弔也。'鄒之羣臣曰：'必若此，吾將伏劍而死。'故不敢入於鄒。鄒、魯之臣，生則不得事養，死則不得飯含[55]，然且欲行天子之禮於鄒、魯之臣，不果納。今秦萬乘之國，梁亦萬乘之國；俱據萬乘之國，交有稱王之名[56]，睹其一戰而勝[57]，欲從而帝之，是使三晉之大臣[58]，不如鄒、魯之僕妾也。且秦無已而帝[59]，則且變易諸侯之大臣。彼將奪其所謂不肖，而予其所謂賢。奪其所憎，而與其所愛。彼又將使其子女讒妾爲諸侯妃姬[60]，處梁之宮[61]，梁王安得晏然而已乎？而將軍又何以得故寵乎[62]？"於是辛垣衍起，再拜，謝曰："始以先生爲庸人，吾乃今日而知先生爲天下之士也！吾請去，不敢復言帝秦！"秦將聞之，爲卻軍五十里。適會魏公子無忌奪晉鄙軍，以救趙擊秦[63]。秦軍引而去[64]。

於是，平原君欲封魯仲連。魯仲連辭讓者三，終不肯受。平原君乃置酒。酒酣，起，前以千金爲魯連壽[65]。魯連笑曰："所貴於天下之士者，爲人排患釋難，解紛亂而無所取也。即有所取者[66]，是商賈之人也。仲連不忍爲也。"遂辭平原君而去。終身不復見。

【註釋】

[1]邯鄲，趙國首都，在今河北省邯鄲市西南。

[2]魏安釐(xī 希)王，魏昭王之子，名圉(yǔ 字)，信陵君無忌之異母兄。

[3]蕩陰，即湯陰，今河南省湯陰縣。當時爲趙、魏二國交界處。

[4]客將軍，別國人而仕於此國爲將軍，故稱客將軍。辛垣衍，人名。辛

垣爲氏,名衍。辛,《史記》作新,原本於此處作新,下文作辛。今從鮑彪註本改作辛。間入,乘圍困不緊時潛入。

[5]這句是説,請平原君轉告趙王。因,依託。平原君,名勝。趙孝成王之叔。戰國時四公子之一,時爲趙相。趙王,趙孝成王,名丹。

[6]前與三句:周赧王二十七年(公元前二八八年),齊湣王與秦昭王相約,同時稱帝。湣王稱東帝,昭王稱西帝。後齊湣王接受蘇代勸告,廢去帝號。秦昭王也除去西帝的稱號。復歸帝,即指廢去帝號。

[7]今齊湣王句:按:周赧王三十一年(公元前二八四年),燕將樂毅,與秦、趙、魏、楚合力破齊,齊國慘敗,湣王也在這次戰争中死去。秦圍趙邯鄲時,齊國君主爲襄王。故鮑彪註以爲湣王二字係衍文,吳師道則説,此句應解作"今之齊,視湣王已益弱"。

[8]魯仲連,亦稱魯連。《史記·魯仲連鄒陽列傳》:"魯仲連者,齊人也。好奇偉俶儻之畫策,而不肯仕宦任職。好持高節。"適,偶然。會,遇。

[9]折,損傷。此句即指白起大破趙軍於長平的事件。長平之役,趙軍損失四十餘萬,此處的"百萬"是誇張説法。《史記·魯仲連鄒陽列傳》作"前亡四十萬之衆於外"。

[10]去,驅逐,指擊退秦兵。

[11]將軍上鮑彪註本增"客"字,按此不當有。

[12]梁客,指辛垣衍。魏建都大梁,故亦稱爲梁。梁客,就其自魏來而言。

[13]東國,指齊。

[14]使事有職,因事出使,有職務在身。

[15]已泄之矣,已經告訴他了。鮑彪註:"泄,言已白之。"

[16]此,原本作北,從雅雨堂本改。

[17]世以兩句:鮑焦,周時隱者,不滿時政,廉潔自守,以採樵及拾橡實爲生。後抱木而死。見《莊子》及《韓詩外傳》。從容,舉動。無從容,意謂無所建樹。這兩句大意説,世人以爲鮑焦没有什麽作爲,因而自殺,這都是不對的。

[18]今衆人兩句:現在的一般人不理解鮑焦,以爲他僅是爲個人而死。今,原本作"令",從雅雨堂本改。

[19]上,尊崇之意。《史記·魯仲連鄒陽列傳》集解:"譙周曰:秦用衛鞅

計,制爵二十等。以戰獲首級者計而受爵。是以秦人每戰勝,老弱婦孺皆死。計功賞至萬數。天下謂之上首功之國。"指秦國鼓勵士卒殺敵,視斬首之多寡,以爲計功晉級的標準。

[20] 權,權詐。士,卿士。

[21] 虜,俘虜。古代把俘虜作爲奴隸。虜使其民,指秦國把人民當作奴隸來使用。

[22] 則,同"即"。肆然,張守節《史記正義》説:"肆然其志意也。"指無顧忌,無阻礙地實現其願望。

[23] 過,猶言進一步。正,同"政"。正於天下,以政策號令於天下。赴,投身。

[24] 以,同"已"。這句意思説,燕國已聽從魏國約請,尊秦爲帝。

[25] 赴,通"訃",報喪。

[26] 天崩地坼(chè 徹),指周天子死亡。崩,塌。坼,裂。下席,離開座位,指周新天子匍匐草席,執行喪禮。

[27] 田嬰齊,齊威王的名氏。

[28] 斮(zhuó 酌),同"斫",斬首。

[29] 叱嗟,怒斥聲。

[30] 而,猶言汝。

[31] 卒,終於。這句説,齊威王斥罵周王,天下笑他前後不協調的舉動。

[32] 固,本。然,如此。這句説,周還算是擁有虛名的天子,對待諸侯本可如此。言外之意,秦之強暴,恐怕還不止如此。

[33] 不若,不如。

[34] 然,這樣。上文第一"然"字意謂是的,第二"然"字意謂是這樣。醢(hǎi 海),剁成肉醬。

[35] 怏然,心中不服而怨懟之貌。

[36] 之,和。一本無"之"字。鬼侯,鄂侯,皆當時諸侯。鬼侯之國在今河北省臨漳縣,鄂侯之國在今山西省中陽縣。文王,即周文王。公,謂諸侯。三公,猶言三個諸侯。

[37] 子,此處指女兒。好,美。

[38] 入,進獻。

［39］辨,通"辯"。疾,急。

［40］脯(fǔ甫),肉熟爲脯。這裏作動詞用。脯鄂侯,烹煮鄂侯。

［41］牖(yǒu友)里,地名,在今河南省湯陰縣北。亦作羑里,音同。庫,原作車,從鮑彪註本改。庫,監牢。

［42］欲令之死,欲令文王死亡。原本"欲"下爲"舍"字,姚宏説:"錢本添舍字。"鮑本"舍"作"令",《札記》丕烈案:"《史記》作'令'。"今據以改。

［43］齊閔王,即齊湣王。閔、湣同音通用。

［44］夷維子,齊國人。夷維本爲齊國地名,即今山東省濰坊市。其人係以邑爲氏。子,古時男子的美稱。一説,其人爲子爵。策,馬鞭。

［45］太牢,牛羊猪各一口叫太牢。古時款待諸侯用十太牢。

［46］鮑本"維"上有"夷"字。取,選擇取用。這句説,你們從哪裏擇取了這樣的禮節而來款待我們的君主呢? 這是對魯人以諸侯之禮接待齊湣王表示不滿。

［47］辟,通"避"。舍,指正房。諸侯避舍,避正殿不居。

［48］納于筦鍵,"于"字疑爲衍文。筦、鍵,都是鑰匙。納筦鍵,指把鑰匙交給天子。避舍、納筦鍵,是諸侯因天子在自己國中,表示自己在此期間不敢以一國之主自居。

［49］攝衽,提起衣襟。抱几,搬設几案。這句是説,諸侯親自提起衣襟,爲天子搬設几案。

［50］投其籥,指閉門下鎖。籥,即鑰。

［51］不果納,終於不讓他入境。

［52］假涂,借道。涂,通"途"。鄒,古國名,今山東省鄒縣。

［53］孤,父死稱孤。

［54］倍,背。殯柩,棺柩。倍殯柩,改換靈柩方位。古以朝南爲正位。棺柩本居北面南,因天子下弔,故需把棺柩的地位改爲居南朝北,使天子能朝南弔唁。

［55］生則兩句:指鄒、魯貧弱,國君生時,臣子不能侍奉供養;國君死後,不能行飯含之禮。事,侍奉。飯含,古代殯葬儀式。人死後,在死者口中安放一些糧食,稱爲飯;在死者口中安放玉石稱爲含。

［56］交有,互有。

[57] 睹,原本作賭,從雅雨堂本改。

[58] 三晉,謂韓、趙、魏三國。三國都由春秋時晉國分出,故稱三晉。此處主要指趙、魏而言。

[59] 無已,鮑彪註:"言無止之者。"這句大意說,若不加制止而終於使秦爲帝。

[60] 讒妾,善於進讒的妾婦。

[61] 宮,原作官,從雅雨堂本改。

[62] 故寵,指魏王對辛垣衍原有的寵幸。

[63] 魏公子無忌,即信陵君,禮賢下士,爲戰國時四公子之一。無忌,信陵君之名。

[64] 引,退卻。

[65] 壽,祝福之意。

[66] 即,如。

觸讋說趙太后(趙策四)

【解題】 本篇記載觸讋在長安君質齊問題上對趙太后所進行的勸告,指出"位尊而無功,奉厚而無勞",其權位是不能久遠的。反映了統治階級內部財産和權力的再分配的鬥爭。言辭婉委親切而能擊中要害,說服力很強。其事亦見《史記·趙世家》。

趙太后新用事[1]。秦急攻之。趙氏求救於齊。齊曰:"必以長安君爲質[2],兵乃出。"太后不肯,大臣強諫。太后明謂左右:"有復言令長安君爲質者,老婦必唾其面!"

左師觸讋願見太后[3]。太后盛氣而胥之[4]。入而徐趨,至而自謝[5],曰:"老臣病足,曾不能疾走,不得見久矣。竊自恕[6]。而恐太后玉體之有所郄也[7],故願望見太后。"太后曰:"老婦恃輦而行[8]。"曰:"日食飲得無衰乎?"曰:"恃鬻耳[9]。"曰:"老臣今者殊不欲食。乃自強步[10],日三四里,少益耆食[11],和於身也[12]。"太后曰:"老婦不能。"太后之色少解。

左師公曰：“老臣賤息舒祺[13]，最少，不肖[14]。而臣衰，竊愛憐之。願令得補黑衣之數[15]，以衛王宮[16]。沒死以聞[17]。”太后曰：“敬諾。年幾何矣？”對曰：“十五歲矣。雖少，願及未填溝壑而託之[18]。”太后曰：“丈夫亦愛憐其少子乎[19]？”對曰：“甚於婦人。”太后笑曰：“婦人異甚[20]。”對曰：“老臣竊以爲媼之愛燕后[21]，賢於長安君[22]。”曰：“君過矣[23]，不若長安君之甚。”左師公曰：“父母之愛子，則爲之計深遠[24]。媼之送燕后也，持其踵，爲之泣，念悲其遠也[25]。亦哀之矣[26]。已行，非弗思也。祭祀必祝之，祝曰：‘必勿使反[27]。’豈非計久長、有子孫相繼爲王也哉[28]？”太后曰：“然。”左師公曰：“今三世以前，至於趙之爲趙[29]，趙主之子孫侯者[30]，其繼有在者乎[31]？”曰：“無有。”曰：“微獨趙[32]，諸侯有在者乎[33]？”曰：“老婦不聞也。”“此其近者禍及身，遠者及其子孫。豈人主之子孫則必不善哉？位尊而無功，奉厚而無勞[34]，而挾重器多也[35]。今媼尊長安君之位，而封之以膏腴之地[36]，多予之重器，而不及今令有功於國[37]。一旦山陵崩[38]，長安君何以自託於趙[39]？老臣以媼爲長安君計短也，故以爲其愛不若燕后。”太后曰：“諾，恣君之所使之[40]。”於是，爲長安君約車百乘，質於齊，齊兵乃出。

子義聞之[41]，曰：“人主之子也，骨肉之親也，猶不能恃無功之尊，無勞之奉，而守金玉之重也，而況人臣乎？”

【註釋】

[1]趙太后，即趙威后。用事，執政。

[2]長安君，趙太后寵愛的小兒子。質(zhì 至)，有保證的意義。先秦時，兩國結盟，往往以國君的弟兄或兒子居於盟國，作爲執行盟約的保證，實是一種抵押品，稱爲質。

[3]左師觸讋(zhé 折)，左師，官名。觸讋，人名。長沙馬王堆三號漢墓出

土《戰國策》殘本及《史記·趙世家》記此事均作"觸龍言","讋"字
當誤。

[4] 盛氣,怒氣很盛。胥,等待。字原作"揖",從王念孫說,據《史記》改。

[5] 謝,謝罪。

[6] 竊,私。竊自恕,自己私下原諒自己。

[7] 郄,王念孫說當作"郤",讀如煩勮之"勮"(jù遽),爲疲羸之意。

[8] 輦(niǎn 捻),兩人共挽的車子。

[9] 鬻,即今粥字。

[10] 強步,勉強走路。

[11] 耆,通作"嗜"。少益耆食,意謂逐漸增加一些食慾。

[12] 和於身,使身體舒適。

[13] 賤息,指自己的兒子。賤,自謙之辭。息,子。

[14] 不肖,猶言不賢,沒有出息。也是謙辭。

[15] 補黑衣之數,指在宮庭衛士中佔一個名額。當時趙宮庭衛士皆著
　　　黑衣。

[16] 宮,原作官,據姚宏所引一本改。

[17] 沒死,冒死,表示敬畏之辭。以聞,把事情告訴您。

[18] 填溝壑,指死亡。這句說,願趁我還沒有死的時候,把他託付給您。

[19] 丈夫,謂男人。

[20] 異甚,特別厲害。

[21] 媼(ǎo 襖),古時稱老婦人爲媼。燕后,趙太后的女兒,嫁於燕國
　　　爲后。

[22] 賢於,猶言勝於。

[23] 君過矣,你錯了。

[24] 爲之計深遠,爲他考慮長遠的利益。計,考慮、謀畫之意。

[25] 持其踵三句:持,制止意。踵,足後跟。人舉足則兩踵接跡而前。持
　　　其踵,就是說母親拉着女兒,女兒不能舉步。這是古人的形象語言。
　　　念悲其遠也,惦記、悲傷她的遠嫁。

[26] 哀,愛之兼有思念之意。

[27] 必勿使反,古代諸侯之女出嫁於他國,只有遭到休棄,或所嫁之國覆

滅時，纔能回來。這句是説，希望女兒不要遭到災禍。

[28] 豈非計久長兩句：大意是，豈不是爲她做長遠的考慮，希望她的子孫世世代代相繼爲燕王嗎？

[29] 今三世兩句：大意説，從三世以上，一直上推到趙氏由大夫封爲國君的時候（指趙肅侯時）。趙氏本是晉國的大夫，後與韓、魏共分晉國。公元前四○三年，周天子封韓、趙、魏爲諸侯。

[30] 這句説，趙國歷代國君的子孫受封爲諸侯的人。

[31] 繼，後嗣繼其封爵者。有在者乎，還有存在的麽？

[32] 微獨趙，不獨是趙國。

[33] 諸侯，指其他諸侯之國。

[34] 奉，通“俸”。古代人臣所得薪資名曰俸禄。勞，與功義同。

[35] 重器，寶物。

[36] 膏腴之地，肥美的土地。

[37] 這句説，而不趁着今天使他爲國家建功。

[38] 山陵，喻國君。此處指趙太后。崩，古代稱帝王死爲崩。

[39] 何以自託於趙，他將以什麽使自己在趙國立足。自託，託身，立足。

[40] 恣，縱。此處有聽任之意。這句大意説，任憑你把他派遣到什麽地方去。

[41] 子義，趙國有識之士。

唐且爲安陵君劫秦王(魏策四)

【解題】 本篇寫唐且折服秦王的故事。對唐且的英勇和秦王的虛驕，描寫都頗生動。在人物形象的塑造上，具有較大成就。但當時使臣上殿禁止攜帶武器，故本文情節當出於虛構，不能視爲真實的歷史記載。

秦王使人謂安陵君曰[1]：“寡人欲以五百里之地易安陵，安陵君其許寡人？”安陵君曰：“大王加惠[2]，以大易小[3]，甚善。雖然[4]，受地於先王[5]，願終守之，弗敢易。”秦王不説。安陵君因使唐且使於秦[6]。

　　秦王謂唐且曰："寡人以五百里之地易安陵,安陵君不聽寡人,何也? 且秦滅韓亡魏[7],而君以五十里之地存者,以君爲長者[8],故不錯意也[9]。今吾以十倍之地,請廣於君[10],而君逆寡人者[11],輕寡人與?"唐且對曰:"否,非若是也。安陵君受地於先王而守之[12],雖千里不敢易也,豈直五百里哉[13]?"秦王怫然怒[14]。謂唐且曰:"公亦嘗聞天子之怒乎?"唐且對曰:"臣未嘗聞也。"秦王曰:"天子之怒,伏尸百萬[15],流血千里。"唐且曰:"大王嘗聞布衣之怒乎[16]?"秦王曰:"布衣之怒,亦免冠徒跣[17],以頭搶地爾[18]。"唐且曰:"此庸夫之怒也,非士之怒也。夫專諸之刺王僚也[19],彗星襲月[20]。聶政之刺韓傀也[21],白虹貫日[22]。要離之刺慶忌也[23],倉鷹擊於殿上[24]。此三子者,皆布衣之士也。懷怒未發,休祲降於天[25],與臣而將四矣[26]。若士必怒,伏尸二人[27],流血五步,天下縞素[28]。今日是也。"挺劍而起。

　　秦王色撓[29],長跪而謝之[30],曰:"先生坐! 何至於此? 寡人諭矣[31]:夫韓魏滅亡而安陵以五十里之地存者,徒以有先生也[32]。"

【註釋】

[1]　秦王,即秦始皇帝嬴政。嬴政當時尚未稱皇帝,故曰秦王。安陵君,安陵之君。安陵,是魏國分封的一個小邑。其地在今河南省鄢陵縣西北。

[2]　加惠,施予恩惠。

[3]　以大易小,安陵只有五十里,故云。

[4]　雖然,"雖則如此,但是……"之意。

[5]　王,原作生。從雅雨堂本改。

［ 6 ］唐且(jū 居)，人名。

［ 7 ］滅韓，在秦始皇十七年(公元前二三〇年)。亡魏，在秦始皇二十二年 (公元前二二五年)。

［ 8 ］長者，有德行者。

［ 9 ］錯意，同"措意"，即不放在心上的意思。

［10］請廣於君，請求安陵君擴大土地。即指欲以五百里之地易安陵而言。

［11］逆，不順從、違背的意思。

［12］王，原作生，從雅雨堂本改。

［13］豈直，豈但。

［14］怫然，嗔怒貌。

［15］伏尸，尸體僵仆。

［16］布衣，指平民。古代平民中只有老人纔能穿著絲織品的衣服，其餘 都只能著麻枲，故稱爲布衣。

［17］徒跣(xiǎn 顯)，赤脚。

［18］搶(qiāng 槍)，碰、撞。以頭搶地，以頭觸地。

［19］王僚，春秋時的吳王，名僚。被其堂兄弟公子光所遣勇士專諸刺死。 事見《左傳》昭公二十七年和《史記·刺客列傳》。

［20］彗星，俗稱掃帚星，因其尾長如彗(掃帚)，故名。襲月，指彗星光芒掩 蓋月亮。古時迷信以爲天變與人君相應，故認爲彗星襲月是上天爲 專諸刺王僚這一事變所顯示的徵兆。

［21］聶政，戰國時齊人，受韓國大夫嚴仲子之託，刺殺韓傀(kuǐ 虧上)。韓 傀，韓國之相，《史記》作俠累。事見《戰國策·韓策》及《史記·刺客 列傳》。

［22］白虹貫日，有白虹貫穿於太陽。白虹，指白氣。白虹貫日也被認爲是 大變將發的徵兆。

［23］要(yāo 腰)離，春秋時吳國人。慶忌，吳王僚之子。王僚死後，慶忌 逃到魏國，被吳王闔閭(即公子光)遣要離刺死。

［24］倉鷹句：此處也是作爲事變的徵兆。倉，同"蒼"。

［25］休，吉祥。祲(jīn 津)，災禍之氣。休祲，禍福的徵兆，指上文"彗星襲 月"等事。

［26］這句説,加上我將成爲四個人了。意謂自己要與專諸等人採用同樣行動。

［27］伏尸二人,指刺客與被刺者同歸於盡。

［28］縞(gǎo 槀),未經染色的絹。素,白綢。古代喪服,皆用白色。天下縞素,意指國君死亡,全國都要著喪服。

［29］撓,屈。顏色撓屈,猶言神色沮喪。

［30］長跪,挺直身軀而跪。古代席地而坐,坐時以臀部壓着脚踵。此處所説“長跪”,是秦王因情勢緊張而把身軀挺起。

［31］諭,明瞭。

［32］這句説,只是因爲有先生的緣故。

（二）諸子散文

論　語

據阮刻《十三經註疏》本

　　《論語》是孔子弟子和後學記錄有關孔子言行的著作。孔子名丘，字仲尼，魯國陬邑（今山東省曲阜）人。生於公元前五五一年（魯襄公二十二年，周靈王二十一年），卒於前四七九年（魯哀公十六年，周敬王四十一年）。他是儒家學派的創始者。其政治思想的核心是"仁"，對後世影響很大。他的思想體系是爲剝削階級服務的，也是唯心主義的。魯定公時，曾爲司寇。後去魯，周遊宋、衛、陳、蔡、齊等國，宣傳自己的政治主張，都不被信用。歸魯從事著述和講學，編訂了《詩》、《書》等重要古代文獻，並根據魯史修《春秋》。相傳有弟子三千人，其中名字可考者七十餘人。死後，門弟子及後學記錄他的言行，爲《論語》二十篇，是研究孔子生活、思想的重要資料。書用語錄體寫作，文字簡樸，也有少數描寫比較生動的片段。

子路曾皙冉有公西華侍坐章（《論語·先進》）

　　【解題】　本章記述孔子弟子子路等四人申述各人的人生理想以及孔子對他們的評價。

　　子路、曾皙、冉有、公西華侍坐[1]。

　　子曰："以吾一日長乎爾，毋吾以也[2]。居則曰：'不吾知也[3]！'如或知爾，則何以哉[4]？"

　　子路率爾而對曰[5]："千乘之國[6]，攝乎大國之間[7]，加之以師旅[8]，因之以饑饉[9]；由也爲之[10]，比及三年[11]，可使有勇，且知方也[12]。"

夫子哂之[13]。

"求,爾何如[14]?"

對曰:"方六七十[15],如五六十[16],求也爲之,比及三年,可使足民[17]。如其禮樂,以俟君子[18]。"

"赤,爾何如?"

對曰:"非曰能之,願學焉。宗廟之事[19],如會同[20],端章甫[21],願爲小相焉[22]。"

"點,爾何如?"

鼓瑟希,鏗爾,舍瑟而作[23]。對曰:"異乎三子者之撰[24]。"

子曰:"何傷乎[25],亦各言其志也!"

曰:"莫春者[26],春服既成,冠者五六人[27],童子六七人,浴乎沂[28],風乎舞雩[29],詠而歸。"

夫子喟然嘆曰:"吾與點也[30]。"

三子者出,曾皙後[31]。曾皙曰:"夫三子者之言何如?"

子曰:"亦各言其志也已矣!"

曰:"夫子何哂由也?"

曰:"爲國以禮,其言不讓,是故哂之。唯求則非邦也與[32]?安見方六七十、如五六十而非邦也者!唯赤則非邦也與?宗廟、會同,非諸侯而何?赤也爲之小[33],孰能爲之大!"

【註釋】

[1] 子路,仲氏,名由,字子路。曾皙(xī 析),名點,字皙,曾參的父親。冉有,名求,字子有。公西華,公西氏,名赤,字子華。四人均孔子弟子。侍坐,陪侍孔子旁。

[2] 以吾兩句:大意說,你們不要因爲我年齡比你們長一些受拘束而不言。下句的"吾以"二字是倒用。

[3] 居則曰兩句:你們平日閒居時常說:"人家不瞭解我啊!"則,作輒解,

猶常常。

[4] 如或兩句: 如果有人瞭解你們,你們將以什麼來爲治呢?

[5] 率爾,急遽貌。

[6] 千乘之國,古代按土地出兵車,能出一千輛兵車的是一個擁有一百平方里面積的諸侯之國。

[7] 攝,逼迫。

[8] 師旅,古代軍隊的組織單位,二千五百人爲師,五百人爲旅。此處指戰爭。

[9] 因,猶繼。饑饉,災荒。《爾雅・釋天》: 穀不熟爲饑,蔬不熟爲饉。

[10] 爲,治理。

[11] 比,近。

[12] 方,指義。

[13] 夫子,是古代的一種敬稱。哂(shěn 審),微笑。

[14] 求,爾何如,與下文“赤,爾何如”,“點,爾何如”,皆孔子之問,略去“子曰”二字。

[15] 方六七十,指六七十平方里的小國。

[16] 如,或。

[17] 足民,使民衣食富足。

[18] 如其兩句: 意思説,至於興禮樂教化,則不是自己所能,須待其他君子。這是自謙的話。

[19] 宗廟之事,指祭祀之事。宗廟,是君主祭祀祖先的地方。

[20] 如,或。會同,諸侯會盟之事。

[21] 端,玄端,一種禮服。章甫,一種禮帽。此言自己願意穿着禮服,戴着禮帽。

[22] 相,祭祀、會同時贊禮、司儀的職位,有不同的等級。稱“願爲小相”,表示謙遜。

[23] 鼓瑟三句: 記述曾皙承孔子詢問及作答時的動作。鼓,作動詞用,猶彈。希,“稀”之本字。曾皙正在鼓瑟,及被孔子一問,注意力分散,故瑟聲逐漸稀疏了。一説,鼓瑟已近尾聲,故樂音稀疏。鏗(kēng 坑)爾,放瑟聲。一説,指曲終的餘音。作,起。

〔24〕撰,述。這句大意是,我的志向和他們三位所講的不一樣。

〔25〕何傷,有什麼妨害。

〔26〕莫,同"暮"。暮春,夏曆三月。

〔27〕冠者,指成年人。古代男子二十歲舉行冠禮。

〔28〕沂(yí 移),水名,在今山東省曲阜縣南。

〔29〕風,作動詞用,迎風乘涼。舞雩(yú 魚),魯國祭天求雨的場所。

〔30〕與,贊同。

〔31〕後,最後出。

〔32〕唯求句:與下文"唯赤"句同爲孔子先從反面發問之詞,然後加以説明。邦,國。與,同"歟"。這句説,難道冉求所説的就不是邦國之事了嗎?

〔33〕赤也句:指上文公西華自稱"願爲小相"的話。意謂公西華只能做小相,那誰還能做大相呢?

楚 狂 接 輿 章(《論語·微子》)

【解題】 本章和下面《長沮桀溺耦而耕》、《子路從而後》兩章,都記載孔子到楚國去時所遇的隱士。通過隱士們對孔子的譏諷,表現了孔子堅持貫徹自己的政治主張的態度,也反映了儒家的脱離勞動生產。

楚狂接輿歌而過孔子曰[1]:"鳳兮[2],鳳兮! 何德之衰[3]?往者不可諫,來者猶可追[4]。已而[5],已而! 今之從政者殆而[6]!"

孔子下[7],欲與之言。趨而辟之[8],不得與之言。

【註釋】

〔1〕接輿,楚人,佯狂避世。過孔子,過孔子門前。

〔2〕鳳,諷喻孔子。

[3]何德之衰,你的德何以如此衰微了? 朱熹説:"譏其不能隱爲德衰
也。"(見《論語集註》)

[4]往者兩句:以往的事不能勸阻,未來的事還來得及防止。意勸孔子避
亂隱居。追,及。

[5]已而,猶言"罷了"。而,語尾助詞。

[6]這句説,今天的執政者都没有德行,快要危亡,不可復救,勸孔子不必
徒自辛苦。殆,危。

[7]下,下堂。

[8]辟,同"避"。這句的主語是接輿。

長沮桀溺耦而耕章(《論語·微子》)

長沮、桀溺耦而耕[1]。孔子過之,使子路問津焉[2]。

長沮曰:"夫執輿者爲誰[3]?"子路曰:"爲孔丘。"曰:"是魯孔
丘與[4]?"曰:"是也。"曰:"是知津矣[5]!"

問於桀溺。桀溺曰:"子爲誰?"曰:"爲仲由。"曰:"是魯孔丘
之徒與?"對曰:"然。"曰:"滔滔者,天下皆是也,而誰以易之[6]?
且而與其從辟人之士也[7],豈若從辟世之士哉[8]?"耰而不輟[9]。

子路行以告,夫子憮然曰[10]:"鳥獸不可與同羣[11],吾非斯
人之徒與而誰與[12]! 天下有道,丘不與易也[13]。"

【註釋】

[1]長沮、桀溺兩詞皆形容人的形象,不是二人的真實姓名。沮,沮洳,潤
澤之處。桀,同傑,魁梧之意。溺,身浸水中。子路見一個長大的人
和一個魁梧的人都在泥水中耕作,故以其形象名之。耦而耕,兩人
並耕。

[2]津,渡口。

[3]夫(fú扶),彼,那個。執輿,即執轡。輿前駕馬有轡,所以執轡也叫執

146

與。轡(pèi 配),馬韁。

[4]與,同"歟"。

[5]是知津矣,譏孔子周遊列國,熟知道路,不用問別人。

[6]滔滔三句:滔滔,水周流貌,喻世上的紛亂。而,同"爾",你。誰,指當時諸侯。以,與。"誰以"二字倒用,猶與誰。易,變易。這三句説,今天下皆亂,諸侯無賢者,你將和誰去變易這亂世使它治平呢?

[7]辟,同"避"。人,指與孔子思想不合的人。因孔子碰到他們往往避開,故桀溺稱其爲"辟人之士"。

[8]辟世之士,指隱者,長沮、桀溺自謂。

[9]耰(yōu 憂),農具名,用以擊碎土塊平整土地,此作動詞用,即以器擊碎土塊覆掩種子。輟,停止。

[10]憮(wǔ 武)然,悵然若失之貌。

[11]鳥獸句:人隱居山林,與鳥獸同羣。這句孔子説明自己不欲隱居。

[12]斯人,指世人。這句説,我不與世人一起生活,還同誰生活在一起呢?

[13]天下有道兩句:意思説,倘天下有道,我就不參與變易的工作了。

子路從而後章(《論語·微子》)

子路從而後[1],遇丈人[2],以杖荷蓧[3]。

子路問曰:"子見夫子乎[4]?"

丈人曰:"四體不勤,五穀不分[5],孰爲夫子?"植其杖而芸[6]。

子路拱而立[7]。

止子路宿[8],殺鷄爲黍而食之[9],見其二子焉[10]。

明日,子路行以告。子曰:"隱者也!"使子路反見之。至,則行矣[11]。

子路曰:"不仕無義[12]。長幼之節,不可廢也;君臣之義,如之何其廢之[13]!欲絜其身而亂大倫[14]!君子之仕也,行其義也[15]。道之不行,已知之矣[16]。"

【註釋】

[1] 這句説,子路從孔子出行而落在後面。

[2] 丈人,老人。

[3] 荷,用肩擔負。蓧(tiáo 條),耘田器。這句説,老人用拐杖肩荷着耘田器具。

[4] 夫子,指孔子。

[5] 四體兩句:四體,四肢。不分,不能分辨。兩句都是丈人責備子路不從事農耕的話。

[6] 植,通"置"。芸,"耘"之假借字,除草。

[7] 拱,拱手,表示敬意。

[8] 這句説,留子路住宿在他家中。

[9] 爲黍,用黍米做飯。食(sì 似),拿食物給人吃。

[10] 見,同"現"。這句説,引二子出見子路。

[11] 這句説,子路返至其家,丈人出行不在。

[12] 仕,做官。這句説,不出來做官則失掉君臣之義。

[13] 長幼之節四句:意思説,丈人引見二子,是知長幼的禮節;長幼之節既不可廢,那麼君臣之義又怎麼可以廢掉呢?

[14] 絜,同"潔"。大倫,朱熹説:"倫,序也。人之大倫有五:父子有親,君臣有義,夫婦有別,長幼有序,朋友有信。"這句指責丈人潔身自好不出仕是違反倫常的。

[15] 這兩句説,君子之出來做官,只是爲了做應該做的事。君子,隱指孔子。

[16] 道之不行兩句:大意是,至於自己的政治主張行不通,則我們早就知道了。

孟　子

據阮刻《十三經註疏》本

　　孟子,名軻,字子輿,戰國時鄒(今山東省鄒縣)人。約生於公元前三七
二年(周烈王四年),卒於公元前二八九年(周赧王二十六年),是孔子後儒家
的主要代表。在政治上主張法先王、行仁政;在學説上推崇孔子,攻擊楊朱、
墨翟。曾周遊列國,不爲諸侯所用,退而與弟子萬章等發揮孔子的學説,作
《孟子》七篇。《孟子》是儒家的重要學術著作,由於其文章巧於辯論,語言流
暢,富有文采和感染力,對於後代的散文有較大的影響。

齊桓晉文之事章(《孟子·梁惠王上》)

　　【解題】　本章系統地闡述了孟子關於王道的理論和具體主張,指
出人君只要能善於擴充不忍人之心,就可以施行仁政,所謂"推恩足以
保四海"。人君只有使人民生活有保障,纔能得到人民擁護,推行王道
於天下,所謂"保民而王"。反之,如果以武力求霸,結果必定失敗。孟
子的這種理論和主張,反映了他對人民的重視,但他的這種主張在當
時是不可能實現的,其最終目的也是爲了維護剝削階級的根本利
益的。

　　齊宣王問曰[1]:"齊桓、晉文之事,可得聞乎[2]?"

　　孟子對曰:"仲尼之徒,無道桓、文之事者,是以後世無傳焉;
臣未之聞也。無以[3],則王乎?"

　　曰:"德何如則可以王矣?"

　　曰:"保民而王,莫之能禦也。"

　　曰:"若寡人者,可以保民乎哉?"

　　曰:"可。"

　　曰:"何由知吾可也?"

曰："臣聞之胡齕曰[4]：'王坐於堂上，有牽牛而過堂下者，王見之，曰："牛何之[5]？"對曰："將以釁鐘[6]。"王曰："舍之！吾不忍其觳觫[7]，若無罪而就死地[8]。"對曰："然則廢釁鐘與？"曰："何可廢也，以羊易之。"'不識有諸[9]？"

曰："有之。"

曰："是心足以王矣！百姓皆以王爲愛也[10]，臣固知王之不忍也。"

王曰："然，誠有百姓者[11]。齊國雖褊小[12]，吾何愛一牛！即不忍其觳觫，若無罪而就死地，故以羊易之也。"

曰："王無異於百姓之以王爲愛也[13]。以小易大，彼惡知之！王若隱其無罪而就死地[14]，則牛羊何擇焉[15]？"

王笑曰："是誠何心哉！我非愛其財而易之以羊也，宜乎百姓之謂我愛也。"

曰："無傷也[16]，是乃仁術也[17]！見牛未見羊也。君子之於禽獸也：見其生，不忍見其死；聞其聲，不忍食其肉，是以君子遠庖廚也。"

王説曰[18]："《詩》云：'他人有心，予忖度之[19]。'夫子之謂也。夫我乃行之，反而求之，不得吾心；夫子言之，於我心有戚戚焉[20]。此心之所以合於王者何也？"

曰："有復於王者曰[21]：'吾力足以舉百鈞[22]，而不足以舉一羽；明足以察秋毫之末[23]，而不見輿薪[24]。'則王許之乎[25]？"

曰："否！"

"今恩足以及禽獸[26]，而功不至於百姓者，獨何與？然則一羽之不舉，爲不用力焉；輿薪之不見，爲不用明焉；百姓之不見保[27]，爲不用恩焉。故王之不王[28]，不爲也，非不能也。"

曰："不爲者與不能者之形[29]，何以異？"

曰："挾太山以超北海[30]，語人曰：'我不能。'是誠不能也。

爲長者折枝[31]，語人曰：'我不能。'是不爲也，非不能也。故王之不王，非挾太山以超北海之類也；王之不王，是折枝之類也。"

"老吾老，以及人之老；幼吾幼，以及人之幼[32]；天下可運於掌[33]。詩云：'刑于寡妻，至于兄弟，以御于家邦[34]。'言舉斯心，加諸彼而已[35]。故推恩足以保四海，不推恩無以保妻子。古之人所以大過人者，無他焉，善推其所爲而已矣！今恩足以及禽獸，而功不至於百姓者，獨何與？權，然後如輕重；度，然後知長短[36]。物皆然，心爲甚。王請度之[37]。抑王興甲兵，危士臣，構怨於諸侯[38]，然後快於心與？"

王曰："否，吾何快於是！將以求吾所大欲也。"

曰："王之所大欲，可得聞與？"

王笑而不言。

曰："爲肥甘不足於口與[39]？輕煖不足於體與[40]？抑爲采色不足視於目與？聲音不足聽於耳與？便嬖不足使令於前與[41]？王之諸臣，皆足以供之，而王豈爲是哉！"

曰："否。吾不爲是也。"

曰："然則王之所大欲可知已：欲辟土地[42]，朝秦、楚[43]，莅中國[44]，而撫四夷也。以若所爲，求若所欲，猶緣木而求魚也[45]。"

王曰："若是其甚與？"

曰："殆有甚焉[46]。緣木求魚，雖不得魚，無後災；以若所爲，求若所欲，盡心力而爲之，後必有災。"

曰："可得聞與？"

曰："鄒人與楚人戰[47]，則王以爲孰勝？"

曰："楚人勝。"

曰："然則小固不可以敵大，寡固不可以敵衆，弱固不可以敵強。海內之地，方千里者九[48]，齊集有其一[49]；以一服八，何以異於鄒敵楚哉！蓋亦反其本矣[50]！今王發政施仁[51]，使天下仕者皆欲立於王之朝，耕者皆欲耕於王之野，商賈皆欲藏於王之市，行旅皆欲出於王之塗[52]，天下之欲疾其君者[53]，皆欲赴愬於王[54]：其若是，孰能禦之？"

王曰："吾惛[55]，不能進於是矣！願夫子輔吾志，明以教我。我雖不敏，請嘗試之！"

曰："無恒產而有恒心者[56]，惟士爲能。若民，則無恒產，因無恒心。苟無恒心，放辟邪侈[57]，無不爲已。及陷於罪，然後從而刑之，是罔民也[58]。焉有仁人在位，罔民而可爲也！是故明君制民之產[59]，必使仰足以事父母，俯足以畜妻子[60]，樂歲終身飽[61]，凶年免於死亡；然後驅而之善，故民之從之也輕[62]。今也制民之產，仰不足以事父母，俯不足以畜妻子，樂歲終身苦，凶年不免於死亡；此惟救死而恐不贍[63]，奚暇治禮義哉！王欲行之，則盍反其本矣！五畝之宅[64]，樹之以桑，五十者可以衣帛矣；雞豚狗彘之畜[65]，無失其時，七十者可以食肉矣；百畝之田[66]，勿奪其時[67]，八口之家，可以無飢矣；謹庠序之教[68]，申之以孝悌之義，頒白者不負戴於道路矣[69]。老者衣帛食肉，黎民不飢不寒[70]，然而不王者，未之有也。"

【註釋】

[1] 齊宣王，田氏，名辟疆。齊宣王時，齊國富強，並招集了許多文學遊説之士。

[2] 齊桓句：齊桓公、晉文公爲春秋時五霸之首，宣王有志效法齊桓、晉文，稱霸於諸侯，故以此問孟子。

[3] 以，同"已"，作止解。這句連下句説，一定要講而不可止，就談談王天下之道吧。王字讀去聲。

[4] 胡齕(hé 曷)，齊王左右近臣。

〔 5 〕之,往。

〔 6 〕釁(xìn 信)鐘,新鐘鑄成,殺牲取血塗其隙,因而祭之,叫釁鐘。

〔 7 〕觳(hú 胡)觫(sù 速),牛臨死時恐懼戰慄貌。

〔 8 〕若,如此。這句説,就這樣没有罪而趨於死地。

〔 9 〕不識有諸,不知道有没有這件事。諸,作"之乎"解。

〔10〕愛,愛惜,這裏含有吝嗇之意。

〔11〕這句意思説,確實有百姓認爲我是愛惜的。

〔12〕褊(biǎn貶)小,土地狹小。

〔13〕無異,莫怪。

〔14〕隱。哀憫。

〔15〕何擇,有什麽區別。

〔16〕無傷,不要緊,没有什麽妨礙。

〔17〕仁術,爲仁之道。

〔18〕説,同"悦"。

〔19〕他人兩句:見《詩經・小雅・巧言》。意思説,别人的心事,我能揣測
　　　到。忖(cǔn 寸上)度(duó 鐸),揣想思量。

〔20〕戚戚,心動貌。

〔21〕復,白,報告。

〔22〕鈞,三十斤爲一鈞。

〔23〕秋毫,秋天獸毛的尖端。這裏指最細微難見之物。

〔24〕輿薪,一車薪柴。

〔25〕許,聽信,同意。

〔26〕今恩句以下是孟子的話,省去"曰"字,表示語氣緊促。

〔27〕見,被。

〔28〕王之不王,第　個"王"字指齊宣王,第二個"王"字即前"無以則王乎"
　　　之王。

〔29〕形,情狀。

〔30〕太山,即泰山,在今山東省。超,跳躍而過。北海,則渤海。

〔31〕枝,同"肢"。這句意謂,爲年長者按摩肢體。或解爲對長者屈折腰
　　　肢,如今之鞠躬。又有解爲替長者攀折花枝。皆指輕而易舉之事。

[32] 老吾老四句：前一"老"字，作敬愛解。前一"幼"字，作愛撫解。皆動詞。

[33] 運於掌，運轉在手掌上，比喻天下很容易治理。

[34] 刑于寡妻三句：見《詩經·大雅·思齊篇》。刑，同"型"，指以身作則。寡妻，國君的正妻。御，治。家邦，國家。此言爲人君者，首先做好妻子的榜樣，推及於兄弟、國家。

[35] 言舉斯心兩句：孟子總結這三句詩的意思，就是説把你愛自家人的心，推廣到愛他人罷了。

[36] 權，秤錘。度，丈尺。此處均作動詞用，指稱和量。

[37] 度，即忖度之度。

[38] 抑王三句：抑，或者，還是。搆怨，結怨。

[39] 肥甘，指肥美香甜的食物。

[40] 輕煖，指輕而且煖的衣裳。

[41] 便嬖(bì辟)，指親近寵愛的人。

[42] 辟，同"闢"。

[43] 朝秦、楚，使秦、楚等大國來朝見齊王。

[44] 莅(lì利)，臨。中國，指中原。這句説，齊王欲君臨中原諸侯之上。

[45] 緣木而求魚，爬上樹去捉魚，喻絶對不能達到目的。

[46] 殆，恐怕，可能。有，同"又"。這句説，恐怕比緣木求魚更甚哩。

[47] 鄒，小國；楚，大國。兩國強弱懸殊。

[48] 海內之地兩句：當時學者如陰陽家鄒衍等，説中國有九州，九州外面是大海，並假定版圖約有九千個平方里。

[49] 集，凑集。這句説，齊國土地合起來約有一千個平方里。

[50] 蓋，同"盍"，何不。反其本，意謂回過來尋求根本的辦法，即下面所述的施行仁政。反，通"返"。

[51] 發政施仁，發布政令，施行仁政。

[52] 塗，同"途"，道路。

[53] 疾，仇恨。

[54] 愬，同"訴"，指申訴。

[55] 惛，思想昏亂。

154 ·

[56]恒,常。恒産,經常的産業,固定的産業,可賴以生活者。恒心,指安居守分的善心。

[57]放,放蕩。辟,同“僻”,與邪同義。侈,與放同義。皆指不守法度、越出常軌的行爲。

[58]罔,同“網”,這裏作動詞用。罔民,言如張網羅使人陷入。

[59]制,規定。

[60]畜,同“蓄”,撫養。

[61]樂歲,豐年。

[62]輕,容易。

[63]不贍(shàn 善),不足。

[64]五畝之宅,相傳古代一個男丁可分得五畝土地供建置住宅之用。

[65]彘(zhì 致),豬。

[66]百畝之田,相傳古井田制,每個男丁分得土地一百畝。

[67]勿奪其時,不要侵佔他耕種的時間。

[68]謹,重視。庠序,古代學校名稱,周代叫庠,殷代叫序。

[69]頒,同“斑”。頒白,指頭髮半白半黑的人。負,背上揹東西。戴,頭上頂東西。

[70]黎民,黑頭髮的民衆。這裏指少壯者,與上文老者對舉。

天時不如地利地利不如人和章(《孟子·公孫丑下》)

【解題】 本章説明戰争勝敗的關鍵在於人心的向背,而能否獲得人心,決定於統治者是否“得道”。這反映了一定的客觀真理。但對於文中的“道”,應作具體的階級的分析,因爲歷史上各個階級所奉行的“道”的内容是不同的。

孟子曰,天時不如地利[1],地利不如人和[2]。三里之城[3],七里之郭[4],環而攻之而不勝[5];夫環而攻之,必有得天時者矣,然而不勝者,是天時不如地利也。城非不高也,池非不深也[6],兵革非不堅利也[7],米粟非不多也,委而去之[8],是地利不如人和也。故曰,域民不以封疆之界[9],固國不以山谿之險[10],威天下不以兵革之利[11]。得道者多助,失道者寡助;寡助之至[12],親戚畔之[13];多助之至,天下順之[14]。以天下之所順,攻親戚之所畔,故君子有不戰,戰必勝矣[15]。

【註釋】

［１］天時,指適宜於作戰的時令、氣候。地利,指有利於作戰的地形。

［２］人和,指得人心,上下團結。

［３］三里之城,周圍三里的城。三里喻城之小。

［４］郭,外城。七里喻郭之小。

［５］環,圍。

［６］池,護城河。

［７］兵,武器。革,甲衣。

［８］委,拋棄。去,離開。

［９］域民句:域,地域,此處當動詞用,作限制解。以,用。封疆之界,劃定的邊疆界綫。這句大意是,使民衆定居於本國境内,不必靠國家邊界的限制。

［10］固國,鞏固國防。谿,同"溪"。這句說,要鞏固國防,不必靠山川的險阻。

［11］這句說,要建立威信於天下,不必靠武裝力量的強大。

［12］之至,達到極點。

［13］畔,同"叛"。

［14］順,服從。

［15］故君子二句:大意是,得道的君子有不戰之時,若用戰爭,則必定勝利。

有爲神農之言者許行章(《孟子・滕文公上》)

【解題】 本章内容寫孟子竭力反對許行、陳相的"賢者與民並耕而食,饔飧而治"的主張,並提出了他對於社會分工問題的觀點。農家許行等人提出的這種要求人人勞動的主張,體現了當時勞動羣衆反對剝削的樸素願望,但也存在着絕對平均主義的弱點。孟子出於剝削階級偏見,卻全盤加以否定;並利用了它的弱點,從論證社會分工的必要性出發,得出“有大人之事,有小人之事”,“勞心者治人,勞力者治於人”的結論,把剝削者和被剝削者之間的階級對立,同社會的必要分工混爲一談,以證明剝削制度的合理,從而爲後世剝削階級提供了有利於統治的理論根據。

有爲神農之言者許行[1],自楚之滕[2],踵門而告文公曰[3]:“遠方之人,聞君行仁政,願受一廛而爲氓[4]。”文公與之處[5]。其徒數十人,皆衣褐[6],捆屨織席以爲食[7]。

陳良之徒陳相與其弟辛[8],負耒耜而自宋之滕[9],曰:“聞君行聖人之政,是亦聖人也,願爲聖人氓。”

陳相見許行而大悅,盡棄其學而學焉。陳相見孟子,道許行之言曰[10]:“滕君,則誠賢君也;雖然,未聞道也[11]。賢者與民並耕而食,饔飧而治[12]。今也,滕有倉廩府庫,則是厲民而以自養也[13],惡得賢[14]!”

孟子曰:“許子必種粟而後食乎?”

曰:“然。”

“許子必織布然後衣乎?”

曰:“否,許子衣褐。”

“許子冠乎[15]?”

曰:“冠。”

曰:“奚冠[16]?”

曰:“冠素[17]。”

曰:“自織之與[18]?”

曰:“否,以粟易之。”

曰:“許子奚爲不自織?”

曰:“害於耕[19]。”

曰:"許子以釜甑爨[20]，以鐵耕乎[21]？"

曰:"然。"

"自爲之與？"

曰:"否，以粟易之。"

"以粟易械器者，不爲厲陶冶[22]；陶冶亦以械器易粟者，豈爲厲農夫哉？且許子何不爲陶冶，舍皆取諸其宮中而用之[23]？何爲紛紛然與百工交易[24]？何許子之不憚煩[25]？"

曰:"百工之事，固不可耕且爲也。"

"然則治天下，獨可耕且爲與？有大人之事[26]，有小人之事[27]。且一人之身而百工之所爲備[28]，如必自爲而後用之，是率天下而路也[29]。故曰：或勞心[30]，或勞力[31]。勞心者治人[32]，勞力者治於人[33]；治於人者食人[34]，治人者食於人[35]：天下之通義也[36]。

"當堯之時，天下猶未平，洪水橫流，氾濫於天下；草木暢茂，禽獸繁殖，五穀不登[37]，禽獸偪人[38]，獸蹄鳥迹之道[39]，交於中國[40]。堯獨憂之，舉舜而敷治焉[41]。舜使益掌火[42]，益烈山澤而焚之[43]，禽獸逃匿。禹疏九河[44]，瀹濟、漯[45]，而注諸海[46]；決汝、漢[47]，排淮、泗[48]，而注之江；然後中國可得而食也[49]。當是時也，禹八年於外，三過其門而不入[50]，雖欲耕，得乎？

"后稷教民稼穡[51]，樹藝五穀[52]，五穀熟而民人育。人之有道也[53]，飽食煖衣，逸居而無教[54]，則近於禽獸。聖人有憂之[55]，使契爲司徒[56]，教以人倫[57]：父子有親[58]，君臣有義[59]，夫婦有別[60]，長幼有叙[61]，朋友有信[62]。放勳曰勞之來之[63]，匡之直之[64]，輔之翼之[65]，使自得之[66]，又從而振德之[67]。聖人之憂民如此，而暇耕乎？

"堯以不得舜爲己憂，舜以不得禹、皋陶爲己憂[68]；夫以百畝之不易爲己憂者，農夫也[69]。分人以財謂之惠[70]，教人以善謂之忠[71]，爲天下得人者謂之仁[72]；是故以天下與人易，爲天下得人難。孔子曰[73]：‘大哉堯之爲君！惟天爲大，惟堯則之[74]，蕩蕩乎[75]，民無能名焉[76]！君哉舜也[77]！巍巍乎[78]，有天下而不與焉[79]！’堯舜之治天下，豈無所用其心哉？亦不用於耕耳。

“吾聞用夏變夷者[80]，未聞變於夷者也[81]。陳良，楚産也[82]，悦周公、仲尼之道[83]，北學於中國[84]；北方之學者，未能或之先也[85]，彼所謂豪傑之士也。子之兄弟，事之數十年[86]，師死而遂倍之[87]。昔者，孔子没，三年之外，門人治任將歸[88]，入揖於子貢[89]，相嚮而哭[90]，皆失聲[91]，然後歸。子貢反[92]，築室於場[93]，獨居三年，然後歸。他日，子夏、子張、子游[94]，以有若似聖人，欲以所事孔子事之[95]，強曾子[96]。曾子曰：‘不可，江漢以濯之[97]，秋陽以暴之[98]，皜皜乎不可尚已[99]！’今也，南蠻鴃舌之人[100]，非先王之道；子倍子之師而學之，亦異於曾子矣。吾聞‘出于幽谷[101]，遷于喬木’者[102]，未聞下喬木而入于幽谷者。《魯頌》曰[103]：‘戎、狄是膺[104]，荆、舒是懲[105]。’周公方且膺之[106]，子是之學[107]，亦爲不善變矣[108]。”

“從許子之道[109]，則市賈不貳[110]，國中無僞[111]；雖使五尺之童適市[112]，莫之或欺。布帛長短同，則賈相若[113]；麻縷、絲絮輕重同[114]，則賈相若；五穀多寡同，則賈相若；屨大小同[115]，則賈相若。”

曰：“夫物之不齊[116]，物之情也[117]：或相倍蓰[118]，或相什百[119]，或相千萬。子比而同之[120]，是亂天下也。巨屨小屨同賈[121]，人豈爲之哉[122]？從許子之道，相率而爲僞者也，惡能治國家！”

【註釋】

[1]爲，研究。神農，傳説中的遠古帝皇、農業和醫藥的發明者。《漢書·

藝文志》指出先秦諸子中的農家,"疾時怠於農業,道耕農事,託之神農"。言,學説。

[2] 之,往。滕,古國名,在今山東省滕縣。

[3] 踵,至,走到。文公,即滕文公,名宏。

[4] 廛(chán 纏),一夫所居的住所。氓,居住鄉野之地的人。

[5] 處,田宅。

[6] 衣,動詞,穿、著的意思。褐(hè 賀),用細獸毛或粗麻編織成的短衣。

[7] 捆,編織。屨(jǔ 舉),草鞋。這句説,他們靠打草鞋、織席子以維持生活。

[8] 陳良,楚國的儒者。梁啓超《先秦政治思想史》認爲陳良即《韓非子·顯學篇》的"仲良氏之儒",這是戰國儒家八派中的一派。

[9] 耒(lěi 磊),木製的耜柄。耜(sì 似),古代農具,用以起土,形似後代的鍤。

[10] 道,動詞,稱引的意思。

[11] 道,名詞,這裏指治理國家的道理。

[12] 饔(yōng 雍)飧(sūn 孫),熟食。饔指早餐,飧指晚餐。這裏當動詞用。這句意思是,自辦伙食而兼治民事。

[13] 厲民,害民。一説,依賴農夫,亦通。這句意思説,靠剥削人民來養奉自己。

[14] 惡(wù 務),疑問代詞,何。

[15] 冠,動詞,戴帽子。

[16] 奚,疑問代詞,何。

[17] 素,未染顏色的生絲絹。冠素謂戴生絲絹製成的帽子。

[18] 與,同"歟",疑問助詞。

[19] 害,妨害,影響。意謂如自行織布要影響種田。

[20] 釜,金屬製成的鍋。甑(zhēn 真),泥土製成的瓦器。爨(cuàn 竄),炊,即煮飯的意思。

[21] 鐵,指鐵製成的農具。

[22] 陶,製造陶器的人。冶,製造鐵器的人。

[23] 且許子兩句:舍,同"啥",何,什麼。諸,之於。宫中,屋子裏。這兩句

意思説,爲什麼許子不親自燒窰、打鐵,不管用什麼東西都從自己屋
裏拿出來?

[24] 紛紛然,忙碌地。百工,各行各業的工匠。

[25] 不憚(dàn 旦)煩,不怕麻煩。

[26] 大人,指有地位的統治階級。

[27] 小人,指農、工、商等被統治階級。

[28] 這句説,一個人要普遍地去做各行各業的工作。一説,一個人所需的
生活資料,要靠各種行業的製作供應纔能具備。

[29] 率,引導。路,與"露"通,困敗的意思。朱熹《集解》云:"奔走道路,無
時休息",亦通。

[30] 這句説,有人從事腦力勞動。

[31] 這句説,有人從事體力勞動。

[32] 治人,統治別人。

[33] 治於人,被別人統治

[34] 食(sì 嗣),動詞,奉養的意思。這句説,被統治者奉養統治者。

[35] 這句説,統治者由被統治者奉養。

[36] 通義,普遍的道理。

[37] 登,成熟。

[38] 偪,古"逼"字。

[39] 迹,同"跡"。

[40] 交,交錯。中國,指中原地區。

[41] 舉,選拔。敷治,分治。這句説,堯選拔舜幫助自己分治天下。一説,
敷有遍意。

[42] 益,舜臣名。掌火,管理火。古代有掌火之官。

[43] 烈,動詞,燃起烈火。

[44] 疏,疏通,治理。九河,指禹在黄河下游所開鑿的九條支流,河名是:
徒駭、太史、馬頰、覆釜、胡蘇、簡、絜、鉤盤、鬲津(見《爾雅·釋水》)。

[45] 瀹(yuè 月),疏導。濟、漯(tà 踏),二水名。濟水出自今河南省濟源
縣西王屋山,流經山東入海。漯水出今山東省朝城縣境,宋代即
湮没。

［46］注,注入。

［47］決,開鑿。汝、漢,二水名。汝水在今河南省。漢水發源於陝西省寧
強縣,至湖北省注入長江。

［48］排,排泄。淮、泗,二水名。淮水(即淮河)發源河南,經安徽入江蘇。
泗水發源山東,流至江蘇注入淮河。

［49］這句說,洪水平息,中原地區始能種穫穀物,以供食用。

［50］其門,指禹自家的門口。

［51］后稷,周王朝的始祖,名棄,姓姬,帝堯時主管農事的官。

［52］樹藝,種植。

［53］有,與"爲"同。

［54］逸,安逸。教,教化,教育。

［55］有,同"又"。

［56］契(xiè謝),殷王朝的祖先,姓子,舜的臣子。司徒,掌管教化之官。

［57］人倫,人與人相處的秩序。

［58］親,親愛。

［59］義,禮義。

［60］別,內外的區別。

［61］叙,次序。

［62］信,信用。

［63］放勳,堯的稱號。日,日日,每天。日,原作"曰",據焦循《孟子正義》
說改。勞之來之,是說對人民加以慰勞和安撫。勞,慰勞。來,安撫。

［64］匡之直之,匡與直都是糾正的意思。

［65］輔之翼之,輔與翼都是幫助的意思。

［66］這句說,使每個人都能順着自己本來的善性生存、發展。

［67］振,同"賑",救濟的意思。德,動詞,指對人民施以恩德。

［68］皋陶(yáo姚),舜時的法官,以公正賢明著稱。

［69］夫以百畝兩句:易,治。這兩句說,那因田地沒有種好而引爲切身憂
慮的,是農人。

［70］惠,恩惠。

［71］忠,忠誠。

162

[72] 仁,愛人。

[73] 孔子曰以下八句,見《論語·泰伯》。

[74] 惟天爲大兩句:則,動詞,奉爲準則的意思。意思説,只有天最大,又
只有堯能效法天。

[75] 蕩蕩,廣大無際貌。

[76] 無能名,無法形容,難以贊美。這句連同上句的意思説,偉大的堯,廣
大無際,人民簡直不知道該怎樣形容和贊美他了。

[77] 這句説,舜真是個好人君啊!

[78] 巍巍,高大貌。

[79] 不與,不相干。這句説,舜雖有天下,而好像與己無干;也就是説舜雖
有天下,卻一點也不爲自己。

[80] 夏,或稱諸夏,指居住在中原地區文化水平較高的諸部族。變,改變,
同化。夷,指居住在邊遠地區尚未開化的諸部族。

[81] 變於夷,被夷族改變、同化。

[82] 楚產也,生長在楚國的人。

[83] 悦,愛好,信仰。

[84] 這句説,到北方中原來遊學。

[85] 北方兩句:先,動詞,超過的意思。或之先,即或先之。這兩句説,北
方學者没有誰能超過他。

[86] 事之,跟從他、以他爲師的意思。事,作動詞用。

[87] 倍,同"背",背叛的意思。

[88] 門人,弟子。治,整理。任,名詞,負擔,指挑在肩上的擔子,即行李。

[89] 子貢,孔子弟子,端木氏,名賜。這句説,進入屋内向子貢作揖。

[90] 相嚮,相對。

[91] 失聲,泣不成聲之意。

[92] 反,同"返"。

[93] 場,墳前祭祀用的場地。

[94] 子夏,孔子弟子,卜氏,名商。子張,孔子弟子,顓孫氏,名師。子游,
孔子弟子,言氏,名偃。

[95] 以有若兩句:有若,孔子弟子,有氏,名若。聖人,指孔子。這兩句説,

因有若的狀貌像孔子,大家想用服侍孔子的態度對待有若。

[96] 強,勉強。

[97] 江漢,指長江和漢水。濯,洗。

[98] 秋,指周曆的秋季,周曆的秋季相當夏曆(即今農曆)的夏季。所以這裏的秋陽是指夏天的太陽。暴(Pù 撲去),曝曬。

[99] 皜(hào 皓)皜,光明潔白貌。尚,超過。連上兩句意思是,孔子的品質,如同經過長江、漢水洗滌,又經過夏日驕陽曝曬後的素絹一樣,光明潔白,誰也比不上。

[100] 南蠻,古代對南方少數民族的通稱。這裏指許行,因他是南方楚國人。鴃(jué 抉),伯勞鳥。鴃舌,鴃鳥語。這裏指許行的話像鴃鳥叫一般,表示對他的輕視。

[101] 幽谷,幽深的山谷,比喻下流。

[102] 喬木,高大的樹木,比喻高尚。以上二句引自《詩經·小雅·伐木》,意思是,人應像鳥兒從幽谷遷到高樹一樣,從下流趨向高尚。

[103] 魯頌曰以下兩句:見《詩經·魯頌·閟宮》。

[104] 戎、狄,西周時西方和北方的部族。膺,擊退。是,助詞。

[105] 荊、舒,西周時南方的部族。荊,即楚國。舒,鄰近楚的小國。懲,制禦。這句連上句意謂,擊退戎狄,制禦荊舒。

[106]《閟宮》詩漢儒說是歌頌魯僖公的作品,孟子以爲此兩句指周公之事。

[107] 是,此,指許行之學。之,助詞。

[108] 以上三句意思是,周公這樣的賢人還要攻擊他們,而你卻去學習他們,這真正是不善於變了。

[109] 這句以下至"履大小同,則賈相若"都是陳相的話,前面省去"曰"字。

[110] 賈,同"價"。下文同。

[111] 僞,欺騙,作假。

[112] 五尺,古代尺比今天的短,五尺相當於今三市尺多一些。適,往,到。

[113] 相若,相同。

[114] 麻縷,麻綫。絲絮,絲綿。

[115] 屨,鞋子。

[116] 不齊,不一致。

[117] 情,自然的情況。

[118] 蓰(xǐ徙),五倍。

[119] 什,同"十",即十倍。

[120] 比,機械地平列。同,動詞。同之,使之相同。

[121] 巨屨,織得粗糙的鞋。小屨,織得精緻的鞋。

[122] 以上兩句説,屨只要大小尺寸相同就同價,那誰願意織精細的屨呢?

魚我所欲也章(《孟子·告子上》)

【解題】 本章指出"義"之價值高於生命,賢者在必要時應當"舍生取義";不辨禮義而貪求富貴的行爲更是不足取的。不過,孟子的所謂"義"或"禮義"並非抽象的道德概念,是有其具體的階級内容的。

孟子曰:"魚我所欲也;熊掌[1],亦我所欲也;二者不可得兼,舍魚而取熊掌者也。生,亦我所欲也;義,亦我所欲也;二者不可得兼,舍生而取義者也。生亦我所欲,所欲有甚於生者,故不爲苟得也[2];死亦我所惡,所惡有甚於死者,故患有所不辟也[3]。如使人之所欲莫甚於生,則凡可以得生者何不用也[4]? 使人之所惡莫甚於死者,則凡可以辟患者何不爲也? 由是則生,而有不用也;由是則可以辟患,而有不爲也[5]。是故所欲有甚於生者,所惡有甚於死者;非獨賢者有是心也,人皆有之,賢者能勿喪耳。一簞食[6],一豆羹[7],得之則生,弗得則死;嘑爾而與之[8],行道之人弗受[9];蹴爾而與之[10],乞人不屑也[11]。

"萬鍾則不辯禮義而受之[12],萬鍾於我何加焉[13]? 爲宫室之美,妻妾之奉,所識窮乏者得我與[14]? 鄉爲身死而不受[15],今爲宫室之美爲之;鄉爲身死而不受,今爲妻妾之奉爲之;鄉爲身死而不受,今爲所識窮乏者得我而爲之: 是亦不可以已乎[16]? 此之謂失其本心[17]。"

【註釋】

[1] 熊掌,熊的脚掌,是一種非常珍貴的食品。

[2] 苟得,苟且獲得。指生存。

[3] 患,指禍患。辟,同“避”。

[4] 何不用也,哪種手段不可用呢？意即將不擇手段。

[5] 由是四句:意思説,事實上有這樣的情況:有時通過某種方法可以保
　　　　全生命,然而人們卻不願採用這種方法;通過某種行動可以逃避患
　　　　難,人們卻不願採取這種行爲。

[6] 簞(dān 單),盛食物的竹器。

[7] 豆,古代盛肉或羹的木器。

[8] 嘑,同“呼”。爾,語助詞。嘑爾,輕蔑或粗暴地呼喝。

[9] 行道之人,過路的人。

[10] 蹴(cù 簇),踐踏。

[11] 屑,潔。不屑,不以爲潔,即不願接受。以上八句意思説,人之餓者,
　　　　得此一器的食物便可以生,不得則死;但以侮辱態度予之,一般人都
　　　　會寧死不受。

[12] 萬鍾,指優厚的俸禄。鍾,古量器名,六斛四斗爲一鍾。

[13] 何加,有什麽益處？

[14] 得,同“德”,感激。

[15] 鄉,同“向”,向來。身死,指“一簞食”以下八句所言。

[16] 已,止,罷休。

[17] 本心,指羞惡之心。

民 爲 貴 章(《孟子·盡心下》)

【解題】　本章突出地表現了孟子的民本思想。

孟子曰:“民爲貴,社稷次之[1],君爲輕。是故得乎丘民而爲
天子[2],得乎天子爲諸侯,得乎諸侯爲大夫[3]。諸侯危社稷,則

變置[4]。犧牲既成[5]，粢盛既絜[6]，祭祀以時[7]；然而旱乾水溢，則變置社稷[8]。”

【註釋】

[1] 社，土神；稷，穀神；天子諸侯所祭，祈禱豐年。古代常以社稷爲國家的代稱。

[2] 丘，衆，聚。這句説，能得衆民之心的爲天子。

[3] 得乎天子兩句：得天子信任的被封爲諸侯；得諸侯信任的被封爲大夫。

[4] 變置，更立。

[5] 犧牲，祭祀所用的牛、羊、豕。

[6] 粢(zī 資)盛句：粢，黍稷；盛在器中叫“粢盛”。絜，同“潔”。

[7] 祭祀以時，謂祭祀不失時。

[8] 然而兩句：意思説，如果對社稷之神的祭祀已很誠敬，然而仍有水旱之災，則是其神不盡職，就得更置社稷。古以句龍爲社神，以柱爲稷神，殷湯時大旱，乃廢柱，另立棄爲稷神，即變置社稷的例子。

荀　子

據王先謙《荀子集解》本

荀子,名況,又稱荀卿,諸書也作孫卿,趙國人。約生於公元前三一三年(趙武靈王十三年),卒於公元前二三八年(楚考烈王二十五年)。他遊歷過齊、秦、楚諸國,在齊國爲列大夫和祭酒。在楚國,春申君舉他爲蘭陵令。李斯和韓非都是他的學生。荀子基本屬於儒家,如推崇孔子、贊揚《五經》、"本仁義"、期"正名"等,都表現了他的這種傾向。他的否定天命,強調人爲,強調後天的教育改造等思想,具有較多的唯物主義因素。著有《荀子》三十二篇。《荀子》文章説理縣密,結構嚴整,筆力渾厚。

勸　學　篇

【解題】 本篇爲今本《荀子》第一篇,系統論述人的後天學習、改造的重要性及其途徑方法,特別強調勤學、專一、禮法、賢師益友的作用。

君子曰[1]:學不可以已[2]。青取之於藍[3],而青於藍;冰水爲之,而寒於水。木直中繩[4],輮以爲輪[5],其曲中規[6];雖有槁暴[7],不復挺者[8],輮使之然也。故木受繩則直,金就礪則利[9],君子博學而日參省乎己[10],則知明而行無過矣[11]。

故不登高山,不知天之高也;不臨深谿,不知地之厚也;不聞先王之遺言,不知學問之大也。干、越、夷、貉之子[12],生而同聲,長而異俗,教使之然也。《詩》曰[13]:"嗟爾君子,無恆安息[14]。靖共爾位[15],好是正直[16]。神之聽之,介爾景福[17]。"神莫大於化道[18],福莫長於無禍。

吾嘗終日而思矣,不如須臾之所學也[19]。吾嘗跂而望矣[20],不如登高之博見也。登高而招,臂非加長也,而見者遠;順風而呼,聲非加疾也[21],而聞者彰[22]。假輿馬者[23],非利足也[24],而致千里[25];假舟檝者[26],非能水也[27],而絕江河[28]。君子生非異也[29],善假於物也[30]。

南方有鳥焉,名曰蒙鳩[31]。以羽爲巢,而編之以髮,繫之葦苕[32]。風至苕折,卵破子死。巢非不完也,所繫者然也。西方有木焉,名曰射干[33],莖長四寸,生於高山之上,而臨百仞之淵。木莖非能長也,所立者然也。蓬生麻中,不扶而直;白沙在涅,與之俱黑[34]。蘭槐之根是爲芷[35]。其漸之潃[36],君子不近,庶人不服[37]。其質非不美也,所漸者然也。故君子居必擇鄉,遊必就士[38],所以防邪僻而近中正也。物類之起,必有所始。榮辱之來,必象其德[39]。肉腐出蟲,魚枯生蠹[40]。怠慢忘身,禍災乃作。強自取柱[41],柔自取束。邪穢在身,怨之所構[42]。施薪若一,火就燥也;平地若一,水就溼也[43]。草木疇生[44],禽獸羣焉[45],物各從其類也。是故質的張而弓矢至焉[46],林木茂而斧斤至焉,樹成蔭而衆鳥息焉,醯酸而蜹聚焉[47]。故言有召禍也,行有招辱也,君子慎其所立乎[48]!

積土成山,風雨興焉;積水成淵,蛟龍生焉;積善成德,而神明自得[49],聖心備焉[50]。故不積頤步[51],無以至千里;不積小流,無以成江海。騏驥一躍[52],不能十步;駑馬十駕[53],功在不舍[54]。鍥而舍之[55],朽木不折;鍥而不舍,金石可鏤。螾無爪牙之利[56],筋骨之強,上食埃土,下飲黄泉,用心一也。蟹八跪而二螯[57],非虵蟺之穴無可寄託者[58],用心躁也。是故無冥冥之志者,無昭昭之明;無惛惛之事者,無赫赫之功[59]。行衢道者不至[60],事兩君者不容。目不能兩視而明,耳不能兩聽而聰。螣蛇無足而飛[61],鼫鼠五技而窮[62]。《詩》曰[63]:"尸鳩在桑,其子七兮。淑人君子,其儀一兮[64]。其儀一兮,心如結兮[65]!"故君子結於一也。

昔考瓠巴鼓瑟而流魚出聽[66]，伯牙鼓琴而六馬仰秣[67]。故聲無小而不聞，行無隱而不形[68]。玉在山而草木潤，淵生珠而崖不枯。爲善不積邪？安有不聞者乎[69]？

學惡乎始[70]？惡乎終？曰：其數則始乎誦經，終乎讀禮[71]。其義則始乎爲士，終乎爲聖人[72]。真積力久則入，學至乎没而後止也[73]。故學數有終，若其義則不可須臾舍也。爲之，人也；舍之，禽獸也。故《書》者，政事之紀也；《詩》者，中聲之所止也[74]；《禮》者，法之大分，類之綱紀也[75]。故學至乎《禮》而止矣。夫是之謂道德之極。《禮》之敬文也[76]，《樂》之中和也，《詩》、《書》之博也，《春秋》之微也[77]，在天地之間者畢矣[78]。

君子之學也，入乎耳，箸乎心[79]，布乎四體[80]，形乎動靜[81]。端而言，蝡而動，一可以爲法則[82]。小人之學也，入乎耳，出乎口[83]。口耳之間，則四寸耳，曷足以美七尺之軀哉！古之學者爲己，今人學者爲人。君子之學也，以美其身；小人之學也，以爲禽犢[84]。故不問而告謂之傲[85]；問一而告二謂之囋[86]。傲，非也；囋，非也；君子如嚮矣[87]。

學莫便乎近其人[88]。《禮》、《樂》法而不說[89]，《詩》、《書》故而不切[90]，《春秋》約而不速[91]。方其人之習君子之說，則尊以徧矣。周於世矣[92]！故曰：學莫便乎近其人。學之經莫速乎好其人[93]。隆禮次之[94]。上不能好其人，下不能隆禮。安特將學雜識志順《詩》、《書》而已耳[95]！則末世窮年[96]，不免爲陋儒而已。將原先王，本仁義，則禮正其經緯蹊徑也[97]。若挈裘領，詘五指而頓之，順者不可勝數也[98]。不道禮憲[99]，以《詩》、《書》爲之，譬之猶以指測河也，以戈舂黍也[100]，以錐飡壺也[101]，不可以得之矣。故隆禮，雖未明，法士也[102]；不隆禮，雖察辯[103]，散儒也[104]。

問楛者[105]，勿告也。告楛者，勿問也。說楛者，勿聽也。有争氣者,勿與辯也。故必由其道至,然後接之[106],非其道則避之,故禮恭而後可與言道之方[107],辭順而後可與言道之理,色從而後可與言道之致[108]。故未可與言而言謂之傲。可與言而不言謂之隱[109],不觀氣色而言謂之瞽[110]。故君子不傲、不隱、不瞽,謹順其身[111]。《詩》曰[112]:"匪交匪舒[113]。天子所予[114]。"此之謂也。

百發失一,不足謂善射;千里蹞步不至,不足謂善御[115];倫類不通[116],仁義不一[117],不足謂善學。學也者,固學一之也。一出焉,一入焉[118],涂巷之人也[119]。其善者少,不善者多,桀、紂、盜跖也[120]。全之盡之[121],然後學者也。

君子知夫不全不粹之不足以爲美也。故誦數以貫之[122],思索以通之,爲其人以處之[123],除其害者以持養之[124]。使目非是無欲見也,使耳非是無欲聞也,使口非是無欲言也,使心非是無欲慮也。及至其致好之也,目好之五色,耳好之五聲,口好之五味,心利之有天下[125]。是故權利不能傾也,羣衆不能移也,天下不能蕩也[126]。生乎由是,死乎由是,夫是之謂德操[127]。德操然後能定[128],能定然後能應[129],能定能應,夫是之謂成人。天見其明,地見其光,君子貴其全也[130]。

【註釋】

[1] 君子曰,古書中凡稱引前人有價值的言論,往往以"君子曰"概括之。

[2] 已,止。

[3] 藍,染青色的植物。以下四句指明物質通過改造,勝於改造以前。

[4] 中(zhòng 衆),合於。繩,匠人製器求直的工具,即繩墨之"繩"。這句說,木性本直,合於繩墨。

[5] 輮(róu 柔),"煣"的假借字,以火屈木使曲。

[6] 規,指圓規。

［ 7 ］槁,枯。暴,同“曝”,曬乾。槁暴,枯乾。

［ 8 ］挺,直。以上幾句比喻人的才性可以改造。

［ 9 ］金,指金屬的刀類。礪,磨刀石。

［10］参,參驗。一說,参,同“三”。省(xǐng 醒),省察。

［11］知,同“智”。

［12］干,國名,爲吳所滅,此處即指吳國。貉(mò 陌),古代東北部族名。
　　　子,指嬰兒。

［13］《詩》曰,見《詩經·小雅·小明》篇。

［14］嗟,感嘆詞。恆,常常。安息,猶安處。這兩句勉勵君子不要貪圖
　　　安逸。

［15］靖,謀。共,同“恭”。位,指職位。

［16］好,愛好。正直,《毛傳》:“正直爲正,能正人之曲曰直。”

［17］聽,察覺。介,助、佑。景,大。以上四句,舊註說:“言能謀恭其位,好
　　　正直之道,則神聽而助之福。”

［18］神,這裏指學問修養到達最高境界時的精神狀態。化道,指受到道的
　　　熏陶感染,使氣質有所變化。

［19］須臾,片刻。

［20］跂(qǐ 企),提起脚後跟。

［21］疾,壯,指聲音宏壯。

［22］彰,清楚。

［23］假,憑藉、借助。

［24］利足,行走便利、迅速。

［25］致,達到。

［26］楫(jí 即),同“楫”,槳。

［27］能,當讀爲“耐”。

［28］絶,渡過。

［29］生,讀爲“性”。

［30］物,指外物。

［31］蒙鳩,即鷦鷯,一種善於築巢的小鳥。

［32］葦,蘆葦。苕(tiáo 條),葦花。

[33] 射干,植物名,根狀莖可入藥。

[34] 白沙兩句：今本無此兩句,依王念孫説補。涅(niè 聶),黑泥。以上四句比喻善惡無常,唯人所習,即近朱者赤,近墨者黑的意思。

[35] 蘭槐,香草名,其苗名蘭槐,其根名芷。

[36] 其,作若解。漸,浸漬。滫(xiū 修),臭汁。這句説,假若蘭芷浸在臭汁裏。

[37] 服,佩戴。

[38] 這句説,交遊必須接近賢德之士。

[39] 象,同“像”,作依照解。

[40] 蠹(dù 杜),蛀蟲。

[41] 柱,當讀爲“祝”,作斷解。這句説,物太剛強,則自取斷折,與下句相對。

[42] 構,結。

[43] 施,放置。這四句説,把柴同樣放置,火總是向乾燥處燒;一樣平的地方,水總是向潮濕處流。

[44] 疇,同“儔”,類。也通作“稠”,稠生即叢生。

[45] 這句説,同類的禽獸羣居在一起。劉台拱、王念孫以爲“羣焉”是“羣居”之誤。

[46] 質,箭靶。的,箭靶正中的標的。

[47] 醯(xī 希),醋。蜹(ruì 鋭),一種小飛蟲,蚊之屬。

[48] 所立,指爲學。

[49] 而,猶則。神明,指智慧。

[50] 聖心,聖人的心。

[51] 跬(kuǐ 傀)步,同“蹞步”,即半步。

[52] 騏驥,千里馬。

[53] 駑馬,庸劣的馬。十駕,指十日之程。早晨駕馬,日暮解下,故以一日所行爲一駕。據王先謙考證,此句下脱“則亦及之”一句。

[54] 舍,捨棄。

[55] 鍥(qiè 怯),與下文的鏤(lòu 漏)都作雕刻解。

[56] 螾,同“蚓”,即蚯蚓。

[57]八跪,八,原作六,據盧文弨説校改。跪,足。

[58]虵,同"蛇"。蟺,同"鱔"。

[59]是故四句:冥冥、惛(hūn 昏)惛,皆精神專一的意思。昭昭,明達貌。赫赫,顯盛貌。

[60]衢道,即歧路。

[61]螣(téng 滕)蛇,龍類,相傳能興雲霧而游於其中。

[62]鼫(shí 石)鼠,原作"梧鼠",據楊倞、王念孫説改正。相傳它能飛不能上屋;能緣(爬樹)不能窮木;能游不能渡谷;能穴不能掩身;能走不能先人。這句説,它技能雖多而不能如螣蛇的專一,因此仍不免於"窮"。"窮"有困窘的意思。

[63]《詩》曰,見《詩經·曹風·鳲鳩》篇。

[64]尸鳩四句:意思説,尸鳩喂養七子,早晨從上而下,日暮從下而上,平均如一。善人君子的生活態度也當如尸鳩的專一。

[65]心如結,指用心堅固專一。

[66]瓠(hù 户)巴,古代善鼓琴者。《列子》:"瓠巴鼓琴,鳥舞魚躍。"流魚,盧文弨、王先謙以爲當作沈魚。一説,流與游通。

[67]伯牙,楚人,古代善鼓琴者。六馬,古代天子路車駕六馬。仰秣,謂馬在吃草時,聽到伯牙琴聲,都把頭抬了起來。

[68]故聲兩句:意思説,只要有聲音,無論怎樣微小,沒有不被人所聽見;行爲無論怎樣隱蔽,沒有不顯露出來的。説明只要爲學,總會作出成績、有用於世;只要積善,總會被人所知。下文即申述此意。

[69]爲善兩句:是荀子對那些怨嘆世人不能瞭解自己的人説的,意思説,你們大概以爲爲善而不能累積吧,哪有爲善有恆而不被別人聞知的呢?

[70]惡(wū 烏),何,問詞。

[71]其數兩句:數,術,即方法、途徑。經,指六經,如《詩》、《書》之類。禮,指典章禮制之類。亦包括在六經之内。

[72]其義兩句:義,指爲學的目的意義。《荀子》以士、君子、聖人爲三等,見《修身》、《儒效》等篇。

[73]真積兩句:真,真誠。力,力行。入,指深入而有所得。没,同"殁",死

亡。這兩句意思説,真誠而能累積,力行而能持久,必然能深入,這樣
學習一直堅持到老死。

[74]《詩》者兩句:《詩》,指《詩經》。中聲,中和之聲。古時《詩》三百篇都
合樂。止,存。

[75]《禮》者三句:法,指禮制、法律、政令。大分,大的原則、界限。類,指
禮法所没有明文規定而觸類引申的條例、附則等等。

[76] 敬文,楊倞註:"禮有周旋揖讓之敬,車服等級之文也。"文,猶標誌。

[77] 微,隱微。孔子作《春秋》,通過體例和簡短的敍述,寄託褒貶勸懲的
本意,這是用隱微的語言來表達意志。

[78] 畢,盡。這句説,天地間的東西都包括在《詩》、《書》、《禮》、《樂》、《春
秋》之中了。

[79] 箸,通"著",明。

[80] 布,表現。四體,四肢。這句指舉止有威儀。

[81] 形,體現,這句指行動合乎禮。

[82] 端而言三句:端,讀爲"喘",微言。蝡(ruǎn 軟),微動。一,皆。這三
句説,君子的言行,雖極微細者,皆可爲人法則。

[83] 小人之學三句:意思説,不求心有所得和用於實踐,只是道聽途説,夸
夸其談,是不能使自身受益的。

[84] 禽犢,小的禽獸。古人相見須拿羔鴈等作爲餽獻的禮物,禽犢即指
此。比喻小人爲學,不爲修身而只以它作爲見面禮,取悦於人。

[85] 傲,浮躁。

[86] 嘖(zàn 贊),形容言語繁碎。

[87] 㘦,同"響"。如響,言答問如響的應聲,不多不少。

[88] 其人,指賢師益友。

[89] 法而不説,僅有成法而無詳細的解説。

[90] 故而不切,所載多前代故事,而不切近當前實際。

[91] 約,隱約。速,直截迅速。這句説,《春秋》含義隱約,不能使人迅速
理解。

[92] 方其人三句:方,仿效。前一"之"字作而解。以,猶而。徧,普遍。
周,全面。這三句説,仿效賢師益友的行爲而習聞他們的言論,則可

以養成尊貴的人格,獲得普遍的認識,全面通曉世務了。

[93] 經,讀爲“徑”,道路。

[94] 隆,尊崇。

[95] 安,猶則。特,僅。雜識志,識字是衍文。雜志,駁雜的記載。順,“訓”之假借。訓詩書,給《詩》、《書》作註解。這句說,那只是學到一些駁雜的記載,給《詩》、《書》作些註解而已。

[96] 末世,即没世。没世窮年,指到老死。

[97] 將原先王三句:經緯,織布的直綫和橫綫。猶組織。蹊徑,道路。這三句說,要探求先王施政之源,以仁義爲根本,那麼學禮正是重要的途徑。

[98] 若挈(qiè 切)裘領三句:挈,提舉。詘,同“屈”。頓,引。這三句說,正好像提起皮袍的領子,用五指去理它的毛,則皮袍上的毛全順了。

[99] 道,由,通過。禮憲,即禮法。

[100] 舂(chōng 充),用杵搗米叫舂。這句說,用戈代替杵去舂糧食。

[101] 飧,同“餐”。壺,盛食物的器具。這句說,以錐子代替筷子進餐。以上三句,比喻勞而無功。

[102] 法士,守禮法之士。

[103] 察辯,明察善辯。

[104] 散,指不自我檢點約束。散儒,即不遵守禮法的儒生。

[105] 楛,同“苦”,惡。問楛,所問不合禮義。

[106] 這句說,一定要來者是合乎禮義之道的,然後接待他。

[107] 方,指方向。

[108] 致,極致。

[109] 隱,指藏私。即有意隱瞞。

[110] 瞽,盲。指盲目從事。

[111] 身,猶人。這句說,君子的言或不言都應仔細順應來問的人的情況而決定。

[112]《詩》曰,見《詩經·小雅·采菽》篇。

[113] 匪,同“非”。交,同“絞”,急切。舒,紓緩,怠緩。

[114] 予,有贊許意。以上兩句說,不急切不紓緩的人,是天子所贊許的。

[115] 千里兩句：行千里者,差半步不達終點,便够不到被稱爲好的御者。

[116] 倫類不通,指不能觸類旁通。

[117] 一,指專一。即下文所説"全"、"盡"、"粹"。

[118] 一出焉,一入焉,一會兒出來,一會兒進去。指學不專一。

[119] 涂,同"途"。途巷之人,指普通的人。

[120] 桀、紂,夏、商兩代亡國暴君。盗跖,古代傳説中反抗貴族統治的領袖,名跖。《莊子·盗跖》篇以爲是柳下惠之弟。盗是舊時的誣蔑稱呼。

[121] 全之盡之,學得全面、徹底。

[122] 誦數,猶誦説。凡稱説必一一數之,故謂之"數"。

[123] 爲,效法。其人,指所企慕之人。這句郭嵩燾説："猶言設身處地,取古人所已行者爲之程式,而得其所處之方也。"

[124] 除其害,指排除妨害學習的因素。持養,扶持培養。

[125] 及至其五句：致,極。俞樾説："古'之'字'於'字通用。此文四'之'字,並猶'於'也。目好於五色,耳好於五聲,口好於五味,心利於有天下,言所得於學者深,他物不足以尚之也。"梁啓雄説："此謂：及至好學樂道達到致極之時,就像目好色、耳好聲、口好味、心好利,同一自然,絕不勉強。"

[126] 蕩,動。

[127] 德操,有德而能操持。

[128] 定,指有堅定的意志和見解。

[129] 應,指應付各種事物的本領。

[130] 天見三句：俞樾説："兩'見'字並當作'貴'。"明,大。光,通"廣"。

墨　子

據孫詒讓《定本墨子閒詁》本

墨子，名翟，魯國(今山東省曲阜縣一帶)人。約生於公元前四六八年(周貞定王元年)，卒於前三七六年(周安王二十六年)。相傳做過宋國的大夫。曾到過楚、衛、齊等國。墨子主張簡樸節儉，反對禮樂繁飾；主張勤勞刻苦，反對聲色逸樂。重質而輕文，棄華而務實。他的尚同、尚賢，非攻、尊天等思想，與儒家大致相同；他的兼愛、節用，非樂、非命等思想，則與儒家相對立。《墨子》一書，《漢書·藝文志》著録七十一篇，今存五十三篇，其中彙集了他弟子和後學者的記録。《墨子》文章的特點是邏輯性較強，語言質樸。它因被儒家斥爲異端，故自來學者治之者很少，書中脱誤也較多，直至清代，始多從事校釋研究的人。

兼　愛　上

【解題】　《兼愛》有上、中、下三篇，均闡述“天下兼相愛則治”的道理。這裏選録其上篇。墨子的“兼愛”，主張愛無差等(即對一切人同樣地愛)，與儒家的“仁”和“推恩”思想(即愛是由近及遠，由親及疏的)相對立。但墨家的這種兼愛，是離開階級內容的抽象的愛，在階級社會裏是不可能實行的。

聖人以治天下爲事者也，必知亂之所自起，焉能治之[1]；不知亂之所自起，則不能治。譬之如醫之攻人之疾者然[2]：必知疾之所自起，焉能攻之；不知疾之所自起，則弗能攻。治亂者何獨不然[3]！必知亂之所自起，焉能治之；不知亂之所自起，則弗能治。聖人以治天下爲事者也，不可不察亂之所自起。

當察亂何自起[4]，起不相愛。臣子之不孝君父，所謂亂也。子自愛不愛父，故虧父而自利；弟自愛不愛兄，故虧兄而自利；臣自愛不愛君,故虧君而自利:此所謂亂也。雖父之不慈子,兄之不慈弟,君之不慈臣,此亦天下之所謂亂也。父自愛也,不愛子,故虧子而自利;兄自愛也,不愛弟,故虧弟而自利;君自愛也,不愛臣,故虧臣而自利。是何也? 皆起不相愛。

雖至天下之爲盜賊者亦然。盜愛其室,不愛異室[5],故竊異室以利其室;賊愛其身,不愛人身[6],故賊人身以利其身。此何也? 皆起不相愛。

雖至大夫之相亂家,諸侯之相攻國者亦然。大夫各愛其家,不愛異家,故亂異家以利其家;諸侯各愛其國,不愛異國,故攻異國以利其國。天下之亂物[7],具此而已矣[8]。察此何自起? 皆起不相愛。

若使天下兼相愛,愛人若愛其身,猶有不孝者乎? 視父兄與君若其身,惡施不孝[9]? 猶有不慈者乎? 視弟子與臣若其身,惡施不慈? 故不孝不慈亡有[10]。猶有盜賊乎? 故視人之室若其室[11],誰竊? 視人身若其身,誰賊[12]? 故盜賊亡有。猶有大夫之相亂家、諸侯之相攻國者乎? 視人家若其家,誰亂? 視人國若其國,誰攻? 故大夫之相亂家、諸侯之相攻國者亡有。若使天下兼相愛,國與國不相攻,家與家不相亂,盜賊亡有,君臣父子皆能孝慈,若此則天下治。

故聖人以治天下爲事者,惡得不禁惡而勸愛[13]! 故天下兼相愛則治,交相惡則亂。故子墨子曰[14],"不可以不勸愛人"者,此也。

【註釋】

[1]爲,作乃解,下同。

[2]攻,治。

[3]治亂者,治理社會紛亂的人。何獨不然,那能單獨例外而不是這

樣呢？

〔 4 〕當，借作“嘗”，作嘗試解。

〔 5 〕“不愛”下原有“其”字，當係衍文，王念孫説下文“不愛異家”、“不愛異國”皆無“其”字是其證（《讀書雜志》）。今據删。

〔 6 〕本句及下句兩“人”字下原本無“身”字，均從俞樾説補。人身，他人之身。

〔 7 〕亂物，猶亂事。

〔 8 〕具，同“俱”。具此，俱盡於此。

〔 9 〕惡(wū 烏)，作何解。下同。這句意思説，怎會做出不孝的事呢？

〔10〕亡，同“無”。下同。這句説，没有不孝不慈的人。

〔11〕故，孫詒讓説，“故”字疑衍(《墨子閒詁》)。孫説是。

〔12〕賊，這裏作動詞，殘害的意思。

〔13〕本句前一“惡”字作“何”解，後一“惡”(wù 務)字作仇恨解。意思説，怎麽能不禁止相互仇恨而勸導相互愛護呢？

〔14〕子墨子，上一子字，是弟子尊其師的稱謂，猶言夫子。可證這篇爲墨子弟子或後學者所記録。

非　攻　上

【解題】 非攻，即反對進攻的戰争，與一般的非戰是有所區别的。墨子對於防禦性的戰争則不僅不反對，而且竭力支持，可參看下面選的《公輸》。

今有一人，入人園圃，竊其桃李，衆聞則非之，上爲政者得則罰之[1]，此何也？以虧人自利也。至攘人犬豕雞豚者[2]，其不義又甚入人園圃竊桃李。是何故也？以虧人愈多。苟虧人愈多[3]，其不仁兹甚[4]，罪益厚。至入人欄厩[5]，取人馬牛者，其不仁義又甚攘人犬豕雞豚，此何故也？以其虧人愈多。苟虧人愈多，其不仁兹甚，罪益厚。至殺不辜人也[6]，拖其衣裘[7]，取戈劍者，其不義又甚入人欄厩取人馬牛，此何故也？以其虧人愈多。

苟虧人愈多,其不仁兹甚矣,罪益厚。當此天下之君子[8],皆知而非之,謂之不義。今至大爲不義,攻國[9],則弗知非,從而譽之,謂之義。此可謂知義與不義之別乎?

殺一人,謂之不義,必有一死罪矣[10]。若以此説往[11],殺十人,十重不義[12],必有十死罪矣;殺百人,百重不義,必有百死罪矣。當此天下之君子,皆知而非之,謂之不義。今至大爲不義,攻國,則弗知非,從而譽之,謂之義。情不知其不義也,故書其言以遺後世[13];若知其不義也,夫奚説書其不義以遺後世哉[14]?

今有人於此,少見黑曰黑,多見黑曰白,則必以此人爲不知白黑之辯矣[15];少嘗苦曰苦,多嘗苦曰甘,則必以此人爲不知甘苦之辯矣。今小爲非,則知而非之;大爲非,攻國,則不知非,從而譽之,謂之義:此可謂知義與不義之辯乎?是以知天下之君子也[16],辯義與不義之亂也[17]。

【註釋】

[1]得,這裏有捕獲到的意思。

[2]攘,偷盗。

[3]這句據孫詒讓説補。

[4]兹,同“滋”,更加。

[5]厩(jiù救),馬棚。

[6]辜,罪。不辜人,無罪的人。

[7]扡,同“拖”,奪取。

[8]當此,當今。

[9]畢沅説,據下文“今至大爲不義,攻國”句,這句“攻國”上應補“不義”二字。今據補。

[10]必有一死罪,必定構成一項死罪了。

[11]這句説,如按這個説法類推。

［12］重(chóng 蟲)，作倍解。下同。

［13］情不知兩句：情，作誠解，的確。書，記載。這兩句説，由於的確不知道攻人之國是不義的，所以就把對它稱譽的話記載下來，遺留給後世。

［14］奚，何。奚説，用什麼話來解説。

［15］這句據孫詒讓説，應在“以”上補“必”字，“不”上補“爲”字。今據補。辯，同辨。

［16］據孫詒讓説，這句末尾的“也”字是衍文。

［17］亂，指顛倒是非。

公　輸

【解題】　本篇叙述墨子制止楚國攻宋的事件，具體地反映了他的反對侵略和扶助弱小的思想。

公輸盤爲楚造雲梯之械[1]，成，將以攻宋。子墨子聞之，起於齊[2]，行十日十夜，而至於郢[3]，見公輸盤。

公輸盤曰：“夫子何命焉爲[4]？”

子墨子曰：“北方有侮臣者[5]，願藉子殺之[6]。”

公輸盤不説[7]。

子墨子曰：“請獻千金[8]。”

公輸盤曰：“吾義固不殺人！”

子墨子起，再拜，曰：“請説之。吾從北方聞子爲梯，將以攻宋。宋何罪之有？荆國有餘於地，而不足於民。殺所不足而爭所有餘，不可謂智[9]；宋無罪而攻之，不可謂仁；知而不爭，不可謂忠；爭而不得，不可謂強。義不殺少而殺衆，不可謂知類[10]。”

公輸盤服。

子墨子曰：“然，胡不已乎[11]？”

公輸盤曰：“不可，吾既已言之王矣[12]。”

子墨子曰:"胡不見我於王?"

公輸盤曰:"諾!"

子墨子見王,曰:"今有人於此,舍其文軒[13],鄰有敝轝[14],而欲竊之;舍其錦繡,鄰有短褐[15],而欲竊之;舍其粱肉[16],鄰有糠糟,而欲竊之。此爲何若人[17]?"王曰:"必爲竊疾矣[18]。"

子墨子曰:"荆之地方五千里,宋之地方五百里,此猶文軒之與敝轝也;荆有雲夢[19],犀兕麋鹿滿之[20],江、漢之魚鼈黿鼉[21],爲天下富,宋所爲無雉兔鮒魚者也[22],此猶粱肉之與糠糟也;荆有長松、文梓、楩、柟、豫章[23],宋無長木,此猶錦繡之與短褐也。臣以三事之攻宋也[24],爲與此同類。臣見大王之必傷義而不得。"

王曰:"善哉!雖然,公輸盤爲我爲雲梯,必取宋。"

於是見公輸盤。子墨子解帶爲城,以牒爲械[25],公輸盤九設攻城之機變,子墨子九距之[26];公輸盤之攻械盡,子墨子之守圉有餘[27]。

公輸盤詘[28]。而曰:"吾知所以距子矣,吾不言。"

子墨子亦曰:"吾知子之所以距我,吾不言。"

楚王問其故。子墨子曰:"公輸盤之意,不過欲殺臣;殺臣,宋莫能守,可攻也。然臣之弟子禽滑釐等三百人,已持臣守圉之器,在宋城上而待楚寇矣。雖殺臣,不能絕也。"楚王曰:"善哉!吾請無攻宋矣。"

子墨子歸,過宋,天雨,庇其閭中[29],守閭者不內也[30]。故曰:"治於神者,衆人不知其功;争於明者,衆人知之[31]。"

【註釋】

[1] 公輸,名盤,一作般,或作班。魯國人,也稱魯班。以善製工巧的器械

著稱。雲梯,攻城的器械,言其梯高可入雲。

［ 2 ］起於齊,自齊國出發。《吕氏春秋·愛類篇》作"自魯往"。

［ 3 ］郢(yǐng 影),楚國都,在今湖北省江陵縣。

［ 4 ］夫子,對墨子的尊稱。爲,疑問助詞。這句猶説,先生有什麽見教?

［ 5 ］侮臣者,欺侮我的人。古人對人客氣時也自稱"臣",表示自謙。"者"字原無,依俞樾説補。

［ 6 ］藉,借助。

［ 7 ］説,同"悦"

［ 8 ］千金,原作十金,據畢沅、孫詒讓説改。這句説,願意獻給您千金作爲助我殺人的報酬。

［ 9 ］荆國四句:荆,即楚。楚國在戰國七雄中疆域最大。這四句意思説,楚國所多的是土地,所不夠的是人民。因此犧牲已經嫌少的人民去奪取已感多餘的土地是不智的。

［10］義不兩句:少,指上文北方欺侮墨子的人。衆,指楚、宋戰争中犧牲的士卒。類,指類推的方法。

［11］然,如此。胡,何。原作乎,據畢沅、孫詒讓説改。已,止。指停止對宋國的進攻。

［12］王,據孫詒讓《墨子年表》,當是楚惠王。墨子止楚攻宋,應在楚惠王五十年前。

［13］文軒,有文采的車子。

［14］轝,同"輿",車子。敝轝,破舊的車子。

［15］短,是"裋"(shù 豎)的假借字。裋褐,古代貧賤者所穿的粗布衣。

［16］粱肉,精美的飯菜。

［17］何若人,是何等樣的人。

［18］竊疾,嗜好偷東西的怪毛病。據王念孫説,"竊疾"上應加"有"字。

［19］雲夢,楚國境内的大澤名。

［20］犀,犀牛。兕(sì 四),類似犀牛的野牛,一角,青色。麋,似鹿而大。

［21］江、漢,長江與漢水。鼈(biē 憋),龜屬,俗名甲魚。黿(yuán 元),比鼈大,俗名癩頭黿。鼉(tuó 駝),爬蟲類動物,産長江下游,今稱揚子鰐,俗名猪婆龍。

[22] 爲,通“謂”。鮒魚,原作“狐貍”,據畢沅、王念孫説改。鮒魚,即鯽魚。

[23] 文梓、梗(pián 駢)、柟,均大木名。柟,同“楠”。豫章,即樟樹。

[24] 三事,孫詒讓説,“三事”似是“王吏”之譌。指楚王派遣攻宋的將吏。

[25] 牒(dié 蝶),小木札。俞樾説,牒爲“梜”之假借字,即筷子。

[26] 距,同“拒”。

[27] 圉,同“禦”。

[28] 詘,同“屈”。指技已窮盡。

[29] 庇,蔭蔽。閭,里門。古代國家有大事故,令民各守里門,以爲警備。時楚將攻宋,故宋的守里門者不讓墨子進去,怕他來做間諜。

[30] 内,同“納”。

[31] 治於神者四句：治,致力的意思。神,指人們不知不覺不可揣測的大智大惠。明,指人們容易看見的小智小惠。這四句大意是,像墨子這種致力於消弭戰禍於無形的大智大惠,人們往往不知其功,而那些急於表現小智小惠的人,卻易於被人們所知道。

莊　子

據王先謙《莊子集解》本

　　莊子，名周，戰國時宋國蒙(約今河南省商丘市東北)人。約生於公元前三六九年(周烈王七年)，卒於前二八六年(周赧王二十九年)。與梁惠王、齊宣王同時。曾爲漆園吏。《史記·老子韓非列傳》説："其學無所不闚，然其要本歸於老子之言；故其著書十餘萬言，大抵率寓言也。作《漁父》、《盜跖》、《胠篋》以詆訿孔子之徒，以明老子之術。《畏累虚》、《亢桑子》之屬，皆空語無事實。然善屬書離辭，指事類情，用剽剥儒、墨，雖當世宿學，不能自解免也。其言洸洋自恣以適己，故自王公大人，不能器之。"比較概括地指出他的思想特色、學術淵源和文章風格。《漢書·藝文志》道家著録《莊子》五十二篇。今本《莊子》有三十三篇，《内篇》七，《外篇》十五，《雜篇》十一。研究者們多認爲《内篇》是莊子所作，《外篇》、《雜篇》多出於莊子後學所追記。

逍　遥　遊

　　【解題】　本篇爲《莊子》的首篇，從思想上或藝術上講都是《莊子》中的代表作品。它主要説明莊子追求絶對自由的人生觀，指出大至高飛九萬里的鵬，小至蜩與學鳩，都是有所待而不自由的；只有消滅了物我界限，無所待而遊於無窮，達到無己、無功、無名的境界，纔是絶對的自由，這就是逍遥遊。這是没落階級不滿現實時的一種自我超脱的空想，實際上這種境界是不存在的。

　　北冥有魚[1]，其名爲鯤[2]。鯤之大，不知其幾千里也；化而爲鳥，其名爲鵬[3]。鵬之背，不知其幾千里也；怒而飛，其翼若垂天之雲[4]。是鳥也，海運則將徙於南冥[5]；南冥者，天池也[6]。齊諧者[7]，志怪者也[8]；諧之言曰："鵬之徙於南冥也，水擊三千里[9]，摶扶摇而上者九萬里[10]，去以六月息者也[11]。"野馬也[12]，塵埃也，生物之以息相吹也[13]。天之蒼蒼，其正色邪？其遠而無所至極邪？其視下也，亦若是則已矣[14]。且夫水之積也不厚，則其負大舟也無力。覆杯水於坳堂之上[15]，則芥爲之舟[16]，置杯焉則膠[17]，水淺而舟大也。風之積也不厚，則其負大翼也無力。故九萬里則風斯在下矣[18]，而後乃今培風[19]；背負青天而莫之夭閼者[20]，而後乃今將圖南[21]。蜩與學鳩笑之曰[22]：“我決起而飛[23]，槍榆枋[24]，時則不至[25]，而控於地而已矣[26]；奚以之九萬里而南爲[27]！”適莽蒼者[28]，三湌而反[29]，腹猶果然[30]；適百里者，宿舂糧[31]；適千里者，三月聚糧。之二蟲[32]，又何知！小知不及大知[33]，小年不及大年。奚以知其然也？朝菌不知晦朔[34]，蟪蛄不知春秋[35]，此小年也。楚之南有冥靈者[36]，以五百歲爲春，五百歲爲秋；上古有大椿者[37]，以八千歲爲春，八千歲爲秋，此大年也[38]。而彭祖乃今以久特聞，衆人匹之[39]，不亦悲乎？

湯之問棘也是已[40]：“窮髮之北[41]，有冥海者，天池也。有魚焉，其廣數千里，未有知其修者[42]，其名爲鯤。有鳥焉，其名爲鵬，背若泰山，翼若垂天之雲；摶扶搖羊角而上者九萬里[43]，絕雲氣[44]，負青天，然後圖南，且適南冥也。斥鴳笑之曰[45]：‘彼且奚適也！我騰躍而上，不過數仞而下[46]，翱翔蓬蒿之間，此亦飛之至也。而彼且奚適也！’”此小大之辨也[47]。

故夫知效一官[48]，行比一鄉[49]，德合一君，而徵一國者[50]，其自視也亦若此矣[51]。而宋榮子猶然笑之[52]。且舉世譽之而不加勸[53]，舉世非之而不加沮[54]，定乎內外之分[55]，辨乎榮辱之境，斯已矣[56]；彼其於世，未數數然也[57]。雖然，猶有未樹也[58]。夫列子御風而行[59]，泠然善也[60]，旬有五日而後反；彼於致福者，未數數然也[61]。此雖免乎行，猶有所待者也[62]。若夫乘天地之正[63]，而御六氣之辯[64]，以遊無窮者[65]，彼且惡乎待哉！故曰：至人無己[66]，神人無功[67]，聖人無名[68]。

堯讓天下於許由[69]，曰：“日月出矣，而爝火不息[70]；其於光也，不亦難乎！時雨降矣，而猶浸灌[71]；其於澤也[72]，不亦勞乎！夫子立而天下治，而我猶尸之[73]，吾自視缺然[74]，請致天下[75]。”許由曰：“子治天下，天下既已治也；而我猶代子，吾將爲名乎？名者，實之賓也；吾將爲賓乎[76]？鷦鷯巢於深林[77]，不過一枝；偃鼠飲河[78]，不過滿腹。歸休乎君[79]，予無所用天下爲[80]！庖人雖不治庖[81]，尸祝不越樽俎而代之矣[82]！”

肩吾問於連叔曰[83]：“吾聞言於接輿[84]：大而無當，往而不反[85]；吾驚怖其言，猶河漢而無極也[86]；大有逕庭[87]，不近人情焉。”連叔曰：“其言謂何哉？”曰：“‘藐姑射之山[88]，有神人居焉；肌膚若冰雪，淖約若處子[89]，不食五穀，吸風飲露，乘雲氣、御飛龍，而遊乎四海之外；其神凝[90]，使物不疵癘而年穀熟[91]。’吾以是狂而不信也[92]。”連叔曰：“然。瞽者無以與乎文章之觀[93]，聾者無以與乎鐘鼓之聲；豈唯形骸有聾盲哉！夫知亦有之[94]。是其言也，猶時女也[95]。之人也，之德也，將旁礴萬物以爲一世蘄乎亂[96]，孰弊弊焉以天下爲事[97]！之人也，物莫之傷：大浸稽天而不溺[98]，大旱金石流、土山焦而不熱。是其塵垢粃糠將猶陶鑄堯、舜者也[99]，孰肯以物爲事！宋人資章甫而適諸越[100]，越人斷髮文身[101]，無所用之。堯治天下之民，平海內之政，往見四子藐姑射之山[102]、汾水之陽[103]，窅然喪其天下焉[104]。”

惠子謂莊子曰[105]：“魏王貽我大瓠之種[106]，我樹之成而實五石[107]。以盛水漿，其堅不能自舉也[108]。剖之以爲瓢，則瓠落無所容[109]。非不呺然大也[110]，吾爲其無用而掊之[111]。”莊子曰：“夫子固拙於用大矣[112]！宋人有善爲不龜手之藥者[113]，世世以洴澼絖爲事[114]。客聞之，請買其方百金[115]。聚族而謀曰：‘我世世爲洴澼絖，不過數金；今一朝而鬻技百金[116]，請與之。’客得之，以說吳王。越有難，吳王使之將，冬與越人水戰，大敗越人[117]，裂地而封之。能不龜手一也；或以封，或不免於洴澼絖，則所用之異也。今子有五石之瓠，何不慮以爲大樽而浮於江湖[118]，而憂其瓠落無所容，則夫子猶有蓬之心也夫[119]！"

惠子謂莊子曰："吾有大樹，人謂之樗[120]；其大本擁腫而不中繩墨[121]，其小枝卷曲而不中規矩[122]。立之塗[123]，匠者不顧。今子之言，大而無用，衆所同去也。"莊子曰："子獨不見狸狌乎[124]？卑身而伏，以候敖者[125]；東西跳梁[126]，不辟高下[127]，中於機辟[128]，死於罔罟[129]。今夫斄牛[130]，其大若垂天之雲；此能爲大矣，而不能執鼠。今子有大樹，患其無用，何不樹之於無何有之鄉[131]，廣莫之野[132]，彷徨乎無爲其側[133]，逍遥乎寢卧其下；不夭斤斧[134]，物無害者[135]。無所可用，安所困苦哉[136]？"

【註釋】

［ 1 ］北冥，即北海。海色深黑，故叫冥。冥，一作溟。

［ 2 ］鯤，魚卵，這裏借作大魚名。

［ 3 ］鵬，即古"鳳"字，大鳥名。

［ 4 ］垂，同"陲"，邊。垂天，猶天邊。這句形容鵬翼之大，像天邊的一大塊雲。

［ 5 ］海運，海波動盪。海動時必有大風，鵬即乘此風徙往南海。一説，運作行解。

［ 6 ］天池，言這大池是造化所形成，不是人工所造。

［ 7 ］齊諧，書名。一説，人名。

［ 8 ］志，記載。志怪，記載怪異之事。

［ 9 ］水擊，指鵬起飛時兩翼拍擊水面而行。

［10］摶(tuán 團)，一作"搏"，作拍、附解。扶摇，風名，一名飈，一種從地面上升的暴風。這句説，鵬借風力，拍翼飛上九萬里的高空。一説，摶，圖，作迴旋上升解。

［11］這句説，大鵬一飛半年，到天池而休息。一説，息，作風解。這句説，

189

大鵬去南海是乘六月時的大風的。

[12] 野馬,指游氣。春天陽氣發動,遠望野外林澤間,有氣上揚,猶如奔馬,故叫野馬。

[13] 息,氣息。這三句意思説,野馬、塵埃等微細之物,因被生物之息所吹動而在空中游蕩。高飛九萬里的大鵬,和它們雖大小懸殊,但都是任自然之力而動的。

[14] 其視下兩句:其,指在九萬里上空的鵬。這兩句説,鵬在高空俯視下界,也如同在下界的視天,只見一片蒼蒼之色,不辨正色。

[15] 坳(āo 凹),凹陷不平。

[16] 芥,小草。

[17] 膠,膠著不能動。

[18] 這句意思説,大鵬能飛至九萬里的高空,由於下面有深厚巨大的風力在負托着它。

[19] 培,通"憑"。培風,猶乘風。這句説,然後纔能乘風而行。

[20] 夭,挫折。閼(è 遏),阻止。

[21] 圖南,圖謀飛往南方。

[22] 蜩(tiáo 條),即蟬。學鳩,小鳥名。學,一作鷽,音同。

[23] 決,迅疾貌。

[24] 槍,突過。榆、枋,兩種樹名。枋,即檀。

[25] 則,猶或。

[26] 控,投,落下。

[27] 爲,疑問助詞。這句説,何必高飛到九萬里之上而到那遙遠的南方去呢?

[28] 莽蒼,郊野的顏色,意謂遙望不甚分明,這裏即指郊野。

[29] 飡,同"餐"。反,同"返"。

[30] 果然,飽貌。

[31] 宿舂(chōng 充)糧,隔宿擣米儲糧。

[32] 之,此。二蟲,指蜩與學鳩。

[33] 這句兩"知"字均同"智"。

[34] 朝菌,朝生暮死的菌。晦,夜。朔,旦。

[35] 惠蛄,即寒蟬,春生夏死,夏生秋死。春秋指一年。

[36] 冥靈,大木名。一説,大龜名。

[37] 椿,喬木名,高三四丈,質料堅實。

[38] "此大年也"句,原文闕,今據宋人陳景元《莊子闕誤》所考補足。

[39] 而彭祖兩句:彭祖,相傳姓籛名鏗,唐堯的臣子,封於彭,壽七百餘歲,
以久壽著稱。匹,猶比。

[40] 棘,一作革,人名,相傳是商湯的大夫。《列子·湯問》作夏革。已,
同"矣"。

[41] 窮髮,北方不生草木之地。髮,指草木。窮髮,猶不毛。

[42] 修,長度。

[43] 羊角,旋風。

[44] 絶,超越。

[45] 斥,小澤。鴳(ān 安),雀。斥鴳,小澤中的雀。一説,斥,與"尺"通。
斥鴳,猶小雀。

[46] 仞,八尺,或云七尺。

[47] 這句説,這就是大和小的分辨啊。

[48] 知,同"智"。效,勝任的意思。一官,一項工作。

[49] 比,合。

[50] 而,讀爲"能"。徵,信。這句説,纔可以取信於一國之人。

[51] 此,指斥鴳。

[52] 宋榮子,即宋鈃,學説近墨家。猶然,笑貌。之,指上述這類人。

[53] 勸,勉勵。

[54] 沮,沮喪。

[55] 内,指内心的修養。外,指待人接物。這句説,對己對人能掌握分寸。

[56] 斯已矣,如此而已。

[57] 數(shuò 朔)數,頻頻,常常。這兩句説,這種人在世上是不常見的。

[58] 未樹,指未能樹立至德。

[59] 列子,名禦寇,鄭人。御風,駕風而行。相傳列子得風仙之道,能乘風
游行。

[60] 泠(líng 伶)然,輕妙貌。

[61] 致,得。致福,指得御風而行之福。這兩句説,他那樣得此福者也不是常見的。

[62] 此雖兩句:意思説,這雖然免於步行,還必有待於風。待,憑藉、依靠。

[63] 正,指萬物自然之性。即自然界的正常現象。

[64] 六氣,陰、陽、風、雨、晦、明。辯,同變,指六氣的變化。

[65] 遊無窮,遨遊於無窮的宇宙。

[66] 至人,修養最高的人。無己,能任順自然,忘了自己。

[67] 神人,修養達到神化不測境界的人。無功,無意於求功。

[68] 無名,無意於求名。

[69] 許由,相傳字武仲,潁川人,堯讓天下給他,他不受而逃,隱於箕山。

[70] 爝(jué 爵)火,小火把,言光之小者。

[71] 浸灌,猶灌溉。

[72] 澤,潤澤。

[73] 夫子,指許由。尸,古代祭祖的神主,後來引申爲無其實而徒居名位之意,所謂"尸位"。"尸"作動詞用。

[74] 缺然,不足貌。

[75] 致天下,把天下奉交給你。

[76] 名者三句:賓,從生物,附屬品。這三句意思説,名是依附於實而產生的事物。你已把天下治理得很好了,再把天下讓給我,那我就將成爲徒擁虛名、有名無實的人,將成爲一種附屬品。

[77] 鷦(jiāo 焦)鷯(liáo 聊),小鳥名。喜歡居於樹林深處,巧於築巢。

[78] 偃鼠,土鼠名,一作鼴鼠,常穿耕地而行,喜飲河水。

[79] 歸休乎君,是"君歸休乎"的倒裝句,猶説:"您回去吧,算了吧!"君,您,指堯。

[80] 這句説,天下對於我是没有什麽用處的。

[81] 庖(páo 跑)人,掌管庖廚的人。不治庖,謂没有供應好犧牲等祭品。

[82] 祝,執掌祭祀之官,因他對神主而祝,故稱尸祝。樽,盛酒器。俎,盛肉器。這句説,尸祝不能超越權限代庖人行事。

[83] 肩吾、連叔,疑是作者虛構的人物。

[84] 接輿,楚國的狂士,隱居不仕。

[85] 往而不反,猶今言"説到哪裏是哪裏",不着邊際。

[86] 河漢,指天上銀河。這句説,接輿的話像銀河那樣漫無邊際。

[87] 逕庭,差別很大的意思。逕,門外小路。庭,庭院之中。門外小路和中庭,一偏一正,差別很大。這句連下句意思説,接輿的話與人情相去甚遠。

[88] 藐,讀爲"邈",遼遠之意。姑射(yè夜),傳説中仙山名。一説,藐姑射三字連讀,山名。

[89] 淖約,同"綽約",美好、柔弱貌。處子,即處女。

[90] 其神凝,他的精神凝聚、專一。一説,凝作静解。

[91] 疵癘,疾病。

[92] 是,此,指接輿的話。狂,借爲"誑"。這句説,我認爲這是誑言而不相信。

[93] 與,參與。下同。文章,指有文采的東西。

[94] 知,同"智"。

[95] 是其兩句:時,同"是"。女,同"汝"。這兩句意思説,上面所説這些話,指的就是你啊!

[96] 旁礴(bó博),廣被萬物,形容無所不包、無所不及。蘄,同"祈",作求解。亂,作治解。

[97] 弊弊,勞苦貌。

[98] 大浸,大水。稽,至。

[99] 粃糠,穀不熟爲粃,穀皮叫糠。這裏均指瑣細的東西。陶,製瓦器。鑄,製金器。這裏均作動詞用。這句説,用神人身上的瑣細塵垢都將陶鑄出堯舜來。

[100] 資,採購。章甫,冠名。適,往。適諸越,到越國出售。

[101] 斷,原作短,據《莊子集釋》本改。文身,身塗文彩。

[102] 四子,相傳指王倪、齧缺、被衣、許由。《莊子》書中認爲是古代得道之人。

[103] 汾水之陽,汾水的北面。指今山西省臨汾縣一帶,曾爲堯都。

[104] 窅(yǎo杳)然,悵然。喪,猶忘。這句意思説,堯見了四子之後,悵然忘掉了自己的天下。

[105] 惠子,即惠施,莊子友,宋人,曾爲梁(即魏)國相。

[106] 瓠(hù 戶),葫蘆。

[107] 實,作容受、容納解。十斗爲一石。實五石,中間可以容納五石的東西。

[108] 堅,堅固程度。這句意思説,葫蘆質地脆,盛水太多,就不能勝任,無法提舉。

[109] 瓠落,猶廓落,大而平淺。無所容,指不能容納東西。

[110] 呺(xiāo 囂)然,虚大貌。

[111] 掊(pǒu 剖上),擊破。

[112] 拙於用大,不善於把事物利用在大處。

[113] 龜(jūn 君),同"皸",皮膚受凍而裂。不龜手之藥,防治手上皮膚凍壞的藥。

[114] 洴(píng 瓶)澼(pì 辟),在水中漂洗。絖(kuàng 曠),同"纊",細棉絮。

[115] 這句説,請求用一百斤金子來購買他的藥方。古代金大一方寸重一斤爲一金。

[116] 鬻(yù 育),賣。技,指製藥的技能。

[117] 冬與兩句:因爲吳人用不龜手之藥預防,雖冬天水戰,皮膚不凍裂,故取得勝利。

[118] 慮,作結縛解。一説,慮是"攄"的假借,作挖空解。大樽,一名腰舟,形如酒器,縛在身上,浮於江湖,可以自渡。這句説,爲什麼不把它繫結在身上(或挖空了)作爲大樽用。

[119] 蓬,短而不暢之物。蓬之心,指見解迂曲。一説,蓬是蒙的假借字;蓬之心,謂心有所蒙蔽。

[120] 樗(chū 初),亦稱臭椿,一種劣質的大木。

[121] 大本,指主幹。擁腫,同"臃腫",指木上多贅瘤。中,合。繩墨,匠人用以求直的工具。

[122] 卷曲,同"蜷曲"。規矩,匠人用以求圓、求方的工具。以上兩句説,大樹的枝幹都不中用。

[123] 塗,同"途"。

[124] 狸,野貓。狌,俗名黄鼠狼。

194

[125] 敖,同“遨”,作遊解。敖者,指往來的小動物,狸狌取食的對象。

[126] 跳梁,同“跳踉”,跳躍,竄越。

[127] 辟,同“避”。

[128] 機,弩機;辟,陷阱;均用以捕獸者。

[129] 罔,同“網”。罟(gǔ古),網的通稱。

[130] 犛(lí 離)牛,即旄牛,産於我國西南部的一種牛。

[131] 無何有,什麽都没有。

[132] 莫,大。

[133] 彷徨,徘徊。

[134] 夭,夭折。斤,砍木斧。這句説,不因斧斤砍伐而夭折。

[135] 物無害者,没有什麽東西會侵害它。

[136] 無所兩句:它没有什麽用處,又哪裏有什麽困苦呢?

養 生 主(節録)

【解題】 養生主,即養生的主要關鍵,一説“生主”是指人的精神。這裏節録“庖丁解牛”部分。它説明世上事物雖然錯綜複雜,只要善於適應自然之理,就不會蒙受損傷。

庖丁爲文惠君解牛[1],手之所觸,肩之所倚,足之所履,膝之所踦[2],砉然嚮然[3],奏刀騞然[4],莫不中音。合於桑林之舞[5],乃中經首之會[6]。

文惠君曰:“譆[7],善哉!技蓋至此乎[8]?”

庖丁釋刀對曰:“臣之所好者道也,進乎技矣[9]。始臣之解牛之時,所見無非牛者[10]。三年之後,未嘗見全牛也[11]。方今之時,臣以神遇而不以目視,官知止而神欲行[12]。依乎天理[13],批大卻[14],道大窾[15],因其固然[16]。技經肯綮之未嘗[17],而況大軱乎[18]!良庖歲更刀,割也[19];族庖月更刀,折也[20]。今臣之刀十九年矣,所解數千牛矣,而刀刃若新發於硎[21]。彼節者有

195

閒[22]，而刀刃者無厚；以無厚入有閒，恢恢乎其於遊刃必有餘地矣[23]，是以十九年而刀刃若新發於硎。雖然，每至於族[24]，吾見其難爲，怵然爲戒[25]，視爲止[26]，行爲遲[27]。動刀甚微，謋然已解[28]，如土委地[29]。提刀而立，爲之四顧，爲之躊躇滿志[30]，善刀而藏之[31]。”

　　文惠君曰：“善哉，吾聞庖丁之言，得養生焉[32]。”

【註釋】

[1] 庖丁，名叫丁的廚工。文惠君，即梁惠王。解牛，宰牛。

[2] 踦(jǐ己)，一足站着。庖丁用一足的膝蓋頂住牛，所以只有一足站着。以上四句均寫解牛的動作。

[3] 砉(huā 花)然，皮骨相離聲。嚮，“響”的假借字。

[4] 奏，進。騞(huō 豁)然，比砉然更大的聲音。

[5] 桑林，湯樂名。

[6] 經首，堯樂《咸池》中樂章名。會，音節。

[7] 譆(xī 希)，贊嘆聲。

[8] 蓋，同“盍”，意義同“何”。

[9] 進，超過。

[10] 這句意思說，看不到牛身可以進刀的空隙。

[11] 這句意思說，技術熟練以後，看見的就不是一頭完整的牛，而只是牛身中骨節經絡、膝理等結構。

[12] 官知，器官的知覺，如視聽之類。神欲，指思維活動。

[13] 天理，指牛身結構的自然膝理。

[14] 批，擊。郤，同“隙”，指筋骨間隙處。

[15] 道，同“導”，循着。窾(kuǎn 款)，空，指骨節空處。

[16] 固然，指牛身本來的結構。

[17] 技，俞樾說，蓋枝之誤。枝，枝脈。經，經脈。枝經，猶言經絡。肯，著骨肉。綮(qǐ 起)，筋肉相結處。以上四者，均爲運刀有所阻礙之處。

196

嘗,試,這裏是指接觸。

[18] 骱(gū 孤),股部大骨。

[19] 更,換。割,割肉。指不順縢理的強割。

[20] 族庖,猶衆庖。折,用刀宰折骨頭。

[21] 硎(xíng 刑),磨刀石。新發於硎,指刀新磨好。

[22] 節,指牛骨節。閒,間隙。

[23] 恢恢乎,寬大有餘貌。遊,運轉。

[24] 族,筋骨交錯聚結處。

[25] 怵然,警惕貌。

[26] 視爲止,視力停留在一點上。

[27] 行爲遲,徐徐動手。

[28] 謋(zhé 哲),同"磔"。謋然,解脫貌。

[29] 委,散佈。

[30] 躊躇,從容自得貌。滿志,心滿意足。

[31] 善,拭。

[32] 養生,指養生之道。

胠　篋

【解題】 此舉篇首二字爲題,大旨發揮道家的"絶聖棄智"思想。
篇中揭露一切法制、道德、智術,都被統治者利用爲盜掠的工具;從而
要求人們退回到無知無識的原始社會。它揭露了統治者爭權奪利的
醜惡面目,而提出的解決辦法則是違反人類社會的發展規律的。

將爲胠篋、探囊、發匱之盜而爲守備[1],則必攝緘縢[2],固扃
鐍[3];此世俗之所謂知也[4]。然而巨盜至,則負匱、揭篋、擔囊而
趨[5],惟恐緘縢、扃鐍之不固也。然則鄉之所謂知者[6],不乃爲
大盜積者也[7]?

故嘗試論之,世俗之所謂知者,有不爲大盜積者乎? 所謂聖
者,有不爲大盜守者乎? 何以知其然邪? 昔者齊國[8],鄰邑相

望,鷄狗之音相聞,網罟之所布[9],耒耨之所刺[10],方二千餘里[11],闔四竟之內[12],所以立宗廟社稷[13],治邑屋州閭鄉曲者[14],曷嘗不法聖人哉[15]?然而田成子一旦殺齊君而盜其國[16],所盜者,豈獨其國邪?並與其聖知之法而盜之。故田成子有乎盜賊之名,而身處堯、舜之安,小國不敢非,大國不敢誅,十二世有齊國[17],則是不乃竊齊國並與其聖知之法,以守其盜賊之身乎?

嘗試論之,世俗之所謂至知者,有不爲大盜積者乎?所謂至聖者,有不爲大盜守者乎?何以知其然邪?昔者龍逢斬[18],比干剖[19],萇弘胣[20],子胥靡[21]。故四子之賢,而身不免乎戮。故盜跖之徒問於跖曰[22]:“盜亦有道乎?”跖曰:“何適而无有道邪[23]?夫妄意室中之藏[24],聖也;入先,勇也;出後,義也;知可否,知也;分均,仁也。五者不備,而能成大盜者,天下未之有也。”由是觀之,善人不得聖人之道不立,跖不得聖人之道不行;天下之善人少而不善人多,則聖人之利天下也少,而害天下也多。故曰:脣竭則齒寒[25],魯酒薄而邯鄲圍[26],聖人生而大盜起。掊擊聖人[27],縱舍盜賊[28],而天下始治矣!

夫川竭而谷虛,丘夷而淵實[29],聖人已死,則大盜不起,天下平而无故矣[30]。聖人不死,大盜不止。雖重聖人而治天下[31],則是重利盜跖也[32]。爲之斗斛以量之,則並與斗斛而竊之;爲之權衡以稱之[33],則並與權衡而竊之;爲之符璽以信之[34],則並與符璽而竊之;爲之仁義以矯之,則並與仁義而竊之。何以知其然邪?彼竊鉤者誅[35],竊國者爲諸侯;諸侯之門,而仁義存焉[36],則是非竊仁義聖知邪?故逐於大盜、揭諸侯、竊仁義並斗斛權衡符璽之利者[37],雖有軒冕之賞弗能勸[38],斧鉞之威弗能禁[39]。此重利盜跖而使不可禁者,是乃聖人之過也。故曰:“魚不可脫於淵,國之利器不可以示人[40]。”彼聖人者,天下之利器也,非所以明天下也[41]。

　　故絕聖棄知，大盜乃止；擿玉毀珠[42]，小盜不起；焚符破璽，而民朴鄙[43]；掊斗折衡，而民不爭；殫殘天下之聖法[44]，而民始可與論議；擢亂六律[45]，鑠絕竽瑟[46]，塞瞽曠之耳[47]，而天下始人含其聰矣[48]；滅文章，散五采，膠離朱之目[49]，而天下始人含其明矣；毀絕鉤繩[50]，而棄規矩[51]，攦工倕之指[52]，而天下始人有其巧矣。故曰："大巧若拙[53]。"削曾、史之行[54]，鉗楊、墨之口[55]，攘棄仁義[56]，而天下之德始玄同矣[57]。

　　彼人含其明，則天下不鑠矣[58]；人含其聰，則天下不累矣[59]；人含其知，則天下不惑矣；人含其德，則天下不僻矣[60]。彼曾、史、楊、墨、師曠、工倕、離朱，皆外立其德[61]，而以爚亂天下者也[62]，法之所无用也[63]。

　　子獨不知至德之世乎？昔者容成氏、大庭氏、伯皇氏、中央氏、栗陸氏、驪畜氏、軒轅氏、赫胥氏、尊盧氏、祝融氏、伏羲氏、神農氏[64]，當是時也，民結繩而用之，甘其食，美其服，樂其俗，安其居，鄰國相望，鷄狗之音相聞，民至老死而不相往來。若此之時，則至治已。今遂至使民延頸舉踵[65]，曰"某所有賢者"，贏糧而趣之[66]，則內棄其親，而外去其主之事；足跡接乎諸侯之境，車軌結乎千里之外，則是上好知之過也[67]。上誠好知而无道，則天下大亂矣。

　　何以知其然邪？夫弓弩、畢弋、機變之知多[68]，則鳥亂於上矣；鉤餌、網罟、罾笱之知多[69]，則魚亂於水矣；削格、羅落、罝罘之知多[70]，則獸亂於澤矣；知詐漸毒[71]，頡滑堅白[72]，解垢同異之變多[73]，則俗惑於辯矣。故天下每每大亂[74]，罪在於好知。故天下皆知求其所不知，而莫知求其所已知者；皆知非其所不善，而莫知非其所已善者[75]，是以大亂。故上悖日月之明[76]，下爍山川之精[77]，中墮四時之施[78]，惴耎之蟲[79]，肖翹之物[80]，莫不失其性。甚矣夫！好知之亂天下也。自三代以下者是已。舍夫種種之民[81]，而悅夫役役之佞[82]；釋夫恬淡無爲[83]，而悅夫啍啍之意[84]。啍啍已亂天下矣。

【註釋】

[1] 胠(qū 區)，從旁開物。篋(qiè 切)，箱。囊，袋。匱，同“櫃”。

[2] 攝，結。緘、縢(téng 騰)，都是繩子。

[3] 扃(jiōng 坰)，門窗、箱櫃上的插關。鐍(jué 決)，箱子上加鎖的鉸鈕。

[4] 知，同“智”。本篇內“知”字作名詞用處均同“智”。以上四句意思說，爲了防備開箱、摸袋、發櫃的盜賊必須把箱櫃等用繩束縛好，用鎖鎖好，這就是世俗所謂聰明人的做法。

[5] 揭，舉。

[6] 鄉，同“曏”，又作向，猶言以前。

[7] 積，這裏有準備的意思。也，同“耶”，疑問助詞。

[8] 齊國，周封太公姜尚於齊，傳至康公，被田氏所代，國號仍爲齊。這裏指姜氏之齊。

[9] 罟(gǔ 古)，網的通名。布，同“佈”。這句指領海面積。

[10] 耒，犁。耨(nòu)，鋤頭。刺，插入。這句指耕地面積。

[11] 以上五句，極言姜氏齊國廣大而富庶。

[12] 闔，同“合”。竟，同“境”。

[13] 宗廟，古代天子諸侯祭祀祖先之處。社稷，古代天子諸侯祭祀土神、穀神之處。

[14] 邑、屋、州、閭、鄉，都是城鄉內劃分地區的名稱。《司馬法》：“畝百爲夫，夫三爲屋，屋三爲井，井四爲邑。”“五家爲比，五比爲閭，五閭爲族，五族爲黨，五黨爲州，五州爲鄉。”曲，猶言角落。鄉曲，鄉間一角的地方。

[15] 這句說，何嘗不以聖人爲法。

[16] 田成子，即田常，亦稱陳恆。他殺齊簡公而立平公，專擅國政。至齊康公時，田常曾孫田和放逐康公而自立爲齊侯。

[17] 十二世,田氏本居陳國,自陳完逃亡至齊,稱田氏,傳至田常共七世。自田常到宣王爲六世,共十三世。除去宣王與莊子同時不計在内,恰十二世。俞樾以爲"十二世"係"世世"之誤。

[18] 龍逢(páng 龐),姓關,夏桀時賢臣,爲桀所殺。

[19] 比干,殷之宗室,爲人正直,因諫紂王,被剖心而死。

[20] 萇弘,周賢臣,被刑而死。胣(chì 斥),車裂之刑。

[21] 子胥,即伍子胥,被吴王夫差所殺,浮屍於江,使它糜爛。靡,同"糜"。

[22] 跖,古代傳説中反抗貴族統治的領袖。

[23] 何適,何往。

[24] 意,同"臆",猜度。這句説,憑空揣測他人家中所藏的財物。

[25] 竭,作舉解。脣竭,即脣反舉向上。

[26] 魯酒薄而邯鄲圍,《淮南子》許慎註云:"楚會諸侯,魯、趙俱獻酒於楚王,魯酒薄而趙酒厚。楚之主酒吏求酒於趙,趙不與。吏怒,乃以趙厚酒易魯薄酒,奏之。楚王以趙酒薄,故圍邯鄲也。"邯鄲,趙國的京城。這兩個例子喻事物的因果關係有不期然而然者。

[27] 掊(pǒu 剖上),打。

[28] 縱舍,釋放,不去治理。

[29] 谷,指山中低地受水處。夷,平。淵,水深之處。這兩句説,河水如乾涸,則山谷就空虚,山丘如削平,則深淵也就被土填没。

[30] 故,事故。

[31] 重,作尊重解。

[32] 重,作厚、加倍解。重利盗跖,使盗跖獲得更多的好處。

[33] 權,秤錘。衡,秤桿。

[34] 符,竹或銅所製,用兩片合成。由兩方各執其一,用以驗信。璽,印章。信,取信。

[35] 鉤,衣帶上的鉤,價值很低的物品。

[36] 存焉,王引之説當作"焉存"。焉,作於是解。

[37] 逐,追隨。揭,舉,引申有居於其上的意思。

[38] 軒,高車。冕,大冠。都是大夫以上的貴族所乘用,此處借指官爵。

[39] 斧鉞,借指刑罰。鉞,大斧。

［40］魚不可脱於淵兩句：引《老子》之言。脱，脱離。魚離淵則死亡。利器，指治理國家的方法。這兩句意思説，魚離開水淵，便要爲人所獲，治理國家的方法向大家公開宣示，便要被大盜所利用。

［41］彼聖人三句：聖人，指聖人之道。明，宣示。這三句意思説，聖人講的是治理天下的方法，因此他們所談的一套是天下的利器，不能拿來向天下人宣示。

［42］摘，同“擲”，抛棄。

［43］朴，樸實。鄙，樸野、固陋。道家嚮往原始社會，主張愚民，厭惡機巧，因此莊子認爲朴鄙是一種好的風氣。

［44］殫，竭盡。殘，毁壞。

［45］擢，拔。一説是“攬”的假借字。六律，指律管之合陽聲者：一，黄鐘；二，大簇；三，姑洗；四，蕤賓；五，夷則；六，無射。加上陰聲的六吕，共十二律。

［46］鑠，銷毁。絶，折斷。竽、瑟，皆樂器名。

［47］瞽曠，即師曠，春秋時著名的音樂家，因他是盲人，名曠，故稱瞽曠。

［48］含，懷藏，這裏作保全解。聰，指聽覺。

［49］離朱，又名離婁，古代視力極强的人。

［50］鈎，畫曲的工具。繩，畫直的工具。

［51］而，王引之以爲即然字，是燃的假借字。規，畫圓的工具。矩，畫方的工具。

［52］攦（lì 麗），折斷。工倕（chuí 垂），相傳是堯時的巧匠。

［53］大巧若拙，語本《老子》，意思説，具有大智慧的人，一切順從自然，不尚機巧，形似愚拙。

［54］曾，曾參，孔子弟子，有孝行。史，史魚，衛靈公時直臣，身死而後，以尸諫靈公。

［55］楊，楊朱。墨，墨翟。均先秦時大思想家，善辯論。

［56］攘，排去。

［57］玄同，混同爲一。

［58］這句説，天下的人不會再遭受消耗、損壞了。下面諸句結構大致相同。

［59］累,憂患。

［60］僻,邪惡。

［61］外立其德,把自己的德行樹立在表面上,意即誇耀自己的德行。

［62］爚(yuè 躍),消散,這裏作炫耀解。爚亂,自我炫耀以惑亂他人的意思。

［63］法,指道家所謂大道。這句説,從大道來講,這些都是没有用處的。

［64］昔者句:所引自容成氏至神農氏十二氏,都是傳説中遠古時期的帝王。

［65］延頸,伸長頭頸。舉踵,提起脚跟。

［66］贏,裹。趣,同"趨"。

［67］上,指君主。

［68］弩,用機關發箭的弓。畢,有柄的網。弋,尾部帶繩用以射鳥的箭。機,弩上的機關,又叫弩牙。變,"碆(bō 波)"的假借字,用石鏃的箭。

［69］罾(zēng 增),像傘蓋的魚網。笱(gǒu 狗),捕魚的竹器。

［70］削,即箭(shuò 朔),竹竿。格,木柄。都是用以張羅網的。落,即絡,羅絡猶羅網。罝(zū 租)罘(fú 浮),捕兔的網。

［71］漸,也是詐的意思。

［72］頡,同"黠"。滑,同"猾"。黠猾,不正的語言。堅白,戰國時名家公孫龍子的論題之一。他把石頭的堅硬的質地和白的顔色等孤立地加以分析。

［73］解垢,詭曲的言辭。同異,戰國時名家惠施的論題之一,他認爲一切事物的相同和相異都是相對的。

［74］每每,猶夢夢、昏昏,糊塗。

［75］故天下四句:意思説,天下的人都只知去求自己所不知道的事物,而不懂得講求自己已經知道的事物(實際上他所認爲已經知道的並不一定是真知道的);都只知去反對自己所認爲不善的,而不懂得去反對他所認爲善的(實際上他所認爲善的並不一定真是善的)。所不善,指暴行盜竊等。所已善,指聖智仁義等。

［76］悖(bèi 倍),亂。這句指日月虧蝕。

［77］這句指山崩川竭。

〔78〕墮(huī 灰),通"隳",壞。這句指擾亂四季的天氣。

〔79〕蝡(chuǎn 喘)蝡(ruǎn 軟)之蟲,指無足的、蠕動的蟲類。蝡蝡,形容蟲類蠕動的樣子。

〔80〕肖翹之物,飛蟲之類的生物。

〔81〕舍,同"捨"。種種,淳樸貌。

〔82〕役役,姦黠貌。佞,巧言。役役之佞,指姦詐狡猾巧言獻媚的人。

〔83〕釋,廢棄。恬淡,清心寡欲。

〔84〕啍(dūn 敦)啍,殷勤誨人貌。

韓　非　子
據王先慎《韓非子集解》本

韓非，韓國(今河南省西北部及陝西省東部)的公子。生年不詳，卒於公元前二三三年(秦始皇十四年)。與李斯同爲荀況的學生。斯自以爲不如。非見韓國的削弱，屢次上書韓王，韓王不能用，乃著書十餘萬言説明治國之道。秦王(始皇)見而悦之，因發兵攻韓，目的在取得韓非。非奉使入秦。李斯、姚賈二人妒忌他的才能，進讒於秦王而殺之。他的學術綜合了申不害的"術"，商鞅的"法"，慎到的"勢"而加以發展，主張因時制宜，強調法治和君主集權，爲先秦法家的集大成者。有《韓非子》五十五篇。它的文章以説理精密、文筆犀利見長，又善於用淺近寓言説明抽象的道理。

內　儲　説　上(節録)

齊宣王使人吹竽[1]，必三百人[2]。南郭處士請爲王吹竽[3]，宣王説之[4]，廩食以數百人[5]。宣王死。湣王立，好一一聽之[6]，處士逃[7]。

【註釋】

[1]竽，古代笙類樂器。
[2]必三百人，每次總是使三百人一起吹。
[3]郭，外城。處士，没有做官的士人。南郭處士，即居於南邊外城的一個處士。
[4]説，同"悦"。
[5]廩(lǐn 凛)，穀食。這裏廩食是由官廩供食的意思。以，作及解。這句説，吹竽的人由官廩供食的已達數百人。
[6]這句説，歡喜一個一個分別聽他們吹竽。

[7]南郭處士原來並不會吹竽,只是混在三百人之中,現在要分別地吹
了,只好逃走。

外 儲 説 左 上(節録)

楚王謂田鳩曰[1]:"墨子者,顯學也[2]。其身體則可,其言多
不辯[3],何也?"

曰:"昔秦伯嫁其女於晉公子[4],爲之飾裝[5],從衣文之媵七
十人[6]。至晉,晉人愛其妾而賤公女。此可謂善嫁妾,而未可謂
善嫁女也。楚人有賣其珠於鄭者,爲木蘭之櫃[7],薰以桂椒[8],
綴以珠玉[9],飾以玫瑰[10],輯以羽翠[11]。鄭人買其櫝而還其珠。
此可謂善賣櫝矣,未可謂善鬻珠也[12]。今世之談也,皆道辯説文
辭之言;人主覽其文,而忘有用。墨子之説,傳先王之道,論聖人
之言,以宣告人;若辯其辭,則恐人懷其文,忘其用[13],直以文害
用也[14]。此與楚人鬻珠,秦伯嫁女同類。故其言多不辯。"

【註釋】

[1]田鳩,一作田俅,齊人,是傳墨子學説的,著有《田俅子》三篇,見《漢
　　　書·藝文志》,今佚。
[2]顯學,顯於當世的學派。《韓非子》別有《顯學篇》,論述當世的顯學,
　　　以儒、墨並稱。
[3]其身兩句:體,行。辯,巧於辭令。上句説,墨子本身的實踐還不錯。
　　　墨子的文章,在先秦諸子中比較樸素;故下句説其言多不辯。
[4]這事可能是假設的比喻,未必全合史實,因秦、晉世代聯姻,故據以
　　　爲説。
[5]"爲之"前原有"令晉"二字,據王先慎引《御覽》刪。飾裝,準備嫁妝。
[6]衣文,著有文采的衣服,衣作動詞用。媵(yìng映),陪嫁之妾。

［ 7 ］木蘭,香木名。

［ 8 ］桂、椒,都是香料。

［ 9 ］綴,連綴,裝飾。

［10］玫瑰,即火齊珠,彩色有光的寶珠。一説,石之美好者。

［11］輯,集。這句是説用翠鳥的羽裝飾匣子。

［12］鬻(yù育),賣。

［13］用,原無,據顧廣圻説補。

［14］直,簡直。

　　郢人有遺燕相國書者[1],夜書,火不明,因謂持燭者曰:"舉燭!"而誤書"舉燭"。舉燭非書意也[2]。燕相國受書而説之,曰:"舉燭者,尚明也[3],尚明也者,舉賢而任之。"燕相白王,王大悦,國以治。

　　治則治矣,非書意也! 今世學者,多似此類[4]。

【註釋】

［ 1 ］郢,楚國都。遺(wèi味),送給。

［ 2 ］這句説,書信上誤寫了"舉燭"兩字,不是所寫書信的原意。

［ 3 ］尚明,崇尚明察。

［ 4 ］今世學者兩句:諷刺當時學者引用前賢的遺言,往往不顧原意。憑自己主觀想像加以發揮,斷章取義,穿鑿附會,與郢書燕説之事相類。

　　鄭人有欲買履者,先自度其足而置之其坐[1]。至之市[2],而忘操之[3]。已得履,乃曰:"吾忘持度。"反歸取之[4]。及反[5],市罷,遂不得履。人曰:"何不試之以足?"曰:"寧信度,無自信也[6]。"

[1]這句説,先自己量一下脚的大小,然後,把所量得的脚樣放在座位上。

[2]至,及。

[3]操,拿。

[4]反,同"返"。

[5]這句説,等他拿了脚樣回到市場。

[6]寧信兩句:寧可相信所度量的東西,而不相信自己的足。

外 儲 説 右 上(節録)

　　宋人有酤酒者[1],升概甚平[2],遇客甚謹,爲酒甚美,縣幟甚高[3],然而不售。酒酸。怪其故,問其所知閭長者楊倩[4]。倩曰:"汝狗猛耶?"曰:"狗猛則酒何故而不售?"曰:"人畏焉!或令孺子懷錢[5],挈壺罋而往酤[6],而狗迓而齕之[7],此酒所以酸而不售也。"

　　夫國亦有狗。有道之士,懷其術,而欲以明萬乘之主[8],大臣爲猛狗,迎而齕之。此人主之所以蔽脅[9],而有道之士所以不用也。

　　故桓公問管仲曰:"治國最奚患?"對曰:"最患社鼠矣[10]!"公曰:"何患社鼠哉?"對曰:"君亦見夫爲社者乎? 樹木而塗之[11],鼠穿其間,掘穴託其中。燻之則恐焚木,灌之則恐塗阤[12],此社鼠之所以不得也。今人君之左右,出則爲勢重而收利於民,入則比周而蔽惡於君[13],内間主之情以告外[14]。外内爲重[15],諸臣百吏以爲富[16]。吏不誅則亂法,誅之則君不安。據而有之[17],此亦國之社鼠也。"

　　故人臣執柄而擅禁[18]。明爲己者必利,而不爲己者必害,此亦猛狗也。夫大臣爲猛狗而齕有道之士矣,左右又爲社鼠而間主之情! 人主不覺。如此,主焉得無壅[19],國焉得無亡乎?

【註釋】

[1] 酤,同沽,賣。

[2] 升,量酒器。概,刮平斗斛的用具。這句説,分量很準確。

[3] 縣,同"懸"。幟,指酒旗。

[4] 閭長者,鄉里中年長者。閭,里門。

[5] 孺子,小孩。

[6] 挈,提攜。甕,同"罋",儲酒器。

[7] 迓,相迎。齕(hé 核),咬。

[8] 明,白,猶曉諭。萬乘之主,擁有兵車萬乘的國君,指大國之君。

[9] 蔽,受蒙蔽。脅,受挾制。

[10] 社,古代民間植樹而祀之,以爲社神,亦曰社主,所以祈福。社鼠,穴
居社樹中的老鼠。

[11] 樹,栽種。塗之,以泥土塗上。

[12] 塗,所塗泥土。阤,同"陀",崩落。

[13] 比周,互相勾結。這兩句説,在外面,則倚仗國君權勢之重,向人民搜
刮;在内,則互相勾結以掩飾自己的罪惡。

[14] 間,窺探。

[15] 外内爲重,在内在外均造成他的重權。

[16] 富,王先慎説,當作輔,聲之誤。又《詩經・瞻卬》:"何神不富。"《毛
傳》:富,福也。此篇諸臣百吏以爲富,疑即言諸臣百吏以爲福。

[17] 據而有之,言他們依靠了國君以保有其權勢地位。

[18] 擅禁,擅,專擅;禁,禁令,指法令。

[19] 壅,蔽塞。

難　　一(節録)

　　楚人有鬻楯與矛者[1],譽之曰[2]:"吾楯之堅,莫能陷也。"又
譽其矛曰:"吾矛之利,於物無不陷也。"或曰:"以子之矛陷子之

楯何如?"其人弗能應也。

【註釋】

[1] 楯,今作盾,盾牌,古代的防禦武器。
[2] 譽之曰,指楚人稱贊自己的盾和矛。

五　蠹[1]

【解題】　本篇根據古今社會變遷的實際情況,論證了法治的合理,指斥當時的學者(儒家)、言談者(縱橫家)、帶劍者(遊俠)、患御者(國君所狎暱的近侍之臣)、工商五種人爲社會的蠹蠹,而主張養耕戰之士(農民、軍隊),除五蠹之民。

上古之世,人民少而禽獸衆,人民不勝禽獸蟲蛇。有聖人作,搆木爲巢以避羣害,而民説之,使王天下,號之曰有巢氏。民食果蓏蜯蛤[2],腥臊惡臭而傷害腹胃,民多疾病。有聖人作,鑽燧取火以化腥臊[3],而民説之,使王天下,號之曰燧人氏。中古之世,天下大水,而鯀、禹決瀆[4]。近古之世,桀、紂暴亂,而湯、武征伐。今有搆木鑽燧於夏后氏之世者,必爲鯀、禹笑矣;有決瀆於殷、周之世者,必爲湯、武笑矣。然則今有美堯、舜、鯀、禹、湯、武之道於當今之世者[5],必爲新聖笑矣。是以聖人不期脩古[6],不法常可[7],論世之事,因爲之備。宋人有耕者,田中有株[8],兔走觸株,折頸而死;因釋其耒而守株,冀復得兔;兔不可復得,而身爲宋國笑。今欲以先王之政,治當世之民,皆守株之類也。

古者丈夫不耕,草木之實足食也;婦人不織,禽獸之皮足衣也。不事力而養足,人民少而財有餘,故民不争。是以厚賞不行,重罰不用,而民自治。今人有五子,不爲多;子又有五子,大父未死[9]，而有二十五孫。是以人民衆而貨財寡，事力勞而供養薄，故民争。雖倍賞累罰，而不免於亂。

堯之王天下也，茅茨不翦[10]，采椽不斲[11]；糲粢之食[12]，藜藿之羹[13]；冬日麑裘[14]，夏日葛衣：雖監門之服養，不虧於此矣[15]。禹之王天下也，身執耒臿[16]，以爲民先，股無完胈[17]，脛不生毛[18]，雖臣虜之勞，不苦於此矣。以是言之，夫古之讓天子者，是去監門之養而離臣虜之勞也，故傳天下而不足多也[19]。今之縣令，一日身死，子孫累世絜駕[20]，故人重之。是以人之於讓也，輕辭古之天子，難去今之縣令者，薄厚之實異也。夫山居而谷汲者，膢臘而相遺以水[21]；澤居苦水者，買庸而決竇[22]。故饑歲之春，幼弟不饟[23]，穰歲之秋[24]，疏客必食。非疏骨肉，愛過客也，多少之心異也。是以古之易財，非仁也，財多也；今之争奪，非鄙也，財寡也。輕辭天子，非高也，勢薄也；重争土橐[25]，非下也，權重也。故聖人議多少、論薄厚爲之政。故罰薄不爲慈，誅嚴不爲戾[26]，稱俗而行也[27]。故事因於世而備適於事[28]。

古者，文王處豐、鎬之間，地方百里，行仁義而懷西戎，遂王天下[29]。徐偃王處漢東[30]，地方五百里，行仁義，割地而朝者三十有六國。荆文王恐其害己也[31]，舉兵伐徐，遂滅之。故文王行仁義而王天下，偃王行仁義而喪其國，是仁義用於古而不用於今也。故曰：世異則事異。當舜之時，有苗不服[32]，禹將伐之。舜曰：“不可！上德不厚而行武[33]，非道也。”乃修教三年，執干戚舞[34]，有苗乃服。共工之戰[35]，鐵銛短者及乎敵，鎧甲不堅者傷乎體[36]。是干戚用於古，不用於今也。故曰：事異則備變。上古競於道德，中世逐於智謀，當今争於氣力。齊將攻魯，魯使子貢説之[37]。齊人曰：“子言非不辯也，吾所欲者土地也，非斯言所謂也。”遂舉兵伐魯，去門十里以爲界[38]。故偃王仁義而徐亡，子貢辯智而魯削。以是言之，夫仁義辯智，非所以持國也。去偃王之仁,息子貢之智,循徐、魯之力,使敵萬乘[39],則齊、荊之欲,不得行於二國矣。

夫古今異俗,新故異備;如欲以寬緩之政,治急世之民,猶無轡策而御駻馬[40],此不知之患也[41]。今儒、墨皆稱先王兼愛天下,則視民如父母[42]。何以明其然也?曰:"司寇行刑[43],君爲之不舉樂;聞死刑之報,君爲流涕。"此所舉先王也。夫以君臣爲如父子則必治,推是言之,是無亂父子也。人之情性,莫先於父母,父母皆見愛,而未必治也;君雖厚愛,奚遽不亂[44]!今先王之愛民,不過父母之愛子,子未必不亂也,則民奚遽治哉!且夫以法行刑,而君爲之流涕,此以效仁[45],非以爲治也。夫垂泣不欲刑者,仁也;然而不可不刑者,法也。先王勝其法,不聽其泣[46],則仁之不可以爲治亦明矣。

且民者固服於勢,寡能懷於義。仲尼,天下聖人也,修行明道,以遊海內;海內説其仁、美其義而爲服役者七十人。蓋貴仁者寡,能義者難也。故以天下之大,而爲服役者七十人,而仁義者一人[47]。魯哀公,下主也,南面君國[48],境內之民,莫敢不臣。民者固服於勢,勢誠易以服人;故仲尼反爲臣而哀公顧爲君[49]。仲尼非懷其義,服其勢也。故以義,則仲尼不服於哀公;乘勢,則哀公臣仲尼。今學者之説人主也,不乘必勝之勢而務行仁義,則可以王;是求人主之必及仲尼,而以世之凡民皆如列徒[50],此必不得之數也[51]。

今有不才之子,父母怒之弗爲改,鄉人譙之弗爲動[52],師長教之弗爲變。夫以父母之愛,鄉人之行,師長之智,三美加焉而終不動,其脛毛不改[53];州部之吏[54],操官兵,推公法,而求索姦人,然後恐懼,變其節,易其行矣。故父母之愛,不足以教子,必待州部之嚴刑者,民固驕於愛,聽於威矣[55]。故十仞之城[56],樓季弗能踰者[57],峭也[58];千仞之山,跛牂易牧者[59],夷也[60]。故明王峭其法而嚴其刑也。布帛尋常[61]，庸人不釋；鑠金百溢[62]，盜跖不掇[63]。不必害，則不釋尋常；必害手，則不掇百溢。故明主必其誅也[64]。是以賞莫如厚而信，使民利之；罰莫如重而必，使民畏之；法莫如一而固，使民知之。故主施賞不遷，行誅無赦；譽輔其賞，毀隨其罰，則賢不肖俱盡其力矣。

今則不然。以其有功也[65]，爵之，而卑其士官也[66]；以其耕作也，賞之，而少其家業也[67]；以其不收也，外之，而高其輕世也[68]；以其犯禁也，罪之，而多其有勇也。毀譽賞罰之所加者，相與悖繆也[69]，故法禁壞而民愈亂。今兄弟被侵必攻者，廉也[70]；知友被辱隨仇者，貞也[71]；廉貞之行成，而君上之法犯矣。人主尊貞廉之行，而忘犯禁之罪，故民程於勇[72]，而吏不能勝也。不事力而衣食，則謂之能；不戰功而尊，則謂之賢；賢能之行成，而兵弱而地荒矣。人主說賢能之行[73]，而忘兵弱地荒之禍，則私行立而公利滅矣。

儒以文亂法，俠以武犯禁；而人主兼禮之，此所以亂也。夫離法者罪[74]，而諸先生以文學取[75]；犯禁者誅，而羣俠以私劍養[76]。故法之所非，君之所取；吏之所誅，上之所養也。法、趣、上、下[77]，四相反也，而無所定，雖有十黃帝，不能治也。故行仁義者非所譽，譽之則害功[78]；工文學者非所用，用之則亂法。楚之有直躬[79]，其父竊羊而謁之吏[80]；令尹曰[81]：「殺之。」——以爲直於君而曲於父，報而罪之。以是觀之，夫君之直臣，父之暴子也。魯人從君戰，三戰三北[82]。仲尼問其故，對曰：「吾有老父，身死莫之養也。」仲尼以爲孝，舉而上之。以是觀之，夫父之孝子，君之背臣也。故令尹誅而楚姦不上聞，仲尼賞而魯民易降北，上下之利若是其異也。而人主兼舉匹夫之行，而求致社稷之福，必不幾矣[83]。

古者蒼頡之作書也[84]，自環者謂之私，背私謂之公[85]。公私之相背也,乃蒼頡固已知之矣;今以爲同利者,不察之患也。然則爲匹夫計者,莫如修仁義而習文學[86]。仁義修則見信,見倍則受事[87];文學習則爲明師,爲明師則顯榮:此匹夫之美也。然則無功而受事,無爵而顯榮,有政如此,則國必亂,主必危矣。故不相容之事,不兩立也。斬敵者受賞,而高慈惠之行;拔城者受爵祿,而信廉愛之説[88];堅甲厲兵以備難,而美薦紳之飾[89];富國以農,距敵恃卒,而貴文學之士;廢敬上畏法之民,而養遊俠私劍之屬:舉行如此,治強不可得也。國平養儒俠,難至用介士[90],所利非所用,所用非所利。是故服事者簡其業[91],而遊學者日衆,是世之所以亂也。

且世之所謂賢者,貞信之行也;所謂智者,微妙之言也。微妙之言,上智之所難知也;今爲衆人法而以上智之所難知[92],則民無從識之矣。故糟糠不飽者,不務粱肉[93];短褐不完者[94],不待文繡。夫治世之事,急者不得,則緩者非所務也[95]。今所治之政,民間之事,夫婦所明知者不用[96],而慕上智之論,則其於治反矣。故微妙之言,非民務也。若夫賢貞信之行者[97],必將貴不欺之士;貴不欺之士者,亦無不欺之術也。布衣相與交,無富厚以相利,無威勢以相懼也,故求不欺之士。今人主處制人之勢,有一國之厚[98],重賞嚴誅,得操其柄以修明術之所燭[99],雖有田常、子罕之臣[100],不敢欺也,奚待於不欺之士! 今貞信之士,不盈於十,而境內之官以百數;必任貞信之士,則人不足官;人不足官,則治者寡而亂者衆矣。故明主之道,一法而不求智[101],固術而不慕信[102],故法不敗而羣官無姦詐矣。今人主之於言也,説其辯而不求其當焉;其用於行也,美其聲而不責其功焉。是以天下之衆,其談言者務爲辯而不周於用[103],故舉先王、言仁義者盈廷,而政不免於亂;行身者競於爲高而不合於功,故智士退處巖穴,歸祿不受[104],而兵不免於弱,政不免於亂。此其故何也? 民之所譽,上之所禮,亂國之術也。

今境內之民皆言治,藏商、管之法者家有之[105],而國愈貧:言耕者衆,執耒者寡也。境內皆言兵,藏孫、吳之書者家有之[106],而兵愈弱:言戰者多,被甲者少也。故明主用其力,不聽其言;賞其功,必禁無用,故民盡死力以從其上。夫耕之用力也勞,而民為之者,曰:可得以富也;戰之為事也危,而民為之者,曰:可得以貴也。今脩文學,習言談,則無耕之勞而有富之實,無戰之危而有貴之尊,則人孰不為也?是以百人事智,而一人用力。事智者衆,則法敗;用力者寡,則國貧,此世之所以亂也。故明主之國,無書簡之文[107],以法為教;無先王之語,以吏為師;無私劍之捍[108],以斬首為勇。是境內之民,其言談者必軌於法[109],動作者歸之於功[110],為勇者盡之於軍。是故無事則國富,有事則兵強,此之謂王資[111]。既畜王資[112],而承敵國之釁[113],超五帝、侔三王者[114],必此法也。

今則不然。士民縱恣於內[115],言談者為勢於外[116],外內稱惡[117],以待強敵,不亦殆乎[118]?故羣臣之言外事者,非有分於從衡之黨,則有仇讎之忠,而借力於國也[119]。從者,合衆弱以攻一強也;而衡者,事一強以攻衆弱也——皆非所以持國也。今人臣之言衡者,皆曰:“不事大,則遇敵受禍矣!”事大未必有實[120];則舉圖而委,效璽而請矣[121]。獻圖則地削,效璽則名卑;地削則國削,名卑則政亂矣。事大為衡,未見其利也,而亡地亂政矣。人臣之言從者,皆曰:“不救小而伐大,則失天下,失天下則國危,國危而主卑。”救小未必有實[122],則起兵而敵大矣;救小未必能存,而敵大未必不有疏;有疏則為強國制矣——出兵則軍敗,退守則城拔。救小為從,未見其利,而亡地敗軍矣。

是故事強則以外權市官於內;救小則以內重求利於外[123]。國利未立,封土厚祿至矣;主上雖卑,人臣尊矣;國地雖削,私家富矣。事成則以權長重，事敗則以富退處。人主之聽說於其臣，事未成則爵祿已尊矣，事敗而弗誅；則遊說之士，孰不爲用矰繳之說而徼倖其後[124]？故破國亡主，以聽言談者之浮說。此其故何也？是人君不明乎公私之利，不察當否之言，而誅罰不必其後也[125]。皆曰[126]：“外事[127]，大可以王，小可以安。”夫王者能攻人者也，而安則不可攻也[128]；強則能攻人者也，治則不可攻也。治強不可責於外，内政之有也[129]。今不行法術於内，而事智於外，則不至於治強矣。

鄙諺曰：“長袖善舞，多錢善賈。”此言多資之易爲工也[130]。故治強易爲謀，弱亂難爲計。故用於秦者，十變而謀希失[131]，用於燕者，一變而計希得。非用於秦者必智，用於燕者必愚也，蓋治亂之資異也。故周去秦爲從[132]，朞年而舉[133]；衛離魏爲衡[134]，半歲而亡。是周滅於從，衛亡於衡也。使周、衛緩其從衡之計，而嚴其境内之治，明其法禁，必其賞罰，盡其地力以多其積，致其民死以堅其城守；天下得其地則其利少，攻其國則其傷大；萬乘之國，莫敢自頓於堅城之下[135]，而使強敵裁其弊也[136]，此必不亡之術也。舍必不亡之術，而道必滅之事[137]，治國者之過也。智困於内而政亂於外，則亡不可振也。

民之故計[138]，皆就安利如辟危窮[139]。今爲之攻戰，進則死於敵，退則死於誅，則危矣。棄私家之事，而必汗馬之勞[140]，家困而上弗論[141]，則窮矣。窮、危之所在也，民安得勿避？故事私門而完解舍[142]，解舍完則遠戰，遠戰則安。行貨賂而襲當塗者則求得[143]，求得則利。安、利之所在[144]，安得勿就？是以公民少而私人衆矣。

夫明王治國之政，使其商工游食之民少而名卑，以趣本務而外末作[145]。今世近習之請行[146]，則官爵可買；官爵可買，則商工不卑也矣。姦財貨賈得用於市[147]，則商人不少矣。聚斂倍農[148]，而致尊過耕戰之士[149]，則耿介之士寡[150]，而高價之民多矣[151]。是故亂國之俗：其學者，則稱先王之道以籍仁義[152]，盛容服而飾辯説，以疑當世之法，而貳人主之心[153]；其言談者[154]，爲設詐稱，借於外力，以成其私，而遺社稷之利[155]。其帶劍者，聚徒屬，立節操以顯其名，而犯五官之禁[156]。其患御者[157]，積於私門，盡貨賂，而用重人之謁[158]，退汗馬之勞；其商工之民，修治苦窳之器[159]，聚沸靡之財[160]，蓄積待時，而侔農夫之利[161]；——此五者，邦之蠹也。人主不除此五蠹之民，不養耿介之士，則海内雖有破亡之國，削滅之朝，亦勿怪矣。

【註釋】

[1]蠹(dù 杜)，木中蟲，即蛀蟲。

[2]木本植物所結的果實叫果，草本植物所結的果實叫蓏(luǒ 裸)。蜯，同"蚌"。蛤，蛤蜊。都是水産動物。

[3]鑽燧，一種原始的取火方法。燧，鑽木取火的工具。

[4]鯀(gǔn 滾)，禹的父親。決，開，疏濬。瀆，水道。古代稱長江、淮河、黄河、濟水爲四瀆。

[5]堯、舜、鯀、禹、湯、武，原作"堯、舜、湯、武、禹"，據王先慎説改。

[6]脩，同"修"，治，習。

[7]常可，舊的法則，慣例。

[8]株，斷樹根。

[9]大父，祖父。

[10]茅茨，以茅草覆蓋的屋頂。

[11]采，木名，即櫟。椽(chuán 船)，簷上承屋瓦的木條。斲，同"斫"，這裏作雕飾解。

[12]糲，粗米。粢(zī 資)，稻餅。

[13]藜，草名，可食。藿，豆葉。

[14]麑(ní 倪)，幼小的鹿。麑裘，以麑皮製的裘。

217

[15] 雖監門兩句：監門，看守里門的人。服養，指衣食等服用供養。虧，猶
少。這句説，堯的生活水平很低，雖看門的人也不會比他更差些。

[16] 耒，農具。臿(chā 鍤)，築牆的工具。

[17] “完”字，據王先愼引《御覽》增。胈(bá 跋)，股上的肌肉。

[18] 脛(jìng 徑)，小腿。

[19] 故，原作古，據王先愼引張榜本、趙本改。多，推重。

[20] 絜(xié 諧)，束。絜駕，猶言繫馬於車，即乘車的意思。這句説，他的
子孫好幾代都有車子乘。

[21] 膢(lóu 樓)，楚俗在二月祭飲食之神的節日。臘，臘月祭百神的節日。
這兩句形容山居的人汲水困難，故以水爲貴重之物，每逢節日，以此
相餽送。

[22] 庸，即傭。買庸，指僱傭工。竇，水溝。這兩句説明居住在低窪地區
的人常爲水患所苦，故僱人疏通水道以排泄積水。

[23] 饢，同“餉”，給食物。

[24] 穰歲，豐年。

[25] 土，當作“士”，同“仕”。橐，通“託”，指依賴於諸侯。

[26] 戾，暴虐。

[27] 稱，適合。

[28] 備，設備，設施。

[29] 文王四句：文王，周文王。豐，在今陜西省戶縣東五里。鎬，在今陜西
省長安縣西南。豐爲周文王所都，武王遷都於鎬。懷，安。懷西戎，
謂安撫西戎部族使之歸附。周初地僅方百里，後來成爲西伯(西方霸
主)，最後滅殷，稱王天下。

[30] 徐偃王，周穆王時徐國的國君。國境在今江蘇省徐州市一帶，因他能
行仁義，諸侯多歸附，故國境延至漢水以東。

[31] 荊，即楚。按楚文王春秋時人，與齊桓公同時，上距徐偃王已三百餘
年，此言楚文王，可能有誤。

[32] 有苗，即三苗，古代南方部族名。

[33] 上，指君主。上德不厚，即君主德化不夠。

[34] 干，盾；戚，斧；都是武器。這句説，舜執干戚爲舞而不用於戰爭，就是

以德教來感化三苗。

[35] 共工,古代部族名。

[36] 鐵銛兩句:銛(xiān 先),類似今標槍的武器。鎧甲,即鐵甲。這兩句
意思説,在戰爭中相互力求殺傷對方,不用仁德,武器短即爲敵所制,
甲不堅即要被傷。

[37] 子貢,孔子的弟子。説(shuì 税),遊説。

[38] 這句指齊國侵佔了魯國的大片土地,國界距離魯國都門只有十里路。

[39] 萬乘,有兵車萬乘的大國。指齊、楚等。

[40] 駻,同"悍"。

[41] 知,同"智"。

[42] 視民如父母,看待百姓如同父母看待子女一樣。盧文弨《羣書拾補》
以爲"視民"當作"民視"。

[43] 司寇,古代執法行刑之官。

[44] 奚,何。遽,遂,即。

[45] 效,表示。

[46] 先王兩句:意思説,先王仍然服從其法律,據以處刑,而並不聽從自己
慈悲的心腸,因爲哭泣而廢法。

[47] 仁義者一人,行仁義者僅有一個人,指孔子。

[48] 南面,古代國君上朝都向南而坐。君,作動詞用,君臨。

[49] 顧,反而。

[50] 列徒,指孔子的弟子們。

[51] 數,理。

[52] 譙(qiào 俏),斥罵。

[53] 這句説,連腿上的毛也不改變一根。一説,這句連上句應讀爲"而終
不動其脛毛"。"不改"兩字是衍文。

[54] 州部之吏,指地方官。

[55] 民固兩句:意思説,人們原是受到愛憐便形驕縱,而遇到威勢,便能
順從。

[56] 仞,七尺。一説八尺。

[57] 樓季,魏文侯之弟。這裏引他,當是以善跳躍著名。

[58] 峭,高峻。

[59] 牂(zāng 臧),母羊。

[60] 夷,平坦。

[61] 尋,八尺。常,十六尺。

[62] 鑠(shuò 妁)金,熔化了的黄金。溢,同"鎰",一鎰二十四兩。

[63] 掇(duō 多),拾取。

[64] 必,作動詞用,必定執行。誅,指刑罰。

[65] "以"字原無,據盧文弨説增。

[66] 士官,猶仕宦。這句意思説,可是鄙視他做官的行爲。

[67] 少,輕視。這句意思説,可是看輕他經營家業的行爲。

[68] 不收,言不肯被國君收用。外之,疏遠他。高其輕世,推崇他輕視世
俗榮利的思想。

[69] 悖,亂。繆,同"謬"。以上兩句説,言論毀譽和實際賞罰相矛盾。

[70] 今兄弟兩句:意思説,現在兄弟被人侵犯,一定要反擊,這是公認爲方
正有稜角的善行。

[71] 隨仇,以知友的仇爲仇。這兩句説,知己的朋友受到侮辱,隨即爲之
報仇,這被公認爲正直有操守。

[72] 程,猶逞。

[73] 説,同"悦"。

[74] 離法,犯法。離,同"罹"。

[75] 諸先生,指儒者。取,指被録用。

[76] 私劍,因私仇而用劍殺人,指刺客。養,被收養。

[77] 法,指法之所非。趣,同"取",指君之所取。上,指上之所養。下,指
吏之所誅。

[78] 故行仁義兩句:意思説,行仁義的人,是不應加以稱譽的,如果加以稱
譽,就要損害耕戰之功。下兩句結構同。

[79] 楚之有直躬,日人松皋圓説,"之"應作"人"(見所著《韓非子纂聞》)。
直躬,似係諢名,指其身正直。

[80] 謁,告。

[81] 令尹,楚官名。

[82] 北,敗走。北即"背"字,敗逃時背敵而走,故叫北。

[83] 幾,同"冀",希望。這句説,決没有希望。

[84] 蒼頡,黄帝的史官,相傳他創造文字。

[85] 自環兩句:私,本字作厶,自相環繞,象徵爲自己打算。公,從八從厶;
八,猶背。

[86] 仁義,原作"行義",據王先慎説改,下句同。

[87] 受事,指接受國君委任的工作。

[88] 廉愛,日人太田方説,應作"兼愛"。見其所著《韓非子翼毳》。

[89] 薦,同"搢",插。紳,大帶。搢紳,插笏於衣帶,指儒者的服裝。

[90] 介士,甲士。

[91] 這句説,爲這緣故,從事工作的人簡慢荒廢了自己的事業。

[92] 這句説,現在以最聰明的人所難懂得的微妙之言作爲衆人的法則。

[93] 務,專力去追求。梁,原作梁,據王先慎説改。

[94] 褐,粗布衣。

[95] 急者兩句:意思説,急需的事尚不能實行,可以從緩的事就不必考慮。

[96] 夫婦,匹夫匹婦的簡稱,指一般男女人民。

[97] "賢"下原有"良"字,據顧廣圻説删。賢字作動詞用。

[98] 厚,指財富。

[99] 術,指駕馭臣下之術。燭,照,即明察。這句説,人主得操賞罰大權,
講求駕馭臣下之術以明察隱微。

[100] 田常,即齊國的陳恆,殺齊簡公而立平公,專擅國政。子罕,宋臣,曾
劫持宋君。

[101] 一法,專一於用法。

[102] 固術,固守其駕馭臣下的手段。

[103] 周,合。

[104] 歸禄,歸還國君所授的俸禄。

[105] 商、管,戰國時秦國的商鞅和春秋時齊國的管仲,都是著名政治家,使
秦、齊富强,遺書今存《商君書》五卷,《管子》二十四卷。

[106] 孫、吳,春秋時吳國的孫武和戰國時衛人吳起,都是著名兵法家,遺書
今存《孫子》一卷,《吳子》一卷。

[107] 書簡,即書籍,古代的書用竹簡。

[108] 捍,同"悍"。

[109] 必軌於法,必須守法,不越軌。

[110] 動作,指勞作。功,指農耕。

[111] 王資,王業的資本。

[112] 畜,同"蓄"。

[113] 釁,即釁,縫隙,猶言弱點。

[114] 侔,等齊。

[115] 士民,指儒者、遊俠。縱恣於內,放肆橫行於國內。

[116] 言談者,指主張合縱、連橫的政客。爲勢於外,借敵國的力量來造成
自己的勢力。

[117] 稱,行。

[118] 殆,危。

[119] 則有兩句:忠,借爲"衷",作心解。這兩句指爲報私仇而借外國之力,
如伍子胥的以吳伐楚。

[120] 有實,有實效。俞樾說,未必有實的"未"字衍文,應刪。有實,指實際
行動,即下文舉圖、效璽之類。

[121] 則舉圖兩句:委,交付。效,猶呈獻。交付地圖,呈獻印信,猶言割獻
土地和主權。"請"下原有"兵"字,據俞樾說刪。

[122] 這句據俞樾說"未"字衍,應刪。有實,指實際行動,即起兵敵大。

[123] 是故事強兩句:言主張連橫者借外力來邀取自己的地位於國內;主張
合縱者用國內力量來求利於國外。

[124] 矰繳,本是獵人用以射鳥的尾部帶有繩的箭,比喻獵取功名富貴的
手段。

[125] 這句說,在事後沒有嚴格對他們進行誅罰。

[126] 皆,指遊說之士。

[127] 外事,猶事外,即致力於國外的事務。

[128] 夫王者兩句:是反駁遊說者的話。意思說,能成就王業者,自然能攻
打他國;能把國家治理得安定者,自然不會挨打。下兩句結構意思
相仿。

[129] 治強兩句：責,求。有,取。這兩句説,要國家治強應注意内政,而不能指望於外事。

[130] 工,同"功"。

[131] 希,借爲"稀"。

[132] 周去秦爲從,《史記·周本紀》載：周赧王五十九年,背秦與諸侯約從,準備出兵攻秦,爲秦昭王所敗,乃盡獻其邑與秦。

[133] 朞年,即一週年。舉,拔,指被秦所滅。

[134] 衛離魏爲衡,其事未詳。大意是,衛本依附魏,後因參加連橫而背離魏國,終爲魏所滅。

[135] 頓,困頓,挫折。一説,頓同"屯",駐屯。

[136] 裁其弊,制其弊。

[137] 道,行。事,指合縱、連橫。

[138] 故計,猶常計,即習慣的打算。故,原作政,今從盧文弨、顧廣圻校改。

[139] 如,猶而。辟,同"避"。

[140] 必,同"畢",作盡解。

[141] 論,指論功行賞。

[142] 私門,指國中執政的卿大夫。解,同"廨"。廨舍,即房舍。完解舍,替貴族修繕房舍,得免兵役。

[143] 襲,指私底下走門路。當塗,即當道,指有權勢的人。

[144] 求得兩句：原作求得則私安,私安則利之所在,今據俞樾説改。

[145] 以趣本務句："以"下原有寡字,據《韓非子纂聞》删。"外末作"原作"趣末作",王先慎説：《拾補》'趣'作'外'。今據改。趣,同"趨"。本務,指農業。末作,猶言不重要的行業,指工、商。這句説,使人民務農業而疏遠工、商等末業。

[146] 近習,指國君左右親近之人。

[147] 姦財,非法的財利。貨買,指非法牟利的投機商人。這句説,非法的買賣能在市場上活動。

[148] 聚斂,聚括財貨。倍農,比農民收入加倍。

[149] 致尊,受到尊重。

[150] 耿介,光明正直。

[151] 高價之民,應作"商賈之民"。《文選》註引作"商賈之民"。

[152] 籍,同"藉",依託,憑藉。

[153] 貳人主之心,動搖人主之心,使之猶豫不決。

[154] 談,原作"古",據顧廣圻說改。

[155] 遺,遺忘,忽略。

[156] 五官,指司徒、司馬、司空、司士、司寇。

[157] 患,俞樾說,讀爲"串"。串,近。患御,猶近御,即君主的左右親信。一說,患御當作患役,御、役音近而譌。患役者,指"患於任兵役者",意即逃避兵役者(見陳奇猷《韓非子集釋》)。

[158] 重人,有權勢之人。謁,請託。自"其患御者"以下五句,是說,這些左右親信,聚集於貴族世卿的門下,搜刮財貨,只用有權勢者所請託的私人,而摒棄有戰功的人。

[159] 苦窳(yǔ雨)之器,粗惡之物,或謂疑指無用的奢侈品。

[160] 沸,原作弗,從顧廣圻說改。沸靡,奢侈。

[161] 侔,同"牟",加倍。

吕氏春秋

據許維遹《呂氏春秋集釋》本

　　吕不韋,陽翟(今河南省禹縣)人。生年不詳,卒於公元前二三五年(秦始皇十二年)。爲秦王政(即始皇帝)的相國。門下有食客三千人。吕不韋使他們各抒所聞,共著成八覽、六論、十二紀,共二十萬言,號曰《呂氏春秋》,又稱《吕覽》。《漢書·藝文志》列入雜家類。《呂氏春秋》文章大都篇幅不長,而組織嚴密,運用故事來説理,頗爲生動。

察　今

　　【解題】　本篇爲《呂氏春秋·慎大覽第三》中的第八篇,強調因時變法的重要性,説明古今時世不同,制訂法令,應明察當前的形勢,不應死守故法。

　　八曰,上胡不法先王之法[1]? 非不賢也,爲其不可得而法。先王之法,經乎上世而來者也,人或益之,人或損之,胡可得而法[2]! 雖人弗損益,猶若不可得而法。東夏之命[3],古今之法,言異而典殊[4]。故古之命多不通乎今之言者,今之法多不合乎古之法者。殊俗之民,有似於此。其所爲欲同,其所爲異[5]。口惛之命不愉[6],若舟車衣冠滋味聲色之不同。人以自是,反以相誹[7],天下之學者多辯,言利辭倒[8],不求其實,務以相毁,以勝爲故[9]。先王之法,胡可得而法? 雖可得,猶若不可法。

　　凡先王之法,有要於時也,時不與法俱至,法雖今而至,猶若不可法[10]。故擇先王之成法[11],而法其所以爲法。先王之所以爲法者,何也? 先王之所以爲法者,人也,而己亦人也。故察己則可以知人,察今則可以知古。古今一也,人與我同耳。有道之士,貴以近知遠,以今知古,以所見知所不見[12]。故審堂下之陰[13],而知日月之行、陰陽之變;見瓶水之冰,而知天下之寒、魚鼈之藏也。嘗一脟肉[14],而知一鑊之味[15]、一鼎之調[16]。

荊人欲襲宋[17],使人先表澭水[18],澭水暴益[19],荊人弗知,循表而夜涉[20],溺死者千有餘人,軍驚而壞都舍[21]。嚮其先表之時可導也[22],今水已變而益多矣,荊人尚猶循表而導之,此其所以敗也。今世之主法先王之法也,有似於此。其時已與先王之法虧矣[23],而曰此先王之法也而法之,以此爲治,豈不悲哉!

故治國無法則亂,守法而弗變則悖[24],悖亂不可以持國。世易時移,變法宜矣。譬之若良醫,病萬變,藥亦萬變。病變而藥不變,嚮之壽民,今爲殤子矣[25]。故凡舉事必循法以動,變法者因時而化。若此論,則無過務矣[26]。夫不敢議法者,衆庶也[27];以死守法者[28],有司也[29];因時變法者,賢主也。是故有天下七十一聖[30],其法皆不同;非務相反也,時勢異也。故曰,良劍期乎斷,不期乎鏌鋣[31];良馬期乎千里,不期乎驥、驁[32]。夫成功名者,此先王之千里也。

楚人有涉江者,其劍自舟中墜於水,遽契其舟[33],曰:“是吾劍之所從墜。”舟止,從其所契者入水求之。舟已行矣,而劍不行。求劍若此,不亦惑乎?以故法爲其國[34],與此同。時已徙矣,而法不徙,以爲治,豈不難哉!

有過於江上者,見人方引嬰兒而欲投之江中,嬰兒啼。人問其故,曰:“此其父善游。”其父雖善游,其子豈遽善游哉[35]!以此任物[36],亦必悖矣。荊國之爲政,有似於此。

【註釋】

[1]上,君上。胡,何。這句説,君上爲什麼不效法先王的法令。先王,指古代聖王。

[2]先王之法五句:意思説,先王的法令,經歷了上古時代而流傳到現在,

其間被人們或者增加了一些,或者減少了一些,哪裏還能向它學習呢!

[3] 東夏之命,孫鏘鳴説:"東、夏與古、今對文,猶言夷、夏也。東方曰夷,故夷亦可言東。命,名也,亦言也。"一説,東夏,指東方諸夏的國家。

[4] 典,法。

[5] 其所爲兩句:意思説,人們的要求相同,而做法不同。欲,要求。

[6] 口惛,猶口吻。這句説,言語不通,使人不愉悦。

[7] 人以兩句:誹(fěi匪),毁謗。這兩句意思説,人們都是自以爲是,而否定他人的不同意見。

[8] 言利辭倒,意即言辭鋒利而顛倒是非。

[9] 故,事。這句説,專以勝過別人爲事。

[10] 凡先王五句:要,切要,切合。這五句意思説,先王所制訂的法令,都是切合當時的情况和條件的。時代的客觀情况和條件是不斷發展的,不可能和訂立的成法一起傳下來。因此先王之法雖然流傳至今,仍然是不可效法的。

[11] 擇,通"釋",捨棄。

[12] "以"下原有"益"字,據畢沅《吕氏春秋》校引《意林》删。

[13] 審,觀察。陰,指日影。

[14] 臠(luán鸞),同"臠",切成塊形的肉。

[15] 鑊(huò獲),古代煮食物的一種大鍋子。

[16] 鼎,與鑊同義。調,調味。

[17] 荆人,即楚人。

[18] 表,標誌。澭水,在今山東省。

[19] 暴,突然。益,同"溢",水漲滿。

[20] 循表,依着標誌。

[21] 而,作"如"解。都舍,城舍。這句説,軍警如城舍的崩壞。

[22] 鄉,同"向",作以前解。導,取道。

[23] 虧,通"詭",作異解。

[24] 悖,亂。

[25] 殤子,未成年而夭折者。

[26] 過務,過失之事。

[27] 衆庶,猶衆人。庶也是衆的意思。

[28] "守"下原無"法"字,據畢沅説補。

[29] 有司,指官吏,職有專司,故稱有司。

[30] 有天下七十一聖,相傳孔子嘗登泰山,觀易姓而王可得而數者七十餘人,不得而數者萬數也。

[31] 鏌鋣,即莫邪,古代利劍名。這兩句意思説,能割斷東西的就是好劍,不一定要鏌鋣。下兩句意同。

[32] 驥、驚,皆千里馬名。

[33] 遽,迅速。契,同"鍥(qiè竊)",作刻解。契其舟,即在墜劍的舟邊刻上記號。

[34] "以"下原有"此"字,依王念孫説删。爲,治,爲政。

[35] 遽,遂,就。

[36] 任物,猶任事,處理事物。

三、辭賦和古代神話

（一）辭　　賦

屈　原　賦

　　屈原，名平，字原，戰國時楚人。約生於公元前三四〇年（楚宣王三十年），卒於公元前二七八年（楚頃襄王二十一年）。他是楚王同姓貴族，曾任左徒、三閭大夫等官職。學識豐富，具有遠大政治理想，主張任用賢能，修明法度，抵抗秦國侵略。曾輔助懷王圖議國事，處理內政，應對諸侯，甚得信任。後爲同僚上官大夫所讒，被懷王疏遠。頃襄王時，更因令尹子蘭之忌，被流放到江南。最後他鑒於國家政事日益混亂，爲秦國侵淩，迫近危亡，悲憤憂鬱，自投汨羅江而死。屈原是我國最早的偉大詩人，"騷體"的創始者，作有《離騷》、《九歌》、《天問》、《九章》等，強烈地反映了他的進步政治理想，堅決與黑暗現實抗爭的性格和熱愛祖國的精神。作品中運用了大量神話傳說和奇妙的比喻，想像豐富，文辭絢爛，是古代積極浪漫主義詩歌的典範。西漢時，劉向輯集屈原、宋玉及漢代東方朔、淮南小山等人的作品爲《楚辭》，東漢王逸爲作章句。

離　　騷

　　【解題】　本篇是屈原作品中最長、最具有代表性的一篇。篇中反覆申述作者遠大的政治理想，訴說在政治鬥爭中所受的迫害，批判現實的黑暗，並藉幻想境界的描繪，表達了自己對祖國的熱愛之情、對理想的積極追求和對反動腐朽勢力毫不妥協的鬥爭精神。它的寫作時間，據《史記·屈原賈生列傳》說，在屈原被楚懷王疏遠之後；而司馬遷

《報任安書》又説："屈原放逐，乃賦《離騷》"，則當在楚頃襄王時。"離騷"二字的含義，歷來頗多不同解釋。司馬遷説："《離騷》者，猶離憂也。"（《史記·屈原賈生列傳》）班固説："離，猶遭也；騷，憂也，明己遭憂作辭也。"（《離騷贊序》）王逸《楚辭章句》説："離，別也；騷，愁也。"近人或認爲是歌曲名，與《楚辭·大招》所説的"勞商"爲雙聲字，同實而異名，其含義相當於今語"牢騷"（見游國恩《楚辭論文集》）。

帝高陽之苗裔兮[1]，朕皇考曰伯庸[2]。攝提貞于孟陬兮，惟庚寅吾以降[3]。皇覽揆余初度兮，肇錫余以嘉名[4]：名余曰正則兮，字余曰靈均[5]。

紛吾既有此內美兮[6]，又重之以脩能[7]。扈江離與辟芷兮，紉秋蘭以爲佩[8]。汩余若將不及兮，恐年歲之不吾與[9]。朝搴阰之木蘭兮，夕攬洲之宿莽[10]。日月忽其不淹兮[11]，春與秋其代序[12]。惟草木之零落兮[13]，恐美人之遲暮[14]。不撫壯而棄穢兮[15]，何不改此度[16]？乘騏驥以馳騁兮[17]，來吾道夫先路[18]！

昔三后之純粹兮[19]，固衆芳之所在[20]。雜申椒與菌桂兮[21]，豈維紉夫蕙茝[22]？彼堯舜之耿介兮[23]，既遵道而得路[24]。何桀紂之猖披兮[25]，夫唯捷徑以窘步[26]！惟夫黨人之偷樂兮[27]，路幽昧以險隘[28]。豈余身之憚殃兮[29]，恐皇輿之敗績[30]。忽奔走以先後兮[31]，及前王之踵武[32]。荃不察余之中情兮[33]，反信讒而齌怒[34]。余固知謇謇之爲患兮，忍而不能舍也[35]。指九天以爲正兮[36]，夫唯靈脩之故也[37]。曰黃昏以爲期兮，羌中道而改路[38]。初既與余成言兮[39]，後悔遁而有他[40]。余既不難夫離別兮[41]，傷靈脩之數化[42]。

余既滋蘭之九畹兮[43]，又樹蕙之百畝[44]。畦留夷與揭車兮[45]，雜杜衡與芳芷[46]。冀枝葉之峻茂兮[47]，願竢時乎吾將刈[48]。雖萎絕其亦何傷兮，哀衆芳之蕪穢[49]。

衆皆競進以貪婪兮[50]，憑不猒乎求索[51]。羌內恕己以量人兮，各興心而嫉妒[52]。忽馳騖以追逐兮[53]，非余心之所急。老冉冉其將至兮[54]，恐脩名之不立[55]。朝飲木蘭之墜露兮，夕餐秋菊之落英[56]。苟余情其信姱以練要兮[57]，長顑頷亦何傷[58]。攬木根以結茝兮[59]，貫薜荔之落蘂[60]。矯菌桂以紉蕙兮[61]，索胡繩之纚纚[62]。謇吾法夫前脩兮[63]，非世俗之所服[64]。雖不周於今之人兮[65]，願依彭咸之遺則[66]。長太息以掩涕兮[67]，哀民生之多艱[68]。余雖好脩姱以鞿羈兮[69]，謇朝誶而夕替[70]。既替余以蕙纕兮[71]，又申之以攬茝[72]。亦余心之所善兮，雖九死其猶未悔[73]。怨靈脩之浩蕩兮[74]，終不察夫民心。衆女嫉余之蛾眉兮[75]，謠諑謂余以善淫[76]。固時俗之工巧兮[77]，偭規矩而改錯[78]。背繩墨以追曲兮[79]，競周容以爲度[80]。忳鬱邑余侘傺兮[81]，吾獨窮困乎此時也！寧溘死以流亡兮[82]，余不忍爲此態也！鷙鳥之不羣兮[83]，自前世而固然[84]。何方圜之能周兮[85]，夫孰異道而相安！屈心而抑志兮，忍尤而攘詬[86]。伏清白以死直兮[87]，固前聖之所厚[88]。

悔相道之不察兮[89]，延佇乎吾將反[90]。回朕車以復路兮[91]，及行迷之未遠。步余馬於蘭臯兮[92]，馳椒丘且焉止息[93]。進不入以離尤兮，退將復脩吾初服[94]。製芰荷以爲衣兮[95]，集芙蓉以爲裳[96]。不吾知其亦已兮，苟余情其信芳。高余冠之岌岌兮[97]，長余佩之陸離[98]。芳與澤其雜糅兮[99]，唯昭質其猶未虧[100]。忽反顧以遊目兮[101]，將往觀乎四荒[102]。佩繽紛其繁飾兮[103]，芳菲菲其彌章[104]。民生各有所樂兮[105]，余獨好脩以爲常[106]。雖體解吾猶未變兮[107]，豈余心之可懲[108]！

女嬃之嬋媛兮[109]，申申其詈予[110]。曰：鮌婞直以亡身兮[111]，終然殀乎羽之野[112]。汝何博謇而好脩兮[113]，紛獨有此姱節[114]？薋菉葹以盈室兮[115]，判獨離而不服[116]。衆不可戶說兮[117]，孰云察余之中情[118]？世並舉而好朋兮[119]，夫何煢獨而不予聽[120]！

依前聖以節中兮，喟憑心而歷茲[121]。濟沅、湘以南征兮[122]，就重華而敶詞[123]。啓九辯與九歌兮[124]，夏康娛以自縱[125]；不顧難以圖後兮[126]，五子用失乎家巷[127]。羿淫遊以佚畋兮[128]，又好射夫封狐[129]；固亂流其鮮終兮[130]，浞又貪夫厥家[131]。澆身被服強圉兮[132]，縱欲而不忍[133]；日康娛而自忘兮[134]，厥首用夫顛隕[135]。夏桀之常違兮[136]，乃遂焉而逢殃[137]。后辛之菹醢兮[138]，殷宗用而不長[139]。湯禹儼而祇敬兮[140]，周論道而莫差[141]。舉賢而授能兮，循繩墨而不頗[142]。皇天無私阿兮[143]，覽民德焉錯輔[144]。夫維聖哲以茂行兮[145]，苟得用此下土[146]。瞻前而顧後兮[147]，相觀民之計極[148]。夫孰非義而可用兮，孰非善而可服[149]？阽余身而危死兮[150]，覽余初其猶未悔。不量鑿而正枘兮[151]，固前脩以菹醢。曾歔欷余鬱邑兮[152]，哀朕時之不當[153]。攬茹蕙以掩涕兮[154]，霑余襟之浪浪[155]。

跪敷衽以陳辭兮[156]，耿吾既得此中正[157]。駟玉虬以桀鷖兮[158]，溘埃風余上征[159]。朝發軔於蒼梧兮[160]，夕余至乎縣圃[161]。欲少留此靈瑣兮[162]，日忽忽其將暮。吾令羲和弭節兮[163]，望崦嵫而勿迫[164]。路曼曼其脩遠兮[165]，吾將上下而求索[166]。飲余馬於咸池兮[167]，揔余轡乎扶桑[168]。折若木以拂日兮[169]，聊逍遙以相羊[170]。前望舒使先驅兮[171]，後飛廉使奔屬[172]。鸞皇爲余先戒兮[173]，雷師告余以未具[174]。吾令鳳鳥飛騰兮，繼之以日夜。飄風屯其相離兮[175]，帥雲霓而來御[176]。紛總總其離合兮[177]，斑陸離其上下[178]。吾令帝閽開關兮[179]，倚閶闔而望予[180]。時曖曖其將罷兮[181]，結幽蘭而延佇。世溷濁而不分兮[182]，好蔽美而嫉妬。

朝吾將濟於白水兮[183]，登閬風而緤馬[184]。忽反顧以流涕兮，哀高丘之無女[185]。溘吾遊此春宮兮[186]，折瓊枝以繼佩[187]。及榮華之未落兮[188]，相下女之可詒[189]。吾令豐隆椉雲兮[190]，求宓妃之所在[191]。解佩纕以結言兮[192]，吾令蹇脩以爲理[193]。紛總總其離合兮，忽緯繣其難遷[194]。夕歸次於窮石兮[195]，朝濯髮乎洧盤[196]。保厥美以驕傲兮[197]，日康娛以淫遊。雖信美而無禮兮，來違棄而改求[198]。覽相觀於四極兮[199]，周流乎天余乃下[200]。望瑶臺之偃蹇兮[201]，見有娀之佚女[202]。吾令鴆爲媒兮[203]，鴆告余以不好。雄鳩之鳴逝兮，余猶惡其佻巧[204]。心猶豫而狐疑兮，欲自適而不可[205]。鳳皇既受詒兮，恐高辛之先我[206]。欲遠集而無所止兮[207]，聊浮游以逍遥。及少康之未家兮，留有虞之二姚[208]。理弱而媒拙兮，恐導言之不固[209]。世溷濁而嫉賢兮，好蔽美而稱惡[210]。閨中既已邃遠兮[211]，哲王又不寤[212]。懷朕情而不發兮[213]，余焉能忍與此終古[214]！

索藑茅以筳篿兮[215]，命靈氛爲余占之[216]。曰：兩美其必合兮，孰信脩而慕之[217]？思九州之博大兮，豈唯是其有女[218]？曰：勉遠逝而無狐疑兮[219]，孰求美而釋女[220]？何所獨無芳草兮[221]，爾何懷乎故宇[222]？世幽昧以眩曜兮[223]，孰云察余之善惡[224]？民好惡其不同兮，惟此黨人其獨異[225]。戶服艾以盈要兮[226]，謂幽蘭其不可佩。覽察草木其猶未得兮，豈珵美之能當[227]？蘇糞壤以充幃兮[228]，謂申椒其不芳。

欲從靈氛之吉占兮，心猶豫而狐疑[229]。巫咸將夕降兮[230]，懷椒糈而要之[231]。百神翳其備降兮[232]，九疑繽其並迎[233]。皇剡剡其揚靈兮[234]，告余以吉故[235]。曰：勉陞降以上下兮[236]，求榘矱之所同[237]。湯、禹嚴而求合兮[238]，摯、咎繇而能調[239]。苟中情其好脩兮，又何必用夫行媒[240]。説操築於傅巖兮，武丁用而不疑[241]。吕望之鼓刀兮，遭周文而得舉[242]。甯戚之謳歌兮，齊桓聞以該輔[243]。及年歲之未晏兮[244]，時亦猶其未央[245]。恐鵜鴂之先鳴兮[246]，使夫百草爲之不芳[247]。

何瓊佩之偃蹇兮[248]，衆薆然而蔽之[249]。惟此黨人之不諒兮[250]，恐嫉妒而折之[251]。時繽紛其變易兮[252]，又何可以淹留！蘭芷變而不芳兮，荃蕙化而爲茅。何昔日之芳草兮，今直爲此蕭艾也[253]？豈其有他故兮，莫好脩之害也。余以蘭爲可恃兮，羌無實而容長[254]。委厥美以從俗兮[255]，苟得列乎衆芳。椒專佞以慢慆兮[256]，樧又欲充夫佩幃[257]。既干進而務入兮，又何芳之能祗[258]？固時俗之流從兮[259]，又孰能無變化？覽椒蘭其若茲兮，又況揭車與江離。惟茲佩之可貴兮[260]，委厥美而歷茲[261]。芳菲菲而難虧兮，芬至今猶未沬[262]。和調度以自娛兮[263]，聊浮游而求女。及余飾之方壯兮，周流觀乎上下。

靈氛既告余以吉占兮，歷吉日乎吾將行[264]。折瓊枝以爲羞兮[265]，精瓊靡以爲粻[266]。爲余駕飛龍兮[267]，雜瑤象以爲車[268]。何離心之可同兮[269]，吾將遠逝以自疏。邅吾道夫崑崙兮[270]，路脩遠以周流。揚雲霓之晻藹兮[271]，鳴玉鸞之啾啾[272]。朝發軔於天津兮[273]，夕余至乎西極。鳳皇翼其承旗兮[274]，高翱翔之翼翼[275]。忽吾行此流沙兮[276]，遵赤水而容與[277]。麾蛟龍使梁津兮[278]，詔西皇使涉予[279]。路脩遠以多艱兮，騰衆車使徑待[280]。路不周以左轉兮[281]，指西海以爲期[282]。屯余車其千乘兮，齊玉軑而並馳[283]。駕八龍之婉婉兮[284]，載雲旗之委蛇[285]。抑志而弭節兮，神高馳之邈邈[286]。奏九歌而舞韶兮[287]，聊假日以婾樂[288]。陟陞皇之赫戲兮[289]，忽臨睨夫舊鄉[290]。僕夫悲余馬懷兮[291]，蜷局顧而不行[292]。

亂曰[293]：已矣哉[294]！國無人莫我知兮，又何懷乎故都！既莫足與爲美政兮，吾將從彭咸之所居[295]。

【註釋】

[1] 高陽，傳說中古代部族的首領顓頊，號高陽氏。相傳楚國君是顓頊的

後代。春秋時,楚武王熊通有子名瑕,受封於屈邑,子孫因以屈爲氏。屈原即瑕的後人。苗,初生的植物;裔,衣服的末邊。苗裔,這裏是遠末子孫的意思。

[2]朕,我。古時不論貴賤都可自稱朕,至秦始皇始定爲皇帝的專稱。皇考,王逸註:"皇,美也。父死稱考。"伯庸,皇考的字。按後世學者或據劉向《九嘆》"伊伯庸之末冑兮,諒皇直之屈原"語,疑伯庸非屈原父。聞一多《離騷解詁》即持此說,謂古稱太祖(諸侯的始封者)爲皇考,此處當指楚太祖。

[3]攝提兩句:攝提,即攝提格,古代紀年的術語,相當於寅年。貞,正。孟陬(zōu 鄒),夏曆正月,也即寅月。孟,開始。《爾雅》:"正月爲陬。"正月是一年的開始,故叫"孟陬"。庚寅,庚寅日。降,降生。以上兩句係屈原自述出生在寅年寅月寅日。據郭沫若《屈原研究》推算,在公元前三四○年正月初七日。浦江清《屈原生年月日的推算問題》一文則推算爲公元前三三九年正月十四日或十五日。

[4]皇覽兩句:皇,指皇考。覽,觀察。揆,揣度。初度,猶言初生的時節。肇,王逸解釋作始。錫,賜。王逸說:"言父伯庸觀我始生年時,度其日月,皆合天地之正中,故賜我美善之名也。"陳直《楚辭拾遺》、聞一多《楚辭解詁》等則據劉向《九嘆》"兆出名曰正則兮,卦發字曰靈均"等語,以爲屈原是卜於皇考之廟而得名,肇即"兆"的假借字。兆,卦兆。

[5]名余兩句:屈原名平字原。正則,公正而有法則,含有"平"字之意。靈,善;均,平。靈均,地之善而均平者,含有"原"字之意。一說正則與靈均是屈原的小名小字。

[6]紛,衆盛貌。内美,内在的美質。

[7]重(chóng 蟲),加。脩,通"修",作長解。脩能,長于才,即富有才能。一說,能,通"態"。脩能,即美好的容態。

[8]扈江離兩句:扈,披在身上。江離,香草名,又名蘼蕪。辟,同"僻"。芷,香草名。辟芷,即生於幽僻之處的芳芷。紉,聯綴。原本"紉"字誤作"紛",據明夫容館本《楚辭》改正。蘭,即澤蘭,秋天開花。佩,佩帶在身上的飾物。兩句都是比喻自己博采衆善。

［ 9 ］汩余兩句：汩(yù 育)，水流迅疾貌，這裏形容時光過去的快。與，待。意思説，我自念光陰如流水，迅速逝去，因而勤勉工作，常若不及，恐怕年歲會不等待我。

［10］朝搴(qiān 千)兩句：搴，拔取。阰(pí 琵)，王逸註："山名。"戴震説："楚南語，大阜(土山)曰阰。"(見《屈原賦註》)木蘭，香木名，皮似桂，狀如楠樹，高數仞，去皮不死。攬，採。洲，水中可居的地方。宿莽，草名，冬生不死。這兩句説，自己早起登山，夕入洲澤，所採的都是芳香堅固耐久的植物，比喻精勤修德，所行皆忠善長久之道。

［11］日月，指時光。忽，迅速貌。淹，久留。

［12］代，更代。序，次序。代序，遞相更代。一説，代序即代謝，古序、謝同聲相通。

［13］惟，思。零落，飄零、墮落。

［14］美人，喻君主。遲暮，猶晚暮，指年老。以上四句從天時運轉，春生秋殺，草木零落，年歲將盡，擔心到君王如不能及時建立道德，舉賢用能，則將年華老大，無所成就。一説，美人是自喻。

［15］不，即何不，與下句"何不"爲互文。撫，握持。壯，指壯盛之年。穢，指穢惡之行。這句説，君王何不把握住這年歲壯盛的時機，丟棄穢惡的行徑。

［16］度，法度。一説，度，指態度。

［17］騏驥，駿馬，比喻賢智之臣。

［18］來，呼王跟從自己的話。道，同"導"。這句猶説，隨我來吧！我當爲君在前面帶路。

［19］后，君。三后，舊説指禹、湯、文王。或以爲指楚先君，如戴震説："三后，謂楚之先君賢而昭顯者，故徑省其辭，以國人共知之也。今未聞。在楚言楚，其熊繹、若敖、蚡冒三君乎？"(見《屈原賦註》)純粹，指德行精美無疵。

［20］衆芳，喻衆多的賢臣。在，猶萃集。

［21］申椒，申地所產之椒。椒，木名，其果實稱爲花椒。菌，一作箘。箘桂，香木名，皮卷似箘竹，故名。

［22］維，通"唯"，獨。蕙，香草名，生下濕地，葉如麻，莖方，赤花，黑實。茝

236

(chǎi 釵上),即白芷,香草名。

[23] 耿介,光明正直。

[24] 這句説,已遵循治國的正確軌道而開闢出治國平天下的康莊大路。

[25] 猖披,衣不束帶之貌,引申爲放縱不檢。

[26] 捷徑,邪出的小路。窘步,困窘不能行走。這句意思説,老是愛走那些邪路,以至弄得寸步難行。喻施政不由正道。

[27] 黨人,指結黨營私的小人。偷樂,苟且貪圖享樂。

[28] 路,指國家的前途。幽昧,昏暗。險隘,危險狹隘。

[29] 憚,畏怕。殃,禍殃。

[30] 皇輿,君王所乘的車子,這裏比喻國家。敗績,古代軍事術語,就是覆敗的意思。

[31] 忽,迅疾。這句意思説,自己急速地奔走於皇輿前後,比喻爲國家盡輔佐之力。

[32] 及,趕上。前王,指上文"三后"和"堯、舜"。踵武,足迹。

[33] 荃(quán 痊),香草名,喻君主。

[34] 信讒,聽信讒言。齌(jì 既,又讀 qī 欺),疾。齌怒,猶暴怒。

[35] 余固知兩句:謇(jiǎn 簡)謇,忠言貌。舍,停止。這兩句意思説,我原知道忠言直諫是會有禍患的,要想忍耐,但終於不能自止而不言。

[36] 九天,古時以爲天有九重,故説"九天"。正,同證。這句説,自己指天爲證。

[37] 靈脩,指楚王。王逸註:"靈,神也。脩,遠也。能神明遠見者,君德也。故以喻君。"(《楚辭章句》)朱熹説:"言其有明智而善脩飾,蓋婦悦其夫之稱,亦託詞以寓意於君也。"(《楚辭集註》)這句説,我一切都是爲了君王的緣故。

[38] 曰黃昏兩句:敍述當初約定的話,故用"曰"字。黃昏,古代結婚親迎的時候。羌,楚人發語詞。這兩句意思説,當初已約定説黃昏時親迎,不知爲甚麽半路上忽然改道。比喻楚王與己原已契合,後忽變卦。洪興祖説:"一本有此二句,王逸無註,至下文'羌内恕己以量人'句始釋'羌'義,疑此二句後人增。"(《楚辭補註》)

[39] 成言,彼此約定的話。

［40］悔遁,後悔而迴避,指心意改變。有他,有其他打算。

［41］難,作畏憚解。

［42］數(shuò 朔)化,屢次變化,主意搖擺不定。

［43］滋,栽植。畹,田三十畝叫一畹。一説,十二畝爲一畹。又説,二十畝爲一畹。

［44］樹,栽種。

［45］畦(xí 奚),壟。這裏作動詞用,意即一壟一壟地栽種。留夷,香草名,或謂即芍藥。揭車,香草名,一名乞輿,味辛,花白。

［46］雜,摻雜栽種。杜衡,香草名,似葵而香,俗名馬蹄香。以上四句以栽種花草喻培育各種人材。

［47］冀,希望。峻茂,高大而茂盛。

［48］竢,同"俟",等待。刈(yì 義),收割,引申爲收穫的意思。這句比喻待賢才成長時將加以任用。

［49］雖萎絶兩句:萎絶,枯萎零落。蕪穢,荒蕪污穢。這兩句意思説,自己所培栽的賢才遭受摧折原不足傷,可悲的是他們的變節與墮落。

［50］衆,指衆小人。競進,争着求進,指争相追逐私利。貪婪(lán 藍),王逸説:"愛財曰貪,愛食曰婪。"

［51］憑,滿。猒,即"厭",飽。索,也是求的意思。這句説,衆小人貪得無厭,全然没有滿足的時候。

［52］羌内兩句:忖,忖度。興,生。妬,同"妒"。意思説,這些人以自己小人之心衡量他人,以爲屈原也如他們一樣,因而各生嫉妒之心。

［53］騖(wù 務),亂馳。追逐,指追逐私利。

［54］冉冉,漸漸。

［55］脩名,美好的名聲。

［56］落,墜落。英,花。一説,落,始。落英,謂初開的花。

［57］信,真實。姱,美好。信姱,確實美好。練要,朱熹説:"言所脩精練,所守要約也。"即精誠專一的意思。

［58］顑(kǎn 砍)頷(hàn 憾),食不飽而面呈黄色之貌。

［59］擥,同"攬",作"持"解。木根,樹木之根。結,編結束縛。

［60］貫,貫串。薜荔,香草名,緣木而生。蕊,同"蕊",花心。

238

[61] 矯,舉起。

[62] 索,編爲繩索。胡繩,香草名,有莖葉,可做繩索。纚(shǐ 史,又讀 xǐ
洗)纚,相連屬貌,形容繩索的美好。以上四句比喻自己操持的忠信
脩潔。

[63] 謇,猶謇謇,忠貞貌。一説,謇,發語詞。法,效法。前脩,前代賢人。

[64] 服,用。這句指上文的服食和服飾,均與世俗不同。

[65] 不周,不合。今之人,指世俗之人。

[66] 彭咸,王逸註:"殷賢大夫,諫其君不聽,自投水而死。"遺則,遺下的法
則,即榜樣。

[67] 太息,嘆息。掩涕,擦拭眼淚。

[68] 民生,人民的生計。一説,民生即人生。多艱,多難。

[69] 脩姱,修潔而美好。鞿,馬韁繩。羈,馬絡頭。屈原以馬自喻,謂爲人
所牽累不能貫徹主張。一説,鞿羈,喻自我檢束,不放縱。

[70] 謇(suì 歲),同"訊",進言。替,廢棄。這句説,自己早上進諫,晚上即
遭廢棄。

[71] 纕(xiāng 箱),佩帶。

[72] 申,重。以上兩句意思説,君王的廢棄我,是因爲我帶佩芳蕙,志行忠
貞的緣故;然而我又保持芳茝以自我修飾,表示志行堅定不移。

[73] 亦余二句:善,愛好。九,數之極。九死未悔,連上句,極言自己爲理
想而奮鬥,絕不妥協、屈服。

[74] 浩蕩,無思慮貌。

[75] 衆女,指衆小人。蛾眉,眉如蠶蛾,美好貌。

[76] 謠(zhuó 啄),譖毁,誣謗。

[77] 工巧,善於取巧作僞。

[78] 偭(miǎn 緬),違背。規,用以求圓形的工具。矩,用以求方形的工
具。規矩,猶言法則。錯,同"措"。改錯,改變措施。

[79] 繩墨,用以畫直線的工具。追,追隨。曲,邪曲。

[80] 周容,苟合以求容。度,方法。這句説,争着以苟合求容爲固寵希榮
的方法。

[81] 忳(tún 屯),憂貌。鬱邑,憂思鬱結。侘(chà 詫)傺(jì 祭),失意貌。

[82] 溘(kè 克)死,忽然死去。以,或者。流亡,飄泊異鄉。

[83] 鷙(zhì 至),鷹隼類猛禽。不羣,指不與凡鳥同羣。

[84] 這句意思說,從古以來就是如此。

[85] 何,猶如何。圜,即圓。能周,能夠相合。這句連下句,以方和圓的東西不能相互配合,喻不同道的人不能相安處。

[86] 尤,罪。忍尤,忍受旁人加己之罪。攘,戴震說:讀爲讓,謂容讓。詬,詬罵。攘詬,容忍旁人的詬罵。

[87] 伏,通"服"。伏清白,猶保持清白。死直,守正直之道而死。

[88] 厚,重視。

[89] 相(xiàng 象),觀看。察,明審。這句說,追悔自己道路看得不明。

[90] 延,長久。佇,站立。反,同"返"。

[91] 復路,回復原來所行的道路。

[92] 步,徐行。皋,近水的高地。其上有蘭,故叫蘭皋。

[93] 馳,疾馳。椒丘,長着椒的山丘。且焉止息,暫且於此休息下來。

[94] 進不入兩句:離,同"罹",遭遇。這兩句意思說,自己進身君前既不被君所容納,反而獲罪,退下來將重整自己當初的服飾。

[95] 芰(jì 技),菱。荷,蓮葉。衣,上衣。

[96] 蘂,即今"集"字。芙蓉,蓮花。裳,下衣。

[97] 岌岌,高貌。

[98] 佩,玉佩。陸離,猶參差,衆貌。一說,陸離,長貌。

[99] 芳,指香草。澤,污垢。雜糅,混雜在一起。糅也是雜的意思。這句比喻自己與一些奸邪小人共處,賢愚混雜。一說,澤,指玉佩的潤澤。

[100] 昭質,光明潔白的質地。虧,虧損。以上八句皆隱喻"復脩初服"之事。

[101] 遊目,縱目而望的意思。

[102] 四荒,四方邊遠之地。

[103] 繽紛,盛多貌。繁,衆多。

[104] 菲菲,芬香勃勃貌。彌,愈加。章,同"彰"。彌章,更爲顯著。

[105] 民生,即人生。樂,猶愛好,喜樂。

[106] 這句說,我獨愛好脩潔以爲常行。

[107] 體解,肢解,古代一種酷刑。

[108] 懲,戒懼。這句説,自己好脩之志,始終不會因有所畏懼而改變。從篇首至此爲全文第一大段,先敍自己身世,次述自己脩潔之行,忠貞之志,奮發圖強的精神;以及羣邪蔽賢,壯懷難伸的遭遇。最後表示儘管處此惡劣環境,但清白的操守和報國的理想始終不變。

[109] 女嬃(xū 須),王逸註:"屈原姊也。"賈逵説,楚人謂姊爲嬃。一説,指侍妾。嬋媛,王逸註:"猶牽引也。"即由於內心關切而表現出牽持不捨的樣子。一説,嬋媛爲"嘽咺"的假借字。嘽,喘息。咺,懼。揚雄《方言》:"凡恐而噎噫,南楚江湘之間曰嘽咺。"此言女嬃因代屈原憂懼以致呼吸急促。

[110] 申申,猶言重重,反復地。詈(lì 利),責罵。

[111] "曰"以下十句均女嬃語。鮌(gǔn 滾),同"鯀",堯臣,夏禹的父親。婞,狠。婞直,猶剛直。亡,通作"忘"。亡身,猶言不顧一身安危。《史記·夏本紀》記載,堯使鯀治洪水,九年而水不息,舜乃殛鯀於羽山以死。又《山海經》載,鯀竊帝(天帝)之息壤(一種生長不息的神土),以堙洪水,帝令祝融殺鯀於羽郊。

[112] 殀,早死。羽之野,羽山之郊。

[113] 汝,女嬃稱屈原。博謇,學識廣博而志行忠直。

[114] 姱節,美好的節操。一説,節當作飾。

[115] 薋(zī 資),草多貌。菉(lù 綠),王蒭。葹(shī 施),枲耳。二物皆惡草,比喻讒佞之小人。盈室,喻充滿朝廷。

[116] 判,分別、區別。這裏是副詞,形容獨、離。服,用。這句意思説,眾人皆佩這些惡草,你卻偏偏判然獨立,不與眾同,不用以爲服飾。

[117] 眾,指一般人。户説,一家一户地去解説。

[118] 余,指屈原,是女嬃代屈原而言。

[119] 世,指世俗之人。並舉,相互抬舉。朋,朋黨,指營私結黨。

[120] 煢(qióng 窮)獨,孤獨。予,女嬃自稱。

[121] 依前聖兩句:節,節制,節度。中,謂中正之道。喟(kuì 潰),嘆息。憑,憤懣。歷茲,猶言至此。這兩句大意説,我所行皆依照前代聖人的法則,節制自己,以合於中正之道;但不爲世俗所容,始終嘆息憤

懣,直到現在。

[122] 濟,渡。沅、湘,二水名,皆在今湖南省。南征,南行。

[123] 重華,舜名。相傳舜死葬於九疑山,在沅、湘之南。陳,同"陳",陳述。蔣驥説:"因女嬃之言而自疑,故就前聖以正之。"(《山帶閣註楚辭》)

[124] 啓,夏啓,禹的兒子。九辯、九歌,皆樂章名。據《山海經》及註,兩者皆天帝樂名,啓登天偷下來用於人間。

[125] 夏,指啓。康娛連讀,是耽於安樂的意思。縱,放縱。

[126] 顧,念。難,禍難。圖,圖謀。

[127] 五子,即五觀,啓的幼子,曾據西河之地發動叛變。用,因而。失,據王引之考證是衍文,當删。"巷"爲"鬨"的假借字,是戰爭的意思。"家巷",相當於"内訌"。

[128] 羿(yì 義),后羿,相傳爲夏初諸侯,有窮國君。淫,過度的意思。佚,放縱。畋,打獵。

[129] 封狐,大狐。

[130] 亂流,王夫之説:"横流而渡曰亂流,言不順理也。"鮮,少。鮮終,少有好結果。

[131] 浞(zhuó 濁),即寒浞,相傳爲后羿相,使家臣逢蒙殺羿,並强佔后羿的妻子。厥,與"其"字同義。家,指妻室。

[132] 澆(ào 傲),寒浞子。被服,同"披服",原作穿戴解,引申有依仗負恃的意思。强圉(yǔ 語),强暴有力。一説,强圉指堅甲,披服强圉指穿着堅甲。這句意思説,澆經常自恃自己的强暴有力。

[133] 欲,同"慾"。不忍,指不能自制其慾望。

[134] 自忘,忘掉自身的安危。

[135] 用,因。顛隕,掉落。這句説,他的頭因此被殺掉。澆被少康所殺。

[136] 常違,經常違背正道。

[137] 遂,終究的意思。

[138] 后辛,即殷紂王。菹(zū 租),酸菜。醢(hǎi 海),肉醬。菹醢,這裏皆作動詞用,指殘殺。

[139] 殷宗,殷朝的宗祀。

[140] 儆,畏,即知所戒懼的意思。祗(zhī 支),敬。

[141] 周,指周朝文王、武王等開國君主。論道,指講論治國的道理。莫差,沒有過差。

[142] 頗,偏邪。

[143] 私阿,猶偏愛、偏私。

[144] 錯,同"措",作置解。這句說,皇天觀看萬民之中,誰有德行,則給予輔助。一說,民德,指人民所戴德者。

[145] 茂,盛。茂行,茂盛的德行。

[146] 苟,誠,確實。下土,指天下。用,作享解。用此下土,即享有天下。《周禮·小司徒》註:"用,謂使民事之也。"

[147] 瞻,觀看。前,指前代。後,指未來。

[148] 相,也是觀看的意思。計,計慮。極,猶準則。民之計極,人民考慮事情的準則。意即人民擁護什麼,反對什麼。

[149] 夫孰兩句:用,施行。服,也是用的意思。這兩句意思說,哪有不善、不義而能施行於天下呢?

[150] 阽(diàn電),臨近危境的意思。危死,險些兒死去。

[151] 鑿,木工所鑿的孔。枘(ruì芮),木楔,木工削木的一端用以入孔者。這句比喻不能以小人的行徑去迎合環境。

[152] 曾,重疊的意思,即屢次。歔欷,哀泣的聲音。

[153] 不當,猶言不得當。這句哀嘆自己生不逢時。

[154] 茹,柔軟。

[155] 霑,同"沾",沾濕。浪浪,淚流貌。

[156] 敷,鋪開。衽,衣的前襟。

[157] 耿,光明。中正,指中正之道。

[158] 駟,四馬駕的車子,此作動詞用。虬(qiú求),王逸註:"有角曰龍,無角曰虬。"一說,虬是龍子有角者。駟玉虬,即以四玉虬駕車。桀,古乘字。鷖(yī衣),五彩鳥名,鳳屬。

[159] 溘,掩,覆在上面的意思。埃風,挾帶塵埃的風。上征,到天上去。

[160] 軔(rèn刃),放在車輪前的木頭,以制止車輪滾動者。發軔,撒去軔木,意即出發。蒼梧,舜葬之地,即九疑山。

[161] 縣,同"懸"。縣圃,神話中山名,在崑崙之上。

[162] 靈,神靈。瑣,門上鏤紋,形如連瑣。靈瑣,即神靈的門。這句説,欲在神靈門前少作停留。

[163] 羲和,神話中太陽的御者,相傳他以六龍爲太陽駕車。弭,止。節,與策同義,鞭子。弭節,謂停止鞭龍使車緩行。

[164] 崦(yān 淹)嵫(zī 兹),神話中太陽所入山。迫,迫近。以上兩句意思是,我命令羲和慢一點趕車,好讓太陽不要很快落山。連"日忽忽其將暮"句,有隱喻自己老之將至,期望歲月延佇,以求實現理想之意。

[165] 曼曼,遠貌。脩,同"修",長。

[166] 求索,尋求,求取。

[167] 咸池,神話中池名,太陽在此沐浴。

[168] 揔,總或字,這裏作繫結解。扶桑,神話中樹名。《淮南子》:"日出於暘谷,浴於咸池,拂於扶桑。"

[169] 若木,神木名,傳説在崑崙西極。一説,即扶桑。拂,擊。一説,作遮蔽解。

[170] 聊,暫且。相羊,與"徜徉"同,徘徊的意思。

[171] 望舒,神話中月的御者。

[172] 飛廉,神話中的風伯,即風神。屬,跟隨。奔屬,跟在後面奔走。

[173] 鸞,鳥名,鳳凰之類。皇,即凰,雌鳳。先戒,先行爲戒備。

[174] 雷師,雷神。未具,指出行準備尚未齊全。

[175] 飄風,回風,旋風。屯,聚合。離,同"罹",猶言遭遇。

[176] 帥,率領。霓,雌虹。御,讀做"迓",迎接。

[177] 緫緫,即總總,聚集貌。離合,忽離忽合。

[178] 斑,亂貌。形容五光十色。

[179] 閽,守門者。帝閽,指爲天帝守門的神。關,門栓。開關,即開門。

[180] 閶闔,天門。這句意思是,守門的神倚門望着我,但不肯開門。

[181] 曖(ài 愛)曖,昏暗貌。罷,極,終了。

[182] 溷濁,猶混濁。不分,指是非不分。

[183] 白水,神話中水名,出崑崙山。

[184] 閬(lǎng 郎)風,神話中山名,在崑崙山上。緤(xiè 謝)馬,繫馬。

[185] 高丘,山名,在楚國。一説,在閬風山上。女,指神女。喻與自己同心

244

的人。

[186] 溘,奄忽,忽忽。春宫,神話中東方青帝所居住的宫。

[187] 瓊,美玉。瓊枝,玉樹的枝。繼佩,接續自己的玉佩。

[188] 榮華,草本植物開的花叫榮,木本植物開的花叫華,這裏指瓊枝的花。
落,衰落。

[189] 下女,下界的女子,指下文宓妃、簡狄及有虞二姚。詒,同"貽",贈送。

[190] 豐隆,雲神。一説,雷神。

[191] 宓,同"伏"。宓妃,相傳伏羲氏的女兒,溺死於洛水,遂爲洛水的神。

[192] 佩纕,佩帶。結言,指訂結盟約。

[193] 蹇脩,傳説爲伏羲氏的臣子。理,媒人,使者。

[194] 緯(wěi 偉)繣(huà 畫),乖戾。難遷,指宓妃的意志難於轉移。

[195] 次,止宿、住宿。窮石,山名,在今甘肅省張掖市。《淮南子》説:弱水
出於窮石,入於流沙。以下四句,均寫宓妃。

[196] 濯,沐洗。洧(wěi 偉)盤,神話中水名,出崦嵫山。

[197] 保,仗恃。

[198] 雖信美兩句:意思説,宓妃雖然確實美麗,但驕傲無禮,故棄去而更求
他女。

[199] 覽相觀,三字同義連用,都是看的意思。四極,四方極遠的地方。

[200] 周流,徧行。

[201] 瑶,玉之美者。瑶臺,用玉所造的臺。偃蹇,高貌。

[202] 有娀(sōng 嵩),古代國名。相傳有娀氏有二美女,居住在高臺之上,
其一名叫簡狄,後來嫁給帝嚳(即高辛氏),生契。佚女,美女。

[203] 鴆(zhèn 鎮),鳥名,羽有毒。

[204] 雄鳩兩句:鳩,鳥名,似山鵲而小,短尾,青黑色,多鳴聲。鳴逝,且鳴
且飛去。佻,輕佻。這兩句意思説,我欲使雄鳩爲媒,又嫌它輕佻巧
利,不可信用。

[205] 這句説,要想親自前去,又感到不妥當。

[206] 鳳皇兩句:受詒,即受委托。這兩句意思説,鳳皇既受我委托而去爲
媒,又恐高辛氏已先我而娶得有娀氏的女兒。一説,鳳皇係受高辛氏
之詒。

[207] 集，鳥棲止在樹木上。這句説，自己要想像鳥那樣遠去他方，又無處可以棲止。

[208] 及少康兩句：少康，夏后相之子。有虞，國名，姓姚，舜的後代。寒浞使澆殺夏后相，少康逃至有虞，有虞把兩個女兒嫁給他。後來少康滅澆，恢復夏的政權。這兩句意思説，趁着少康還未娶家室的時候，聘定這有虞的兩個姓姚的女兒。

[209] 導言，通達雙方意見之言。不固，不堅，猶言無力，指不能結成盟約。

[210] 稱惡，稱揚可惡之事。

[211] 閨，宮中小門。邃遠，深遠。

[212] 寤，覺醒。

[213] 這句説，我心懷着忠信之情不得抒發。

[214] 終古，猶永久。這句意思説，怎能忍受與這環境永久相處呢？自"女嬃之嬋媛兮"至此爲第二大段，極寫自己的不容於世，進一步以歷史上興亡事例闡明自己的政治理想，並借幻想的境界，上天下地，表達對理想的熱烈追求與追求失敗後的痛苦。

[215] 索，取。藑(qióng 瓊)茅，一種靈草。以，猶與。莛，折斷的小竹枝。篿(zhuān 專)，楚人用結草折竹來占卜叫篿。

[216] 靈氛，古代善占卜的人。

[217] 曰，靈氛占卜結果之詞。兩美其必合，喻良臣必定會遇着明君。孰，誰。孰信脩而慕之，大意是，有誰信服你的美好德行來愛慕你呢？

[218] 這句意思説，難道只有這裏有美女嗎？

[219] 曰字以下十四句，都是靈氛申釋占卜結果之詞。

[220] 女，同"汝"。釋女，捨掉你。

[221] 芳草，王逸以爲喻賢君。

[222] 懷，思戀。故宇，故居。

[223] 眩曜，惑亂貌。

[224] 余，靈氛代屈原自稱。

[225] 民好惡兩句：意思説，人們的好惡，原不一致，而楚國這批結黨營私把持政權的小人，其好惡尤爲特殊。下面的六句描寫他們的顛倒黑白，混淆美惡。

246

[226] 户,猶言家家户户。艾,惡草名,即白蒿。要,古"腰"字。

[227] 覽察兩句:瑾(chéng 呈),美玉。這兩句大意説,這些人連草木的美惡都不能辨别,鑒别美玉那能得當呢?

[228] 蘇,取。糞壤,猶糞土。目,古"以"字。幃,香囊。

[229] 欲從兩句:王逸註:"言已欲從靈氛勸去之吉占,則心中狐疑,念楚國也。"

[230] 巫咸,古代神巫,名咸。

[231] 懷,藏。椒,香物,用以降神者。糈(xǔ 許),精米,用來享神者。要(yāo 邀),猶迎。兩句寫再向巫咸卜吉凶。

[232] 翳,遮蔽。備,全部。這句指百神蔽空而降。

[233] 九疑,指九疑山的神。繽,衆盛貌。

[234] 皇,指百神。剡(yǎn 衍)剡,光貌。揚靈,顯揚神的光靈。

[235] 故,事由。

[236] "曰"字以下至"使夫百草爲之不芳"句,都是巫咸的話。陞降、上下,即前文"上下求索"的意思。

[237] 榘,同"矩"。矱(huò 獲),度量長短的工具。矩矱,猶法度。榘矱所同,指志同道合的人。

[238] 嚴,敬。合,指能和自己相合幫助治理天下者。

[239] 摯,商湯時賢相伊尹名。咎繇,即皋陶,舜禹時的賢臣。調,調和,指君臣和衷共濟,安定天下。

[240] 苟中情兩句:意思説,只要内心愛好修美,君臣自能遇合,不必通過媒介。

[241] 説操築兩句:説(yuè 悦),即傅説,殷朝武丁時賢相。築,建築用的杵。傅巖,地名。武丁,殷高宗名。相傳傅説懷抱道德而遭刑罰,在傅巖操杵築牆,武丁舉爲相,殷大治。

[242] 吕望兩句:吕望,即太公姜尚。曾在朝歌爲屠宰,後遇周文王,被舉爲師。鼓刀,鳴刀,屠宰時必敲擊其刀有聲,故稱鼓刀。

[243] 甯戚兩句:甯戚,春秋時人,在飼牛時扣牛角而歌,齊桓公聽見了,知道他是賢人,用他爲卿。該,備。該輔,備爲輔佐。

[244] 晏,晚。

247

[245] 央,盡。

[246] 鵜(tí 提)鴂(jué 決),鳥名,即杜鵑,常在初夏時鳴,鳴時百花皆謝。一說,鵜鴂即伯勞。

[247] 以上四句都是説應該趁年歲未老及時努力,如時機一過,將更不可爲。

[248] 瓊佩,喻自己的美德。偃蹇,衆盛貌。

[249] 蔓(ài 愛)然,掩蔽貌。

[250] 諒,誠信。不諒,没有誠信。一說,諒通"良"。不諒,即不良。

[251] 折,摧折。之,指瓊佩。

[252] 繽紛,紛亂貌。

[253] 蕭、艾,都是賤草名。以上四句,均比喻君子蜕變爲小人。

[254] 無實而容長,意思説,内中没有誠信的實際,虚有美善的外貌。

[255] 委,棄掉。

[256] 專,專擅。慢慆(tāo 滔),傲慢。

[257] 椒(shā 殺),惡草名,似茱萸而小。

[258] 既干進兩句:干,求。干進,務入,指鑽營求進。祗,敬。以上四句大意説,椒椒之類,只求進身朝廷,取得禄位,又怎能敬愛賢人而任用之。

[259] 流從,明夫容館本《楚辭》作"從流",意思説,從惡好像從水而流。

[260] 兹佩,指瓊佩。兹,此。這句説,自己獨能堅持忠貞操守,故爲可貴。

[261] 委,指被人廢棄。厥美,指此佩之美。歷兹,至此。這句説,自己雖有美德,卻被廢棄不用,一直到現在。

[262] 沫,消散。一說,沫應作"沬",昏昧虧損之意。

[263] 和,和諧,此作動詞用。調度,格調與法度。

[264] 歷,選擇。

[265] 羞,有滋味的食物。

[266] 精,作動詞用,擣米使細。麋(mí 糜),末屑。粻(zhāng 張),糧。

[267] 駕飛龍,以飛龍駕車。

[268] 瑶,美玉。象,指象牙。

[269] 離心,指意見不合。

[270] 邅(zhān 沾),轉。這句説,我轉道行向崑崙山。

[271] 揚,舉起。雲霓,畫雲霓的旌旗。一説,以雲霓爲旗。晻藹,暗冥貌,
　　　形容旌旗蔽日。

[272] 玉鸞,車上的鈴,作鸞鳥形,用玉製成。啾啾,鳴聲。

[273] 天津,天河,在東極箕、斗二星之間。

[274] 翼,敬貌。《文選》本翼作紛。紛,形容多。承,奉持。旂,畫着交叉龍
　　　形的旗。

[275] 翱翔,鳥的高飛,鳥翼一上一下叫翱,直刺不動曰翔。翼翼,和貌。

[276] 流沙,指西北沙漠地帶。

[277] 赤水,神話中水名,出崑崙山。容與,游戲貌。一説,作從容不迫解。

[278] 麾,指揮。梁,橋,此作動詞用,謂在津上駕橋。

[279] 詔,命令。西皇,西方之神。使涉予,使他渡我過去。

[280] 騰,越過。這句説,令衆車先過,從小路上超越至前面等待我。一説,
　　　待作侍衛解。

[281] 不周,神話中山名,在崑崙山西北。

[282] 西海,神話中西方之海。

[283] 軑(dài 帶),車輨,包在車轂外者。一説,即車輪。

[284] 婉婉,同"蜿蜿",這裏形容龍身的游動貌。

[285] 雲旗,飾雲霓之旗。委蛇,旗隨風伸展貌。

[286] 抑志兩句:抑志,壓抑心志。一説,志,讀爲"幟",抑志,即垂下旗幟。
　　　邈邈,遼遠貌。

[287] 韶,舜樂名。

[288] 假日,假借時日。娛(yú 俞),愉樂。一説,娛同"偷"。

[289] 陟,登、上升。皇,皇天,廣大的天空。赫戲,光明貌。

[290] 臨,居高臨下。睨(nì 溺),旁視。舊鄉,故鄉。

[291] 僕夫,指御者。這句以御者和馬的懷戀故鄉襯托自己的心情。

[292] 蜷(quán 拳)局,拳曲不行貌。

[293] 亂,終篇的結語,樂歌的卒章。

[294] 已矣哉,絶望之辭,猶言"算了吧"。

[295] 從"索藑茅以筳篿兮"至此爲第三大段,借靈氛、巫咸的勸己遠行,申

述楚國統治者的顛倒黑白,不可挽救。在行和留的矛盾中,充分表達了作者熱愛祖國,以身殉國的精神。

九　歌

　　屈原所作《東皇太一》、《雲中君》、《湘君》、《湘夫人》、《大司命》、《少司命》、《東君》、《河伯》、《山鬼》、《國殤》、《禮魂》十一篇詩歌,總稱爲《九歌》。"九"在這裏並非實數,古人常以"九"表示數目之多。王逸説:"昔楚國南郢之邑,沅湘之間,其俗信鬼而好祠。其祠必作歌樂鼓舞以樂諸神。屈原放逐,竄伏其域,懷憂苦毒,愁思沸鬱,出見俗人祭祀之禮,歌舞之樂,其辭鄙陋,因爲作《九歌》之曲,上陳事神之敬,下見己之冤結,託之以風諫,故其文意不同,章句雜錯,而廣異義焉。"(《楚辭章句》)後人或認爲《九歌》係屈原在民間祭歌上加工而成,並不一定有什麼寄託。

湘　君

　　【解題】　本篇的湘君與下篇中的湘夫人都是湘水之神。相傳帝堯之女娥皇、女英爲舜二妃,舜巡視南方,二妃没有同行,追至洞庭,聽説舜死於蒼梧,自投湘水而死,遂爲其神。王逸以爲湘君是水神,湘夫人是舜之二妃。或謂湘君是娥皇,以其爲正妃,故稱君;湘夫人是女英。也有人以爲湘君是舜而湘夫人是二妃。近人多主湘君、湘夫人是配偶神。二篇均寫企待對方不來而產生的深切思慕哀怨的心情。

　　君不行兮夷猶[1],蹇誰留兮中洲[2]?美要眇兮宜脩[3],沛吾乘兮桂舟[4]。令沅湘兮無波[5],使江水兮安流。望夫君兮未來[6],吹參差兮誰思[7]!

　　駕飛龍兮北征[8],邅吾道兮洞庭[9]。薜荔柏兮蕙綢[10],蓀橈兮蘭旌[11]。望涔陽兮極浦[12],橫大江兮揚靈[13]。揚靈兮未極[14],女嬋媛兮爲余太息[15]。橫流涕兮潺湲[16],隱思君兮陫側[17]。

桂櫂兮蘭枻[18]，斲冰兮積雪[19]。采薜荔兮水中，搴芙蓉兮木末[20]。心不同兮媒勞[21]，恩不甚兮輕絕[22]！石瀨兮淺淺[23]，飛龍兮翩翩[24]。交不忠兮怨長[25]，期不信兮告余以不閒[26]。

鼂騁騖兮江皋[27]，夕弭節兮北渚[28]。鳥次兮屋上[29]，水周兮堂下[30]。捐余玦兮江中[31]，遺余佩兮醴浦[32]；采芳洲兮杜若[33]，將以遺兮下女[34]。時不可兮再得[35]，聊逍遙兮容與[36]！

【註釋】

[1] 君，指湘君。夷猶，猶豫不決。

[2] 謇(jiǎn 簡)，發語詞。洲，水中可居的地方。中洲，猶洲中。

[3] 要眇，美好貌。宜脩，修飾得恰到好處。

[4] 沛，行貌。這裏形容船行迅速。桂舟，桂木造的船。這句寫待湘君不來，自乘舟去迎候。

[5] 沅、湘，沅水和湘水，均在今湖南省。無波，不生波浪。

[6] 夫(fú 扶)，語詞。

[7] 參差，洞簫。一說，即排簫。相傳爲舜所造。洪興祖引《風俗通》說："舜作簫，其形參差，象鳳翼參差不齊之貌。"

[8] 飛龍，舟名。北征，北行。

[9] 邅(zhān 沾)，轉，指改變行程。洞庭，洞庭湖。這句意思說，轉道洞庭湖而北行。

[10] 薜荔，蔓生香草。柏，附着。蕙，香草名。綢，縛束。

[11] 蓀，香草名。橈(náo 撓)，小楫，即短槳。旌，旗桿頂端的飾物。

[12] 涔(cén 岑)陽，江岸名，今湖南省澧縣有涔陽浦。極浦，遙遠的水邊。

[13] 橫，橫渡。靈，指精誠。揚靈，指顯揚自己的精誠。

[14] 未極，未至，未到達。

[15] 女，指侍女。嬋媛，見《離騷》註[109]。

[16] 橫，橫溢。潺湲，水流貌。

[17] 隱，痛。陫側，同"悱惻"，欲言不得而心情不寧。

［18］櫂，同"棹"，長槳。枻(yì曳)，船舷。

［19］斲(zhuó斫)，斫開。積雪，斫碎冰塊，冰屑紛然好像積雪。張銑說："言志不通，猶乘舟值天盛寒，斲斫冰凍，徒爲勤苦而不得前也。"

［20］搴(qiān千)，手取。芙蓉，蓮花。木末，樹梢。薜荔本緣木而生，蓮花則生在水中，這兩句以涉水求薜荔、緣木採蓮花，比喻用力雖勤而不可得。

［21］這句說，心意不同，則媒人徒勞而無功。

［22］恩不甚，猶言恩情不深。

［23］石瀨，石上急流。淺淺，流疾貌。

［24］翩翩，疾飛貌。

［25］交，指交友。怨長，長相怨恨。

［26］期，期約。不閒，沒有空暇。

［27］鼂，同"朝"。騁，直馳。騖(wù務)，亂馳。皋，水旁高地。

［28］弭，止。節，與策同義，馬鞭。弭節，謂停止鞭馬使車緩行。此處有止息的意思。渚，水涯。

［29］次，止宿。

［30］周，圍繞。

［31］捐，捨棄。玦(jué決)，玉佩名，似環而有缺，示有決斷、決絕的意思。

［32］遺，留下。原文脫遺字，據明夫容館本《楚辭》補。醴，同澧，即澧水，在今湖南省，流入洞庭湖。

［33］芳洲，香草叢生之洲。杜若，香草名。

［34］遺(wèi味)，贈與。下女，下界之女。

［35］峕，即"時"字。

［36］逍遙，遊玩。容與，舒閑貌。

湘　夫　人

　　帝子降兮北渚[1]，目眇眇兮愁予[2]。嫋嫋兮秋風[3]，洞庭波兮木葉下[4]。

　　白薠兮騁望[5]，與佳期兮夕張[6]。鳥何萃兮蘋中，罾何爲兮木上[7]？

沅有茝兮醴有蘭[8]，思公子兮未敢言[9]。荒忽兮遠望[10]。觀流水兮潺湲。

麋何食兮庭中，蛟何爲兮水裔[11]？朝馳余馬兮江皐，夕濟兮西澨[12]。聞佳人兮召予，將騰駕兮偕逝[13]。

築室兮水中，葺之兮荷蓋[14]。蓀壁兮紫壇[15]，匊芳椒兮成堂[16]。桂棟兮蘭橑[17]，辛夷楣兮葯房[18]。罔薜荔兮爲帷[19]，擗蕙櫋兮既張[20]。白玉兮爲鎮[21]，疏石蘭兮爲芳[22]。芷葺兮荷屋，繚之兮杜衡[23]。合百草兮實庭[24]，建芳馨兮廡門[25]。九嶷繽兮並迎[26]，靈之來兮如雲[27]。

捐余袂兮江中[28]，遺余褋兮醴浦[29]。搴汀洲兮杜若[30]，將以遺兮遠者[31]。時不可兮驟得[32]，聊逍遙兮容與！

【註釋】

[1]帝子，舜妃爲帝堯之女，故稱帝子。

[2]眇眇，望而不見的樣子。愁予，使我憂愁。

[3]嫋(niǎn 鳥)嫋，吹拂貌。

[4]波，生波。下，落。

[5]明夫容館本《楚辭》此句上有"登"字。蘋(fán 煩)，草名，生湖澤間。騁望，縱目而望。

[6]佳，即佳人，指湘夫人。期，期約。張，陳設，張設帷帳。

[7]鳥何萃兩句：上句中"何"字原無，據明夫容館本《楚辭》補。萃，集。蘋，水草名。罾(zēng 增)，魚網。鳥本當集在木上，反説在水草中；罾原當在水中，反説在木上，喻所願不得，失其應處之所。

[8]茝(chǎi 釵上)，白芷，香草名。

[9]公子，猶帝子。

[10]荒忽，不分明貌。

[11]麋何食兩句：麋，獸名，似鹿。水裔，水邊。麋本當在山林而在庭中，

蛟本當在深淵而在水邊,也是比喻所處失常。

[12] 澨(shì 逝),水邊。

[13] 騰駕,駕着馬車奔騰飛馳。偕逝,同往。

[14] 葺,覆蓋。蓋,指屋頂。

[15] 蓀壁,以蓀草飾壁。紫,紫貝。壇,中庭。

[16] 匊,古"播"字,作佈解。

[17] 棟,屋棟,屋脊柱。橑(lǎo 老),屋椽。

[18] 辛夷,木名,初春開花。楣(méi 眉),門上橫梁。葯,白芷。

[19] 罔,同"網",作結解。帷,帷帳。

[20] 擗(pǐ 劈),析開。櫋(mián 綿),簷際木。本句謂析蕙懸在簷際,如今
之結綵。

[21] 鎮,鎮壓坐席之物。

[22] 疏,分布、分陳之意。石蘭,香草名。

[23] 繚,束縛。杜衡,香草名。

[24] 合,會聚。百草,指衆芳草。實,充實。

[25] 馨,香之遠聞者。廡,廊。

[26] 九嶷,山名,傳說中的舜所葬地,在湘水南。這裏指九嶷山神。繽,
盛貌。

[27] 靈,神。如雲,形容衆多。

[28] 袂(mèi 妹),衣袖。

[29] 褋(dié 牒),外衣。

[30] 汀,水中或水邊的平地。

[31] 遠者,指湘夫人。

[32] 驟得,數得,屢得。

山　鬼

【解題】 本篇寫山鬼(當係山中女神)等待所愛的對象不來,憂思
悲哀而獨自歸去的情景。

若有人兮山之阿[1]，被薜荔兮帶女羅[2]。既含睇兮又宜笑[3]，子慕予兮善窈窕[4]。乘赤豹兮從文狸[5]，辛夷車兮結桂旗[6]。被石蘭兮帶杜衡，折芳馨兮遺所思[7]。

余處幽篁兮終不見天[8]，路險難兮獨後來[9]。表獨立兮山之上[10]，雲容容兮而在下[11]。杳冥冥兮羌晝晦[12]，東風飄兮神靈雨[13]。留靈脩兮憺忘歸[14]，歲既晏兮孰華予[15]！

采三秀兮於山間[16]，石磊磊兮葛蔓蔓[17]。怨公子兮悵忘歸[18]。君思我兮不得閒[19]。山中人兮芳杜若[20]，飲石泉兮蔭松柏[21]。君思我兮然疑作[22]。靁填填兮雨冥冥[23]，猨啾啾兮又夜鳴[24]。風颯颯兮木蕭蕭[25]，思公子兮徒離憂[26]。

【註釋】

[1] 若有人，彷彿有人，指山鬼。阿，曲隅。

[2] 被，同"披"。帶女羅，以女羅爲帶。女羅，蔓生植物名。

[3] 含睇(dì 弟)，含情微視。宜笑，言口齒美好，適宜於笑。

[4] 子，指山鬼所愛慕的對方。予，山鬼自稱。窈窕，美好貌。

[5] 赤豹，毛赤而文黑的豹。從，隨行。文狸，狸毛黃黑相雜。

[6] 辛夷，香木名。結桂旗，結桂枝爲旗。

[7] 遺(wèi 畏)所思，送給所思慕的人。

[8] 余，山鬼自稱。幽篁，深密的竹林。

[9] 後來，遲到。

[10] 表，特出貌。

[11] 容容，雲出貌。

[12] 杳，深沉。冥冥，昏暗貌。晝晦，白天昏黑。

[13] 神靈雨，神靈下雨。

[14] 靈脩，詞義解釋見《離騷》註[37]，這裏指山鬼。憺(dàn 旦)，安。

[15] 華，榮華，這裏作動詞用。王逸註："年歲晚暮，將欲罷老，誰復當令我榮華也。"

[16] 三秀,芝草,芝一年三次開花,故稱三秀。

[17] 磊磊,衆石貌。蔓蔓,蔓延貌。

[18] 公子,指對方。

[19] 這句設想對方思念我而不得空閒前來。

[20] 山中人,山鬼自指。杜若,香草名。芳杜若,像杜若般芬芳。

[21] 蔭松柏,以松柏爲蔭。

[22] 然,不疑。這句設想對方思念自己而又信疑交作。

[23] 靁,古"雷"字。填填,雷聲。

[24] 啾啾,猿鳴聲。又,一作狖(yòu 柚),猿類。

[25] 颯(sà 薩)颯,風聲。蕭蕭,風吹樹木,動搖作聲。

[26] 徒,徒然。離,同"罹"。離憂,遭憂。

國　殤

【解題】　本篇是祭祀爲國犧牲的將士的詩歌,熱烈歌頌了他們的英雄氣概和壯烈精神。國殤,指死於國事者。

操吳戈兮被犀甲[1],車錯轂兮短兵接[2]。旌蔽日兮敵若雲,矢交墜兮士爭先[3]。凌余陣兮躐余行[4],左驂殪兮右刃傷[5]。霾兩輪兮縶四馬[6],援玉枹兮擊鳴鼓[7]。天時墜兮威靈怒[8],嚴殺盡兮棄原壄[9]。

出不入兮往不反[10],平原忽兮路超遠[11]。帶長劍兮挾秦弓[12],首身離兮心不懲[13]。誠既勇兮又以武,終剛強兮不可凌。身既死兮神以靈[14],子魂魄兮爲鬼雄[15]!

【註釋】

[1] 操,持。吳戈,吳國所産的戈,以鋒利著名。戈,武器名。犀甲,犀牛皮甲。

［ 2 ］錯,交錯。轂(gǔ谷),車輪貫軸處。短兵,指刀劍。

［ 3 ］墜,落。士,戰士。

［ 4 ］凌,侵犯。躐(liè獵),踐踏。行(háng杭),行列。

［ 5 ］驂,在兩旁駕車的馬。殪(yì毅),倒地而死。右,指右驂。刃傷,爲兵刃所傷。

［ 6 ］霾,同"埋"。縶(zhí執),絆住。

［ 7 ］援,拿着。玉枹(fú孚),玉飾的鼓槌。

［ 8 ］天時墜,猶言天地昏暗。威靈怒,鬼神震怒。

［ 9 ］嚴,威。嚴殺,猶言鏖戰痛殺。棄原壄,骸骨棄在原野。壄,古"野"字。

［10］這句寫戰士們出戰時抱着一去不返的必死決心。

［11］忽,迅速貌。這句寫戰士出擊,在平原上奮迅前進,一下子即離家甚遠。

［12］秦弓,秦地所產的弓。秦地以產良弓著名。

［13］懲(chéng澄),悔恨。這句説,雖身首異處,心中也没有悔意。

［14］這句説,身體雖然死了,但精神存在着。

［15］子,指殤者。鬼雄,鬼中雄傑。

九　　章

　　《九章》是屈原所作《惜誦》、《涉江》、《哀郢》、《抽思》、《懷沙》、《思美人》、《惜往日》、《橘頌》、《悲回風》九篇詩歌的總稱。王逸説:"屈原放於江南之壄,思君念國,憂心罔極,故復作《九章》。章者,著也,明也,言己所陳忠信之道甚著明也。"(《楚辭章句》)朱熹則以爲係後人所輯,"得其九章,合爲一卷,非必出於一時之言也"(《楚辭集註》)。近人多從朱説,有不少研究者曾從事各章時代先後的考辨,其中《惜誦》、《思美人》、《惜往日》、《悲回風》四篇,或疑爲非屈原所作。

涉　　江

　　【解題】 本篇是屈原於流放途中所作,紀述其渡江南下的歷程和當時心情,申述其志行的高遠,對時俗混亂的憤慨,並表示儘管不被人理解,遭受打擊,仍要堅持理想,始終不變。

余幼好此奇服兮[1],年既老而不衰。帶長鋏之陸離兮[2],冠切雲之崔嵬[3]。被明月兮珮寶璐[4]。世溷濁而莫余知兮[5],吾方高馳而不顧。駕青虬兮驂白螭[6],吾與重華遊兮瑤之圃[7]。登崑崙兮食玉英[8],與天地兮同壽,與日月兮同光。哀南夷之莫吾知兮[9],旦余濟乎江湘[10]。

乘鄂渚而反顧兮[11],欸秋冬之緒風[12]。步余馬兮山皋[13],邸余車兮方林[14]。乘舲船余上沅兮[15],齊吳榜以擊汰[16]。船容與而不進兮[17],淹回水而疑滯[18]。朝發枉陼兮[19],夕宿辰陽[20]。苟余心其端直兮[21],雖僻遠之何傷[22]!

入溆浦余儃佪兮[23],迷不知吾所如[24]。深林杳以冥冥兮[25],猿狖之所居[26]。山峻高以蔽日兮[27],下幽晦以多雨。霰雪紛其無垠兮[28],雲霏霏而承宇[29]。哀吾生之無樂兮,幽獨處乎山中。吾不能變心而從俗兮,固將愁苦而終窮[30]。

接輿髡首兮[31],桑扈臝行[32]。忠不必用兮,賢不必以[33]。伍子逢殃兮[34],比干菹醢[35]。與前世而皆然兮[36],吾又何怨乎今之人!余將董道而不豫兮[37],固將重昏而終身[38]。

亂曰:鸞鳥鳳皇,日以遠兮[39]。燕雀烏鵲,巢堂壇兮。露申辛夷[39],死林薄兮[40]。腥臊並御[41],芳不得薄兮[42]。陰陽易位[43],時不當兮[44]。懷信侘傺[45],忽乎吾將行兮[46]。

【註釋】

[1] 奇服,奇偉的服飾,喻志行高潔,不與眾同。

[2] 長鋏(jiá夾),長劍。陸離,參差貌,這裏形容劍的高低擺動。

[3] 切雲,高冠名,取高摩青雲的意思。崔嵬(wéi巍),高貌。

[4]被,同"披"。明月,夜光珠。珮,佩帶。璐,美玉。

[5]溷濁,猶混濁。

[6]虬,參看《離騷》註[158]。驂,在兩邊駕車的馬,這裏作動詞用,猶駕。螭(chī 癡),無角的龍。

[7]重華,舜名。瑤,美玉。圃,園圃。

[8]玉英,玉樹的花。

[9]南夷,舊説謂指楚人,王夫之説:"武陵西南蠻夷,今辰沅苗種也。"

[10]旦,清晨。濟,渡。江,長江。湘,湘水。蔣驥説:"按湘水爲洞庭正流,故《水經》以洞庭爲湘水。濟洞庭,即濟湘也。"

[11]鄂渚,地名,在今湖北省武昌市黃鶴山上游三百步長江中。

[12]欸(āi 哀),嘆。緒風,餘風。

[13]山皋,依山傍水的高地。

[14]邸,舍止。方林,地名。

[15]舲船,有窗門的船。上,溯流而上。沅,沅水。

[16]齊,謂並舉。吳,大。吳榜,大槳。一説,吳榜,指吳地製造的船槳。汰,水波。

[17]容與,緩慢前進貌。

[18]淹,停留。回水,回旋的水流。疑滯,即凝滯,停留不前的意思。

[19]枉陼,地名,在今湖南省常德市南。陼,同"渚"。

[20]辰陽,地名,在今湖南省辰溪西。

[21]端直,正直。

[22]僻遠,指處在偏僻邊遠的地方。

[23]溆浦,溆水(在今湖南省)的沿岸。儃(chán 蟬)佪,迴旋,無所適從而徘徊之貌。

[24]如,往。

[25]杳,深遠。冥冥,昏暗貌。

[26]狖(yòu 柚),猿類。

[27]蔽日,遮蔽太陽,極言山高。

[28]霰(xiàn 綫),小冰粒。垠(yín 銀),邊。

[29]霏霏,盛多貌。承宇,上承屋簷。

［30］終窮,窮困到底。

［31］接輿,春秋時楚國狂士。髡(kūn 坤)首,剃去頭髮,古代刑罰之一,相傳接輿曾自刑身體,避世不仕。

［32］桑扈,古代隱士,洪興祖以爲即《莊子》所説的子桑户。朱熹説:"或疑《論語》所謂子桑伯子,亦是此人。蓋夫子稱其簡。《家語》又云:'伯子不衣冠而處。'夫子譏其欲同人道行牛馬,即此裸行之證也。"(《楚辭集註》)嬴,同"裸"。

［33］以,也是用的意思。

［34］伍子,即伍子胥。忠於吴國,爲吴王夫差所殺。

［35］比干,殷紂時賢臣,因進諫被紂所殺。菹(zū 租),酸菜;醢(hǎi 海),肉醬。這裏作被殘殺解。

［36］與,通作"舉",整個的意思。

［37］董道,正道。豫,猶豫。

［38］重昏,猶言處於層層黑暗之中。一説,重,一再。重昏,即一再陷於黑暗環境之中。

［39］露申,當亦爲芳香植物。辛夷,香木名,初春開花。

［40］薄,草木交錯的地方。

［41］御,進用。

［42］薄,靠近。

［43］易位,變換位置。陰陽易位,喻反常。

［44］時不當,屈原自傷生不逢時。

［45］懷信,懷抱忠信。佗(chà 詫)傺(jì 祭),失志貌。

［46］忽,飄忽,迅速。

哀 郢

【解題】 本篇王逸以爲是屈原被流放時哀念故國而作。洪興祖説:"此章言己雖被放,心在楚國,徘徊而不忍去,蔽於讒諂,思見君而不得,故太史公讀《哀郢》而悲其志也。"(《楚辭補註》)王夫之認爲是爲楚國郢都(今湖北省江陵市)被秦將白起攻破而東遷於陳(在楚頃襄王二十一年,公元前二七八年)的事件而作;《哀郢》即"哀故都之棄捐,宗社之丘墟,人民之離散,頃襄之不能效死以拒秦,而亡可待也"(《楚辭通釋》)。

皇天之不純命兮[1],何百姓之震愆[2]!民離散而相失兮[3],方仲春而東遷[4]。去故鄉而就遠兮,遵江夏以流亡[5]。出國門而軫懷兮[6],甲之鼂吾以行[7]。發郢都而去閭兮[8],荒忽其焉極[9]。楫齊揚以容與兮[10],哀見君而不再得。望長楸而太息兮[11],涕淫淫其若霰[12]。過夏首而西浮兮[13],顧龍門而不見[14]。心嬋媛而傷懷兮[15],眇不知其所蹠[16]。順風波以從流兮,焉洋洋而爲客[17]。凌陽侯之氾濫兮[18],忽翱翔之焉薄[19]!心絓結而不解兮[20],思蹇產而不釋[21]。

將運舟而下浮兮[22],上洞庭而下江。去終古之所居兮[23],今逍遥而來東[24]。羌靈魂之欲歸兮,何須臾而忘反[25]!背夏浦而西思兮[26],哀故都之日遠。登大墳以遠望兮[27],聊以舒吾憂心。哀州土之平樂兮[28],悲江介之遺風[29]。

當陵陽之焉至兮[30],淼南渡之焉如[31]!曾不知夏之爲丘兮[32],孰兩東門之可蕪[33]!心不怡之長久兮,憂與愁其相接。惟郢路之遼遠兮,江與夏之不可涉。忽若不信兮[34],至今九年而不復[35]。慘鬱鬱而不通兮,蹇侘傺而含慼[36]。

外承歡之汋約兮[37],諶荏弱而難持[38]。忠湛湛而願進兮[39],妬被離而鄣之[40]。堯舜之抗行兮[41],瞭杳杳而薄天[42]。衆讒人之嫉妬兮,被以不慈之僞名[43]。憎慍惀之脩美兮[43],好夫人之忼慨[45]。衆踥蹀而日進兮[46],美超遠而逾邁[47]。

亂曰:曼余目以流觀兮[48],冀壹反之何時[49]!鳥飛反故鄉兮,狐死必首丘[50]。信非吾罪而棄逐兮,何日夜而忘之!

【註釋】

[1]純,正,常。皇天之不純命,意即天命無常。

[2]震,震動。愆(qiān 千),王夫之説:"失其生理也。"(《楚辭通釋》)一
　　説,愆,罪過;震愆,指百姓心懷震懼,恐獲罪過。

[3]相失,彼此失散。

[4]仲春,陰曆二月。

[5]遵,循着。江夏,長江和夏水。

[6]國門,指郢都城門。軫,痛。軫懷,言内心痛苦。

[7]甲,指甲日。朝,古"朝"字。

[8]閭,里門。

[9]荒忽,恍惚,心神不定。焉極,猶言那有極止。明夫容館本《楚辭》此
　　句作"怊荒忽之焉極"。怊(chāo 抄),惆悵。

[10]楫(jí 急),船槳。齊揚,並舉。容與,行進緩慢。

[11]楸(qiū 秋),紫葳科落葉喬木。指郢都的大樹。古代有悠久歷史的國
　　都,大都植有喬木。

[12]淫淫,流貌。霰(xiàn 綫),小冰粒。

[13]夏首,夏水與長江合流處。西浮,指船順水勢向西浮流。本篇所述路
　　程,是由西向東行。這裏説西浮,當是舟行至水流曲折之處,路有向
　　西者。

[14]顧,回望。龍門,郢都東門。

[15]嬋媛,見《離騷》註[109]。

[16]眇,同"渺",指前程的渺茫遥遠。蹠(zhí 直),踐踏。不知所蹠,即不
　　知所止的意思。

[17]焉,乃。洋洋,無所歸貌。

[18]凌,乘在上面。陽侯,大波,古代傳説陵陽國之侯,溺死於水,其神爲
　　大波。

[19]翺翔,形容船的忽上忽下。薄,止。焉薄,止於何處。

[20]絓(guà 挂),懸掛。

[21]蹇(jiǎn 簡)産,詰屈,委屈憂抑的意思。釋,解開。

262

［22］運舟,駕船。下浮,順流下航。

［23］終古之所居,祖先世代所居之處。

［24］逍遥,猶飄盪。來東,來至東方。

［25］須臾,片刻。反,同“返”。

［26］背,背向。夏浦,夏水之濱。西思,思念西方。

［27］墳,水邊高地。

［28］州土,指所經江漢地區。平樂,土地寬平而人民富樂。看到這裏富饒
　　　的國土,想到楚國的富庶廣大而竟迫近危亡,這裏也將不能久保,不
　　　禁感到哀痛。所以本句開頭用“哀”字。

［29］江介,江畔。遺風,古代遺留下來的風俗。

［30］當,面對。陵陽,地名,在今安徽省。

［31］淼(miǎo 渺)字原缺,據明夫容館本《楚辭》補。淼,大水望不到邊際
　　　的意思。如,往。

［32］曾不知,簡直不能料到。夏,借作“厦”。爲丘,荒廢爲丘墟。

［33］這句説,郢都兩座東門怎麼可讓它荒蕪。

［34］忽,速。這句意思説,時光迅速得好像令人不可置信。

［35］復,回返。

［36］蹇(jiǎn 簡),發語詞。侘(chà 詫)傺(jì 祭),失志貌。含,原作舍,據
　　　明夫容館本《楚辭》改正。慼(qī 戚),悲傷。

［37］外,外表。承歡,討歡喜。汋(zhuó 酌)約,姿態柔美貌。

［38］諶(chén 忱),真實。荏(rěn 忍)弱,軟弱。以上兩句言衆小人表面上
　　　討人歡喜,實不可靠。

［39］忠,指忠臣。湛(zhàn 佔)湛,厚重貌。願進,願意進用,爲國盡力。

［40］妒,指嫉妒的讒人。被,讀作“披”。披離,衆盛貌。鄣,障蔽。

［41］抗,高。抗行,高抗的行爲。

［42］瞭,眼明。杳杳,遠貌。薄天,接近天,極言高遠。這句意思是,堯舜
　　　眼光明瞭,遠至上天,無不照察。

［43］被,加上。不慈,洪興祖補註:“堯舜與賢而不與子,故有不慈之名。
　　　《莊子》曰:‘堯不慈,舜不孝。’”

［44］慍(wěn 穩)惀(lǔn 輪上),指忠賢之人。朱熹説:“慍,心所緼積也。

思求曉知謂之愉。"(《楚辭集註》)王夫之説:"悃愉,誠積而不能言也。"(《楚辭通釋》)

[45] 夫(fú 扶)人,那些人,指小人。忼慨,此處指口頭上講得慷慨激昂。忼,同"慷"。這兩句寫國君不辨君子小人。

[46] 衆,指衆小人。蹀(qiè 妾)躞(dié 牒),行走貌。

[47] 美,指修美的君子。逾,越。邁,遠。逾邁,越來越疏遠。

[48] 曼,遠貌。曼余目,猶放開自己的眼睛,向遠處看。流觀,四望。

[49] 冀,希望。

[50] 首丘,頭向山丘。相傳狐在死時還頭向山丘,以示不忘所生的地方。

宋 玉 賦

宋玉,生卒年不詳,是稍後於屈原的楚國作家。關於他的生平,根據《史記·屈原賈生列傳》、《韓詩外傳》、《新序·雜事》、《襄陽耆舊傳》等所記載的零星材料,只能知道:他是屈原的學生;曾因友人推薦,入仕於楚頃襄王朝,官位不高,很不得意。宋玉的作品收入《楚辭》、《文選》的有《九辯》、《招魂》、《高唐賦》、《神女賦》、《風賦》、《登徒子好色賦》、《對楚王問》等,其中除《九辯》一篇被一致認爲是宋玉的手筆外,其餘各篇後人頗多懷疑不是宋玉所作。此外,《古文苑》所載《笛賦》等六篇,其真僞更爲可疑。

九　　辯(節錄)
據四部叢刊影印明繙宋本《楚辭》

【解題】《九辯》是宋玉的代表作。從作品中可看到詩人具有一定的正義感,自視甚高,期望對國事有所作爲;但因受黑暗勢力的排擠而失職窮困。他耿介不隨,不滿現實;但又嘆老嗟卑,發出感傷、哀愁的聲音。《九辯》在形式上受屈原作品的影響很大,有明顯的模倣痕迹。但是,描寫刻畫的細緻入微,語句音節的綜錯多變等,又顯示出它在藝術方面的創造性。這裏選錄了篇中較好的幾段。

悲哉秋之爲氣也!蕭瑟兮[1],草木搖落而變衰;憭慄兮,若在遠行;登山臨水兮,送將歸[2]。泬寥兮[3],天高而氣清;寂寥兮[4],收潦而水清[5];憯悽增欷兮[6],薄寒之中人[7];愴怳懭悢兮[8],去故而就新[9]。坎廩兮[10],貧士失職而志不平[11];廓落兮[12],羈旅而無友生[13];惆悵兮,而私自憐[14]。燕翩翩其辭歸兮[15],蟬寂漠而無聲[16];鴈廱廱而南遊兮[17],鵾雞啁哳而悲鳴[18]。獨申旦而不寐兮[19],哀蟋蟀之宵征[20],時亹亹而過中兮[21],蹇淹留而無成[22]。

悲憂窮戚兮獨處廓[23]，有美一人兮心不繹[24]；去鄉離家兮
徠遠客[25]，超逍遙兮今焉薄[26]？專思君兮不可化[27]，君不知兮
可奈何！蓄怨兮積思[28]，心煩憺兮忘食事[29]。願一見兮道余
意，君之心兮與余異。車既駕兮朅而歸[30]，不得見兮心傷悲，倚
結軨兮長太息[31]，涕潺湲兮下露軨[32]，忼慨絕兮不得[33]，中瞀亂
兮迷惑[34]。私自憐兮何極[35]？心怦怦兮諒直[36]。

何時俗之工巧兮，背繩墨而改錯[37]！卻騏驥而不乘兮[38]，
策駑駘而取路[39]。當世豈無騏驥兮？誠莫之能善御[40]；見執轡
者非其人兮[41]，故駒跳而遠去[42]。鳧鴈皆唼夫粱藻兮[43]，鳳愈
飄翔而高舉。圜鑿而方枘兮[44]，吾固知其鉏鋙而難入[45]。眾鳥
皆有所登棲兮，鳳獨遑遑而無所集[46]。願銜枚而無言兮[47]，嘗
被君之渥洽[48]。太公九十乃顯榮兮[49]，誠未遇其匹合[50]。謂騏
驥兮安歸？謂鳳皇兮安棲？變古易俗兮世衰，今之相者兮舉
肥[51]。騏驥伏匿而不見兮[52]，鳳皇高飛而不下；鳥獸猶知懷德
兮，何云賢士之不處[53]？驥不驟進而求服兮[54]，鳳亦不貪餧而
妄食[55]；君棄遠而不察兮，雖願忠其焉得？欲寂漠而絕端兮[56]，
竊不敢忘初之厚德；獨悲愁其傷人兮，馮鬱鬱其何極[57]？

霜露慘悽而交下兮[58]，心尚幸其弗濟[59]；霰雪雰糅其增加
兮[60]，乃知遭命之將至[61]。願徼幸而有待兮，泊莽莽與埜草同
死[62]。願自直而徑往兮[63]，路壅絕而不通[64]；欲循道而平驅兮，
又未知其所從[65]。然中路而迷惑兮，自壓桉而學誦[66]；性愚陋
以褊淺兮[67]，信未達乎從容。

竊美申包胥之氣盛兮[68]，恐時世之不固[69]。何時俗之工巧
兮？滅規榘而改鑿。獨耿介而不隨兮[70]，願慕先聖之遺教[71]。
處濁世而顯榮兮，非余心之所樂。與其無義而有名兮。寧窮處
而守高[72]。食不媮而爲飽兮[73]，衣不苟而爲溫；竊慕詩人之遺

風兮^[74]，願託志乎"素餐"^[75]。蹇充倔而無端兮^[76]，泊莽莽而無垠^[77]。無衣裘以御冬兮^[78]，恐溘死不得見乎陽春^[79]。

【註釋】

[1] 蕭瑟，秋風吹拂枝葉的聲音。

[2] 憭(liáo 了)慄(lì 力)兮四句：憭慄，悽涼之意。這四句說，面對秋天，內心的悽涼如遠行及送別的意緒一般。

[3] 泬(xuè 穴)寥，曠蕩空虛貌。

[4] 宋(jì 迹)，同"寂"。寥(liáo 聊)，同"寥"。宋寥，虛靜貌，指大地。一說水清貌。

[5] 潦(lǎo 老)，雨水。收潦，言雨止。

[6] 憯(cǎn 慘)悽，悲痛貌。增欷(xī 希)，增嘆，悲慨不已。

[7] 薄寒，輕微的寒氣。中人，傷人。

[8] 愴(chuàng 創)怳(huǎng 恍)，與懭(kuàng 曠)悢(lǎng 朗)同，失意貌。一說，愴怳，悲傷；懭悢，愁恨。

[9] 去故而就新，言其失意的心情，和去故而就新者的心情相似。一說，本句是指宋玉離開楚都到新的地方去。

[10] 坎廩(lǎn 覽)，坎坷挫折之意。

[11] 貧士，宋玉自稱。失職，失去職位。志不平，心中不平。

[12] 廓落，孤獨空寂。

[13] 羈旅，他鄉作客之意。友生，朋友，這裏指意志相同的人。

[14] 自憐，自傷。

[15] 翩翩，飛貌。辭歸，言燕子因秋涼辭別北地而飛向南方。

[16] 宋漠，即寂寞。

[17] 鴈，即雁字。雝(yōng 雍)雝，雁叫聲。

[18] 鵾(kūn 昆)雞，鳥名，形似鶴，黃白色。啁(zhāo 招)哳(zhā 扎)，聲音細碎而急促。

[19] 申，至、達。寐，入睡。這句說，通宵達旦不能入睡。

[20] 宵征，夜間行動。

[21]亹(wěi 尾)亹,進行貌。過中,超過中年。

[22]蹇(jiǎn 簡),語氣詞。淹留,久留。

[23]戚,通作“蹙(cù 促)”。窮戚,窮困的意思。處廓,處於空虛的境地。

[24]有美一人,指作者自己。一説指楚懷王,不確。繹(yì 意),本義爲抽絲。
朱熹疑當作懌;懌,愉悦。

[25]徠,同“來”。徠遠客,來遠方作客。

[26]超,遠。焉,疑問詞。薄,止。焉薄,止於何處。

[27]化,改變。這句説,專心一意地思念楚王,忠貞不渝。

[28]蓄怨,怨恨積蓄在心。

[29]煩憺(dàn 淡),煩悶,憂愁。食事,猶言飲食之事。一説食事兩字分
指,亦可。

[30]朅(qiè 怯),猶言去。

[31]軨(líng 伶),車箱闌木。其木一橫一直,形似方格。因縱橫交結,故
稱結軨。

[32]潺(chán 蟬)湲(yuán 源),流貌。軾,車前橫木。

[33]忼慨,即慷慨,憤激之意。絶,斷絶。這句説,想和楚王斷絶,但又做
不到。

[34]中,内心。瞀(mào 冒),煩亂貌。

[35]極,終止。何極,何時了結。

[36]怦怦,心急貌。一説,忠謹貌。諒直,忠誠正直。

[37]改錯,同“改措”。此句言違反規矩,改變措施。

[38]卻,拒絶。騏驥,良馬。喻賢才。

[39]策,馬鞭。此處作動詞用,謂以鞭趕馬。駑駘(tái 苔),劣馬。喻
小人。

[40]御,駕馭。喻使用人材。

[41]執轡(pèi 佩)者,手執馬韁繩的人,即趕車者。這裏比喻執政的人。

[42]踢(jú 局)跳,跳躍。洪興祖補註:“馬立不常謂之踢。”

[43]鳧(fú 扶),野鴨。唼(shà 霎),吃食貌。梁,粟米。藻,水草。這句比
喻小人食禄。

[44]圜,同“圓”。鑿,木工所鑿之孔。柄(ruì 芮),木工削木的一端用以入

268

孔者。

[45]鉏(jǔ矩)鋙(yǔ語),彼此相拒貌。

[46]遑遑,匆促貌。集,棲止。

[47]銜枚,枚形狀略似筷子,古人行軍時,口中銜枚,以防止喧嘩。此處喻閉口。

[48]被,謂受到。渥,厚。洽,恩澤。

[49]太公,即姜尚。顯榮,事見屈原《離騷》註[242]。

[50]匹合,謂能相配合的人。匹,配。

[51]相,觀察。舉,舉拔、任用。肥,謂外貌肥美。王逸説:"不量才能,視顏色也。"

[52]伏匿,隱藏。

[53]不處,不肯留居。處,居。連上句説,騏驥、鳳皇還知道懷念有德行的人而依歸,怎能説賢人不願留在有德國君的朝廷裏呢?

[54]驟,急遽。服,用。

[55]餧,同"喂"。

[56]絶,斷絶。端,端緒。王夫之説:"絶端,謂一意隱遯,不思復進,念不萌而事無望也。"(《楚辭通釋》)

[57]馮,通作"憑",憤懣的意思。鬱鬱,愁悶貌。

[58]霜露句:這句以霜露交下,隱喻小人所施的種種陷害。

[59]幸,希冀;原作"㚔",據洪興祖説改。弗濟,不成。這句説,心裏還希望小人們對自己的打擊排擠不會成功。

[60]雰(fēn分),霰雪紛雜貌。

[61]遭,遇到。至,終極。命之將至,猶言命之將終。

[62]泊,留止。莽莽,草木盛貌。壄,古"野"字。這句大意説,留止於草木茂盛之處,而與野草同腐。

[63]自直,自己訴明所遭的枉屈。徑,小路。徑往,謂由小路而往見楚王。此句原作"願自往而徑遊兮",據王逸註引一本改。

[64]壅,梗塞不通。

[65]欲循道兩句:循,遵順。道,大路。平驅,平穩而行。從,由。這兩句説,想順大路而行,又不知由哪兒去可見楚王。以上四句亟言願見楚

王以自明,但諸路斷絶,無由得見。

[66]壓桉,壓抑。桉,通作"按"。按,抑。學誦,指學詩。

[67]陋,謂見聞少。褊,狹隘。

[68]申包胥,楚臣。春秋時,吳兵攻佔楚都郢,申包胥至秦求救,在秦庭痛哭七晝夜,終於感動了秦哀公,出兵救楚。

[69]時世,王夫之説:"當時之國勢也。"(見《楚辭通釋》)不固,不穩固。

[70]耿介,光明正大。隨,謂隨波逐流。

[71]慕,仰慕。

[72]守高,固守自己的高潔之志。一説,高與槁同。守槁即不因貧賤而動搖的意思。

[73]媮(tōu 偷),通作"偷",苟且之意。

[74]詩人,指《詩經·伐檀》的作者。

[75]素餐,《伐檀》:"彼君子兮,不素餐兮。"託志素餐,猶言託志於《伐檀》之詩,以素餐爲恥。

[76]充倔,與"充詘"同。充,自滿貌。詘,失節貌。王夫之説:"言楚之君臣,偷安徼幸。"(見《楚辭通釋》)無端,沒有因緣。

[77]垠,邊際。這句説,自己猶如處於野草莽莽一望無際的境地。

[78]裘,皮衣。御,同"禦",抵擋的意思。

[79]溘(kè 客),忽然。溘死,忽然而死。陽春,和暖的春天。

風　　賦
據胡刻《文選》本

【解題】 本篇見於《文選》,題宋玉作;後人或疑爲僞託。篇中藉"雄風"、"雌風"的敍述,間接表現統治者和人民在生活上的差異,隱寓諷諫之意。吕向説:"《史記》云:宋玉,郢人也。爲楚大夫。時襄王驕奢,故宋玉作此賦以諷之。"(見《文選》五臣註)

楚襄王遊於蘭臺之宮[1]。宋玉、景差侍[2]。有風颯然而至[3]。王迺披襟而當之[4],曰:"快哉此風! 寡人所與庶人共者邪[5]？"宋玉對曰："此獨大王之風耳，庶人安得而共之？"

王曰："夫風者，天地之氣，溥暢而至[6]。不擇貴賤高下而加焉[7]。今子獨以爲寡人之風，豈有説乎？"宋玉對曰："臣聞於師：枳句來巢，空穴來風[8]。其所託者然[9]，則風氣殊焉[10]。"

王曰："夫風始安生哉[11]？"宋玉對曰："夫風生於地，起於青蘋之末[12]。侵淫溪谷[13]，盛怒於土囊之口[14]。緣泰山之阿[15]，舞於松柏之下。飄忽溯滂[16]，激颺熛怒[17]。眈眈雷聲[18]，迴穴錯迕[19]。蹷石伐木[20]，梢殺林莽[21]。至其將衰也，被麗披離[22]，衝孔動楗[23]。眴煥粲爛[24]，離散轉移。故其清涼雄風，則飄舉升降[25]。乘凌高城[26]，入于深宮。邸華葉而振氣[27]，徘徊於桂椒之間，翱翔於激水之上[28]，將擊芙蓉之精[29]，獵蕙草[30]，離秦衡[31]，槩新夷[32]，被黃楊[33]。迴穴衝陵[34]，蕭條衆芳[35]。然後倘佯中庭[36]，北上玉堂。躋于羅帷[37]，經于洞房[38]。迺得爲大王之風也。故其風中人，狀直憯悽悷慄[39]，清涼增欷。清清泠泠[40]，愈病析酲[41]。發明耳目[42]，寧體便人[43]。此所謂大王之雄風也。"

王曰："善哉論事！夫庶人之風，豈可聞乎？"宋玉對曰："夫庶人之風，塕然起於窮巷之間[44]，堀堁揚塵[45]。勃鬱煩冤[46]，衝孔襲門。動沙堁，吹死灰。駭溷濁[47]，揚腐餘。邪薄入甕牖[48]，至於室廬[49]。故其風中人，狀直憞溷鬱邑[50]，毆温致濕[51]。中心慘怛[52]，生病造熱[53]。中脣爲胗[54]，得目爲蔑[55]。啗齰嗽獲[56]，死生不卒[57]。此所謂庶人之雌風也。"

【註釋】

[1] 楚襄王，即楚頃襄王。名橫，楚懷王之子。蘭臺，李周翰説："蘭臺，臺名。"（見《文選》五臣註）舊址在今湖北省鍾祥縣。
[2] 景差，相傳爲楚大夫。《史記·屈原賈生列傳》："屈原既死之後，楚有

宋玉、唐勒、景差之徒者,皆好辭而以賦見稱。”

[3]颯(sà 薩),即“颯”字,風聲。

[4]迺,同“乃”。披襟而當之,謂披衣以受風。披,張開之意。

[5]寡人,古代君主的自稱。庶人,衆人,謂人民。共,指共同享受。邪,同“耶”。

[6]溥(pǔ 普),普徧。暢,暢通。

[7]加,猶言施。指吹到身上。

[8]枳(zhǐ 止)句兩句:枳,樹木名。句,曲。句即今勾字。來巢,言因枳樹多句曲,致使鳥來作巢。此兩句當是古代常語,《莊子》説:“空閲來風,桐乳致巢。”與此略同。

[9]然,如此。

[10]殊,別、不同。這句説,由於地位不同,風也就不一樣了。

[11]始,最初。安生哉,怎樣産生的呢?

[12]青蘋之末,青蘋的末梢。蘋,大萍。

[13]侵淫,逐漸而進。

[14]土囊,大穴。

[15]緣,沿着。阿,山曲。

[16]飄忽,風疾貌。溯(píng 平)滂(pāng 乓),風擊物聲。

[17]激颺(yáng 陽),疾飛貌。熛(biāo 標),火焰迸飛。熛怒,言其震撼之聲,猶如怒火飛於空中。

[18]耾(hóng 宏)耾,風聲。雷聲,言風聲如雷。

[19]迴穴,風不定貌。錯迕,交錯相雜。

[20]蹶(jué 決),動,此處爲撼動之意。

[21]梢,擊。莽,草木深邃之處。

[22]被麗、披離,皆四散貌。

[23]孔,穴。楗(jiàn 件),門栓。

[24]眴(xuàn 絢)焕,鮮明貌。

[25]飄舉,飄飛、飄動之意。

[26]乘,升。凌,越。乘凌,上升和凌越。

[27]邸,通作“抵”。抵,觸。振,謂震動、震蕩。

〔28〕激水,受激之水。猶言急水。

〔29〕芙蓉,指荷花。精,通作“菁”。菁,華。

〔30〕獵,通作“躐”。躐,踐踏,這裏是吹掠的意思。

〔31〕離,歷,經過之意。秦衡,產於秦地的香木。

〔32〕槩(gài 蓋),取。新夷,即辛夷,香木名。

〔33〕被,加。黃(tí 題)楊,初生的楊。草木初生叫黃。被黃楊,加於黃楊之上。

〔34〕衝陵,猶言突擊。衝,突。陵,突擊。

〔35〕蕭條衆芳,使衆香草香木凋零而致寂寥。蕭條,寂寥。

〔36〕倘(cháng 常)佯(yáng 羊),猶徘徊。

〔37〕躋(jī 基),升。羅帷,羅製的圍幔。

〔38〕洞房,深邃之室。

〔39〕憯(cǎn 慘)悽,悲痛貌。懍慄,寒冷貌。憯悽懍慄,謂受自然環境的影響而心中有所感觸之狀。

〔40〕清清泠(líng 靈)泠,清涼之貌。

〔41〕愈病,治好疾病。析,解。醒(chéng 呈),酒病。

〔42〕發明耳目,謂使耳目聰明。

〔43〕寧,安。便,利。

〔44〕塕(wěng 翁),忽起貌。

〔45〕堀(jué 倔),突。堁(kè 課),塵。堀堁,塵埃突起貌。

〔46〕勃鬱(yù 郁)煩冤,風迴旋貌。一說,勃鬱,憤怒。勃鬱煩冤,形容風在堀堁揚塵時顯得憤怒不平。

〔47〕駭,原意是驚起,這裏作攪起解。溷,同“混”。溷濁,污穢骯髒之物。

〔48〕邪,偏斜。薄,迫。甕,一種陶製的器具。牖(yǒu 酉),壁上之窗。甕牖,以破甕之口爲牖,謂房屋簡陋。

〔49〕廬,草屋。室廬,指庶人所居。

〔50〕憝(duì 隊),惡。溷,亂。憝溷,惡亂、煩濁貌。鬱邑,憂也。

〔51〕毆,通作“驅”。毆温致溼,《文選》李善註:“言此風毆温溼氣來,令致溼病也。”

〔52〕慘怛(dá 妲),憂勞。

273

［53］熱，謂熱病。

［54］胗(zhěn 軫)，脣瘍。

［55］蔑，通作“瞑(miè 滅)”，目傷而赤。

［56］啗(dàn 淡)，吃。齰(zé 責)，嚼。嗽(sòu 漱)，吮。獲，通作“嚄(huò
　　　貨)”，大聲呼喚。啗齰嗽獲，此處指中風口動之貌。

［57］生，指病癒。卒，同“猝”，倉猝的意思。死生不卒，言人患風疾後，既
　　　不會在短時期內死去，也不會在短時期內痊癒，弄得不死不活。

對楚王問
據胡刻《文選》本

【解題】　本篇寫宋玉的孤高之情，間接表現其政治上不得意的憤
懣。《新序·雜事》也有關於宋玉對答楚王的記載，內容與此相同，唯
“楚襄王”誤作“楚威王”。此篇《文選》題爲宋玉作；後人或疑其本爲記
述宋玉軼事的作品，非宋玉所自作。

楚襄王問於宋玉曰：“先生其有遺行與[1]？何士民衆庶不譽
之甚也[2]？”

宋玉對曰：“唯、然[3]。有之[4]。願大王寬其罪，使得畢
其辭。

“客有歌於郢中者[5]。其始曰《下里》、《巴人》[6]，國中屬而
和者數千人[7]。其爲《陽阿》、《薤露》[8]，國中屬而和者數百人。
其爲《陽春》、《白雪》[9]，國中屬而和者，不過數十人。引商刻
羽[10]，雜以流徵[11]，國中屬而和者，不過數人而已。是其曲彌
高，其和彌寡[12]。

“故鳥有鳳而魚有鯤[13]。鳳皇上擊九千里，絶雲霓、負蒼
天[14]，翱翔乎杳冥之上[15]。夫蕃籬之鷃[16]，豈能與之料天地之
高哉[17]？鯤魚朝發崑崙之墟[18]，暴鬐於碣石[19]，暮宿於孟
諸[20]。夫尺澤之鯢[21]，豈能與之量江海之大哉[22]？

"故非獨鳥有鳳而魚有鯤也,士亦有之。夫聖人瑰意琦行[23],超然獨處[24]。夫世俗之民,又安知臣之所爲哉?"

【註釋】

[1] 遺行,可遺棄的行爲。指不好的行爲。一説,遺釋爲失,遺行,不對的
　　　行爲。

[2] 庶,衆。士民衆庶,猶言衆多的士民。不譽,不稱譽,實際上指人家議
　　　論其不是。這是一種委婉之辭。甚,厲害。

[3] 唯,敬謹答應之辭。然,是的。

[4] 有之,謂有遺行。又,上文"然"字劉良屬下讀,以"然有之"三字爲句。
　　　釋云:"然亦有其所以。"(見《文選》五臣註)即今語所説:但也有其
　　　原因。

[5] 郢,見《哀郢》解題。

[6]《下里》、《巴人》,歌曲名。李周翰説:"下曲名也。"(見《文選》五臣註)

[7] 國中,城中。屬,續。和,以聲相應和。屬而和,謂接續其聲而相
　　　應和。

[8]《陽阿》、《薤(xiè 械)露》,歌曲名。其曲不如《下里》、《巴人》的通俗。

[9]《陽春》、《白雪》,歌曲名。李周翰説:"高曲名也。"(見《文選》五臣註)

[10] 商,古以宫商角徵羽爲五音。商聲輕勁敏疾。引商,謂引其聲,使輕
　　　勁敏疾而爲商音。刻,削、減之意。羽,五音之一。其聲低平掩映。
　　　刻羽,謂減低其聲而爲羽音。

[11] 流,流動。徵(zhǐ 止),五音之一。其聲抑揚遞續。

[12] 彌,越。寡,少。兩句説,歌曲越是高深,和唱的人就越少。

[13] 鯤,見《莊子·逍遥遊》註。

[14] 絶雲霓兩句:與《莊子·逍遥遊》"絶雲氣,負青天"義同,見該篇註。

[15] 杳,高遠。冥,深。杳冥,謂絶高遠之處。

[16] 蕃,通作"藩"。藩籬,籬笆。鷃,小鳥。蕃籬之鷃,處於籬笆間的
　　　鷃鳥。

[17] 料,計。

275

［18］墟,山基。

［19］暴,露。鬐(qí者),通鰭,魚脊。碣石,海畔山名,在今河北省昌黎縣。

［20］孟諸,大澤名。故址在今河南省商丘縣東北。

［21］尺澤,一尺來長的小水塘。鯢(ní 倪),小魚。

［22］量,計量。

［23］瑰,大。瑰意,宏大的意向。琦,美。琦行,修美之行。

［24］超,高遠之意。

荀 卿 賦

據王先謙《荀子集解》本

成 相 篇 (節録)

【解題】 成,猶奏。相,是古代人民在勞動時唱出的互相勸勉的歌聲,猶如擣米或扛米時所唱的"杭育"之聲。成相,即當時勞動人民所唱的一種歌曲,是一種通俗文學的形式。荀子擬之以抒寫自己的政治理想。這篇題目,意含雙關,既指所唱形式爲成相的歌詞;又指所唱内容爲賢臣明主如何完成治理國家的事業,"成"寓有成就的意思,"相"寓有輔佐治理的意思。

請成相[1],世之殃,愚闇愚闇墮賢良[2]！人主無賢,如瞽無相[3],何倀倀[4]！請布基[5],慎聖人[6],愚而自專事不治。主忌苟勝[7],羣臣莫諫,必逢災。論臣過,反其施[8],尊主安國尚賢義。拒諫飾非,愚而上同[9],國必禍。曷謂罷[10]？國多私,比周還主黨與施[11]。遠賢近讒,忠臣蔽塞,主埶移[12]。曷謂賢？明君臣,上能尊主愛下民[13]。主誠聽之,天下爲一,海内賓[14]。主之孽[15],讒人達,賢能遁逃國乃屢[16]。愚以重愚,闇以重闇,成爲桀[17]。世之災,妬賢能,飛廉知政任惡來[18]。卑其志意,大其園囿,高其臺[19],武王怒,師牧野,紂卒易鄉啓乃下[20]。武王善之,封之於宋,立其祖[21]。世之衰,讒人歸[22],比干見刳箕子累[23]。武王誅之,吕尚招麾[24],殷民懷[25]。世之禍,惡賢士,子胥見殺百里徙[26]。穆公任之,强配五伯[27],六卿施[28]。世之愚,惡大儒,逆斥不通孔子拘[29]。展禽三紬[30],春申道綴[31],基畢輸[32]。請牧基[33],賢者思,堯在萬世如見之。讒人罔極,險陂傾側,此之疑[34]。基必施,辨賢罷[35],文武之道同伏戲[36]。由之者治,不由者亂,何疑爲？……

【註釋】

[1]請成相,成相含義已見解題。這句是歌辭的開場套語,意思說,請允許我唱成相之辭。也意味着請言成就治國的大業。

[2]闇(àn暗),昏暗。《荀子·君道》:"人主無左右足信者謂之闇。"墮,毀壞。

[3]瞽,盲人。相,一名扶工,扶持瞽者的人。

[4]倀(chāng昌)倀,迷茫不知所措貌。

[5]布,陳述。基,本。這句說,請陳述治國的基本原則。

[6]慎聖人,楊倞註:慎,當讀爲"順"。又俞樾說:"人"字不入韻,疑當作"慎聽之"。

[7]這句說,人主治國,最忌苟且求得勝過他人。

[8]論臣過兩句:施,行爲。這兩句是說,論及人臣的過失,就在於違反其爲臣之道。人臣行爲應如下文"尊主"句所云,而"愚而上同"即是違反爲臣之道的行爲。

[9]上同,苟合於上,即無原則地附和上級的意見。

[10]曷,何。罷(pí疲),同"疲",弱不任事的意思。也即"病"的意思。與"賢"爲對文。

[11]比周,結黨營私的意思。還,讀爲"營",作惑解。黨與,同黨的人。施,施展,擴大。這句說,小人相互勾結,迷惑君主,奸黨擴張勢力。

[12]埶,同"勢",指權勢。

[13]愛下民,王念孫說,當作"下愛民"。

[14]賓,臣服歸附。

[15]孽,災。

[16]蹶(jué決),顛覆。

[17]桀,夏桀,夏末暴君。

[18]飛廉、惡來,父子二人,都是商紂的邪臣。知政,爲政、執政。

[19]卑其志意三句:是說意志卑下,只知擴大園囿、臺觀,縱情遊樂。

[20]武王怒三句:牧野,地名,在今河南省湯陰縣朝歌鎮南,周武王伐紂時在此誓師。紂卒,紂的軍隊。鄉,同"向"。易向,猶倒戈。啓,即微

子,紂的庶兄,以賢著稱。下,投降。後一句説紂的士卒倒戈助周攻
商,微子投降於周。

[21]封之兩句:祖,宗廟。武王封微子於宋,爲立宗廟以奉殷祀。

[22]歸,依附。

[23]比干,殷之宗室,因諫紂,被剖心而死。箕子,紂叔父,被紂王囚禁。
累,讀爲"縲(léi雷)",繫罪人的繩索,此作拘囚解。

[24]吕尚,太公姜尚。麾,同"揮"。招麾,猶指揮。

[25]懷,臣服,歸附。

[26]子胥,即伍員,屢諫吳王夫差,被殺。百里,即虞國之臣百里奚,不爲
虞君所用。晉滅虞,百里奚被虜,後被轉移到秦國,爲秦穆公所重用。

[27]伯,同"霸"。秦穆公是春秋五霸之一。

[28]施,置。古代天子置六卿,今穆公也置六卿,其强盛擬於天子。

[29]逆,拒絶。斥,排斥,斥逐。不通,不使通行。拘,拘禁。孔子周遊列
國,都不被任用;過匡,匡人誤認他是陽貨,把他拘起來;將往楚,陳蔡
之人圍他於野。這三句反映了作者的儒家立場。

[30]展禽,即魯大夫柳下惠,曾三次爲士師(司法典獄之官)而三次被罷
黜。絀,同"黜"。

[31]春申,楚相春申君黄歇。綴,同"輟",止。荀卿曾被春申君任爲蘭陵
令,春申君爲李園所殺,荀卿廢居蘭陵,道亦廢絶。

[32]基,基業。畢,盡。輸,毀墮。這句説,基業全部毀壞。

[33]牧,牧養,這裏作治理解。這句説,請允許我説明治國的基本原則。

[34]讒人三句:岡極,没有止境。險,傾危。陂(bēi卑),也作詖,不正。這
三句連上兩句説,倘若賢者能考慮我的話,則堯雖在萬世之上,今人也
可目見其治國之道。倘若險詖傾側的讒人,雖聞我言,仍疑惑不信。

[35]基必施兩句:施,施展,擴大。這兩句説,必欲擴大基業,當先辨賢與罷。

[36]文武,周文王、武王。伏戲,即伏羲氏,傳説中的上古帝王。

賦　　篇(節録)

【解題】《漢書·藝文志》列孫卿賦十篇,今荀子賦篇中只有

《禮》、《知》、《雲》、《蠶》、《箴》五賦和《佹詩》二章。班固《漢書·藝文志》曾說，孫卿和屈原"皆作賦以諷"。屈原的作品無賦名，真正以賦名篇的則起於荀子。荀賦文體風格均與屈原作品不同，除了內容係說理詠物外，採取問答形式，句法整齊，語氣近於散文，也是其藝術特點，對漢代辭賦有很大影響。這裏節選《箴》的一節以示例。箴即古鍼字，今作針。文中通過君臣問答，描寫了針的形象和功能。

有物於此，生於山阜，處於室堂[1]；無知無巧[2]，善治衣裳；不盜不竊，穿窬而行[3]；日夜合離[4]，以成文章[5]；以能合從，又善連衡[6]；下覆百姓，上飾帝王；功業甚博，不見賢良[7]；時用則存，不用則亡。臣愚不識，敢請之王！王曰：此夫始生鉅其成功小者邪[8]？長其尾而銳其剽者邪[9]？頭銛達而尾趙繚者邪[10]？一往一來，結尾以爲事[11]；無羽無翼，反覆甚極[12]；尾生而事起，尾遒而事已[13]；簪以爲父，管以爲母[14]；既以縫表，又以連裏[15]；夫是之謂箴理[16]。——箴。

【註釋】

[1] 生於山阜兩句：阜，土山。針是鐵製的，鐵出於山阜，及製成針，被人用來縫紉，便處在室堂了。

[2] 知，同"智"。

[3] 窬(yú 於)，同"踰"。穿窬，穿壁踰牆，指盜竊行爲，這裏比喻針的縫製衣物。

[4] 合離，把原來離的合起來。

[5] 這句指製成有文采的服飾。

[6] 以能合從兩句：以，同"已"，既。從，同"縱"。衡，同"橫"。合從、連衡原是當時列國外交上聯合和鬥爭的兩種策略，此處借喻針把布帛或直或橫地縫合、連綴起來。

[7] 見，猶現。不見賢良，不自顯現其賢良。

[8] 夫(fú 扶)，語助詞。這句指針的原料是鐵，體積很大，及製成針則形

狀很小。

[9] 尾,指針鼻上連着的長綫。剽(piào 票),指針尖。

[10] 銛(xiān 先)達,猶言尖鋭。趠,讀爲"掉"。掉繚,長貌。一説,纏繞貌。

[11] 結尾,指穿綫後打一個結。事,指工作。

[12] 極,讀爲"亟",作急解,即迅速的意思。

[13] 尾生兩句:尾生,指針尾穿上綫。事起,指工作開始。邅(zhān 占),迴繞盤結。尾邅,指工作結束時把綫盤繞打一個結。

[14] 簪以兩句:簪,似針而大,故説爲父。俞樾《諸子平議》説:簪,當爲鐕,釘也。釘與箴形質皆同,磨之琢之,而後成箴。故曰鐕以爲父。管,是用以盛針的,所以説是針之母。

[15] 既以兩句:表,指衣服的面子。裏,指衣服的裏子。

[16] 箴理,此詞語意雙關,既指針綫縫過之處,有綫索,又有條理;又指上面所賦的關於針的道理。

（二）古代神話

山　海　經

　　《山海經》是現存我國最古的地理書，主要記載古代傳説中的地理。原題爲夏禹、伯益所作，實際當出於春秋、戰國間人之手，秦漢間又有附益。全書共十八卷，記述海內外山川、道里、部族、物産等，多及異物和神奇靈怪，保存了不少我國古代的神話資料。

精衛填海[1]（《北山經》）

　　【解題】 這個故事可能産生在沿海的部落。由於那裏大海經常吞没人的生命，女娃化鳥、口衛木石以填平大海的鬥争，反映了遠古人民征服自然的願望。

　　發鳩之山[2]，其上多柘木[3]，有鳥焉，其狀如烏[4]，文首[5]、白喙[6]，赤足，名曰"精衛"，其鳴自詨[7]。是炎帝之少女[8]，名曰女娃。女娃游于東海，溺而不返，故爲精衛。常銜西山之木石，以堙于東海[9]。

【註釋】

[1] 精衛，鳥名。又名誓鳥、冤禽、志鳥，俗稱帝女雀。見六朝人纂輯的《述異記》。傳説這種鳥曾在東海淹死。

[2] 發鳩，山名。舊説在山西省長子縣西。

[3] 柘（zhè 浙）木，柘樹，桑樹的一種。

[4]烏,烏鴉。

[5]文首,頭上有花紋。

[6]喙(huì 匯),鳥嘴。

[7]詨(xiāo 消),呼叫。"精衛"原是這種鳥叫的聲音。這句説,它的鳴聲
是自己呼叫自己。

[8]炎帝,即神農氏。

[9]堙(yīn 因),填塞。

夸父逐日[1]（《海外北經》）

【解題】 這個故事表現人民對勇敢、力量和偉大氣魄的歌頌,對
死後不忘爲人民造福的崇高精神的讚美。

夸父與日逐走,入日[2]。渴,欲得飲,飲于河、渭[3];河、渭不
足,北飲大澤[4]。未至,道渴而死。棄其杖,化爲鄧林[5]。

【註釋】

[1]夸父,人名。也是一個種族的名稱。

[2]入日,太陽入於地平綫下。

[3]河,黄河。渭,渭水,在今陝西省境内。

[4]大澤,大湖。傳説縱横有千里,在雁門山北。

[5]鄧林,地名。在今大别山附近(河南、湖北、安徽三省交界處)。據畢
沅考證:鄧、桃音近,"鄧林"即"桃林"(見畢沅《山海經》校本)。

鯀禹治水[1]（《海内經》）

【解題】 在古代的治水神話中,鯀和禹都是最爲人們所熟悉的。
鯀爲了人民的利益,背叛統治者,不惜犧牲自己的生命。禹繼承父親
的未竟之業,艱苦鬪爭,終於制服洪水。鯀和禹一直成爲人民熱烈歌

頌的英雄。

洪水滔天,鯀竊帝之息壤以堙洪水[2],不待帝命。帝令祝融殺鯀于羽郊[3]。鯀復生禹,帝乃命禹卒布土以定九州[4]。

【註釋】

[1]鯀(gǔn滾),人名,禹的父親。

[2]帝,指天帝。息壤,一種神土,息有生長的意義,自己生長不止,所以能堵塞洪水。

[3]祝融,火神之名。羽郊,羽山的近郊。

[4]卒,最後,終於。布,同"敷",鋪陳。九州,古時分中國爲九州,這裏泛指全國的土地。

黃帝擒蚩尤[1](《大荒北經》)

【解題】 這個故事反映了上古時兩個氏族間的鬭爭。神話中的蚩尤是兇殘暴虐的,黃帝則一直是氏族的顯赫英雄和正義的象徵。

蚩尤作兵[2],伐黃帝。黃帝乃令應龍攻之冀州之野[3]。應龍畜水,蚩尤請風伯雨師[4],縱大風雨。黃帝乃下天女曰"魃"[5]。雨止,遂殺蚩尤。

【註釋】

[1]黃帝,上古帝號。傳說稱軒轅氏,亦即有熊氏,誅蚩尤之後被諸侯尊爲帝。蚩尤,人名,實際上當是一個氏族名。

[2]作兵,製造兵器。

[3]應龍,傳說是有翅膀的神龍,善能蓄水行雨。據《山海經》記載,應龍住在凶犂的土邱山。冀州,古九州之一,約有今河北、山西兩省地及

河南、遼寧兩省的一部分地方。

[4] 風伯、雨師,風神、雨神。

[5] 魃(bá bá),黄帝的女兒,一說是旱神。

【附】 淮 南 子

據劉文典《淮南鴻烈集解》本

《淮南子》是西漢淮南王劉安及其門客集體撰寫的一部著作,共廿一卷。它的思想接近道家。《淮南子》在闡明哲理時,旁涉奇物異類、鬼神靈怪,所以保存了一部分神話材料,曲折地反映了遠古人民的生活和思想。

女 媧 補 天 [1](《覽冥訓》)

【解題】 本篇寫女媧改造自然、拯救人類的故事。女媧在與自然災害作鬥爭中,表現出改造天地的雄偉氣魄和高度的智慧,成爲人民歌頌的英雄。

往古之時,四極廢[2],九州裂[3],天不兼覆,地不周載[4]。火爁焱而不滅[5],水浩洋而不息。猛獸食顓民[6],鷙鳥攫老弱[7]。於是女媧鍊五色石以補蒼天,斷鼇足以立四極[8],殺黑龍以濟冀州[9],積蘆灰以止淫水[10]。蒼天補,四極正,淫水涸[11],冀州平,狡蟲死[12],顓民生。

【註釋】

[1] 女媧,女神名。傳說她是人頭蛇身,在開天闢地的時候捏黄土作人,創造了人類。《説文》:"媧,古之神聖女,化育萬物者也。"

[2] 四極,天的四邊。上古的人認爲在天的四邊都有支撐着天的柱子。廢,壞。指柱子折斷,天塌下來。

[3] 裂,崩裂。

［ 4 ］天不兩句：天不能全面地覆蓋大地,地也不能周全地容載萬物。

［ 5 ］爁(lǎn 覽)焱(yàn 燕),大火延燒貌。焱,原作“炎”,依王念孫説改。焱,火花。

［ 6 ］顓(zhuān 專),善。顓民,善良的人民。

［ 7 ］鷙鳥,猛鳥。攫(jué 決),用爪抓取。

［ 8 ］鼇(áo 敖),大龜。

［ 9 ］冀州,古九州之一,此指黄河流域古代中原地帶。

［10］淫水,氾濫的洪水。

［11］涸(hé 禾),乾枯。

［12］狡蟲,兇猛的害蟲。

后 羿 射 日[1] (《本經訓》)

　　【解題】 在《山海經》裏已有關於后羿的記載,本篇寫得更爲具體生動。在遠古時代,曾經發生大旱災,加以怪獸、怪鳥、水火怪異爲害。廣大勞動人民在和自然災害鬥爭中,創造了后羿這樣的英雄典型,以表達征服自然的強烈願望。

　　逮至堯之時,十日竝出,焦禾稼,殺草木,而民無所食。猰㺄、鑿齒、九嬰、大風、封豨、脩蛇[2],皆爲民害。堯乃使羿誅鑿齒於疇華之野[3],殺九嬰於凶水之上[4],繳大風於青邱之澤[5],上射十日而下殺猰㺄,斷脩蛇於洞庭[6],禽封豨於桑林[7]。萬民皆喜,置堯以爲天子。

　　【註釋】

［ 1 ］羿(yì 義),堯時善於射箭的武士。傳説他是帝俊派到地上來拯救人類的天神,十個太陽被他射掉九個。

［ 2 ］猰(yà 訝)㺄(yǔ 語),怪獸名,傳説狀如龍首,或謂似貍,行走極快,能吃人,叫聲似嬰兒啼哭。鑿齒,怪獸名,齒長三尺,形狀像鑿子,露在

下巴外面,並能操持戈盾等武器。九嬰,傳説是一種長着九個腦袋的怪物,能噴水吐火。大風,是一種兇猛的大鳥,它一飛過,總有大風伴隨,能毀壞住房。封豨(xī 希),大野豬。脩蛇,長大的蟒蛇。

[3]疇華,南方水澤名。

[4]凶水,北方的水名。

[5]青邱,水澤名,在東方。

[6]洞庭,南方水澤名,即今之洞庭湖。

[7]禽,同"擒"。桑林,地名,傳説商湯曾在這裏求過雨。大概在中原地區。

共工怒觸不周山(《天文訓》)

【解題】 這個故事寫改變天地日月星辰的英雄共工。共工是傳説中的部族領袖,敢於鬥爭,敢於改造自然。在舊的傳統説法裏,把他寫成一個興波作浪的惡神。毛澤東同志在《漁家傲·反第一次大"圍剿"》自註中,選録了關於共工的三種説法,按語説:"諸説不同。我取《淮南子·天文訓》,共工是勝利的英雄。""他死了沒有呢? 沒有説。看來是沒有死,共工是確實勝利了。"

昔者共工與顓頊争爲帝[1],怒而觸不周之山[2],天柱折,地維絶[3]。天傾西北,故日月星辰移焉;地不滿東南,故水潦塵埃歸焉[4]。

【註釋】

[1]顓(zhuān 專)項(xū 虛),傳説中的五帝之一。黄帝的孫子。

[2]不周之山,傳説中在西北的一座有缺口的山。《山海經·大荒西經》載:"大荒之隅,有山而不合,名曰不周。"

[3]地維,指地的四角。維,綱維,網上的繩子。

[4]水潦(lǎo 老),積水。

秦 漢 部 分 (一)

一、辭　　賦

賈　誼　賦
據胡刻《文選》本

　　賈誼，洛陽(今河南省洛陽市)人。生於公元前二〇〇年(漢高祖七年)，卒於公元前一六八年(漢文帝十二年)。漢文帝初年，由洛陽守吳公推薦，被召見，官至大中大夫。力主改革政制，因被權貴中傷，出爲長沙王太傅。四年後，復被召爲梁懷王太傅。懷王墮馬死，誼自傷爲傅無狀，鬱鬱而死。賈誼在政治上建議逐步削弱地方割據勢力，鞏固中央政權，以全力抗擊匈奴；並強調重農，充裕民食。政論文如《陳政事疏》、《論積貯疏》、《過秦論》等，分析形勢，陳述利害，內容充實，具有説服力。辭賦以《鵩鳥賦》、《弔屈原賦》最有名。後人輯其文爲《賈長沙集》。另外著有《新書》十卷。

鵩　鳥　賦

　　【解題】　本文是賈誼謫居長沙時所作。《史記·屈原賈生列傳》說："賈生爲長沙王太傅，三年，有鴞飛入賈生舍，止於坐隅。楚人命鴞曰服。賈生既已適(謫)居長沙，長沙卑濕，自以爲壽不得長，傷悼之，乃爲賦以自廣。"文中假託與鵩(fú 服)鳥的問答，抒發自己懷才不遇的抑鬱不平情緒，並以老莊齊死生、等禍福的消極思想來自我排遣。鵩鳥，李善註引晉灼曰："《巴蜀異物志》曰：'有鳥小如鷄，體有文色，土俗因形名之曰鵩，不能遠飛，行不出域。'"今俗名貓頭鷹。長沙古俗，認爲鵩是不祥之鳥，至人家，主人死。

單閼之歲兮[1]，四月孟夏。庚子日斜兮[2]，鵩集予舍[3]。止于坐隅兮[4]，貌甚閑暇[5]。異物來萃兮[6]，私怪其故[7]。發書占之兮[8]，讖言其度[9]，曰：“野鳥入室兮，主人將去。”請問于鵩兮：“予去何之[10]？吉乎告我，凶言其災[11]。淹速之度兮[12]，語予其期[13]。”鵩迺嘆息，舉首奮翼；口不能言，請對以臆[14]：

　　“萬物變化兮，固無休息。斡流而遷兮[15]，或推而還[16]。形氣轉續兮[17]，變化而嬗[18]。沕穆無窮兮[19]，胡可勝言[20]！禍兮福所倚[21]，福兮禍所伏[22]；憂喜聚門兮[23]，吉凶同域[24]。彼吳強大兮，夫差以敗；越棲會稽兮，句踐霸世[25]。斯游遂成兮，卒被五刑[26]。傅說胥靡兮，迺相武丁[27]。夫禍之與福兮，何異糾纆[28]。命不可說兮，孰知其極[29]！水激則旱兮，矢激則遠[30]；萬物迴薄兮[31]，振盪相轉[32]。雲蒸雨降兮[33]，糾錯相紛[34]；大鈞播物兮[35]，坱圠無垠[36]。天不可預慮兮，道不可預謀[37]；遲速有命兮，焉識其時[38]！且夫天地爲鑪兮[39]，造化爲工[40]；陰陽爲炭兮，萬物爲銅[41]。合散消息兮[42]，安有常則[43]？千變萬化兮，未始有極[44]！忽然爲人兮[45]，何足控搏[46]；化爲異物兮[47]，又何足患！小智自私兮，賤彼貴我[48]；達人大觀兮[49]，物無不可[50]。貪夫殉財兮[51]，烈士殉名。夸者死權兮[52]，品庶每生[53]。怵迫之徒兮[54]，或趨西東[55]；大人不曲兮[56]，意變齊同[57]。愚士繫俗兮[58]，窘若囚拘[59]；至人遺物兮[60]，獨與道俱[61]。衆人惑惑兮[62]，好惡積億[63]；真人恬漠兮[64]，獨與道息[65]。釋智遺形兮[66]，超然自喪[67]；寥廓忽荒兮[68]，與道翱翔[69]。乘流則逝兮[70]，得坻則止[71]；縱軀委命兮[72]，不私與己[73]。其生兮若浮[74]，其死兮若休[75]；澹乎若深淵之靜[76]，泛乎若不繫之舟[77]。不以生故自寶兮[78]，養空而浮[79]；德人無累[80]，知命不憂[81]。細故蔕芥，何足以疑[82]！”

【註釋】

[1] 單(chán 蟬)閼(è 遏),太歲在卯曰單閼。這年是漢文帝六年,丁卯年。

[2] 庚子,四月裹的一天。日斜,太陽西斜時。

[3] 集,止。予舍,我的屋子。

[4] 坐隅,座位的一角。

[5] 閑暇,從容不驚貌。

[6] 異物,怪物,指鵬鳥。萃,止。

[7] 這句説,暗自疑怪它飛來有什麼緣故。

[8] 發,打開。書,此處指占卜所用的書。

[9] 讖(chèn 襯),預示吉凶的話。度,數,即吉凶的定數。

[10] 之,往。

[11] 吉乎兩句:大意説,如有吉事,你就告訴我;即使有凶事,也請把什麼災禍説明。

[12] 淹,遲。淹速,指死生的遲速。

[13] 語(讀去聲),告訴。期,指死生的期限。

[14] 臆,胸。這兩句意思説,鵬鳥不會説話,而請用胸中所想的來對答。作者用這作依託,開展下文。

[15] 斡(wò 沃),轉。斡流,運轉。

[16] 推,推移。還,回。以上四句大意説,萬物變化運轉,反覆無定。

[17] 形氣,相對而言,形,指有形的;氣,指無形的。轉,互相轉化。續,繼續。

[18] 而,如。蟺(chán 蟬),蛻化。這兩句説,形氣的移轉連續,變遷蛻化。

[19] 沕(wù 物)穆,精微深遠貌。

[20] 勝,盡。這兩句意思説,上述萬物變化之理,深微無窮,不能盡言。

[21] 倚,因。

[22] 伏,藏。以上兩句見老子《道德經》,意思説,禍福彼此相因相隨,往往因禍生福,福中藏禍。

[23] 聚門,聚集在一門之內。

［24］同域,同在一個地域。

［25］彼吳四句:用春秋時吳、越相争事來說明成反爲敗、失反爲得之理。初吳王夫差戰勝越國。後越王句踐興復越國,又滅吳稱霸。山居曰棲。句踐被吳圍困時,曾居於會稽山中。

［26］斯游兩句:大意說,李斯游於秦國,身登相位,二世時,被趙高所讒,終於受五刑而死。遂成,達到成功。五刑,《漢書·刑法志》:"當三族者,皆先黥、劓,斬左右趾,笞殺之,梟其首,菹其骨於市,其誹謗詈詛者,又先斷舌,故謂之具五刑。"此當係因秦遺法,李斯所受五刑,想也和這相仿,但李斯係被腰斬而非笞殺。

［27］傅說(yuè 悦)兩句:傳說傅說初在傅巖操服勞役,殷高宗武丁以爲他是賢人,用他爲相。胥,相。靡,繫。胥靡,古代一種刑罰,把罪人相繫在一起,使服勞役。

［28］糾,兩股撚成的繩索。纆(mò 墨),三股撚成的繩索。這兩句意思說,禍福相互依附糾纏,如同繩索絞合在一起。

［29］命不兩句:意思說,天命不可解說,誰知道它的究竟。

［30］水激兩句:旱,通"悍",這裏指水的奔流迅猛。這兩句意思說,水流矢飛,爲外物所激,則或悍或遠,發生變化。

［31］迴,返。薄,迫。迴薄,往返相激。

［32］振,同"震"。轉,轉化。這兩句意思說,萬物都不斷變化,相互激盪、影響、轉化;人事也有時因禍而至於福,有時因福而至於禍,互相影響,反覆無常。

［33］蒸,因熱而上升。降,因冷而下降。

［34］糾錯,糾纏錯雜。紛,紛亂。這兩句以水的因熱上蒸爲雲以及又因冷而下降爲雨來說明事物變化的錯雜紛紜。

［35］大鈞,造化。鈞,輪,指製造陶器所用的轉輪。陰陽造化,如大輪運轉以造器,故稱大鈞。播物,指運轉造物。

［36］坱(yǎng 養)圠(yà 訝),無邊際貌。垠(yín 銀),邊際,界限。以上兩句是說,自然界造化推動萬物,使之運行變化是無邊無際的。

［37］天不兩句:意思說,天和道,其理深遠,不可預爲思慮謀度。

［38］遲速兩句:死生遲速有命,哪能預知它的期限。

［39］鑪,冶金之鑪。

［40］工,冶金工匠。

［41］陰陽兩句:陰陽所以鑄化萬物,故喻爲炭;物由陰陽鑄化而成,故喻爲銅。

［42］合,聚。消,滅。息,生。

［43］常則,一定的法則。

［44］未始,未嘗。極,終極。

［45］忽然,偶然。

［46］控摶(tuán 團),控,引。摶,持。引持,有貪戀珍惜的意思。

［47］化爲異物,變成其他東西,指死。

［48］小智兩句:智慧淺小之人,只顧自身,以他物爲賤,以自己爲貴。

［49］達人,通達的人。大觀,心胸開朗,所見遠大。

［50］可,合適。這句説,在達人看來,自己和萬物可以相互適應,故没有一物不合適。

［51］殉,以身從物。

［52］夸者,貪求虛名的人。權,權勢。

［53］品庶,衆庶,一般人。每,貪。

［54］怵(chù 觸),指爲利所誘。迫,指爲貧賤所迫。

［55］趨西東,東奔西走,趨利避害。西東,原作東西,據《考異》校改。

［56］大人,指與天地合其德的偉人。曲,指爲物欲所屈。

［57］意,讀如“億”。這句意思説,大人對億萬變化的事物都等量齊觀、一視同仁,即《莊子》“齊物”之旨。

［58］繫俗,爲俗累所牽繫。

［59］若囚拘,如罪人之受拘束。

［60］至人,指有至德之人。《莊子·天下》:“不離於真,謂之至人。”這裏所説的“至人”與以下的“真人”“德人”等都是用道家的概念。遺物,遺棄物累。

［61］獨與道俱,獨和大道同行。

［62］惑惑,言惑亂之甚。

［63］好惡積億,言所愛所憎,積聚很多。億,極言其多。

［64］真人，指得天地之道的人。恬，安。漠，静。

［65］息，止。與道息，和大道同處。

［66］釋智，放棄智慮。遺形，遺棄形體。

［67］超然，超脱於萬物之外。自喪，自忘其身。

［68］寥，深遠。廓，空闊。忽荒，同"恍惚"。寥廓忽荒，元氣未分之貌。

［69］翱翔，浮游。這兩句寫真人無著，與道同游。

［70］逝，去。

［71］坻(chí 墀)，水中小洲。以上兩句是説，人生如木之浮水，行止隨流。

［72］縱，放縱、任從。這句説，把自己身軀完全委託給命運，任憑自然。

［73］不私與己，不私愛身軀把它歸與自己作爲私物。

［74］浮，浮寄。

［75］休，休息。

［76］澹，安静。淵，《文選》作泉，此據《史記》改。

［77］泛，浮游。

［78］這句説，不因爲活着的緣故寶貴自己。

［79］養空而浮，涵養空虚之性而浮游。

［80］德人，《莊子·天地》："德人者，居無思，行無慮，不藏是非美惡。"累，外物牽累。

［81］知命，知天命。

［82］細故兩句：細故，細小事故。蒂(dì 帝)芥，即芥蒂，芒刺。一般作心懷嫌怨和小不快意事的比喻。這裏細故、蒂芥即指鵩鳥飛入舍内之事。這兩句點明全篇主旨，意思説，像鵩鳥飛入舍内這種瑣細之事，有什麼值得疑慮呢！

枚 乘 賦

據胡刻《文選》本

枚乘,字叔,淮陰(今江蘇省淮陰縣)人。生年不詳,卒於公元前一四〇年(漢武帝建元元年)。初爲吳王劉濞郎中。濞企圖謀反,乘上書勸阻,不被採納。後爲梁孝王客。吳楚反時,又上書勸濞罷兵,由此知名。武帝即位,以安車蒲輪徵入京,死在路中。《漢書·藝文志》有枚乘賦九篇,今僅存三篇。《七發》是他的代表作。

七　發

【解題】 本文假設楚太子有病,吳客往問,用七事來啓發太子,故名《七發》。先陳説音樂、飲食、車馬、遊觀之樂,都未能使太子興起;再説以田獵、觀濤,引起太子的興趣,使他略有起色;最後説要向太子推薦方術之士論述精闢的道理,太子聽了出一身汗,霍然病癒。它的主旨在説明享樂腐朽的生活是致病的根源,而聽取"要言妙道"以提高思想是治病的最好藥石。全文規模宏大,辭彙豐富,描寫事物,鋪張細膩;觀濤一段,寫得尤爲淋漓盡致、驚心動魄。《七發》開闢了漢代大賦的道路,但每段頗有變化,不像後來一般大賦那麼平板,後人沿襲這種形式寫作,稱爲"七"體。

楚太子有疾,而吳客往問之,曰:"伏聞太子玉體不安,亦少閒乎[1]?"太子曰:"憊[2]!謹謝客。"客因稱曰:"今時天下安寧,四宇和平[3],太子方富於年[4]。意者久耽安樂[5],日夜無極,邪氣襲逆[6],中若結轖[7]。紛屯澹淡[8],噓唏煩醒[9],惕惕怵怵[10],臥不得瞑[11]。虛中重聽[12],惡聞人聲。精神越渫[13],百病咸生[14]。聰明眩曜[15],悦怒不平[16]。久執不廢[17],大命乃傾[18]。太子豈有是乎?"太子曰:"謹謝客。賴君之力,時時有之,然未至於是也[19]。"客曰:"今夫貴人之子,必宮居而閨處[20],内有保母[21],外有傅父[22],欲交無所[23]。飲食則温淳甘膬[24],腥醲肥厚[25],衣裳則雜遝曼煖[26],燂爍熱暑[27]。雖有金石之堅,猶將銷鑠而挺解也[28],況其在筋骨之閒乎哉?故曰:縱耳目之欲,恣支體之安者,傷血脈之和[29]。且夫出輿入輦[30],命曰蹙痿之機[31];洞房清宮[32],命曰寒熱之媒[33];皓齒蛾眉[34],命曰伐性之斧[35];甘脆肥膿[36],命曰腐腸之藥[37]。今太子膚色靡曼[38],四支委隨[39],筋骨挺解,血脈淫濯[40],手足墮窳[41],越女侍前[42],齊姬奉後[43];往來遊醼[44],縱恣於曲房隱間之中[45]。此甘餐毒藥[46],戲猛獸之爪牙也[47]。所從來者至深遠[48],淹滯永久而不廢[49];雖令扁鵲治內[50],巫咸治外[51],尚何及哉!今如太子之病者,獨宜世之君子,博見強識[52],承閒語事[53],變度易意[54],常無離側,以爲羽翼[55]。淹沈之樂[56],浩唐之心[57],遁佚之志[58],其奚由至哉[59]!"太子曰:"諾。病已,請事此言[60]。"

客曰:"今太子之病,可無藥石針刺灸療而已,可以要言妙道說而去也[61]。不欲聞之乎?"太子曰:"僕願聞之[62]。"

客曰:"龍門之桐[63],高百尺而無枝。中鬱結之輪菌[64],根扶疏以分離[65]。上有千仞之峯[66],下臨百丈之溪。湍流遡波[67],又澹淡之[68]。其根半死半生。冬則烈風漂霰、飛雪之所激也[69],夏則雷霆、霹靂之所感也[70]。朝則鸝黃、鳱鴠鳴焉[71],暮則羈雌、迷鳥宿焉[72]。獨鵠晨號乎其上[73],鵾雞哀鳴翔乎其下[74]。於是背秋涉冬[75],使琴摯斫斬以爲琴[76],野繭之絲以爲絃[77],孤子之鈎以爲隱[78],九寡之珥以爲約[79]。使師堂操《暢》[80],伯子牙爲之歌[81]。歌曰:'麥秀蔪兮雉朝飛[82],向虛壑兮背槁槐[83],依絕區兮臨迴溪[84]。'飛鳥聞之,翕翼而不能去[85]。野獸聞之,垂耳而不能行。蚑、蟜、螻、蟻聞之[86],柱喙而不能前[87]。此亦天下之至悲也,太子能強起聽之乎?"太子曰:"僕病未能也[88]。"

客曰："犓牛之腴[89]，菜以筍蒲[90]。肥狗之和[91]，冒以山膚[92]。楚苗之食[93]，安胡之飯[94]，抟之不解[95]，一啜而散[96]。於是使伊尹煎熬[97]，易牙調和[98]。熊蹯之臑[99]，勻藥之醬[100]。薄者之炙[101]，鮮鯉之鱠[102]。秋黃之蘇[103]，白露之茹[104]。蘭英之酒[105]，酌以滌口。山梁之餐[106]，豢豹之胎[107]。小餰大歠，如湯沃雪[108]。此亦天下之至美也，太子能彊起嘗之乎?"太子曰："僕病未能也[109]。"

客曰："鍾、岱之牡[110]，齒至之車[111]；前似飛鳥，後類距虛[112]。秾麥服處[113]，躁中煩外[114]。羈堅轡[115]，附易路[116]。於是伯樂相其前後[117]，王良、造父爲之御[118]，秦缺、樓季爲之右[119]。此兩人者[120]，馬佚能止之[121]，車覆能起之[122]。於是使射千鎰之重[123]，爭千里之逐[124]。此亦天下之至駿也[125]，太子能彊起乘之乎?"太子曰："僕病未能也[126]。"

客曰："既登景夷之臺[127]，南望荆山[128]，北望汝海[129]，左江右湖[130]，其樂無有[131]。於是使博辯之士，原本山川[132]，極命草木[133]，比物屬事，離辭連類[134]。浮游覽觀[135]，乃下置酒於虞懷之宮[136]。連廊四註[137]，臺城層構[138]，紛紜玄綠[139]。輦道邪交[140]，黃池紆曲[141]。溷章、白鷺，孔鳥、鶤鵠，鵷鶵、鵁鶄[142]，翠鬛紫纓[143]。螭龍、德牧[144]，邕邕羣鳴[145]。陽魚騰躍[146]，奮翼振鱗[147]。潎潎菶蓼[148]，蔓草芳苓[149]。女桑、河柳[150]，素葉紫莖[151]。苗松、豫章[152]，條上造天[153]。梧桐、并閭[154]，極望成林[155]。衆芳芬鬱，亂於五風[156]。從容猗靡[157]，消息陽陰[158]。列坐縱酒，蕩樂娛心。景春佐酒[159]，杜連理音[160]。滋味雜陳[161]，肴糅錯該[162]。練色娛目[163]，流聲悅耳[164]。於是乃發《激楚》之結風[165]，揚鄭、衛之皓樂[166]。使先施、徵舒、陽文、段干、吳娃、閭娵、傅予之徒[167]，雜裾垂髾[168]，目窕心與[169]；揄流波[170]，雜杜若[171]，蒙清塵[172]，被蘭澤[173]，嬿服而御[174]。此亦天下之靡麗皓侈廣博之樂也[175]，太子能彊起遊乎？"太子曰："僕病未能也[176]。"

客曰："將爲太子馴騏驥之馬[177]，駕飛軨之輿[178]，乘牡駿之乘[179]。右夏服之勁箭[180]，左烏號之彫弓[181]。游涉乎雲林[182]，周馳乎蘭澤[183]，弭節乎江潯[184]。掩青蘋[185]，游清風[186]。陶陽氣[187]，蕩春心[188]。逐狡獸，集輕禽[189]。於是極犬馬之才，困野獸之足，窮相御之智巧[190]，恐虎豹[191]，慴鷙鳥[192]。逐馬鳴鑣[193]，魚跨麋角[194]。履游麖兔[195]，蹈踐麖鹿[196]，汗流沫墜，宛伏陵窘[197]。無創而死者，固足充後乘矣[198]。此校獵之至壯也[199]，太子能彊起遊乎？"太子曰："僕病未能也。"然陽氣見於眉宇之間[200]，侵淫而上[201]，幾滿大宅[202]。

客見太子有悅色，遂推而進之曰："冥火薄天[203]，兵車雷運[204]，旍旗偃蹇[205]，羽毛蕭紛[206]。馳騁角逐[207]，慕味爭先[208]。徼墨廣博[209]，觀望之有圻[210]。純粹全犧[211]，獻之公門[212]。"太子曰："善！願復聞之。"

客曰："未既[213]。於是榛林深澤[214]，煙雲闇莫[215]，兕虎並作[216]。毅武孔猛[217]，袒裼身薄[218]。白刃磑磑[219]，矛戟交錯。收獲掌功[220]，賞賜金帛。掩蘋肆若[221]，爲牧人席[222]。旨酒嘉肴[223]，羞炰膾炙[224]，以御賓客[225]。涌觴並起[226]，動心驚耳[227]。誠必不悔[228]，決絕以諾[229]；貞信之色，形於金石[230]。高歌陳唱，萬歲無斁[231]。此真太子之所喜也，能強起而遊乎？"太子曰："僕甚願從，直恐爲諸大夫累耳[232]。"然而有起色矣[233]。

客曰："將以八月之望[234]，與諸侯遠方交遊兄弟，並往觀濤乎廣陵之曲江[235]。至則未見濤之形也，徒觀水力之所到，則卹然足以駭矣[236]。觀其所駕軼者[237]，所擢拔者[238]，所揚汨者[239]，所溫汾者[240]，所滌汔者[241]，雖有心略辭給，固未能縷形其所由然也[242]。怳兮忽兮[243]，聊兮慄兮[244]，混汩汩兮[245]，忽兮慌兮[246]，俶兮儻兮[247]，浩瀁瀁兮[248]，慌曠曠兮[249]。秉意乎南山[250]，通望乎東海[251]。虹洞兮蒼天[252]，極慮乎崖涘[253]。流攬無窮[254]，歸神日母[255]。汩乘流而下降兮，或不知其所止[256]。或紛紜其流折兮，忽繆往而不來[257]。臨朱汜而遠逝兮[258]，中虛煩而益怠[259]。莫離散而發曙兮，内存心而自持[260]。於是澡槩胸中[261]，灑練五藏[262]，澹澹手足[263]，頮濯髮齒[264]，揄棄恬怠[265]，輸寫淟濁[266]，分決狐疑，發皇耳目[267]。當是之時，雖有淹病滯疾[268]，猶將伸傴起躄，發瞽披聾而觀望之也[269]，況直眇小煩懣，醒醲病酒之徒哉[270]！故曰：發蒙解惑，不足以言也[271]。"太子曰："善！然則濤何氣哉[272]？"

客曰："不記也[273]。然聞於師曰，似神而非者三[274]：疾雷聞百里[275]；江水逆流，海水上潮[276]；山出内雲，日夜不止[277]。衍溢漂疾[278]，波涌而濤起。其始起也，洪淋淋焉[279]，若白鷺之下翔。其少進也，浩浩澄澄[280]，如素車白馬帷蓋之張[281]。其波涌而雲亂[282]，擾擾焉如三軍之騰裝[283]。其旁作而奔起也[284]，飄飄焉如輕車之勒兵[285]。六駕蛟龍[286]，附從太白[287]。純馳浩蜺[288]，前後駱驛[289]。顒顒卬卬[290]，椐椐彊彊[291]，莘莘將將[292]。壁壘重堅[293]，沓雜似軍行[294]。訇隱匉礚[295]，軋盤涌裔[296]，原不可當[297]。觀其兩傍，則滂渤怫鬱[298]，闇漠感突[299]，上擊下律[300]。有似勇壯之卒，突怒而無畏；蹈壁衝津[301]，窮曲隨隈[302]，踰岸出追[303]；遇者死，當者壞。初發乎或圍之津涯[304]，荄軫谷分[305]。迴翔青篾[306]，銜枚檀桓[307]。弭節伍子之山[308]，通厲骨母之場[309]。凌赤岸[310]，篲扶桑[311]，橫奔似雷行。誠奮厥武[312]，如振如怒[313]。沌沌渾渾[314]，狀如奔馬。混混庉庉[315]，聲如雷鼓。發怒庢沓[316]，清升踰跇[317]，侯波奮振[318]，合戰於藉藉之口[319]。鳥不及飛，魚不及迴，獸不及走[320]。紛紛翼翼[321]，波涌雲亂。蕩取南山，背擊北岸[322]。覆虧丘陵，平夷西畔[323]。嶮嶮戲戲[324]，崩壞陂池[325]，決勝乃罷[326]。湔汩潺湲[327]，披揚流灑[328]。橫暴之極，魚鱉失勢，顛倒偃側[329]，沈沈湲湲[330]，蒲伏連延[331]。神物怪疑，不可勝言。直使人踏焉[332]，泂闇悽愴焉[333]。此天下怪異詭觀也，太子能強起觀之乎?"太子曰:"僕病未能也[334]。"

客曰:"將爲太子奏方術之士有資略者[335]，若莊周、魏牟、楊朱、墨翟、便蜎、詹何之倫[336]。使之論天下之精微[337]，理萬物之是非。孔、老覽觀[338]，孟子籌之[339]，萬不失一[340]。此亦天下要言妙道也，太子豈欲聞之乎?"於是太子據几而起曰[341]:"渙乎若一聽聖人辯士之言[342]。"涊然汗出[343]，霍然病已[344]。

【註釋】

[1]少閒(jiàn 見)，稍愈。

[2]憊，疲乏。

[3]四宇，四方。

[4]方富於年，年齡正輕。年輕的人，將來之年歲尚多，故稱富。

[5]意者，料想是。耽(dān 丹)，嗜好，迷戀。

[6]襲逆，侵入內部爲逆。

[7]中，指胸中。結轖(sè 色)，鬱結堵塞。轖，原意爲車箱間橫木交錯處，這裏是"塞"的假借字。

[8]紛屯澹淡，昏亂、搖蕩貌。

[9]噓唏，同"歔欷"，嘆息呻吟聲。酲(chéng 成)，病酒。煩酲，言煩惱如病酒。

[10]惕(tì 涕)惕怵(chù 處)怵，心神不寧、憂煩驚懼貌。

[11]瞑，眠，安睡。

[12]虛中，身體內部虛弱。重聽，聽覺不靈。

[13]越渫(xiè 屑)，渙散。

[14]咸，皆。

299

〔15〕聰,聽覺。明,視覺。眩曜,惑亂貌。

〔16〕悦怒不平,喜怒失常。

〔17〕久執不廢,長久保持這病態而不痊愈。廢,止,去。

〔18〕大命,生命。傾,壞。

〔19〕賴君三句:意思說,依賴國君之力,天下太平,使我能享受安樂,雖時有如客所說的症狀,但没有到這樣嚴重程度。

〔20〕宫居,居在宫中。闈處,處在闈門之内。闈,宫中小門。

〔21〕保母,照顧生活的婦女。

〔22〕傅父,進行教育的師傅。

〔23〕欲交無所,要想交結朋友也没有機會。

〔24〕温淳,厚味。脆(cuì 翠),同"脆"。甘脆,指香甜可口的食物。

〔25〕腥(chéng 呈),肥肉。醲(nóng 濃),厚酒。

〔26〕雜遝(tà 踏),衆多貌。曼,輕細。

〔27〕燂(xún 巡),火熱。爍(shuò 朔),熱。

〔28〕銷鑠(shuò 朔),熔化。挺解,散弛。挺,也是解的意思。這兩句意思說,生活在這樣安樂舒適的環境中,身體即使有金石那樣堅固,也將鎔銷而解散。

〔29〕縱耳目三句:意思說,放縱聲色的慾望和貪圖肢體的安逸,就會損害血脈的調和。

〔30〕出輿入輦(niǎn 捻),意思說,不論出入,都以車代步。輿、輦,都是車子。

〔31〕命曰,名爲,叫做。蹷(jué 厥)痿(wěi 委),都是麻痺癱瘓不能行走的病症。機,機兆。

〔32〕洞房,幽深的房屋。清宫,清凉的宫室。

〔33〕寒熱,感寒或受熱。媒,媒介。

〔34〕皓齒蛾眉,指美女。皓,白。蛾眉,原本作娥眉,從《考異》改。

〔35〕伐性之斧,砍伐性命的斧頭。

〔36〕膿,同"醲",厚酒。

〔37〕腐,作動詞用。

〔38〕靡,細。曼,澤,光潤。靡曼,柔弱的意思。

300

〔39〕委(wēi 萎)隨,不能屈伸。

〔40〕淫、濯,都是擴大的意思。血脈淫濯,指由陽虛所產生的脈大而軟的症狀。

〔41〕墮,懈怠。窳(yǔ 羽),弱。

〔42〕越女,越國的女子。

〔43〕齊姬,齊國來的姬妾。

〔44〕醮,通"宴"。

〔45〕曲房,深曲的房子。隱間,祕室。

〔46〕甘餐毒藥,把毒藥當作美食吃。

〔47〕戲猛獸之爪牙,與猛獸的爪牙相戲。這兩句說,過享樂腐化的生活猶如以生命爲兒戲。

〔48〕這句說,受病的由來極爲深遠。

〔49〕淹滯,拖延。廢,止。

〔50〕扁鵲,先秦時名醫,相傳他診病能見人五臟。治内,治療身體内部疾病。

〔51〕巫咸,傳說中的神巫,相傳他能以禱祝祛人疾病。治外,指在身體之外進行禱祝之類。

〔52〕識,同志、誌,記憶。強識,記憶力強。

〔53〕承閒(jiàn 見),乘機會。語事,談論事情。

〔54〕變度(duó 奪)易意,把太子的思慮心意改變過來。度,考慮。

〔55〕羽翼,輔佐。

〔56〕淹沈,耽溺。

〔57〕浩唐,通"浩蕩",放蕩貌。

〔58〕遁佚,放縱過度。

〔59〕奚由,何從。

〔60〕病已兩句:意思說,等我病好了,就照你的話行事。

〔61〕要言,中肯的話。妙道,神妙的道理。

〔62〕僕,自己的謙稱。以上是第一大段,相當於全文的序言,敍吳客探問楚太子病,指出其得病的根源是腐朽的生活,引出以下七事。

〔63〕龍門,山名,在今陝西省韓城縣和山西省河津縣之間。桐,樹名,其材

宜製琴瑟。

[64] 鬱結輪菌,紋理盤曲貌。

[65] 扶疏,向四面分佈。

[66] 仞(rèn 刃),八尺,或言七尺。

[67] 湍流,急流。遡(sù 塑)波,逆流的波浪。

[68] 澹淡,摇蕩。

[69] 漂,同"飄"。

[70] 感,觸。

[71] 鸝黄,黄鶯。鶾(hàn 漢)鷤(dàn 旦),鳥名,李善註引郭璞《方言註》
　　　　説:"鳥似鷄,冬無毛,晝夜鳴。"

[72] 羈鷣,失伴的鷣鳥。迷鳥,迷失方向的鳥。

[73] 鵠(hú 胡),鳥名,俗名天鵝。

[74] 鵾(kūn 昆)鷄,鳥名,黄白色,似鶴。

[75] 背秋涉冬,離秋至冬。

[76] 琴摰,春秋時魯太師(樂官)摰,善彈琴。斫斬以爲琴,指把桐木砍下
　　　　來製成琴。

[77] 這句説,用野蠶繭的絲做琴絃。

[78] 鈎,衣帶的鈎。隱,琴上一種裝飾。

[79] 九寡,李善註引《列女傳》説:"魯之母師,九子之寡母也。不幸早失
　　　　夫,獨與九子居。"珥(ěr 耳),耳飾。約,一作"的",又作"弰"(音義同
　　　　"的"),琴上圓形的星徽。

[80] 師堂,古之樂師,一稱師襄,字子京,孔子曾向他學琴。《暢》,相傳堯
　　　　時琴曲名,取兼善天下無不通暢之意。

[81] 伯子牙,即俞伯牙,古代善鼓琴者。

[82] 秀,指麥穗。蕭(jiān 尖),麥芒,原本作蕲,據《考異》改。

[83] 虚,空。壑,山谷。槁,枯。這句説,離開枯槐向空谷飛去。

[84] 絶區,危絶的地方,指懸崖、斷岸一類地方。迴溪,曲折的溪澗。

[85] 翕(xī 系)翼,合攏翅膀。翕,合。

[86] 蚑(qí 奇)、蟜(jiǎo 狡),爬行的毒蟲。螻,螻蛄。

[87] 柱,支,張開的意思。原本作拄,據《考異》改。喙(huì 惠),嘴。

[88] 本段寫客以音樂來啓發太子,太子不能接受。

[89] 犓(chú 雛),小牛。腴(yú 余),腹下肥肉。

[90] 菜,作動詞用。蒲,香蒲。這句説,以小牛腹下肥肉配上笋蒲一起
烹調。

[91] 和,羹。

[92] 冒,通“芼”,用菜調和。山膚,植物名,或以爲即石耳。

[93] 楚苗,楚地苗山,出禾。食,指主食品。

[94] 安胡,又稱雕胡,即菰米。飰,同“飯”。

[95] 摶(tuán 團),團聚。摶之不解,指黏性很強。

[96] 啜(chuò 輟),嘗。一啜而散,指很潤滑。

[97] 伊尹,商湯時大臣,相傳他因擅長烹調,引起湯重視。煎熬,指烹調。

[98] 易牙,春秋時人,曾因善調味得齊桓公寵愛。調和,指和五味。

[99] 熊蹯(fán 煩),熊掌。臑,即“胹(ér 而)”字。胹,爛熟。原本臑作臑,
據《考異》改。

[100] 勺藥之醬,指把酸鹹五味調和在一起。中加勺藥所製成的醬。勺藥,
即芍藥,古人認爲它有“和五臟、闢毒氣”的功能。

[101] 薄耆(qí 其),切成薄片的獸脊肉。炙(zhì 至),烤肉。

[102] 鱠(kuài 塊),魚片。

[103] 秋黃之蘇,秋天變成黃色的紫蘇草。紫蘇,藥草名。

[104] 白露之茹,經歷霜露的蔬菜。茹,菜的總稱。

[105] 蘭英之酒,用蘭花泡的香酒。

[106] 山梁之餐,指野雞肉。《論語·鄉黨》:“山梁(山脊)雌雉(野雞)。”故
這裏用山梁作野雞的代稱。

[107] 豢(huàn 涣)豹,被人飼養的豹。這句指用豹胎作成的食物。

[108] 小飰兩句:意思説,不論小飯大飲,都如沸湯澆在雪上一樣,吃得非常
爽快。歠(chuò 啜),飲。

[109] 本段寫客以飲食滋味啓發太子,太子不能接受。

[110] 鍾、岱,“岱”應作“代”,都是地名,古代著名產馬地區,在今陝西省長
城外河套一帶。牡,雄性,這裏指馬。

[111] 齒至之車,用適齡的馬駕的車子。齒至,指馬的年齒適中。

303

[112] 距虛,獸名,善走。以上兩句寫馬之駿,如鳥獸的飛走。

[113] 稴(zhuō 捉)麥,早熟的麥。服處,服用,指飼馬。

[114] 躁中煩外,指以稴麥飼馬則馬肥,馬肥則煩躁而思奔走。

[115] 羈,勒。堅轡(pèi 配),堅實的馬繮繩。

[116] 附,依附,憑藉。易路,平坦的路。這句意即在平坦的道路上行走。

[117] 伯樂,古善相馬者。

[118] 王良,古善駕車者。造父,相傳爲周穆王御者,曾駕八駿載穆王西遊。

[119] 秦缺,古勇士。樓季,古善跳躍者。

[120] 兩人,指秦缺、樓季。

[121] 這句説,馬驚而亂跑時力能把它止住。佚,同"逸"。

[122] 這句説,車子傾覆時力能把它掀起。

[123] 射,打賭。鎰(yì 益),二十四兩。

[124] 爭,競爭。逐,奔跑。這兩句寫馬善於奔跑,與人賭賽,雖千鎰的賭
　　 註、千里的長跑,都能獲勝。

[125] 至駿,最好的馬。

[126] 本段寫客以車馬啓發太子,太子不能接受。

[127] 景夷,臺名。李善註《文選》引《戰國策》:"魯君曰:'楚王登京臺,南望
　　 獵山,左江右湖,其樂之忘死。'"(今本《戰國策》字句略有不同)京臺
　　 即景夷臺,在今湖北省監利縣北。

[128] 荆山,山名,即獵山,在今湖北省境。

[129] 汝海,即汝水,源出河南省嵩縣,東南流入淮河。此誇言其流域之大,
　　 故稱之爲海。

[130] 江,指長江。湖,指洞庭湖。

[131] 其樂無有,那樂趣是天下沒有能超過它的。

[132] 原本山川,陳説山川的原本。

[133] 極,盡。命,名。這句説,盡舉草木的名稱。

[134] 比物兩句:大意説,把許多山川草木等事物的名稱和種類加以排比歸
　　 納,連綴成文辭。離,同"麗",附著。

[135] 浮游,徘徊。

[136] 虞懷,宮名。虞,同"娛"。虞懷,即娛心之意。

[137] 連廊四註,宮中迴廊四面相連。註,連。

[138] 臺城層構,有臺的城,重重疊疊的構造。

[139] 紛紜,盛貌。玄,黑色。本句描寫臺城的顏色。

[140] 輦道,車道。邪交,縱橫交錯。邪,通"斜"。

[141] 黃,"潢"字的省文,繞城的積水池。紆,曲。

[142] 溷章,鳥名,未詳。孔鳥,即孔雀。鵾(kūn 昆)鷄,即鵾鷄,善飛的大鳥。鵷(yuān 鴛)鶵,鳳一類的鳥。鵁(jiāo 交)鶄(jīng 精),水鳥名,形似鳧,脚高,有紅毛冠。

[143] 鬣(liè 列),頭頂上的毛。纓,頸毛。

[144] 螭(chī 吃),雌龍,這裏借指雌鳥。龍,雄龍,這裏借指雄鳥。德牧,鳥名,形狀不詳。一説,德,指頭上花紋;牧,指腹下花紋。這句指雌雄鳥之首腹有紋者。

[145] 邕(yōng 庸)邕,羣鳥和鳴聲。

[146] 陽魚,古人以魚類屬陽,故稱陽魚。騰躍,跳躍。

[147] 翼,指魚鰭。

[148] 淑(jì 寂)漻(liáo 遼),清净的水。菛(chóu 愁)蓼(liǎo 了),蘋草和水蓼。

[149] 芳苓,草名。

[150] 女桑,柔嫩的小桑樹。河柳,河旁赤莖小楊。

[151] 素葉,葉色純粹,指女桑。紫莖,指河柳。

[152] 苗松,苗山之松。豫章,樟樹。

[153] 條,枝。造,達到。

[154] 并閭,棕櫚樹。

[155] 極望成林,極盡目力望去,盡成一片片的林子。

[156] 五風,五方之風。

[157] 猗靡,隨風披拂搖擺。

[158] 消息,滅和生,引申爲隱現之意。陽陰,指樹葉的正面和反面。這句寫樹木被風吹動,葉子的正反兩面,忽隱忽現。

[159] 景春,戰國時縱横家。

[160] 杜連,一名田連,古善鼓琴者。理音,調音。

[161] 滋,多。滋味,各種美味。陳,陳列。

[162] 肴糅(róu 柔),各種魚肉類葷菜。糅,雜。錯,錯雜。該,備。

[163] 練色,經過精選的美色。

[164] 流聲,流轉的聲音。

[165]《激楚》,楚國歌曲名。楚民風剽悍,樂調激昂,故稱。結風,猶急風,謂樂音迅促如急風。一說,即歌曲結尾的餘聲。

[166] 鄭、衛,先秦時以產生新聲著名的國家。皓樂,善唱,引申爲好聽的歌聲。

[167] 先施,即西施。徵舒,或謂指春秋時夏徵舒的母親夏姬。陽文,楚美人。吳娃,吳國美女。閭娵(zōu 鄒),戰國時梁王魏嬰之美人。段干、傅予,未詳。本句所列舉的都是古代美人之名。

[168] 雜裾,各色衣裾。裾,衣的前、後襟。垂髾(shāo 梢),垂着燕尾形的髮髻。

[169] 宛,同"挑",挑逗。與,相許。

[170] 揄,引。揄流波,引流水洗身。

[171] 杜若,香草名。

[172] 蒙清塵,承受清風。一說,髮上像罩着塵霧。

[173] 被蘭澤,施以蘭膏。

[174] 嬿服,便服。嬿,同"燕"。御,指進御,即侍奉。

[175] 靡麗皓侈廣博,淫靡華麗盛大奢侈衆多之意。皓,通"浩",作"大"解。

[176] 本段寫客以遊觀聲伎之樂啓發太子,太子不能接受。

[177] 馴,馴服,訓練。騏驥,駿馬。

[178] 飛軨(líng 凌),有窗的車子。

[179] 本句第一個"乘"(chéng 成)字作動詞用,第二個"乘"(shèng 剩)字作名詞用,指四匹馬拉的車子。這句意思說,乘坐用駿馬所拉的車子。

[180] 夏服,夏后氏的箭囊。服,裝箭的袋。相傳夏后氏的良弓名繁弱,其矢亦良。

[181] 烏號,相傳黃帝所用弓名,以柘木製成。彤弓,彤有文采的弓。

[182] 雲林,雲夢中的樹林。雲夢是楚國著名的大沼澤地,在今湖北省,本爲二澤,跨長江兩岸,江南爲夢,江北爲雲,面積廣八九百里,後世

淤塞。

[183] 這句説,圍繞生長蘭草的澤地奔馳。

[184] 弭節,猶按節,使車馬行走緩慢。江潯,江邊。

[185] 掩,休息。蘋,應作蘠,草名,生於陸地。蘋爲水生物,非可休息之處。這句疑是休息於清蘠之上的意思。

[186] 游,五臣本《文選》作遡,意爲迎、向。

[187] 陶,暢。陽氣,春天的空氣。

[188] 蕩,洗滌。

[189] 集輕禽,許多箭射中了輕捷的飛禽。集,指矢集。

[190] 於是三句:大意説,使獵犬駿馬充分發揮才能,野獸被追逐得足力困乏,嚮導者和駕車者用盡了智慧和技巧。相,這裏作“導”解,疑指射獵時的嚮導。

[191] 恐虎豹,使虎豹震恐。

[192] 慴(zhé 哲)鷙鳥,使鷙鳥畏懼。鷙,猛禽。

[193] 逐馬,馳逐的馬。鳴鑣(biāo 標),鸞鈴鳴於鑣。鑣,馬勒旁横鐵。

[194] 魚跨,似魚之騰躍。麋角,似麋之角逐。

[195] 履游,踢踏。麇(jūn 君),獸名,鹿類。

[196] 麖(jīng 京),獸名,鹿類。

[197] 汗流兩句:汗流沫墜,指犬馬追奔得流着汗沫。冤伏陵窘,指禽獸被逐四散逃匿和急迫困窘。

[198] 無創兩句:意思説僅僅那些被嚇死的動物,已足裝滿後車。創,創傷。

[199] 校獵,發動軍隊獵取禽獸。校,漢代軍隊的一種組織。一説,用木栅遮攔禽獸叫校。

[200] 陽氣,喜氣。見,同“現”。眉宇,眉額間。

[201] 侵淫,漸進貌。

[202] 幾,近。大宅,面。

[203] 冥火,夜火。指夜間縱火燒野以驅禽獸。薄,迫近。

[204] 兵車雷運,兵車運行,聲如雷鳴。

[205] 旇,同“旌”。偃蹇(jiǎn 簡),高貌。

[206] 羽毛,鳥羽和牛尾,皆旌旗上裝飾。肅紛,整齊而衆多。

307

[207] 角逐,競逐。

[208] 慕味争先,因追求美味而争先恐後。

[209] 徼,邊界。墨,燒田。地焚土黑,故稱爲墨。廣博,寬大貌。這句説,在遼闊的地區内縱火燒田。

[210] 圻,同“垠(yín 銀)”,界。

[211] 純粹全犧,毛色純一、體軀完整的獵獲物。全,今寫作“牷”。全、犧,都是獸類的專稱,色純曰犧,體完曰全。

[212] 公門,指諸侯之門。

[213] 未既,話未説完。既,盡。

[214] 榛(zhēn 真)林,叢林。

[215] 闇莫,不明貌。闇,同“暗”。

[216] 兕(sì 四),一種類似犀牛的野牛,一角,青色。作,起,出。

[217] 孔猛,甚猛。這句寫人。

[218] 袒(tǎn 坦)裼(xī 息),裸露身臂。身薄,親手博取。

[219] 磑磑,同“皚皚”,白色,形容刀光。

[220] 收獲掌功,收取獵獲物,記録其功。掌,主,猶言掌管。掌功,記録功勞。

[221] 掩,蓋。蘋,應作“蘈”,參看上文掩青蘈句註。肆,陳列。若,杜若,香草名。這句是説,在蘈草上鋪設席位陳列香草。

[222] 牧人,田官。席,席位。

[223] 旨,美。

[224] 羞,有滋味的食物。炰(páo 庖),以火煮熟。膾,細切肉。

[225] 御,款待。

[226] 涌觴,滿杯。觴,原作觸,據五臣註本改。並起,齊舉。

[227] 這句指語言非常動聽。

[228] 誠必不悔,忠誠不二,語無反悔。必,説一不二。

[229] 決絶以諾,事之決定,但憑一諾,毫不猶豫。以上兩句皆形容衆賓之言語。

[230] 貞信兩句:説大家忠貞誠信之心,在所奏音樂中也表現出來。金石,指樂器。

[231] 斁(yì 譯),厭。這兩句寫大家高聲歌唱,歷久不厭。

[232] 這句意思說,就怕我這病人為大夫們的累贅。

[233] 本段寫客以畋獵啓發太子,太子有起色。

[234] 望,陰曆十五日。

[235] 廣陵,今江蘇省揚州市。

[236] 卹然,驚恐貌。

[237] 駕軼,超越。

[238] 擢(zhuó 濁),拔起。

[239] 揚泊(yù 育),迅速度越。

[240] 溫汾,結聚。

[241] 滌汔(qì 氣),洗蕩。以上五句都是寫江濤的動態。

[242] 雖有兩句:心略,心智,心計。辭給,有辯才。縷,詳細。這兩句大意
     說,江濤如此變化多端,縱使是有心計辯才的人也不能細緻地把它種
     種形態描述出來。

[243] 恍兮忽兮,恍忽,同"恍惚",形容江濤浩蕩驚駭,不可辨識。

[244] 聊兮慄兮,恐懼貌。

[245] 混泊(gǔ 骨)泊,許多浪濤,相合疾流。泊泊,水流聲。

[246] 忽兮慌兮,與恍兮忽兮同義。慌,同"恍"。

[247] 俶(tì 惕)兮儻(tǎng 倘)兮,卓異不羈貌。俶,"倜"之借字。

[248] 潢(wǎng 往)瀁(yǎng 養),水廣大貌。

[249] 慌曠曠,茫洋一片,無邊無際。

[250] 秉,執。秉意,集中註意。南山,指江濤發源之地。這句意謂,註意濤
     之所從來。以下四句均寫觀濤者神態的變化和目光的動向。

[251] 通望,一直望到。這句意謂,遠望江濤之去向。

[252] 虹洞,天水相連貌。

[253] 極慮,極盡思慮,這裏指極目。涘(sì 四),水邊。

[254] 流攬,流覽。

[255] 日母,太陽。這兩句說,觀濤者觀賞奇景無有窮盡,然後心神又隨浪
     潮東流而註意到日出之處。

[256] 泊(yù 育)乘流兩句:寫有的浪頭迅速乘江流而東下,不知它奔向哪

裏停止。汩,迅疾貌。

[257] 或紛紜兩句:有許多浪頭紛亂曲折地奔流,忽然糾纏錯雜一起流去而
不回返。繆(liáo 繚),纏結。

[258] 朱汜(sì 似),地名。或説朱汜是南方水涯。

[259] 這句寫觀濤者見浪潮遠逝心中感到空虛煩躁而更加疲怠。

[260] 莫離散兩句:莫,同"暮"。暮離散,指晚潮退去。發曙,即曙發,指早
潮到來。意思説,觀濤之後,精神被驚濤駭浪所攝,凝結不散,直到天
明,才心安神定而能自持。

[261] 槩,同"漑",滌。

[262] 灑,洗。練,汰。藏,同"臟"。

[263] 澉澹(dàn 蛋),洗滌。原本作澹澉,據《考異》改。

[264] 頮(huì 慧),洗臉,這裏作洗滌解。濯,洗。

[265] 揄,脱。恬怠,懶散。

[266] 輸寫,排除。寫,同"瀉"。湴(tiǎn 忝)濁,垢濁。

[267] 皇,明。從"於是澡槩胸中"至本句皆寫觀濤者經歷目眩神奪到心神
安定階段後,從内心五臟到外表手足髮齒都如經過一番洗滌,塵垢去
盡,困惑消失,精神振奮,意志果斷,耳目清明。

[268] 淹病,久病。

[269] 伸傴,使駝背的人伸直身體。傴(yǔ 羽),傴傁,駝背。起躄(bì 必),
使跛脚的站起來。發瞽(gǔ 鼓),使瞎子開眼。披聾,使聾子恢復聽
覺。披,開。本句寫雖然久病殘疾的人,也將使自己身體恢復正常,
挺背起立、開張耳目來觀看浪濤。

[270] 這兩句意思説,何況患一些煩躁病酒等小病的人,更會振作起來前往
觀看了。直,只是。眇,小。

[271] 發蒙兩句:見《黄帝内經·素問》,原文作"發蒙解惑,未足以論也"。
蒙,不明。不足以言,不消説得。

[272] 何氣,是什麼樣的一種氣象呢?

[273] 不記,不見於記載。

[274] 似神而非者三,江濤有三種似神而非神的特徵。

[275] 疾雷,聲似疾雷。這句寫特徵之一。

[276] 江水兩句:寫特徵之二。

[277] 山出兩句:出内,同"出納"。山上日夜吞吐雲氣,特徵之三。

[278] 衍溢,平滿貌。漂疾,急流貌。

[279] 淋淋,山下水貌。這句寫洪浪如山,飛灑而下。

[280] 浩浩,深廣貌。澄澄(yí 沂),高白貌。

[281] 帷蓋,車帷和車蓋。張,開張。

[282] 雲亂,似雲一樣紛亂。

[283] 騰裝,奔騰前進,裝備雄整。

[284] 旁作,橫出。奔起,上揚。

[285] 如輕車之勒兵,如將軍坐在輕車上指揮士兵。

[286] 六駕蛟龍,六條蛟龍駕車。

[287] 附從,跟從。太白,河伯,河神。或説是帥旗。

[288] 純,通"屯"。純馳,或屯或馳。與下句"先後"對文。蜺,高。浩蜺,高大貌。這句寫江濤高大,或屯或馳。

[289] 駱驛,連續不絶。

[290] 顒(yóng 傭)顒卬(áng 昂)卬,波高貌。

[291] 椐(jū 居)椐彊彊,相隨貌。

[292] 莘莘將將,相激貌。

[293] 這句形容江濤如軍營壁壘,重疊而堅固。

[294] 沓(tà 踏)雜,衆多貌。軍行,軍隊行列。

[295] 訇(hōng 轟)隱匈礚(gài 蓋),皆大聲。形容濤聲轟隆。

[296] 軋,軋𡊖,無邊無際。磐,磐磚,廣大貌。涌裔(yì 意),濤行貌。這句形容波濤奔騰,氣勢浩大。

[297] 原,本。這句説,江濤勢盛,不可抵擋。

[298] 滂渤怫鬱,怒激貌。

[299] 闇漠感突,衝起貌。

[300] 硉,五臣本《文選》作硉(lù 鹿),從高處滾石而下。這裏形容濤的下墜。

[301] 蹈壁衝津,冲擊壁岸和渡口。

[302] 隈,水彎曲處。這句寫浪濤徧及江流曲折之處。

[303] 踰,跨越。出,超出。𧸷,古"堆"字,指沙堆。

[304] 或圍,地名。或,古"域"字。

[305] 荄,"陔"的假借字,山隴。畛,隱。這句説,浪濤如山隴之相隱,川谷之區分。一説,上句的"涯"字屬此句而無"荄"字,應作"涯畛谷分"。畛,轉。這句是説,涯如轉而谷似裂。形容江濤所到,山谷都改變了樣子。

[306] 迴翔,猶迴旋。青筅,地名。一説,車名。這句形容如車之迴旋。

[307] 銜枚,古代軍馬行走時口中銜枚(狀如箸),以止喧嘩。這裏形容濤的無聲前進。檀桓,地名。一説,猶盤桓,迴旋貌。這句形容如馬之盤桓。

[308] 伍子之山,因伍子胥而得名之山。

[309] 通厲,遠行。骨母,胥母之誤。胥母山在江蘇省。《論衡·書虛篇》云:"吳王殺子胥,投之江。子胥恚恨,驅水爲濤,以溺殺人。今時會稽丹徒大江、錢塘浙江,皆立子胥之廟,蓋欲慰其恨心,止其怒濤也。"可見有江濤處,即有可能有關於伍子胥的古蹟,本文在寫濤時就加以引用,並描述濤在此稍稍停頓。至於這些地名究在何處,則文人興到,推廣言之,不必拘泥,本文其他地名,亦多類此。

[310] 凌,上。赤岸,地名。李善説:"似在遠方。"一説赤岸在廣陵西北約七十里,今江蘇省邗江縣有赤岸鎮。

[311] 篲(huì 會),掃。扶桑,神話中樹名。《淮南子》:"日出於暘谷,浴於咸池,拂於扶桑。"以上兩句形容江濤勢大。

[312] 誠奮厥武,言江濤確實奮發了它的威武。

[313] 振,同"震",威。本句寫江濤如示威,如發怒。

[314] 沌沌渾渾,波濤相逐之貌。

[315] 混混庉(tún 囤)庉,波濤之聲。

[316] 窒(zhì 窒),礙止。沓(tà 踏),沸出。寫濤遇阻礙時沸湧而起。

[317] 清升,清波上揚。踰跇(yì 意),超越。

[318] 侯波,陽侯之波,即大波。陽侯,傳説中大波之神。

[319] 藉藉,地名。

[320] 鳥不及飛三句:極言濤勢之急。

312

[321] 紛紛,衆多貌。翼翼,壯健貌。

[322] 蕩取兩句:寫水勢既衝蕩南山,又反擊北岸。

[323] 平夷,横掃。畔,岸。

[324] 險險戲戲,危貌。戲,同"巘"。

[325] 池,"陁"的假借字。今通作"陀"。陂陁,斜坡。這裏指江岸。

[326] 決勝乃罷,指江濤取得勝利,然後罷休。一説,罷同"疲"。

[327] 瀄(jié 節),水波相擊。潺(chán 嬋)湲(yuán 爰),水流。

[328] 披揚流灑,形容波濤汹湧飛揚,浪花灑濺。

[329] 偃,仰跌。這句形容魚鱉東倒西跌。

[330] 沈(yóu 尤)沈湲湲,魚鱉顛倒之貌。

[331] 蒲伏,同"匍匐",伏地爬行。連延,相續貌。指魚鱉在水中起伏不停。

[332] 踣(bó 勃),向前跌倒。

[333] 泂濶,驚駭失智貌。以上四句寫浪濤驚駭之狀不能用語言盡述,簡直使人嚇倒和嚇得昏頭昏腦、又驚又悲。

[334] 本段寫客以觀濤之樂啓發太子,太子稱善,但仍不能接受。

[335] 奏,進。方術,道術。資,資望,材量。略,智略。

[336] 莊周、魏牟、楊朱、墨翟、便蜎、詹何,都是春秋戰國時有才學的人士。

[337] 精微,精闢微妙的道理。精,原本作釋,據《考異》改。

[338] 這句説,讓孔子和老子來對上述諸人的言論進行審閲鑑定。

[339] 籌,籌劃。本句原作"孟子持籌而筭之",據《考異》改。

[340] 這句意思説,通過這許多才智之士的論辯分析和孔、老、孟的審核,什麽問題都不會錯了。

[341] 據几,扶几。曰,近人吳闓生説:此"曰"字當是衍文,删去之,文乃可讀(見《古文辭類纂音註》引)。如吳説可從,下句的引號應删去。

[342] 涣乎,清醒貌。

[343] 涊(niǎn 撚)然,汗出貌。

[344] 霍然,疾速貌。本段寫客擬以聖人辯士的要言妙道啓發太子,太子之病霍然而愈。

司馬相如賦

據胡刻《文選》本

司馬相如,字長卿,蜀郡成都人。生於公元前一七九年(漢文帝元年),卒於公元前一一七年(漢武帝元狩六年)。前漢著名辭賦家。景帝時爲武騎常侍,因病免。客遊梁,爲梁孝王門客,與鄒陽、枚乘、嚴忌等辭賦家交遊。所作《子虛賦》、《上林賦》,爲武帝所重,用爲郎。奉命出使西南有功。後爲孝文園令。病卒於家。有《司馬文園集》。著名作品尚有《大人賦》、《長門賦》和散文《喻巴蜀檄》、《難蜀父老》等。

子 虛 賦

【解題】 本篇和《上林賦》是司馬相如的名作。兩賦内容承接,本爲一篇,《史記》的《司馬相如列傳》、《漢書》的《司馬相如傳》都作一篇,《文選》始分爲兩篇。本篇假設子虛出使於齊,向烏有先生誇耀楚王在雲夢遊獵的盛況非齊王所及;烏有先生不服,加以詰難。《上林賦》寫亡是公詳述漢天子在上林苑校獵的壯觀,非齊楚諸侯之國所能比;最後主張修明政治,提倡節儉,用以諷諫。兩賦規模宏大,鋪叙細膩,是漢代大賦的代表作品,對後來的辭賦影響很大。

楚使子虛使於齊[1],王悉發車騎,與使者出畋[2]。畋罷,子虛過奼烏有先生[3],亡是公存焉[4]。坐定,烏有先生問曰:"今日畋樂乎?"子虛曰:"樂。""獲多乎?"曰:"少。""然則何樂?"對曰:"僕樂齊王之欲夸僕以車騎之衆[5],而僕對以雲夢之事也[6]。"曰:"可得聞乎?"子虛曰:"可。王車駕千乘,選徒萬騎,畋於海濱,列卒滿澤,罘網彌山[7],掩兔轔鹿[8],射麋脚麟[9],騖於鹽浦[10],割鮮染輪[11],射中獲多,矜而自功[12],顧謂僕曰:'楚亦有平原廣澤遊獵之地饒樂若此者乎? 楚王之獵,孰與寡人乎?'僕下車對曰：'臣，楚國之鄙人也。幸得宿衛十有餘年[13]，時從出遊，遊於後園，覽於有無[14]，然猶未能徧覩也，又焉足以言其外澤乎[15]。'齊王曰：'雖然，略以子之所聞見而言之。'僕對曰：'唯唯[16]。'

"'臣聞楚有七澤，嘗見其一，未覩其餘也。臣之所見，蓋特其小小者耳，名曰雲夢。雲夢者，方九百里，其中有山焉。其山則盤紆茀鬱[17]，隆崇嵂崒[18]，岑崟參差[19]，日月蔽虧[20]。交錯糾紛，上干[21]青雲；罷池陂陀[22]，下屬江河[23]。其土則丹青赭堊[24]，雌黃白坿[25]，錫碧金銀[26]，衆色炫耀，照爛龍鱗[27]。其石則赤玉玫瑰[28]，琳瑉昆吾[29]，瑊玏玄厲[30]，礝石碔砆[31]。其東則有蕙圃[32]：蘅蘭芷若[33]，芎藭菖蒲[34]，江蘺蘪蕪[35]，諸柘巴苴[36]。其南則有平原廣澤：登降陁靡[37]，案衍壇曼[38]，緣以大江，限以巫山[39]；其高燥則生葴菥苞荔[40]，薛莎青薠[41]；其埤溼則生藏莨蒹葭[42]，東薔雕胡[43]，蓮藕觚盧[44]，菴閭軒于[45]：衆物居之，不可勝圖[46]。其西則有湧泉清池：激水推移，外發芙蓉菱華[47]，內隱鉅石白沙[48]；其中則有神龜蛟鼉[49]，瑇瑁鼈黿[50]。其北則有陰林：其樹楩柟豫章[51]，桂椒木蘭[52]，檗離朱楊[53]，櫨梨梬栗[54]，橘柚芬芳[55]；其上則有鵷雛孔鸞[56]，騰遠射干[57]；其下則有白虎玄豹[58]，蟃蜒貙犴[59]。

"'於是乎乃使剸諸之倫[60]，手格此獸[61]。楚王乃駕馴駮之駟[62]，乘彫玉之輿[63]，靡魚須之橈旃[64]，曳明月之珠旗[65]，建干將之雄戟[66]，左烏號之雕弓[67]，右夏服之勁箭[68]。陽子驂乘[69]，孅阿爲御[70]，案節未舒[71]，即陵狡獸[72]，蹴蛩蛩[73]，轔距虛[74]，軼野馬[75]，轊陶駼[76]，乘遺風[77]，射遊騏[78]。倏眒倩浰[79]，雷動猋至[80]，星流霆擊[81]，弓不虛發，中必決眥[82]，洞胸達掖[83]，絶乎心繫[84]。獲若雨獸[85]，揜草蔽地[86]。於是楚王乃弭節徘徊[87]，翶翔容與[88]，覽乎陰林，觀壯士之暴怒，與猛獸之恐懼,微矜受詘[89],殫覩衆物之變態[90]。

"'於是鄭女曼姬[91],被阿緆[92],揄紵縞[93],雜纖羅[94],垂霧
縠[95],襞積褰縐[96],鬱橈溪谷[97]。紛紛裶裶[98],揚袘戍削[99],蜚
襳垂髾[100]。扶輿猗靡[101],翕呷萃蔡[102];下靡蘭蕙,上拂羽
蓋[103];錯翡翠之威蕤[104],繆繞玉綏[105]。眇眇忽忽[106],若神仙
之髣髴。於是乃相與獠於蕙圃[107],媻姍㪍窣[108],上乎金隄[109]。
揜翡翠[110],射鵔鸃[111],微矰出[112],孅繳施[113]。弋白鵠[114],連
駕鵝[115],雙鶬下[116],玄鶴加[117]。怠而後發,游於清池[118]。浮
文鷁[119],揚旌栧[120],張翠帷,建羽蓋。罔瑇瑁[121],鉤紫貝[121]。摐
金鼓[122],吹鳴籟[123]。榜人歌[124],聲流喝[125]。水蟲駭,波鴻沸,
湧泉起,奔揚會[126]。礧石相擊[127],硍硍磕磕[128],若雷霆之聲,
聞乎數百里之外。將息獠者,擊靈鼓[129],起烽燧[130],車按
行[131],騎就隊[132],纚乎淫淫[133],般乎裔裔[134]。

"'於是楚王乃登雲陽之臺[135],怕乎無爲,憺乎自持[136],勺
藥之和具[137],而後御之[138]。不若大王終日馳騁,曾不下輿,脟
割輪焠[139],自以爲娛。臣竊觀之,齊殆不如。'於是齊王無以應
僕也[140]。"

烏有先生曰:"是何言之過也!足下不遠千里,來貺齊
國[141];王悉發境內之士,備車騎之衆,與使者出畋,乃欲戮力致
獲[142],以娛左右,何名爲夸哉?問楚地之有無者,願聞大國之風
烈[143],先生之餘論也。今足下不稱楚王之德厚,而盛推雲夢以
爲高,奢言淫樂,而顯侈靡,竊爲足下不取也。必若所言[144],固
非楚國之美也[145];無而言之,是害足下之信也。彰君惡[146],傷
私義[147],二者無一可,而先生行之,必且輕於齊而累於楚矣[148]!
且齊東陼鉅海[149],南有琅邪[150],觀乎成山[151],射乎之罘[152],浮
渤澥[153],遊孟諸[154]。邪與肅慎爲隣[155],右以湯谷爲界[156];秋
田乎青丘[157],彷徨乎海外,吞若雲夢者八九於其胸中,曾不蔕

· 316 ·

芥[158]。若乃俶儻瑰瑋[159]，異方殊類，珍怪鳥獸，萬端鱗崒[160]，充牣其中[161]，不可勝記，禹不能名，卨不能計[162]。然在諸侯之位，不敢言遊戲之樂，苑囿之大；先生又見客[163]，是以王辭不復[164]，何爲無以應哉？"[165]

【註釋】

[1] 子虛和下文的烏有先生、亡是公都是假設的人物。

[2] 畋(tián 田)，射獵。

[3] 過，過訪。妊，"詫"的假借字，誇耀之意。

[4] 亡是公的"亡"通"無"。存，在。這句説，亡是公正在烏有先生那裏。宋祁云，存，疑作在。

[5] 夸，同"誇"。

[6] 僕，古時對人自謙曰僕。雲夢，藪澤名。詳見《七發》註[182]。

[7] 罘(fú 浮)網，捕兔的網。彌，覆蓋，滿佈。

[8] 掩，用網掩捕。轔，用車輪輾壓。

[9] 脚麟，抓住麟的一脚。脚，作動詞用。麟，雄的鹿。

[10] 騖(wù 悟)，馳騁。鹽浦，産鹽的海濱。

[11] 鮮，指動物的生肉。染輪，血染車輪。一説，指撩取車輪上的鹽粒(車行於鹽浦，故輪上有鹽)和在生肉中吃。染，這裏是撩取的意思。

[12] 自功，自以爲有成績。功作動詞用。

[13] 宿衛，在帝王宫禁中值宿守衛。

[14] 覽於有無，看到有什麽東西。有無，偏義複詞。

[15] 外澤，宫禁外面的藪澤，如雲夢。

[16] 唯(wěi 偽)唯，恭應之辭。以上一段寫子虛向烏有先生陳説齊王向他誇耀齊地的富饒和遊獵之樂，並訊問楚國和楚王這方面的情況。子虛準備回答。以下各段子虛詳述楚地雲夢的富饒和楚王遊獵的盛況，用以折服齊王。

[17] 弗(fú 佛)鬱，山曲折貌。盤紆、弗鬱，都形容山的屈曲。

［18］隆崇，山高峻貌。崒(lù 律)崒(zú 族)，山高危貌。

［19］岑崟(yín 銀)，山高峻貌。

［20］日月蔽虧，蔽，全隱。虧，半缺。這句指因山岑崟參差日月或蔽或虧。

［21］干，觸犯。

［22］罷(pí 疲)池，山坡傾斜貌。陂(pō 坡)陀，山寬廣貌。

［23］屬，連接。

［24］丹，朱砂。青，青腰(又叫空青)。赭，赤土。堊(è 惡)，白土。

［25］雌黃，礦物名，可作顏料。白坿(fù 附)，白石英。一説，即石灰。

［26］碧，青石。

［27］照爛龍鱗，衆色鮮明燦爛，有如龍鱗。

［28］玫瑰，火齊珠。

［29］琳，玉名。瑉(mín 民)，一種次於玉的石。昆吾，同琨珸，次於玉的石。昆吾本是山名，出美石，這裏即用以指石。

［30］瑊(jiān 緘)玏(lè 勒)，次於玉的石。玄厲，黑石，可用以磨刀。

［31］碝(ruǎn 軟)石，一種次於玉的石，顏色白中帶赤。碔(wǔ 武)砆(fū 夫)，一種次於玉的石，赤地白采。

［32］蕙圃，蕙草之圃。

［33］蘅蘭芷若，四種香草名。蘅，杜蘅。芷，白芷。若，杜若。

［34］芎(qiōng 穹陰平)藭(qióng 窮)，一種香草。

［35］江蘺蘪(mí 糜)蕪，生在水中的兩種香草。江原本作茳，據《考異》改。

［36］諸柘，即甘蔗。柘，通"蔗"。巴苴(jū 疽)，即芭蕉。

［37］登降，指地勢高低。陁(yí 移)靡，斜長貌。

［38］案衍，低下貌。壇曼，平寬貌。

［39］巫山，指雲夢澤中的巫山，一名陽臺山。兩句説，雲夢南部之地以長江巫山爲邊緣。

［40］葴(zhēn 針)菥(xī 析)苞荔(lì 吏)，四種草名。葴，即馬藍。菥，似燕麥。苞，與茅相似，可用以織席或編屨。荔，似蒲而小，其根可製刷子。

［41］薜，蒿的一種。莎(suō 梭)，也是蒿的一種，其葉可製笠及蓑衣。青薠(fán 煩)，似莎而大。

［42］埤溼,低窪之地。埤,同"卑"。葴(zāng 臧)莨(làng 浪),俗名狗尾巴草。蒹(jiān 兼),荻。葭(jiā 加),蘆。

［43］東薔(qiáng 牆),似蓬草,實如葵子,可食。雕胡,即菰米,俗名茭白。

［44］菰(gū 孤)盧,一作菰蘆,菰菼(菰米的嫩莖)和蘆筍。

［45］菴(ān 安)閭,狀如蒿艾,其實可製藥。軒于,即猶草。莖似蕙而臭。

［46］圖,計。

［47］外發,外,指水面;發,開放。華,同"花"。

［48］內,指水中。

［49］蛟,有鱗甲,尾巴如蛇,是鰐魚一類的動物。鼉(tuó 沱),爬蟲類動物,產長江下游,今稱揚子鰐,皮可冒鼓。

［50］瑇(dài 代)瑁(mèi 妹),龜類動物。黿(yuán 元),似鱉而大。

［51］楩(pián 駢)、柟(nán 南)、豫章,三種大木。

［52］椒(jiāo 焦),即花椒。木蘭,皮似椒而香,俗名紫玉蘭。

［53］檗(bò 波去),即黃檗,其皮可作染料,其實可製藥。檗,一作蘗。離,山梨。朱楊,赤莖柳。

［54］樝(zhā 渣),形似梨,味甘。梬(yǐng 郢)栗,一名梬棗,形似柿而小。

［55］柚,柚子,俗名文旦。芬芳,形容橘柚的香氣。

［56］其上,指陰林的樹上。鵷(yuān 鴛)雛,鳥名。據説形狀像鳳。孔,孔雀。鸞,鸞鳥。

［57］騰遠,猿類動物,善於攀登樹木。射(yè 夜)干,似狐而小,能緣木。

［58］其下,指陰林的樹下。

［59］蟃(màn 曼)蜒(yán 延),應作獌狿,大獸名,形似狸。貙(qū 區)豻(hàn 汗),似狸而大的猛獸。以上一段寫雲夢中部和東南西北四周的風景和物產。

［60］剸諸之倫,像剸諸一類的人。剸諸,即專諸。剸,通"專"。春秋時吳國勇士,曾爲吳公子光(後爲吳王,即闔閭),刺死吳王僚。倫,類。

［61］格,搏擊。

［62］馴,馴服。駁,同"駮",馬毛色不純叫駁。駟,合駕一車的四匹馬。

［63］彫玉之輿,用雕刻的玉裝飾着的車子。

［64］靡,同"麾",今寫作麾。須,同"鬚"。橈(náo 撓)旃(zhān 氈),曲柄的

旗。這句説,麾動以魚鬚裝飾着的曲柄旌旗。

[65] 曳,摇動。明月,指明月珠,用作旌旗的裝飾。

[66] 建,高舉。干將,利刃貌。干將之雄戟,有利刃的戟。一説,干將,吴
人,善於製劍。

[67] 左,左邊佩帶之意。下句"右"字意思相仿。烏號,柘桑名,其材堅勁,
可以製弓。相傳是黄帝所用。

[68] 夏服,裝美箭的袋。相傳夏后氏有良弓箭,其袋即名夏服。服,袋。

[69] 陽子,名孫陽,字伯樂,春秋時秦國人,以善相馬著名。驂乘,指在車
右陪乘的人。

[70] 孅(xiān 纖)阿,人名,善於御馬。

[71] 案節,使車馬行走緩慢。未舒,没有盡意馳驅。

[72] 陵,陵轢、踐踏。狡獸,狡捷、狡健的野獸。

[73] 蹴(cù 促),踐踏。蛩(qióng 窮)蛩,青色的獸,狀如馬,善於奔走。

[74] 距虚,似馬而小,善於奔走。一説,距虚即蛩蛩,距虚、蛩蛩是互文。

[75] 軼,超過。一説讀爲"迭",衝犯、侵凌的意思。野馬,似馬而小。

[76] 轊(wèi 衛),車軸頭。這裏作動詞用,指以車軸頭衝殺。又李善註:
"軼轊,言車之疾能過野馬及陶騊也。軼不言車,轊不言過,互文也。"
陶騊(tú 塗),相傳是産於北海中的野獸,狀如馬。一説即野馬,陶騊、
野馬也是互文。

[77] 遺風,千里馬名。

[78] 騏,青驪色的馬。

[79] 倏眒(shùn 瞬)、倩浰(lì 利),都是迅速驚疾之貌。

[80] 猋(biāo 標),疾風。

[81] 星流,指流星隕墜。這兩句形容楚王車騎來勢猛烈迅捷。

[82] 中,指射中。決,裂開。眦(zì 字),即眥,目眶。

[83] 洞胸,貫穿胸腔。達掖,通到掖下。掖,同"腋"。

[84] 絶,斷。心繫,連着心臟的血脈經絡。

[85] 獲若雨獸,獲得野獸極多,如天雨獸一般。雨作動詞用。

[86] 揜(yǎn 掩),覆蔽。

[87] 弭節,即案節,使車馬行走緩慢。

[88] 翱翔容與,從容自得貌。

[89] 徼,攔截。劂(jù 劇),疲倦之極。詘,同"屈",這裏是力盡之意。"徼劂"和"受詘"對文,這句説,攔獲因驚惶奔走、疲倦力盡的野獸。

[90] 殫(dān 單),盡。衆物之變態,衆獸不同的姿態。以上一段寫楚王在陰林駕車打獵的景象。

[91] 鄭女,鄭地(在今河南省)的女子。相傳古代鄭國多美女。曼姬,美女。曼,指女子膚色嬌美有光彩。

[92] 被,同"披"。阿(ē 婀),細繒。緆(xì 細),細布。

[93] 揄,拖曳。紵,蔴布。縞,素絹。

[94] 纖羅,細羅。

[95] 霧縠,輕薄如霧的薄紗。以上阿緆、紵縞、纖羅、霧縠都指用這些織品製成的衣服。

[96] 襞(bì 壁)積,指女子裙上的摺疊。褰縐,摺迭成襇。形容衣服的摺襇很多。

[97] 鬱橈,深曲貌。這句説,女子衣服摺襇深曲,有似溪谷。此句上原有"紆徐委曲"四字,據《考異》校删。

[98] 衯(fēn 紛)衯裶(fēi 霏)裶,都是衣長貌。

[99] 揚,提舉。袘(yì 異),裳裙下端的邊緣。戌削,衣服邊緣整齊貌。

[100] 蜚襳(xiān 纖),蜚,古"飛"字;襳,婦人上衣下垂的長帶,形如刀圭,上廣下狹。髾(shāo 梢),婦人上衣的下端,形如燕尾。

[101] 扶輿猗靡,形容衣服合身、體態美好。

[102] 翕(xì 系)呷,萃(cuì 翠)蔡,都是衣服飄動聲。

[103] 靡,通作"摩"。羽蓋,用羽毛裝飾的車蓋。這兩句説,女子衣服在空中飄揚,垂髾下摩蘭蕙,飛襳上拂羽蓋。

[104] 錯,雜。翡翠,兩種鳥名。翡的羽毛紅,翠的羽毛青,都很美,可作裝飾品。葳蕤(ruí 綏),羽毛光盛貌。《漢書》作葳(wēi 威)蕤。葳、葳古通。這句説,女子取鮮豔的翡翠羽毛雜置頭上作首飾。

[105] 繆,同"繚"。玉綏,用玉裝飾的車綏。綏是車上引人登車的繩索。

[106] 眇眇,縹緲的意思。忽忽,飄忽不定的意思。

[107] 相與,指楚王與鄭女曼姬等在一起。獠,獵。

[108] 媻(pán 盤)姍敆窣(sū 蘇),在林莽間行走貌。一説,緩行貌。敆與勃同。

[109] 金隄,堅固如金屬的水隄。

[110] 揜(yǎn 掩),以網捕取。

[111] 駿(jùn 俊)鸃(yí 儀),雉一類的鳥,羽毛呈五彩。

[112] 矰(zēng 增),短矢。

[113] 䋁,同"纖",細。繳(zhuó 灼),用生絲做的繩,繫在矰的尾部。

[114] 弋(yì 翼),用帶繩的箭射鳥。白鵠,一種水鳥。

[115] 連,指用帶繩的箭牽連而下。駕(jiā 加)鵝,野鵝。《考異》説:駕本作駕,通作"鴐"。鴐,鵝。

[116] 鶬(cāng 倉),即鶬鴰(guā 括),似雁而黑。下,指下墜。

[117] 玄鶴,黑鶴。加,指爲箭所射中。

[118] 清池,指雲夢西部的湧泉清池。這兩句説,楚王與鄭女曼姬等在蕙圃打獵疲倦後又游於湧泉清池。《漢書》無"發"字,兩句作一句。

[119] 浮,指泛舟水上。文鷁(yì 弋),文,指有文采;鷁,水鳥名。古代天子所乘之舟,頭部畫有鷁鳥,後因以鷁爲船的代稱。

[120] 旌栧(yì 曳),旌,指船上的旌旗;栧,船槳。旌栧,《史記》作桂栧,指用桂樹所製的栧,與上文文鷁、下文翠帷、羽蓋對舉,更妥帖。

[121] 罔瑇瑁兩句:罔,通作"網"。鉤,鉤取,《史記》、《漢書》作釣。紫貝,紫地黑文的水產介類動物。這兩句説,捕捉瑇瑁、紫貝。

[122] 摐(chuāng 窗),敲擊。金鼓,即鉦(zhēng 征)、鈴一類的樂器,形似鼓,故名金鼓。

[123] 籟,簫。

[124] 榜人,船夫。歌,歌唱。

[125] 流喝,聲音悲嘶。喝,讀若"噯"。一説,流喝,就是噯乃,櫂船時的聲音。

[126] 奔揚,濤。

[127] 礧(lěi 壘)石,衆石。礧,一作磊。

[128] 硍(láng 郎)硍礚(kē 科)磕,礧石轉動時相擊發出的聲音。

[129] 靈鼓,六面的鼓。

322

[130] 起烽燧,在高處燃起薪火。

[131] 按行,歸依行列。

[132] 就隊,歸隊。

[133] 纚(xǐ 徙),連屬貌。淫淫,漸進也。

[134] 般(pán 盤),盤旋,按次序相連而行。裔裔,流行貌。以上一段寫楚
王帶着裝束美麗的鄭女曼姬,獵於蕙圃,游於清池,最後車騎整隊
而歸。

[135] 雲陽之臺,即陽臺,在雲夢南部巫山之下。

[136] 怕乎兩句:怕、憺,都是安靜貌。怕,同"泊"。憺,同"澹"。無爲,指安
然無事。自持,保持寧静的心情。

[137] 勺藥之和,五味調和在一起、中加勺藥的食品。勺藥古人認爲有"和
五臟、辟毒氣"的功用。具,備。

[138] 御,進食。

[139] 胹(luán 臠)割,胹,同"臠"。臠割,把鮮肉切成塊狀。焠,烤炙。輪
焠,指在輪間臠割烤炙鮮肉而食之,與上"終日馳騁,曾不下輿"句相
應。一説,焠(cuì 粹),染。輪焠,即撩取車輪鹽和於臠割之鮮肉中而
食之,與上文"割鮮染輪"句註釋中後一説相應。

[140] 這一段子虚在詳述楚王遊獵景象後,與齊王作比較,認爲楚王行樂高
於齊王。

[141] 貺(kuàng 況),有惠賜之意。

[142] 戮力,并力。致獲,使打獵有所獲。

[143] 風烈,風,指美好的風俗;烈,指光輝的事業。

[144] 若,如。

[145] 這句連上句是説,事實果然如你所説那樣,也不是楚國的美事。

[146] 彰,顯白。君惡,君主的惡行。彰君惡,指上"奢言淫樂,而顯侈靡"之
事。與上"必若所言,固非楚國之美也"句相應。

[147] 傷私義,傷害子虚個人信義。與上"無而言之,是害足下之信也"句
相應。

[148] 輕於齊,爲齊人所輕視。累於楚,將來子虚回到楚國,也要因此取罪
受累。

[149] 陼(zhǔ主),水邊。這裏作動詞用。東陼鉅海,就是東臨大海。

[150] 琅邪(yé耶),山名,在今山東省諸城縣東南海濱。山上有琅邪臺。

[151] 觀,遊觀。成山,在今山東省榮成縣東。

[152] 射,射獵。之罘(fú浮),在今山東省福山縣東北。

[153] 渤澥(xiè蟹),渤海的港灣。海邊的港灣叫澥。

[154] 孟諸,古代藪澤名,在今河南省商邱市東北。今已淤塞。

[155] 邪,同"斜"。肅慎,古國名,在今遼寧、吉林、黑龍江諸省境内。這句說,齊國隔海斜與肅慎國爲鄰。

[156] 湯谷,即暘谷,地名,古人認爲是太陽出來的地方,位置在極東面。句中"右"字當作"左"字,古人常把東方叫做左。

[157] 秋田,在秋天打獵。田,同"畋"。青丘,國名。相傳在大海之東三百里。

[158] 蒂(dì帝)芥,刺鯁。以上幾句竭力誇張齊國疆域的遼闊廣大。

[159] 俶(tì惕)儻(tǎng倘),不平凡。俶,同"倜"。瑰瑋,宏偉奇特。俶儻瑰瑋,形容下面的異方殊類。

[160] 鱗崒,如魚鱗般集合在一起。崒,同"萃",集。

[161] 充牣,充滿。牣,滿。

[162] 禹不兩句:禹,堯時爲司空。卨,古"契"字,堯時爲司徒。這兩句說,雖有像禹、契那樣的聖賢,多聞博識,也不能把齊國的許多珍奇之物,稱其名而計其數。

[163] 見,受到。客,這裏作動詞,指賓客的禮遇。見客,指受到賓客禮接待。

[164] 王辭不復,齊王不以言辭反答子虛。

[165] 以上一段烏有先生反詰子虛,指出對方言論有傷德義,並説明齊地廣大,物産豐富,但齊王不願以此誇耀。

上 林 賦

亡是公听然而笑曰[1]:"楚則失矣,而齊亦未爲得也。夫使諸侯納貢者[2],非爲財幣,所以述職也[3];封疆畫界者[4],非爲守禦,所以禁淫也[5]。今齊列爲東藩[6]，而外私肅愼[7]，捐國踰限[8]，越海而田[9]，其於義固未可也。且二君之論，不務明君臣之義，正諸侯之禮，徒事争於遊戲之樂，苑囿之大，欲以奢侈相勝，荒淫相越，此不可以揚名發譽，而適足以㝵君自損也[10]。

"且夫齊楚之事，又烏足道乎！君未覩夫巨麗也[11]？獨不聞天子之上林乎[12]？左蒼梧，右西極[13]，丹水更其南[14]，紫淵徑其北[15]。終始灞、滻[16]，出入涇、渭[17]；酆、鎬、潦、潏[18]，紆餘委蛇[19]，經營乎其內[20]，蕩蕩乎八川分流[21]，相背而異態。東西南北，馳鶩往來[22]：出乎椒丘之闕[23]，行乎洲淤之浦[24]，經乎桂林之中[25]，過乎泱漭之壄[26]。汩乎混流[27]，順阿而下[28]，赴隘陜之口[29]。觸穿石[30]，激堆埼[31]，沸乎暴怒[32]，洶湧彭湃。滭弗宓汩[33]，偪側泌㴿[34]，橫流逆折，轉騰潎冽[35]，滂濞沆溉[36]；穹隆雲橈[37]，宛潬膠盭[38]；踰波趨浥[39]，涖涖下瀨[40]；批巖衝擁[41]；奔揚滯沛[42]；臨坻註壑[43]，瀺灂霣墜[44]；沈沈隱隱[45]，砰磅訇礚[46]；潏潏淈淈[47]，湁潗鼎沸[48]。馳波跳沫，汩濦漂疾[49]。悠遠長懷[50]，寂漻無聲，肆乎永歸[51]。然後灝溔潢漾[52]，安翔徐回；翯乎滈滈[53]，東註太湖[54]，衍溢陂池[55]。

"於是乎蛟龍赤螭[56]，䱇鰽漸離[57]，鰅鰫鰬魠[58]，禺禺魼鰨[59]，捷鰭掉尾[60]，振鱗奮翼，潛處乎深巖。魚鼈讙聲[61]，萬物衆夥，明月珠子[62]，的皪江靡[63]，蜀石黃碝[64]，水玉磊砢[65]，磷磷爛爛[66]，采色澔汗[67]，叢積乎其中。鴻鷫鵠鴇[68]，駕鵝屬玉[69]，交精旋目[70]，煩鶩庸渠[71]，箴疵鵁盧[72]，羣浮乎其上。汎淫泛濫[73]，隨風澹淡[74]，與波摇蕩，奄薄水渚[75]，唼喋菁藻[76]，咀嚼菱藕[77]。

"於是乎崇山矗矗，龍嵷崔巍[78]，深林鉅木，嶄巖參嵯[79]。九嵏巀嶭[80]，南山峩峩，巖陁甗錡[81]，摧崣崛崎[82]。振溪通谷[83]，蹇産[84]溝瀆，谽呀豁閜[85]，阜陵別隝[86]，崴磈嵔廆[87]，丘虛堀礨[88],隱轔鬱壘[89],登降施靡,陂池貏豸[90],沇溶淫鬻[91],散渙夷陸[92],亭皋千里[93],靡不被築[94]。揜以綠蕙,被以江蘺,楺以蘪蕪,雜以留夷[95]。布結縷[96],欑戾莎[97],揭車衡蘭[98],槀本射干[99],茈薑蘘荷[100],葴持若蓀[101],鮮支黃礫[102],蔣芧青薠[103],布濩閎澤[104],延曼太原[105],離靡廣衍[106],應風披靡[107],吐芳揚烈[108],郁郁菲菲[109],衆香發越[110],肸蠁布寫[111],晻薆咇茀[112]。

"於是乎周覽泛觀,縝紛軋芴[113],芒芒恍忽[114],視之無端,察之無涯,日出東沼[115],入乎西陂[116]。其南則隆冬生長,踴水躍波;其獸則㺎旄貘犛[117],沈牛麈麋[118],赤首圜題[119],窮奇象犀[120]。其北則盛夏含凍裂地,涉冰揭河[121];其獸則麒麟角端[122],騊駼橐駝[123],蛩蛩驒騱[124],駃騠驢驘[125]。

"於是乎離宮別館,彌山跨谷;高廊四註[126],重坐曲閣[127];華榱璧璫[128],輦道纚屬[129];步欄周流[130],長途中宿[131]。夷嵕築堂[132],累臺增成[133],巖穾洞房[134],頫杳眇而無見[135],仰攀橑而捫天[136];奔星更於閨闥[137],宛虹扡於楯軒[138]。青龍蚴蟉於東箱[139],象輿婉僤於西清[140];靈圉燕於閒館[141],偓佺之倫[142],暴於南榮[143]。醴泉湧於清室[144],通川過於中庭。盤石振崖[145],嶔巖倚傾[146],嵯峩嶵嶫[147],刻削崢嶸[148]。玫瑰碧琳,珊瑚叢生,琘玉旁唐[149],玢豳文鱗[150];赤瑕駁犖[151],雜臿其閒[152],晁采琬琰[153],和氏出焉[154]。

"於是乎盧橘夏熟[155],黃甘橙楱[156],枇杷橪柿[157],亭奈厚朴[158],梬棗楊梅,櫻桃蒲陶[159],隱夫薁棣[160],荅遝離支[161],羅乎後宮,列乎北園,貤丘陵[162],下平原。揚翠葉,扤紫莖[163],發紅華,垂朱榮[164],煌煌扈扈[165],照曜鉅野[166]。沙棠櫟櫧[167],華楓枰櫨[168],留落胥邪[169],仁頻并閭[170],欀檀木蘭[171],豫章女貞[172],長千仞,大連抱[173],夸條直暢[174],實葉葰楙[175]，攢立叢倚，連卷欐佹[176]，崔錯癹骫[177]，坑衡閜砢[178]，垂條扶疏[179]，落英幡纚[180]，紛溶箾蔘[181]，猗狔從風[182]，薎莅卹歙[183]，蓋象金石之聲[184]，管籥之音[185]。傑池茈虒[186]，旋還乎後宮[187]，雜襲絫輯[188]，被山緣谷，循阪下隰[189]，視之無端[189]，究之無窮[190]。

"於是乎玄猨素雌[191]，蜼玃飛蠝[192]，蛭蜩蠗猱[193]，獑胡豰蛫[194]，棲息乎其間，長嘯哀鳴，翩幡互經[195]，夭蟜枝格[196]，偃蹇杪顛[197]，踰絕梁[198]，騰殊榛[199]，捷垂條[200]，掉希閒[201]，牢落陸離[202]，爛漫遠遷[203]。若此者數百千處，娛遊往來，宮宿館舍[204]，庖厨不徙，後宮不移，百官備具[205]。

"於是乎背秋涉冬[206]，天子校獵。乘鏤象[207]，六玉虯[208]；拖蜺旌[209]，靡雲旗[210]；前皮軒[211]，後道遊[212]。孫叔奉轡[213]，衛公參乘[214]，扈從橫行[215]，出乎四校之中[216]，鼓嚴簿[217]，縱獵者。河江爲阹[218]，泰山爲櫓[219]，車騎靁起[220]，殷天動地[221]，先後陸離[222]，離散別追[223]，淫淫裔裔，緣陵流澤[224]，雲布雨施[225]。生貔豹[226]，搏豺狼，手熊羆[227]，足壄羊[228]；蒙鶡蘇[229]，絝白虎[230]；被班文[231]，跨壄馬[232]。凌三嵏之危[233]，下磧歷之坻[234]；徑峻赴險，越壑厲水[235]。椎蜚廉[236]，弄獬豸[237]；格蝦蛤[238]，鋋猛氏[239]；羂騕褭[240]，射封豕[241]。箭不苟害[242]，解脰陷腦[243]；弓不虛發，應聲而倒[244]。

"於是乘輿弭節徘徊，翱翔往來，睨部曲之進退，覽將帥之變態。然後侵淫促節[245]，儵敻遠去[246]。流離輕禽[247]，蹴履狡獸[248]；轞白鹿[249]，捷狡兔[250]；軼赤電[251]，遺光耀[252]；追怪物，出宇宙，彎蕃弱[253]，滿白羽[254]；射游梟[255]，櫟蜚遽[256]。擇肉而後發[257]，先中而命處[258]；弦矢分，藝殪仆[259]。然後揚節而上浮[260]，凌驚風，歷駭猋[261]，乘虛無，與神俱。蹄玄鶴，亂昆鷄[262]；遒孔鸞[263]，促鵕鸃，拂翳鳥[264]，捎鳳凰[265]；捷鶢鶵[266]，

揵焦明[267]。道盡途殫,迴車而還;消搖乎襄羊[268],降集乎北
紘[269];率乎直指[270],晻乎反鄉[271]。蹷石關[272],歷封巒,過鳷
鵲,望露寒,下棠梨[273],息宜春[274]。西馳宣曲[275],濯鷁牛
首[276],登龍臺[277],掩細柳[278]。觀士大夫之勤略[279],均獵者之
所得獲[280],徒車之所轔轢[281],步騎之所蹂若[282],人臣之所蹈
藉[283],與其窮極倦𡚁[284],驚憚讋伏[285],不被創刃而死者[286],他
他籍籍[287],填阬滿谷,掩平彌澤[288]。

　　"於是乎遊戲懈怠,置酒乎顥天之臺[289],張樂乎膠葛之
㝢[290];撞千石之鍾[291],立萬石之虡[292];建翠華之旗[293],樹靈鼉
之鼓[294]。奏陶唐氏之舞[295],聽葛天氏之歌[296];千人唱,萬人
和;山陵爲之震動,川谷爲之蕩波。巴渝、宋、蔡[297],淮南干
遮[298],文成顛歌[299],族居遞奏[300],金鼓迭起,鏗鎗闛鞈[301],洞
心駭耳[302]。荊、吳、鄭、衛之聲[303],韶、濩、武、象之樂[304],陰淫
案衍之音[305],鄢郢繽紛[306],激楚結風[307],俳優侏儒[308],狄鞮之
倡[309],所以娛耳目樂心意者,麗靡爛漫於前。靡曼美色,若夫青
琴宓妃之徒[310],絕殊離俗[311],妖冶嫻都[312],靚糚刻飾[313],便嬛
綽約[314],柔橈嫚嫚[315],嫵媚孅弱[316],曳獨繭之褕袘[317],眇閻易以
卹削[318],便姍嫳屑[319],與俗殊服。芬芳漚鬱[320],酷烈淑郁[321];
皓齒粲爛,宜笑的皪[322];長眉連娟[323],微睇緜藐[324];色授魂
與[325],心愉於側[326]。

　　"於是酒中樂酣[327],天子芒然而思[328],似若有亡[329],曰:
'嗟乎,此大奢侈! 朕以覽聽餘閒[330],無事棄日[331],順天道以殺
伐[332],時休息於此[333],恐後葉靡麗[334],遂往而不返[335],非所
爲繼嗣創業垂統也[336]。'於是乎乃解酒罷獵而命有司曰:'地可
墾闢,悉爲農郊,以贍萌隸[337]。隤牆填塹[338],使山澤之人得至
焉[339]。實陂池而勿禁[340],虛宮館而勿仞[341]。從倉廩以救貧
窮,補不足,恤鰥寡,存孤獨。出德號[342],省刑罰,改制度,易服

　　　　　　　　　328

色[342]，革正朔[343]，與天下爲更始[344]。'

"於是歷吉日以齋戒[345]，襲朝服[346]，乘法駕[347]，建華旗，鳴玉鸞[348]，遊於六藝之囿[349]，馳騖乎仁義之塗，覽觀《春秋》之林[350]。射貍首[351]，兼騶虞[352]；弋玄鶴[353]，舞干戚[354]；載雲罕[355]，揜羣雅[356]；悲《伐檀》[357]，樂樂胥[358]；脩容乎禮園，翱翔乎書圃；述易道[359]，放怪獸[360]；登明堂[361]，坐清廟[362]；次羣臣，奏得失[363]；四海之内，靡不受獲[364]。於斯之時，天下大説，鄉風而聽[365]，隨流而化；喟然興道而遷義[366]，刑錯而不用[367]；德隆於三王[368]，而功羨於五帝[369]；若此，故獵乃可喜也。若夫終日馳騁，勞神苦形；罷車馬之用[370]，抏士卒之精[371]；費府庫之財，而無德厚之恩；務在獨樂[372]，不顧衆庶；忘國家之政，貪雉兔之獲：則仁者不繇也[373]。從此觀之，齊楚之事，豈不哀哉！地方不過千里，而囿居九百[374]，是草木不得墾辟而人無所食也。夫以諸侯之細[375]，而樂萬乘之侈[376]，僕恐百姓被其尤也[377]。"

於是二子愀然改容[378]，超若自失[379]，逡巡避席[380]曰："鄙人固陋[381]，不知忌諱，乃今日見教，謹受命矣[382]。"

【註釋】

[1] 听(yín 寅)然，笑貌。

[2] 納貢，繳納貢物。

[3] 述職，諸侯向天子陳述履行職務的情況。

[4] 封疆畫界，劃定疆域界限。

[5] 淫，淫放。指諸侯間不守疆界、放縱侵犯別國的行爲。

[6] 東藩，東方屏藩之國。古時稱諸侯國爲藩，因它對中央起屏藩作用。

[7] 外私肅慎，對外私自與肅慎往來。"私"作動詞用。

[8] 捐國，離開本國。捐，棄也，這裏是離開的意思。踰限，指超越國境。

[9] 越海而田，指《子虚賦》"秋田乎青丘"之事。

[10] 尋，原文誤作尋，據《考異》改正。尋即"貶"字。貶君，貶低君王的聲望。以上一段亡是公批評烏有先生所述齊國情狀，不合諸侯之禮。並指出子虛、烏有先生兩人互相爭勝的話，只足以造成損害君王和自身名譽的後果。

[11] 也，同"耶"。

[12] 上林，苑名，在長安之西。本秦時舊苑，漢武帝時擴建。南傍終南山，北濱渭水，周圍三百里，内有離宮七十所。

[13] 左指東方，右指西方。蒼梧、西極，上林苑邊上的兩個小地方。

[14] 丹水，水名。發源陝西省商縣西北之冢嶺山，東流入河南省。更，讀乎聲，經歷。

[15] 紫淵，淵名。在長安北。徑，同"經"。

[16] 終始，作動詞用。指灞、滻兩水始終流在苑中。灞、滻，兩水名。源出陝西省藍田縣，向西北合流後註入渭水。

[17] 出入，指涇、渭兩水從苑外流入苑中，又出苑而去。涇、渭，兩水名。源出甘肅省，東流至陝西省高陵縣合流。

[18] 酆(fēng 豐)，水名。源出陝西省寧陝縣東北秦嶺，西北流經長安，註入渭水。鎬(hào 浩)，水名。源出長安南，北流入渭水(後世其下流淤塞，不通渭水)。潦(lǎo 老)，一作澇，水名。源出陝西省戶縣南，北流入渭。潏(jué 決)，一名沉水。源出秦嶺，西北流入渭水。

[19] 紆餘委蛇(yí 移)，水流曲折宛轉貌。

[20] 經營，周旋的意思。其内，指上林苑内。

[21] 八川，指上灞、滻、涇、渭、酆、鎬、潦、潏八水，合稱關中八川。

[22] 馳鶩，形容水流如馬的奔馳。一說，水流交錯貌。

[23] 椒丘，長着椒木的小山。闕，指山的兩峯對峙如宮闕(闕，一名門觀。謂建二臺於兩旁，上有樓觀，中間有闕口以爲通道，故名爲闕)。

[24] 淤(yū 迂)，洲。古時長安一帶人呼洲爲淤。浦，水涯。

[25] 桂林，桂樹之林。

[26] 泱(yāng 央)漭(mǎng 莽)，廣大貌。墅，古"野"字。

[27] 汩(yù 育)，水流迅疾貌。混，同"渾"。一說，混、豐，指水勢盛大。

[28] 阿(ē 婀)，大丘陵。

[29] 隘陿，即狹隘。陿，同“狹”。

[30] 穹石，大石。

[31] 堆埼(qí奇)，堆，沙堆；埼，曲岸頭。一說，堆埼指堆起的埼。

[32] 沸(fèi肺)，水聲。

[33] 潷(bì必)弗，水盛貌。宓(mì密)汩，水流迅疾貌。

[34] 偪側，相逼。偪，同“逼”。泌(bì必)濔(jié節)，水流相擊。

[35] 潎(piē瞥)洌(liè列)，水翻騰時衝擊之聲。

[36] 滂(pāng乓)濞(pì譬)，水勢澎湃。沆(háng杭)瀣(xiè謝)，水勢不平貌。

[37] 穹隆，水勢高起貌。雲橈，形容水勢回旋曲折如雲。橈，曲。

[38] 宛潬(shàn善)，猶蜿蜒，水流盤曲貌。膠盭，水流糾纏縈繞貌。盭，古“戾”字。

[39] 踰波，後波踰越前波。趨浥(yì邑)，趨向卑下幽濕的地方。

[40] 涖涖(lì利)，水流貌。瀨(lài賴)，水流於沙灘石磧之上而成的急湍。

[41] 批，擊。擁，同“壅”，曲隈。

[42] 奔揚，奔騰高揚。滯沛，水流驚疾貌。

[43] 坻(chí遲)，水中隆高之處。

[44] 瀺(chán蟬)灂(zhuó浞)，小水聲。賣，同“隈”。

[45] 沈沈，水深貌。隱隱，水盛貌。

[46] 砰(píng平)磅(páng旁)訇(hōng轟)礚(kē科)，都是水流鼓怒之聲。

[47] 潏(yù浴)潏淈(gǔ骨)淈，都是水湧出貌。

[48] 湁(chì赤)潗(jí集)，水沸貌。

[49] 泊潗(xī吸)，急轉貌。潗，原本誤作濕，據《考異》改正。漂疾，同“剽疾”，指水勢猛悍迅疾。

[50] 長懷，長歸。指水流歸向太湖。

[51] 寂漻兩句：寂漻，同“寂寥”。肆，作安解。

[52] 灝溔(yǎo咬)潢漾，都是水勢浩蕩無邊際貌。

[53] 鬶(háo豪)，水光。滈(hào浩)滈，水發白光。

[54] 太湖，指關中巨澤。一說，即指上林苑東南的昆明池。

[55] 衍溢，水滿而溢出。陂(pí皮)池，池塘。以上一段寫行經上林苑的八

331

川的水勢。

[56] 螭(chī 摛),有角的叫虬,無角的叫螭,都是龍一類動物。

[57] 鮦(gèng 亘)鳗(méng 萌),魚名。形似鱔。漸離,魚名。形狀不詳。

[58] 鱅(yōng 庸),魚名,皮有文采。鯒(yóng 鳙),形似鰱魚而黑。鰬(qián 虔),形似鱔。魠(tuō 託),魚名,一名黃頰,頰黃口大。

[59] 禺禺(yú 于),魚名,皮有毛,黃地黑文。魼(qū 祛),比目魚。鳎(tǎ 塔),魚名,有四足,聲如嬰兒。一說,魼鳎,比目魚一類,是一物,非二物。

[60] 揵(qián 虔),揚起。掉,搖動。

[61] 讙(huān 歡),譁。又通"喧",驚呼。

[62] 明月,大珠。珠子,指小珠。

[63] 的皪(lì 歷),珠光照耀貌。江靡,江邊。

[64] 蜀石,次於玉的石。黃碝(ruǎn 軟),一種黃色的次於玉的石。

[65] 水玉,水晶石。磊砢(kē 棵),累積貌。

[66] 磷磷爛爛,玉石色澤燦爛貌。

[67] 澔(hào 浩)汗,光采焕發貌。

[68] 鴻,大雁。鵠(sù 肅),即鵖鶘(shuāng 霜),形似雁,毛呈綠色。鴰,黃鵠。鴇(bǎo 保),似雁而無後指。

[69] 屬(zhǔ 囑)玉,水鳥名。似鴨而大,長頸赤目,毛呈紫紺色。

[70] 交精,《史記》作駮鶄,鳥名,形似鳧,脚高,有紅毛冠。旋目,水鳥名。大於鷺而短尾,羽毛呈紅白色。

[71] 煩鶩(wù 務),似鴨而小。庸渠,似鳧而鷄足,毛呈灰色,俗名水鷄。

[72] 箴疵,水鳥名,毛呈蒼黑色。鵁盧,即鸕鷀,善於捕魚的水鳥。

[73] 汎(féng 馮)淫泛濫,浮游貌。

[74] 澹淡,隨風飄浮貌。

[75] 奄,休息。薄,集。

[76] 唼(zā 匝)喋(dié 牒),衔食。喋,喋的俗體字。菁、藻,都是水草。

[77] 以上一段寫水中之物。

[78] 巃(lóng 龍)嵸(zōng 宗),高峻貌。上句崪(chù 怵)崒,高起貌。王念孫說:"'崒崒'二字,後人所加也;'崇山巃嵸崔巍'六字連讀。後人加

‘矗矗’二字而以‘崇山矗矗’爲句,失之矣。”(《讀書雜志》)

[79] 嶄(zhǎn 展)巖,山險峻貌。嵾嵳,不齊貌。

[80] 九嵕(zōng 宗),山名,在陝西省醴泉縣。巀(jié 截)嶭(niè 孽),高峻貌。

[81] 南山兩句:南山,指終南山,在長安南面,屬秦嶺山脈。峩峩,高貌。巖,險峻。陁(yǐ 以),傾斜。甗(yǎn 演),瓦器名,即甑。錡(yǐ 蟻),三脚的釜。這裏以甗錡形容山的形狀。

[82] 摧崣(wěi 委),高貌。一説即崔巍。崛(jué 掘)崎(qí 奇),山斗絶貌。一説,崛崎即崎嶇,山路不平。

[83] 振,收。振溪是指山石收斂溪水而不分泄。一説,振,衆。

[84] 蹇産,屈折貌。

[85] 谽(hán 含)呀,大貌。豁閜(xiā 蝦),空虚貌。這句形容上文溪谷之形狀。

[86] 阜,丘,土山。陵,大丘。隝,同“島”。

[87] 崴(wēi 威)磈(kuǐ 傀)㟪(wèi 衛)瘣(guī 規),都是高峻貌。

[88] 丘虚堀(jué 決)礨(lěi 磊),都是堆壟不平貌。虚,“墟”的本字,《史記》即作墟。

[89] 隱轔鬱壘(lěi 磊),都是山不平貌。

[90] 登降兩句:施靡,即陁靡。見《子虚賦》註[37]。陂池,讀如“坡陀”,傾斜貌。貏(bēi 卑)豸(zhì 至),山勢漸平貌。

[91] 沇(yǔn 允)溶淫鬻,水緩流於溪谷間貌。

[92] 散涣,即涣散。夷陸,平野。

[93] 亭,平。皐,水旁地。

[94] 被築,築地使之平的意思。

[95] 留夷,香草名。

[96] 布,分佈。結縷,草名,蔓生,着地之處,皆生細根,如綫相結。葉如茅。

[97] 攢,指叢聚而生。戾莎,緑色的莎草。

[98] 揭車,香草名。

[99] 槀(gǎo 稿)本、射干,皆香草名。

[100] 茈(zǐ子)薑,子薑。襄荷,葉似初生甘蔗,根似薑芽。

[101] 葴(zhēn針)持,寒漿,又名酸漿草。若,杜若。蓀,香草。

[102] 鮮支,香草名,可染紅色。一名燕支。黃礫,香草名,可染黃色。

[103] 蔣,即菰蒲草,俗稱茭白。芧(zhù註),草名,即荊三棱,又稱三棱草。原文誤作苧,據《考異》改正。

[104] 布濩(huò穫),滿佈。閎澤,大澤。閎,同"宏"。

[105] 延曼,蔓延。太原,廣大的原野。

[106] 離靡,相連不絕貌。廣衍,廣佈。衍,分佈。

[107] 披靡,隨風傾倒貌。

[108] 揚烈,散發酷烈的香氣。

[109] 郁郁菲菲,形容香氣濃烈。

[110] 發越,猶言發揚、發散。

[111] 肸(xī希)蠁(xiǎng響),香氣四達而入人心。布寫,猶言四佈。

[112] 晻(àn暗)薆(ài愛)、咇(bì必)茀(fú扶),都是形容香氣盛。以上一段寫上林苑的山溪原野及其中所生的草木。

[113] 繽紛,衆多繁盛。軋芴(wù勿),緻密不可分辨。

[114] 芒芒恍忽,眼花繚亂的樣子。

[115] 東沼,上林苑東邊的池沼。

[116] 西陂,池名。在上林苑西。這兩句誇稱上林苑面積的廣大,太陽彷彿出入於其兩端。下面其南其北兩句也是這樣,形容因面積廣闊,南部氣候常溫而北部常凍。

[117] 庸(yōng庸),《史記》作犝,牛類,頸上有肉堆。旄,即旄牛,野牛。四肢有毛,狀如水牛。貘(mò陌),同"貊"。形似熊,性柔易馴養。犛(lí狸),黑色野牛,似旄而小。一説犛即旄。

[118] 沈牛,水牛,能沉没水中,故名。麈(zhǔ主),似鹿而尾大,頭生一角。麋,似鹿而大。

[119] 赤首、圜題,均南方獸名。圜,同"圓"。題,額。一説,題爲"踶(即蹄字)"字之誤。赤首、圜題,均以獸形的一部分特徵得名。

[120] 窮奇,獸名。狀似牛而蝟毛,鳴聲如狗嗥,能食人。犀,犀牛,體粗大,吻上有一角或二角。

[121] 揭河,搴衣渡河。

[122] 角端,似猪,鼻上端生一角,可以製弓。

[123] 騊(táo 逃)駼(tú 圖),獸名,形似馬。橐駝,即駱駝。

[124] 蛩蛩,見《子虛賦》註[73]。驒(tuó 駝)騱(xī 奚),一種野馬。

[125] 駃(jué 決)騠(tí 提),善於奔走的馬。驘,同"騾",驢馬雜配所生。這
一段寫苑中景象,詳述各獸,爲下文寫畋獵作準備。

[126] 四註,謂四周相連屬。

[127] 重坐,兩層的樓房。曲閣,曲折相連的閣。

[128] 華榱(cuī 崔),雕繪花紋的屋椽。璧璫,以璧玉裝飾的璫。璫,椽頭。
一說是瓦璫。

[129] 輦道,可以乘輦而行的閣道(古代宮苑中架木通車的道路叫閣道)。
纚(xǐ 徙)屬,連屬。

[130] 步櫩,即走廊。櫩,古"檐"字。周流,周徧。

[131] 長途中宿,誇張走廊很長,不易走完,中間需要停宿。

[132] 夷,平。作動詞用。嵕(zōng 宗),高的山。這句説,削平高山,於其
上築堂。

[133] 增,重疊的意思。成,一重叫一成。增成,形容臺閣重重。

[134] 巖突(yào 耀),幽深貌。形容洞房。

[135] 頫,古"俯"字。杳眇,深邃貌。這句説,俯視則杳眇不見地。

[136] 𢪉,古"攀"字。橑(lǎo 老),屋椽。捫(mén 門),用手摸。這句説,仰
攀屋椽,可以捫天。極言臺閣之高。

[137] 奔星,流星。更,讀平聲,經歷。閨闥,宮中小門。

[138] 宛虹,彎曲之虹。拖,同"拖",越過。楯(shǔn 吮),欄檻。軒,窗。

[139] 青龍,爲神仙駕車的馬。蚴(yòu 幼)蟉(liú 流),龍行貌。箱,通"廂",
正殿兩旁的廂房。原本誤作箱,據《考異》改正。

[140] 象輿,用象駕着的車輿,這裏指仙人的車。婉僤(dàn 蛋),猶蜿蜒,宛
轉徐行貌。西清,西箱清浄之處。

[141] 靈圉(yǔ 語),衆仙之名。燕,閒居。閒館,清閒的館舍。

[142] 偓(wò 握)佺(quán 詮),仙人名。相傳食松子,體生毛數寸,方眼,
善走。

[143] 暴,同"曝",曬太陽。南榮,指南檐下(屋檐兩頭突出如翼的叫榮)。

[144] 醴(lǐ 禮)泉,甘泉。清室,即净室。

[145] 盤石,《漢書》作磐石,大石。振,《考異》説當作裖。裖,整。崖,指水涯。振崖,用石把水涯修砌整齊。

[146] 嶔(qīn 親)巖,深險貌。倚傾,傾側。

[147] 嵯峨,高大貌。嶵(jié 捷)嶪(yè 業),山石高危貌。

[148] 刻削,指山石形狀奇特,如經刻削。崝嶸,高峻貌。

[149] 旁唐,文石。一説,旁唐猶言磅礴,廣大貌。

[150] 玢(bīn 賓)豳,紋理貌。文鱗,言紋理如魚鱗般細緻有次序。

[151] 赤瑕,赤玉。駁犖(luò 洛),色采斑駁。

[152] 臿,同插。這句説,赤玉夾雜於崖石之中。

[153] 晁采,美玉名。晁,《漢書》作朝,古"朝"字。相傳此玉每天早晨有白光上出,故名朝采。琬(wǎn 宛)琰(yǎn 演),美玉名。

[154] 和氏,春秋時楚人卞和所得的美玉。以上一段寫苑中山上的離宮別館和山中所産的美玉。

[155] 盧橘,橘之一種,即金橘。

[156] 黄甘,即黄柑,橘類水果,味美。楱(còu 湊),小橘。

[157] 橪(rán 然),酸棗。

[158] 亭,五臣註本作樗,即棠梨,俗名海棠果。柰,蘋果類水果。厚朴,木名,其實味美可食,其皮很厚,可用作藥料。

[159] 蒲陶,即葡萄。

[160] 隱夫,木名,其形不詳。薁棣,即郁李,果實呈紫赤色,味酸。薁,同"郁"。

[161] 荅遝(tà 踏),果似李。離支,即荔枝。

[162] 貤(yì 曳),通"迆",連延。

[163] 扤(wù 兀),摇動。

[164] 朱榮,紅花。《爾雅·釋草》:"木謂之榮,草謂之華(同花)。"

[165] 煌煌扈扈,光采鮮艷貌。

[166] 鉅野,廣大的原野。

[167] 沙棠,果樹名,形似棠,黄花赤實。其實味似李,無核。櫟(lì 歷),木

336

名,其實名叫橡實。櫧(zhū 諸),葉冬不落,其實如橡實。

[168] 華,即樺樹。枰,一名平仲木,即銀杏樹。櫨(lú 盧),一名黄櫨,實扁圓而小,可採蠟。

[169] 留落,即劉杙,實如梨,味酸甜而核堅。一説,即石榴樹。胥邪,即椰子樹。

[170] 仁頻,即檳榔樹。并閭,棕樹。

[171] 欃(chán 蟬)檀,即檀樹。

[172] 女貞,即冬青樹。冬夏常青不凋,若女子堅守貞操,故名女貞。

[173] 大連抱,指樹幹粗大,要幾個人才能抱得過來。

[174] 夸,"荂"字的省文,即"華"字。

[175] 葰(jùn 俊),大。楙,古"茂"字。

[176] 連卷,同"連蜷",屈曲。欐(lì 麗)佹(guǐ 詭),形容樹的枝柯互相依附交叉的樣子。

[177] 崔錯,交錯。崔,讀上聲。癹(bō 撥)骫(wěi 委),盤紆糾結。

[178] 坑衡,徑直貌。坑,"抗"的假借字。閜(kě 可)砢,互相扶持。以上三句都寫樹木枝幹之狀。

[179] 扶疏,四布。

[180] 落英,落花。幡纚,飛揚貌。

[181] 紛溶,枝幹竦擢貌。一説,繁大貌。箾蔘,通"蕭森",高長貌。

[182] 猗狔,同"旖旎",婀娜。形容樹木枝條隨風摇曳的樣子。

[183] 蔛(liú 劉)莅(lì 利),風吹樹木時所發出的淒清之聲。卉歙,猶呼吸,這裏指風聲迅疾。卉,應作"桒",同"欻",讀若"忽"。

[184] 象,類似。金石,指鐘磬。

[185] 籥(yuè 月),管樂器,有三孔。

[186] 偨(cī 雌)池,即差池,參差不齊。茈虒,音義同"差池"。

[187] 旋還,環繞。還,同"環"。

[188] 雜襲,相因。絫輯,積累。絫,古"纍"字。輯,同"集"。

[189] 無端,無邊。

[190] 以上一段寫苑中樹木的繁盛。

[191] 玄猨,黑色的雄猿。猨,同"猿"。素雌,白色的雌猿。

[192] 蜼(yòu 又),同"狖",形如母猴,昂鼻長尾。玃(jué 覺),母猴。飛蠝(lěi 壘),一名鼺鼠,形似鼠,能飛,毛紫赤色。原本蠝作蠅,據《考異》改。

[193] 蛭(zhì 質),獸名,能飛,有四翼。蜩(tiáo 條),獸名,形似猴,善爬樹。蠷猱(náo 撓),《漢書》作獲蛥,獼猴。

[194] 獑(chán 蟬)胡,獸名。形似猿而足短,善騰躍。穀(hú 狐),即白狐子,似鼬而大,以獼猴爲食物。蛫(guǐ 詭),形似龜,白身赤首。一說是猿一類動物。

[195] 翩幡,同"翩翻"。猿類動物,行動矯捷靈活。互經,互相經過往來。

[196] 夭蟜(jiǎo 矯),獼猴在樹上懸掛的動作。枝格,樹的枝柯。

[197] 偃蹇,獼猴在樹上蹲和卧的動作。杪(miǎo 秒)顛,樹梢頭。

[198] 絶梁,猶斷橋,指沒有橋梁可通的水澗。

[199] 騰,騰躍而過。殊榛,奇異的叢林。榛,叢生之林。

[200] 捷垂條,接持懸垂的枝條。捷,通"接"。

[201] 掉希閒,投身於枝條稀疏有空隙的地方。掉,《史記》及五臣註本作踔(zhuó 卓),以身投擲於空中的意思。希,同"稀",疏。閒,讀閒去聲,空隙。

[202] 牢落,猶言遼落。陸離,參差。這句說,猿類彼此分散,景象遼落。

[203] 爛漫,蹦騰暈走貌。

[204] 娛遊兩句:娛,當作娭,《史記》作嬉,娭嬉兩字同。宮宿館舍,止宿於離宮別館。

[205] 這三句說,離宮別館中都有供奉天子的庖廚、宮女和臣僚,不須從朝廷調來。以上一段寫苑中猿類動物,最後小結指明苑中可以娛遊之所極多,供應充分。

[206] 背秋涉冬,自秋至冬的意思。背,去;涉,入。

[207] 鏤象,以象牙鑲鏤着車輅的車。

[208] 六,指駕着六匹馬。玉虯(qiú 球),用玉裝飾着的馬。虯,通"虬",龍屬動物,這裏用以代駿馬。

[209] 拖,曳。蜺旌,旌的色采裝飾有似虹蜺之氣,故叫蜺旌。蜺,同"霓"。

[210] 靡,同"麾",今寫作麾。雲旗,畫熊虎於旗旒,狀似雲氣,故名。

[211] 皮軒，以獸皮裝飾着的車。

[212] 後道遊，在皮軒後隨着道車、遊車。古時天子出行，在乘輿前有道車五輛，遊車九輛。道，同"導"。

[213] 孫叔，指漢武帝時的太僕公孫賀（字子叔）。一說，指古之善御者孫陽。奉轡，指駕車。奉，同"捧"。

[214] 衛公，指漢武帝時大將軍衛青。一說，指古之善御者衛莊公。參乘，在車右陪乘的人。參，同"驂"。

[215] 扈從，即護從，指天子的侍衛。

[216] 四校，指天子射獵時的四個部隊。

[217] 鼓嚴簿，擊鼓於森嚴的鹵簿之中。簿，鹵簿，天子出行時的儀仗侍衛隊伍。

[218] 河江，《史記》《漢書》及五臣註本皆作"江河"。陜（qū 祛），打獵的人用以遮獲禽獸所圍的陣。

[219] 櫓，瞭望樓。這兩句說，以江河爲圍陣，以泰山爲望樓。誇張天子田獵所至地域的廣遠。

[220] 靁起，靁，古"雷"字。雷起是形容車騎聲音的強烈。

[221] 殷（yǐn 隱）天，震天。

[222] 陸離，分佈貌。

[223] 別追，分別追逐禽獸。

[224] 流澤，流徧川澤。

[225] 雲布雨施，形容車騎士卒衆多，徧佈陵澤，如雲佈天空，雨降地面。

[226] 生，指生擒活捉。貔（pí 疲），豹類猛獸。

[227] 手，用手擊殺。羆，熊類猛獸，毛色黃白。

[228] 足，指用足蹴踏而獲之。羵羊，山羊。一說是羚羊。

[229] 蒙，這裏是戴的意思。鶡（hé 曷）蘇，指用鶡尾裝飾着的帽子。鶡，鳥名。形似雉，性猛，鬥死不卻。蘇，尾。

[230] 綺，古"袴"字。這裏作動詞用，作穿袴解。白虎，指袴上有白虎圖案。

[231] 被，穿着。班文，指虎豹類猛獸之皮。

[232] 跨，騎。

[233] 凌，上，登。三峻（zōng 宗），猶言三重、三叠。形容山勢高峻。

[234] 磺歷,不平貌。坻(dǐ 底),山阪。

[235] 厲水,涉水而渡。

[236] 椎,擊殺。《史記》、《漢書》作推,玩弄之意。蜚廉,龍雀,鳥身鹿頭。

[237] 獬(xiè 蟹)豸,神獸名。相傳似鹿而一角。獬豸,《漢書》作解廌。

[238] 格,搏擊而殺之。蝦蛤,獸名。

[239] 鋋(yán 延),鐵柄短矛。這裏作動詞用,指用鋋刺殺。猛氏,獸名。
似熊而小,毛淺有光澤。

[240] 羂(juàn 倦),用網羅繫捕禽獸。騕(yǎo 夭)裹(niǎo 裊),神馬名。相
傳赤毛金嘴,一日能行萬里。

[241] 封豕,大猪。

[242] 這句説,箭之所射,必中要害,不是射到其他無關緊要之處。

[243] 解,分解。胆(dòu 豆),頸項。

[244] 以上一段寫漢天子(武帝)所率領的部曲將帥田獵的景象。

[245] 侵淫,漸進。促節,由徐而疾。

[246] 儵(shū 抒)夐,倏忽。儵,同"倏"。

[247] 流離,困苦之。意指用網掩捕,使之困苦難逃。一説,流離,放散,即
沖散的意思。輕禽,輕疾的飛禽。

[248] 蹴履,踐踏。

[249] 轊(wèi 衛),同"軎",套在車軸末端的金屬製的圓筒狀物。這裏作動
詞用,指用車軸頭衝殺。

[250] 捷,作動詞用,疾取。

[251] 軼,超過。

[252] 遺,指抛在後面。這兩句形容乘輿奔馳迅疾,超越電光。

[253] 蕃弱,古代夏后氏良弓名。蕃,《史記》作繁。

[254] 滿,拉弓直至箭頭叫滿。白羽,以白羽爲裝飾的箭。

[255] 游梟,一名梟羊。形似人,長脣,披髮,食人。一説,即狒狒。

[256] 櫟,擊。蜚遽(jù 鉅),相傳爲鹿頭龍身的神獸。遽,《史記》作虡。

[257] 擇肉,指選擇禽獸身上可射的地方。一説,擇其肥者而射之。後,原
本作后,據《漢書》改。

[258] 這句説,每射則先言其將射之處,然後依言而中之。命,指明之意。

[259] 藝,應作"埶",古"臬"字,射的,即箭靶子。這裏指被射的禽獸。殪(yì 意),一發箭即死叫殪。仆(fù 赴),倒斃。以上兩句意謂,箭一離開弦,禽獸就被射中而倒斃。

[260] 節,指旌節。一說,節,策也,即馬鞭。上浮,指上游於天空。

[261] 駭猋(biāo 標),即驚風,上下互文。猋,從而上的疾風。

[262] 亂,指亂其行列。昆雞,形似鶴,黃白色。

[263] 遒,與下句"促"字都是逼迫而掩捕之的意思。

[264] 拂,擊。翳鳥,鳥名,羽毛呈五彩。翳,《史記》作鷖。

[265] 捎,"箭"之假借字,以竿擊打。

[266] 捷,獲。

[267] 揜,同"掩",捕捉。焦明,西方鳥名,形似鳳。

[268] 消搖,同"逍遙"。襄羊,同"徜徉"。

[269] 降集,謂自天空下降止息。北紘(hóng 宏),指極北的地方。《淮南子·墜形訓》:"九州之外曰八澤,八澤之外,乃有八紘。北方之紘曰委羽。"

[270] 率乎直指,率然一直前去。

[271] 晻,忽然,迅疾貌。晻,同"奄"。鄉,通"嚮"。這句似指順着來時的方向返回去。

[272] 躡(jué 厥),踏。這裏是涉歷登覽的意思。石關,觀名。《考異》說,關當作關。下文封巒、鳷(zhī 支)鵲、露寒都是觀名。這四個觀都在甘泉宮(在陝西省淳化縣西北甘泉山上)外,漢武帝建元年間所建。

[273] 棠梨,宮名,在甘泉宮東南。

[274] 宜春,宮名,在長安南,近曲江池。

[275] 宜曲,宮名,在長安西昆明池附近。

[276] 濯鷁,持櫂行船。濯,通"櫂";鷁,指船頭飾成鷁首之船。牛首,池名,在上林苑西頭。

[277] 龍臺,觀名,在豐水西北,靠近渭水。

[278] 掩,休息。細柳,觀名,在昆明池南。

[279] 勤略,勤,辛勤;略,智略。一說,作獲得解。

[280] 均,《史記》、《漢書》及五臣註本作鈞,謂較量其多少。得獲,猶言

獲得。

[281] 徒，車前步行的士兵。《史記》徒上有觀字。轔(lìn 藺)，以車輪踩躪。轢，輾軋。

[282] 步騎，指步兵騎士。《史記》步作乘。蹂若，踐踏。

[283] 蹈藉，踐踏。藉，原本作籍，據《漢書》及五臣註本改。

[284] 窮極倦㕦(jù 劇)，指禽獸窮困疲憊不堪。㕦，疲倦之極。

[285] 讋(zhé 哲)伏，因驚恐而匍匐不動。讋，同"慴"。

[286] 不被創刃，沒有受到兵刃的傷害。

[287] 他他籍籍，形容禽獸屍體衆多交橫地面的樣子。籍籍，《漢書》及五臣註本作"藉藉"。

[288] 掩平，掩蔽平原。彌，滿。以上一段寫天子親自參加射獵，部下獵獲豐富的景象。

[289] 顥天之臺，高臺名。臺高上干顥(同昊)天，故名。

[290] 張樂，陳設音樂。膠葛，寥廓空曠。寓，古"宇"字，屋宇。

[291] 千石，十二萬斤。每石一百二十斤。

[292] 虡(jù 鉅)，挂鐘的木架。

[293] 翠華之旗，以五彩羽毛裝飾着的旗。

[294] 靈鼉之鼓，以鼉皮蒙着的鼓。

[295] 陶唐氏之舞，唐堯時的舞樂，名咸池。一說，陶唐氏係陰康氏之誤。陰康氏，古帝號名，在葛天氏之後。

[296] 葛天氏之歌，葛天氏，古王者。《吕氏春秋·古樂篇》："葛天氏之樂，三人操牛尾，投足以歌八闋。"

[297] 巴渝，舞名。産於蜀地巴渝地方。巴渝之人，剛勇好舞，漢高祖劉邦使他們打平三秦，後使樂府習其舞，因名巴渝舞。宋、蔡，先秦時二國名，這裏指其地的音樂。

[298] 淮南，漢代王國名，這裏指其地的音樂。干遮，樂曲名。《考異》說，干當從《史記》、《漢書》作于。

[299] 文成，漢時遼西縣名。顛，即滇(diān 顛)，漢時西南小國名，在今雲南省昆明市一帶。

[300] 族居，聚集。族居，《史記》作族舉。一說，族舉，具舉；就是衆樂並奏

之意,與下"遞奏"不同。

[301] 鏗鎗,即鏗鏘,鐘聲。闛(tāng 湯)鞳(tà 踏),鼓聲。

[302] 洞心,指響徹内心。洞,徹。

[303] 荊、吳、鄭、衛,均先秦時國名,這裏指原來這些國家所在的地區。

[304] 韶,虞舜之樂。濩(huò 穫),商湯之樂。武,即大武樂,周武王之樂。
象,周公之樂。

[305] 陰淫案衍,淫靡放縱之意。

[306] 鄢、郢,均楚地名。鄢,今湖北省宜城縣;郢,今湖北省江陵縣。這裏
指兩地的舞。繽紛,形容舞態錯綜複雜。

[307] 激楚,楚地歌曲名。結風,猶急風,謂樂音迅促如急風。一說,急風是
歌曲結尾之餘聲。

[308] 俳(pái 排)優,古代表演雜戲的藝人。侏(zhū 朱)儒,短人,參加雜戲
表演引人發笑的矮子。

[309] 狄鞮(tí 提),古代西方種族名。倡(chāng 昌),唱歌、演奏音樂的人。

[310] 青琴,古神女名。宓(fú 伏)妃,洛水的女神。

[311] 絶殊離俗,謂容貌非常、並世無雙之意。

[312] 妖冶,美好。嫺都,雅麗。

[313] 靚(jìng 凈)糚,以粉黛爲妝飾。刻飾,以膠刷鬢,使之整齊,有如刻畫
一般。

[314] 便嬛(xuān 暄),輕麗。綽約、婉約,美好貌。

[315] 柔橈,柔曲,形容女子身體婀娜多姿。嫚(yuān 淵)嫚,柔曲貌。原作
嬛嬛,據《考異》改。

[316] 獨繭,一繭之絲。形容綢衣的顏色很純。褕(yú 俞),襜褕,罩在外面
的直襟單衣。絏,《史記》作袘(yì 曳),裳裙下端的邊緣。

[317] 眇,美好,形容下面的閻易和衊削。閻易,衣長貌。衊削,同"戌削",
衣服邊緣整齊貌。

[318] 便姍(xiān 先)、嫳(biè 彆)屑,都是衣服婆娑貌。

[319] 漚(òu 慪)鬱,香氣鬱積濃烈。

[320] 淑郁,香氣清美濃厚。

[321] 宜笑,露出潔白牙齒的笑。的皪(lì 歷),鮮明貌。

[322] 連娟,彎曲細長。

[323] 微睇(dì 弟),目微視。縣藐(miǎo 秒),目光美好貌。

[324] 這句説,女子以顏色、精神(魂)勾引人。舊註説,色授是女子以顏色勾引人,魂與是男子以精神相應接。

[325] 以上一段寫天子獵畢後置酒張樂,享受聲色。

[326] 酒中,飲酒到半中時。中,讀去聲。樂酣,指音樂奏得酣暢。

[327] 芒然,同"茫然",悵然的意思。

[328] 似若有亡,若有所失。亡,亡失。

[329] 覽聽,指聽政。

[330] 無事棄日,謂無事而虛棄光陰。一説,謂不能以虛棄光陰爲事。

[331] 指在秋天打獵。古人打獵必於秋時,因秋天肅殺之氣,而獵致禽獸,故云"順天道"。

[332] 此,指上林苑。

[333] 後葉,《史記》、《漢書》作後世。靡麗,指奢靡。

[334] 往而不返,指沉溺於奢靡生活,不知回頭。

[335] 創業垂統,開創事業,建立傳統,以傳後代。

[336] 贍,贍養,供給。萌隸,平民。萌,《漢書》及五臣註本作氓,兩字相通。

[337] 隤,同"頹",摧毀之意。塹(qiàn 倩),壕溝。牆和塹都設在苑囿周圍,以攔阻外界的人進入。

[338] 山澤之人,《史記》、《漢書》皆作山澤之民,指居於山野的老百姓。

[339] 這句説,在陂池中大量蓄養水族動物,而不禁止人民捕取。

[340] 虛宮館,使宮館空虛,言不止宿其中。仞,滿。這句説,生活節儉,不出外遊幸。

[341] 德號,推行恩德的號令。

[342] 易服色,改易衣服車輿之色。

[343] 正朔,正,指每年的正月;朔,指每月的初一。這句是説改變曆法。古代封建王朝常以易服色、革正朔來表示區別於前朝的新氣象。

[344] 爲更始,指建立了一個新的開端。以上一段寫漢天子崇尚節儉,罷廢上林苑,賑濟貧民,革新政治。

[345] 歷,選。

[346] 襲,穿着。朝服,君臣在朝會時所穿之服。

[347] 法駕,天子的車駕,其排場比大駕爲小,比小駕爲大。

[348] 玉鸞,鈴。形容其聲如鸞鳥之鳴。

[349] 六藝,六經,即《詩》、《書》、《禮》、《樂》、《易》、《春秋》。

[350]《春秋》是我國最早一部簡單的編年史,記載上起魯隱公元年(前七二二年)下迄魯哀公十四年(前四八一年)間列國的大事,據傳是孔子根據魯國的史書編纂的,儒家後學把它列爲六經之一。據《史記集解》引郭璞說:"《春秋》所以觀成敗,明善惡也。"這句意思是說,以《春秋》作爲政治的借鑑。

[351] 貍首,古逸詩篇名。古代諸侯行射禮時奏《貍首》樂章。貍,貓屬動物。

[352] 騶虞,《詩經·召南》篇名。古代天子行射禮時奏《騶虞》樂章。騶虞,動物名。相傳其性仁慈,不食生物,不踐生草。

[353] 弋,射取。玄鶴,相傳舜有樂歌名和伯之樂,奏時舞玄鶴(瑞鳥)。

[354] 舞干戚,相傳舜舞干戚兩武器,感服了南方的有苗氏。干,盾。戚,斧。

[355] 雲罕(hǎn 罕),原指張於天空捕捉禽鳥的網。這裏有雙關意,亦指天子出行時前驅的旌旗。

[356] 揜,掩捕。雅,古通"鴉",原指烏鴉,這裏有雙關意。羣雅,喻文雅賢俊之士。以上兩句指天子出行,訪求賢士。

[357] 悲《伐檀》,《伐檀》,《詩經·魏風》篇名。舊說以爲是"刺賢者不遇明王"之詩。這裏說漢天子積極網羅賢俊,故讀《伐檀》而興悲。

[358] 樂樂胥,《詩經·小雅·桑扈篇》:"君子樂胥,受天之祜。"鄭玄箋:"胥,有才智之名也。祜,福也。王者樂臣下有才智,知文章,則賢人在位,庶官不曠,政和而民安,天予之以福祿。"這句說,漢天子讀樂胥詩句而感到高興。與上句意思相反相成。

[359] 以上自"覽觀春秋之林"句起至此句分述天子"遊於六藝之囿"的情況,均以射獵爲喻,語意雙關。

[360] 這句說,因潛心六藝,不再獵取奇怪之獸。

[361] 明堂,天子朝見諸侯、辨明尊卑之處。

[362] 清廟,太廟,天子祭祖先之廟。一説,是指明堂的正室。

[363] 這兩句説,使羣臣依次第進奏政事之得失。次,《史記》、《漢書》作恣,謂使羣臣恣意進奏,也通。

[364] 受獲,以田獵有所獲以喻受到天子恩澤。

[365] 鄉風,鄉,同"嚮"。"風"和下句的"流"以風行水流爲比喻,形容天子的政治措施,對百姓影響很大。

[366] 艸(huì 卉)然,猶勃然。艸,同"卉"。遷義,歸向於義。

[367] 刑錯,刑罰廢置。錯,同"措"。這句説,人民道德品質提高,不再犯罪,因此刑罰廢置而不用。

[368] 隆,高,盛。三王,夏、商、周三代的開國賢君,即夏禹、商湯、周文王、周武王。《考異》説三王當作三皇。

[369] 美,富饒,這裏是超過的意思。五帝,黃帝、顓頊、帝嚳、堯、舜。

[370] 罷,同"疲",作動詞用。

[371] 抏(wán 丸),損耗。精,鋭,指精力、鋭氣。

[372] 獨樂,指統治者個人享受。

[373] 繇,同"由",從。這句説,仁者不走這條路。

[374] 九百,九百方里(上面的千里也是方千里)。這句誇張苑圍佔地之大。

[375] 細,指國小、地位低。

[376] 萬乘,指天子。

[377] 被其尤,謂受其因過失而帶來的災禍。尤,過失。以上一段寫漢天子提倡儒家六藝,修明政治,天下太平,同時指出沈溺於畋獵的不當,用以諷諫。

[378] 二子,指子虛和烏有先生。愀(qiǎo 巧)然,變色貌。

[379] 超若,悵然。超,通"怊",即"惆"之假借字。若,與"然"意思相同。

[380] 逡巡,向後卻退。避席,離開席位。席,原作廡,據《史記》、《漢書》改。

[381] 固陋,頑固淺陋。

[382] 受命,受教之意。以上一段寫子虛、烏有先生兩人表示自己前面的話講錯了,接受亡是公的教訓。

班 彪 賦

據胡刻《文選》本

班彪,字叔皮,安陵(今陝西省咸陽市東)人。生於公元三年(漢平帝元始三年),卒於公元五四年(後漢光武帝建武三十年)。更始(公元二三年二月至二五年十月)時,年二十餘,離長安往天水郡(故治在今甘肅省通渭縣西北)歸隗囂。後感到隗囂一定要失敗,往河西(今甘肅、青海二省黃河以西地)依大將軍竇融,爲融畫策歸漢光武(劉秀)。光武重其才名,召見之。舉茂才,歷任徐令、望都長。他才高而好述作,曾採前史遺事,並貫串異聞,繼司馬遷《史記》作《後傳》數十篇。其子固在此基礎上寫成《漢書》。

北 征 賦

【解題】 公元二三年,劉玄稱帝於高陽,王莽死,玄遷都長安,年號更始。三年,赤眉入關,玄被殺。在這時期中,班彪遠避涼州(在今甘肅省),從長安出發,至安定(故治在今寧夏回族自治區固原縣),寫了這篇《北征賦》。賦中記述作者北行的歷程,抒寫懷古傷時的感慨,表現了安貧樂道的思想。

余遭世之顛覆兮[1],罹填塞之阨災[2]。舊室滅以丘墟兮[3],曾不得乎少留[4]。遂奮袂以北征兮[5],超絕迹而遠遊[6]。

朝發軔於長都兮[7],夕宿瓠谷之玄宮[8]。歷雲門而反顧[9],望通天之崇崇[10]。乘陵崗以登降[11],息郇邠之邑鄉[12]。慕公劉之遺德,及行葦之不傷[13]。彼何生之優渥[14],我獨罹此百殃。故時會之變化兮[15],非天命之靡常[16]。

登赤須之長坂[17],入義渠之舊城[18]。忿戎王之淫狡,穢宣后之失貞。嘉秦昭之討賊,赫斯怒以北征[19]。紛吾去此舊都兮[20],騑遲遲以歷茲[21]。遂舒節以遠逝兮[22],指安定以爲期。

涉長路之緜緜兮[23]，遠紆回以樛流[24]。過泥陽而太息兮[25]，悲祖廟之不脩[26]。釋余馬於彭陽兮[27]，且弭節而自思[28]。日晻晻其將暮兮[29]，覩牛羊之下來[30]。寤曠怨之傷情兮，哀詩人之嘆時[31]。

越安定以容與兮[32]，遵長城之漫漫[33]。劇蒙公之疲民兮，爲彊秦乎築怨[34]。舍高亥之切憂兮，事蠻狄之遼患[35]。不耀德以綏遠[36]，顧厚固而繕藩[37]。首身分而不寤兮，猶數功而辭諐。何夫子之妄說兮，孰云地脈而生殘[38]。登鄣隧而遙望兮[39]，聊須臾以婆娑[40]。閔獯鬻之猾夏兮，弔尉卬於朝那[41]。從聖文之克讓兮[42]，不勞師而幣加[43]。惠父兄於南越兮，黜帝號於尉他[44]。降几杖於藩國兮，折吳濞之逆邪[45]。惟太宗之蕩蕩兮[46]，豈曩秦之所圖[47]。

隮高平而周覽[48]，望山谷之嵯峨[49]。野蕭條以莽蕩[50]，迥千里而無家[51]。風猋發以漂遥兮[52]，谷水灌以揚波[53]。飛雲霧之杳杳[54]，涉積雪之皚皚[55]。雁邕邕以羣翔兮[56]，鶤雞鳴以嗺嗺[57]。遊子悲其故鄉[58]，心愴悢以傷懷[59]。撫長劍而慨息[60]，泣漣落而霑衣[61]。攬余涕以於邑兮[62]，哀生民之多故。夫何陰曀之不陽兮[63]，嗟久失其平度[64]。諒時運之所爲兮[65]，永伊鬱其誰愬[66]。

亂曰[67]：夫子固窮，遊藝文兮。樂以忘憂，惟聖賢兮[68]。達人從事[69]，有儀則兮[70]。行止屈申，與時息兮[71]。君子履信，無不居兮。雖之蠻貊，何憂懼兮[72]。

【註釋】

[1]顚覆，傾跌，指時局動盪。

[2]罹(lí離)，遭。填塞，謂政治混亂，如道路填塞。阨，危困。

[3]丘墟，言毀滅爲丘墟。

[4] 曾,簡直。

[5] 袂(mèi 妹),袖。奮袂,猶舉袖,形容奮發之狀。北征,北遊。

[6] 絶迹,謂遠行至没有人迹之處。

[7] 軔(rèn 認),用以制止車輪滚動的木頭。發軔,猶開車出發。長都,即
長安,今陝西省西安市。

[8] 瓠谷、玄宫,皆地名,在長安西。一説,瓠谷,谷名;玄宫,謂甘泉宫,在
今陝西省三原縣境内。

[9] 雲門,雲陽縣(今陝西省三原縣境)門。

[10] 通天,臺名,在甘泉宫中。崇崇,形容高。

[11] 乘,登。陵,大土山。登降,指其行或上或下。

[12] 郇(xún 詢)邠(bīn 賓),李善註:"《漢書》:右扶風(故治在今陝西省咸
陽市東)栒縣有豳鄉,《詩》豳國公劉所治邑也。栒與郇同,豳與
邠同。"

[13] 慕公劉兩句:公劉,周之遠祖。行葦之不傷,意思即對草木也加以愛
護,不加傷害。《詩經·行葦》:"敦彼行葦,牛羊勿踐履。"敦,聚貌。
葦,草名。行葦,道旁葦。履,猶踐。《毛詩序》:"《行葦》,忠厚也。周
室忠厚,仁及草木。"陳奂説:"漢人承三家舊説,皆以《行葦》爲公劉
之詩。"

[14] 優渥,猶云優厚。

[15] 時會,時運際會,即時勢的意思。

[16] 靡,無。

[17] 赤須,坂名,在北地郡(在今甘肅省東部及寧夏回族自治區)。

[18] 義渠,古西戎國名,其都城亦稱義渠。今甘肅省寧縣附近,也在當時
北地郡。

[19] 忿戎王四句:《史記·秦本紀》:"昭襄(王)母,楚人,姓羋氏,號宣太
后。"《史記·匈奴列傳》:"秦昭王時,義渠戎王與宣太后亂,有二子。
宣太后詐而殺義渠戎王於甘泉,遂起兵伐殘義渠。於是秦有隴西、北
地、上郡,築長城以拒胡。"劉良説:"秦昭王母宣太后與戎王通。昭王
殺之,起兵伐滅其國。言忿其淫亂,嘉其北伐也。"赫,怒。

[20] 紛,亂貌,謂心緒亂。

[21] 騑(fēi 非),古代駕車的馬,在中間的叫服,在兩旁的叫騑,也叫驂。歷茲,至此。

[22] 節,車行節度。舒節,有馳車之意。

[23] 緜緜,長不絕貌。

[24] 紆,屈。樛(jiū 糾)流,曲折貌。

[25] 泥陽,漢縣名,屬北地郡,在今甘肅省寧縣東南。

[26] 祖廟,李善註:"《漢書》曰:'班壹(班彪祖)始皇之末,避地於樓煩。'故泥陽有班氏之廟。"脩,同"修"。

[27] 釋,放。彭陽,漢縣名,屬安定郡,在今甘肅省鎮原縣。

[28] 弭,止。弭節,駐車。

[29] 晻(yǎn 掩)晻,不明貌。

[30] 牛羊下來,《詩經・君子于役》:"日之夕矣,羊牛下來。君子于役,如之何勿思!"此句造語本此。

[31] 寤曠怨兩句:寤,通"悟"。男女成年而不得婚嫁的叫曠夫怨女。這兩句承上句而言,《君子于役》中對遠出君子的思念是曠怨,嗟嘆君子的行役是嘆時。

[32] 容與,進行緩慢貌。

[33] 遵,循。漫漫,通"曼曼",遠貌。

[34] 劇蒙公兩句:劇,甚,過分;這裏作動詞用,意即埋怨蒙恬的行爲太過分。蒙公,即蒙恬。蒙恬爲秦將,築長城,民疲而怨,故云"築怨"。

[35] 舍高亥兩句:高,趙高。亥,胡亥,秦二世名。切,近。遼,遠。這兩句說,捨棄趙高讒惡,胡亥篡逆的近憂於不顧,而反從事於防備遼遠的外患。

[36] 耀德,發揚道德的光輝。綏,安。遠,遠方。

[37] 繕,修。藩,藩落,猶言籬落,指邊防。這句說,反而注意邊防的牢固。

[38] 首身分四句:秦始皇死時,趙高陰謀立胡亥爲皇帝,遣使賜蒙恬死。"蒙恬喟然太息曰:'我何罪於天,無過而死乎?'良久,徐曰:'恬罪固當死矣,起臨洮,屬之遼東,城壍萬餘里,此其中不能毋絕地脈哉,此乃恬之罪也。'吞藥自殺。"(《史記・蒙恬列傳》)四句說蒙恬至死不悟。數功,數說自己之功,蒙恬死前曾歷數自己的功勢。譽(qiān

千),同愆,罪過。辭訾,不承認罪過。夫子,指蒙恬。地脈生殘,即絕
地脈之意。

[39] 郣,小城。隧,通"燧",指塞上守候烽火的亭子。

[40] 須臾,片刻。婆娑,盤旋、放逸、容與之貌。

[41] 閔玁(xūn 熏)鬻兩句:《史記·孝文本紀》:"十四年冬,匈奴謀入邊爲
寇,攻朝那塞,殺北地都尉卬。"閔,傷念。玁鬻,古種族名。秦漢時的
匈奴,在商周之間叫玁鬻。這裏玁鬻即指匈奴。猾,亂。夏,華夏。
卬(qióng 窮),姓孫,一説姓段。朝那,漢縣名,屬安定郡,在今甘肅省
平涼市西北。

[42] 聖文,指漢文帝。克,能。文帝採取與民休養生息的政策,對內外多
抱容忍態度,故稱爲"克讓"。

[43] 幣加,增加作爲禮物的幣帛。這句意思説,不勞師動衆去征伐,而採
取安撫政策。

[44] 惠父兄兩句:《史記·孝文本紀》:"南越王尉佗自立爲武帝。然上(指
文帝)召貴尉佗兄弟,以德報之,佗遂去帝稱臣。"惠,施以恩惠。

[45] 降几杖兩句:吳王濞(pì 譬),高帝(劉邦)兄劉仲之子。高帝立爲吳
王,孝文帝時,稍失藩臣之禮,稱病不朝。孝文賜吳王几杖,准予年老
不朝。几,坐時可倚;杖,行時所持;老人恃以支持身體的用具。

[46] 太宗,文帝廟號。蕩蕩,廣遠貌。《書·洪範》:"王道蕩蕩。"這裏形容
文帝的王道廣遠。

[47] 曩,猶往昔,從前。圖,謀。這句説,豈是當年秦國所能設想。

[48] 隮,升。高平,漢縣名,屬安定郡。周覽,猶四望。

[49] 嵯峨,高貌。

[50] 蕭條、莽蕩,都是曠遠之貌。

[51] 迥,遠。

[52] 猋(biāo 標),疾風。漂遙,五臣本作飄飄,風馳貌。

[53] 灌,灌注。

[54] 杳杳,深冥貌。

[55] 皚(ái 挨)皚,形容白雪。

[56] 邕(yōng 雍)邕,雁聲。

[57] 鵾(kūn 昆)雞,鳥名,似鶴,黃白色。嘈(jiē 皆)嘈,衆鳥鳴叫聲。

[58] 遊子,彪自指。

[59] 愴(chuàng 創)悢(liàng 諒),憂悲貌。

[60] 慨息,猶嘆息。

[61] 漣落,淚流貌。霑,沾濕。

[62] 於(wū 烏)邑,因悲傷而抽噎。

[63] 曀(yì 翳),陰而風。一説,天陰沉。陰曀,喻天下昏亂。陽,指天氣晴朗,喻天下太平。

[64] 平度,正常的法度。

[65] 諒,信,確實。

[66] 伊鬱,憂怨。愬,同"訴"。

[67] 亂,一篇的總結,樂歌的卒章。

[68] 夫子四句:夫子,指孔子。孔子曾説過:"君子固窮。"(見《論語·衛靈公》)"遊於藝。""樂以忘憂。"(見《論語·述而》)

[69] 達人,通達道理的人。

[70] 儀則,猶法則。

[71] 行止兩句:申,同"伸"。與時息,即與時消息,息是生長的意思。這兩句意思説,行動適應時勢變化,可以行則行,可以止則止,應該屈則屈,應該伸則伸。

[72] 君子四句:履信,履行忠信之道。無不居兮,没有不可居之地。貊(mò 陌),古代東北方的部族。《論語·衛靈公》:"子張問行。子曰:言忠信,行篤敬,雖蠻貊之邦行矣。"爲此四句造語所本。這裏以"之蠻貊"比喻自己遠至西涼。

張　衡　賦

據胡刻《文選》本

張衡,字平子,南陽西鄂(今河南省南陽縣北)人。生於公元七八年(漢章帝建初三年),卒於一三九年(漢順帝永和四年)。歷任太史令、河閒相等職。他精於天文曆算,曾從唯物觀點出發,反對當時對於圖讖的迷信。文學創作有《二京賦》、《思玄賦》、《歸田賦》、《四愁詩》等。有《張河間集》。

歸　田　賦

【解題】　本篇是抒情小賦,作者以平淺清新的語言,抒寫自己不滿黑暗現實、情願歸返田園從事著述的心情,反映了抱負無法伸展但又不願同流合污的思想矛盾。

遊都邑以永久[1],無明略以佐時[2];徒臨川以羨魚[3],俟河清乎未期[4]。感蔡子之慷慨,從唐生以決疑[5];諒天道之微昧[6],追漁父以同嬉[7]。超埃塵以遐逝[8],與世事乎長辭[9]。

於是仲春令月[10],時和氣清,原隰鬱茂[11],百草滋榮。王雎[12]鼓翼,鶬鶊哀鳴[13],交頸頡頏[14],關關嚶嚶[15]。於焉逍遙[16],聊以娛情。

爾乃龍吟方澤,虎嘯山丘[17]。仰飛纖繳[18],俯釣長流。觸矢而斃[19],貪餌吞鈎[20]。落雲間之逸禽[21],懸淵沈之魦鰡[22]。

于時曜靈俄景[23],繼以望舒[24],極般遊之至樂[25],雖日夕而忘劬[26]。感老氏之遺誡[27],將迴駕乎蓬廬[28]。彈五弦之妙指[29],詠周、孔之圖書[30]。揮翰墨以奮藻[31],陳三皇之軌模[32]。苟縱心於物外[33],安知榮辱之所如[34]!

【註釋】

[1] 都邑,指東漢京都洛陽。永久,長久。

[2] 明略,明智的謀略。佐時,輔佐當時的君主。

[3] 徒臨川句:《淮南子‧説林訓》:"臨流而羨魚,不如歸家織網。"這句是説,空有佐時的願望。

[4] 俟,等待。河清,相傳黃河一千年清一次,古人認爲河清是政治清明的標誌。《左傳》襄公八年:"俟河之清,人壽幾何!"這句意思説,等待政治清明,未可預期。

[5] 感蔡子兩句:蔡子,即蔡澤;唐生,即唐舉,都是戰國時人。蔡澤未發迹時,曾經請唐舉看相。慷慨,悲嘆。決疑,指請人看相事。自己對前途命運有所疑惑,請相者決之。蔡澤問相,事見《史記‧范雎蔡澤列傳》。

[6] 諒,信,實在是。微昧,幽隱。

[7] 漁父,王逸《楚辭‧漁父章句序》:"屈原放逐,在江湘之間,憂愁嘆吟,儀容變易。而漁父避世隱身,釣漁江濱,欣然自樂,時遇屈原川澤之域,怪而問之,遂相應答。"嬉,樂。此連上句説,天道幽隱不可預測,自己將與漁父同樂於川澤。

[8] 埃塵,指紛濁的世俗。遐逝,遠去。

[9] 長辭,永別。因政治昏亂,自己與時代不合,故下定退隱的決心。

[10] 令,善。令月,即好的月份。

[11] 原,平地。隰,低地。鬱茂,草木繁盛貌。

[12] 王雎,鳥名,即雎鳩,詳見《詩經‧關雎》註。

[13] 鶬鶊,鳥名,即黃鶯。

[14] 頡(jié 捷)頏(háng 航),飛而上叫頡,飛而下叫頏。

[15] 關關嚶嚶,均鳥和鳴聲。關關指王雎,嚶嚶指鶬鶊。這兩句寫以上兩種鳥上下翻飛,交頸和鳴,自得其樂。

[16] 於焉,於是乎。

[17] 爾乃兩句:爾乃,於是。方澤,大澤。這兩句寫自己在山澤間從容吟嘯,類似龍虎。

[18] 纖,細。繳(zhuó 灼),生絲縷,繫在箭的尾部,用以弋射禽鳥。纖繳,這裏指箭。這句寫仰射高飛的鳥。

[19] 這句寫鳥因觸矢而斃命。

[20] 這句寫魚因貪餌而吞鈎。

[21] 落,鳥在雲間被射中而落下。逸禽,指高飛的鳥。一說,指鴻雁。

[22] 懸,魚在深淵被釣起。魦(shā 沙)、鰡(liú 留),皆魚名。

[23] 曜靈,指日。俄,斜。景,同"影",日光。

[24] 望舒,本神話中月亮的御者,這裏代指月亮。這句說,月亮繼日而出現。繼,胡刻本作係,據四部叢刊六臣註本改。

[25] 般(pán 盤)遊,遊樂。

[26] 劬(qú 渠),勞苦。

[27] 老氏之遺誡,指老子《道德經》第十二章所說"馳騁畋獵,令人心發狂"語。

[28] 迴,返。駕,車駕。蓬廬,茅屋。

[29] 五弦,五弦琴,相傳為舜所作。指,同"旨",意趣。

[30] 周、孔之圖書,周公、孔子所修的典籍。這兩句寫自己追慕虞舜、周、孔之道,故彈他們所創造的琴而詠他們所著的書。

[31] 翰,筆。奮,發。藻,詞藻。這句寫揮筆著文。

[32] 陳,陳述。三皇,上古聖皇,或謂天皇、地皇、人皇;或謂燧人、伏羲、神農;或謂伏羲、神農、女媧,傳說不一。軌模,法則。

[33] 苟,且。

[34] 如,往,歸。以上兩句說,且放任自己的心神於世外,哪裏還考慮甚麼榮辱得失的結果呢!

趙 壹 賦

據王先謙《後漢書集解》本

趙壹(生卒年不詳),字元叔,漢陽西縣(今甘肅省天水縣西南)人。他生活在東漢末年,爲人耿介倨傲。曾因事幾被判處死刑。後爲計吏入京,爲司徒袁逢、河南尹羊涉等所器重,名動京師。屢被官府辟命,都不就。所著以《刺世嫉邪賦》爲最著名。

刺世嫉邪賦

【解題】"刺世嫉邪"是諷刺和憎恨黑暗的社會現實的意思。文中尖銳地揭露批判了當時統治階級的腐朽,道德風氣的敗壞,邪惡奸佞的得勢,權門豪族的不法,正人賢才和貧賤階層的被壓抑,鮮明地表示了作者憤世嫉惡、正直耿介的性格和強烈的反抗精神。

伊五帝之不同禮[1],三王亦又不同樂[2]。數極自然變化[3],非是故相反駁[4]。德政不能救世溷亂[5],賞罰豈足懲時清濁?春秋時禍敗之始[6],戰國愈復增其荼毒[7]。秦漢無以相踰越[8],迺更加其怨酷[9]。寧計生民之命[9],唯利己而自足[10]!

於茲迄今[11],情僞萬方[12]:佞諂日熾[13],剛克消亡[14]。舐痔結駟[15],正色徒行[16]。嫗媮名勢[17],撫拍豪強[18]。偃蹇反俗[19],立致咎殃[20]。捷慴逐物[21],日富月昌。渾然同惑,孰溫孰涼[22]?邪夫顯進[23],直士幽藏[24]!

原斯瘼之攸興[25],實執政之匪賢[26]:女謁掩其視聽兮[27],近習秉其威權[28]。所好則鑽皮出其毛羽,所惡則洗垢求其瘢痕[29]。雖欲竭誠而盡忠,路絕嶮而靡緣[30]。九重既不可啓[31],又羣吠之狺狺[32]。安危亡於旦夕[33],肆嗜慾於目前[34]。奚異涉海之失柁[35],積薪而待燃[36]。

榮納由於閃楡[37]，孰知辨其蚩妍[38]！故法禁屈撓於執族[39]，恩澤不逮於單門[40]。寧飢寒於堯舜之荒歲兮，不飽暖於當今之豐年[41]。乘理雖死而非亡[42]，違義雖生而匪存[43]！

有秦客者[44]，迺爲詩曰："河清不可俟[45]，人命不可延。順風激靡草[46]，富貴者稱賢[47]。文籍雖滿腹[48]，不如一囊錢。伊優北堂上[49]，抗髒倚門邊[50]。"魯生聞此辭，繫而作歌曰[51]："勢家多所宜，咳唾自成珠[52]。被褐懷金玉[53]，蘭蕙化爲芻[54]。賢者雖獨悟[55]，所困在羣愚[56]。且各守爾分，勿復空馳驅[57]。哀哉復哀哉，此是命矣夫！"

【註釋】

[1] 伊，發語詞。五帝，《史記》以黃帝、顓頊、帝嚳、堯、舜爲五帝。

[2] 三王，指夏、商、周三代開國君主：夏禹、商湯、周的文王、武王。

[3] 這句說，氣數到了極限自然要有變化。

[4] 這句說，非和是本來是互相排斥的。駮，同"駁"。反駮，排斥。

[5] 溷（hùn 混），濁亂。

[6] 時，通"是"。

[7] 荼（tú 途），苦菜。毒，毒物。荼毒，比喻人的苦難。

[8] 昌，古"以"字。踰越，超過。這句說，秦漢沒有甚麼比春秋戰國好的地方。

[9] 這句說，那裏考慮到人民的生命。

[10] 自足，滿足自己慾望。

[11] 茲，此，指春秋。

[12] 情僞，情弊，弊病。萬方，形形色色，極言弊病之多。

[13] 佞（nìng 濘），巧媚善辯。諂（chǎn 產），奉承拍馬。熾（chì 翅），興盛。

[14] 剛克，剛強正直的品德。

[15] 舐（shì 氏）痔句：《莊子》中有給秦王舐痔的人得車五乘的記載。舐，舔。痔，痔瘡。舐痔，這裏指佞諂小人。駟，四匹馬拉的車子。這句

357

形容小人得勢。

[16] 正色,指正直的人。徒行,步行,即沒有車子。

[17] 嫗(yù 預)嫗(qǔ 取),傴僂,屈背。埶,同“勢”。這句說,對有名有勢的人卑躬屈節。

[18] 撫拍,形容親暱獻媚的樣子。

[19] 偃蹇(jián 檢),高傲。反俗,不同世俗。

[20] 致,招致。咎殃,罪過、災禍。

[21] 捷,急、疾。儡,懼。逐物,追逐名利權勢。

[22] 渾然兩句:形容是非不明,好壞不分。

[23] 顯進,顯耀、晉升。

[24] 幽藏,隱退、埋沒。

[25] 原,追究根源,考查。斯,這。瘼,病。攸,原作“幽”,據王先謙說改。攸,所。

[26] 匪賢,不賢。匪,同“非”。

[27] 女謁,宮中婦女和宦官。

[28] 近習,皇帝所親暱的人。秉,掌握,把持。

[29] 所好兩句:形容這些女謁和近習對所歡喜的人就想盡辦法來稱揚提拔,對所討厭的人則用盡手段來指摘攻擊。鑽皮、洗垢,極力描寫無中生有的手段。

[30] 嶮,同“險”。靡緣,指沒有道路可以攀循。

[31] 九重,指君門。九,表示多數。

[32] 狺(yín 銀)狺,狗吠聲。這兩句描寫君門森嚴既不可打開,加以許多小人像一羣狗那樣在門口亂叫。

[33] 這句意思說,統治者心安地處在早晚即將危亡的關頭,而毫不知覺。

[34] 肆,放縱。嗜慾,貪慾。

[35] 奚(xī 希),何。奚異,有甚麼不同。柂,同“舵”。

[36] 薪,柴草。以上兩句比喻情況危急而統治者毫無辦法也不知警惕。

[37] 榮納,受寵幸而被採納。閃榆(yú 俞),邪佞貌。

[38] 蚩(chī 吃),癡、愚。妍,好,慧。

[39] 法禁,法律禁令。屈撓,屈服,被阻撓。

[40] 恩澤,指皇帝所給恩惠。逮,及。單門,無權無勢的孤門細族。

[41] 寧飢寒兩句: 意思説,寧可飢寒於堯舜時的荒歲,不願飽暖於當今的
豐年,極言當時社會的黑暗。

[42] 乘理,堅持真理。

[43] 違義,違背正義。匪存,不存在,不活着。以上兩句意思説,堅持真
理,雖死猶生;違反道義,雖生猶死。

[44] 秦客,與下文的魯生,都是假託的人物。

[45] 河清,見前張衡《歸田賦》註[4]。

[46] 激,疾吹。靡草,細弱的草。這句形容没有骨氣的人的隨風傾倒。

[47] 這句意思説,富貴的人就被推稱爲賢人。

[48] 文籍,文章書籍,指學問。

[49] 伊優,卑躬屈節,諂媚貌。北堂,在北的廳堂,富貴者所居。這句寫諂
媚的人被統治者所親,故得升堂。

[50] 抗髒,高亢剛直貌。這句寫剛直的人被疏棄,故倚門邊。

[51] 繫,接着。

[52] 執家兩句: 意思説,有權勢的人家幹什麼都被認爲適當,説什麼都被
人奉爲珠寶。

[53] 被,披,穿着。褐,粗布衣。金玉,比喻才德。

[54] 蘭蕙,香草。芻,喂牲畜的乾草。以上兩句意思説,貧賤的人雖有才
德也不被人重視,如蘭蕙被視作芻草。

[55] 獨悟,獨自醒悟。

[56] 這句意思説,被愚蠢的人羣所困。

[57] 馳驅,喻奔走。

二、詩　歌

樂府民歌

除《上山採蘼蕪》一首外,均據文學古籍刊行社影宋本《樂府詩集》

戰　城　南

【解題】 這是一首悼念陣亡士卒的歌。作品充滿了悲壯的氣氛,表現出作者對死難者哀悼的心情。有人認爲這是詛咒戰争和勞役的詩。本篇與下面《有所思》、《上邪》兩篇在《樂府詩集》中屬《鼓吹曲辭·漢鐃歌十八曲》,大約産生於西漢時代。

戰城南,死郭北[1],野死不葬烏可食[2]。爲我謂烏[3]:"且爲客豪[4]!野死諒不葬[5],腐肉安能去子逃[6]!"水深激激[7],蒲葦冥冥[8];梟騎戰鬪死[9],駑馬徘徊鳴[10]。梁築室[11],何以南,何以北[12]?禾黍不穫君何食[13]?願爲忠臣安可得[14]?思子良臣[15],良臣誠可思[16]:朝行出攻,暮不夜歸[17]!

【註釋】

[1] 郭,外城。

[2] 野死,戰死在野外。烏,烏鴉。相傳烏鴉嗜死屍腐肉。

[3] 我,作者自稱。

[4] 客,指死難者。死者爲轉戰異鄉之人,故言"客"。豪,同"嚎",即哀號的號。古人對於新死者須行招魂之禮,招魂時邊哭邊説,就是號。

[5] 諒,作"信"解,揣度之詞,猶言"想必"。

［6］子,指烏鴉。以上三句意思是,詩人要求烏鴉先爲死者招魂,然後吃他的屍體。

［7］激激,水清澈貌。

［8］冥冥,幽暗貌。

［9］梟,與"驍"通,作"勇"解。梟騎,指善戰的駿馬。

［10］駑馬,駑鈍的馬。以上四句是寫戰場荒寂悲涼,只能看到流水和葦叢,以及徘徊悲鳴的駑馬,而見不到人迹。

［11］梁,橋梁。梁築室,指在橋上蓋起房子。一說,築室指戰爭中在橋上構築營壘,亦可通。

［12］何以北,《宋書・樂志》,《樂府詩集》均作"梁何北",此從丁福保《全漢三國晉南北朝詩》改。

［13］禾黍,泛指田野中生長的穀物。不穫,《宋書・樂志》、《樂府詩集》均作"而穫",此從丁福保《全漢三國晉南北朝詩》改,取其文義較順。君,指參戰的士卒。一說,君,指君主。

［14］以上五句意思是:橋上構築起房子,怎麽能南來北往地通行? 沒有收成,士卒拿什麽充飢? 飢困無力,如何能做爲國力戰的忠臣? 都是反問句。以第一個反問,引起第二、第三個反問,重點在下面兩個反問。

［15］思,懷念。子,戰死者。良臣,對戰死者的美稱。

［16］誠可思,實在值得懷念。

［17］暮,夜晚。這句說,直到夜晚也不見回來。指爲國捐軀了。

有 所 思

【解題】 這是一首情感真摯熱烈的情歌。作品對女主人公在愛情遭到波折前後的情緒,描叙得很細膩、深刻。

有所思,乃在大海南[1]。何用問遺君[2]? 雙珠瑇瑁簪[3],用玉紹繚之[4]。聞君有他心[5],拉雜摧燒之[6]。摧燒之,當風揚其灰[7]。從今以往,勿復相思! 相思與君絶[8]! 雞鳴狗吠,兄嫂當知之[9]。妃呼狶[10]! 秋風肅肅晨風颸[11],東方須臾高知之[12]。

【註釋】

［ 1 ］有所思兩句：意思是，有一個我所思念的人，他遠在大海的南邊。

［ 2 ］問遺(wèi 位)，贈與。君，情人。

［ 3 ］瑇瑁，即玳(dài 代)瑁(mèi 妹)，動物名，龜類，甲壳光滑多文采，可製
　　　裝飾品。簪，古人用來連接髮髻和冠，簪身橫穿髻上，兩端出冠外。
　　　雙珠，繫在簪端頭的寶珠。

［ 4 ］紹繚，纏繞。

［ 5 ］他心，二心。

［ 6 ］拉雜，折碎。摧燒，折毀焚燒。

［ 7 ］當風，迎風。

［ 8 ］這句説，從此與君斷絶相思。

［ 9 ］雞鳴兩句：意思是，女主人公回憶從前初戀時情景，曾因約會驚動了
　　　雞犬，和自己處在一起的兄嫂當然不可能不知道。想到這裏，決絶之
　　　意動搖了，覺得情誼很難斷絶。

［10］妃呼狶，嘆息之聲。一説是表聲詞，無意義。

［11］肅肅，風聲。晨風，鳥名，即鸇(zhān 瞻)，飛行迅疾。颸(sī 思)，疾速。
　　　一説，晨風，即雉鳥。颸爲思之訛。雉鳥常朝鳴以求偶。晨風颸，言晨
　　　風鳥慕類悲鳴。這句在寫景中隱喻求偶失敗之意。

［12］須臾，不久。高，此處音義同皓，東方高即東方發白，天色漸明。這句
　　　大意是：主意不定，等天亮之後，總會應該知道怎麼辦的。自慰之
　　　詞，以不了了之。

上　邪

【解題】 這也是一首情歌，是主人公自誓之詞：海枯石爛，愛情仍
然堅貞不變。有人認爲本篇與上篇有連貫性，前篇考慮決裂，本篇是
打定主意後作出更堅定的誓言。可備一説。

上邪[1]！我欲與君相知[2]，長命無絶衰[3]。山無陵[4]，江水

爲竭,冬雷震震[5],夏雨雪[6],天地合[7],乃敢與君絶!

【註釋】

[1] 上,指天。邪,讀爲"耶",語詞。這句是說:"天哪!"

[2] 相知,相親相愛。

[3] 命,令、使。這句說,使愛情永不衰絶。

[4] 陵,指山峯。這句的意思是,高山變平地。

[5] 震震,雷聲。

[6] 雨,動詞,落的意思。

[7] 以上五句都是假設情狀。意思說,除非發生了這類不可能發生的事,
我纔敢和你斷絶愛情。

江　南

【解題】 這是一首採蓮歌,反映了採蓮時的光景和採蓮人歡樂的
心情。本篇在《樂府詩集》中屬《相和歌辭·相和曲》。

江南可採蓮,蓮葉何田田[1]!魚戲蓮葉間。魚戲蓮葉東,魚
戲蓮葉西,魚戲蓮葉南,魚戲蓮葉北。

【註釋】

[1] 田田,蓮葉茂密貌。

平　陵　東

【解題】 本篇係無辜受害者的悲憤的控訴:官吏貪暴,壓榨良民,
甚至以刼持手段殘害人民。《古今註》、《樂府古題要解》說這是王莽時

翟義門人悲悼義起兵討莽,不克而死的詩(翟義事見《漢書·翟方進傳》),但不合詩意。大約翟義事另有古辭,今已不傳。本篇在《樂府詩集》屬《相和歌辭·相和曲》。

平陵東[1],松栢桐[2],不知何人刼義公[3]。刼義公,在高堂下[4],交錢百萬兩走馬[5]。兩走馬,亦誠難,顧見追吏心中惻[6]。心中惻,血出漉[7],歸告我家賣黃犢[8]。

【註釋】

[1]平陵,漢昭帝墓,在今陝西省咸陽縣東北十三里。

[2]松栢桐,指陵園中的樹木。樹木茂密,其地易隱藏盜賊。

[3]何人,誰。明知是官吏刼人,故意發問是誰刼人的,是諷刺的寫法。義公,意指好人。一説,義原當作"我"字。

[4]高堂下,指官府衙門。這句中"在"字依照全詩三、三、七句法疑是衍字。

[5]兩走馬,兩匹善跑的好馬。本句指官府向義公勒索,除了交百萬現錢外,還要加上兩匹好馬,才能放他回來。

[6]顧,與見同義。追吏,追逼的吏人。惻,痛。

[7]漉,盡。血出漉,意思是心中難受,好像血流盡了一般的痛苦。

[8]犢,小牛。賣黃犢,賣掉小牛,湊足贖身的費用。

陌 上 桑

【解題】 本篇敍述一個太守調戲採桑女子而遭到嚴詞拒絕的故事,讚美了女主人公的堅貞和智慧,暴露了太守的醜惡和愚蠢,反映了當時上層社會人們的荒淫和無恥。本篇在《樂府詩集》中屬《相和歌辭·相和曲》。《宋書·樂志》題爲《艷歌羅敷行》,《玉臺新詠》題爲《日出東南隅行》。這裏用《樂府詩集》的題名。

日出東南隅[1]，照我秦氏樓[2]。秦氏有好女[3]，自名爲羅敷[4]。羅敷憙蠶桑[5]，採桑城南隅。青絲爲籠係[6]，桂枝爲籠鉤。頭上倭墮髻[7]，耳中明月珠[8]。緗綺爲下裙[9]，紫綺爲上襦[10]。行者見羅敷[11]，下擔捋髭鬚[12]。少年見羅敷，脫帽著帩頭[13]。耕者忘其犁，鋤者忘其鋤。來歸相怒怨，但坐觀羅敷[14]。使君從南來[15]，五馬立踟躕[16]。使君遣吏往，問是誰家姝[17]？"秦氏有好女，自名爲羅敷[18]。""羅敷年幾何？""二十尚不足，十五頗有餘[19]。""使君謝羅敷[20]，寧可共載不[21]？"羅敷前置辭[22]："使君一何愚[23]！使君自有婦，羅敷自有夫。"

"東方千餘騎，夫婿居上頭[24]。何用識夫婿[25]？白馬從驪駒[26]；青絲繫馬尾，黃金絡馬頭；腰中鹿盧劍[27]，可直千萬餘。十五府小史[28]，二十朝大夫[29]，三十侍中郎[30]，四十專城居[31]。爲人潔白皙[32]，鬑鬑頗有鬚[33]。盈盈公府步[34]，冉冉府中趨[35]。坐中數千人，皆言夫婿殊[36]。"

【註釋】

[1]隅，方。
[2]我，我們的省稱，這句用的是作者的口吻。
[3]好女，美女。
[4]羅敷，古美人名，漢代女子常取以爲名。
[5]憙，同"喜"。一本作"善"。
[6]青絲，青色絲繩。籠，裝桑葉的竹籃。係，繫物的繩子。
[7]倭墮髻，即墮馬髻，其髻偏在一邊，呈欲墮之狀，是當時時髦的式樣。
[8]明月珠，寶珠名。
[9]緗，淺黃色。綺，有花紋的綾。帬，同"裙"。
[10]襦，短襖。
[11]行者，過路的人。

[12] 下擔,放下擔子。捋,撫摩。宋本《樂府詩集》作“將”,據汲古閣本校改。髭,脣上的鬍鬚。這句描寫過路的行人,情不自禁地放下擔子、摸着鬍鬚,注視美麗的羅敷。

[13] 帩頭,即綃頭,是包頭髮的紗巾。古人加冠之前,先以紗巾束髮。這句描寫少年們見羅敷美麗,脫下帽子整理髮巾,用故意做作的舉動來衒耀自己。

[14] 來歸兩句:坐,因爲。這兩句意思説,耕者、鋤者歸來彼此抱怨,只是因爲看羅敷而耽誤了勞作。又,清代陳祚明説:“緣觀羅敷,故怨怒妻妾之陋。”(《采菽堂古詩選》)亦通。這是民歌中誇張的手法。

[15] 使君,漢代太守或刺史的稱呼。

[16] 五馬,五匹馬。漢代太守駕車用五匹馬。踟躕,徘徊不前。

[17] 姝,美女。

[18] 秦氏兩句:是吏人詢問後對太守的答詞。

[19] 二十兩句:是吏人再次詢問後對太守的答詞。

[20] 謝,問,告。

[21] 寧,問詞,作“豈”或“其”字解。共載,指與使君共乘,就是嫁給使君之意。以上兩句是吏人代太守向羅敷的問詞。

[22] 置辭,猶致辭,即答話。

[23] 一何,與“何其”同義。一説,“一何”作“何”字解,“一”爲語助詞,亦通。

[24] 上頭,前列。

[25] 用,以。識,辨認。

[26] 驪,深黑色的馬。駒,兩歲的馬。這句説,騎着白馬後邊跟着小黑馬的大官是我的丈夫。

[27] 鹿盧,即轆轤,井上汲水用的滑輪。鹿盧劍,指劍首用玉作成轆轤形。

[28] 府小史,太守府中地位卑下的小官吏。

[29] 朝大夫,朝廷中大夫的官職。

[30] 侍中郎,也是官名。按漢代的官制,侍中郎是加官,在原官上特加的榮銜,兼任這種官職的經常在皇帝左右侍奉。

[31] 專城居,一城之主,如太守、刺史一類的官。

［32］晢,白。白晢,指皮膚的顏色。

［33］鬑(lián 廉)鬑,鬢髮稀疏貌。頗,略。頗有鬚,略微有一點髭鬚。

［34］盈盈,同下句的"冉冉"都是舒緩貌。公府,官府,公府步猶言官步。

［35］以上兩句寫自己的丈夫走起路來很有派頭,在官府中走來走去。

［36］殊,優秀出衆。

東　門　行

　　【解題】　本篇叙述一個城市貧民,在封建統治階級殘酷的剝削和壓迫下,無衣無食,不得不鋌而走險,妻子也勸阻不住。本篇在《樂府詩集》中屬《相和歌辭·瑟調曲》。

　　出東門[1],不顧歸[2];來入門,悵欲悲[3]。盎中無斗米儲[4],還視架上無懸衣[5]。拔劍東門去[6],舍中兒母牽衣啼[7]:"他家但願富貴[8],賤妾與君共餔糜[9]。上用倉浪天故[10],下當用此黃口兒[11]。今非[12]!""咄[13],行[14]!吾去爲遲[15]!白髮時下難久居[16]。"

　　【註釋】

［1］東門,指主人公所居城市的東門。

［2］顧,念。不顧歸,決然前往,不考慮歸來不歸來的問題。不顧歸,一本作"不願歸"。

［3］悵,惆悵失意。

［4］盎(àng 昂去),小口大腹的瓦甕。

［5］還視,回頭看。架,衣架。

［6］這句説,主人公看到家中無衣無食,拔劍再去東門。

［7］兒母,孩子媽。

［8］他家,別人家。

［9］餔,吃。糜,粥。

［10］用,爲了。倉浪,青色。倉浪天,猶言青天、蒼天。

［11］黃口兒,幼兒。

［12］今非,現在的做法不對頭。

［13］咄(duō 多),拒絶妻子勸告而發出的呵叱聲。

［14］行,走啦!

［15］吾去爲遲,我已經去晚啦!

［16］下,脱落。這句説,我頭上常脱落白髮,這苦日子難以久挨下去。

飲馬長城窟行

　　【解題】　本篇是寫婦人思念遠出不歸的丈夫,詩中細緻地描述了婦人苦楚的心情和迫切的盼望。本篇在《樂府詩集》中屬《相和歌辭·瑟調曲》,又名《飲馬行》。

　　青青河畔草[1],緜緜思遠道[2]。遠道不可思[3],宿昔夢見之[4]。夢見在我傍,忽覺在他鄉[5]。他鄉各異縣,展轉不相見[6]。枯桑知天風,海水知天寒[7],入門各自媚[8],誰肯相爲言[9]!

　　客從遠方來,遺我雙鯉魚[10]。呼兒烹鯉魚[11],中有尺素書[12]。長跪讀素書[13],書中竟何如:上言加飡食[14],下言長相憶[15]。

　　【註釋】

［1］青青,野草盛時的顏色。

［2］緜緜,雙關狀詞:細密緜延的野草引起了纏綿不斷的思念。

［3］這句是無可奈何的反話,言人在遠方,相思徒然無益,所以説"不可思"。

［4］宿昔,昨夜。

[5]覺,醒。這句説,忽然醒來,夢中人仍在他鄉。

[6]展轉,亦作輾轉,不定。這裏是説,他鄉作客的人行蹤不定。一説,展轉,猶反覆,指自己反覆思量。

[7]枯桑兩句:意思説,無葉的枯桑也能感到風吹,不凍的海水也能感到天寒,難道我不知道自己的孤凄、相思之苦嗎? 這是民歌中常用的比興手法。

[8]媚,愛悦。

[9]言,問訊。以上兩句説,從遠方回家的鄰人,各愛自家的人,有誰肯替我捎個信兒呢?

[10]遺(wèi 位),贈與。雙鯉魚,放書信的函,用兩塊木板做成,一底一蓋,刻作魚形。

[11]烹鯉魚,指打開書函。烹本作"煮"講,用在這裏是爲了造語生動。

[12]素,生絹,古人在絹上寫字。尺素書,即書簡。

[13]長跪,伸直了腰跪着。古人席地而坐,坐時兩膝着地,坐在脚後跟上。跪時將腰挺直,上身就顯得長了。

[14]上言,前邊講。

[15]下言,後邊説。

婦 病 行

【解題】 本篇叙述妻死兒幼、丈夫和孤兒飢寒交迫的悲慘情況,深刻地反映了封建社會中下層人民生活的痛苦。本篇在《樂府詩集》中屬《相和歌辭·瑟調曲》。

婦病連年累歲,傳呼丈人前[1],一言當言[2];未及得言,不知淚下一何翩翩[3]。"屬累君兩三孤子[4],莫我兒飢且寒[5],有過慎莫笪笞[6],行當折摇[7],思復念之[8]!"

亂曰[9]:抱時無衣,襦復無裏[10]。閉門塞牖[11],舍孤兒到市[12]。道逢親交[13],泣坐不能起。從乞求與孤兒買餌[14]。對交啼泣[15],淚不可止。"我欲不傷悲不能已[16]。"探懷中錢持授交。

入門見孤兒,啼索其母抱。徘徊空舍中[17],"行復爾耳[18]！棄置勿復道[19]。"

【註釋】

[1] 丈人,男子的尊稱,指病婦的丈夫。

[2] 一言當言,有一句話應當説。

[3] 翩翩,淚下不斷貌。

[4] 屬,即囑,託付。累,拖累。

[5] 莫我兒,不要使我的孩子。

[6] 過,過失。慎莫,切勿,千萬不要。笪(dá 達)笞(chī 癡),二者都是打人用的竹棒,這裏作動詞用,即以竹棒擊打。

[7] 行當,將要。折搖,猶折夭。這句的意思是,病婦説自己將要死了。"折搖(夭)"説明病婦年齡尚輕。一説,"折搖"指病婦預言這些孩子也難久活,都要夭折的,亦通。

[8] 思復念之,常常思念我這番話罷！

[9] 亂,終篇的結語,樂歌的最後一段。"亂曰"以下是寫婦死後之事。

[10] 抱時無衣兩句:這兩句是説孩子的衣服,上句"無衣"指沒有長衣,下句説雖有短襖(即襦),但衣裏破碎,等於單衣,不能禦寒。

[11] 牖(yǒu 有),牆上的窗户。

[12] 舍,同"捨",丢下。市,市集。這句寫父親暫時丢下孩子上市集去。

[13] 親交,親近的朋友。

[14] 從,就。與,替。這句寫父親到市集上爲孩子買食物,心裏卻惦念着家中的孩子,於是請求親交替他去代辦。

[15] 對交,對着親交。

[16] 這句是父親對親交説的話。

[17] 這句寫父親百般無奈,急得在空屋中走來走去。

[18] 行,將。復,又,也要。爾,這樣。

[19] 棄置,丢開。以上兩句是父親無可奈何的慨嘆的話,意思是,不要多久,孩子也要像媽媽一樣死去的,想到這裏又説道,還是丢開不談吧！

孤　兒　行

【解題】　本篇敘述孤苦伶仃的孤兒，備受兄嫂的虐待，痛不欲生，有力地控訴了宗法制的弊害。本篇在《樂府詩集》中屬《相和歌辭・瑟調曲》，又名《孤子生行》、《放歌行》。

孤兒生，孤子遇生[1]，命獨當苦[2]。父母在時，乘堅車，駕駟馬。父母已去[3]，兄嫂令我行賈[4]。南到九江[5]，東到齊與魯[6]。臘月來歸[7]，不敢自言苦。頭多蟣蝨[8]，面目多塵[9]。大兄言辦飯，大嫂言視馬[10]。上高堂[11]，行取殿下堂[12]，孤兒淚下如雨。使我朝行汲[13]，暮得水來歸，手爲錯[14]，足下無菲[15]。愴愴履霜[16]，中多蒺藜[17]；拔斷蒺藜腸月中[18]，愴欲悲。淚下渫渫[19]，清涕纍纍[20]。冬無複襦[21]，夏無單衣。居生不樂[22]，不如早去[23]，下從地下黃泉[24]。春氣動，草萌芽，三月蠶桑，六月收瓜。將是瓜車[25]，來到還家[26]。瓜車反覆[27]，助我者少，啗瓜者多[28]。"願還我蒂[29]，兄與嫂嚴，獨且急歸[30]，當興校計[31]。"

亂曰：里中一何譊譊[32]！願欲寄尺書[33]，將與地下父母[34]：兄嫂難與久居[35]。

【註釋】

[1] 遇，遭逢。生，生活。上句的"生"是動詞，作出生講；本句的"生"是名詞。

[2] 命，命運。

[3] 已去，已經去世。

[4] 行賈(gǔ 古)，經商、做生意。漢代社會商人地位低下，當時有些商賈就是富貴人家的奴僕。兄嫂命孤兒經商，也是把他當奴僕驅使。

[5] 九江，九江郡。西漢時治壽春，即今安徽省壽縣；東漢時治陵陰，在今安徽省定遠縣西北。

［ 6 ］齊,西漢郡名,治臨淄,即今山東省淄博市。魯,漢縣名,即今山東省
　　　曲阜縣。這裏齊魯大約泛指今山東省境内地方。

［ 7 ］臘月,陰曆十二月。

［ 8 ］蟣,虱的卵。

［ 9 ］這一句末尾可能脱漏一個"土"字。因爲這句需要一個韻脚。而且和
　　　上文對照,這句該是五言句。

［10］大兄兩句:敍述兄嫂毫不體恤孤兒,立即又呼唤他做繁重的家務
　　　勞動。

［11］高堂,正屋。"上高堂"句承"大兄言辦飯"句:大兄叫他辦飯,他走上
　　　正屋。

［12］行,復。取,通"趣",急走。殿,正屋。殿下堂,即邊屋、廂房。"行取
　　　殿下堂"句承"大嫂言視馬"句:大嫂叫他去照料馬匹,他又急忙走出
　　　正屋到邊房去看馬。

［13］汲,取水。

［14］錯,讀爲"皵(què 鵲)",皮膚皺裂。

［15］菲,與"屝"通,草鞋。

［16］愴(chuàng 創)愴,傷心悲痛。履,踐踏。

［17］蒺藜,一種蔓生野草,子多尖刺。

［18］腸,腓腸,即脚脛骨後的肉。月,即肉字。

［19］淚淚,流淚不斷貌。

［20］纍纍,流涕重疊貌。

［21］複襦,袷襖。

［22］居生,活在世上。

［23］早去,早死。

［24］下從,指追隨父母於地下。黄泉,與地下同義。

［25］將,推。

［26］這句意思説,向回家的路上走來。

［27］反覆,即翻覆,指翻車。

［28］啗(dàn 但),同"啖",吃。

［29］蒂,瓜蒂。這句寫孤兒無法阻止人家吃瓜,只得哀求把瓜蒂還他,好

372

向兄嫂交代。

[30] 獨,將。且,語助詞。

[31] 興,興起,惹起。校計,即計較,這裏是糾紛、麻煩之意。

[32] 里,孤兒所居的地方。譊(náo 撓)譊,喧嘩、叫罵聲。

[33] 尺書,指信札。

[34] 將與,帶給。

[35] 兄嫂難與久居,即難與兄嫂久居。

白 頭 吟

【解題】 本篇寫被遺棄的女子向用情不專的男子表示決絕。作品中所表現的悱惻動人的哀怨,反映了封建社會中廣大婦女的不幸和苦痛。《西京雜記》認爲本篇是卓文君爲司馬相如欲另娶茂陵女而作,似屬附會。本篇在《樂府詩集》中屬《相和歌辭·楚調曲》。

皚如山上雪[1],皎若雲閒月[2]。聞君有兩意[3],故來相決絕[4]。今日斗酒會[5],明旦溝水頭[6];躞蹀御溝上[7],溝水東西流[8]。淒淒復淒淒[9],嫁娶不須啼[10];願得一心人,白頭不相離[11]。竹竿何嫋嫋[12],魚尾何簁簁[13]。男兒重意氣[14],何用錢刀爲[15]!

【註釋】

[1] 皚,白。

[2] 皎,白。以上兩句是女主人公用以比喻自己愛情的純潔。

[3] 兩意,二心。

[4] 決絕,斷絕。

[5] 斗,酒器。

[6] 溝,即下文所講的御溝。以上兩句説,今天是最後一次聚會,明晨溝邊分手。

[7]蹀(xiè 泄)躞(dié 碟),小步緩行貌。御溝,流經皇宮或環繞宮牆的水。

[8]這句以溝水東西分流暗喻與情人決絕。一說,東西流,即東流,東西是偏義複詞,這裏偏用東字的意義。溝水東流,喻愛情的一去不返。

[9]淒淒,悲傷貌。

[10]嫁娶,偏義複詞,只用嫁字的意義。舊社會中女子出嫁時常常悲傷啼哭。

[11]這兩句承上句說只要嫁得一心不變的人就幸福了。

[12]竹竿,釣竿。嫋嫋,擺動貌。

[13]簁(shī 施)簁,猶漇漇,羽毛濡濕貌。這句形容魚尾像沾濕的羽毛一般。中國古詩中,常用釣魚隱喻男女求偶的行爲。

[14]意氣,情義。

[15]錢刀,即錢幣。古代所鑄的錢幣有的形如馬刀,故叫錢刀。以上兩句的意思是,男子應該珍重情義,金錢又有甚麼用呢?

十五從軍征

【解題】　本篇描寫一個老戰士回鄉後無家可歸的悲慘情景,揭露了封建兵役制度給勞動人民造成的苦難。它原是漢代古詩,後世曾採以入樂。本篇在《樂府詩集》中屬《橫吹曲辭・梁鼓角橫吹曲》,又名《紫騮馬歌》。

十五從軍征,八十始得歸。道逢鄉里人:"家中有阿誰[1]?""遙看是君家,松柏冢纍纍[2]。"兔從狗竇入[3],雉從樑上飛[4],中庭生旅穀[5],井上生旅葵[6]。舂穀持作飯[7],採葵持作羹。羹飯一時熟,不知飴阿誰[8]。出門東向看,淚落沾我衣。

【註釋】

[1]阿誰,誰。"阿"是語助詞,無意義。

［2］冢，高墳。纍纍，一個連一個的樣子。這兩句是被問者應答之詞。

［3］狗竇，給狗進出的牆洞。

［4］雉，野雞。

［5］旅，植物未經播種而野生的叫旅生。

［6］葵，菜名，又名冬葵，其嫩葉可食。

［7］飰，即"飯"字。

［8］飴，送給。

上 山 採 蘼 蕪
據影印明趙氏翻刻宋陳玉父本《玉臺新詠》

　　【解題】 本篇通過棄婦和故夫的問答反映出封建社會婦女在婚姻問題方面的悲慘遭遇。也隱約揭示了故夫的被迫離異的心理。本篇《樂府詩集》未收，《玉臺新詠》作《古詩》，《太平御覽》引作《古樂府》。

　　上山採蘼蕪[1]，下山逢故夫。長跪問故夫："新人復何如[2]？""新人雖言好，未若故人姝[3]。顏色類相似[4]，手爪不相如[5]。""新人從門入，故人從閣去[6]。""新人工織縑[7]，故人工織素[8]。織縑日一匹[9]，織素五丈餘，將縑來比素，新人不如故。"

　　【註釋】

［1］蘼蕪，也叫江蘺，香草名。葉子風乾後可做香料。

［2］這句是棄婦問故夫："新娶的人怎麼樣？"

［3］故人，指棄婦。姝，好。此處泛指各個方面，不專指容貌。

［4］顏色，容貌。

［5］手爪，指紡織等婦女的手藝。以上四句是故夫的話。

［6］新人兩句：這兩句是棄婦之詞，説新人從大門被迎進來，故妻只好從旁邊小門離開了。舊事重提，棄婦訴説心中的委屈、哀怨。

［7］工，善於。縑，黃色絹，價值較賤。

［8］素,白色絹,價值較貴。

［9］一匹,長四丈,闊二尺二寸。

焦仲卿妻 并序

【解題】 本篇最早見於陳朝時徐陵編的《玉臺新詠》,題作《古詩無名人爲焦仲卿妻作》,後人常取此詩首句,稱爲《孔雀東南飛》。這是一首傑出的長篇敍事詩:它通過焦仲卿和劉蘭芝的愛情悲劇,對封建制度和封建禮教的罪惡作了深刻的揭露和鞭斥;對詩中主人公的不幸遭遇和反抗精神寄予同情和加以贊揚;同時對人民追求美好生活的理想通過幻想的形式加以描繪和歌頌。作品在藝術描寫方面也有很高成就:人物形象鮮明突出,語言樸素、生動,結構謹嚴,剪裁得當。它的出現標誌着漢樂府中的敍事詩發展到了高峯。本篇在《樂府詩集》中屬《雜曲歌辭》。

〔原序〕漢末建安中[1],廬江府小吏焦仲卿妻劉氏[2],爲仲卿母所遣[3],自誓不嫁。其家逼之,乃没水而死。仲卿聞之,亦自縊於庭樹[4]。時人傷之[5],爲詩云爾[6]。

孔雀東南飛,五里一徘徊[7]。"十三能織素[8],十四學裁衣。十五彈箜篌[19],十六誦詩書。十七爲君婦,心中常苦悲。君既爲府吏,守節情不移[10]。雞鳴入機織,夜夜不得息,三日斷五匹[11],大人故嫌遲[12]。非爲織作遲,君家婦難爲[13]。妾不堪驅使,徒留無所施[14]。便可白公姥[15],及時相遣歸[16]。"

府吏得聞之,堂上啓阿母[17]:"兒已薄禄相[18],幸復得此婦。結髮同枕席[19],黃泉共爲友[20]。共事二三年,始爾未爲久[21]。女行無偏斜,何意致不厚[22]?"阿母謂府吏:"何乃太區區[23]!此婦無禮節,舉動自專由[24]。吾意久懷忿,汝豈得自由!東家有賢女,自名秦羅敷[25]。可憐體無比[26],阿母爲汝求。便可速遣之,遣去慎莫留！"府吏長跪告，伏惟啓阿母[27]："今若遣此婦，終老不復取[28]！"阿母得聞之，槌牀便大怒[29]："小子無所畏，何敢助婦語！吾已失恩義，會不相從許[30]！"

府吏默無聲，再拜還入户。舉言謂新婦[31]，哽咽不能語[32]："我自不驅卿[33]，逼迫有阿母。卿但暫還家，吾今且報府[34]。不久當歸還，還必相迎取。以此下心意[35]，慎勿違吾語。"新婦謂府吏："勿復重紛紜[36]！往昔初陽歲[37]，謝家來貴門[38]。奉事循公姥[39]，進止敢自專[40]？晝夜勤作息，伶俜縈苦辛[41]。謂言無罪過，供養卒大恩[42]。仍更被驅遣，何言復來還？妾有繡腰襦[43]，葳蕤自生光[44]；紅羅複斗帳[45]，四角垂香囊；箱簾六七十，綠碧青絲繩[46]；物物各自異，種種在其中。人賤物亦鄙，不足迎後人[47]。留待作遣施[48]，於今無會因[49]。時時爲安慰，久久莫相忘[50]！"

雞鳴外欲曙，新婦起嚴妝[51]。著我繡裌裙，事事四五通[52]。足下躡絲履，頭上玳瑁光[53]。腰若流紈素[54]，耳著明月璫[55]。指如削蔥根[56]，口如含朱丹[57]。纖纖作細步，精妙世無雙。上堂謝阿母，母聽去不止[58]。"昔作女兒時，生小出野里[59]，本自無教訓，兼愧貴家子。受母錢帛多[60]，不堪母驅使[61]。今日還家去，念母勞家裏。"卻與小姑別[62]，淚落連珠子。"新婦初來時[63]，小姑如我長。勤心養公姥，好自相扶將[64]，初七及下九[65]，嬉戲莫相忘[66]！"出門登車去，涕落百餘行[67]。

府吏馬在前，新婦車在後，隱隱何甸甸[68]，俱會大道口。下馬入車中，低頭共耳語："誓不相隔卿[69]！且暫還家去，吾今且赴府。不久當還歸，誓天不相負！"新婦謂府吏："感君區區懷[70]。君既若見録[71]，不久望君來。君當作磐石，妾當作蒲葦；蒲葦紉如絲[72]，磐石無轉移。我有親父兄[73]，性行暴如雷。恐不任我意，逆以煎我懷[74]。"舉手常勞勞[75]，二情同依依[76]。

入門上家堂,進退無顏儀[77]。阿母大拊掌[78]:"不圖子自歸[79]!十三教汝織,十四能裁衣。十五彈箜篌,十六知禮儀。十七遣汝嫁,謂言無誓違[80]。汝今無罪過,不迎而自歸[81]?"蘭芝慙阿母[82]:"兒實無罪過。"阿母大悲摧[83]。

還家十餘日,縣令遣媒來。云"有第三郎,窈窕世無雙[84]。年始十八九,便言多令才[85]。"阿母謂阿女:"汝可去應之。"阿女銜淚答[86]:"蘭芝初還時,府吏見丁寧[87],結誓不別離。今日違情義,恐此事非奇[88]。自可斷來信[89],徐徐更謂之[90]。"阿母白媒人:"貧賤有此女,始適還家門[91]。不堪吏人婦,豈合令郎君?幸可廣問訊[92],不得便相許[93]。"

媒人去數日,尋遣丞請還[94]:"'說有蘭家女[95],承籍有宦官[96]。云有第五郎,嬌逸未有婚[97]。遣丞為媒人',主簿通語言[98]。"直說"太守家,有此令郎君,既欲結大義[99],故遣來貴門[100]。"阿母謝媒人:"女子先有誓,老姥豈敢言[101]!"阿兄得聞之,悵然心中煩。舉言謂阿妹:"作計何不量[102]!先嫁得府吏,後嫁得郎君。否泰如天地[103],足以榮汝身。不嫁義郎體[104],其住欲何云[105]?"蘭芝仰頭答:"理實如兄言。謝家事夫婿,中道還兄門。處分適兄意[106],那得自任專?雖與府吏要[107],渠會永無緣[108]。登即相許和[109],便可作婚姻。"媒人下牀去,諾諾復爾爾[110]。還部白府君[111]:"下官奉使命,言談大有緣。"府君得聞之,心中大歡喜。視曆復開書[112]:"便利此月內[113],六合正相應[114]。良吉三十日[115],今已二十七,卿可去成婚。"交語速裝束,絡繹如浮雲[116]。青雀白鵠舫[117],四角龍子幡[118],婀娜隨風轉[119]。金車玉作輪,躑躅青驄馬[120],流蘇金鏤鞍[121]。齎錢三百萬[122],皆用青絲穿。雜綵三百匹[123],交廣市鮭珍[124]。從人四五百,鬱鬱登郡門[125]。

阿母謂阿女:"適得府君書[126],明日來迎汝。何不作衣裳?

莫令事不舉[127]！"阿女默無聲,手巾掩口啼,淚落便如瀉。移我瑠璃榻[128],出置前牎下[129]。左手持刀尺,右手執綾羅。朝成繡袷裙,晚成單羅衫。晻晻日欲暝[130],愁思出門啼[131]。

府吏聞此變,因求假暫歸。未至二三里,摧藏馬悲哀[132]。新婦識馬聲,躡履相逢迎。悵然遙相望,知是故人來。舉手拍馬鞍,嗟嘆使心傷:"自君別我後,人事不可量[133]。果不如先願,又非君所詳。我有親父母[134],逼迫兼弟兄。以我應他人,君還何所望!"府吏謂新婦[135]:"賀卿得高遷[136]!磐石方且厚[137],可以卒千年;蒲葦一時紉,便作旦夕間[138]。卿當日勝貴[139],吾獨向黃泉。"新婦謂府吏:"何意出此言!同是被逼迫,君爾妾亦然[140]。黃泉下相見[141],勿違今日言[142]!"執手分道去,各各還家門。生人作死別,恨恨那可論!念與世間辭,千萬不復全[143]。

府吏還家去,上堂拜阿母:"今日大風寒,寒風摧樹木,嚴霜結庭蘭。兒今日冥冥[144],令母在後單。故作不良計[145],勿復怨鬼神!命如南山石,四體康且直[146]。"阿母得聞之,零淚應聲落[147]:"汝是大家子,仕宦於臺閣[148]。慎勿爲婦死,貴賤情何薄[149]?東家有賢女,窈窕艷城郭[150]。阿母爲汝求,便復在旦夕。"府吏再拜還,長嘆空房中,作計乃爾立[151]。轉頭向戶裏,漸見愁煎迫[152]。

其日牛馬嘶[153],新婦入青廬[154]。菴菴黃昏後[155],寂寂人定初[156]。"我命絕今日,魂去尸長留。"攬裙脫絲履,舉身赴清池。府吏聞此事,心知長別離。徘徊庭樹下,自掛東南枝[157]。

兩家求合葬,合葬華山傍[158]。東西植松柏,左右種梧桐。枝枝相覆蓋,葉葉相交通。中有雙飛鳥,自名爲鴛鴦,仰頭相向鳴,夜夜達五更。行人駐足聽,寡婦起彷徨[159]。多謝後世人[160],戒之慎勿忘[161]!

【註釋】

[1] 建安,漢獻帝年號,共二十五年(公元一九六——二二〇年)。

[2] 廬江,郡名,故治在今安徽省廬江縣西南。府小吏,太守府中小吏。

[3] 遣,古代女子出嫁以後被夫家休回娘家叫遣。

[4] 縊(yì 意),用繩索等物勒頸而死叫縊。自縊,即上吊。

[5] 傷,哀悼。

[6] 云爾,句末語詞。爲詩云爾,原作"而爲此辭也",據文學古籍刊行社
影印明翻宋陳玉父本《玉臺新詠》校改。

[7] 孔雀兩句: 這兩句是全詩的起興。古詩寫夫婦的離別往往用雙鳥起
興,如《艷歌何嘗行》:"飛來雙白鵠,乃從西北來……五里一返顧,六
里一徘徊。"

[8] 素,精白的綢絹。

[9] 箜篌,樂器名。體曲而長,狀似古瑟,二十三絃或二十五絃。

[10] 節,節操。這裏指愛情。這句是說愛情堅貞不變。一說,"節"作"臣
節"解。"守節情不移"是劉氏說仲卿忠於職守,不爲夫婦之情所移,
使自己經常過着孤獨的生活。此句下一本有"賤妾守空房,相見常日
稀"兩句。

[11] 斷,截。指把織成的布匹從機上截下來。

[12] 大人,指焦仲卿的母親。故,故意。

[13] 難爲,難做。

[14] 這句說,徒然留在這裏也沒有什麽用處。

[15] 白,告語。公姥(mǔ 母),公婆。這裏是偏義複詞,專指婆婆。

[16] 本段除開頭兩句是起興外,其餘都是蘭芝對仲卿訴說痛苦。由於焦
母的故意挑剔,蘭芝在焦家難以再生活下去,因此被迫提出回娘家。

[17] 啓,白,告稟。

[18] 薄祿相,古人迷信相術,認爲從人的面貌可以看出他的禄秩壽命。
"薄祿相"是說自己的相貌是個窮相。

[19] 結髮,指成年,古代男女成年時要把頭髮結上。古制,男子二十而冠,
女子十五而笄,都是成年的標誌。

380

［20］黄泉,指地下。這句是説,一直到死兩人都要在一起。

［21］共事兩句:共事,共同生活。爾,如此,指上面所説的恩愛生活。這兩
　　　句是説,我們共同生活不過兩三年,開始過這種恩愛生活還不久。

［22］意,料。致,招致。不厚,不愛。這句是説,哪裏料得到會使得你不
　　　喜愛。

［23］區區,小貌。這裏是焦母指責仲卿心胸的狹窄。一説,區區,愚蠢。

［24］自專由,不向尊長請示而依照自己的意志去行動。

［25］自名,名字叫做。秦羅敷,羅敷是當時稱呼美女常用的名字,這裏只
　　　是拿來用作漂亮女子的代稱。

［26］可憐,可愛。

［27］伏惟,古代對尊長的恭敬語。伏,俯伏,表示恭敬。惟,思。

［28］終老,終身。取,同“娶”。

［29］槌牀,猶拍牀。當時的牀是比板凳稍寬一些的坐具。

［30］會不,當不,也就是決不的意思。這句是説,決不答應你的要求。本
　　　段寫仲卿要求母親不要驅逐蘭芝,焦母因此大怒,堅決不允。

［31］舉言,猶發言。新婦,媳婦。

［32］哽咽,悲痛時因氣結不能講話。

［33］卿,這裏是仲卿對蘭芝的親暱稱呼。

［34］報(fù赴)府,指到廬江府去辦公。報,這裏通“赴”。

［35］此,指“卿但暫還家”四句所言之事。下心意,低心下氣。猶耐心忍受
　　　一些委屈的意思。這句是説,爲了這個你就忍受一些委屈吧。一説,
　　　下心意,定下心意,即打定主意。

［36］紛紜,凌亂。這裏的“勿復重紛紜”是不必再找麻煩的意思。

［37］初陽,指冬至節,舊時有冬至陽氣初動之説。

［38］謝,辭別。

［39］奉事,行事。循,遵循。

［40］進止,行動。止,原作“心”,據明萬曆刻本《玉臺新詠》校改。敢,
　　　豈敢。

［41］伶俜(pīng乒),孤單貌。縈苦辛,爲辛苦所牽纏。

［42］卒,完成。這句是説,自己以爲可以一直供養婆婆到老,以報答大恩。

381

[43] 繡腰襦,繡花的短襦。

[44] 葳(wēi 威)蕤(ruí 綏),草木枝葉茂盛貌。這裏形容繡腰襦上的刺繡。
自生光,一本作"金縷光"。

[45] 複斗帳,雙層的帳子。斗帳,小帳,形如覆斗。古時斗的形狀是方口
方底,口大底小。

[46] 箱簾兩句:簾,讀爲"匳",鏡匣。安放東西的小器也叫匳。這兩句一
本作"交文象牙簟,宛轉素絲繩"。

[47] 後人,指仲卿將來再娶的妻子。

[48] 遺施,贈送、施與。遺,一作遺。這句意思是説,這些東西留下來將來
可以贈送給其他的人。

[49] 會因,會面的機會。這句説,從今以後再也沒有會面的機會了。

[50] 本段敍述仲卿向蘭芝傳達母親的意思以後兩人的對話和蘭芝作離開
焦家的準備。

[51] 嚴妝,整妝,好好妝扮。

[52] 四五通,四五徧。

[53] 玳瑁光,玳瑁的首飾發着光彩。

[54] 紈素,二者都是質地輕柔的絲織品。這句是説,腰際的紈素像水一樣
的流轉輕盈。若,有人疑心是"著"字之誤。

[55] 明月璫(dāng 當),明月珠做的耳墜。

[56] 削葱根,尖削的葱白。形容手指的纖細潔白。

[57] 朱丹,紅色的寶石。含朱丹是形容嘴脣的紅艷。

[58] 這句是説,焦母聽任蘭芝離去,不加留止。

[59] 野里,鄉野的地方。這裏是謙辭。

[60] 錢帛,指聘禮。

[61] 不堪,不能勝任。

[62] 卻,退。

[63] 一本此句下有"小姑始扶牀;今日被驅遣"兩句。

[64] 扶將,扶持,保養。這句是説,自己好好保重。

[65] 初七,指農曆七月七日,舊俗婦女在這天晚上供祭織女,乞巧。下九,
古代以每月二十九日爲上九,初九爲中九,十九爲下九。婦女常在下

九日置酒集會,爲藏鉤等遊戲,叫做陽會。

[66] 這句是説,在嬉戲的時候不要把我忘掉了。

[67] 本段寫蘭芝離開焦家,與焦母、小姑相別,揮涕登車。

[68] 隱隱、甸甸,都是車聲。何,語助詞。

[69] 隔,絶。卿,原作"鄉",據紀容舒《玉臺新詠考異》校改。

[70] 區區,猶拳拳,忠愛專一的意思。

[71] 録,收留。

[72] 紉,同"韌",柔韌牢固。

[73] 父兄,此處單指兄。

[74] 逆,違反。煎我懷,使我心裏痛苦,有如煎焚。

[75] 舉手,兩人分別時表示告別。勞,憂。"勞勞"是悵然若失的樣子。

[76] 依依,戀戀不捨的樣子。本段寫仲卿和蘭芝分手,並立誓互不相負。

[77] 無顏儀,猶言臉上沒有光彩。

[78] 拊掌,拍掌。這裏是表示驚異。

[79] 不圖,沒有想到。

[80] 誓違,一説"誓"是"愆"字之誤。愆,古"愆"字。愆違即過失。這句是
説,我只説你嫁過去可以不犯過失。

[81] 不迎句:古代女子出嫁以後,在一般情況下要母家派人去接才能回
家,自行回家是被驅遣的表現,所以蘭芝的母親見到蘭芝自行回家感
到非常驚異。

[82] 慙阿母,慚愧地回答母親。

[83] 悲摧,悲傷。本段寫蘭芝初回家時與母親相見的情況。

[84] 窈窕,美好。

[85] 便,作辯解,便言即辯言,有口才。令,美。令才,美好的才能。

[86] 銜淚,含淚。

[87] 見,加。」寧,再三囑咐。這句説,府吏曾一再對我加以囑咐。

[88] 非奇,不佳。奇,嘉,美好。

[89] 斷,回絶。信,使者,指縣令派來的媒人。

[90] 徐徐,慢慢地。更,再。之,指出嫁的事。這句是説,關於出嫁的這件
事慢慢地再説吧。

[91] 適,出嫁。始適,剛出嫁不久。

[92] 廣問訊,另外向其他方面多多打聽。

[93] 本段寫縣令遣媒說婚,蘭芝加以拒絕。

[94] 尋,隨即。請,請婚。還,來。這句意思說,隨即太守又派遣郡丞到劉
家來說親。

[95] 說有,原作"誰有",據翻宋本《玉臺新詠》校改。蘭家女,猶言蘭芝姑
娘。一說,蘭家,猶某家。《列子・說符篇》張湛註:"凡人物不知生出
者謂之蘭也。"以下五句是郡丞向劉家轉述主簿對他說的太守的話。

[96] 承籍,承繼祖先仕籍。宦官,即官宦,做官的人。

[97] 嬌逸,嬌美文雅。

[98] 主簿,官名,郡縣都有主簿,掌管文書簿籍。以上自"尋遣丞請還"句
到"主簿通語言"句,歷來註釋意見不一,這裏只是提供一種解釋供
參考。

[99] 結大義,即結婚姻。

[100] 以上四句是郡丞爲太守向劉家說親的話。

[101] 老姥,老婦。

[102] 作計,打算。不量,不加考慮。

[103] 否(pǐ 痞)泰,本來是《易經》中的兩個卦名,"否"表示壞運,"泰"表示
好運。如天地,言高下有如天地之別。

[104] 義郎,郎,郎君。"義"是美稱。郎,原作"即",據明萬曆刻本《玉臺新
詠》校改。

[105] 這句意思是說,你長住在娘家準備作何打算呢? 一本住作往。

[106] 適,順從。

[107] 要,約。

[108] 渠會,他會。渠,猶他、伊。這句說,他會永遠沒有機緣的。

[109] 登即,當即。許和,答應。

[110] 諾諾,應聲。爾,如此。這句猶今言:"好,好,就這樣,就這樣。"

[111] 部,衙門。府君,即太守。

[112] 曆、書,都是指曆書。古代有《六合婚嫁曆》、《陰陽婚嫁書》等。

[113] 便利,就適宜於。

[114] 六合句:古人選擇吉日時,月建和日將的干支都相適合叫做六合。即子與丑合,寅與亥合,卯與戌合,辰與酉合,巳與申合,午與未合。

[115] 良吉,良辰吉日。

[116] 交語兩句:交語,教語。指太守交代手下的人快一點去準備婚禮。浮雲,喻人數衆多。此指籌辦婚禮的人像浮雲一樣地接連不斷。

[117] 青雀、白鵠,指船頭上畫的圖畫。舫,船。

[118] 龍子幡,繡龍的旗幟。

[119] 婀娜,輕柔飄動的樣子。

[120] 躑躅,猶跚蹰。青驄馬,毛色青白夾雜的馬。

[121] 流蘇,用五彩羽毛做成的下垂的裝飾品,古時多用在車馬、帳幕上面。

[122] 齎(jī 雞),付。

[123] 雜綵,各式綢緞。

[124] 這句説,從交州、廣州等地購買來的山珍海味。鮭(xié 鞋),魚類菜肴的總名。"交廣"一本作"交用"。

[125] 鬱鬱,盛貌。形容人多熱鬧的樣子。登,有人疑爲"發"字之誤。本段寫太守遣媒説婚,劉家允婚,太守家準備迎娶。

[126] 適,剛才。

[127] 舉,成。不舉,辦不起來。

[128] 瑠璃榻,嵌琉璃的坐具。

[129] 牕,即"窗"字。

[130] 奄奄(àn 暗),日落昏暗貌。暝,暮。

[131] 本段寫蘭芝的母親勸她準備嫁妝。

[132] 摧藏,或是"悽愴"之轉,即傷心。馬悲哀,指馬鳴。由於人的心情悽愴,故聞馬鳴亦似悲哀。

[133] 不可量,不能預料。

[134] 親父母,此處單指母。下句弟兄單指兄。

[135] 謂,原作"爲",據翻宋本《玉臺新詠》校改。

[136] 得,原作"德",據翻宋本《玉臺新詠》校改。

[137] 且,原作"可",據四部叢刊影印五雲溪館本《玉臺新詠》校改。

[138] 旦夕閒,早晚之間。指早晚之間就發生變化,極言時間的短暫。

[139] 日勝貴,一天比一天貴盛起來。

[140] 這句意思説,你是這樣,我也是如此。

[141] 下,原作"不",據四部叢刊本《玉臺新詠》校改。

[142] 勿,原作"忽",據翻宋本《玉臺新詠》校改。

[143] 千萬,表示堅決之辭。意爲無論如何。不復全,再也不能保全了。本段寫仲卿聞變來見蘭芝,兩人相約同死。

[144] 日冥冥,如日之冥冥。言生命就要結束了。

[145] 不良計,不好的打算。指自殺。

[146] 命如兩句: 直,順,有舒展之意。四體康且直,指四肢健康而舒適。這兩句是仲卿與母親訣别時祝她身體康寧的話。《詩經·小雅·天保》有"如南山之壽,不騫不崩"的話。一説,係指仲卿自言死後身體殭卧如石。

[147] 這句説,眼淚隨着説話的聲音流下來了。

[148] 臺閣,古代尚書的官署泛稱臺閣,此處指官府。

[149] 貴賤,言仲卿貴而蘭芝賤。情何薄,離婚怎麽能够算是薄情呢? 一説,貴,動詞;把應當賤視的人看得貴重,你的感情是如何的不值價啊?

[150] 艷城郭,漂亮冠於全城。

[151] 乃爾,就這樣。立,決。指自殺的打算。

[152] 本段寫仲卿回家與母親告别,準備自殺。

[153] 牛馬嘶,這裏是形容車馬盈門的熱鬧情況。

[154] 青廬,以青布幔爲屋,行婚禮時所用。

[155] 奄奄,同"晻晻",暗貌。

[156] 人定初,人們已經安静下來的時候。一説,指晚上亥時初刻(十點鐘左右這一段時間)。

[157] 本段寫蘭芝和仲卿的自殺。

[158] 華山,大約是廬江一帶的小山,今不可考。一説,這兩句經後人潤色,借用南朝樂府《華山畿》傳説中的地名來象徵至死不渝的愛情。

[159] 起,原作"赴",據四部叢刊本《玉臺新詠》校改。

[160] 多謝,敬告。

[161] 本段寫仲卿夫婦死後兩家要求合葬的事。作者通過美麗的幻想形式,表現了仲卿夫婦争取婚姻自由的意志是不可戰勝的。

梁 鴻 詩

據《後漢書·梁鴻傳》(《百衲本二十四史》本)

梁鴻,字伯鸞,扶風平陵(今陝西省咸陽縣東北)人,生卒年不詳,生活在東漢前期。家貧好學,和妻孟光耕織於霸陵山中。後居齊魯之間。最後至吳地,為人傭工。著書十餘篇,已佚,今存詩三首。

五 噫 歌

【解題】 本篇是梁鴻經過當時京都洛陽時所作,內容在揭示統治者的奢侈,嗟嘆人民的勞苦。章帝看到此詩,很不滿,下令訪拿他。他因此改姓運期,字侯光,和妻子避於齊魯之間。

陟彼北芒兮[1],噫!顧覽帝京兮,噫!宮室崔嵬兮[2],噫!人之劬勞兮[3],噫!遼遼未央兮[4],噫!

【註釋】

[1] 陟,升。北芒,一作北邙,山名,在洛陽城東北。

[2] 崔嵬,高貌。

[3] 劬(qú 渠),勞苦。

[4] 遼遼,遠也。未央,未盡。這句嘆息廣大人民的勞苦沒有限度和終了的時候。

張　衡　詩
作者介紹見前《歸田賦》

四　愁　詩
據胡刻《文選》本

【解題】　這是寫懷人而愁思的詩,共分四章。《文選》錄此詩,前有序文云:"張衡不樂久處機密(當時做太史令,掌管天文玄象,所以稱機密),陽嘉(漢順帝年號)中出爲河間相。時國王驕奢,不遵法度,又多豪右并兼之家。衡下車(到任),治威嚴,能内察屬縣,姦猾行巧劫,皆密知名,下吏收捕,盡服擒。諸豪俠遊客悉惶懼逃出境。郡中大治,爭訟息,獄無繫囚。時天下漸弊,鬱鬱不得志,爲《四愁詩》。依("依"字據胡克家《文選考異》增入)屈原以美人爲君子,以珍寶爲仁義,以水深雪雰爲小人。思以道術相報,貽於時君,而懼讒邪不得以通(據《後漢書·張衡傳》,衡曾受宦官的讒毁)。"這序文不是張衡所作,而是後人編集張衡詩文時依據有關歷史資料寫成的。其中認爲本詩是寄託作者傷時憂世的看法,大致上是可信的。

我所思兮在太山[1],欲往從之梁父艱[2]。側身東望涕沾翰[3]。美人贈我金錯刀[4],何以報之英瓊瑤[5]。路遠莫致倚逍遥[6],何爲懷憂心煩勞[7]?

我所思兮在桂林[8],欲往從之湘水深[9]。側身南望涕沾襟。美人贈我琴琅玕[10],何以報之雙玉盤。路遠莫致倚惆悵,何爲懷憂心煩怏[11]?

我所思兮在漢陽[12],欲往從之隴阪長[13]。側身西望涕沾裳。美人贈我貂襜褕[14],何以報之明月珠[15]。路遠莫致倚踟蹰[16],何爲懷憂心煩紆[17]?

我所思兮在雁門[18],欲往從之雪紛紛[19]。側身北望涕沾巾。美人贈我錦繡段[20]，何以報之青玉案[21]。路遠莫致倚增嘆[22]，何爲懷憂心煩惋[23]？

【註釋】

[1] 太山，即泰山，在今山東省泰安縣境内。

[2] 從之，指追隨所思的人。梁父，山名，是太山下的小山。艱，艱險。李善註《文選》説這兩句以太山比君王，以梁父比小人。

[3] 翰，借指衣襟。

[4] 美人，六臣註《文選》吕向説是比君王。錯，鍍金。金錯刀指黄金鑲嵌刀環或刀柄的佩刀。一説，指錢幣，即鍍金的刀錢。按此處餽贈珍貴禮品，以解作佩刀爲勝。

[5] 英，美石似玉者。瓊、瑶，都是美玉。這句中何以報之四字是自問，英瓊瑶三字是自答。

[6] 致，送達。倚，與“猗”通，語助詞。下同此。逍遥，徬徨。

[7] 勞，憂傷。

[8] 桂林，漢郡名，郡治即今廣西桂林市。

[9] 湘水，發源於廣西興安縣陽海山，東北流入湖南省，經長沙入洞庭湖。

[10] 琴琅玕，用琅玕（一種珠狀的美石）裝飾着的琴。琴，胡刻《文選》作金，據《玉臺新詠》校改。

[11] 怏(yàng 恙)，心情不暢快，胡刻《文選》作“傷”，據《玉臺新詠》校改。

[12] 漢陽，後漢郡名（前漢叫天水郡），郡治在今甘肅省甘谷縣南。

[13] 隴阪，地名。山坡叫阪。隴阪是隴山的大阪，在天水郡。隴阪在古代以迂迴險阻著名。

[14] 貂襜(chān 攙)褕(yú 於)，襜褕原指直襟單衣。這裏貂襜褕是指用貂皮製的直襟袍子。

[15] 明月珠，寶珠名。

[16] 踟蹰，徘徊貌。

[17] 紆，紆曲，這裏指心情紛亂。

[18] 雁門，漢郡名，在今山西省西北部。

〔19〕纷纷,雪盛貌。

〔20〕锦绣段,指成段的锦绣。

〔21〕案,小几。没有脚的叫盘,有脚的叫案,都用以安放食器。一说,案,
古“碗”字。

〔22〕增叹,一再叹息。

〔23〕惋,怨也。

辛 延 年 詩

據文學古籍刊行社影宋本《樂府詩集》

辛延年,東漢人,身世不詳。

羽 林 郎

【解題】 羽林是皇家禁衛軍,羽林郎是禁衛軍中的官名。本詩内容與羽林郎無關,可能是用樂府舊題詠當時新事。這首詩叙述一個酒家女子,不畏強暴,勇敢地拒絶霍家豪奴馮子都的調笑。朱乾《樂府正義》認爲本詩可能是借歷史題材諷刺東漢和帝時代外戚竇氏而作。當時竇憲做大將軍,一門兄弟都很驕橫,尤其是做執金吾的竇景,常常縱容部下以野蠻的手段強奪民間婦女、財物,人民把他們看做寇讎。此説近是。本篇在《樂府詩集》中屬《雜曲歌辭》。

昔有霍家姝[1],姓馮名子都[2]。依倚將軍勢,調笑酒家胡[3]。胡姬年十五,春日獨當壚[4]。長裾連理帶[5],廣袖合歡襦[6]。頭上藍田玉[7],耳後大秦珠[8]。兩鬟何窈窕[9],一世良所無[10]。一鬟五百萬,兩鬟千萬餘[11]。不意金吾子[12],娉婷過我廬[13]。銀鞍何煜爚[14],翠蓋空踟躕[15]。就我求清酒,絲繩提玉壺。就我求珍肴,金盤膾鯉魚[16]。貽我青銅鏡,結我紅羅裾[17]。不惜紅羅裂,何論輕賤軀[18]!男兒愛後婦,女子重前夫。人生有新故,貴賤不相踰[19]。多謝金吾子[20],私愛徒區區[21]。

【註釋】

[1] 霍家,指霍光家。霍光是西漢昭帝時的大司馬大將軍。姝,這裏指美貌的男子,古代美貌男子也可稱爲姝。姝一作奴。

［ 2 ］馮子都，霍家的奴才頭子，最得霍光愛幸。

［ 3 ］胡，當時稱北方少數民族爲胡，這裏是指一個賣酒的少數民族
　　　女子。

［ 4 ］當，值。壚，放酒罈子的地方。累土而成，四邊隆起，一邊稍高，用以
　　　安置酒罈。當壚，即賣酒的意思。

［ 5 ］裾，衣前襟。連理帶，兩條相連結的帶子，用以連結兩邊衣襟。

［ 6 ］廣袖，寬大的衣袖。合歡，一種圖案花紋。這種花紋是象徵男女的和
　　　合歡樂的。襦，短襖。

［ 7 ］藍田，山名。在今陝西省藍田縣東，相傳是出美玉的地方。

［ 8 ］大秦，我國古代對羅馬帝國的稱呼，當時羅馬通過西域和中國交通。
　　　本句講珠在耳後，當指髮簪兩端垂下的寶珠。

［ 9 ］鬟，環形的髮髻。窈窕，美好貌。

［10］良所無，實在沒有。

［11］一鬟兩句：這兩句形容鬟上首飾的價值貴重。

［12］金吾，即執金吾，保衛京都的武官。馮子都是霍光家奴，并非執金吾。
　　　胡姬呼他爲金吾子，是一種表示尊敬的泛稱。

［13］娉(pīng 乒)婷(tíng 亭)，和顏悦色的樣子。

［14］銀鞍，鑲銀的馬鞍。煜(yù 玉)爚(yuè 月)，光輝閃爍。

［15］翠蓋，裝飾翠鳥羽毛的車蓋。踟躕，指車輛停留。

［16］膾(kuài 快)，把肉切細叫膾。

［17］貽我兩句：這兩句寫馮子都調戲胡姬，送給胡姬一面銅鏡，還要把它
　　　結繫在她胸前的紅羅衣襟上。

［18］不惜兩句：這兩句寫胡姬對馮子都的抗拒，意思是：若要贈鏡結裾，
　　　將不惜裂裾來對待；若想侮辱身體，將怎樣對待就不消説了。

［19］人生兩句：這兩句是胡姬拒絕的理由，也是對豪奴的辛辣諷刺。上句
　　　表示自己的愛情已有所屬，不能以新易故，下句説不願高攀，表示對
　　　貴族豪門的階級敵意。

［20］謝，告，多謝即鄭重告訴。一説，謝是謝絕之意。

［21］私愛，私心相愛，指馮子都對酒家胡女的感情。徒區區，白白地
　　　殷勤。

古詩十九首

據胡刻《文選》本

　　漢代無名氏作品。原非一時一人所爲,梁代蕭統因各篇風格相近,合在一起,收入《文選》,題爲《古詩十九首》,後世遂沿用這一名稱。歌詞内容,大多寫夫婦朋友間的離愁別緒和士子徬徨失意的消極情緒。抒情真摯深入,語言樸素自然,表現委婉曲折,是早期文人五言詩的重要作品,對後代發生很大影響。其中有十二首也被採入徐陵的《玉臺新詠》,内八首且列入西漢枚乘《雜詩》題下。但現代文學史研究者大抵認爲是東漢後期作品,西漢時代還不可能產生如此成熟的文人五言詩。現選録其中的十二首。

行 行 重 行 行

　　【解題】　本篇表現女子思念遠行異鄉的情人。首追叙初別,次説路遠會難,再叙及相思之苦,最後以勉強寬慰之詞作結。

　　行行重行行[1],與君生別離[2]。相去萬餘里,各在天一涯[3]。道路阻且長[4],會面安可知?胡馬依北風[5],越鳥巢南枝[6]。相去日已遠[7],衣帶日已緩[8]。浮雲蔽白日[9],遊子不顧反[10]。思君令人老,歲月忽已晚[11]。棄捐勿復道[12],努力加餐飯[13]。

【註釋】

[1] 重行行,是説行而不已。

[2] 生別離,活着分開。

[3] 天一涯,天一方。

[4] 阻,艱險。

[5] 胡馬,北方所產的馬。這句説,胡馬南來後仍依戀北風。

[6] 越,南方的越族。越鳥,即南方的鳥。這句説,越鳥北飛後仍築巢於南向的樹枝。以上兩句説禽獸也不忘故鄉。暗示物尚有情,何況於人。

[7] 已,同"以"。日已遠,即一天遠似一天。

[8] 緩,寬鬆。這句説,人因相思而日漸消瘦,因腰身瘦損而衣帶顯得寬鬆。

[9] 這句可能是比喻遊子在外地爲人所惑。

[10] 顧,念。

[11] 這句説,不知不覺地又歲暮了。

[12] 捐,棄。道,談説。

[13] 以上兩句説,別再提懷人之事,還是多吃飯保重身體。是思婦無可奈何、勉自寬慰的話。

今 日 良 宴 會

【解題】 這是一首憤世疾俗、感慨自諷的詩。開頭寫因聽曲動心,接着發表感想:人生短促,富貴可樂,何必長守苦辛,永處窮困。這些實際上是感憤自嘲之辭,反語中寄託着作者忿激之情。

今日良宴會,歡樂難具陳[1]。彈箏奮逸響[2],新聲妙入神[3]。令德唱高言[4],識曲聽其真[5]。齊心同所願[6],含意俱未伸[7]。人生寄一世,奄忽若飇塵[8]。何不策高足[9],先據要路津[10]?無爲守窮賤[11],轗軻長苦辛[12]。

【註釋】

[1] 具,備、全部。陳,説。

[2] 箏,樂器名,瑟類。奮,發出、揚起。逸響,超越尋常的奔放的聲音。

[3] 新聲,指當時流行的歌曲。

[4] 令德,賢者,指歌者。高言,高妙的言辭,指歌辭。

［５］識曲，知音人。真，指歌曲中的真意。

［６］這句是説，心同理同，大家所想的都是這樣。

［７］含意，指曲中的道理，也是指人們心中都已領會了的這些道理。未伸，嘴上講不出來。所謂"含意"，即指"人生寄一世"以下六句所言。

［８］奄忽，急遽、迅速。飚(biāo 標)，自下而上的暴風。飚塵，捲在暴風中的塵土，以喻人生極易泯滅。

［９］策，鞭打。高足，指快馬。

［10］據，佔領。要路津，行人必經的路口。這裏比喻高官要職。

［11］無爲，不要。

［12］轗(kǎn 坎)軻，車行不利叫轗軻，這裏引申爲失志不遇。

西 北 有 高 樓

【解題】　這是一首感嘆知音難遇的詩。開頭寫歌者的地點，中間寫淒涼的歌聲，最後寫歌聲所引起的聽者的同情和悲哀。

西北有高樓，上與浮雲齊。交疏結綺牕[1]，阿閣三重階[2]。上有絃歌聲，音響一何悲！誰能爲此曲？無乃杞梁妻[3]。清商隨風發[4]，中曲正徘徊[5]。一彈再三嘆[6]，慷慨有餘哀[7]。不惜歌者苦，但傷知音稀[8]。願爲雙鴻鵠[9]，奮翅起高飛。

【註釋】

［１］疏，鏤刻。交疏，交錯鏤刻。綺，有細花紋的綾，這裏引申爲花紋的意思。牕，即"窗"字。這句説，樓上有交錯鏤刻花格子的窗。

［２］阿(ē 屙)閣，四邊有簷的閣樓。三重階，三重階梯。言其甚高。

［３］杞梁，名殖，字梁，春秋時齊國的大夫，伐莒，死於莒國城下。妻痛哭十日後自盡。《琴曲》有《杞梁妻嘆》，《琴操》認爲係杞梁妻作，《古今註》認爲係杞梁妻妹朝日作。這句意思是説，莫非杞梁妻作的曲子嗎？

［４］清商，樂曲名，聲調清越。

［5］中曲,曲子的中間部分。徘徊,指樂曲的旋律正迴環往復。

［6］嘆,樂曲中的和聲。

［7］慷慨,不得志的心情。

［8］知音,識曲的人。這裏引申爲知心的人。以上兩句是説,令人悲傷的
　　　不僅是歌者心有苦痛,而是歌者的苦痛無人能够理解。知音難遇的
　　　悲哀是樓中歌者和樓下聽者所共有的心情。

［9］鴻鵠,善飛的大鳥。胡刻《文選》作鳴鶴,據《玉臺新詠》校改。這句連
　　　同下句是説,願我們(聽者和歌者)如一雙鴻鵠,展翅高飛,表示出聽
　　　者對歌者的深切理解和同情。

涉 江 採 芙 蓉

　　【解題】　這是寫遊子思念故鄉和親人的詩。首説採香花芳草打
算贈送對方;次説所思的人身在遠方,心願難遂;最後説人各一方,憂
傷難遣。

　　涉江採芙蓉[1],蘭澤多芳草[2]。採之欲遺誰[3]?所思在遠
道。還顧望舊鄉,長路漫浩浩[4]。同心而離居[5],憂傷以終老。

　　【註釋】

［1］芙蓉,荷花。

［2］澤,低濕之地。蘭澤,指有蘭草的低濕之地。

［3］遺(wèi 畏),贈送。古代有贈香草結恩情的風俗習慣。

［4］漫,無盡貌。浩浩,廣大無際貌,這裏形容路途悠長。

［5］這句説,彼此心同而身隔。

明 月 皎 夜 光

　　【解題】　本篇寫失意之士對於世態炎涼的怨憤。以悲秋起興,從

時節的變易説到人情的翻覆,最後發出了"虛名何益"的慨嘆。

明月皎夜光,促織鳴東壁[1]。玉衡指孟冬[2],衆星何歷歷[3]。白露沾野草,時節忽復易[4]。秋蟬鳴樹間,玄鳥逝安適[5]?昔我同門友[6],高舉振六翮[7]。不念攜手好[8],棄我如遺跡[9]。南箕北有斗[10],牽牛不負軛[11]。良無盤石固[12],虛名復何益[13]?

【註釋】

[1] 促織,蟋蟀。
[2] 玉衡,北斗七星中的斗柄三星。北斗七星形似舀酒的斗:一至四成勺形,叫斗魁;五至七成一直綫,爲斗柄。由於地球在旋轉,從地面上看去,斗星每月所指的方位不同,古人根據這種變化來辨別節令的推移。孟冬,初冬,指陰曆十月。這句是説,看玉衡所指的方位(西北),知道時節已屆孟冬。
[3] 歷歷,分明貌。
[4] 易,更換。這句説,時節很快地由秋入冬了。
[5] 玄鳥,燕子。逝,去。安適,到什麼地方。燕性喜暖,秋時飛向南方。
[6] 同門友,同學。
[7] 翮(hé 河),羽莖。六翮,指羽翼。這句説,從前的同學都得意了,彷彿有了堅硬的翅膀,遠走高飛。
[8] 攜手好,指過去攜手同遊的友好,即同學。用《詩經·北風》"惠而好我,攜手同行"語意。
[9] 這句説,如行人留下足迹般地把我抛棄了。
[10] 南箕,星名,共四星組成,形似簸箕。斗,指南斗星,共六星組成,形似斗,位於箕星之北。《詩經·大東》:"維南有箕,不可以簸揚;維北有斗,不可以挹酒漿。"意思説,箕星和斗星徒有其名,實際没有簸米和舀酒的作用。本詩運用《詩經》語句,省去下半部分,在修辭學上屬於歇後手法。

[11] 牽牛,星名。軛,車轅前橫木,拉車時負在牛背上,用以控制牛背,拉車前進。這句説,牽牛星不能負軛拉車,寓意也本自《詩經·大東》"睆彼牽牛,不以服箱"。意思説,牽牛星不能用來駕車。以上兩句是比喻徒有同門友的空名,實際上沒有真實情誼。

[12] 盤石,大石。

[13] 虛名,指徒有"同門友"之名。

冉冉孤生竹

【解題】 本篇寫女子新婚後與丈夫久別的愁怨。前半追憶婚前及新婚時的景況,後半寫思念親人的情懷。

　　冉冉孤生竹[1],結根泰山阿[2]。與君爲新婚,兔絲附女蘿[3]。兔絲生有時,夫婦會有宜[4]。千里遠結婚,悠悠隔山陂[5]。思君令人老,軒車來何遲[6]!傷彼蕙蘭花,含英揚光輝;過時而不採,將隨秋草萎[7]。君亮執高節[8],賤妾亦何爲[9]?

【註釋】

[1] 冉冉,柔弱下垂貌。

[2] 阿,山坳。泰山,一説應作大山。以上兩句講女子婚前依父母如孤竹託根於泰山。一説,以上兩句比喻婦人託身於君子。

[3] 兔絲,一種細弱蔓生的植物,這是女子自比。女蘿,即松蘿,也是柔弱而蔓生的植物,這裏比喻女子的丈夫。造句以兔絲、女蘿的纏繞喻夫婦情意的纏綿。

[4] 宜,適當的時間。以上兩句説,兔絲及時而生,夫婦亦當及時相會。

[5] 悠悠,遠。陂(pí 皮),山坡。以上兩句,上句説離家遠嫁,結婚不易;下句説婚後別離,遠隔山坡。

[6] 軒車,有屏障的車子。古時大夫以上的官員乘軒車。這句説,丈夫遠宦不歸,使己盼望。

[7]萎,凋謝。以上四句是以蕙蘭至秋凋謝,比喻自己青春不長,紅顏
　　易老。
[8]亮,同"諒",想必的意思。高節,高尚的節操。
[9]以上兩句是女子自慰之詞,意思是,丈夫準會守節不移,反正要回來
　　的,我何必自傷自怨?

庭中有奇樹

　　【解題】　這是一首寫思婦懷念遊子的詩。從庭樹開花説到折花
欲寄遠人,再説到路遠難致,最後説出此物本不足貴,惟因別久念深,
不能自已。

　　庭中有奇樹[1],緑葉發華滋[2]。攀條折其榮[3],將以遺所思。
馨香盈懷袖[4],路遠莫致之[5]。此物何足貢[6]?但感別經時[7]。

　　【註釋】

[1]奇樹,猶嘉樹,佳美的樹木。
[2]發,開放。華,即"花"字。滋,繁、茂盛。
[3]榮,花。
[4]馨,香氣。盈懷袖,充滿於衣服的襟袖之間。
[5]致之,送到。
[6]貢,獻。一本貢作貴。
[7]以上兩句意思説,這花有什麽稀奇呢?只因離別經時,藉折花以表懷
　　念之情罷了。

迢迢牽牛星

　　【解題】　本篇寫織女隔着銀河遥思牽牛的愁苦心情,表現了愛情
受折磨時的痛苦。牛郎織女的故事在漢代已經産生,班固《西都賦》有

這樣的話:"臨乎昆明之池,左牽牛而右織女,似雲漢之無涯。"

　　迢迢牽牛星[1],皎皎河漢女[2]。纖纖擢素手[3],札札弄機
杼[4]。終日不成章[5],泣涕零如雨[6]。河漢清且淺,相去復幾
許[7]?盈盈一水間[8],脈脈不得語[9]。

【註釋】

[1]迢迢,遠貌。牽牛星,天鷹星座主星,俗稱扁擔星。

[2]皎皎,明貌。河漢,即銀河。河漢女,即織女星,天琴星座主星,在銀
　　　河北,與牽牛星隔河相對。

[3]纖纖,柔長貌,形容素手。擢,擺動。

[4]札札,織機聲。杼,織布機上的梭子。

[5]章,布帛上的紋理。這句説,織女因相思而無心織布。

[6]零,落。

[7]以上兩句説,牽牛、織女兩星彼此只隔一道清淺的銀河,相距又有多
　　　遠呢?

[8]盈盈,水清淺貌。

[9]脈脈,當作眽眽,相視貌。

迴 車 駕 言 邁

　　【解題】　詩人在旅途中見事物遷移,感到時光流逝、人生短促,從
而想到當及時努力,建立功業。雖是自警的語調,然其中含有淒惻的
情緒。

　　迴車駕言邁[1],悠悠涉長道[2]。四顧何茫茫[3],東風搖百
草[4]。所遇無故物[5],焉得不速老[6]?盛衰各有時,立身苦不
早[7]。人生非金石,豈能長壽考[8]?奄忽隨物化[9],榮名以
為寶[10]。

[1]迴,同"回"。言,語助詞,無義。邁,遠行。

[2]悠悠,遠貌。涉,經歷。

[3]茫茫,廣無邊際貌。

[4]東風,春風。摇,吹動。

[5]這句意思説,一路上看到的都不是過去的事物,一切都在迅速地變化着。

[6]焉得,怎能。以上兩句説,物都在變,人怎能不迅速衰老?

[7]立身,指建功立業。苦,患、恨。

[8]考,老。長壽考,即長壽的意思。

[9]奄忽,條忽。物化,死亡。

[10]榮名,光榮的聲譽。以上兩句説,人生短促,肉體很快地死亡,惟有榮名可以寶貴。

孟 冬 寒 氣 至

【解題】 這也是一首寫思婦懷人的詩。前半寫寒冬夜長,思婦難寐;後半寫思婦對三年前來信的備加愛護,以見自己摯愛之情。

孟冬寒氣至[1],北風何慘慄[2]。愁多知夜長,仰觀衆星列[3]。三五明月滿[4],四五蟾兔缺[5]。客從遠方來,遺我一書札。上言長相思,下言久離別。置書懷袖中,三歲字不滅。一心抱區區[6],懼君不識察。

【註釋】

[1]孟冬,初冬,指陰曆十月。

[2]慘慄,寒極貌。

[3]列,羅列。

〔4〕三五,十五日。陰曆每月十五日月正圓。

〔5〕四五,二十日。陰曆每月二十日月已缺。蟾兔,古代神話説月中有蟾蜍、玉兔。這裏是月的代稱。胡刻《文選》作詹兔,據影宋本六臣註《文選》校改。

〔6〕區區,忠愛之意。

客 從 遠 方 來

【解題】 這是一首民歌風格很濃厚的愛情詩。開頭寫遠方愛人託人帶來了半匹花綢子;接着通過裁綺爲被的細節,生動地寫出了思婦內心真摯的愛情和高度的歡悅;最後以膠漆相附比喻愛情的堅貞不渝。

客從遠方來,遺我一端綺[1]。相去萬餘里,故人心尚爾[2]。文綵雙鴛鴦[3],裁爲合懽被[4]。著以長相思[5],緣以結不解[6]。以膠投漆中,誰能別離此[7]。

【註釋】

〔1〕遺(wèi 畏),贈送。一端,半匹。《左傳》昭公二十六年註:“二丈爲一端,二端爲一兩,所謂匹也。”綺,有花紋的綾。

〔2〕尚爾,還是如此。

〔3〕這句是指綺上的圖案。

〔4〕合懽,象徵和合歡樂的圖案。

〔5〕著(zhù 住),在衣被中裝綿叫著。長相思,指絲綿絮。思與絲諧音;長與綿綿同義。故以長相思代絲綿。

〔6〕緣,沿邊裝飾。結不解,以絲縷爲結,表示不能解開,和同心結之類相似,用以象徵愛情。

〔7〕別離,及物動詞,作分開、拆散講。此,指愛情。

明月何皎皎

【解題】 這是一首寫女子閨中望夫之詩。開頭寫月夜難眠,次寫徘徊思念,最後寫因憂愁無告而淚下霑衣。一説這是寫遊子久客思歸的詩,雖可通,但從全詩情調看,不及作寫思婦之詩恰當。

明月何皎皎,照我羅牀幃[1]。憂愁不能寐,攬衣起徘徊[2]。客行雖云樂,不如早旋歸[3]。出户獨彷徨[4],愁思當告誰。引領還入房[5],淚下沾裳衣。

【註釋】

[1] 羅牀幃,羅綺製成的牀帳。

[2] 攬,用手撮持。

[3] 客行兩句:這兩句是女子心内對丈夫説的話。意思説,在外地遊歷雖然也有樂趣,畢竟不如早日回來的好。

[4] 彷徨,徘徊。

[5] 引領,伸長脖子,即仰望的意思。這句意思説,仰望一番之後還只得入房。

古　詩

步 出 城 東 門
據丁福保《全漢三國晉南北朝詩》

【解題】　這是一首旅客思歸的詩。前半寫客中送客,後半寫
歸思難遂。

步出城東門,遙望江南路。前日風雪中,故人從此去。我欲
渡河水,河水深無梁[1]。願爲雙黄鵠[2],高飛還故鄉[3]。

【註釋】

[1]梁,橋。
[2]鵠,大鳥名。傳説此鳥善飛,一舉千里,仙人常乘之。
[3]以上兩句説,願與故人雙雙回去。

長 歌 行
據文學古籍刊行社影宋本《樂府詩集》

【解題】　本篇寫萬物盛衰有時,光陰一去不返,人應及早努
力。《樂府詩集》載《長歌行》古辭凡二首,屬《相和歌辭·平調曲》,
這是其中的第一首。關於題名來由,崔豹《古今註》説:“長歌、短
歌,言人壽命長短,各有定分,不可妄求。”李善《文選》註批駁崔豹
説:“此上一篇似傷年命,而下一首直叙怨情。古詩曰:長歌正激
烈。魏武帝(按,應爲魏文帝)《燕歌行》曰:短歌微吟不能長。傅
玄《艷歌行》曰:咄來長歌續短歌。然行聲(“然行聲”《樂府詩集》
作“然則歌聲”)有長短,非言壽命也。”李善説近是。

青青園中葵[1]，朝露待日晞[2]。陽春布德澤[3]，萬物生光輝。常恐秋節至[4]，焜黃華葉衰[5]。百川東到海，何時復西歸[6]？少壯不努力，老大徒傷悲！

【註釋】

[1]青青，盛貌。葵，向日葵。
[2]朝露，清晨的露水。晞，乾。
[3]陽春，温和的春天。布，施予。德澤，恩惠。
[4]秋節，秋季。
[5]焜(hǔn混上)黃，色衰枯黃貌。華，同“花”。
[6]百川兩句：以流水比喻光陰一去不返。

舊題《李少卿與蘇武詩》三首
據胡刻《文選》本

【解題】　這三首都是寫送別朋友的情景。蕭統《文選》認爲是西漢李陵(字少卿)所作。但這種説法當時已有人懷疑。根據近人的研究，它們當出後人擬託，大約産生於東漢建安(公元一九六——二二〇年)時代，作者已不可考。

良時不再至，離別在須臾[1]。屏營衢路側[2]，執手野踟蹰[3]。仰視浮雲馳，奄忽互相踰[4]。風波一失所[5]，各在天一隅。長當從此別，且復立斯須[6]。欲因晨風發[7]，送子以賤軀[8]。

【註釋】

[1]須臾，頃刻。

〔2〕屏營,徬徨。衢,四通八達的大道。

〔3〕這句説,在野外分別時執手踟躕。

〔4〕奄忽,倏忽。踰,越、過。

〔5〕風波,因風波蕩。

〔6〕斯須,即須臾。

〔7〕晨風,早晨之風。一説,晨風,鳥名,即鸇,飛行迅疾。

〔8〕以上兩句的意思是,自己願隨晨風一道送你遠去。這兩句設想和曹
    植《七哀詩》"願爲西南風,長逝入君懷"相近。

其　　二

嘉會難再遇[1],三載爲千秋[2]。臨河濯長纓[3],念子悵悠
悠。遠望悲風至,對酒不能酬[4]。行人懷往路[5],何以慰我愁?
獨有盈觴酒,與子結綢繆[6]。

【註釋】

〔1〕嘉,好。

〔2〕三載,三年,指過去相聚的時間。千秋,千年。這句的意思説,過去相
    聚三載,等於千秋,極爲可貴,不可再得。

〔3〕濯(zhuó 酌),洗滌。纓,帽帶。一説,纓指駕車時繫在馬頸上的革帶。

〔4〕酬,飲酒者彼此互相勸答飲酒叫酬。

〔5〕懷,思。往路,去路。這句説,行人心裏急於出發。

〔6〕綢繆(móu 謀),纏綿不解的情意。

其　　三

攜手上河梁[1],遊子暮何之[2]?徘徊蹊路側[3],悢悢不得
辭[4]。行人難久留,各言長相思。安知非日月[5],弦望自有

時[6]？努力崇明德[7]，皓首以爲期[8]。

【註釋】

[1] 梁，橋。
[2] 之，至、往。
[3] 蹊，徑道。
[4] 悢(liàng 諒)悢，悲恨。不得辭，捨不得辭別。
[5] 日月，偏義複詞，只用月字的意義。
[6] 弦，月如弓形時叫弦。陰曆每月初七八爲上弦，二十三四爲下弦。
　　　望，陰曆每月十五月滿，叫作望。以上兩句是説，月有圓缺，今天別
　　　了，以後難道不能會面了嗎？這是安慰之辭。
[7] 崇，提高，作動詞用。
[8] 皓首，白頭。喻老年。以上兩句是勉勵之辭。

舊題《蘇子卿詩》四首
據胡刻《文選》本

【解題】　這四首詩蕭統《文選》認爲是西漢蘇武(字子卿)所
作。根據近人研究，它們與前邊的三首舊題《李少卿與蘇武詩》一
樣，係後人擬託，產生於東漢末年，作者已不可考。第一首寫送別
兄弟；第二首寫旅客送人回歸故鄉；第三首寫丈夫應徵入伍與妻分
別；第四首寫身在中州者送人去南方。

骨肉緣枝葉[1]，結交亦相因[2]。四海皆兄弟，誰爲行路
人[3]？況我連枝樹[4]，與子同一身。昔爲鴛與鴦，今爲參與
辰[5]。昔者長相近，邈若胡與秦[6]。惟念當離別，恩情日以
新[7]。鹿鳴思野草[8]，可以喻嘉賓。我有一罇酒[9]，欲以贈遠
人[10]。願子留斟酌[11]，敍此平生親[12]。

【註釋】

[1] 骨肉,兄弟。緣枝葉,比喻兄弟關係親密,猶如葉緣枝而生。

[2] 結交,指朋友。相因,相親。

[3] 這兩句意思是說,天下的人誰都不是漠不相關的陌路人。

[4] 連枝樹,即連理樹,不同根而枝幹相連。這裏用來比喻兄弟。

[5] 參(shēn 申)與辰,即參星與商星,前者居西方,後者居東方,出沒互不
　　　相逢。

[6] 邈,遠。胡,北方少數民族居住地。秦,當時西域人對中國之稱。胡
　　　與秦,《文選》李善註:"許慎曰:胡在北方,越居南方,然胡秦之義,猶
　　　胡越也。"這句說此後彼此遠隔。

[7] 恩情,情誼。這句的意思是,在即將離別之際,愈感到情誼日益
　　　親切。

[8] 鹿鳴,《詩經·小雅》中的篇名,是宴樂賓客的詩。思野草,《鹿鳴》中
　　　以"呦呦鹿鳴,食野之苹"起興。這句連同下句的意思是,以鹿得食物
　　　呼喚同類來比喻宴樂嘉賓。

[9] 罇,酒器。

[10] 贈,送。遠人,遠行之人,指將要遠去的兄弟。

[11] 斟酌,用勺舀酒。這句是說,現在希望你再留一會兒酌飲此酒。

[12] 平生親,平日親愛之意。

其　　二

黄鵠一遠別,千里顧徘徊[1]。胡馬失其羣,思心常依依[2]。
何況雙飛龍[3],羽翼臨當乖[4]。幸有絃歌曲,可以喻中懷[5]。
請爲遊子吟[6],泠泠一何悲[7]!絲竹厲清聲[8],慷慨有餘哀[9]。
長歌正激烈[10],中心愴以摧[11]。欲展清商曲[12],念子不能
歸[13]。俛仰內傷心[14],淚下不可揮。願爲雙黄鵠,送子俱
遠飛。

【註釋】

[1]顧,念。

[2]依依,戀戀不捨貌。

[3]雙飛龍,比喻送別者自己和將行的朋友。

[4]乖,離別。

[5]喻,曉示、表白。這句是説,只有演奏樂曲才可以表白自己内心的
感情。

[6]遊子吟,曲名,内容寫遊子的生活和思想感情。

[7]泠泠,聲音淒清。

[8]絲竹,指弦樂器和管樂器。厲,這裏作動詞用,振發的意思。

[9]慷慨,激昂。

[10]長歌,指聲調長的歌曲。參看《長歌行》解題。

[11]愴,悲。摧,折。這句是説内心悲痛。

[12]展,展布,這裏就是彈奏之意。清商曲,聲調清越的樂曲。

[13]這句是説,我雖想念你,但不能和你一同歸家。

[14]俛,同"俯"。

其　　三

　　結髮爲夫妻[1],恩愛兩不疑。歡娛在今夕,嬿婉及良時[2]。征夫懷往路,起視夜何其[3]? 參辰皆已没[4],去去從此辭。行役在戰場[5],相見未有期。握手一長嘆,淚爲生別滋[6]。努力愛春華[7],莫忘歡樂時。生當復來歸,死當長相思。

【註釋】

[1]結髮,指男女初成年時。古代男子年二十束髮加冠,女子年十五束髮
加笄,表示成年,叫結髮。

[2] 嬿婉,歡好貌。

[3] 夜何其,夜晚何時?《詩經·庭燎》:"夜如何其?"其是語尾助詞,沒有意義。

[4] 這句意思説,星星都看不到,天快亮了。

[5] 行役,奉命遠行。

[6] 生別,活着相別,即生離。滋,益、多。

[7] 春華,即少年時期的光陰。

其　四

　　燭燭晨明月[1],馥馥秋蘭芳[2]。芬馨良夜發,隨風聞我堂。征夫懷遠路,遊子戀故鄉。寒冬十二月,晨起踐嚴霜。俯觀江漢流[3],仰視浮雲翔。良友遠離別,各在天一方。山海隔中州[4],相去悠且長。嘉會難兩遇,懽樂殊未央[5]。願君崇令德[6],隨時愛景光[7]。

【註釋】

[1] 燭燭,明貌。

[2] 馥馥,芳香。秋蘭,原作"我蘭",劉履《選詩補註》以爲秋、我兩字形近而誤,今據以改正。

[3] 江漢,長江和漢水。這句中的長江、漢水都是行人所要經過的地方,是作者對行人路程的預計。

[4] 山海,泛指山川。中州,中國。一説,指古豫州(因其居九州之中),今河南省地,是作者送別行人的地方。

[5] 未央,未盡。

[6] 令德,美德。

[7] 景光,光陰。

圖書在版編目(CIP)數據

中國歷代文學作品選.上編.第1冊／朱東潤主編
上海：上海古籍出版社，2002.6（2016.4重印）
高等學校文科教材
ISBN 978-7-5325-3030-4

Ⅰ.中...　Ⅱ.朱...　Ⅲ.文學-作品綜合集-中國-
高等學校-教材　Ⅳ.I211

中國版本圖書館 CIP 數據核字(2001)第 069586 號

高等學校文科教材

中國歷代文學作品選

上編　第一冊

朱東潤　主編

上海世紀出版股份有限公司 出版、發行
上 海 古 籍 出 版 社
（上海瑞金二路 272 號　郵政編碼 200020）
（1）網址：www.guji.com.cn
（2）E-mail：gujil@guji.com.cn
（3）易文網網址：www.ewen.co
上海世紀出版股份有限公司發行中心發行經銷
浙江省臨安市曙光印務有限公司印刷

開本 850×1168　1/32　印張 13.125　字數 304,000
2002 年 6 月新 1 版　2016 年 4 月第 33 次印刷
印數：771,801-804,800
ISBN 978-7-5325-3030-4

Ⅰ·1483（課）　定價：25.00 元